एक क्रान्तिकारी की आत्मकथा

बन्दी जीवन

(सम्पूर्ण)

शचीन्द्रनाथ सान्याल

साक्षी प्रकाशन

एस-16, नवीन शाहदरा, दिल्ली-110032

फोन : 011-22324833, 09810461412

E-mail : goelbooks@ rediffmail.com

पुष्प की अभिलाषा

चाह नहीं मैं सुरबाला के
गहनों में गूँथा जाऊँ,
चाह नहीं, प्रेमी-माला में
बिंध प्यारी को ललचाऊँ,
चाह नहीं, सम्राटों के शव
पर हे हरि! डाला जाऊँ,
चाह नहीं देवों के सिर पर
चढ़ूँ भाग्य पर इठलाऊँ,
मुझे तोड़ लेना वनमाली!
उस पथ पर देना तुम फेंक,
मातृभूमि पर शीश चढ़ाने
जिस पथ जावें वीर अनेक।

राष्ट्रकवि पं. माखनलाल चतुर्वेदी

सम्पादक
पं. सत्यनारायण शर्मा

ISBN : 81-86265-85-6

प्रथम संस्करण : **2025**

प्रकाशक : साक्षी प्रकाशन
एस-16, नवीन शाहदरा, दिल्ली-110032
फोन : 011-22324833, 09810461412

email : goelbooks@rediffmail.com
मुद्रक : बी. के. ऑफसेट दिल्ली-110032
टाईप सेटिंग : आकृति ग्राफिक्स, दिल्ली-110032

BANDI JIVAN by Sachindranath Sanyal (Autobiography)

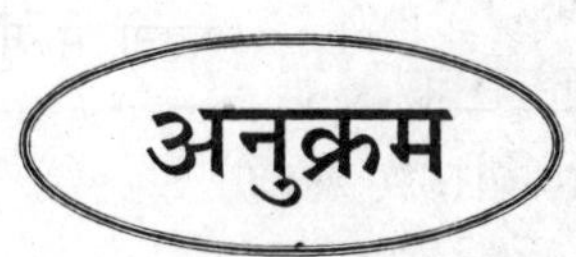

अनुक्रम

प्रथम भाग

द्वितीय भाग

तृतीय भाग

प्रथम संस्करण की भूमिका

किसी समाज को पहचानने के लिए उस समाज के साहित्य से परिचित होने की परम आवश्यकता होती है, क्योंकि समाज के प्राणों की चेतना उस समाज के साहित्य में भी प्रतिफलित हुआ करती है। आज भारत ध्वंस और निर्माण के बीच क्रमशः अपनी सार्थकता को खोजता फिरता है, अतः भारत का समाज यदि सजीव होगा तो भारत के प्राणों की इस अशान्ति का चित्र उसके साहित्य में अवश्य ही अपने प्रतिबिम्ब को अंकित कर देगा। हम भारतवासी आज यह नहीं जानते कि इस अशान्त अटूट गति का वेग कितना प्रचण्ड है, किन्तु हमारे पश्चात् आने वाली पीढ़ी इस गति के वेग को बखूबी बतला सकेगी। भारत के इस ध्वंस और निर्माण के उद्योग के बीच जितनी बड़ी शक्ति का स्फुरण हो रहा है, उसके स्वरूप को जानने का समय शायद अभी आया नहीं। इस बचाव-बिगाड़ का एक चित्र–भले ही वह अस्पष्ट और मलिन हो–भारत की इस भाग्य-परीक्षा की एक धुँधली-सी छाया आज भारत के साहित्य में भी धीरे-धीरे प्रकट हो रही है। इसी से 'निर्वासन-काहिनी', 'कारा-काहिनी', 'द्वीपान्तरेर कथा', निर्वासितेर आत्म-कथा' और 'बांगलाय विप्लव-वाद' आदि ग्रन्थ बंग भाषा के साहित्य में क्रमशः प्रकाशित हो रहे हैं। भारत के प्राण आज जैसे कुछ छटपटा रहे हैं, उस छटपटाहट (अशान्ति) का पूरा स्वरूप उसके साहित्य में प्रकाशित नहीं हो सका; अभी नहीं हुआ तो न सही, क्रमशः आगे होगा। 'निर्वासितेर आत्म-कथा' इत्यादि पुस्तकें जिस श्रेणी की हैं, उस श्रेणी के अन्तर्गत मेरी यह पुस्तक 'बन्दी जीवन' भी है। इस श्रेणी की कई पुस्तकें जब पहले से मौजूद थीं, तब फिर यह 'बन्दी जीवन' मैंने क्यों लिखी ? इसका विशेष कारण सुन लीजिए।

मुझे यह कहना है कि सजीव जातियों में छानबीन करने की प्रवृत्ति बहुत प्रबल होती है। इस जाँच-पड़ताल करने की प्रवृत्ति के कारण ही सजीव जातियाँ अपने समाज के रत्ती-रत्ती समाचार के लिए चौकन्नी रहती है। शायद एक देहाती के बेदाग वंश-वृक्ष का पेड़-पत्ता जानने में किसी ने, अपनी सारी उम्र इस आशा से बिता दी थी कि इस प्रकार तथ्य संग्रह कर देने से कदाचित् किसी दिन किसी को वंशानुक्रम की धारा का पता लगाने में सुभीता हो जाय। भारत के वर्तमान समाज की भीतरी वेदना का परिचय, उसका परिमाण और उसका कारण जानने का समय क्या अभी तक उपस्थित नहीं हुआ ? उस भीतरी वेदना- दर्दे दिल-को हटा देने की इच्छा से भारत में जो अभिनव आंदोलन आरम्भ हुआ है वह आंदोलन कितना व्यापक और गंभीर है, कहाँ-कहाँ पर उसमें कोर-कसर और भूल-चूक रह गई है, वह आंदोलन किस परिणाम में सार्थक हुआ और कितना अपूर्ण रह गया है, तथा उसमें यह अधूरापन क्यों रह गया-इन सारी बातों का जान लेना क्या प्रत्येक भारतवासी का कर्त्तव्य नहीं ? इन सारी बातों को जानने के लिए इस ढंग की बहुतेरी पुस्तकों के प्रकाशित होने की आवश्यकता है, जिस ढंग की यह पुस्तक 'बन्दी जीवन' है। ऐसी-ऐसी जितनी पुस्तकें प्रकाशित होंगी मुख्य विषय को समझना उतना ही आसान हो जाएगा।

मेरा वक्तव्य यह है कि 'कारा-काहिनी' के ढंग की जितनी पुस्तकें प्रकाशित हुई हैं उनमें अरविन्द बाबू की 'कारा-काहिनी' और बाबू नलिनी-किशोर लिखित 'बांगलाय विप्लव-वाद' नामक पुस्तकें मुझे सर्वश्रेष्ठ जँची। हाँ, अरविन्द बाबू ने, सिर्फ कलकत्ते के कारागार की ही कथा लिखी है, और मैं चाहता हूँ कि लाहौर, बनारस, कलकत्ता और अण्डमान की बातें इसी ढंग से लिखूँ तथा इस सिलसिले में पंजाब, युक्त-प्रदेश, बंगाल और अंग्रेज-शासित भारत के अन्यान्य प्रदेशों के मानव-चरित्र की भी थोड़ी-बहुत चर्चा करूँ। सच पूछो तो 'बांगलाय विप्लव-वाद' के लेखक ने, वे बातें जो कि मुझे कहनी हैं, मेरी अपेक्षा कहीं अच्छे ढंग से प्रकट कर दी हैं। भाषा पर यद्यपि मेरा उनकी भाँति अधिकार नहीं है, फिर भी अभी तक बहुतेरी बातें प्रकट करने को रह गई हैं, बंगाल की बातों का वर्णन करते समय ही मैं उनकी चर्चा करना चाहता हूँ। मैं बखूबी जानता हूँ कि भाषा की दृष्टि में मैं सुन्दर नहीं लिख सका; और इस दृष्टि से तो उपेन्द्र बाबू की पुस्तक के साथ किसी की भी पुस्तक टक्कर लेने योग्य नहीं। ताना देने और मजाक करने की ऐसी कुशलता बंगाल में कदाचित् ही किसी और लेखक में हो। उपेन्द्र बाबू निःसंदेह बंगाल के शक्तिशाली लेखक हैं। किन्तु उनकी 'आत्म-कथा' में बहुत ही गुरुतर विषयों की आलोचना भी बिल्कुल साधारण रीति पर की गई है, मानो उनका उसी में कौतुक है। इसी कारण 'निर्वासितेर आत्म-कथा' चित्ताकर्षक होने पर भी मर्मस्पर्शिनी नहीं हुई। और वारीन्द्र बाबू की 'द्वीपान्तरेर कथा' में जो भाग उपेन्द्र बाबू का लिखा हुआ

है। वही मुझे अच्छा लगा। उक्त पुस्तक का आधे से भी अधिक अंश उपेन्द्र बाबू का ही लिखा हुआ है। बाबू वारीन्द्र कुमार घोष ने, यद्यपि लिखा यही है कि ''यह दो मुखों की एक ही बात है'' किन्तु यह सभी की समझ में आ जाता है कि यह दो मुखों की साफ-साफ अलग-अलग बातें हैं। वारीन्द्र बाबू के लिखे हुए अंश में, बीच-बीच में यद्यपि खासा कवित्त्व है, तथापि, सच तो यह है कि उसमें भी विप्लव वादियों की मर्म-कथा प्रकट नहीं हुई। इसके सिवा इसमें इस द्वीपान्तर की कथा की बहुतेरी बातें आसानी से दबा दी गई हैं। ऐसा क्यों हुआ है, इसका विचार यथास्थान करने की इच्छा है।

'बन्दी जीवन' के इस खण्ड में यही लिखने की चेष्टा की गई है कि यूरोप के महायुद्ध के समय भारत में क्रान्ति की कैसी-क्या तैयारी की गई थी। रौलट-रिपोर्ट में तो इसका यह पहलू बिल्कुल ही छिपा दिया गया है परन्तु 'टाइम्स हिस्ट्री ऑफ दी ग्रेट वार' (Time's History of the Great War, volume dealing with India) नाम की पुस्तक में इसका थोड़ा-सा उल्लेख आ गया है। माना कि क्रान्ति की इस तैयारी का उपयोग नहीं किया जा सका, फिर भी सफलता या विफलता के दृष्टिकोण से इसकी महानता का फैसला करना ठीक नहीं। पितामह भीष्म का महत् चरित्र क्या कुरुक्षेत्र के महा संग्राम में उनकी हार-जीत पर अवलम्बित है ?

इस पुस्तक के दूसरे खण्ड में यह बतलाने की इच्छा है कि युद्ध छिड़ने के पूर्व भारतीय विप्लववादियों की क्या दशा थी, और उनके मन की गति ने किस-किस प्रकार आघात लगने से कैसा क्या भाव धारण किया था। इसके पश्चात् मेरे फरार हो जाने की दशा, फिर गिरफ़्तार होने और मुकदमा चलने एवं 'बन्दी जीवन' का वर्णन करने का विचार है। मेरी गिरफ़्तारी हो जाने के बाद भी भारत और वर्मा में जिस प्रकार क्रान्ति की गुप्त योजना की जा रही थी, उसका वर्णन करने का मेरा इरादा है।

सुना है कि वारीन्द्रकुमार के साथी उल्लासकर दत्त अण्डमान टापू में कहते थे कि ''बड़े सख्त लोगों से काम पड़ा है, ये हाड़ और माँस तो खाएँगे ही इसके सिवा चमड़ी से डुगडुगी मढ़कर बजाएँगे।'' ऐसे सख्त लोगों के हाथ से मुझे कैसे छुटकारा मिला था, इसका अन्त में वर्णन करने की अभिलाषा है। जीवन में तरह-तरह की चोटें लगने से अन्त में मन की क्या दशा हुई, उसको एक बात में न कहकर क्रमशः स्पष्ट करने की चेष्टा की जाएगी। मेरी अभी तक यह धारणा है कि यह पुस्तक तीन खण्डों में समाप्त होगी, लेकिन कर्मक्षेत्र की विषम उलझनों में पड़कर मैं नहीं कह सकता कि इस पुस्तक का कितना अंश पूरा लिख पाऊँगा। कारण, आज तक जितने काम मैंने अपने हाथ में लिए, किसी को भी मैं निर्विघ्न रूप से पूर्ण नहीं कर पाया।

25 अगस्त, 1922
कलकत्ता

–शचीन्द्रनाथ सान्याल

चतुर्थ संस्करण की भूमिका

आज से 16 साल पहले 'बन्दी जीवन' का लिखना प्रारम्भ किया था। 'बन्दी जीवन' क प्रथम संस्करण की भूमिका में मैंने लिखा था 'मेरी अभी तक यह धारणा है कि यह पुस्तक तीन खण्डों में समाप्त होगी, लेकिन कर्मक्षेत्र की विषम उलझनों में पड़कर मैं नहीं कह सकता कि इस पुस्तक का कितना अंश लिख पाऊँगा। कारण आज तक जितने काम मैंने अपने हाथ में लिए, किसी को भी मैं निर्विघ्न रूप से पूर्ण नहीं कर पाया।' ये वाक्य कलकत्ता में बैठे हुए 25 अगस्त, सन् 22 के दिन मैंने लिखे थे। अदृष्ट की क्या खूबी है कि इस पुस्तक के दो भाग भी मैं यथार्थ रूप में लिख नहीं पाया था कि फिर जेल में धर घसीटा गया। अब 16 साल के बाद आज फिर इस पुस्तक के सम्पादन कार्य में हाथ लगाया है।

मैं फरवरी, सन् 20 में अण्डमान से लौटा। लौटकर माताजी एवं भाइयों के अनुरोध से ईंटें बनवाने के काम में फँस गया। किसी कारोबार में फँसने से कितनी उलझनों में जान फँस जाती है उसको भुक्तभोगी ही जान सकता है। इसी उलझन में पड़े हुए मैंने 'बन्दी जीवन' लिखना प्रारम्भ किया। इसके थोड़े ही दिन बाद सन् 21 के शुरू में मैं जमशेदपुर में मज़दूर संगठन के कार्य में लग गया।

मेरी इच्छा तो यही थी कि मैं 'बन्दी-जीवन' को धीरे-धीरे लिखता जाऊँ लेकिन मेरे एक मित्र श्री हेमन्तकुमार सरकार जबर्दस्ती मेरी हस्तलिखित पोथी को प्रकाशनार्थ ले गए। उस समय हेमन्तकुमार देशबन्धु सी॰ आर॰ दास के विश्वस्त अनुयायियों में थे। सी॰ आर॰ दास के सम्पादकत्व में 'नारायण' नाम का एक मासिक-पत्र निकलता था। हेमन्तकुमार इस मासिक-पत्र का संचालन-भार लिये हुए थे। मुझे विश्वास नहीं था कि मेरा लेख प्रकाशित करने के योग्य है। हेमन्तकुमार ने

मुझे आश्वासन दिया कि मेरा लेख काफी अच्छा है, और इसे वे 'नारायण' में अवश्य प्रकाशित कराएँगे। इस प्रकार से जीवन में सर्वप्रथम मैंने लिखना प्रारम्भ किया।

लेकिन मैं अधिक नहीं लिख पाया था कि इसी बीच में मासिक-पत्र में मुझे प्रति मास नियमित रूप से लेख देना पड़ा। इधर मज़दूर संगठन के काम में तो दिन-रात व्यस्त रहता ही था, इसलिए इस पुस्तक को वांछित रूप से तो नहीं ही लिख पाया।

आज जब पुनः इस पुस्तक का सम्पादन करने बैठा हूँ तो सहस्त्रों प्रकार की बातें मेरे मन में आ-आकर अपनी अभिव्यक्ति के लिए उमड़ी पड़ रही हैं। बात यह है कि काल के प्रवाह से भारत में आज नई-नई बातें पैदा हो रही हैं, नये आदर्शों के द्वन्द्व के कारण भारत के राष्ट्रक्षेत्र में आज तरह-तरह की उलझनें पैदा हो रही हैं। जिस समय मैंने सर्वप्रथम राजनीति में कार्य करना प्रारम्भ किया था उस समय भी कम उलझनें न थीं, लेकिन आज उन उलझनों को पार करके अब मुझे, दूसरी उलझनों का सामना करना पड़ रहा है। इन दोनों युगों की उलझनों में जो अन्तर है उसे समझे बिना मेरी वर्तमान परिस्थिति को कोई समझ नहीं सकता, एवं आधुनिक युग के आदर्श-गत द्वन्द्वों का स्पष्टीकरण किए बिना आज मैं, इस पुस्तक की भूमिका ठीक तरह से नहीं लिख सकता।

यहाँ पर जीवन की कुछ गूढ़ बाते कहना आवश्यक हो गया है। यद्यपि यहाँ अपनी आप बीती नहीं लिखना चाहता, तो भी मुझे अपनी मानसिक स्थिति का कुछ अंश यहाँ पर खोलना ही पड़ेगा।

जब मैं बालक ही था, तभी से नाना कारणों से मैंने संकल्प लिया था, कि भारतवर्ष को स्वाधीन किया जाना है और इसके लिए सामरिक जीवन व्यतीत करना है। सर्वप्रथम यह भावना मेरे मन में कैसे आई इसका भी एक छोटा-सा इतिहास है, अन्य स्थान पर इसकी चर्चा मुझे करनी पड़ेगी। जिस समय क्रान्तिकारी भावना को लेकर मैंने सर्वप्रथम बनारस में संगठन प्रारम्भ किया था, संयोगवश इसी समय करीब-करीब मेरी ही उम्र के एक नवीन युवक के साथ मेरी गहरी मित्रता हो गई थी। यह नवीन युवक अभी कलकत्ता से आये हुए थे। ऐसी मित्रता कैसे उत्पन्न होती है यह एक रहस्य की बात है। नवीन भावनाओं की तरह सहसा किसी एक दिन ऐसे मित्र जीवन-पथ में आकर खड़े हो जाते हैं। पहले ही दर्शन में यह प्रतीत हो जाता है कि यह मेरे बड़े प्रियजन हैं। मोल-भाव करके दुनिया की चीज़ें खरीदी जाती हैं, लेकिन जीवन की जो श्रेष्ठ सम्पदा है वह यों ही मिला करती है। इस प्रकार से जीवन के एक महान् अवसर पर मैंने, इस तरह से यों ही अपने मित्र को पाया था-लेकिन थोड़े ही दिनों में जीवन के आदर्श को लेकर इनके साथ मेरा मतभेद उत्पन्न हुआ। मैं तो पहले ही संकल्प कर चुका था कि भारत को विदेशियों के हाथ से मुक्त करूँगा

और इस महान् कार्य को सम्पन्न करने के लिए गोपनीय रूप से जनबल एवं अस्त्रबल संग्रह करना पड़ेगा। उस समय शिवाजी को मैं आदर्श पुरुष समझने लगा था। पिताजी जब पूछते थे कि तुम आगे चलकर क्या करोगे, तो मैं कहता था कि मैं शिवाजी बनूँगा, नेपोलियन की तरह मैं जीवन बिताना चाहता हूँ। लेकिन अब मेरे मित्र ने मेरे मन में एक भीषण उलझन पैदा कर दी। हम लोगों की अवस्था उस समय पन्द्रह-सोलह साल की थी। इसी उम्र में मेरे मित्र ने संन्यास का आदर्श पसन्द कर लिया था, जिसका अर्थ होता है समाज-सेवा के काम से अलग होकर व्यक्तिगत साधना में जीवन व्यतीत करना। मेरे लिए सामाजिक कर्म को छोड़ना एक प्रकार से असम्भव सा था। लेकिन मेरे मित्र ने, मुझे यह समझाना चाहा कि मनुष्य का श्रेष्ठ आदर्श है जीवन में ईश्वर की उपलब्धि करना। ईश्वर का साक्षात्कार हुए बिना हम जो कुछ भी करेंगे उसे समाज का यथार्थ कल्याण होगा या नहीं यह कहना कठिन है। सत्य की अनुभूति हुए बिना हम कैसे ठीक रास्ते को अख्तियार कर सकते हैं ? ईश्वर का साक्षात्कार होने के पश्चात् ही हम यथार्थ रूप में समझ सकते हैं कि क्या सत्य है और क्या असत्य, क्या कल्याणकारी है और क्या अमंगलप्रद। ईश्वर का साक्षात् किए बिना समाज का कल्याण करते जाना मानो अंधे होकर, अंधे को रास्ता दिखलाना है। ईश्वर का साक्षात्कार करने के पश्चात् ईश्वर की आज्ञा से, ईश्वर की इच्छानुसार जब हम समाज की सेवा में लगेंगे तभी हमारी समाज-सेवा सार्थक हो सकती है। अपने पक्ष की पुष्टि के लिए मेरे मित्र ने स्वामी विवेकानन्द एवं परमहंस रामकृष्ण देव की जीवनी का उल्लेख किया।

इस प्रकार जीवन में सर्वप्रथम आदर्शगत द्वन्द्व उपस्थित हुआ। एक तरफ मैं समाज को छोड़ नहीं सकता था; दूसरी तरफ अपने जीवन के परम मित्र से भी मैं दूर नहीं रह सकता था, लेकिन मेरे मित्र मेरे साथ चलने के लिए तैयार न थे। मैं भी अपने मित्र के रास्ते पर चलने को तैयार न था। छः महीने तक दिन और रात इस उलझन में फँसे रहें, उस किशोरावस्था की मित्रता में एक अजीब मोहिनी शक्ति थी। हम एक-दूसरे को छोड़ भी नहीं पाते थे, ग्रहण भी नहीं कर पाते थे। आज भी मेरे मित्र संन्यास मार्ग में अवस्थित हैं और मैं गृहस्थ आश्रम में जकड़ा हुआ गोता खा रहा हूँ।

अपने मित्र के बताने पर मैंने स्वामी विवेकानन्द एवं श्री रामकृष्ण परमहंस देव की जीवनी पढ़ी, उनकी तमाम उक्तियों को लेकर एकाग्र मन से एकान्त में गंभीर रूप से मनन किया। उपनिषद् एवं गीता अनुवाद की सहायता से बार-बार पढ़ीं, साधु-संगति भी करने लग गया। इस प्रकार से हिन्दू-समाज की कर्मकथा को भली प्रकार से समझने की मैंने अपने अन्तरतम से चेष्टा की। साधु-संतों की संगति से जीवन में प्रभूत लाभ हुआ इसमें कोई संदेह नहीं; लेकिन जी को तसल्ली नहीं हुई। मेरी समझ में यह बात नहीं आई कि हमारे समाज के श्रेष्ठ महापुरुष क्यों समाज में

नहीं आते, क्यों सामाजिक काम में अग्रणी नहीं होते ? साधु-सतों के संसर्ग में आकर मैंने यह देखा कि साधन-भजन करना छोड़कर ये लोग एक कदम भी इधर-उधर नहीं जाते। यहाँ तक कि साधन-भजन के बारे में भी इनके जो कुछ अनुभव हैं, उन्हें भी ये पुस्तक के आकार में समाज को देना नहीं चाहते। इनमें त्याग है, अध्ययनशीलता है, दत्तचित्त होकर एक काम में लग जाने की शक्ति है, लेकिन ये समाज-सेवा के किसी काम में आना नहीं चाहते। मैंने अपने मन में यह सोचा कि यदि हमारे पूर्वज भी ऐसे ही होते तो आज हमें न पाणिनि जैसा व्याकरण ही मिलता, न वेद-वेदान्त, उपनिषद्, ज्योतिष, गणित या आयुर्वेद शास्त्र ही प्राप्त होते। मेरे मन में यह संदेह पैदा हुआ कि संभव है आजकल के साधु-संत चाहे जितने भी भले हों, लेकिन इनमें प्राचीनकाल की तरह वह प्रतिभा नहीं है, वह सम्यक् दृष्टि भी नहीं है, जिसके कारण एक दिन भारतवर्ष सभ्यता के चरम शिखर पर आरूढ़ था। मुझे तसल्ली नहीं हुई। गीता के कर्मयोग के आदर्श ने मुझे बहुत कुछ सहारा दिया; उपनिषद् से भी इस बात का सहारा मिला। विवेकानन्द की वाणी में कर्मयोग एवं संन्यास दोनों की ही बातें मिलीं। लेकिन प्रामाणिक रूप से मुझे यह सबूत नहीं मिला कि कर्म का मार्ग ही एकमात्र सत्य रास्ता है। तब मैंने यह निश्चय किया कि सम्भवतः हम अपनी-अपनी प्रकृति के अनुसार योग, कर्मयोग या संन्यास योग को ग्रहण कर सकते हैं, कोई रास्ता किसी दूसरे रास्ते से न छोटा है, न बड़ा। अपनी-अपनी प्रकृति के अनुसार जिस रास्ते को हम ग्रहण करेंगे वही रास्ता हमारे लिए सही है, एवं और सब रास्ते गलत हैं। कम-से-कम दूसरे रास्ते में जाने से हमें अवश्य कुछ-न-कुछ हानि होगी। अब यह निर्णय कैसे होगा कि मेरी प्रकृति कैसी है, एवं कौन-सा रास्ता मेरी प्रकृति के अनुकूल है ? साधु-संगति करके एवं शास्त्र-वचनों से मुझे यह पता चला कि ऐसा निर्णय करने के लिए तीन साधन मौजूद हैं। एक तो अपनी विचारबुद्धि है, दूसरा सतगुरु की सहायता है और तीसरा शास्त्रवचन है। इन तीनों में यथार्थ मेल होना चाहिए। केवल शास्त्रवचन से काम नहीं चलेगा। कारण, एक तो शास्त्र बहुत हैं, इसलिए उनमें से अवश्य ही चुनाव करना पड़ेगा। यह बात सच है कि शास्त्रवचन भी अभिज्ञता के आधार पर स्थित है, तथापि विभिन्न महापुरुषों ने, अलग-अलग रास्ते पर चलकर सत्यानुभूति की है। इसलिए कौन-सा मार्ग मेरे लिए प्रशस्त है, इसका निर्णय शास्त्रवचनमात्र से ही नहीं हो सकता इसके लिए शिक्षक की आवश्यकता है। तो क्या सत्यानुसंधान के काम में ही शिक्षक की आवश्यकता नहीं होगी ? किन्तु केवल शिक्षक से ही काम नहीं चल सकता। शिक्षा लेनेवाला यदि उपयुक्त न हो, तो शिक्षक क्या करेगा ? एवं कौन मेरा शिक्षक होगा यह निर्णय भी तो मुझे ही करना पड़ेगा ? इसलिए अन्त में अपनी विचारबुद्धि पर ही निर्भर करना पड़ता है। लेकिन अपनी प्रकृति को छोड़कर उसका उल्लंघन करके मैं कुछ नहीं कर सकता। इसलिए

भारतीय साधन-पद्धति में सर्वप्रथम बात यह है, कि सत्य की खोज करने के पहले अपने को निष्पक्षतापूर्ण बनाना पड़ता है। सम्पूर्णतया निष्पक्षपाती हुए बिना सत्य की खोज संभव नहीं है। लेकिन यथार्थरूप में निष्पक्षपाती होना आसान बात नहीं है। इसके लिए हमें स्वार्थशून्य होना आवश्यक है। और स्वार्थशून्य हम तभी हो सकते हैं, जब हम अपनी वासना के वशीभूत न हों। वासनातीत होना और वैराग्यवान होना एक ही बात है। इसलिए भारतीय साधना-पद्धति में वैराग्य होना सर्वप्रथम आवश्यक है। वासनातीत होने का अर्थ यह नहीं है कि मुझमें किसी प्रकार की वासना न हो, बल्कि वासनातीत होने का अर्थ यह है कि मैं किसी वासना के अधीन न होऊँ, प्रत्येक वासना मेरे अधीन रहे। इस प्रकार से अपने को यथासम्भव हर एक प्रकार के संस्कारों से मुक्त रखकर तब सत्यानुसन्धान में प्रवृत्त होना चाहिए। साधु-संगति के फलतः एवं प्राचीन साहित्य के अनुशीलन के परिणामतः मैं इसी नतीजे पर पहुँचा हूँ। मेरे मित्र और मैंने अलग-अलग रास्ते अख्तियार किये लेकिन छः महीने तक हम दोनों तीव्र द्वंद्व के भीतर से गुजरे। मैंने बाद में यह भी देखा कि हमारे सैकड़ों भाई, भारतीय आदर्श की दुहाई देकर, आध्यात्मिकता के बहाने, अपनी स्वार्थबुद्धि से प्रणोदित होकर, तामसिक वृत्ति के आवेश में आकर भारतीय स्वाधीनता-संग्राम में भाग लेने में पश्चात्पद रहे। ऐसे आध्यात्मवादियों के लिए घर-गृहस्थी के काम करने में कोई बाधा नहीं है, ये मजे से खाते-पीते हैं, बाज़ार करते हैं, अपने परिवार का प्रतिपालन करने के लिए तरह-तरह के काम-धंधे भी करते हैं, शादी भी करते हैं, संतान-उत्पादन एवं संतान-पालन भी करते हैं, अर्थात् गृहस्थ आश्रम के सभी काम करते हैं, केवल राजनीति में भाग लेने के अवसर पर धार्मिक जीवन व्यतीत करने की दुहाई देकर भारतीय अध्यात्मवाद की आड़ में अपनी कायरता को छिपाते हैं।

राजनीतिक जीवन में मेरा प्रथम मानसिक द्वंद्व इस प्रकार का रहा। जीवन में चाह तो यह थी कि हमारे भारतवर्ष में फिर ऐसे महापुरुष का जन्म हो, जिसमें गुरु रामदास एवं शिवाजी की सद्गुणावली एक व्यक्तित्व में विकसित होकर दिखलाई दे, अर्थात् कर्मजीवन ज्ञान के प्रकाश से उद्भासित हो। मेरे दिल में यह धारणा बद्धमूल हो गई थी कि कर्महीन होने के कारण भारत का अधःपतन हुआ है। एवं भारत की उन्नति यथार्थ रूप में तभी हो सकती है जब कर्मजीवन भी प्रकृत ज्ञान के आलोक से विशुद्ध हुआ हो। लेकिन वास्तविक जगत् में मेरा वांछित आदर्श-पुरुष मुझे नहीं मिला। यदि स्वामी विवेकानन्द या स्वामी रामतीर्थ के तुल्य महापुरुष भारतीय क्रातिकारी आंदोलन में अग्रणी होते, तभी मुझे प्रकृत संतोष होता। श्री अरविंद घोष में मेरे कल्पित आदर्श पुरुष की छाया मिली। मैं श्री अरविंद घोष से पाण्डिचेरी में सन् 1911 में मिलने के लिए भी गया था, लेकिन दुर्भाग्यवश मिल नहीं पाया। इसके बारे में विशेष रूप से अन्य स्थान पर कहूँगा। आखिर घूमते-घूमते ऐसे क्रातिकारी दल में मैं शामिल हो गया

जिस दल के नेतागण अरविंद घोष के दार्शनिक विचारों से अंतरंग रूप से प्रभावित हो रहे थे। इससे बढ़कर संतोष अपने जीवन में मुझे बहुत कम मिला है। मेरे मानसिक द्वंद्वों के इस अंश को बिना समझे 'बन्दी जीवन' के बहुत से स्थानों को पाठक ठीक से नहीं समझ पायेंगे। ऐसी मानसिक परिस्थिति में मैंने क्रांतिकारी दल में काम किया एवं इसी मनोवृत्ति को साथ लेकर मैं जेल गया, कालेपानी गया और लौट भी आया।

सन् 1920 के बाद जब मैं कालेपानी से लौटकर आया तब महातमा गांधी भारत के राष्ट्रीय क्षेत्र में अपनी कार्यप्रणाली को लेकर अवतीर्ण हो चुके थे। महात्मा गांधी की अहिंसा नीति के कारण, एवं महात्मा गांधी ऐसे महान् व्यक्ति का भारत के राष्ट्रीय आंदोलन में सक्रिय रूप से भाग लेने के कारण भारतीय क्रातिकारी आंदोलन को काफी बाधा पहुंची। महात्मा गांधी यह प्रचार करने लगे कि भारतीय प्राचीन आदर्श के साथ भारतीय क्रांतिकारी आंदोलन का समन्वय नहीं हो सकता। मानो प्राचीन भारतीय आदर्श में श्रीकृष्ण का एवं कुरुक्षेत्र के महायुद्ध का कोई स्थान ही नहीं है। महात्मा गांधी की तरह संस्कृत पाठशालाओं के छात्र एवं अध्यापकगण भी भारतीय प्राचीन आदर्श के नाम पर भारतीय क्रांतिकारी आंदोलन के विरुद्ध तीव्र प्रचार किया करते थे। इस प्रकार से हिंसा एवं अहिंसा की नीति को लेकर मेरे मन में दूसरा संघर्ष उत्पन्न हुआ था, लेकिन यह इतना तीव्र न था। महात्माजी ने बेलगाँव कांग्रेस में क्रांतिकारियों के विरुद्ध जो कुछ दोषारोपण किए थे उसके प्रत्युत्तर में मैंने फरार हालत में महात्माजी के पास अपने नाम से एक चिट्ठी भेजी थी, वह चिट्ठी ज्यों की त्यों 12 फरवरी सन् 1925 की 'यंग इंडिया' में प्रकाशित हुई थी। उसी अंक में महात्माजी ने उसका उत्तर भी दिया था।

कालेपानी से लौटने के बाद संभवत: सन् 1923 में ही मैं पहले पहल कम्युनिस्ट सिद्धांतों से परिचित हुआ। यह एक नवीन सिद्धांत था जिसके साथ क्रांतिकारी दल के किसी व्यक्ति का भी उस समय यथार्थ परिचय न था। तत्पश्चात् सन् 1925 में जेल जाने के पहले मैं कम्युनिस्ट सिद्धांत के साथ यथेष्ठ रूप से परिचित हुआ। बहुत से प्रामाणिक ग्रंथ पढ़े, कम्युनिस्टों के साथ खूब वाद-विवाद किया, विचार विनिमय किया। एक तरफ मैं क्रांतिकारी आंदोलन में जुटा था, दूसरी तरफ 'बन्दी जीवन' के दूसरे भाग का सम्पादन-कार्य भी कर रहा था, एवं कम्युनिस्ट सिद्धांत को समझने के लिए जी-जान से प्रयत्न कर रहा था। कम्युनिस्ट सिद्धांत का कुछ अंश तो मैंने ग्रहण कर लिया, लेकिन कुछ अंश को मैं आज भी ग्रहण नहीं कर पाया। कम्युनिज्म के सिद्धांत की आर्थिक-योजना की बहुत सी बातें मैंने स्वीकार कीं, लेकिन आर्थिक योजना के साथ कम्युनिज्म के सिद्धांत में भौतिकवाद के बहुत से ऐसे सिद्धांत हठपूर्वक जोड़ दिये गये हैं, जिन्हें दार्शनिक दृष्टि से एवं मानव अभिज्ञता की दृष्टि से मैं सत्य नहीं समझता। मैं अब भी ईश्वर में विश्वास रखता हूँ एवं यह

समझता हूँ कि आधुनिक विज्ञान की अभिव्यक्ति से क्रमशः भारतीय दर्शन-शास्त्र की पुष्टि होती जा रही है। आजकल हमारे देश के कुछ व्यक्ति परानुकरण वृत्ति के वश होकर आत्मवाद को स्वीकार नहीं कर रहे हैं एवं जो लोग आत्मवाद में विश्वास रखते हैं उनकी वे हँसी उड़ाते हैं।

यथार्थ में बात तो यह है कि अपनी-अपनी अभिरुचि, संस्कार एवं संगी-साथियों के प्रभाव की वजह से ही अधिकांशतः हमारी विचारधारा बनती है; गंभीर रूप से चिन्तन करने के बाद किसी सिद्धांत को ग्रहण करने का दृष्टांत मनुष्य में दुर्लभ है।

यह भी एक बात है कि आज जो लोग राष्ट्रीय क्षेत्र में त्याग एवं वीरत्व के साथ आगे बढ़ रहे हैं, उनकी विचारधारा का प्रभाव स्वभावतः प्रबल होगा। रूसी विलप्वी आंदोलन की सफलता के मोह में आकर भी आज हमारे देश के बहुतेरे नौजवान उससे अभिभूत हो रहे हैं। भौतिकवादियों के मन में यह भी एक धारणा है कि आधुनिक विज्ञान ने, आत्मवाद के सिद्धांत को जड़ से उखाड़कर फेंक दिया है, लेकिन ये सब बातें बिल्कुल निराधार हैं।

निष्पक्षपात रूप से यदि हम आधुनिक विज्ञान की आलोचना करें तो हमें यह अवश्य ही स्वीकार करना पड़ेगा के विज्ञान केवल इन्द्रियग्राह्य विषयों की ही खोज करता है, इस कारण विज्ञान की सहायता से हम यह कैसे कह सकते हैं कि इन्द्रियातीत वस्तुओं का अस्तित्व ही नहीं हैं ? यन्त्रों के आविष्कार से हम अपनी इन्द्रियों की शक्ति को बढ़ाते हैं, और तब हम देख पाते हैं कि जो वस्तु इन्द्रियगोचर नहीं थी वह यंन्त्रों की सहायता से इन्द्रियग्राह्य हो गई। आज वैज्ञानिक उन्नति के कारण हमें यह प्रतीत होने लगा है कि हमारे सुपरिचित ज्योति पुंज के अतिरिक्त, हमारी इन्द्रियग्राह्य आलोक-रश्मियों के अलावा भी, ऐसी बहुत-सी किरणें हैं, जिनकी प्रकाश-शक्ति परिचित आलोक रश्मि से कही अधिक एवं आश्चर्य प्रद है । यंत्रों की और भी उन्नति होने पर हमें पता चलेगा कि हमारे परिचित जगत् से, हमारे इन्द्रियग्राह्य जगत् से, इन्द्रियातीत जगत् कहीं अधिक व्यापक एवं चमत्कारपूर्ण है। हम मनुष्यों का स्थान उस अज्ञातलोक एवं ज्ञात लोक के सन्धिस्थल पर स्थित है। यन्त्रों की सहायता के बिना भी मनुष्य ऐसी शक्ति अर्जन कर सकता है, जिसकी सहायता से, इन्द्रियातीत जगत का उसे परिचय मिल सकता है।

जीव विज्ञान एवं मनोविज्ञान की आधुनिक उन्नति से वैज्ञानिकों को यह प्रतीत होने लगता है कि भौतिक मतवाद एक अंधविश्वास मात्र है। इसका वैज्ञानिक आधार कुछ भी नहीं है। प्रसिद्ध जीव वैज्ञानिक जे० एस० हालडेन साहब ने, तो यहाँ तक कह दिया है कि यदि व्यक्तिगत रूप से उन वैज्ञानिकों के प्रति लोगों को असीम श्रद्धा नहीं होती तो भौतिकवाद के मानने के कारण उन्हें वे घृणा की दृष्टि से देखते। [देखिये

Materialism by J.S. Haldane C. H., M. D., F. R. S. Hom. L L. D. (Birmingham and Edinburgh) Hon. D. Sc. (Cambridge, Leeds, and Witwaterarsand) Fellow of New College, Oxford, and Honorary Professor Birmingham University - P. 39] नोबेल पुरस्कार प्राप्त किए हुए डॉक्टर कैरेल अमेरिका के प्रसिद्ध रॉकफेलर इंस्टिट्यूट में अनुसंधानकारी, जगत्प्रसिद्ध जीव-विज्ञानवेत्ता हैं। इनकी भी राय में भौतिकवाद एक व्यक्तिगत विश्वासमात्र है। विज्ञान की दृष्टि से इसकी पुष्टि नहीं हो सकती। बल्कि विज्ञान की आधुनिक गति भौतिकवाद के विरोध में जा रही है। (देखिए कैरेल के लिखित Man the Unknown) इस प्रकार से आधुनिक जगत् के विख्यात एवं लब्धप्रतिष्ठ वैज्ञानिकों के वचन उद्धृत करके यह दिखलाया जा सकता है कि भौतिकवाद एक मत मात्र है। भौतिकवाद का सिद्धांत वैज्ञानिक आधार पर प्रतिष्ठित नहीं है। वर्ट्रेण्ड रसेल साहब ने, भी यह कहा है कि रूस के राजनीतिज्ञों एवं अमेरिका के कुछ थोड़े से वैज्ञानिकों को छोड़कर आधुनिक संसार में अधिकांश दार्शनिक एवं वैज्ञानिकों की भैतिकवाद में कोई श्रद्धा नहीं है। रूस एवं अमेरिका में ईसाई पुरोहितों के अवांछनीय किन्तु प्रबल प्रभाव के कारण उन देशों में उसकी प्रतिक्रिया के रूप में ऐसे भौतिकवाद का उद्भव हुआ है। (देखिए History of materialism by Lang, English translation - Introduction by Bertrand Russell - Writeten in 1925.) अपने इस पक्ष को प्रमाणादि देकर उचित प्रकार से सिद्ध करने के लिए एक सम्पूर्ण ग्रंथ लिखने की आवश्यकता है। परन्तु इस स्थान पर इतने गहरे रूप से इस विषय में विचार करने के लिए मैं प्रवृत्त होना नहीं चाहता। अंत में एक बात का और उल्लेख करके अपने वक्तव्य को स्पष्ट कर देना चाहता हूँ। एक तरफ आधुनिक पदार्थ-विज्ञान इस नतीजे पर आ पहुँचा है कि विश्व में जितने भी पदार्थ हैं, असल में वे सभी वैद्युतिक शक्ति के ही विभिन्न रूप हैं; दूसरी तरफ यह प्रमाणित हो रहा है कि मस्तिष्कशक्ति के परिचालन के परिणाम में वैद्युतिक प्रवाह उत्पन्न होता है। अभी इतना प्रमाणित होना बाकी रह गया कि वैद्युतिक प्रवाह के कारण मस्तिष्क में विचारधारा की उत्पत्ति हो। हमें याद रखना चाहिए कि कुछ दिन पहले यह अज्ञात था कि भौतिक शक्तियाँ एक अवस्था से दूसरी अवस्था में रूपान्तरित की जा सकती हैं, परन्तु आज अवश्य यह बात प्रमाणित हो गई है। इस प्रकार से हम उस दिन की प्रतीक्षा में हैं जिस दिन यह प्रमाणित हो जाएगा कि संसार के समस्त पदार्थ एवं जीवजगत् के समस्त जीवों की प्राणशक्ति तथा चैतन्य एवं बुद्धि ये सब एक ही वस्तु के विभिन्न रूप या प्रकाश हैं। कलकत्ता हाइकोर्ट के प्रसिद्ध जज सर जान वुडराफ साहब ने, यह कहने का साहस किया था कि आधुनिक विज्ञान की प्रगति वेदान्त के सिद्धांत की तरफ अनिवार्य रूप से झुक रही है। न कि वेदान्त को अपने सिद्धांत से हटकर विज्ञान की तरफ झुकना पड़ रहा है।

इस पहलू के अलावा समाजवाद के और भी बहुत-से सिद्धांत हैं जिनसे मैं सहमत नहीं हूँ, तथा मार्क्सवादियों का यह कहना है कि इतिहास की अभिव्यक्ति आर्थिक कारणों से ही हुआ करती है तथा संसार में अभिव्यक्त हरेक प्रकार की सभ्यता के मूल में आर्थिक कारण ही प्रधान रूप में सक्रिय होते हैं। इस बात को भी मैं स्वीकार नहीं कर पाया।

मार्क्स का यह भी कहना था कि पूँजीवाद व्यवस्था में उद्योग-धन्धों की उन्नति के साथ-साथ संसार के मज़दूरों में अशान्ति भी बढ़ेगी एवं उनकी क्रोधाग्नि भी प्रज्ज्वलित होगी और क्रमशः इन दो श्रेणियों के संघर्ष के परिणाम में पूँजीपतियों की हार एवं मज़दूरों की विजय अवश्यम्भावी है। लेकिन वास्तविक जगत् में हम देखते यह है कि संसार में जर्मनी, फ्रांस, इंग्लैंड, इटली, अमेरिका, जापान इत्यादि देशों में पूँजीपतियों की उन्नति चरम सीमा को प्राप्त किए है। फिर भी इन मज़दूरों की क्रांति इन देशों में नहीं हुई है। प्रत्युत कम्युनिस्ट चीन एवं रूस जैसे पिछड़े हुए देशों में अपना राज्य कायम करने में बहुत कुछ कृतकार्य हुए हैं। इसके मूल में आर्थिक कारण उतने नहीं हैं जितने अन्य और अनेक प्रकार के कारण हैं।

इन सब बातों की वैज्ञानिक प्रणाली से आलोचना करना आवश्यक है, लेकिन इस भूमिका में यह संभव नहीं है। इन सब बातों की सम्यक् आलोचना कहीं अन्यत्र करने की मेरी प्रबल इच्छा है।

आधुनिक विज्ञान एवं ऐतिहासिक खोज की प्रणाली की सहायता से भारतीय विप्लव आंदोलन का एक प्रामाणिक इतिहास अलग ही लिखने की प्रबल आकांक्षा है, इसलिए प्रस्तुत पुस्तक 'बन्दी जीवन' में कोई विशेष परिवर्तन नहीं किया गया। इस पुस्तक की हिन्दी भी मेरी नहीं है। इस बार जेल से छूटने के बाद से हिन्दी में लिखना आरम्भ किया है। इच्छा है कि अगले संस्करण में अनुवाद की सहायता न लेकर मैं, हिन्दी में ही मूल ग्रन्थ को लिखूँ। इस ग्रन्थ की त्रुटियों के लिए पाठकवर्ग से क्षमा का भिखारी हूँ।

लखनऊ, —शचीन्द्रनाथ सान्याल

13 सितम्बर, 1938

निवेदन

आज भूतकाल की बातें लिखने बैठा हूँ। वह समय आज बहुत ही महिमामय जान पड़ता है। जान पड़ता है कि जिस प्रकार समय अनन्त है उसी प्रकार उसकी महिमा भी अनन्त-अपार है। ऐसा लगता है कि समय उसे भी सुन्दर बना देता है जो सुन्दर नहीं है, वह असंगति में भी सगति मिला देता है, उसे बेढंगी नहीं रहने देता। समय की महिमा विचित्र है, उसकी कृपा से अप्रिय की स्मृति भी प्रिय हो जाती है।

वास्तव में अतीत–गुजरे हुए–की स्मृति बड़ी मीठी होती है, वह वीणा के तार में सोई हुई झंकार की तरह तार पर आघात करते ही मघुर भाव से झकृत हो उठती है।

कई बार पिछली बातों की याद दुःख भी कम नहीं देती। किन्तु उस दुःख दर्द के बीच भी मानों सुख रहता है। उस समय चित्त का मर्मस्थल तक खुल जाता है, मानो उस अवसर पर अपने आपके साथ बिल्कुल निर्जन में, बहुत ही गुप्त रूप से, बातचीत होती है।

आशा और निराशा, सुख और दुःख, मानो जिंदगी भर हमारे साथ खिलवाड़ करते हैं, किंतु बहुत दिनों तक इनमें से कोई भी नहीं टिकता। सभी दो दिन दर्शन देकर–हँसाकर या रुलाकर–चले जाते हैं, सिर्फ उनकी याद रह जाती है।

स्मृति-पट पर बहुतेरी बड़ी चीजें छोटी हो जाती हैं और छोटी चीजें बड़ा रूप धारण कर लेती हैं–कुछ चीजें ऐसी भी हैं, जो मन में ऐसी जा छिपती हैं कि फिर उनको ढँढ़ निकालना कठिन हो जाता है।

बनारस षड्यंत्र में मुझे सजा हुई थी। सन् 1915 की 26वीं जून को मैं गिरफ़्तार हुआ और 14 फरवरी सन् 1916 को आजन्म कालेपानी का तथा सारी सम्पत्ति जब्त होने का दण्ड मिला। इसके अनन्तर कुछ दिन तक तो काशी के कारागार में ही रहा, फिर अगस्त महीने में अण्डमान द्वीप को रवाना कर दिया गया। अगस्त की 18वीं

तारीख को मैं उस द्वीप के जेलखाने में दाखिल किया गया। फिर इच्छामय की इच्छा के अनुसार फरवरी सन् 1920 में सम्राट के घोषणा पत्र के कारण रिहा किया गया।

बस, सन् 15 से लेकर सन् 20 के आरम्भ तक मेरा प्रथम बार का बन्दी जीवन रहा। इस 'बन्दी जीवन' का अवलम्ब ग्रहण करके मैं बतलाना चाहता हूँ कि आखिर मैं कैद क्यों किया गया था। यह पुस्तक आज मैं इसलिए लिख रहा हूँ जिससे कि भारत के भविष्यत् इतिहास के कुछ अध्याय ठीक-ठीक लिखे जा सकें।

भारत का भाग्य एक महान् युग-सन्धि के बीच होकर दौड़ता जा रहा है। भारत के भीतर और बाहर क्रांति की भयंकर आग, भगवान् की गुप्त प्रेरणा से अपने निर्दिष्ट मार्ग पर –और वह भी मानो अपने लिए अनुकूल बवंडर बनाकर–फैलती जा रही है, ऐसे ही एक बवंडर में उसी विधाता की मर्जी से मैं भी पड़ गया था।

मेरी ही तरह और भी कुछ युवा पुरुष, अपने मर्मस्थल की अव्यक्त वेदना से अधीर होकर, जान बूझकर या बे-समझे-बूझे विधाता का अभीष्ट सिद्ध करने के लिए ही दलबद्ध हो गए थे। मुद्दत से मैं चाहता था कि उस दल के भीतरी मर्म का, जो कि काम-काज के बाहरी आडम्बर में छिप गया था, एक संक्षिप्त इतिहास लिखूँ। आज उसी मर्म व्यापी इच्छा को चरितार्थ करने की चेष्टा कर रहा हूँ।

हम लोग अकसर घटना को ही महत्त्व दे देते हैं--उसी को बड़े आधार में देखते हैं; किन्तु यह नहीं समझते कि घटना की ओट में – फिर वह घटना कितनी ही क्षुद्र क्यों न हो–महाशक्ति की लीला रहती है, और वही असल में घटना की अपेक्षा कहीं अधिक मूल्यवान होती है। सफलता का मोह हम लोगों को प्रति पल घेरता है। विचार के द्वारा उस मोह का छेदन हो जाने पर भी प्राण उस मोहावेष्टन को काटकर अलग कर देने में समर्थ नहीं होते। किन्तु बड़ी-बड़ी घटनाओं के मुकाबले में जीवन-यापन की मामूली बातें भी कुछ कम महत्त्व की नहीं होती। घटनाओं का आरम्भ विचार-जगत् में ही हुआ करता है।

इस संदर्भ में व्यक्तिगत चरित्र की आलोचना होने पर भी वह व्यक्तिगत रूप में न की जाएगी। व्यक्ति से परिचय हुए बिना समष्टि से परिचय नहीं हो सकता। इसलिए तो व्यक्तिगत चरित्र की आलोचना आवश्यक हो जाती है।

यह परिचय देने में मेरे अपने और अपने दल के बहुतेरे छिद्र प्रकट हो जाएँगे। तो इसलिए क्या मैं उन दुर्बलताओं और संकीर्णताओं को छिपाने की व्यर्थ चेष्टा करूँ जिन्होंने कि हमें भीतर ही भीतर पंगु बना दिया है ? ऐसी चेष्टा व्यर्थ तो होगी ही क्योंकि एक-न-एक दिन सत्य प्रकट होगा और जरूर होगा, और साथ ही छिपाने का उद्योग करने से न सिर्फ सत्य का अपलाप ही होगा अपितु उससे हमारा पंगुत्व –निकम्मापन- भी अधिक बढ़ जाएगा। इतिहास के पृष्ठों में 'सत्यम् ब्रूयात् प्रियम् ब्रूयात् मा ब्रूयात् सत्यमप्रियम्' सार्थक नहीं।

–शचीन्द्रनाथ सान्याल

सम्पादक की ओर से...

30 जून 1757 में अंग्रेजों (ईस्ट इंडिया कम्पनी) ने बंगाल के तत्कालीन शासक सिराजुदौला को 'प्लासी' के मैदान में हरा देने के बाद, अपने साम्राज्य के विस्तार पूरे भारत में फैलाने प्रारम्भ कर दिये।

अंग्रेजों की बंगाल में हुई विजय ने 'ईस्ट इंडिया कम्पनी' को सम्पूर्ण भारत पर अपना साम्राज्य फैलाने की कूटनीति को बल दिया।

जहाँ एक और बंगाल अंग्रेजों से हार का घूंट पी कर रह गया वहीं दूसरी ओर बंगाल की जनता भी स्वतंत्रता के लिए छटपटाने लगी, और अंग्रेजों से 'सिराजुदौला' की हार का बदला लेने के लिए समय समय पर विद्रोह करने लगी।

1764 में बंगाल सेना में विद्रोह हुआ। कुछ समय बाद बंगाल में 'सन्यासी विद्रोह' हुआ। लगभग 5000 सन्यासी एक जुट होकर 'ईस्ट इंडिया' कम्पनी के समर्थकों और सैनिकों से लड़ते और फिर छिप जाते थे, एक प्रकार से वे गुरिल्लावार चला रहे थे। 1772 दिसम्बर माह में सन्यासी दल ने रंगपुर जिले में भवानीगंज की कचहरी लूटी।

1 जनवरी 1857 को कलकत्ता के बैरकपुर आदि फौजी छावनियों में 'इनफील्ड राइफल्स' उपयोग में लाने का आदेश हुआ। इन राइफल्स में चरबी युक्त कारतूसों को इस्तेमाल किया जाता था, जिसमें गाय और सूअर की चर्बी प्रयोग होती थी। हिन्दू व मुसलमान दोनों जाति के फौजी सिपाहियों ने, इसके प्रयोग का विरोध किया।

10 मई 1857 को पुनः मेरठ से स्वतंत्रता प्राप्ति का बिगुल बजा। सैनिकों के साथ-साथ जन साधारण जनता भी क्रांति से जुड़ी, पर कुछ विशेष कारणों से यह

प्रयास असफल हो गया। अंग्रेजी राज ने विद्रोह को दबा दिया, परंतु अंग्रेज़ी राज से स्वतंत्रता प्राप्त करने के लिए जनता लगातार प्रयासरत रही।

बींसवी शती में ऐसे देशभक्तों ने भारत में जन्म लिया, जिन्होंने गुलामी की जंज़ीरों को तोड़ने के लिए अपने जीवन का बलिदान कर पूरे राष्ट्र को बलिदान का रास्ता दिखाया।

दुनिया के अन्य राष्ट्रवादी नेता उनके प्रेरणा स्त्रोत रहे, आयरलैंड का डि. वुलेरा, रूस का लेनिन, चीन का माओत्से तुंग, तुर्की का मुस्तफा कमालपाशा तथा इटली का मैजिनी। दुनिया के इन राष्ट्रवादी नेताओं के झन्डे के नीचे उस देश की पूरी जनता आ गई, और उन्होंने अपने राष्ट्र को स्वतंत्रता दिलाई।

दुनिया के उन्हीं प्रेरणा स्त्रोत व्यक्तित्वों ने, भारत में भी नौजवानों के दिल में हलचल पैदा की और वे भी भारत की आज़ांदी के लिए अपने प्राणों का बलिदान करने के लिए तत्पर हो गये। मातृभूमि की आज़ादी ही उनके जीवन का एक मात्र लक्ष्य हो गया।

दुनिया में यदि ऐसे शूरवीर न पैदा होते तो शायद कोई भी राष्ट्र अपनी स्वतंत्रता और सम्प्रभुता के साथ अपने अस्तित्व को कायम नहीं रख पाता।

भारत के शूरवीरों ने, आज़ादी का बिगुल बजाया और ब्रिटिश साम्राज्य से टक्कर लेने के लिए सशस्त्र क्रांति का रास्ता अपनाया। वे सीधे तौर पर हथियार लेकर उस ब्रिटिश साम्राज्य से टक्कर लेने को तत्पर हो गये, जिसका दुनिया के आधे भाग पर राज था। कहावत मशहूर थी कि 'अंग्रेजों के राज में सूरज नहीं छिपता'।

जब भारत में चारों ओर निराशा के बादल छाये हुये थे, आज़ादी के उजाले की किरण दूर-दूर तक न थी। परातन्त्रता के काले अंधेरे को चीरने के लिए वे शमा बन कर रोशन हुए। उन्होंने जनता को परातन्त्रता के अंधेरे से छुटकारा पाने का रास्ता दिखाया।

अनेकों वीरों ने, अपने प्राणों का बलिदान देश की स्वतंत्रता के लिए कर दिया, अनेकों वर्ष जेल की काल कोठरियों में बिताये। वे देश की आज़ादी की लड़ाई के मील के पत्थर थे। उन्हीं के बलिदानों की हिस्सेदारी के कारण हमारा देश 15 अगस्त 1947 को स्वतंत्र हुआ।

जेल की काल कोठरियों में अनेकों क्रांतिकारियों ने, अपनी आत्म कथाएं लिखी जो इतिहास की धरोहर हैं। उनकी आत्म कथाएं पढ़ने पर ज्ञात होता है कि उन्होंने देश की आज़ादी के लिए कितने कष्ट सहे।

क्रांतिकारियों की आत्म कथाओं में पं. रामप्रसाद 'बिस्मिल' की आत्म कथा भगतसिंह की 'जेल डायरी' तथा श्री शचीन्द्रनाथ सान्याल की 'बन्दी जीवन' प्रसिद्ध है। जहाँ एक ओर अन्य क्रांतिकारियों की जीवन गाथा उनकी मृत्यु के बाद प्रकाशन में आई, वहीं दूसरी ओर शचीन्द्रनाथ सान्याल की जीवन गाथा 'बन्दी जीवन' उनके जीवन काल में ही प्रकाशन में आई। जीवनी प्रकाशित होते ही, तत्कालीन अंग्रेज सरकार ने उसे 'जब्त' कर लिया और उसके प्रकाशन और प्रचार-प्रसार पर रोक लगा दी।

'बन्दी जीवन' के प्रथम संस्करण का प्रकाशन अगस्त 1922 में हुआ। सान्याल ने पुस्तक के प्रथम भाग को लीलामय भगवान के चरण कमलों में समर्पित किया था तथा दूसरे भाग को अपनी माता जी को इन शब्दों में अर्पित किया-"जिन को जीवन में ना ना रूप से दुख कष्ट ही देता रहा, उत्कृष्ट इच्छा रहने पर भी सांसारिक रीति से जिनको कुछ भी सुखी नहीं बना सका, दिन और रात सुख और दुख में, सम्पद और विपद में, हर घड़ी जिनकी याद करके एक दम आनंद और दुख से विह्वल सा हो उठता हूँ, जो मेरे दुखों में सांझी हो कर केवल दुख ही दुख पाती रही, अपनी उन्हीं परम स्नेहमयी जननी के श्री चरणों में यह अपना क्षुद्र ग्रन्थ श्रद्धा और भक्ति-सहित समर्पित करता हूँ।" चतुर्थ संस्करण का प्रकाशन सितम्बर 1938 में हुआ। इन संस्करणों की भूमिका स्वयं शचीन्द्रनाथ सान्याल ने लिखी थी।

शचीन्द्रनाथ सान्याल ने ही 'हिन्दुस्तान रिपब्लिकन एसोशिएशन' अथवा 'हिन्दुस्तान प्रजातन्त्र संघ' की स्थापना की थी। जिससे रासबिहारी बोस, चन्द्र शेखर 'आजाद', भगतसिंह, भगवती चरण वोहरा, सुखदेव, राजगुरु इत्यादि क्रांतिकारी जुड़े और देश की आज़ादी के लिए प्राणों को न्यौछावर किया।

शचीन्द्रनाथ सान्याल का जन्म 1893 में वाराणसी में हुआ था। इनके पिता श्री हरिनाथ सान्याल राष्ट्रवादी विचारों के थे। उनके चारों बेटे शचीन्द्रनाथ सान्याल, जितेन्द्रनाथ सान्याल, रवीन्द्रनाथ सान्याल तथा भूपेन्द्रनाथ सान्याल भी क्रांतिकारी आन्दोलन के कारण जेल गये।

प्रथम विश्व युद्ध के दौरान सन् 1915 में शचीन्द्रनाथ सान्याल ने, रास बिहारी बोस के साथ मिलकर भारत में सशस्त्र क्रांति कर भारत को स्वतंत्र कराने की योजना बनाई जो एक गद्दार की गद्दारी के कारण असफल हो गई जिसका विवरण इस पुस्तक में आपकों पढ़ने को मिलेगा। 19 जुलाई 1905 को बंगाल विभाजन की योजना की सरकारी घोषणा तत्कालीन गवर्नर जनरल लार्ड कर्जन ने की। पूरे बंगाल

में इस घोषणा का विरोध हुआ। बंगालियों के विरोध के बावजूद 16 अक्टूबर 1905 लार्ड कर्जन ने बंगाल के प्रशासनिक इकाईयों को दो भागों में बांट दिया। नये प्रांत का नाम हुआ 'पूर्वी बंगाल'।

बंगाल के विभाजन के विरोध में बंगालियों में गहरा असन्तोष होने के बावजूद बंग-भंग तो हो गया परन्तु बंगाली नेताओं ने आशा नहीं छोड़ी। वे बराबर आन्दोलन करते रहे उस समय कलकत्ता भारत की राजधानी थी।

बंगाल में स्वदेशी आन्दोलन प्रारम्भ हो गया। बंगाली स्वदेशी उत्पादों की खरीद-उपभोग करके, राष्ट्रीयता के जज़्बों को पुष्ट करने लगे। विदेशी माल का बहिष्कार होने लगा। बंगाल में जन आन्दोलन होने लगे। परिणाम स्वरूप 12 दिसम्बर 1911 को सम्राट पंचम (King V^{th}) के भारत आगमन के अवसर पर सरकार ने, तत्कालीन गवर्नर जनरल लार्ड कर्जन के बंग-भंग को कुकृत्य बताते हुए बंगाल के एकीकरण (पूर्वी तथा पश्चिम बंगाल) को बहाल किया तथा राजधानी भी कलकत्ता से दिल्ली लाये जाने की घोषणा जार्ज पंचम ने स्वयं की।

23 दिसम्बर 1912 को दिल्ली को राजधानी बनाये जाने के उपलक्ष्य एक आयोजन किया गया। जब शोभा यात्रा व शाही जुलूस चांदनी चौक से गुजर रहा था जिसमें लार्ड हार्डिंग भी सम्मिलित थे और हाथी पर सवार थे। ज्यों ही जुलूस पंजाब नेशनल बैंक की बिल्डिंग के पास से गुजरा। बैंक की बिल्डिंग की छत से एक बम्ब आया। बम्ब से लार्ड हार्डिंग बुरी तरह जख्मी हो गये और एक अंग रक्षक मारा गया। लेडी हार्डिंग को भी चोंटें आई।

यह जुलूस अंग्रेज़ सरकार शाही शानौ शौकत के साथ चांदनी चौक से इसलिए निकाल रही थी कि भारतीय जनता और विदेशों के लोकमत पर यह प्रभाव डाला जा सके कि भारतीय समाज पूरी तरह अंग्रेज़ी शासन के साथ है और कहीं भी कोई विरोध नहीं है। परन्तु सुप्रसिद्ध बंगाली क्रांतिकारी रासबिहारी बोस ने लार्ड हार्डिंग पर मोती बाज़ार के सामने कटरा धूलिया के पास पंजाब नेशनल बैंक की बिल्डिंग से चांदनी चौक में बम्ब फिकवा कर अंग्रेज़ सरकार की इस धारणा और मनोकामना को चुनौती दी। बम्ब रासबिहारी बोस के साथी श्री बसन्त कुमार विस्वास ने स्त्री वेश में स्त्रियों की भीड़ में सम्मिलित होकर पंजाब नेशनल बैंक की छत से फूल माला में लपेट कर फेंका था।

इसके बाद बड़े पैमानें पर गिरफ्तारियाँ हुईं। कुछ लोग मुखबिर हो गये। 8 मई 1915 को श्री बाल मुकुन्द, मास्टर अमीरचन्द, अवध बिहारी को दिल्ली गेट के सामने (जहां आज मौलाना आजाद मैडिकल कालिज है) स्थित तत्कालीन जेल में

फांसी की सजा दी गई। बसन्त कुमार विस्वास को अंबाला जेल में फांसी दी गई। इनके अतिरिक्त अनेक व्यक्तियों को लम्बी अवधि की सजायें हुई।

इस 'षड्यंत्र' के प्रमुख रचियता रासबिहारी बोस फरार हो गये तथा बाद में भारत से जापान चले गये। जहाँ उन्होंने आई.एन.ए. फौज़ का गठन किया, जिसकी कमान उन्होंने नेताजी सुभाष चन्द्र बोस को सौंपी, जब वह ब्रिटिश सरकार को चकमा दे कर भारत से जापान चले गये थे।

भारत की आज़ादी के इतिहास में यह काण्ड 'दिल्ली षड्यन्त्र केस' के नाम से विख्यात है। इस घटना के आगे से ही शचीन्द्रनाथ सान्याल ने आत्म कथा प्रारम्भ की है...

रासबिहारी बोस को देश छोड़ कर जापान जाना पड़ा तथा शचीन्द्रनाथ को 1915 में कालापानी की सजा हुई। 1920 में अंग्रेज़ों के 'प्रथम विश्व युद्ध के विजय' की खुशी में उन्हें कालापानी से मुक्त किया गया।

जेल से बाहर आने पर ही यह प्रस्तुत पुस्तक उन्होंने लिखी। 1924 में पुनः एक जोशीला भाषण देने के अपराध में ब्रिटिश सरकार ने, उन्हें बन्दी बना लिया। जेल से छूटने के बाद, 1925 में यह पुनः काकोरी कांड से जुड़े (इन पंक्तियों के लेखक की पुस्तक चन्द्रशेखर आजाद और उनके दो गद्दार साथी' को पढ़ें जो इसी प्रकाशन संस्थान से प्रकाशित है) दोबारा कालापानी की सजा हुई। 1937 में रिहा किये गये। 1939 में दूसरा विश्व युद्ध प्रारम्भ होने पर इन्हें दोबारा गिरफ्तार किया गया, और देवली जेल में रखा गया। यहाँ इनका स्वास्थ्य बुरी तरह खराब हो गया। यहाँ इन्हें टी.बी. की बीमारी हो गई। बाद में उन्हें सुल्तानपुर जेल भेज दिया गया। उन पर आरोप था की वह जापान से साँठ–गाँठ करके भारत में हथियार लाकर भारत में सशस्त्र क्रांति का प्रयास कर रहे थे। 1942 में इन्हें गोरखपुर जेल भेजा गया।

7 फरवरी 1942 को टी.बी. (तपेदिक) रोग के कारण गोरखपुर में उनकी मृत्यु हो गयी....

"जुदा मत हो मेरे पहलू से ऐ दर्दे वतन हरगिज़,
न जाने वादे मुर्दन में मैं कहाँ और तू कहाँ होगा॥"

—पं. सत्यनारायण शर्मा

शचीन्द्रनाथ सान्याल जी के सहयोगी क्रान्ति के अग्रदूत

लाला हरदयाल

भगतसिंह

सुभाष चन्द्र बोस

अजीत सिंह

भाई परमानन्द

रासबिहारी बोस

आज़ाद हिन्द केबिनेट

प्रथम भाग

आत्म-समर्पण योग

कलकत्ता के राजा बाजार मुहल्ले में एक छोटा सा दोमंजिला खपरैल का मकान था। ग़रीबों का सा घर जँचता था। इसमें ट्राम-कंडक्टर या इसी श्रेणी के लोग रहते थे। इसी मकान के ऊपरवाले एक कमरे में श्री शशांकमोहन हाजरा[1] नामक एक युवा पुरुष रहते थे। जिस समय वह गिरफ़्तार किये गए, उस समय उनके कमरे में बम के ऊपरी खोल मिले और ऐसे लेख भी बरामद हुए जिनमें योगाभ्यास की विधि थी। अदालत में मुकदमा चलते समय किसी ने भी इन लेखों को महत्त्वपूर्ण नहीं समझा; कहा गया कि ये लेख असल में लोगों को फँसाने के लिए हैं। लोगों को गुमराह करने का यह एक जरिया है। लेकिन मैं जानता हूँ कि असल में बात ऐसी थी नहीं। हम लोगों ने सचमुच

1. सम्पादक की ओर से परिच्छेद में... 23 दिसम्बर 1912 को दिल्ली चांदनी चौक में लार्ड हार्डिंग पर बम्ब फेंकने की घटना का जिक्र आ चुका है। उस घटना को अंग्रेज़ सरकार ने 'दिल्ली षड्यन्त्र केस' नाम दिया था। केस पूरे भारत में छानबीन करके उन लोगों पर चलाया गया था, जो उस केस से सम्बद्ध थे। केस की छान बीन के दौरान कलकत्ता में श्री शशांक मोहन हाजरा जो बर्फ के कारखाने में काम करते थे, के घर से बम के कुछ खोल प्राप्त हुए थे जो उस बम्ब से मिलते-जुलते थे जो लार्ड हार्डिंग पर फेंका गया था। शशांक मोहन का एक दूसरा नाम अमृत हाजरा भी था। किसी राजनैतिक डकैती में पुलिस ने जब उन के निवास स्थान की तलाशी ली उस समय कुछ बम के खोल और बम बनाने की विधि की लिखित जानकारी भी पुलिस के हाथ लगी। अदालत में शशांक हाजरा ने स्पष्ट रूप से इन्कार किया कि वे क्रांतिकारी हैं तथा बम बनाना जानते हैं। उन्होंने कहा कि "खोल तो लालटेन बनाने के काम आते हैं।" और उन्होंने अदालत में एक गैस की लालटेन भी बनाकर दिखा दी। अन्य बरामद प्रमाणों से शशांक मोहन हाजरा का क्रांतिकारी होना सिद्ध हो गया और उन्हें 15 साल की काला पानी की सजा मिली थी।

ही अपने जीवन में इस साधन (योगाभ्यास) को ग्रहण किया था। हम लोग सिर्फ मुँह से ही न कहते थे कि भगवान सभी कामों के नियन्ता हैं, बल्कि सचमुच हृदय से, गंभीर श्रद्धा के साथ, इस बात पर हम विश्वास भी करते थे। हम अपनी गरज के लिए, अपना काम साधने के लिए ही कुछ भगवान् को न घसीटते थे, किन्तु भगवान् के अधिनायकत्व की आलोचना और भावना में कितने ही दिन और रात्रियाँ तक हमने बिताई।

भारत की छाती पर जो यह महान् आंदोलन हुआ और हो रहा है, यह भगवान् की इच्छा से ही हुआ और हो रहा है; यही हम लोगों का विश्वास है। जिस भाव की अव्यर्थ प्रेरणा से भारत के सैकड़ों नवयुवक मृत्यु को सहर्ष चुनौती देकर बड़ी-बड़ी कठिन विपत्तियों के मुख में भी बड़ी आन-बान के साथ कूदे थे, और जिस प्रेरणा के बल से उन्होंने अपार दुःखों और लांछनों को पक्के संयमी की भाँति सहन किया था, उस भाव के प्लावन को क्या कोई विशेष व्यक्ति उपस्थित कर सकता है ? या इसका स्थायित्व किसी व्यक्ति विशेष के मत, अथवा जीवन मरण पर अवलम्बित है ?

जब मैं निरा बच्चा ही था तभी से मेरे हृदय में स्वदेश का उद्धार करने का संकल्प जाग्रत रहता था। यह संकल्प मुझे किसी से प्राप्त नहीं हुआ। उस छोटी-सी उम्र में किसने मेरे रोम-रोम में इस संकल्प को भर दिया था ? बचपन से ही मैं इस विषय की आलोचना अपने छोटे भाइयों से करता आया हूँ। उस समय तो स्वदेशी आंदोलन भी उपस्थित न हुआ था। यह केवल मेरे ही मन की दशा न थी। वयस्क होने पर जब मैंने और-और लोगों से बातचीत की तब मुझे पता लगा कि मेरे जैसे और भी बहुतेरे लोग देश में विद्यमान हैं। मुझे तो यही लगता है कि भगवान् अपने अभीष्ट को सिद्ध करने के लिए पहले ही से तैयारी करते आ रहे हैं।

हमने जो आध्यात्मिक साधना ग्रहण की थी, एक शब्द में उसे आत्मसमर्पण योग कहा जा सकता है। भक्ति-योग अथवा प्रेमसाधन से इसका घनिष्ट सम्बन्ध है। मैं भगवान को प्यार करता हूँ, इतना प्यार करता हूँ कि उसके सिवा अन्य किसी वस्तु को अपना नहीं कह सकता। मैं जो कुछ करता हूँ, वास्तव में वह मैं स्वयं नहीं करता, मैं तो केवल निमित्त मात्र हूँ। भगवान् स्वयं मेरे द्वारा उन कार्यों को सम्पन्न कराते हैं। वेदान्त में इस मत का पर्याप्त पोषण किया गया है। जगत् में शक्ति एक ही है, अतएव जो कुछ इस संसार में होता है सब उस शक्ति का ही खेल है। परन्तु जगत् को हम माया नहीं समझते, वरन् उस भगवान् की लीला मानते हैं। हमने निज जीवन में, देश में तथा जगत् में उसी एक शक्ति की लीला देखने तथा अनुभव करने की चेष्टा की थी।

2

पूर्व परिचय

गोपीनाथ साह

1906-1907 ईसवीं में बंगाल में जो क्रांति की लहर चल रही थी, वह बंगाल तक ही सीमित न रही। कुछ बंगाल के अनुकरण में, और कुछ बंगाल की प्रेरणा से, इस समय भारत में कई स्थानों पर विप्लव-केन्द्र स्थापित हो गए थे। इसी के फलस्वरूप काशी, दिल्ली और लाहौर में विप्लव-केन्द्रों की सृष्टि हुई।

मैं दिल्ली बम-केस के बाद से ही कहानी आरम्भ करूँगा। उससे पूर्व बंगाल के बाहर क्रांतिकारियों ने, जो कार्य किए, जनसाधारण को उसका कुछ ज्ञान न था। दिल्ली पड्यंत्र के मुकदमें में लाला हरदयाल और श्री रासबिहारी बसु के नाम विख्यात हुए। लाला हरदयाल उस समय अमेरिका में थे किन्तु रासबिहारी घोर संकट के समय में भी सन् 1915 तक भारत में ही रहे। वह बंगाल के बाहर के क्रांतिकारी दल के नेता थे। उनको साधारणतः हम दादा या रासूदा कहते थे।

दिल्ली षड्यंत्र के मुकदमे के आरम्भ होने के पहले से ही रासबिहारी फरार हो चुके थे। उनको पकड़ने के लिए कई पुरस्कारों की घोषणा हो चुकी थी। प्रत्येक बड़े रेलवे स्टेशन पर उनका फोटो टाँगा गया था, और उनको पकड़वाने वाले को साढ़े सात हज़ार रुपया पुरस्कार दिया जाएगा, इसकी भी घोषणा प्रकाशित की गई थी। किन्तु पूरा प्रयत्न करने पर भी सरकार उनको किसी तरह पकड़ न सकी।

बहुत सोच-विचार के बाद मेरे परामर्श से रासबिहारी ने, काशी में रहना निश्चित किया। वह काशी में मेरे साथ प्रायः एक वर्ष तक रहे। उस समय उनके संसर्ग से

मैंने जो आनन्द पाया था, उसे मैं भूल नहीं सकता। इतने अरसे में मैंने उनको शायद कभी भी दुखी नही देखा। हाँ, जिस दिन दिल्ली षड्यंत्र के मुकदमे के फैसले के अनुसार चार व्यक्तियों को फाँसी का हुक्म हुआ, उस दिन एकांत में उनको अश्रुपात करते देखा था।

लाला हरदयाल

रासूदा जितने दिन काशी में रहे उतने दिन मैंने भारतवर्ष के भिन्न-भिन्न स्थानों के लोगों को उनसे मिलते देखा था। राजपूताना, पंजाब और दिल्ली से लेकर सुदूर पूर्व बंगाल तक के लोग उनके पास आते थे। वह जब तक काशी में रहे तब तक युक्त प्रदेश (उत्तर प्रदेश) तथा पंजाब के भिन्न-भिन्न स्थानों में विप्लव केन्द्रों की स्थापना में लगे रहे। उसी का यह परिणाम हुआ कि एक ही वर्ष में हमारा दल पर्याप्त शक्तिशाली हो गया, और उसी का यह फल था कि यूरोपीय महायुद्ध जब प्रारम्भ हुआ तब हम खूब जोर से काम कर सके थे।

सन् 1915 भारत में चिरस्मरणीय रहेगा। इस साल विप्लव की जितनी बड़ी तैयारी अकारथ गई उतनी बड़ी तैयारी सन् 1857 के गदर के पश्चात् पंजाब में कूका विद्रोह के सिवा और हुई कि नहीं इसमें संदेह है। इस षड्यंत्रकारी दल के गिरफ़्तार हो जाने पर 'भारत-रक्षा' कानून गढ़ा गया था। उस समय के होम-मेम्बर क्रैडक साहब ने, भारतीय व्यवस्थापिका सभा में उक्त कानून का प्रस्ताव उपस्थिति करते समय जो वक्तृता दी थी, उसमें कहा था–"We had anarchism for a long time in Bengal but the situation in the Punjab was serious; in Bengal it was less so." उस समय सचमुच भारत की दशा बहुत ही नाजुक हो गई थी। हाँ, बंगाल के सम्बन्ध में क्रैडक साहब की अभिज्ञता उस समय बहुत ही कम थी। कुछ दिन के पश्चात् उक्त साहब ने स्वीकार किया था, कि पंजाब के विप्लवकारियों के साथ बंगाल के विप्लवपन्थी दल के सम्बन्ध सूत्र में सरकार की पहले जो धारणा थी उसमें परिवर्तन हो गया है।

उत्तर भारत के विप्लव सम्बन्धी कई मुकदमों में बहुतेरी बातें प्रकट हो चुकी हैं। बहुत लोग समझते हैं कि इन बातों में सच्चाई कम है। बहुतों ने, मुझसे कहा भी था कि 'पुलिस ने अपना दिमाग लड़ाकर झूठा मुकदमा बनाकर खड़ा कर दिया है, वास्तव में वैसा कुछ देश में किया ही नहीं गया है।' ऐसे लोगों की बातें सुनने से मैं दिल में जल-भुन जाता था। सोचता था कि देशवासियों का अपनी शक्ति का विश्वास यहाँ तक लुप्त हो गया है कि वे, यह समझ ही नहीं सकते कि उनके स्वजातियों में ऐसा कुछ करने का सामर्थ्य है। किन्तु अन्दर के क्षोभ के कारण मन

की बातें खुलकर कह सकता था, इससे जलन और भी अधिक होती थी।[1] कोमागाता मारू' नामक जहाज के सिक्ख यात्रियों को कनाडा की भूमि में पैर न रखने देने के कारण उनके मन में जो आग प्रज्ज्वलित हुई थी उसकी चिनगारियाँ जब चारों ओर उड़ रही थीं, तब भारत के एक प्रान्त में बैठे हुए हम लोग आशा की वेदना से चंचल होकर असहनशील की भाँति ताक रहे थे। पंजाब में जो हमारे दल के लोग थे, उनसे कह दिया गया था कि 'कोमागाता मारू' के यात्री ज्योंही देश में आएँ उन्हें फौरन दल में भरती कर लिया जाय।

किन्तु 'कोमागाता मारू' के यात्रियों के भारत की वसुन्धरा पर पैर रखते ही एक दुर्घटना हो गई। परन्तु इससे हमारी आशा और भी सबल होने लगी। देखते-देखते कनाडा और कैलिफोर्निया से सिक्खों के दल के दल देश में आने लगे। ये लोग भारत को आते समय रास्ते में, स्थान-स्थान पर उतरकर, पुलिस और फौज में नियुक्त सिक्खों के बीच विप्लवाग्नि भड़का रहे थे। ये लोग बहुत दिन से भारत से बाहर परदेश में थे। इस कारण ये प्राय: यह न जानते थे कि गुप्त रूप से विप्लव योजना किस प्रकार की जाती है। यही कारण है कि ये लोग प्रत्येक जहाज और बन्दरगाह में गदर की आग फैलाते चले आ रहे थे। उसका फल यह हुआ कि भारत सरकार खूब चौकन्नी हो गई। जैसे-जैसे सिक्खों के दल स्वदेश में आकर जहाज से उतरने लगे, तैसे-तैसे सरकार की ओर से उनकी यथारीति अभ्यर्थना होने लगी। इस प्रकार एक दल के कोई तीन सौ यात्रियों को सीधा मुलतान जेल में भेज दिया गया। इनमें से बहुतों के पास काफी धन था, इन्होंने अमेरिका में लगातार कई वर्ष परिश्रम करके जो उपार्जन किया था उसे ये साथ लाए थे। उनके उस घोर परिश्रम से उपार्जित धन को सरकार ने जब्त कर लिया। बेचारों के घरवाले ताकते ही रह गए कि परदेश से दो पैसे आएँगे तो महीने भर सुख से पेटभर भोजन कर लेंगे। इनमें से एक सिक्ख के पास कोई तीस हज़ार रुपये थे।

बहुतेरे ऐसे थे जो अपनी सारी गाढ़ी कमाई कैलिफोर्निया-स्थित 'युगान्तर आश्रम' को अर्पण कर आए थे। जितने दल सरकार की तीखी नज़र से बच गए थे वे पंजाब जाकर दलबद्ध होने लगे। सिक्खों के धर्म-मन्दिर गुरुद्वारा कहे जाते हैं। इनमें

---

1. इस स्थान में पुलिस के कार्यों के सम्बन्ध में दो-चार और बातें कह देना उचित है। ऊपर जो कुछ कहा गया है उससे कोई सज्जन यह न समझ लें कि पुलिस जो राजनीतिक मुकदमें करती है वे सब सम्पूर्णतया सत्य होते हैं। पुलिस मुकदमें बनाने के लिए कई मिथ्या कथाएँ गढ़ती है और ऐसे ही कई बार सर्वथा निर्दोष व्यक्तियों को भी मुकदमों में फँसा देती है। काशी षड्यंत्र में जिन पर मुकदमा चलाया गया था, और जिनको सजा दी गई थी, उनमें से कई सर्वथा निर्दोष थे। मैं ऐसे कई राजनीतिक मुकदमों के बारे में जानता हूँ जिनमें अभियुक्त व्यक्ति बिल्कुल निर्दोष थे। लखनऊ राजनीतिक हत्या के मुकदमें में श्रीयुक्त सुशीलचन्द्र लाहिड़ी को फाँसी हुई थी। किन्तु कइयों की सम्मति में वह वास्तविक अपराधी नहीं थे।

सिक्खों के पुरोहित रहते हैं। सिक्ख लोग इन्हें ग्रंथीजी कहते हैं। प्रत्येक गुरुद्वारे में एक ग्रंथीजी रहते हैं। विप्लवपन्थी सिक्खों के सम्मिलन केन्द्र ये ही धर्म-मंदिर थे। मैं ऐसे ही एक गुरुद्वारे में बैठा था कि एक सिक्ख ने, आकर खबर दी कि 'अमुक-अमुक व्यक्तियों को गुरुद्वारे में जाते देख मैं उनसे भेंट कर आया हूँ।' थोड़ी ही देर में देखा कि उस जमात के मुख्य-मुख्य व्यक्ति उस गुरुद्वारे में आ गए जहाँ कि मैं बैठा था। रुपए-पैसे की चर्चा निकलते ही उन्होंने तुरन्त सोने की गोल-गोल बड़ी-बड़ी चकतियाँ मेरे आगे रख दीं, ये अमेरिका में प्रचलित सोने के सिक्के थे। हिसाब लगाने पर कोई हज़ार रुपये के हुए। प्रत्येक दल ने, ऐसा ही किया। गदर के कार्य में इन लोगों को जिस प्रकार दिल खोलकर अपनी गाढ़ी कमाई का धन दान करते देखा है, वैसा दृश्य बंगाल में देखने को नहीं मिला। इसमें संदेह नहीं कि ऐसा उत्साह और आंतरिकता उन्हीं सिक्खों में थी जो कि अमेरिका की यात्रा कर आए थे। और यह बात भी है कि पंजाब के अधिवासियों ने प्रायः इन लोगों के साथ सहानुभूति प्रकट नहीं की। हाँ, पठान और सिक्ख सैनिकों के साथ इन लोगों का विशेष हेल-मेल था। इसके सिवा सिक्ख जाति में परस्पर एक-दूसरे के प्रति सहानुभूति और समवेदना-जनित एकता भारत की अन्यान्य जातियों की अपेक्षा बहुत अधिक है।

जो लोग अमेरिका से लौटकर आए थे, उनमें अधिकतर ऐसे लोग थे जो कि वहाँ कुलीगिरी किया करते थे। इनमें जिनके पास से तीस हज़ार रुपये जब्त कर लिये गए थे, वह कैलिफोर्निया में खेती करके धनवान् हुए थे। इनका नाम था सरदार ज्वालासिंह।

इन लोगों के बहुत-से रिश्तेदार और भाई-बंधु भारत की फौज में नौकर थे। देश में आते ही इन लोगों ने, सैनिकों के साथ गुप्त अभिसंधि करनी शुरू कर दी। उसी समय बंगाल के साथ पंजाब का सम्बन्ध जुड़ गया। अन्य अनेक गुण होने पर भी पंजाब के लोगों में संगठन की वैसी योग्यता न थी, जैसाकि बंगाल वालों में थी। बंगाल के साथ उनका संयोग हो जाने पर बड़े अच्छे ढंग से काम होने लगा। उत्तर भारत की प्रायः सभी छावनियों में हमारे दल के आदमी आने जाने लगे। उत्तर-पश्चिम अंचल के बन्नू से लेकर दानापुर तक कोई भी छावनी अछूती न रखी गई। प्रायः सभी रेजिमेंटों ने वचन दिया था, कि पहले वे लोग कुछ भी न करेंगे; हाँ, गदर शुरू हो जाने पर वे अवश्य ही विप्लवकर्ताओं से मिल जाएँगे। सिर्फ लाहौर और फीरोजपुर की रेजिमेंटों ने सबसे पहले काम शुरू कर देना स्वीकार किया था। आरम्भ में सरकार यह नहीं समझ सकी कि गुप्त विप्लव योजनावाले इतनी गहरी नींव देकर काम कर रहे हैं। यदि ऐसा न होता तो इतना अधिक काम हो ही न सकता। पंजाब के पुलिस विभाग के एक मुसलमान डिप्टी सुपरिटेंडेंट ने, अपने एक मुखबिर को इस दल में शामिल करा दिया था। अंत में उस कृपालसिंह ने, ही कृपा करके सारी बातें प्रकट कर दीं।

3

सिक्ख दल का परिचय

भगतसिंह

इस दल में कृपालसिंह किस प्रकार भर्ती हो गया और उसने किस प्रकार, कब सारी बातें प्रकट कर दीं, इसका उल्लेख यथास्थान किया जाएगा। अभी तो इस सिक्ख दल का थोड़ा-सा परिचय देने की चेष्टा करता हूँ।

इस दल में कुछ कम मेम्बर न थे। उत्तरी अमेरिका और कनाडा से भिन्न-भिन्न दलों में कोई छः सात हज़ार सिक्ख देश में वापस आए थे। किन्तु सन् 1914 के Ingress Ordinance Act के अनुसार बहुतेरे लोग जेल में ठेल दिये गए तथा और भी बहुतेरे लोग नज़रबंद कर दिये गए, जिससे वे अपना गाँव छोड़कर कहीं आ-जा न सकते थे। जो लोग नज़रबंद थे, उन्हें विप्लव-कार्य में सहायता देने का विशेष अवसर नहीं मिला। क्योंकि सूर्यास्त और सूर्योदय के दर्मियान इन्हें अपने घर पर मौजूद रहना पड़ता था। यह इसलिए कि क्या जाने पुलिस किस समय इनकी जाँच करने पहुँच जाय। दिन निकल चुकने पर भी यह लोग अपने गाँव से बाहर न जा सकते थे। किसी दूसरे गाँव का कोई भी व्यक्ति इनसे प्रकट रूप में मिल-जुल न सकता था। बाद में जब काम अच्छे सिलसिले से होने लगा तब उनमें से जिन-जिनको देश का काम करने की प्रबल इच्छा हुई वे, पुलिस की नज़र बचाकर खिसक गए। अर्थात् क्या पुलिस, क्या उनके घर के लोग और क्या रिश्तेदार–किसी को उनकी खबर न मिलती थी।

जिस भाव को हृदय में लेकर ये दल भारत में आए थे, स्वदेश में पदार्पण करने के पश्चात् ही उनमें से बहुतों का वह भाव बदल गया। अमेरिका से लौटे हुए इन

छः-सात हजार मनुष्यों में से कोई आधे लोग अपने घर-गृहस्थी के कामों में जा फँसे। किंतु अवशिष्ट सिक्ख बड़े उत्साह के साथ विप्लव कार्य में लगे रहे।

अमेरिका से लौटे हुए इन लोगों में अधिकांश सिक्ख ही थे। ऐसे लोग इने-गिने ही थे जो कि सिक्ख न थे। शायद पचीस-तीस हों। वे प्रायः सब वयस्क थे। बहुतों के स्त्री, परिवार और बाल-बच्चे सब कुछ थे। इनमें से बहुतों की उम्र चालीस वर्ष से ऊपर थी। कुछ लोग तो बूढ़े थे। भाई निधानसिंह, भाई सोहनसिंह, भाई कालसिंह, भाई केहरसिंह-इनमें से किसी की उम्र पचास वर्ष से कम नहीं थी।

दिल्ली षड्यंत्र के मुकदमें में जो लोग गिरफ़्तार हुए थे उनमें से कई एक उतरती उम्र के थे। अमीरचन्द की उम्र पचास से भी ऊपर थी। अवधबिहारी भी जवानी पार कर चुके थे।

बंगाल का विप्लवकारी दल ही ऐसा था जिसके प्रायः सभी सदस्य छात्र श्रेणी के बालक और नवयुवक थे। इनमें से अधिकांश लोगों को सांसारिक अभिज्ञता एक प्रकार से थी ही नहीं। ज़्यादातर ऐसे थे जिनकी उम्र सोलह से लेकर बीस-बाईस वर्ष से अधिक न होगी। बंगाल में प्रायः यही दीख पड़ता है कि जो लोग तीस के पार हुए उनका सारा उत्साह, समग्र उद्योग ठंडा पड़ जाता है, उस समय वे किसी तरह अपनी गृहस्थी का काम चलाने के सिवा और किसी मसरफ़ के नहीं रह जाते। मालूम होता है कि बंगाल का जो कुछ आशा-भरोसा है वह मानो स्कूल और कॉलेज के युवकों के तरुण मनों में ही आबद्ध है। किंतु बंगाल में काम करने वालों की सांसारिक अभिज्ञता स्वल्प रहने पर भी, उनमें बहुतों के तरुणवयस्क होने पर भी, उनमें एक ऐसी एकाग्र साधना देखी है जोकि बंगाल के बाहर अन्यत्र देखने को नहीं मिली।

बंगालियों ने, जब-जब जिस किसी काम में हाथ लगाया है तब-तब उसे प्राणों की बाजी लगाकर किया है। इसी से देखता हूँ कि बौद्ध युग में बंगालियों ने जिस प्रकार बौद्ध धर्म को अपनी नस-नस में प्रविष्ट कर लिया था, वैसा और किसी प्रदेश के लोगों ने नहीं किया तथा अंत में जब अन्यान्य प्रदेशवासियों ने, बौद्ध धर्म को बिल्कुल छोड़ दिया था तब वे बंगालियों को कुछ-कुछ अवज्ञापूर्ण दृष्टि से देखने लग गए थे, क्योंकि बंगाल उस समय भी बौद्ध को पहले की भाँति हृदय से चिपकाये हुए था। फिर अंग्रेजी अमलदारी होने पर भी देखा कि बंगालियों ने, जिस प्रकार अपना सर्वस्व खोकर पाश्चात्य शिक्षा-दीक्षा और आचार-व्यवहार को अपना लिया इस प्रकार और किसी भी प्रदेश ने नहीं अपनाया। इसे बंगाल का गुण समझिए या दोष, किंतु बंगाली जब जिसे ग्रहण करते हैं, उसे प्राणपण से अंगीकार करते है। इसी कारण वर्तमान युग में भी बंगालियों ने, जब देश-हित की ओर ध्यान दिया तब वे दूसरी ओर दृष्टि नहीं डाल सके। न फिर, उन्होंने शादी-ब्याह करके गृहस्थी चलाई और न उन्हें द्रव्य उपार्जन करना भला लगा। उन्हें तो एकदम घर-द्वार छोड़कर बाहर निकल आना पड़ा।

इन युवकों में से बहुतों में मुझे एक अतीन्द्रिय भाव की प्रेरणा का आभास मिला है–ये लोग सिर्फ आडम्बर करने में ही मस्त नहीं बने रहे। इन लोगों ने देशसेवा व्रत को एक प्रकार से साधना का अंग समझकर ही ग्रहण किया था। इन लोगों के बीच एक इसी धारणा और भावना ने दृढ़ रूप से जड़ जमा ली थी कि 'हम कैसे मनुष्यता को प्राप्त कर सकेंगे, हम किस प्रकार से चरित्रवान् हो सकेंगे ?

किंतु मुझे यह भाव दो–तीन सिक्खों के सिवा अन्य लोगों में नहीं दिखा। युक्त प्रदेश के भी जिन विप्लवपन्थियों से मेरा हेल–मेल रहा है, उनमें भी बंगाल के आदर्श की बात छिड़ने पर दिखा है कि वे भी उसे प्राण–पण से ग्रहण करने में समर्थ नहीं हुए, प्रत्युत उनके होंठो पर एक अविश्वास की मन्द मुस्कान ही देख पड़ी है।

सिक्खों में प्रचण्ड साहस और उत्साह था, इसके सिवा वे कष्ट भी खूब सह सकते थे। उनकी विशाल गठी हुई देह, खूब चौड़ा सीना और सुसम्बद्ध कटिप्रदेश सभी की दृष्टि को आकर्षित करते थे। उनके दाढ़ी और मूछों से सुशोभित दृढ़ता–व्यंजक चेहरे को देखकर बहुतेरे उत्पीड़कों का दिल दहल जाता था। उनकी चाल–ढाल से एक विशेष भाव प्रकट होता था। साफ मालूम होता था कि मानो वे दोनों पैरों पर समान भार डालकर चलते हैं, किन्तु बिना दाढ़ी मूँछों वाले कोमलांग सीधे–सादे नम्र बंगाली युवकों का चारित्र्य जिस भाँति एक उच्च आदर्श पर गठित हुआ दिखता था वैसी बात इनमें न थी। इस बात को मैं साधारण भाव से ही लिख रहा हूँ, क्योंकि व्यक्तिगत रूप से कतिपय सिक्खों के सम्बन्ध में मेरी बहुत ही उच्च धारणा है। अपनी अंडमान–कालापानी–की कथा का वर्णन करते समय मैं इस विषय की आलोचना करूँगा।

शिक्षित कहने से हमारे मन में साधारणतया जो धारणा होती है उस दृष्टि से कहना पड़ना है कि अमेरिका से लौटे हुए दलों में कोई भी शिक्षित न था भारत के अन्यान्य प्रदेश वाले घर की आधी रोटी पर संतुष्ट रहकर बाहर जाने का साहस नहीं करते किंतु इनमें से बहुतों ने, उस टुकड़े पर सब्र न करके सिर्फ रुपया पैदा करने के लिए ही पंजाब को छोड़कर विदेश यात्रा की थी। सिंगापुर, पिनांग, स्याम, मलय प्रायद्वीप और चीन के अनेक स्थानों में इनकी गति–विधि आरम्भ हुई उधर कनाडा और उत्तर प्रदेश अमेरिका के भी अनेक स्थानों में ये लोग इसी उद्देश्य से जा पहुँचे सिंगापुर, पिनांग और हांगकांग में ये लोग खास करके अंग्रेजों का फौजों और मिलिटरी पुलिस में भर्ती हो गए थे। स्याम, मलय प्रायद्वीप और चीन के अनेक स्थानों में बहुतेरे सिक्ख कुलीगिरी भी करते थे। कुछ लोग ठेकेदारी या ऐसा ही कुछ और स्वाधीन रोजगार करते थे। किंतु कनाडा और अमेरिका में ये लोग प्रधानतया कुलीगिरी करते थे। वहाँ इनका यही पेशा था। अमेरिका के किसी–किसी कारखाने में अमेरिकावासियों की अपेक्षा इन्हीं की ज़्यादा क़दर थी। अमेरिकावासियों की अपेक्षा ये अधिक काम करते थे, इसलिए इन्हें उज़रत भी खासी मिलती थी। इसका फल यह होता था कि

अकसर अमेरिकन मज़दूरों से इनका झगड़ा-बखेड़ा हो जाता था। मैंने इनसे सुना है कि एक बार एक शहर में यह मनोमालिन्य इतना बढ़ गया कि एक प्रचण्ड विवाद का श्रीगणेश हो गया। बस्तीभर में सिक्ख मज़दूर एक ओर और दूसरी ओर उस शहर के सब अमेरिकन गोरे मज़दूर। खासी मार-पीट हुई, खूब लाठी चली, किंतु यह सब होने पर भी सरकार की ओर से सिक्खों पर कोई ज़्यादती नहीं हुई। भारत में यदि कहीं ऐसी घटना हो जाती तो, यह मामला न जाने कैसा रंग पकड़ता। अमेरिका से लौटे हुए ये सिक्ख लोग वैसे शिक्षित न होने पर भी प्राय: सभी अपनी मातृभाषा में लिखित ग्रंथ आदि पढ़ सकते थे, और अपने गाँव के सिक्खों की शिक्षा-दीक्षा आदि के सम्बन्ध में इन्हें अत्यन्त उत्साह था। ऐसी शिक्षा के प्रचारार्थ उन अमेरिकावासी मज़दूरपेशा सिक्खों ने ही अमेरिका से धन-संग्रह करके कई बार दस-दस, पन्द्रह-पन्द्रह हज़ार की रकमें पंजाब को अर्पण की थी। अमेरिका की स्वाधीन आबहवा के बीच रहने से और खासी आमदनी कर सकने से उनमें आत्मसम्मान, मर्यादा और आत्मविश्वास का परिणाम बहुत कुछ बढ़ गया था। इनमें से कई एक ने, अमेरिका में रहकर कभी अपने वेश और परिच्छेद को नहीं छोड़ा, बहुतेरे तो अपने हाथ से रसोई बनाकर भारतीय ढंग पर ही आहार किया करते थे। देश से जब पहले-पहल ये लोग अमेरिका पहुँचे तब शायद अंग्रेजी में एक भी बात न कह सकते थे, किंतु वहाँ पहुँचकर अजीब किस्म की टूटी-फूटी अंग्रेजी बोलना इन्होंने सीख लिया। इनके मुँह से वह टूटी-फूटी अंग्रेजी सुनने में बड़ा मजा आता था। अमेरिका में ऐसी ही अंग्रेजी बोलकर ये अपनी भावनाएँ व्यक्त करते थे, और उम्दा अंग्रेजी न जानने से इनके किसी काम में रुकाट न पड़ती थी और फिर इन्होंने धन भी खासा कमाया था। और सबसे बड़ी बात तो यह थी कि अपने अमेरिका-प्रवास के फलस्वरूप इन लोगों ने, स्वदेश-सम्पर्क को नहीं तोड़ दिया था। ये करते तो थे अमेरिका में कुलीगिरी या मज़दूरी, लेकिन यह जानने के लिए सदा व्यग्र रहते थे कि हमारे देश में कहाँ क्या हो रहा है। उस समय बंगाल की नवजागरण की तरंग ने, जिस प्रकार भारत के अन्यान्य प्रदेशों में एक भाव की हिलोर पैदा कर दी थी उसी प्रकार उसका हिलकोरा सुदूर अमेरिका में स्थित भारतीयों के हृदय में भी लगा था। जब भारत में गदर की चिनगारियाँ धीरे-धीरे इधर-उधर चारों ओर उड़ रही थीं, तब अमेरिका में कुछ भारतीयों के जी-ही-जी में वे धधककर जल रही थीं। इसी समय भाई करतार सिंह नामक एक तरुण युवा इनके साथ आकर सम्मिलित हुए। ये उड़ीसा में रेवेनशा कॉलेज की प्रथम श्रेणी की पढ़ाई समाप्त करके विशेष कारण से अमेरिका चले गए थे। यद्यपि सिक्खों में ये सबसे कम उम्र के थे, फिर भी इनकी अधिनायकता में मैंने कितने ही बड़ी उम्र के सिक्खों को भी काम करते देखा। इन्होंने अपने-जैसे विचार रखने वाले दो-एक व्यक्तियों की सहायता से एक सम्वादपत्र के निकालने का संकल्प किया। इसी समय पंजाब के स्वनामख्यात देशभक्त लाला हरदयाल भारत में

विप्लव करने की सारी आशाएँ छोड़-छाड़कर अमेरिकन सोशलिस्टों (साम्यवादियों) के साथ आत्मीयता स्थापित करने का यत्न कर रहे थे। करतार सिंह और उनके मित्र इस अवसर पर हरदयाल के पास ऐसे पत्र को प्रकाशित करने का प्रस्ताव लेकर उपस्थित हुए। स्वदेश-प्रेमी हरदयाल तो ऐसे सुयोग की ताक में ही बैठे थे। उन्होंने खुशी-खुशी इस काम को हाथ में ले लिया। इस प्रकार 'गदर' नामक विख्यात समाचारपत्र का प्रकाशन होना आरम्भ हुआ, और धीरे-धीरे इसी ने 'गदर' पार्टी का संगठन कर दिया। कैलीफोर्निया का युगान्तर आश्रम ही इसका केन्द्रस्थल था।

बीसवीं सदी के महाभरत (प्रथम विश्वयुद्ध 1914-1919) के आरम्भ होने से पहले तक भारतीय विप्लववादियों का दल समझ ही न सका था, कि अंग्रेजों के साथ जर्मनी का विरोध इतनी जल्दी उपस्थित हो जाएगा। फलतः इनके विप्लव की तैयारी भी इस ढंग से हो रही थी कि मानो दस-पन्द्रह वर्ष के अनन्तर वास्तविक 'गदर' शुरू होगा। यही कारण है कि ये लोग महासमर छिड़ते समय क्रांति के लिए पूरी तौर पर तैयार न थे। इसके सिवा अब तक के विप्लवकारी दल के साथ भारत से बाहरी देश के किसी भी क्रांतिकारी दल का कहने लायक कोई सम्बन्ध ही न था। इसका फल यह हुआ कि जब अमेरिका से क्रांतिकारियों के दल-के-दल भारत में आने लगे तब भारत में स्थित क्रांतिकारी लोग उनके साथ दिल खोलकर ठीक समय पर सम्मिलित नहीं हो सके। यदि ऐसा सम्मिलन हो जाता तो भारत का भाग्य आज कुछ और ही होता।

अमेरिका प्रवासी विप्लवपंथियों की समझ में नहीं आया था कि अंग्रेजों के साथ जर्मनी का युद्ध शीध्र ही छिड़ जाएगा, इस कारण उनकी तैयारी और ही ढंग पर हो रही थी। वे समझते थे कि भारत से बाहर की किसी अन्य राजशक्ति की सहायता लेकर युद्ध की तैयारी करनी होगी, और इसी संकल्प को कार्य में परिणत करने के लिए बहुत कुछ आयोजन हो रहा था, परन्तु इनके लिए असमय में ही यूरोप में रणचण्डी का नृत्य होने लगा। इसके लिए ये तैयार न थे, और सारा संकल्प एकदम विफल हो गया। अब इन्होंने निश्चय किया कि 'गदरपार्टी'[1] के दल-के-दल भारत

---

1. सन 1907 के प्रारम्भ में अमेरिका के कैलीफोर्निया राज्य में, खगेन्द्र चन्द्रदास, पांडुरंग खान खोजे, तारकनाथ दास, अधरचन्द्र लसगर आदि भारतीय छात्रों ने 'भारतीय स्वतंत्रता संघ' की स्थापना की। सन् 1908 में कैलीफोर्निया के सैक्रामेंटो और आरगिल राज्यों के पोर्ट लैंड नामक स्थान में संघ का केन्द्र स्थापित किया गया। नवम्बर 1913 में लाला हरदयाल और भाई परमानंद कैलीफोर्निया आए। उस समय 'भारतीय स्वतंत्रता संघ' का नाम बदल कर 'गदर पार्टी' कर दिया गया। 31 मार्च 1916 को गदर पार्टी ने अपना आफिस बनाने के लिए अमेरिका के सानफ्रांसिस्को राज्य में दो प्लाट खरीदे और वहाँ आफिस बनवाया। 22 जनवरी 1917 को 'गदर पार्टी' का विधि वत गठन किया गया। भारत की स्वतंत्रता के आन्दोलन में भाग लेने के लिए 'गदर पार्टी' के सदस्य अमेरिका से भारत आते रहे।

में पहुँचकर भारतीय सैनिकों को अपने प्रभाव में कर लें। बस, क्रांति का यही एकमात्र उपाय निश्चित हो गया। हज़ारों सिक्ख विदेश में पड़े हुए अपने बोरिए-बँधने समेट-समेटकर स्वदेश को रवाना हो गए।

अजीत सिंह

इधर भारत सरकार को इस पार्टी की बहुत-सी बातों का पता लग चुका था, क्योंकि इस पार्टी के मेम्बर लोग अमेरिका में खुले खज़ाने सभाओं में, भारत में गदर करने के सम्बन्ध में व्याख्याान दिया करते थे। 'गदर' नामक पत्र भी प्रकाश्य रूप में मुद्रित होता था। सन् 1857 के महाविप्लव की दसवीं मई एक उत्सव में परिणत की जाती थी। लाला हरदयाल पर अंग्रेज सरकार की विशेष उग्र दृष्टि थी। कई बार उनकी डायरी तक बड़ी सफाई से उड़ा ली गई। अन्त में जब उनको गिरफ़्तार करने की सलाह हो रही थी, तब एक अमेरिकन ने उन्हें सावधान कर दिया। अतएव हरदयाल और अन्य भारतीयों ने अमेरिका से हट जाने में ही भलाई सोची।

विभिन्न स्थानों के जर्मन एलची (कौन्सल) उस समय में विप्लव मचा देने की इच्छा रखने वालों की अनेक प्रकार से सहायता करते थे। अमेरिका से लौटे हुए इन दलों ने, उनसे मिलने-जुलने के अवसर को कभी खाली नहीं जाने दिया।

इस प्रकार कुछ व्यक्ति तो यूरोप की ओर चले गए, और जो रह गए वे भारत की ओर रवाना हुए। रास्ते में ये लोग जहाँ-तहाँ अपना अभिप्राय प्रकट कर दिया करते थे। इस प्रकार का एक दल जापान के बंदरगाह में पहुँचा। यहाँ पर परमानन्द नामक एक छरहरे डील के युवा पुरुष इन लोगों में आ मिले। ये बुन्देलखण्ड के निवासी थे। अण्डमान में इन्हें हम लोग छोटे परमानन्द कहते थे, क्योंकि बड़े परमानन्द थे डी॰ ए॰ वी॰ कॉलेज लाहौर के भूतपूर्व अध्यापक भाई परमानन्दजी। इन्हें भी लाहौर षड्यंत्र के मामले में आजन्म कालेपानी की सजा दी गई थी। पंजाब में सिक्खों के अभ्युत्थान के अवसर पर स्वदेश और स्वधर्म के लिए जब निडर देशभक्तगण मुसलमानों के अत्याचार के आगे बेधड़क बलिदान हो रहे थे– सिर दे देते थे लेकिन धर्म न देते थे–उस समय भाई परमानन्द के एक पूर्व पुरुष ने, आत्म-बलिदान की पराकाष्ठा दिखला दी थी। उस समय उन्हें मुसलमानों ने आरे से चीरकर मारा था। उसी समय से सिक्खों में यह खानदान 'भाई' नाम से विख्यात हो गया। सिक्खों में यह 'भाई' संज्ञा बड़ी सम्मानसूचक है। इसलिए हम लोग सिक्ख मात्र को उनके नाम के साथ 'भाई' शब्द गाकर बुलाया करते थे।

सिक्खों के एक बड़े उत्साही नेता भाई भगवानसिंह थे। इनके व्याख्यान सुन-सुनकर कितने ही सिक्ख, अपना काम-काज छोड़, विप्लव कार्य में सहायता करने के लिए देश में लौट आए थे। ये लोग कुछ क्षणिक उत्तेजना में आकर, सर्वस्व

छोड़-छाड़कर, इस विप्लव-धर्म में दीक्षित नहीं हुए थे, वरन् इनमें सचमुच देशसेवा की प्रेरणा जाग्रत थी। इस प्रकार से जो सिक्ख देश में लौट आए थे, उनमें बहुतो से मेरी बातचीत हुई थी। उससे मालूम हुआ कि वे सचमुच प्राणों की प्रत्येक तह में–दिल के हर पहलू में–पराधीनता की जलन का अनुभव करके विप्लन कार्य में सम्मिलित हुए थे। इनमें से कोई तो पिनांग की मिलिटरी पुलिस में नियुक्त था, कोई हांगकांग में पहरेदार था, और कोई सौदागरी करता था। इस समय हांग-कांग में सिक्खों की एक रेजिमेंट थी। इस रेजिमेंट पर भी इन लोगों का आधिपत्य हो गया था।

भारत में लौटे हुए दल के अनेक व्यक्ति ऐसे थे, जो कि अंग्रेजों की पलटनों में सैनिक पद पर रह चुके थे। इनमें से किसी की सर्विस आठ वर्ष की, किसी की दस वर्ष की और किसी-किसी की ग्यारह वर्ष की थी। इनमें कोई भी ऐसा सैनिक न था जिसे तीन वर्ष से कम की अभिज्ञता हो, क्योंकि प्रत्येक सैनिक को कम से कम तीन वर्ष तक नौकरी करने की शर्त करनी पड़ती है। इनमें से बहुतेरों का काम मशीनगन चलाना था, और कुछ लोग तोपखाने में भी काम कर चुके थे।

भारत में लौटने के मार्ग में पुलिस विभाग के कर्मचारियों ने, इन लोगों से पूछा था कि आखिर तुम लोग हिन्दुस्तान किसलिए जा रहे हो ? तो इनमें से किसी ने कहा कि विवाह करने जाता हूँ और किसी ने कहा कि घर छोड़े बहुत दिन हो गए, इसलिए देश को जा रहा हूँ। ऐसे ही ऐसे कारण बतला दिए थे। फिर अदालत में मुकदमे के वक्त जब न्यायकर्ता इनसे हिन्दुस्तान में आने का कारण पूछते तब भी ये लोग प्रायः वैसे ही उत्तर देते थे, जो कि ऊपर लिखे गए हैं। सिर्फ एक व्यक्ति ने, दूसरे ढंग का उत्तर दिया था। न्यायकर्ता ने अभियुक्त से पूछा, "तुम देश में किसलिए आए थे ?" इसका उत्तर दिया गया कि "यह हमारा स्वदेश जो है।" इन पंजाबी ब्राह्मण का नाम जगतराम था। ये 'गदर' पत्रिका के सम्पादन विभाग में काम करते थे।

अमेरिका से आये हुए सिक्खों में उत्साह तो अदम्य था, किंतु काम करने की रीति उन्हें मालूम ही न थी। न इनका कोई केन्द्र था और न कोई शाखा ही। किसी-किसी की अधीनता में बीस-पच्चीस मनुष्य रहते थे। उसे इन बीस-पच्चीस आदमियों का सरदार कहा जाता था। ये सरदार कभी एकत्र हो जाते थे, और कभी कुछ दिनों तक इनकी परस्पर भेट ही न होती थी। असल बात यह कि सम्मिलित रूप में काम करने की एक प्रणाली का इनमें अभाव था। इसका कारण यही था कि इनका कहीं केन्द्र न था। इस प्रकार देश में बिल्कुल अव्यवस्थित रूप से कितने लोग गड़बड़ मचा रहे थे यह कौन जानता है। जो लोग मुसलमान जेल में कैद थे, वे भी यही कहते थे कि अब शीध्र ही बलवा होगा और इससे हम झटपट रिहाई पा जाएँगे। इसका फल यह हुआ कि ये भिन्न-भिन्न जेलों में बाँट दिये गए। समानधर्म और एक ही भाव के भावुक बहुत लगों के एक स्थान में रहने से जो आनन्द प्राप्त होता है, वह आनन्द भी इनसे छिन गया।

इन सब दलों ने, भारत में आते ही बंगाल के गुप्त विप्लव दल का पता लगाना आरम्भ कर दिया। किंतु पहले से ही किसी के साथ जान-पहचान न रहने के कारण पात्र-अपात्र का विचार किए बिना ही ये लोग पंजाब में विद्रोह की बातें कहने लगे। इस समय कलकत्ता की मामूली सड़कों पर भी मैंने सुना था, कि पंजाब में विप्लव की तैयारी हो रही है। 'भारत रक्षा' कानून बनाते समय हार्डिज साहब ने, इस बात का उल्लेख किया था।

इसी समय करतार सिंह[2] ने, आकर बंगाल के किसी सुपरिचित, लब्धप्रतिष्ठ सार्वजनिक नेता से मुलाक़ात की। उन्होंने करतारसिंह को उपदेश दिया, कि तुम अपने संकल्प और सुभीते के अनुसार काम करते जाओ, बंगाल तो ठीक समय पर तुम्हारी सहायता करेगा ही। अब यह कहने में कोई बाधा नहीं है। कि ये व्यक्ति सर सुरेन्द्रनाथ बनर्जी थे।

इस समय इन्हें थोड़े-बहुत हथियारों की ज़रूरत हुई। यद्यपि इस विप्लव का प्रधान अवलम्ब पंजाबी सैनिकों के दल थे, तथापि आत्मरक्षा करने के लिए यथा-संभव प्रत्येक कार्यकर्त्ता को सशस्त्र रखने की इच्छा से कुछ रिवाल्वर इत्यादि की आवश्यकता हुई। इस उद्देश्य की सिद्धि के लए श्रीयुत जगतराम कुछ रुपए देकर काबुल की ओर भेजे गए और यहीं से कारागार की यन्त्रणाओं ने, उनका पल्ला पकड़ लिया। बेचारे जगतराम पेशावर में ही पकड़ लिये गए और आगे चलकर अण्डमान में मुझे उनके दर्शन हुए थे। छोटे परमानन्द को भी इन लागों ने, इसी काम के लिए बंगाल भेजा था पर ये भी खाली हाथ लौट आए।

---

2. गदरी क्रांतिकारियों में करतार सिंह सराबा, आयु में (19 वर्ष) सबसे छोटे थे। उसका जन्म 24 मई 1896 में सराबा (जिला लुधियाना) में हुआ था। उनके पिता का नाम मंगलसिंह तथा माता का नाम साहिब कौर था। वह सन् 1912, में पढ़ने के लिए अमेरिका गया। वहाँ पर लाला हरदयाल के सम्पर्क में आया जो 'गदर पार्टी' का गठन कर रहे थे। पार्टी ने 1 नवम्बर 1913 से 'गदर' नाम का अख़बार निकाला। उस अखबार के सम्पादकीय विभाग में करतारसिंह ने भी काम किया। सन् 1914 में भारत की स्वतंत्रता के लिए सशस्त्र क्रांति करने के लिए वह भारत लौटा। श्री शचीन्द्रनाथ सान्याल व श्री रासबिहारी बोस ने 1914 में भारतीय युवकों को सशस्त्र क्रांति के लिए इकट्ठा करना प्रारम्भ किया तब पंजाब संगठन की प्रक्रिया में करतारसिंह उनके सम्पर्क में आया। गदर की तैयारी के लिए उसने जी जान से काम किया, परन्तु दुर्भाग्य से गदर की योजना असफल रह जाने के बाद उसे चक्र न. 5 सरगोधा में 18 मार्च 1915 को मुखबिर, फौज़ के रिसालदार गंडा सिंह ने धोखे से गिरफ्तार करवा दिया। उस पर देश द्रोह का मुकदमा 26 अप्रैल 1915 से प्रारम्भ हुआ जिसमें उसे 13 सितम्बर 1915 को फांसी की सजा सुनाई गई। 16 नवम्बर 1915 को इस शहीद को लाहौर जेल में फांसी दी गई। फांसी से पहले इस का वजन दस पौंड बढ़ गया था। क्रांतिकारी भगतसिंह करतार सिंह सराबा के बलिदान से प्रेरित थे और उसकी तस्वीर हर समय अपनी जेब में रखते थे।

पंजाब यात्रा

इस विप्लव की तैयारी के समय काशी में, बाहरी लोगों से मुलाक़ात करने के लिए खास–खास मकान थे। पंजाब से जो लोग मुलाक़ात करने आते थे वे पहले ऐसे ही खास मकान में पहुँचाए जाते थे। वहाँ से खबर मिलने पर दूर से आगन्तुक व्यक्ति को छिपकर पहचान लिया जाता था। तब, संदेह न रहने पर, उससे भेंट की जाती थी। मैं उस दिन काशी में ही था, जब पंजाबी दल का एक मनुष्य वहाँ के विप्लव की तैयारी का समाचार लेकर हमारे पास आया। जब उसके मुँह से सुना कि विप्लव के लिए दो–तीन हजार सिक्ख कमर कसे तैयार बैठे हैं, तब हमारा अन्तरतम पुरुष आनन्द से थिरकने लगा। पंजाब के कार्यकर्ताओं ने आगन्तुक व्यक्ति द्वारा कहला भेजा था कि रासबिहारी की हमें बहुत ज़रूरत है। दिल्ली षड्यंत्र के फरार असामी प्रसिद्ध कर्मवीर रासबिहारी का नाम उस समय अमेरिका तक में विश्रुत हो चुका था। इन लोगों ने अमेरिका में ही इनका नाम सुना था।

कई कारणों से उस समय रासबिहारी पंजाब न जा सके, इसलिए पहले वहाँ मेरा ही भेजा जाना तय हुआ ताकि जब मैं, पंजाब की दशा अपनी आँखों देख आऊँ और सबको वहाँ का हाल बताऊँ तब आगे का कर्तव्य निर्धारित हो।

पहले ही निश्चित हो गया था कि मैं जालन्धर शहर में जाकर सिक्खों के नेताओं से भेंट करूँगा। उस समय नवम्बर का महीना खत्म होने को था। पश्चिम में ठण्ड का मौसम था। उसी शीतकाल के प्रातःकाल लुधियाना में गाड़ी पहुँचते ही देखा कि मेरे मित्र के परिचित एक सिक्ख युवक हम लोगों की प्रतीक्षा कर रहे हैं। मित्र ने इनसे मेरा परिचय करा दिया। यही करतारसिंह थे। वह गाड़ी में सवार होकर हमारे साथ जालन्धर की ओर रवाना हुए। रास्ते में थोड़ी–बहुत बातें हुईं। उनसे मालूम

हुआ कि इस समय लुधियाना में दो-तीन सौ मनुष्य एकत्र हुए हैं। जुदा-जुदा काम करने के लिए ये लोग विभिन्न दिशाओं में भेजे जाएँगे। ये लोग गुरुद्वारे में अध्ययन करने के बहाने एकत्र होते थे।

उस दिन की बात मुझे आज खासी स्मरण है। गाड़ी के उस डिब्बे में हम कई आदमी एकत्र हुए थे, किंतु सभी के मन का भाव कई तरह का था। हम तीनों व्यक्ति बीच-बीच में एकाध बात कर लेते थे सही, किंतु हृदय में न जाने कितने भावों का आलोड़न हो रहा था। मैं रास्तेभर में यही सोचता गया कि इस सिक्ख दल के आदमी न जाने किस ढंग के होंगे, इनकी शिक्षा-दीक्षा कैसी है; यह तो सुन ही चुका था कि इनमें बहुतेरों की उम्र तीस वर्ष की या इससे भी अधिक है,ये मुझे किस दृष्टि से देखेंगे (क्योंकि उस समय मैं कुल बाईस वर्ष का था), वहाँ जाने पर मेरा इन पर कुछ असर भी पड़ेगा कि नहीं, इतने बड़े उत्साह से उन्मत्त जनसंघ को हम लोग किस प्रकार सुसंयत करके अपना अभीष्ट साधन करेंगे; ऐसे-ऐसे सैकड़ों प्रश्न रास्तेभर भीतर ही भीतर मुझे बेचैन करते रहे। साथ ही साथ एक आनन्द-स्रोत भी मर्म की ओट करके, मानो बिना जाने ही बहा चला जा रहा था कि इस बार जीवन का स्वप्न सफल होना चाहता है, युग-युगान्तर का अँधेरा इस बार हट जाएगा, किंतु एक और बात को सोचते ही मानो शंका से मेरी देह कण्टकित हो उठती थी, वह यही कि बंगाल आज कितना पिछड़ा हुआ है—इस पुण्यधूम यज्ञ से कितने अन्तर पर है ! बंगाल की सैकड़ों-हज़ारों वर्षों की कलंक-कालिमा मानो गाढ़ी होकर मुझे निरन्तर कसकती रहती थी। इसी से बंगाल में जाकर काम करने की मुझे बहुत इच्छा थी। खैर, जाने दो उस बात को।

लुधियाना पीछे रह गया। अब हम लोग एक और स्टेशन पर पहुँचे। करतारसिंह ने 'बुलेटिन' नाम का समाचारपत्र मोल लिया। उसमें पढ़ा कि कलकता की मुसलमान-पाड़ा लेन में बम की भीषण घटना हुई हैं समाचार था कि खुफ़िया पुलिस के डिप्टी सुपरिंटेंडेंट श्रीयुत बसन्त चटर्जी के घर पर दो-तीन बम फेंके गए हैं। इससे एक हेड कांस्टेबल का पैर उड़ गया, कुछ लोग घायल हुए, मकान की दीवार का कुछ अंश उड़ जाने से गड्ढा हो गया, घर के भीतर का आराइश का बहुत-सा सामान सड़क पर आ गिरा और मकान के सामने का लालटेन का खम्भा टूट-फूट गया है, इत्यादि। किंतु बसन्त बाबू इस बार साफ बच गए। समाचार पढ़ने से बहुतेरी बातें मैंने समझ लीं। पंजाब का वृत्तांत लिख चुकने पर बंगाल की उस समय की दशा पर विचार करते समय इन बातों को ठीक-ठाक लिखने की इच्छा है।

इन बम गोलों के फटने से भारत में चारों ओर देशभक्तों के बीच जागृति-सी देख पड़ती थी। सभी, कम से कम बहुतेरे, लोग समझते थे कि बड़े भारी विप्लव की तैयारी का यह ऊपरी लक्षण है, और ऐसी घटनाओं से सबको ऐसे-ऐसे दलों का संगठन करने की इच्छा होती थी। उल्लिखित सम्वाद को पढ़कर करतारसिंह बहुत

ही प्रसन्न हुए। परस्पर नेंत्रों में बातचीत हो गई, एक-दूसरे की आँखों के कोनों से आनन्द का आभास प्रकट हुआ। इस प्रकार हम लोग जालन्धर स्टेशन पर पहुँचे। यहाँ करतारसिंह के कई छात्र-मित्र प्रतीक्षा कर रहे थे। इनमें जिनसे जो कुछ कहना था वह कह-सुन चुकने पर हम लोग रेल की पटरी को पार करके पास के बगीचे में गए, वहाँ पर इस दल के कई नेता उपस्थित थे। इनको देखने से मुझे भरोसा हुआ कि इन लोगों के बीच में मैं बिल्कुल ही कम उम्र नहीं हूँ, क्योंकि इनमें ऐसा कोई भी न जँचा जिसकी उम्र मेरी अपेंक्षा बहुत अधिक हो। उस दिन वहाँ पर करतार सिंह, पृथ्वीसिंह, अमरसिंह और रामरक्खा के सिवा शायद एक व्यक्ति कोई और उपस्थित था। करतारसिंह की उम्र उस समय उन्नीस-बीस वर्ष से अधिक न होगी। अमरसिंह और पृथ्वीसिंह दोनों ही राजपूत थे, किंतु मुद्दत से पंजाब में ही रहते थे। इनकी उम्र भी इसी के लगभग होगी। ये लोग रासबिहारी से मिलने के लिए ठहरे हुए थे। मेरे पूर्व-परिचित मित्र ने, इन लोगों के साथ मेरा परिचय करा दिया। मैंने पहले-पहल इनमें से किसी का भी नाम-धाम आदि नहीं पूछा। फिर तो बातचीत के सिलसिले में मुझे सभी का नाम मालूम हो गया। हमारे दल में ऐसी जाँच-पड़ताल ज़रा संदेह की दृष्टि से देखी जाती थी, और इस प्रकार नाम-धाम पूछना तो मैं बिल्कुल अनावश्यक समझता था। मित्र ने मेरा परिचय यह कहकर कराया कि रासबिहारी तो एक खास काम के मारे आ नहीं सके, उन्होंने अपने दाहिने हाथ स्वरूप इन्हें भेजा है। करतारसिंह ने कहा कि हमें तो रासबिहारी से ही काम है। तब मैंने उन्हें समझाया कि यहाँ आने से पहले वह यहाँ की दशा का पूरा-पूरा हाल जान लेना चाहते हैं, इसके सिवा वह ऐसी दशा में है जिससे और भी कुछ समय तक इस ओर न आ सकेंगे। इसके पश्चात् मैंने इन लोगों से पंजाब की हालत जानने के लिए पूछा –वे लोग कितने आदमी हैं, आपस में किस प्रकार मिलते-जुलते और मुलाक़ात करते हैं तथा उनका वास्तविक नेता कौन है, इत्यादि। मैंने कहा, ''जो आपके असली नेता हों उन्हीं से मैं बातचीत और पहचान करना चाहता हूँ।'' अमरसिंह ने कहा, ''सच पूछिए तो हम लोगों में वास्तविक नेता की खास कमी है और इसीलिए हमें रासबिहारी की ज़रूरत है। यहाँ पर हम जितने आदमी मौजूद हैं इनमें किसी को विशेष अभिज्ञता प्राप्त नहीं है, इससे हमारे काम का कोई खास सिलसिला नहीं बैठता। हमको बंगाल से सहायता पाने की बहुत आवश्यकता है। बंगाल में आप लोग बहुत दिन से काम कर रहे हैं, इन कामों का आप लोगों को यथेष्ट अनुभव हो गया है।'' करतारसिंह ने भी इसे माना तो, किंतु अमरसिंह को लक्ष्य करके कहा, ''देखो भाई, यों हिम्मत क्यों हारते हो ? काम के वक्त देख लेना कि तुम्हीं में से कितने छिपे रुस्तम निकलेंगे।'' उस दन की बातों से मुझे साफ मालूम हो गया कि जिस महान् व्रत में ये लोग दीक्षित हुए हैं उसके गुरुत्व का अनुभव इनकी नस-नस में भिद गया है, और अपने में शक्ति की कुछ

कमी समझकर बाहर एक सहारा ढूँढ रहे हैं किंतु उसके साथ मैं, यह भी समझ गया कि इनमें यदि कोई सचमुच काम करने वाला है तो करतारसिंह हैं। मैंने इसमें जैसा आत्मविश्वास देखा वैसा आत्मविश्वास न रहने से किसी के द्वारा कोई बड़ा काम नहीं हो सकता। बहुतों में अहंकार का भाव रहने पर भी ऐसे आत्मविश्वास का भाव कम देखा जाता है। अहंकार और आत्मविश्वास अलग-अलग दो चीज़ें हैं, अहंकार दूसरे पर चोट करता है, किंतु जो अहंकार दूसरे पर नोक-झोंक किए बिना ही अपने प्राणों में शक्ति के अनुभव को जाग्रत करता है वही आत्मविश्वास है।

जो हो, इन लोगों से मुझे पंजाब की बहुत कुछ हालत मालूम हो गई। उनमें से बहुतेरी बातों का वर्णन पहले किया जा चुका है। इनकी बातों से ज्ञात हुआ कि इनके विप्लव की तैयारी का मुख्य अवलम्बन पंजाब की सिक्ख फौज़ें हैं। करतारसिंह से ज्ञात हुआ कि भारत में अमेरिका से सिक्खों का जो पहला दल आया था, उसी में वे भी आए थे और सितम्बर महीने से इस काम की तैयारी कर रहे हैं, इत्यादि।

अब करतारसिंह ने मुझसे पूछा, "अस्त्र-शस्त्र आदि देकर के बंगाल हमारी कहाँ तक सहायता कर सकता है ? बंगाल में कितने हज़ार बंदूकें है ?" इत्यादि।

मैंने कहा, "आप क्या ख्याल करते हैं ? बंगाल में कितने अस्त्र-शस्त्र होंगे ?"

करतारसिंह, "मैं तो समझता हूँ कि बंगाल में काफी हथियार मौजूद कर लिये गए हैं, क्योंकि बंगाल तो बहुत दिनों से विप्लव की तैयारी कर रहा है और हमारे दल के परमानन्द के एक बंगाली मित्र ने उन्हें पाँच सौ रिवाल्वर का वचन दिया है। इसके लिए परमानन्द बंगाल गए हैं।"

मैं, "जिन्होंने परमानन्द से यह बात कही है वह कोई फालतू आदमी जँचते हैं। क्योंकि बंगाल में कोई कहीं पाँच सौ रिवाल्वर न दे सकेगा। जिन्होंने यह बात कही है उन्होंने गप्प उड़ा दी है।"

करतारसिंह, "तो फिर बंगाल हमको किस प्रकार की सहायता देगा ? तो क्या वहाँ भी पंजाब के साथ ही साथ गदर होगा ? बंगाल में आपके अधीन काम करने वाले कितने है ?" अन्य किसी समय और किसी भी व्यक्ति को ऐसे प्रश्न करने का हम लोग मौक़ा ही न देते थे और यदि कोई पूछ ही बैठता तो कह देते थे, "इन बातों को जानकर क्या कीजिएगा, समझ लीजिए कि कुछ भी तैयारी नहीं हुई है; तो भी आप इस दल में संयुक्त होगे या नहीं ? आपको स्वयं आरम्भ से ही तैयारी करनी होगी, इस दशा में भी क्या आप इस दल में भर्ती होना चाहते हैं ?" इत्यादि। हाँ, बंगाल में कहीं-कहीं कोई-कोई ऐसे भी थे जो विप्लव की जंगी तैयारी की बातें बढ़ा-चढ़ाकर लोगों को सुनाते और इस तरह प्रलोभन देकर उन्हें दल में भर्ती करते थे। जो हो, करतारसिंह ने जब ये प्रश्न किए तब उनको ठीक उत्तर न देकर टाल देना मुनासिब न मालूम हुआ। मैंने कहा, "देखिए, जिस प्रकार यहाँ आपको सैनिकों में

भर्ती होने का अवसर मिलता है, उस प्रकार बंगाल में यदि हम लोगों को फौज़ में भर्ती होने का सुभीता मिलता तो अब तक कभी का भीषण विप्लव मच गया होता। बंगाल के दल में प्रधानतया युवक और छात्र-श्रेणी के सदस्य है और इस दल में हम लोग बड़ी ही सावधानी से, बहुत-कुछ छानबीन करके ऐसे लोगों को सम्मिलित करते हैं जोकि हर घड़ी मरने को तेयार रहते हैं। इसलिए हमारे दल में अधिक आदमी नहीं हैं, शायद हज़ार-दो हज़ार से अधिक न हों, किंतु यह दृढ़ विश्वास है कि जिस दिन आमतौर पर विप्लव शुरू हो जाएगा उस दिन हज़ारों आदमी हमारे साथ आ मिलेंगे। यदि पंजाब में गदर हो जाएगा तो यह भी निश्चित समझिए कि उस दिन बंगाल बैठा-बैठा तमाशा न देखेगा और अंग्रेजों को बंगाल के लिए इतनी उलझन में पड़ना होगा कि सरकार अपनी कुल शक्ति पंजाब ही पर न लगा सकेगी।'' मैंने यह भी कहा, ''बंगाल इस समय भी सरकारी खजाने लूट सकता है या पुलिस की बारकों पर छापा मारना इत्यादि काम कर सकता है, किंतु आगे क्या होगा ? इस 'आगे क्या होगा' को सोचकर ही बंगाल ने, अभी तक ऐसा कुछ नहीं किया।'' मैंने इन लोगों को भली-भाँति समझा दिया कि ''हम लोगों से सलाह लिए बिना अचानक कुछ कर न बैठना।'' यह भी कह दिया, ''खूब सावधानी से काम करना होगा जिसमें कि यह शक्ति व्यर्थ न हो जाय, सिर्फ हू-हा करके फिजूल कामों में शक्ति क्षीण न कर दी जाय।'' मैंने इन्हें सलाह दी कि अधिकांश व्यक्तियों से कहो कि अपने-अपने गाँव में जाकर रहें, केवल मुखियों का और काम करने के लिए थोड़े-से आदमियों का समीप रहना ठीक होगा, और सब लोगों को कई टुकड़ियों में बाँटकर प्रत्येक टुकड़ी पर एक-एक अधिनायक तैनात कर दीजिए ऐसा संगठन करने से जिस समय आवश्यकता होगी उस समय सब लोगों से अनायास ही काम लिया जा सकेगा। यदि इस प्रकार छोटी-छोटी टुकड़ियाँ न बनाई जाएँगी तो गिरफ़्तार हो जाने का अंदेशा हर घड़ी रहेगा।'' फिर करतारसिंह से कहा, ''आप में से कोई एक व्यक्ति मेरे साथ चले, मैं उसे उसे स्थान पर ले जाऊँगा जहाँ कि रासबिहारी हैं। रासबिहारी के साथ अच्छी तरह सलाह करनी है।'' यह बात इन्हें पसन्द आई। अब निश्चय हुआ कि लाहौर में पृथ्वीसिंह से दुबारा मुलाक़ात करके, उनको साथ लेकर, रासबिहारी के पास भेंट करने को जाना ठीक होगा।

करतारसिंह ने, हमारे यहाँ से कुछ रिवाल्वार इत्यादि की सहायता माँगी। आत्मरक्षा करने और छोटे-छोटे सरकारी खजाने लूटने के लिए क़ुछ अस्त्र-शस्त्रों की ज़रूरत थी। अमेरिका से ये लोग जब स्वदेश को लौटे तब अनेक स्थानों से थोड़े-बहुत रिवाल्वर इत्यादि ले आए थे। अंग्रेजों की प्रखर दृष्टि रहने पर भी ये रिवाल्वर देश में पहुँच गए थे। बाल्टी की तली में लकड़ी या टीन का पटरा लगाकर उसके बीच में छिपाकर रिवाल्वर इत्यादि लाए जाते थे, किंतु कुछ दिनों में रिवाल्वर

लाने की यह तरकीब जाहिर हो गई। कभी-कभी यह भी होता था कि भारत के बंदरगाह में पहुँचने से जरा देर पहले ये हथियार खलासियों के जिम्मे कर मुसाफिर चले आते थे। और फिर फुरसत तथा मौक़ा देखकर उनके पास से उठा लिए जाते थे। इस रीति से इन लोगों के हाथ कुछ रिवाल्वर आ गए थे। किंतु अभी हथियारों की ज़रूरत थी ही। मैं काशी से कुछ रिवाल्वर और गोलियाँ लाया था। ये सब करतारसिंह को सौंपकर मैंने कहा कि इस वक्त यही सामान पास था सो लेता आया, फिर और भी ला दूँगा किंतु यह भी जता दिया कि हम लोगों के पास अस्त्र-शस्त्रों का अधिक संग्रह नहीं है, अतएव इस सम्बन्ध में अधिक आशा न कीजिएगा।

मैंने बमगोलों के सम्बन्ध में उनसे कहा कि इस काम में बंगाली लोग सिद्धहस्त हो गए है और बमगोलों की जिस क़दर ज़रूरत होगी, बंगाल देगा। उस समय ये लोग भी एक प्रकार का बमगोला बनाते थे। पंजाब में सीसे की और पीतल की बनी एक तरह की दवातें मिलती थीं। ये दवातें ही पंजाबियों के बम का ऊपरी खोल थीं। इन दवातों के मुँह में पेंच था, दवात का ढक्कन लगा देने से बहुत अच्छी तरह बंद हो जाता था और इसका मसाला वही था जो कि पटाखों का है, अर्थात् पुटास (क्लोरेट आव्) और मनशिल। हिन्दुस्तान की बनी काँच की एक तरह की छोटी शीशी बाज़ार में मिलती थी। इसमें सलफ्यूरिक एसिड भरकर मुँह बंद कर दिया जाता और इसे खोल में डाल दिया जाता था। यह मामूली धक्के से ही फट पड़ता था। मालूम होता है कि अकसर इसमें मसाले के साथ शक्कर भी डाली जाती थी। शीशी के टूटने पर एसिड पुटास और शक्कर के संयोग से यह बमगोला फट पड़ता और दवात के टुकड़े चारों ओर छितरा जाते थे। यह बम वैसा घातक नहीं था, फेंके जाने पर अकसर फटता ही नहीं था। जो फट भी पड़ता तो आदमी की जान लेने के लिए बहुत करके काफी न होता। मैंने इन्हें समझा दिया कि बंगाल का बमगोला बड़ा विकट होता है। करतारसिंह ने कहा कि पंजाब के विभिन्न स्थानों में हमारे कुछ बमगोले रखे हुए हैं, ज़रूरत हो तो दिए जा सकते हैं। जब वे आग्रह के साथ लेने को तैयार हुए तो मैंने पूछा कि अब आपसे कहाँ मुलाक़ात होगी ? उन्होंने उत्तर दिया कि 'हमारे ठहरने का कोई निश्चित स्थान नहीं है।'' इस पर मैंने पूछा, ''क्या आपका कोई केन्द्र नहीं है जहाँ पहुँचने से सब बातो का पता लग जाय ?'' उत्तर 'नहीं' में मिला। मालूम हुआ कि ये लोग अलग-अलग काम से चले जाएंगे और काम हो जाने पर फिर एक निर्दिष्ट स्थान पर आ मिलेंगे। यदि किसी कारण से इस प्रकार एकत्र न मिल सकें तो गुरुद्वारे में ढूँढने के सिवा पता लगाने का और कोई उपाय नहीं। यह सुनने से मुझे बड़ा अचम्भा हुआ। मैंने समझा कि शायद मुझे सब बातें बतलाई नहीं जा रही हैं। इस कारण अपनी रीति के अनुसार, मैंने विशेष पूछताछ नहीं की। इसके विषय में कुछ सलाह भी न दी। पीछे सम्बन्ध घनिष्ठ होने पर मालूम हुआ कि सचमुच इनकी यही

दशा थी, तब उसका उपाय भी कर दिया गया था। उस बाग़ में, जहाँ बातचीत हो रही थी, पहुँचते ही मुझे जँच गया था कि जालन्धर शहर में इनका कोई खास अड्डा नहीं है। जो लोग यहाँ उपस्थित थे वे सभी जालन्धर शहर के थे और मिलने के लिए आए थे। यहाँ इनका ऐसा कोई स्थान न था, जहाँ जाकर मैं आराम कर सकता। इस प्रकार कुछ सिलसिला न रहने पर भी, ऐसी ही गड़बड़ में ये उन रासबिहारी को बुलाना चाहते थे कि जिन्हें गिरफ़्तार कराने के लिए उस समय साढ़े सात हज़ार रुपये का इनाम घाषित किया गया था। अस्तु, ये सब बातें सुनकर मैंने, करतारसिंह से अगले दिन किसी स्थान पर पहुँचने के लिए कहा, वह राजी हो गए। निश्चय हुआ कि मैं, उनकी प्रतीक्षा उसी स्टेशन पर आकर करूँगा, फिर उनको साथ ले जाऊँगा और संरक्षित बम के गोले उनके सुपुर्द कर दूँगा।

घड़ी देखी, सब लोग अपना-अपना काम करने को उठ खड़े हुए। उनकी गाड़ी का समय हो गया था। मैं और मेरे मित्र दोनों एक होटल में गए। वहाँ मालूम हुआ कि मित्रजी मांस-मछली कुछ भी नहीं खाते। इसलिए मुझे भी दाल और शाक-सब्जी से ही संतोष करना पड़ा। पंजाब की तन्दूरी रोटियाँ और दाल बहुत बढ़िया है।

मैं भी पहले माँस-मछली से परहेज करता था। नहीं कह सकता कि कितनी बार मांस-मछली खाना बिलकुल छोड़ दिया, और फिर परहेज को भी तोड़ डाला। इससे कुछ पहले की बात है, " मैं एक बार हरिद्वार से आकर लक्सर जंकशन पर रासूदा की प्रतीक्षा कर रहा था। वह दिन को तीसरे पहर की गाड़ी से आने वाले थे। स्टेशन पर अच्छा रिफ्रेशमेंट-रूम था। मैं हाथ-मुँह और सिर धोकर रिफ्रेशमेंट-रूम में गया। वहाँ मैंने रोटी और तरकारी माँगी। रोटियाँ तो बढ़िया पछाहीं थीं, किंतु यह क्या-मांस क्यों ले आया ? मुझे उस समय तक मालूम न था कि पंजाबी लोग गोश्त को तरकारी कहते हैं। क्या करता, बडे पसोपेश में पड़ा। लौटाता तो किस तरह और वे लोग ही इसका क्या मतलब समझते। सोच-विचारकर मैंने खा लेने का ही निश्चय किया। दुबारा जब तीसरे पहर रासूदा के साथ खाने को बैठा तब उन्होंने भी गोश्त-रोटी की फरमाइश की। किंतु तुरन्त ही मेरी ओर देखकर अर्द्धस्फुट स्वर में कहा, "ओह, तुम तो गोश्त खाओगे नहीं।" यह कहकर हुक्म बदलने को थे कि मैंने रोककर कह दिया कि अब आता है तो आने दो और फिर सबेरे की घटना का वर्णन करके कहा कि उस वक़्त तो खा चुका हूँ, अब जो इस वक़्त न खाऊँगा तो खासा पाखण्ड होगा। किंतु रासूदा ने कहा, "देखो, इससे मन में किसी तरह की ग्लानि न होने देना।" उस दिन से मैं फिर मांस खाने लग गया, परन्तु मांस खाने पर भी, तथा बम को हाथ से स्पर्श कर चुकने पर भी मैं खूँखार जन्तु नहीं हूँ।

जो हो, तन्दूरी रोटियाँ और बढ़िया दाल खाकर जब मैं तृप्त हो गया तब शारीरिक स्वराज्य प्राप्त करके मैं तो करतारसिंह के लए बम के गोले लाने को दूसरी

ओर चला गया, और मेरे मित्र महोदय लाहौर की ओर रवाना हुए। मैं गन्तव्य स्थान में पहुँचकर अपने अड्डे पर गया। यहाँ पर जो हमारा आदमी था उससे मैंने जालन्धर में सिक्खों से भेंट होने आदि का कुछ जिक्र नहीं किया, सिर्फ यही कहा कि मुझे बम के गोलों की ज़रूरत है, एक सिक्ख महोदय आएँगे, वह उन्हें ले जाएँगे। सिक्ख नाम सुनकर वह तनिक झिझका और कहने लगा कि सावधान, सिक्खों से जरा सोच-समझकर हेल-मेल करना, उन पर आजकल सरकार की बड़ी सख्त नज़र है। इस समय उनके संसर्ग से अलग रहना ही भला है। मैंने मन में सोचा कि बड़ी आफ़त है, अब इस पर विश्वास करना ठीक नहीं और अब इससे कुछ वास्ता न रखा जाय। प्रकट रूप से उसकी हाँ में हाँ मिलाकर मैं ठीक निर्दिष्ट समय पर स्टेशन गया। यथासमय गाड़ी तो आ गई किंतु करतारसिंह के दर्शन न हुए। तब दूसरी गाड़ी आने पर फिर उनको ढूँढा किंतु फल एक-सा ही रहा। सारे स्टेशन में उनके लिए चक्कर काटे, आँखें फाड़-फाड़कर कितने ही लोगों के चेहरों को देखा किंतु किसी का चेहरा करतारसिंह जैसा न दीख पड़ा। लाचार होकर डेरे पर लौट आया। मैं तो जानता ही न था कि करतारसिंह से कहाँ भेंट होगी, लेकिन मजा यह है कि उनके दल का भी कोई आदमी यह बात न जान सकता था ! बम के गोले जहाँ के तहाँ रह गए। मैं लाहौर को लौट गया। यहाँ पुराने मुलाक़ातियों से मिला-जुला और इनसे भी पंजाब की दशा जानने की चेष्टा की। इस प्रकार अनेक स्थानों और अनेक उपायों से जो कुछ संग्रह किया था, उसकी अनेक बातें मैं आपसे कह चुका। शाम को लाहौर के समीप एक सार्वजनिक स्थान में पृथ्वीसिंह मेरी प्रतीक्षा कर रहे थे, उनसे मैंने करतारसिंह की बात कही। वह भी उनका कुछ पता-ठिकाना न बतला सके। काशी जाने के सम्बन्ध में उन्होंने तीन-चार दिन की मुहलत माँगी। निश्चय हुआ कि पाँचवीं दिसम्बर को वह पंजाब मेल द्वारा काशी पहुँचेंगे। फिर उन्हें मैं रासबिहारी के स्थान पर ले जाऊँगा। मैंने इस समय भी इन लोगों को ठीक पता न बताया था कि रासबिहारी अमुक स्थान पर हैं।

लाहौर से रवाना होने के पहले मैंने अपने जिन पुरानी जान-पहचानवालों से मुलाक़ात और बातचीत की थी उनमें से एक व्यक्ति के सम्बन्ध में यहाँ कुछ कहना चाहता हूँ। शायद ये पंजाबी न थे। ये पहले संयुक्त प्रांत में ही कहीं निवास करते रहे होंगे। हाँ, अब पंजाबी हो गए थे, और इनके आचार-व्यवहार में पंजाबीपन आ गया था। इनका पूर्व परिचय सुने बिना जरा भी भ्रम न होता था कि ये पंजाबी नहीं हैं। बंगाल से बाहर अन्यान्य प्रांतों में बहुतेरे बगाली रहने लगे हैं, किंतु वे लोग इतनी जल्दी अपनी विशेषता को खो नहीं देते। तीन-चार पुश्त अथवा इससे भी अधिक समय तक अन्य प्रांत में रहने पर भी अधिकांश स्थलों में बंगाली – बंगाली बने रहते हैं, बल्कि उन स्थानों में उनके मुहल्ले बस जाते हैं। किंतु मैने उत्तर भारत के लोगों को देखा

है कि वे ऐसी दशा में, अन्य प्रदेश में रहते-रहते बहुत जल्दी अपनी विशेषता छोड़कर बिल्कुल उस देश वालों में घुल-मिल जाते हैं। अस्तु, काशी लौटने के पहले इनकी बातचीत से मुझे इनकी थोड़ी-सी संकीर्णता का परिचय मिला। इससे मैं बहुत ही दुखित हुआ। बहुत बातचीत करने के बाद, इन्होंने दिल्ली-षड्यंत्र वाले मुक़दमें का वर्णन करके कहा कि उक्त अवसर पर बंगाल से उन लोगों को कुछ भी आर्थिक सहायता नहीं मिली, यद्यपि उसी मुक़दमे के असामी बसन्तकुमार के लिए रुपए भी दिये गए, और बैरिस्टर भी भेजा गया। कुछ-कुछ इसी ढंग का अभियोग उन्होंने बंगाल पर लगाया था। यद्यपि मुझे उस समय की कुल बातें मालूम न थीं, क्योंकि दिल्ली षड्यंत्र वाले मुकदमें के कुछ ही पहले मैं इस दल में भर्ती हुआ था, तथापि जो कुछ मुझे मालूम था उसके अनुसार मैनें कहा कि हम लोगों ने, दल की ओर से किसी की कही कुछ सहायता नहीं की; न तो रुपए ही दिए थे और न किसी बैरिस्टर को ही पैरवी के लिए भेजा था। बसन्त बाबू के ही किसी विशेष मित्र ने, अपनी ओर से द्रव्य खर्च करके ऐसी सहायता की थी। पंजाब के नए सिक्ख दल के सम्बन्ध में पूछताछ करने पर इन्होंने ऐसा उत्तर दिया मानो ये कुछ भी न जानते हों, और इन्होंने जो कुछ कहा उससे स्पष्ट हो गया कि उक्त दल के सम्बन्ध में ये सर्वथा अनभिज्ञ नहीं हैं। हाँ, उसे मुझ पर प्रकट नहीं करना चाहते। मजा यह है कि इस दल की बातें इनसे जानने का मुझे अधिकार था। इनकी बातचीत के ढंग से यही व्यक्त हुआ था कि सिक्खों का यह दल अपने विचारों के अनुसार स्वयं सब काम कर रहा है, यह किसी से कुछ प्रत्याशा नहीं रखता। मतलब यह है कि "बंगाल क्यों दाल-भात में मूसलचन्द बनता है ?" जब मैंने यह पूछा कि "क्या इस समय पंजाब में रासबिहारी के आने से काम में कुछ सहूलियत हो सकती है ?" तो उत्तर मिला कि "हाँ, अगर वह चाहें तो आ सकते हैं।" मैंने मन में सोचा कि "हाँ, अगर चाहें तो !" मैंने देखा कि रासबिहारी को भी इस ओर बुलाने का इनका आग्रह नहीं है, यद्यपि ये स्वयं उनसे बहुत दिनों से परिचित हैं। सिक्ख दल के कुछ नेताओं से परिचय करा देने के लिए उनसे अनुरोध किया तो उत्तर मिला कि 'वैसे नेताओं से उनका खुद परिचय नहीं।" लेकिन इससे पहले ये मुझसे कह चुके थे कि "लाहौर से संग्रह करके उक्त नेताओं को हम हज़ार रुपया दे चुके हैं।" इस प्रकार ये जिस समय सिक्ख दल की बहुत-सी बातें मुझसे छिपाने का प्रयत्न कर रहे थे उस समय मैं मन ही मन मुस्कराता था।

'अहं' को हम कितना ही दूर हटाने की चेष्टा क्यों न किया करें, वह प्रकट रूप से या अनजाने में न मालूम कितने प्रकार से इसी तरह हमारे पीछे पड़ा रहता है। अस्तु, इनकी संकीर्णता देखकर कोई यह न समझ ले कि सभी पंजाबी इसी ढंग के थे। असल बात तो यह है कि जो लोग वास्तविक कार्यकर्ता थे वे, अन्य प्रांतवालों की अपेक्षा बंगालियों को कुछ अधिक स्नेह और श्रद्धा की दृष्टि से देखते थे। मुझे

तो ऐसा ही याद पड़ता है कि अन्यान्य प्रांतवालों की अपेक्षा, यहाँ तक कि बहुतेरे पंजाबियों की भी अपेक्षा, ये सिक्ख लोग मानो बंगालियों के प्रति विशेष रूप से आकृष्ट थे। मुझे तो यही लगता है कि जो लोग कुछ करते-धरते नहीं वे ही समालोचना करना पसन्द करते हैं। मेरे ये मित्र महोदय हमारे कामों में अकसर नेक तरह से सहायता तो किया करते थे सही, परंतु ज़्यादातर वे हम लोगों से दूर ही रहते थे। इस कारण हम लोग भी उनसे विशेष सम्बन्ध नहीं रखते थे। हाँ, इस समय पंजाब की भीतरी दशा को जानने-समझने के लिए मैंने सभी के पास जाना आवश्यक समझा विपत्ति में पड़ने पर भी ये किसी गुप्त बात को प्रकट नहीं करेंगे, हमारा इतना विश्वास इन पर ज़रूर था और इस विश्वास की सत्यता प्रमाणित हो चुकी थी, क्योंकि एक बार ये चक्कर में आ चुके थे।

अस्तु, अब मैं यह सोचकर कि विप्लव की तैयारी का यह नया पर्व आरंभ हो गया है, रेल में बैठकर काशी की ओर बढ़ा। रह-रहकर यह सोचता था कि कब काशी पहुँचू और रासूदा को कब सारा हाल सुनाऊँ।

पंजाब की दशा देखकर मैंने समझ लिया कि यदि बहुत ही शीध्र इस नवीन शक्ति को संयत और सुसंगठित न किया जाएगा तो बहुत संभव है कि ये सिक्ख लोग बेमौके ही कुछ ऐसा कर डालें जिससे सारी शक्ति और उद्यम छिन्न-भिन्न हो जाय। उस समय किसे खबर थी कि इतनी सावधानी रखने पर भी सब टाँय-टाँय फिस हो जाएगी। "इस जगत् में व्यर्थ कुछ भी जाता है या नहीं ?" इस प्रश्न पर यहाँ विचार नहीं करना है। इस प्रकार सोचते-सोचते मैंने रास्ते में ही निश्चय कर लिया था कि जितनी जल्दी हो सके दादा को इस ओर भेजना होगा और अपने प्रांत में भी अब छावनियों में –फौज़ों में–काम आरंभ करना होगा। आगे चलकर बतलाऊँगा कि हम लोगों ने, अब तक इस ओर क्यों ध्यान नहीं दिया था। मैंने अब मन में संकल्प कर लिया कि पंजाब में तो दादा को भेजूँगा और मैं स्वयं बंगाल जाऊँगा। बंगाल जाकर काम करने की मेरी बहुत दिनों से प्रबल इच्छा थी। इस विषय की बातचीत दादा से मैं पहले कई बार कर चुका था, किंतु उनकी अनुमति नहीं मिलती थी।

पंजाब की सीमा को लाँघकर गाड़ी युक्त प्रदेश में पहुँची। शाम हो गई। मेरे डिब्बे में मुसाफिर अधिक न थे, शायद कुल तीन-चार थे। उस समय दुनिया के पर्दे पर शायद ही कोई जगह हो जहाँ बीसवीं सदी के कुरुक्षेत्र की बातचीत न होती हो। मुसाफिरों में परस्पर जान-पहचान हो जाने पर तुरन्त यूरोप के महासमर की चर्चा छिड़ी। मैंने अपने एक साथी मुसाफिर से पूछा, "आपके गाँव से कैसे रंगरूट भर्ती हो रहे हैं ? उत्तर मिला कि "फ़ौज के लिए अब बहुत मुश्किल से जवान मिलते हैं हालाँकि विनती-चिरौरी और इनाम-इकराम की भी कमी नहीं है। लोगों से कह दिया जाता है कि तनख्वाह माकूल मिलेगी और एक महीने की तनख्वाह पेशगी दी

जाएगी। खुद मजिस्ट्रेट और अन्यान्य अफ़सर देहात में इसके लिए दौरा करने जाते हैं। जो लोग फौज़ के लिए इधर-उधर से आदमी भर्ती करा देंते हैं, उन्हें खासा कमीशन दिया जाता है। किंतु यह सब होने पर भी आदमी नहीं मिलते। जो लोग फौज़ में भर्ती होने लायक हैं वे गाँव छोड़कर दूसरे गाँव में भाग जाते हैं।'' मैंने पूछा, ''क्या आपकी तरफ फौज़ के लिए एक भी रंगरूट नहीं मिलता ?'' उन्होंने उत्तर दिया, '' जो लोग बिल्कुल ही नासमझ हैं वे पहले तो लालच में आकर भर्ती होना मंजूर कर लेते हैं किंतु जब सैनिक का सच्चा स्वरूप प्रकट होता है तब वे, नौकरी छोड़ने की चेष्टा करने पर भी नौकरी से अलग नहीं हो पाते। इस दशा में बहुतेरे मनुष्य छावनी से भाग खड़े होते हैं, तब इसके लिए उन्हें पुलिस की साँसत भोगनी पड़ती है।''

पंजाब की दशा भी मैं ऐसी ही सुन चुका था। वहाँ तो रंगरूट मिलना और भी मुश्किल हो गया था।

इस समय मैंने एक बात पर विशेष रूप से ध्यान दिया – क्या रेल, क्या सड़क और क्या हाट-बाज़ार, सभी जगह अशिक्षित जनता में अंग्रेजों के प्रति तीव्र विद्वेष फैलता जाता था। एक दिन काशी में, बस्ती से बाहर, कुएँ की जगत पर बैठकर एक संयुक्त प्रदेशवासी व्यक्ति के साथ हमारे ही किसी काम की आलोचना हो रही थी। पास ही एक किसान घास छील रहा था। थोड़ी देर में देखा कि वह और भी समीप आ गया और घास छीलते-छीलते मुस्कराकर पूछने लगा, ''अंग्रेजों का राज्य रहेगा भी या नहीं ?'' हम लोग ने पूछा, ''तुम्हें क्या लगता है ?'' उत्तर मिला, ''बाबू, अब ये हिन्दुस्तान में नहीं ठहर सकते, इनका वक्त हो चुका। बाबू, जर्मन लोग कब तक आएँगे ?'' तब हम लोगों ने, उसे समझाया कि जर्मनों के आने से हमारा कुछ फायदा नहीं; किंतु उसने फिर कहा, ''नहीं बाबूजी, अंग्रेज लोग अब न्याय नहीं करते, अब इनका चला जाना ही भला है।'' इस पर हमको जो कहना चाहिए था वही कहा। यहाँ उसका उल्लेख करने की आवश्यकता नहीं। मैंने देखा कि 'बाबू लोग' यदि ऐसे लोगों की बातें सुनकर हाँ में हाँ मिलाते तो ये बाबुओं को जरा टेढ़ी नजर से देखने लगते थे।

5

काशी में पुलिस के साथ सम्बन्ध

काशी में पंजाबमेल तीन बजे पहुँची। मेरे ऊपर पुलिस की खास नज़र रहती थी। सबेरे से लेकर नौ–दस बजे तक पुलिस या तो मेरे घर के दरवाज़े के सामने ही अथवा वहीं–कहीं अगल–बगल में बैठी रहती थी, और घर से बाहर पैर रखते ही मेरी गतिविधि पर नज़र रखने के लिए वह परछाई की तरह मेरा पीछा करती थी। घर में रहने पर भी मुझसे मिलना–जुलना लोगों के लिए सहज काम न था। क्योंकि पुलिस जिसके साथ मेरा हेल–मेल देखती उसकी भी निगरानी उसी तरह करने लगती, जैसी कि मेरी करती थी। इस कारण उन दिनों मेरे जैसे लोगों के साथ मामूली ढंग पर लोगों का मिलना–जुलना भी जुर्म समझा जाता था। ऐसा सख्त पहरा रहने पर भी मैं इस प्रकार के काम करता रहता था। बगाल से काशी विभाग में बम के गोले और रिवाल्वर इत्यादि ले आता और फिर वहाँ से पंजाब के विभिन्न प्रदेशों में इन चीज़ों को पहुँचाता था, सभी काम इस सख्त पहरे के बीच होते रहते थे। पुलिस की आँखों में धूल झोंकना हम लोगों के लिए साधारण सीं बात थी। आगे की बातें लिखने से पहले यहाँ मैं कुछ वे लटके लिखता हूँ, जिनसे मालूम होगा कि किस प्रकार हम लोग पुलिस के पहरेवाले को छकाते थे।

पुलिस की नज़र से बचने के लिए हमारी सबसे बढ़िया हिकमत यह थी कि पहले तो घर से निकलते समय ही होशियारी से किसी तरह पहरेवाले को धोखा दिया। यदि घर से रवाना होते समय पहरेदार की नज़र न बचा सके तो यह किया कि उस बार न तो दल का काम किया और न दल के किसी व्यक्ति से ही भेंट की। उस समय या तो अपने किसी सहपाठी के घर चले गए या हाट बाज़ार में जाकर ज़रूरी सौदा–सुलुफ में ऐसा चित्त लगा दिया कि घरवाले समझते कि ''आज तो शचीन्द्र का ध्यान गृहस्थी के कामों की ओर बेहतर लगा हुआ है।'' अथवा कारमाइकेल लाइब्रेरी

में जाकर मासिकपत्रों और समाचारपत्रों की सैर करके फिर जहाँ-के-तहाँ अपने घर आ गए। आखिरी हिकमत यह थी कि यदि गर्मी का मौसम हुआ तो घर लौटकर थोड़ी-सी मालिश की और जाह्नवी के पवित्र जल में देह तथा मन को शीतल करके पहरेवाले को सहज ही छुट्टी दे दी, सहज इसलिए कि किसी-किसी दिन बेचारे को हमारा पीछा करते-करते नाकों चने चबाने पड़ते थे। इन पहरेवालों में से प्रायः किसी के भी साथ मेरा व्यक्तिगत विरोधा न था। आँख से आँख मिलते ही मैं मुस्करा देता था। कभी तिमंजिले की खिड़की से झाँककर मैंने देखना चाहा कि देखें पहरेदार किस ओर क्या कर रहा है और ठीक इसी समय उसकी भी नज़र मुझ पर पड़ गई तब मैंने जंगले को खोल दिया। हज़रत नीची निगाह करके टहलते हुए, घर के सामने से, मुस्कराकर कुछ आगे बढ़ गए। ऐसा अकसर होता ही रहता था। इन पहरेदारों को धोखा देने में भी मज़ा आता था और धोखा देने में विफल हो जाने से भी हँसी-मजाक का मसाला हाथ लगता था। किंतु किसी-किसी दिन इस तेज निगाह की बदौलत काम में गड़बड़ हो जाने से इन लोगों पर क्रोध भी कम न होता था। इन्हें हम लोग जब-तब समझाया करते कि "भैया, किसी तरह नौकरी सँभाले रहो, भला इस तरह दिन-भर दरवाज़े पर डटे रहना कहाँ की भलमनसी है ? घरवाले और टोले-मुहल्लेवाले भला क्या कहेंगे ? सरकार समझती है कि हम लोग न जाने कौन सा खतरनाक काम कर रहे हैं, सो यह उसकी गलती है। जो हो, तुम अपनी नौकरी करो किंतु नाहक हम लोगों को इस तरह मत सताओ।" इन जासूसों में भी बहुतेरे भले आदमी थे। वे लोग हम से इतनी नम्रता और सभ्यता से बातचीत करते कि उन पर हमें तनिक सी भी कुढ़न न थी, यहाँ तक कि उनको देखने से सहानुभूति का भाव मन में आ जाता था। वे लोग भी अकसर सिर्फ नौकरी के लिहाज से शाम, सवेरे या दोपहर के वक्त चक्कर लगाकर या तो मेरे घर के पास ही किसी गली में आराम से बैठे रहते या सड़क पर किसी दुकान में बैठकर गप-शप किया करते थे। वे सिर्फ एक बार इतना ही पता लगा लेते थे कि मैं काशी में ही हूँ न। किंतु जो हम लोगों को कहीं जाते देख लेते तो पीछा करने से भी बाज न आते थे। फिर कोई-कोई तो इस तरह हमारे पीछे पड़ता मानो हम उसके जन्म-जन्मान्तर के वैरी हैं। तब हम लोग भी इन्हें छकाए बिना न रहते। कभी-कभी क्या करते कि यों ही चक्कर काटकर एक गली से दूसरी में जाकर एकाएक भीड़ में घुस जाते और फुर्ती से निकलकर न जाने किस ओर गायब हो जाते। यदि खुफिया पुलिस का कोई दारोगा हम लोगों को इस प्रकार—बिना पिछलग्गू के—घूमते-फिरते देख लेता तो उस दिन हम पर नज़र रखने को जो सिपाही तैनात होता उसे सख्त-सुस्त का खासा मज़ा चखना पड़ता।

लगातार जासूसों के साथ यह आँख-मिचौनी का-सा खेल खेलते-खेलते हम लोगों में यह खासियत पैदा हो गई थी कि इन लोगों को देखते ही भाँप लेते थे कि यह जासूस है। अब तो सभी बातें प्रकट हो गई हैं, इसलिए अब साफ मालूम हो गया

है कि हम कभी पुलिस के चकमे में नहीं आए; सिर्फ हमारा पीछा करके ही पुलिस एक भी नए आदमी का पता लाने में समर्थ नहीं हुई। हम पर जिस समय यम का–सा कड़ा पहरा रहता था उसी समय हम लोग बम के गोले और रिवाल्वर लेकर काशी के विभिन्न स्थानों में आते–जाते रहे हैं और इन चीज़ों को बाहर से काशी में लाये भी, फिर वहाँ से बाहर भेज भी दिया। मैं एक दिन, सवेरे घर जा रहा था । घर के पास आते ही एकदम भेदिया विभाग के दारोगा के सामने जा पड़ा। दारोगा अकेला न था, उसके साथ उसका एक अनुचर भी था। मुझपर नज़र पड़ते ही वह मुस्कराकर आगे बढ़ा और मेरे पस आ खड़ा हुआ। मैं भी उसी तरह हँस–हँसकर उससे बातचीत करने लगा। "क्या मार्निंग वाक करने तशरीफ ले गए थे ?" मैंने भी कहा, "जी हाँ, जरा घूम–घाम आया हूँ।" यह क्या है ?" कहकर मेरे बुक–पॉकेट की एक छोटी सी किताब की ओर उसने अंगुली से इशारा किया। मैंने उसी दम किताब निकालकर दारोगा को दे दी। उसमें नैपोलियन की कुछ उक्तियाँ और ऐसे ही दो एक अन्य विख्यात पुरुषों के जीवन की कोई–कोई विशेष घटना लिखी हुई थी। उसने खूब देख–भालकर मुझे किताब लौटा दी। फिर मुस्कराकर हम लोग अपनी–अपनी राह से लगे। उस दिन और उसी समय मेरे कोट के नीचे वाले पॉकेट में गनकाटन (इस कपास से बम चलाने की बत्ती का पलीता बनता है) और इसी किस्म के अन्यान्य भीषण पदार्थ भरे हुए थे।

दूर से नज़र पड़ते ही हम लोग ताड़ लेते थे कि यह पुलिस का आदमी है। मामूली पहरेदारों को तो उनकी जूतियों से ही पहचान लिया जाता था। फिर ज़्यादातर उनके सिर की टोपी, चलने का ढंग और हाथ में छड़ी लेने की रीति–अपनी विशेषता के कारण–हमारी दृष्टि को धोखे से बचा लेती थी। कभी–कभी अपने साथियों के कारण यह लोग पहचान लिए जाते थे। सड़क पर चलते समय हम लोगों को कुछ ऐसी आदत पड़ गई थी, जो कि जेल से लौट आने पर भी बहुत दिन तक बनी रही। वह यह कि सड़क पर चलते समय एकाएक किसी जगह ठहरकर किसी व्यक्ति से बातचीत करने लगे और उसी अवसर पर आगे–पीछे नज़र डालकर एक बार भली–भाँति देख लिया कि कोई पीछा तो नहीं कर रहा है। सड़क के मोड़ पर जाकर पीछे भेदभरी निगाह डालने की जो आदत मुझे पड़ गई थी उसके लिए अभी उस दिन लोगों ने, खूब मजाक किया। अथवा कोई चीज़ मोल लेने के बहाने किसी दुकान पर ठहरकर या किसी और ढंग से चलते–चलते एकदम रुककर आगे–पीछे देखे बिना मैं रास्ता चलता ही न था। मैं इस बात का ध्यान हमेशा रखता था कि मेरी तनिक–सी भी गफलत से समूचा दल तहस–नहस हो सकता है। किंतु चलते–चलते ठहरे बिना कभी पीछे मुड़कर न देखता था। यदि एक ही चेहरे पर कई बार नज़र पड़ती तो उस पर तुरन्त संदेह हो जाता और मैं, अपने संदेह हो जाँचने के लिए किसी सुनसान गली

में जा निकलता। उस समय या तो पीछा करने वाला पकड़ लिया जाता यानी विश्वास हो जाता कि यह जासूस है अथवा उसे लाचार होकर पीछा छोड़ देना पड़ता था। अपना पीछा करने वाले को जब इस तरह हम चंगुल में फाँस लेते थे तब किसी तरह उसे धोखा देना ही हमारा पहला काम होता था। ऐसे मौके पर चकमा देने का खास ढंग था सुनसान रास्ते पर चलते-चलते एकाएक किसी भीड़-भाड़ की जगह में जाकर गायब हो जाना। इसके सिवा घर से चलने के पहले ही मैं खूब चौकन्ना हो जाता था, और जिस दिन खास काम होता उस दिन तो बड़े तड़के घर से चल देता था। जब लौटकर घर आता तो देखता कि मेरा पीछा करने के लिए तैनात किये गए पहरेदारजी घर को घेरे हुए इस तरह बैठे हैं गोया मैं घर के भीतर ही हूँ।

पुलिस के साथ ऐसा ही सम्बन्ध था। ऐसी ही दशा में तीन बजे दिन का मैं काशी आ पहुँचा। पुलिस की नज़र बचाकर घर गया, और फिर वहाँ से दादा के डेरे पर। रासबिहारी उस समय काशी में ही थे। किंतु पुलिस को उस समय स्वप्न में भी हमारी गतिविधि की कुछ भी जानकारी न थी।

दादा से सलाह करने पर निश्चय हुआ कि युक्त प्रांत के सैनिकों में भी विप्लव के विचार फैला देने चाहिए। और बंगाल को पंजाब के विद्रोह की खबर बहुत जल्द दे देनी चाहिए। पाँचवी दिसम्बर की बाट जोही जाने लगी, क्योंकि पृथ्वीसिंह से बातचीत हो जाने पर बंगाल को मेरा जाना निश्चित किया गया था। इस बीच अब मैं इस ताक में लगा कि काशी की छावनी में–बारकों में– किस प्रकार मेरी रसाई हो। दो-एक दिन के बाद अखबार में पढ़ा कि अमेरिका से लौटे हुए कुछ सिक्ख, ताँगे में सवार हो, एक गाँव में जा रहे थे। संदेह करके पुलिस उन्हें गिरफ़्तार करने गई ते उनके पास से रिवाल्वर इत्यादि अस्त्र बरामद हुए। फिर पुलिस जब उन्हें गिरफ़्तार करने को तैयार हुई तब सिक्खों ने, गोली चलाई जिससे एक सिपाही बहुत घायल हो गया। बाद को मालूम हुआ कि ये किसी खजाने को लूटने गए थे। किंतु इनकी 'होशियारी' की 'तारीफ़' करनी पड़ती है कि इन पर नज़र पड़ते ही पुलिस को शक हो गया।

ध्यान देने की बात है कि इस मौक़े पर गाँव वालों ने, पुलिस को सहायता दी थी। गाँव वालों ने समझा कि पुलिस मामूली उचक्कों और चोरों को गिरफ़्तार कर रही है। बस, इसी धोखे में आकर उन्होंने पुलिस को मदद दी थी। इससे कुछ दिन बाद की एक घटना का हाल सुनिए। उस समय विप्लव की तैयारी का भण्डा फूट चुका था। सारे पंजाब में धर पकड़ की धूम से विचित्र कोलाहल मचा हुआ था। पुलिस भाई प्यारासिंह नामक एक सिक्ख युवक को गिरफ़्तार करने की फिक्र में थी। एक दिन ऐसा हुआ कि पुलिस का एक घुड़सवार एक युवक के पीछे बेतहाशा घोड़ा दौड़ाए जा रहा था। इस दशा मे वह युवक तीन मील के लगभग दौड़ा। घोड़े की दौड़

से बाजी मारने में वह असमर्थ होने पर था, कि उसी के गाँव वालों ने आकर उसका रास्ता रोक लिया। पलभर में पुलिस के सवार ने आकर बहुत दिनों से भागे हुए आसामी भाई प्यारासिंह को गिरफ़्तार कर लिया। गाँववालों को जब यह मालूम हुआ कि उन्होंने जिन्हें गिरफ़्तार कराया है वह उन्ही के गाँव के सुपरिचित और सभी के परमप्रिय भाई प्यारासिंह हैं, तब उनके पछतावे का अंत न रहा। जो लोग कभी इन भाई प्यारासिंह से मिले हैं वे इनके चरित्र की मधुरता से अवश्य मुग्ध हुए हैं, और उन सभी को स्वीकार करना पड़ेगा कि इनका 'प्यारा' नाम सोलहों आने ठीक है। जैसे ये स्वभाव से नम्र थे वैसे ही इनके चरित्र से एक शान्त, समाहित संयत तेज का आभास मिलता था। गाँव वाले सचमुच इनके गुणों पर लट्टू थे और विधाता की मर्जी देखिए कि उन्हीं गुण-मुग्ध गाँव वालों ने, मानो अपने हाथों अपने प्यारे को पुलिस के पंजे में फँसा दिया।

अस्तु, पंजाब में गिरफ़्तारियाँ होने की ख़बर पढ़कर हम लोग किंचित् विचलित हुए, क्योंकि हम लोग हरदम यही सोचते रहते थे कि ऐसा बढ़िया मौक़ा तनिक-सी भूल से कहीं हाथ से न निकल जाय। इधर अपने दल के उपर्युक्त दो-एक लड़कों से हमने अपने निश्चित कार्य की बातें कहीं। इस समय से हम लोगों ने, और सब कामों से ध्यान हटाकर अपना सारा सामर्थ्य सैनिकों का मन परिवर्तन करने की चेष्टा करने में लगा दिया। मैं एक दिन, अपने एक महाराष्ट्री मित्र के साथ फौज़ की बारकों की ओर गया। हम लोग सीधे बारकों में नहीं गए, पहले छावनी स्टेशन पर पहुँचे। यह इसलिए किया कि यदि कोई हमारा पीछा कर रहा हो, तो स्टेशन पर जाने से, बारकों में जाने की हमारी इच्छा उसे न मालूम हों। स्टेशन पर पहुँचने के बाद हम लोग रेल की पटरी के किनारे-किनारे बारकों की ओर बढ़े। स्टेशन पर पहुँचने और वहाँ के लम्बे प्लेटफार्म को तय करने में साफ मालूम हो सकता था कि हमारा पीछा तो नहीं किया जा रहा है। और जब मैं रेल की पटरी के किनारे-किनारे चलने लगता था तब तो कुछ छिप ही न सकता था। फौज़ की बारकों में जाते-आते समय किसी भी दिन हमारा पीछा नहीं किया गया। रेल की लाइन, फौज की बाराक के पास से, ग्रैण्डट्रंक रोड़ को काटती हुई चली गई है। ग्रेण्डट्रंक रोड के मोड़ पर आकर हमने देखा कि दो युवा सिक्ख, बारक से निकलकर, शायद बाज़ार की ओर जा रहे थे। हमको अपनी ओर आते देखकर वे लोग खड़े हो गए। मैंने इन लोगों से कितनी ही बातें पूछीं। कुछ प्रश्न ये हैं-"आप कहाँ जा रहे हैं ? आपकी पलटन का क्या नाम है ? आपका हवलदार कौन है ? इस समय पलटन में कितने जवान हैं ? इससे पहले आप लोग कहाँ थे ? यहाँ से कहीं जल्दी बदली तो नहीं होने वाली है ? गोरों की बारकों में कितने सिपाही हैं ? और यहाँ की छावनी में आपको आए कितना समय हुआ है ?" इत्यादि। सभी प्रश्नों के उत्तर देकर उन्होंने मुस्कराकर पूछा -"ये बातें आप क्यों पूछते

हैं ? हम पर हमला तो न कीजिएगा ?" तब हम लोग भी इसलिए खिलखिलाकर हँस पड़े कि जिसमें इस उच्च हास्य के अनन्तर इन लोगों के मन में हमारे किये हुए प्रश्नों के सम्बन्ध में कुछ खटका न रहे। वे लोग अपने रास्ते लगे और हम धीरे-धीरे सड़क पर, बारकों के पास से होकर जाने लगे। बारकों में जाने की हमें हिम्मत न हुई। इतने में देखा कि एक और सिक्ख सड़क की तरफ आ रहा है। उससे हवलदार की बाबत पूछा तो वह बारक के एक स्थान की ओर अंगुली से इशारा करके हमसे वहीं जाने को कहकर चला गया। अब हमने सोचा कि शायद बारकों में बाहरी आदमियों के आने-जाने की रोक-टोक नहीं है। किंतु फिर भी बाराक में किसी से कुछ भी परिचय न होने के कारण उस दिन वहाँ जाने की हिम्मत न हुई। हिन्दुस्तानी और अंग्रेजी फौज़ की कुछ बातें मालूम करके हम लोग उस दिन घर की ओर लौट पड़े। काशी में सिक्खों की पलटन देखने से मुझे उस दिन बहुत ही उत्साह हुआ क्योंकि पंजाब में जाकर मैंने देख लिया था कि सिक्खों को बड़ी सरलता से उत्तेजित किया जा सकता है। इसके सिवा यह भी सोचा कि यदि यह पलटन यहाँ कुछ दिन तक बनी रहे तो पंजाब से सिक्ख नेताओं को यहाँ बुलाकर सहज ही काम कर लिया जाएगा। उस दिन मेरी एक यही कामना थी कि यह सिक्खों की टुकड़ी कुछ दिन तक यहीं बनी रहे। इन दिनों कोई भी सेना की टुकड़ी एक स्थान पर बहुत दिनों तक न रहने पाती थी। यह टुकड़ी भी थोड़े ही समय में, कितनी ही छावनियों की सैर कर आई थी और कुछ भरोसा न था कि न जाने किस दिन यहाँ कूच करने का हुक्म हो जाय।

इधर दिसम्बर की पाँचवीं तारीख आ गई। यथासमय स्टेशन पर जाकर देखा कि पंजाब मेल धक-धक करती हुई प्लेटफार्म पर आ गई। मन में तरंग उठी कि हमारे विप्लव की तैयारी के साथ इंजन का बहुत घना सम्बन्ध है, इसी से उसका प्रचंड वेग देखकर मैंने सोचा कि मानो पंजाब के विप्लव का समाचार लेकर वह पागल की तरह दौड़ता आ रहा है। अब प्रजाब की चिनगारियाँ इसी दम बात की बात में इस प्रांत में भी फैल जाएँगी। किंतु गाड़ी में पृथ्वीसिंह के दर्शन न हुए। उनको बहुत ढूँढ़ा किंतु कहीं न देख पड़े। तब पंजाबियों पर बहुत क्रोध हुआ कि इन्हें वक़्त की कद्र मालूम नहीं। अब क्या किया जाय ? उन लोगों को ढूँढना सहज काम नहीं है। जाकर दादा को सब समाचार सुनाया। यह अनुमान किया गया कि किसी कारण से पृथ्वीसिंह आज यहाँ न पहुँच सके होंगे, इसलिए मैं अगले दिन फिर स्टेशन पर गया किंतु आज का जाना भी व्यर्थ हुआ। तीसरे दिन जाने पर भी भेंट न हुई।

6

भाव और कर्म

दादा से सलाह करके अब मैं बंगाल को चला गया। वास्तव में देखा जाय तो दादा ही सारे उत्तर-भारतीय विप्लव-पंथ के नेता थे। तथापि, दल की पुरानी पद्धति के अनुसार, उन्हें अपना कार्यकलाप और भी दो-एक व्यक्तियों पर प्रकट करना पड़ता था। रासबिहारी पहले अन्यान्य सदस्यों की भाँति दल के एक साधारण कार्यकर्ता ही थे। लेकिन वह धीरे-धीरे अपनी अद्‌भुत कार्यकुशलता से सबकी जानकारी से बाहर आश्चर्यजनक रीति से संगठन करते रहे, और एक दिन बहुत-से कामों का भार अपने ऊपर लेकर वह नेताओं के सम्मुख अकस्मात् प्रकट हुए। अस्तु, अब पंजाब का पर्व समाप्त करने के पहले बंगाल की चर्चा न छेड़ूँगा।

इस समय हमारे दल का विस्तार पूर्वी बंगाल की अन्तिम सीमा से लेकर अब पंजाब में प्रवेश करने की सूचना दे रहा था। अपने प्रधान नेता और पूर्वी बंगाल के कुछ नेताओं को पंजाब का नया समाचार सुनाने के लिए मैं बंगाल को भेजा गया। किंतु कलकत्ता में उस समय पूर्वी बंगाल का कोई भी व्यक्ति न मिला। अतएव मैंने उचित स्थान पर ख़बर कर दी जितनी जल्दी हो सके, पूर्वी बंगाल का कोई व्यक्ति काशी आ जाय। फिर केन्द्र के नेताओं के पास जाकर मैंने पंजाब का सारा समाचार विस्तार के साथ कह सुनाया। उन लोगों में एक नए उत्साह की तरंग मैंने देखी सही, किंतु पूरे समाचार पर वे लोग उस समय विश्वास नहीं कर सके। बहुत रात तक बातचीत होती रही। यदि सचमुच विद्रोह हो जाय और फिर यदि ऐसी दशा हो कि आमने-सामने युद्ध न करके हमें पीछे हटना पड़े तो उस समय हम लोगों को कहाँ आश्रय मिलेगा ? हम लोगों को रसद किस प्रकार मिलेगी और परस्पर सम्बन्ध सूत्र किस प्रकार से रक्षित रहेगा ? – इत्यादि अनेक विषयों पर जो बातचीत हुई उसका

यहाँ पर उल्लेख करने से कुछ लाभ नहीं। उस समय भी सिक्खों के दल विदेश से भारत में चले आ रहे थे और उनमें बहुतेरे लोग कलकत्ता में कुछ दिन तक विश्राम करके पंजाब को चले जाते थे। मैंने नेताओं से कहा कि इन विदेशों से आये हुए सिक्खों से संयोग स्थापित करने की विशेष रूप से चेष्टा कीजिए। इस बात पर विचार किया गया कि अब बहुत जल्द बम के गोले बहुत अधिक बनाने पड़ेंगे और उसके लिए अभी से तैयारी शुरू कर देनी चाहिए।

अंत में हम लोगों के बहुत पुराने – किंतु फिर भी 'नित-नए'– 'आत्म-समर्पण योग' की चर्चा निकली। जब एक बार इसकी चर्चा निकल पड़ती थी तब फिर जल्द समाप्त न होती थी। मार्ग भले ही एक हों, और सब लोग एक ही आदर्श से प्रणोदित हों, तो भी वही एक बात, एक ही भाव, भिन्न-भिन्न व्यक्तियों में कितनी ही नई रीतियों से विकसित होने की चेष्टा करता है। इसलिए एक भाव के उपासक होकर भी, उसी एक मार्ग के पथिक होने पर भी, हम लोगों के बीच परस्पर असंख्य स्थानों में मतभेद रहता था। गानेवाला तो एक ही है, किंतु वहीं एक स्वरलहरी पाँच श्रोताओं के लिए कितने प्रकार की मूर्च्छना उत्पन्न नहीं कर देती ! मेल तो काफी रहता है, किंतु बेमेल भी क्या कुछ कम रहता है ? जिस आदर्श से प्रणोदित होकर हम लोग अपने व्यक्तिगत और समष्टिगत जीवन को नियन्त्रित कर रहे थे उस भाव-स्रोत की तरंग यद्यपि एक ही स्थान से आती थी तथापि उसने विभिन्न आधारों में अपनी विचित्रता की महिमा को स्थिर रखा था। हमारे आदर्श सम्बन्धी छोटी-मोटी बातों के झगड़ों में कितनी ही रातें बीत गई हैं, फिर भी उलझनें सुलझी नहीं हैं; एक व्यक्ति दूसरे को कुछ-कुछ समझकर जब घर से बाहर निकल आता तब उषा की लालिमा, अधखिले फूल की तरह, पूर्व क्षितिज में देख पड़ती थी। रास्ता चलते-चलते जब नींद से अलसाई हुई आँखों पर पलकें गिरने लगतीं तभी मालूम होता था कि इतनी थकावट हुई है। रात बीतने से पहले ही इन केन्द्रों से हट जाना पड़ता था और सबेरा होने पर अनेक काम करते हुए भी रात की आलोचना का प्रसंग दुबारा बातचीत करने के लिए मानो प्रतिक्षण अवसर ढूँढता रहता था; और कभी-कभी दिन को काम-काज करते समय न जाने कब योग की वह भावना आकर हम पर प्रभाव जमा लेती थी। इस प्रकार भाव और कर्म के मोहक आवेश में हमारा विचित्र जीवन व्यतीत और गठित होता जाता था।

7

फ़ौज की बारकों में

काशी में वापस आने पर दादा से ज्ञात हुआ कि काम मजे में होता जा रहा है। उन्होंने कहा, ''आज ही दोपहर के बाद अमुक बाग में एक सिपाही आने वाला है, तुम आज वहाँ जाना''। यह भी सुना कि वह पलटन काशी से बदल गई है। और उसकी जगह पर नई पलटन आई है। मैं दोपहर के बाद उसी बाग़ में पहुँचा। उस बाग़ में मुझे एक मित्र ले गए थे। मैंने रास्ते में उनसे पूछा कि दल का परिचय इन लोगों के साथ किस प्रकार हुआ ? मित्र ने बतलाया कि ''ये लोग बाज़ार में सौदा लेने आते थे; एक दिन छावनी की ओर जाते समय, रास्ते में आते इन्हें देखा। तब हम लोग भी इनसे बातचीत करते हुए शहर की तरफ लौट पड़े। रास्ते में वर्तमान युद्ध-सम्बन्धी बहुत-सी बातें भी हुईं। हिन्दू-मुसलमानों से सम्बद्ध बहुतेरी बातें भी हुई। हिन्दुओं की वर्तमान दुर्दशा और अध:पतन की चर्चा करते-करते हम लोग बस्ती में आ पहुँचे। इस प्रकार पहले दिन जान-पहचान हो चुकने पर उनका काम-धाम पूछ लिया गया और कहा गया कि आपसे ज़रूरी काम है इसलिए किसी दिन तकलीफ कीजिएगा। बस, उस दिन इतनी ही बातचीत हुई। दूसरे दिन वे लोग फिर गंगा नहाने के लिए बस्ती में आये। उस दिन हम लोंगों ने, उनको अपनी भीतरी बातें कह सुनाई। बहुत कुछ बातचीत हो चुकने पर उन्हें समझाया गया कि वर्तमान युद्ध में, विदेश में जाकर विधर्मियों के भले के लिए प्राण देने की अपेक्षा स्वदेश में स्वधर्म के लिए प्राण देना हज़ार दर्जे अच्छा है। इसका उन पर बहुत अच्छा असर पड़ा। आसानी से काम बन गया। पलटन में जाकर अपने अपने बेड़ेवालों से इस विषय की बातचीत करके वे, आज मिलने को आने वाले हैं।'' थोड़ी ही देर बाट जोही थी कि देखा, एक मनुष्य हाथ में सौदा लिए चला आ रहा है। मित्र ने कहा, ''यही तो हैं।'' ये सिर से पैर

तक सफेद कपड़े पहने हुए थे, मानो भीतर की विशुद्धता बाहर भी प्रकट हो रही थी। इनसे बातचीत करके मैं बहुत ही आनन्दित हुआ। हिन्दुओं की स्वभाव-सिद्ध नम्रता मानो इनकी देह में भिदी हुई थी। इनमें एक उत्फुल्लता और उत्साह का भाव मैंने देखा, किंतु उत्तेजना इन्हें छू तक नहीं गई थी। उस दिन इनके साथ सीधे बारक में जाकर और इनकी चारपाई पर बैठकर बहुत बातचीत हुई। हम लोग इनकी चारपाई पर बैठकर बातें करने लगे और ये हमारी खातिर के लिए समीप के बाज़ार से मिठाई मँगाने का इंतजाम करने लगे।

उस दिन अपने जीवन में पहले-पहल अंग्रेजों की फ़ौजी बारक में मैंने क़दम रखा था। इससे पहले इन फौजी बारकों के कितने ही अस्फुट रहस्य मन में न जाने कितनी बार कितनी सूरतों में देख पड़ते थे। आज उसी फ़ौजी बारक में बैठे रहने पर भी ऐसा लगता था कि मानो वे सब रहस्य हमारे आस-पास चक्कर काट रहे हैं। बीच-बीच में ऐसा प्रतीत होने लगा कि बहुत पुराना सुख-स्वप्न मानो इस छावनी की बारक में लिपटा हुआ है।

लम्बी बारक के बीच में दोहरी कतार में सिलसिले से चारपाईयाँ बिछी हुई हैं। कोई तो चारपाई पर बैठा इधर-उधर की बातें मार रहा है, कोई पुस्तक पढ़ रहा है और कोई किसी काम से बारक में आता-जाता है। हम लोग परिचित सिपाहियों से उमंग के साथ बातचीत कर रहे थे सही; किंतु मन में एक ही साथ डर, अचरज और आनन्द की विचित्र हलचल मची हुई थी। हमारे लिए मिठाई मँगाने का जब ये इंतजाम करने लगे तब पहले तो हम लोगों ने, इन्हें रोका कि अजी, मिठाई की क्या ज़रूरत है, रहने भी दीजए; किंतु इनका आग्रह देखकर अंत में चुप हो जाना पड़ा। इधर जब मिठाई के आने में विलम्ब होने लगा तब बीच-बीच में खटका होने लगा कि ज़रूर कुछ-न-कुछ दाल में काला है शायद किसी अफ़सर को हमारी ख़बर देने के लिए कोई दौड़ाया गया है। थोड़ी ही देर में आस-पास के सिपाहियों ने, हमारी चारपाईयों पर आकर हमारे साथ बातचीत छेड़ दी। बारकों में हम लोगों ने, अपने को राजपूत क्षत्रिय बतलाया था। सिर्फ राजपूतों ही के लिए बनारस में एक स्कूल और कॉलेज था। वहाँ राजपूतों के सिवा और कोई पढ़ने न पाता था और न वहाँ के बोर्डिंग में ही रहने पाता था। अपने पूर्व परिचित सिपाही की बात के अनुसार हमने इन लोगों को बतलाया कि हम लोग उक्त राजपूत कॉलेज के छात्र हैं। सिपाहियों द्वारा नाम-धाम पूछा जाने पर हमने बड़े तपाक से अमरसिंह और जगतसिंह प्रभृति नाम बतला दिए। किंतु मन में धुकुर-पुकुर होने लगी कि कहीं हमारा असली स्वरूप प्रकट न हो जाय। यह बतलाने की ज़रूरत ही नहीं कि वहाँ पर हम लोग बंगाली लिबास में नहीं गए थे। हममें से एक के सिर तो साफा था और दूसरे के सिर पर थी टोपी। पहनावा भी संयुक्त प्रांतवासियों जैसा था। मुझसे साफा बाँधते न बनता था, इसलिए मैं अकसर टोपी से ही काम लेता था।

हमारे पूर्व-परिचित सैनिक ने, एक हवलदार से परिचय करा देने का वादा किया। इस हवलदार से ये हमारी चर्चा पहले ही कर चुके थे और हवलदार भी हमारे प्रस्ताव के पक्ष में हो गया था। थोड़ी देर बाद हवलदार से हमारा परिचय हुआ। इसका नाम दिल्लासिंह था। इसने हमसे कुछ झिझकते हुए बातचीत की और थोड़ी देर में यह कहकर कहीं चल दिया कि एक काम करके आता हूँ। दिल्लासिंह उसी समय से हमें कुछ भला न जँचा और जब वह काम का बहाना करके खिसक गया तब मैंने डरते-डरते पूर्व परिचित सैनिक से धीरे से पूछा कि "दिल्लासिंह पर पूरा भरोसा किया जाय ? कुछ खटका तो नहीं ?" तब उक्त सैनिक ने, उसकी ओर से बेफ़िक्र रहने को कहकर उसे भला आदमी बतलाया। मैंने उस दिन भी यह बात किसी से नहीं छिपाई थी कि दिल्लासिंह मुझे भला आदमी नहीं जँचता। उस दिन दिल्लासिंह जब तक वहाँ लौट नहीं आया तब तक हर घड़ी-पल पर मैं अपने मित्र से कहता था कि "क्योंजी, अब तक आया नहीं, कहाँ गया ?" और एक-दूसरे की ओर देख-देखकर हम दोनों परस्पर मुस्कराते थे। जो हो, हमारा संदेह जाता रहा, उस दिन तो दिल्लासिंह दुबारा लौट आया। उस दिन मामूली बातचीत करते-करते शाम हो गई, फिर हमसे एकांत में बातें करने के लिए दिल्लासिंह उस पूर्व-परिचित सिपाही को लेकर हमारे साथ-साथ बारक के बाहर चला आया। दिल्लासिंह ने, हमारे प्रस्ताव को मान लिया और कहा कि हम बारक के कुछ अन्य सिपाहियों से भी बातचीत कर रखेंगे। दिल्लासिंह के लौट जाने पर भी पूर्व-परिचित सैनिक महोदय और भी थोड़ी देर तक हमारे पास बने रहे। अब दिल्लासिंह के ऊपर हमारे शक करने पर इन्होंने हमसे फिर उसकी ओर से बेखटके रहने को कहा। तब यह सोचकर मन में आनन्द हुआ कि चलो, एक हवलदार तो दल में आ गया। इस रीति से इस फ़ौजी बारक में हमारा आवागमन आरम्भ हुआ और एकाध महीने के भीतर हम यहाँ कम से कम दस-बारह बार आए गए। इन सिपाहियों में से कुछ लोग शहर में हमारे डेरे पर भी आए थे और तब, हम लोगों ने भी इन्हें हर मर्तबा रसगुल्ला आदि कई प्रकार की बंगाली मिठाई खिलाकर खुश किया था।

मालूम होता है कि समूचे भारत में ऐसा एक भी शहर न था जहाँ स्वदेशी आंदोलन और बम के गोले की बात किसी को मालूम न हो। हम लोगों ने, इन सिपाहयों को अपने घर बुलाकर बम के गोले, रिवाल्वर और मोजर पिस्टल आदि के दर्शन कराकर विश्वास करा दिया कि वास्तव में हम लोग भी उल्लिखित दल के सदस्य हैं। इस प्रकार कुछ दिनों तक आवा-जाही होने पर इनको बतलाया गया कि पंजाब की फौज में भी विप्लव की तैयारी जोरों से हो रही है। हम लोग बखूबी जानते थे कि इन लोगों को भेद की सारी बातें सुना देने से क्या अनर्थ हो सकता है, क्योंकि इन लोगों के जरिये यदि सरकारी पक्ष को हमारी गदर की तैयारी का तनिक भी पता

मिल जाता तो पंजाब का सब किया-कराया मिट्टी में मिल जाता। किंतु इनसे दुराव रखने में भी तो सुभीता न था, जब इनसे कहा गया कि "यदि हमारी बातों पर विश्वास न हो तो तुम अपने किसी आदमी को कुछ दिनों के लिए पंजाब भेज दो, हम उन रेजिमेंटों से इसकी जान-पहचान करा देंगे जिन्होंने कि प्रस्ताव को मान लिया है।" तब हमारी बात पर इन्हें बहुत कुछ विश्वास हो गया। इस प्रकार धीरे-धीरे तीन-चार हवलदारों और सिपाहियों से हमारा परिचय हुआ।

हम लोग ज़्यादातर शाम को या अँधेरा हो जाने पर बारकों में जाते थे किंतु दो-एक बार दिन को दोपहर के वक़्त भी जाना पड़ा है। इसी प्रकार एक दिन हम दो व्यक्ति बारक के समीप घने पेड़ों की छाँह में बाट जोह रहे थे और हमारे बीच का एक व्यक्ति बारक में दो-एक सिपाहियों को बुलाने गया था। देर तक राह देखने पर भी जब हमारा साथी नहीं लौटा तब हम लोग दुचित्ते हो गए और डर लगने लगा कि कहीं कोई विपत्ति तो नहीं आ गई। तब तो फिर यहाँ इस प्रकार, प्रतीक्षा करना भी युक्तिसंगत नहीं। किंतु अपने साथी को ही किस प्रकार छोड़कर चल दें ? ऐसी-ऐसी बहुतेरी बातों पर हम सोच-विचार करने लगे। डर तो हम लोगों को खूब लगता था किंतु डर के मारे हम लोगों के हाथ-पैर नहीं फूल गए, हमारा तो विश्वास है कि विषाद की तनिक-सी भी कालिमा हमारे चेहरे पर नहीं आने पाई। और हम ही बारक में कितनी ही बार आए-गए हैं, किंतु खटके ने एक भी बार साथ नहीं छोड़ा, फिर भी हम प्रत्येक बार साफ निर्विघ्न लौट आए। लौटने पर सोचते थे कि चलो, आज का दिन तो निर्विघ्न व्यतीत हुआ; किंतु फिर भी कई बार बारकों में आना-जाना पड़ा। जो हो, देर तक बाट जोहने पर भी जब मित्र महोदय न लौटे तब सोचा कि क्या सचमुच आफत ने घेर लिया ! फिर सोचा कि हम लोग बंगाली हैं, हाथ में टोपी और साफा है, बारक के पास ही पेड़ की छाँह में हम भले आदमी के लड़के बैठे हैं, इन घने पेड़ों की कतार के पास से ही ग्रैण्डट्रंक रोड गई है, जो कोई हाकिम-हुक्काम हमें यहाँ पर इस दशा में बैठा हुआ देख ले तो क्या समझेगा ? हम ऐसी ही उधेड़बुन में थे कि मित्र महोदय को दो सिपाहियों के साथ अपनी ओर आते हुए देखा। अतः हमारे सिर से बड़ा भारी बेझा सा उतर गया। इसके पश्चात् इस बारक के पास दो-एक बार सवेरे के समय भी आया हूँ, उस समय सिपाही लोग परेड पर क़वायद करते थे। अपने ही परिचित एक हवलदार को सेना-परिचालन-कार्य करते देखकर ऐसा लगा कि रेजिमेंट मानो हमारी ही है, हमारे उद्देश्य को सफलता के लिए ही मानो यह सारी तैयारी की जा रही है। सामने से दो-एक अंग्रेज अफसर घोड़े पर बैठे हुए निकल गए, किंतु किसी ने हम लोगों की ओर ध्यान नहीं दिया। उस समय तो किसी के मन में रत्तीभर भी संदेह न था।

एक दिन की बात का मुझे खूब स्मरण है। उस समय पंजाब का दुबारा चक्कर लग चुका था। विप्लव की तैयारी पूरी होने को थी। एक दिन उन्हीं घने पेड़ों के नीचे बैठकर, गोरों की फौजी बारक के बिल्कुल ही समीप, अंग्रेजों के ही राज्य को उलट देने के लिए कैसी भीषण गुप्त योजना की गई थी। उस दिन कोई तीन हवलदार और नायब हवलदार तथा कुछ सिपाही, शाम होने पर, उन्हीं पेड़ों के नीचे एकत्र हुए। हम लोग भी तीन व्यक्ति थे। इन पेड़ों की कतार के एक ओर रेल की पटरी है और दूसरी ओर है ग्रैण्डट्रंक रोंड। इसी ग्रैण्डट्रंक रोड के बगल में थोड़ा-सा मैदान छोड़कर सेना की बारकें है। कुछ सिपाही सड़क के किनारे पेड़ों की ओट में इसलिए बैठे हुये थे कि यदि किसी को उस ओर आते देखें अथवा ऐसा ही कुछ और खटका हो तो उसी दम हम लोगों को सावधान कर दें। हम लोग भी, यथासंभव वृक्षों की ओट में बैठकर आसन्न-विद्रोह का दिन, समय और अन्यान्य छोटी-मोटी बातों पर विचार कर रहे थे। बीच-बीच में ये लोग शंकितचित्त से इधर-उधर देख लेते थे। उस दिन मानो कई युगों की संचित काल्पनिक वीर मूर्तियाँ, कलेवर धारण करके, उस अँधेरे में परछाई की तरह हमारे आगे देख पड़ी थीं। सन् 1857 के गदर के पश्चात् फिर उसी तांडव नृत्य की जंगी तैयारी का विचार करके देह और मन सचमुच ही पुलकित और रोमांचित हो रहे थे। पलटन के लोग बड़ी ही आंतरिकता के साथ हम लोगों से बातचीत कर रहे थे। इस प्रकार घने पेड़ों के नीचे गुप्त से हम लोगों को सलाह करते समय, यदि सिपाहियों में से ही कोई जाकर अपने ऊँचे अफसरों को इसकी इत्तला दे आता तब तो कोर्ट मार्शल में इन सबकी जान के लिए बड़ी मुसीबत पड़ती। यही कारण था कि उस दिन पेड़ों के नीचे आकर वे लोग इस प्रकार चौकन्ने थे। किंतु मैंने उन्हें ऐसा करने से रोका, क्योंकि इस प्रकार की तैयारी में छिपने-छिपाने का भाव बड़ी आसानी से ताड़ लिया जाता था, और इसीलिए मैंने वृक्षों की ओट में इस प्रकार छिपने के उद्योग का विरोध किया तथा इस प्रकार संदिग्ध भाव से बार-बार इधर-उधर ताकने को भी मना किया। हम लोग कहीं भी जब इस प्रकार सलाह करने के लिए आपस में एकत्र होते थे तब इस बात पर हम सबका सदा ही ध्यान रहता था कि सहज-सरल भाव ही हममें बना रहे; किसी प्रकार की चंचलता न आने पाए। किंतु उस दिन मना कर देने पर भी जब सिपाहियों ने, मेरी बात न मानकर इस तरह चौकन्ने रहने में ही भला समझा तब मेरे मन में यही आया कि ये लोग यों ही भोले भाव से और अत्यन्त आग्रह की प्रेरणा से यहाँ चले आए हैं; इस विप्लव की तैयारी में ये जी जान से शामिल हैं और इस तरह हमारे पास आने-जाने में अपनी जान को जोखिम में समझते भी हैं लेकिन-'ओखली में सिर दिया तो मूसल की चोट का डर ही क्या ?' ऐसी भावना से ही ये लोग हमारे पास आने और विप्लव की तैयारी की सलाह करने में हिचकते नहीं। इस तरह वे न जाने कितनी बार हमारे पा आए होंगे।

इधर तो फ़ौजी बारकों में पहुँच हो गई और उधर बंगाल से लौटने पर कुछ ही दिनों में, अमेरिका से लौटे हुए एक महाराष्ट्री युवक के आ जाने से, पंजाब के साथ और भी घना सम्बन्ध करने का नया जरिया मिल गया। इन महाराष्ट्री युवक का नाम पिंगले[1] था। इनका पूरा मराठी नाम इस समय मुझे याद नहीं। स्वदेश को वापस आते समय इन्होंने जहाज पर ही निश्चय कर लिया था कि पहले बंगाल के विप्लव पंथी द‌ल का बंगाल में पता लगाएँगे, तब पंजाब जाएँगे। कलकत्ता में विप्लव दल के कई लोगों से इन्होंने भेंट की, इससे पंजाब में विप्लव की तैयारी होने की बात कलकत्ता-भर में फैल गई। इधर इनके कुछ मित्रों के साथ हमारे दल का भी सम्बन्ध था और इसी नाते पिंगले हमारे दल में आ गए। हमारे दल में आते ही ये सीधे काशी भेज दिए गए। पिंगले ने कलकत्ता में बहुत लोगों से बमगोले माँगे थे। उस समय समूचे बंगाल को प्रधानतया हमारे केन्द्र से ही बमगोले मिलते थे। अतएव बमगोलों के लिए हम लोगों से पिंगले का घना सम्बन्ध हो गया।

काशी में इन्हीं दिनों हमारे मन में यह आशंका हो रही थी कि शायद अब हमारा सम्बन्ध पंजाब से जुड़ना कठिन हो जाय; क्योंकि पाँचवीं दिसम्बर को पृवीसिंह काशी आने वाले थे, किंतु न तो उनके दर्शन हुए और न पंजाब का ही समाचार मिला। ऐसे अवसर पर पिंगले के मिल जाने से ऐसी प्रसन्नता हुई मानो कुबेर का धन हाथ लग गया हो। पिंगले के आ जाने से हम लोगों को सचमुच बड़ा आसरा मिल गया। इनकी देह समुन्नत और बलिष्ठ थी, खूब गोरा रंग था और इनकी आँखों तथा चेहरे से सुतीक्ष्ण बुद्धि झलकती थी। इस बुद्धिमता ने, उस दिन हमारे मन में खास जगह कर ली थी। इन्हें देखने और इनसे बातचीत करने से हम लोगों को पक्का विश्वास हो गया था कि इनके हाथों हमारे कई काम सिद्ध होंगे, किंतु सच तो यह है कि मनुष्य को पहचान लेना बड़ा कठिन काम है।

---

1. पिंगले का पूरा नाम 'विष्णु गणेश पिंगले' था। इनका जन्म 1888 में महाराष्ट्र के जिला पूना के पहाड़ी इलाके में एक निर्धन परिवार गणेश पिंगले के घर हुआ था। पूना से पढ़ाई पूरी करने के बाद। वह इन्जीनियरिंग पढ़ने अमेरिका गये। वहाँ गदर पार्टी के सम्पर्क में आकर, क्रांतिकारी विचारधारा के हो गये। 1914 में भारत आकर सशस्त्र क्रांति के लिए रासबिहारी बोस और शचीन्द्रनाथ सान्याल के साथ जुड़े। पिंगले पंजाब के क्रांतिकारी संगठन के साथ जुड़े क्योंकि वह पंजाबी बहुत अच्छी तरह बोलते थे, बाद में उन्हें उत्तर प्रदेश की मेरठ छावनी का कार्य सौंपा गया। वे बनारस से मेरठ आ गये। एक बार 10 शक्तिशाली बम लेकर एक सहयोगी नादर खाँ के साथ मेरठ आये। मुसलमान हवलदार नादर खाँ ने गद्‌दारी की। मेरठ छावनी पहुंचते ही नादर खां ने पिंगले को 23 मार्च 1915 को गिरफ्तार करा दिया। इन पर 26 अप्रेल 1915 को देश द्रोह का मुकदमा चलाया गया तथा 13 सितम्बर 1915 को फांसी की सजा सुनाई गई। 16 नवम्बर 1915 को लाहौर जेल में फांसी की सजा दी गई।

मनुष्य जीवन का आदर्श कैसा हो–इस सम्बन्ध में पिंगले के साथ बहुतेरी बातें होते–होते न जाने किस तरह गीता की चर्चा छिड़ गई और उस समय जब उन्होंने गीता के कुछ श्लोक पढ़कर सुनाए तब हम लोगों को ज्ञात हुआ कि गीता इन्हें कण्ठस्थ है। उन्होंने स्वयं कहा कि 'जब हम साधु हो गए थे तब अठारहों अध्याय गीता मुखाग्र थी।' इस पर उनके जीवन का थोड़ा–बहुत पिछला इतिहास जानने की इच्छा प्रकट करने पर उन्होंने कोट इत्यादि उतारते–उतारते विस्तार पूर्वक बतलाया कि वह किस प्रकार साधु होकर भारत के विभिन्न स्थानों में विचरते रहे, फिर किस तरह मैकेनिकल इंजीनियरिंग पढ़ने के लिए अमेरिका गए और वहाँ इस विप्लव दल में भर्ती हो गए।

पंजाब की कथा

पिंगले के जीवन की पिछली बातों का आज मुझे ठीक-ठाक स्मरण नहीं। आज तो इतना ही याद पड़ता है कि साधु होकर उन्होंने समूचे भारत की यात्रा की थी और फिर अमेरिका के मैकेनिकल इंजीनियरिंग कॉलेज में पढ़ते समय वहाँ के विप्लव दल में सम्मिलित हो गए थे; किंतु यह नहीं मालूम कि वह किसलिए साधु हुए और क्यों इंजीनियर हुए और इसके पश्चात् किस तरह 'गदरपार्टी' में शामिल हुए ? शायद स्वयं पिंगले ने, भी इस विषय में और कुछ नहीं बतलाया था।

इस अध्याय में जो बातें मुझे कहनी हैं उनमें से बहुतेरी बातें आज स्मृति में धूमिल हो गई हैं, इससे शायद कुछ बातें लिखने से रह जाएं। ऐसा लगता है कि इस भूल जाने और याद रहने के साथ हमारी प्रकृति का घना सम्बन्ध है। हमारे स्मृतिपट पर कितनी ही बड़ी-बड़ी चीजें छोटा रूप धारण कर लेती हैं, छोटी चीजें बड़े रूप में आ जाती हैं, फिर बहुतेरी बातों को न जाने हम किस तरह भूल ही जाते हैं। इसका कारण यह मालूम होता है कि जो बात हमारे स्वभाव के अनुकूल है, जिसका हमारी प्रकृति से मेल मिलता है वह चाहे कोई घटना हो या कोई दार्शनिक मत अथवा चाहे कुछ और हो, वह तो हमारे चेतन अथवा अवचेतन में भी स्मृति-पट पर चित्र की भाँति अपने आप अंकित हो जाती है। परन्तु जो बात हमारे स्वभाव के प्रतिकूल होती है उसे या तो हम भूल जाते हैं या केवल खण्डन करने के लिए ही याद रखते हैं और खण्डन करने में जिन युक्तियों तथा घटनाओं से हमें सहायता मिलती है, उन्हें भी हम अपनी अवस्था और अभिज्ञता के अनुरूप याद रखते हैं।

मुझे याद आता है कि अण्डमान द्वीप में रहते समय एक दिन रामेन्द्र बाबू की 'विचित्र प्रसंग' नामक पुस्तक पढ़ने से बिल्कुल इसी ढंग के अनेक प्रकार के विचार

मन में गंभीर भाव में फैल गए थे और उनको मैंने, अपनी नोट-बुक में लिख रखा था। उन्हें मैं उपेन्द्र दादा (उपेन्द्रनाथ बनर्जी जो कि 'युगान्तर' के सम्पादक थे और जिन्हें अलीपुरवाले मामले में काला पानी हुआ था) को प्रातः दिखलाता था और वह उनकी तारीफ करते तो इससे मन में बड़ा आनन्द होता था। अण्डमान की बातें जहाँ लिखी जाएँगी वहीं बतलाया जाएगा कि मेरी वह नोट-बुक किस तरह नष्ट हुई।

हमने पिंगले को दो-एक दिन काशी में ठहराकर पंजाब भेज दिया। उनका अनुरोध था कि पंजाब में हम उनके पास बेहिसाब बमगोले भेज दें, अतएव उनसे कहा गया कि गोले तो भेजे जा सकते हैं किंतु एक-एक बमगोले के बनवाने में सोलह रुपए के लगभग खर्च बैठता है, इसलिए रुपए की मदद मिले बिना बेहिसाब बमगोलों का भेजा जाना कठिन है। इनसे पृथ्वीसिंह और करतारसिंह की भी चर्चा कर दी गई। अब रुपए लाने और पंजाबियों का कच्चा हाल जानने के लिए पिंगले पंजाब को गए। पिंगले के पास इनके कुछ साथियों का पता-ठिकाना था। लगभग एक हफ्ते में ही ये काशी लौट आए। अब रासबिहारी की पंजाब-यात्रा में भी कुछ रोक-टोक न थी। किंतु उनके जाने के पहले मैं एक बार फिर पिंगले के साथ पंजाब हो आया।

दिसम्बर महीने के एक सबेरे खासी ठंड पड़ रही थी जब मैं साधारण हिन्दुस्तानी के लिबास में पिंगले के साथ अमृतसर पहुँचा। मैं तो पंजाबी भाषा बोल न सकता था किंतु पिंगले को इसका अभ्यास था। हम लोग एक गुरुद्वारे में जाकर ठहरे। यहाँ पर पिंगले ने, एक पंजाबी मुखिया से मेरा परिचय कराया। इनका नाम मूलासिंह था।

मूलासिंह शंघाई के पुलिस विभाग में नौकर रह चुके थे और वहाँ पर भी पुलिस के हड़तालियों के मुखिया बने थे। इस बार उन लोगों से भी मेरा परिचय हुआ जो कि पिंनाग में नौकर रह चुके थे। इस समय मैंने बहुत से देहाती सिक्खों को यहाँ आते-जाते देखा था। ये अधिकतर किसान या मज़दूर थे, किंतु ये भी देश का काम करने के लिए मतवाले हो रहे थे। सिक्ख सम्प्रदाय की ऐसी ही शिक्षा-दीक्षा है। इनमें से बहुतेरों की देह खासी गठीली और कसी हुई थी।

इस बार मैंने मूलासिंह को एक केन्द्र बनाने की आवश्यकता भली-भाँति समझाई और इसके अनन्तर इन्हीं ने केन्द्र का भार ग्रहण किया। किंतु यदि ये केन्द्रपति न बनते तो बहुत अच्छा होता।

पंजाब के विभिन्न स्थानों से आये हुए कार्यकर्ता लोग इस समय हाथ में कुछ काम न होने और खाने-पहनने के सुभीता न रहने के कारण कुनमुना रहे थे और इनमें से बहुतों के दिल में एक तरह से असंतोष की आग धधक रही थी। इसका दायित्व प्रधानतया मूलासिंह पर ही था। ये सब लोग जी लगाकर देश का काम करने के लिए दूर-दूर से घर-द्वार और अपना काम-काज छोड़कर आये हुए थे। इनमें से कोई भी

जीविका के लिए कुछ उद्योग नहीं करता था और उस समय जैसी दशा थी उसके लिहाज़ से उद्योग करने का कुछ सुभीता भी न था। यदि दो रोटियों के लिए शाम-सवेरे नेताओं से तकाजा करना पड़े तो ऐसी स्थिति में काम करने में सचमुच सभी का चिढ़ जाना संभव है। बेचारे ये सभी लोग गुरुद्वारे में तो रहते और पास के होटल में खाते थे। अपने यहाँ देश का काम करने की इस दशा में अक्सर इस तरह की मामूली छोटी-छोटी बातों ने, बहुतों के दिलों को दुखाया है और इसके फलस्वरूप कई अवसरों पर बहुत-कुछ अनर्थ भी हुए हैं। इससे कई बार यह विचार आता है कि जब तक गाँठ में काफी रकम न हो तब तक दूसरों की दी हुई रोटियों के भरोसे देश का और दस भाइयों का कार्य करने को तैयार होना ठीक नहीं। फिर यह भी देखा है कि आर्थिक स्वाधीनता प्राप्त करने की चेष्टा में प्रायः अर्थोपार्जन करना ही मुख्य काम हो जाता है और तन-मन से देश का काम न किया जाय तो प्रायः कुछ भी नहीं होता। इसके सिवा काम न रहने से भी बहुत से दल नष्ट हो चुके हैं। इस समय पंजाब में उपयुक्त नेता न रहने के कारण वहाँ बहुतेरे कार्यकर्ता हाथ पर हाथ रखे बेकार पड़े थे, काम न किया जाने के कारण देश चौपट हो रहा था और मजा यह कि काम करनेवालों को खोजने पर भी काम न मिलता था। रासबिहारी ही एक ऐसे नेता थे जिन्होंने इस उतावले जनसंघ को कुछ परिणाम में सुनियन्त्रित कर लिया था। मैंने भी इस गोलमाल को सुधारने की भरसक कोशिश की थी। मूलासिंह से, मुझे मालूम हुआ कि विद्रोह होने पर बहुत सी रेजिमेंटों ने देशवासियों के अनुकूल हो जाने का वचन दिया है। जिन पलटनों में इस समय तक अपने आदमी नहीं भेजे गए थे उनकी मैंने एक फेहरिस्त बनाई और विभिन्न प्रदेशों से आये हुए पंजाबी कार्यकर्त्ताओं को उल्लिखित पलटनों में भेजने की व्यवस्था की।

मूलासिंह से मेरा परिचय कराके पिंगले अन्यान्य परिचित सिक्खों की तलाश में 'मुक्तसर' के मेले को गए। इस मुक्तसर के मेले का थोड़ा-सा अद्‌भुत इतिहास पाठकों को सुनाए बिना मुझसे नहीं रहा जाता।

एक बार 'आनन्द पुर' के किले में गुरु गोविन्दसिंह अपने परिवार और अन्यान्य लोगों के साथ शत्रु मुसलमान सेना द्वारा घेर लिये गए। यह घेरा लगातार सात महीने तक रहा। घेरे के कारण दोनों दल—जो किले में घिरे हुए थे, और जो लोग बाहर से घेरा डाले हुए थे—बहुत ऊब गए। मुसलमानों की ओर से बार-बार गुरु से 'आनन्दपुर' छोड़कर चले जाने का प्रस्ताव किया गया। किंतु गुरु ने, इसे नहीं माना। गुरु को इस प्रस्ताव पर किसी भी तरह राजी न होते देख, बाहर जाने की इच्छा से कुछ सिक्खों ने गुरुजी की स्त्री गुजरी को यहाँ से हट जाने के प्रस्ताव पर राजी कर लिया, किंतु गुरु गोविन्दसिंह इतने पर भी अपने निश्चय से विचलित न हुए। भूख के कारण बहुतेरे सिक्ख अधीर हो रहे थे। पेट की ज्वाला के कारण उस समय वे गुरु की आज्ञा टालने

पर उतारू हो गए। तब गुरु गोविन्दसिंह ने कहा–"तुम लोग अबतक सिक्ख गुरु के आश्रय में थे, किंतु अब भूख के मारे बेचैन हो; गुरु का वाक्य उल्लंघन करके शत्रुओं के हाथ में आत्म-समर्पण करने जा रहे हो। इसमें सिक्ख गुरु की कोई जवाबदारी नहीं है। अतएव इसके लिए 'बे-दावा' लिखकर चाहे जहाँ चले जाओ।" और सब सिक्ख तो इस प्रकार बे-दावा' लिखकर गुरु को वहीं छोड़कर चलते हुए किंतु चालीस सिक्खों ने गुरु का साथ नहीं छोड़ा। अंत में गुरु गोविन्दसिंह को भी यह स्थान छोड़ना पड़ा और शत्रु के पीछा करने पर वे अनेक स्थानों में बचाव के लिए दौड़-धूप करने लगे। किंतु उन चालीस सिक्खों ने किसी भी दशा में गुरु का साथ नहीं छोड़ा। इस प्रकार घूमते-फिरते हुए गुरु गोविन्दसिंह जब मद्र देश में पहुँचे तब उन 'बे-दावा' सिक्खों में से बहुतों ने आकर गुरु से भेट की। अब इन्होंने शत्रु से संधि करने के लिए गुरुजी से दुबारा अनुरोध किया। इस पर गोविन्दसिंह ने कहा–"जो तुम चाहो तो यह लिखकर चले जा सकते हो कि हम सिक्ख नहीं है।" तब हम सिक्ख नहीं है' यह बात लिखकर और वह पत्र गुरुजी को देकर चालीस सिक्ख चले गए। किंतु इस संकट के समय श्रीगुरु को छोड़कर चले जाने के कुछ ही देर बाद उन लोगों के मन में बड़ा पछतावा हुआ। इधर 'खेदराना' नामक तालाब के समीप शत्रु-दल ने फिर गुरु गोविन्दसिंह पर हमला किया। घोर संग्राम करते-करते गुरु ने देखा कि किसी ओर से एक दल ने आकर शत्रु-पक्ष पर धावा बोल दिया है। गुरु गोविन्दसिंह की समझ में न आया कि इस विपत्त के समय में हमारी सहायता करने यह कौन आ पहुँचा है। इन नए आये हुए योद्धाओं की मार के आगे मुसलमान तो ढीले पड़ गए परंतु ये सब थोड़ी देर युद्ध करके प्रायः सभी जूझ गए। इस युद्ध में एक मुसलमान के बल्लम से निहत एक व्यक्ति की लाश उठाकर देखी गई तो वह लाश एक स्त्री की निकली इसका नाम माई भागो था। इसी की सलाह और प्रेरणा से 'बे-दावा' सिक्खों ने अपनी भूल को सुधारने का मार्ग ढूँढ़ निकाला था। युद्ध का अंत हो चुकने पर गुरु गोविन्दसिंह रणभूमि में लेटे हुए प्रत्येक मृत सिक्ख के पास जाकर उसके धूल में लिपटे हुए मुँह को पोंछकर वैसे प्यार और आदर का व्यवहार कर रहे थे जैसाकि पिता अपने पुत्र का करता है। अंत में उन्होंने देखा कि एक व्यक्ति में उस समय तक प्राण थे। इसका नाम महासिंह था। महासिंह के मस्तक को अपनी गोद में रखकर और उसके सिर पर हाथ फेरते-फेरते गुरु गोविन्दसिंह ने पूछा –"महासिंह, तुम क्या चाहते हो ?" महासिंह की आँखों में आँसू भर आए। उसने कहा–"मैं यही चाहता हूँ कि हम लोगों के उस पत्र को फाड़ डालिए जिसमें हम लोगों ने लिख दिया था कि हम लोग सिक्ख नहीं है।" अब गुरुजी ने समझा कि दूसरी ओर से शत्रु पर किसने हमला किया था। गुरुजी ने देखा उन चालीसों सिक्खों ने रणक्षेत्र में प्राण दे दिए हैं। लाशों में उन्होंने स्त्रियों की भी लाशें देखीं। अब 'सिक्ख नहीं' वाला पत्र गुरुजी ने फाड़कर फेंक

दिया। महासिंह भी महानिद्रा में मग्न हो गया। वहाँ पर जो लोग उपस्थित थे उनसे गुरु गोविन्दसिंह ने कहा कि 'जिस खालसा' में ऐसे महाप्राण हैं वह खालसा सहज ही नष्ट नहीं होगा। जहाँ पर एक भी भक्तप्राण आत्माहुति देता है वह स्थान पवित्र हो जाता है यहाँ पर तो इतने अधिक महाप्राण व्यक्तियों ने प्राण दे डाले हैं, इसलिए इस स्थान का नाम 'मुक्तसर' हुआ और यहाँ के तालाब में जो कोई स्नान करेगा, वह मुक्त हो जाएगा। इस प्रकार मुक्तसर-मेले की उत्पत्ति हुई। यह सिक्खों का महामेला है। यहाँ पर हर साल एक लाख से अधिक सिक्खों का जमाव होता है। सिक्खों के प्रत्येक उत्सव के साथ ऐसे एक-न-एक अपूर्व इतिहास की कथा संलग्न है और हरेक एक सिक्ख का ऐसे उत्सव और उमंग के बीच लालन-पालन होता है तथा ऐसे ही वातावरण में वह मनुष्य बनता है। मेरी समझ से तो सिक्ख जाति भारत की एक अपूर्व वीर जाति है।

पिंगले जिस समय 'मुक्तसर' के मेले से लौटकर आए उस समय करतारसिंह, अमरसिंह आदि सभी गुरुद्वारे में उपस्थित थे। मुझे देखकर करतारसिंह बहुत ही प्रसन्न हुए और पूछा कि "बोलो, रासबिहारी कब आएँगे ?" मैंने कहा-"बस, अब उन्हीं का नम्बर है; यहाँ ठहरने के लिए कुछ इंतजाम हो जाए और आपका काम भी तनिक सिलसिले से होने लगे, बस फिर उनके आने में देर नहीं।" इस समय मैंने करतारसिंह को केन्द्र की आवश्यकता विशेष रूप से समझाई और यह भी कहा कि केन्द्र का भार मूलासिंह ने, ग्रहण कर लिया है। रासबिहारी के लिए अमृतसर और लाहौर में दो-दो किराए के मकान लेने को कह दिया। इन सारी बातों के सम्बन्ध में दादा ने मुझसे पहले ही कह रखा था, एक ही समय में विभिन्न स्थानों पर कई मकान अपने अधिकार में होने चाहिए। अतः ऐसा ही किया गया। अमृतसर का मकान तो मैंने ही देखकर पसन्द किया। लाहौर में मकान लेने के लिए दूसरा आदमी भेजा गया। पंजाब की उस समय की दशा का हाल करतारसिंह से सुनकर मुझे बहुत कुछ आशा हुई। मैंने सोचा कि इस बार सचमुच कुछ कहने लायक काम हो रहा है। इस समय सिक्खों का एक और दल अमृतसर में आया। यह दल अमेरिका से लौटकर आया था इस दल के कुछ नेताओं को मैंने देखा। इनमें एक तो इतने बूढ़े थे कि उनके गालों में झुर्रियाँ पड़कर लटकने को थीं। मेरा ख्याल है कि ये वही वृद्ध पुरुष थे जिन्होंने बाद में अण्डमान टापू में भी बड़े तेज के साथ के अपनी थोड़ी-सी शेष आयु बिताकर साठ या सत्तर वर्ष की अवस्था में उसी द्वीप में जीवन को विसर्जित कर दिया। इस बुढ़ापे में भी इन्होंने अण्डमान में हड़तालियों के साथ हड़ताल करने में कभी पीछे पैर नहीं रखा। इस दल का कोई व्यक्ति उस समय अपने घर न पहुँचा था। अमेरिका से भारत आकर अमृतसर में ही ये लोग ठहरे थे। इन्होंने अपनी गाढ़ी कमाई में से हम लागों को पाँच सौ रुपये दिए थे।

इन दिनों करतारसिंह अद्भुत परिश्रम कर रहे थे। वे प्रतिदिन साईकिल पर बैठकर देहात में लगभग चालीस पचास मील का चक्कर लाते थे। गाँव-गाँव में काम करने को जाते थे। इतना परिश्रम करने पर भी वे थकते न थे। जितना ही वे परिश्रम करते थे उतनी ही मानों उनमें फुर्ती आती थी। देहात का चक्कर लगाकर अब वे उन पलटनों में गए जिनमें कि काम नहीं किया गया था। इन लोगों के काम करने का ढंग इतना कच्चा था कि इससे इस समय इनमें से बहुतों की गिरफ़्तारी के लिए वांरट निकला। करतारसिंह को गिरफ़्तार करने के लिए इस समय पुलिस ने, एक गाँव को जाकर घेर लिया। उस समय करतारसिंह गाँव के पास ही कहीं मौजूद थे। पुलिस के आने की खबर पाते ही वे साइकिल पर सवार हो उस गाँव में ही आ गए ! पुलिस उन्हें पहचानती न थी। इस मर्तबा करतारसिंह इसी असीम साहस के कारण साफ बच गए। यदि वे ऐसा न करते तो संभवतः रास्ते में ही पकड़ लिए जाते।

इस समय रुपये-पैसे का खर्च इतना अधिक बढ़ गया था कि अब दान की रकम से काम न चलता था, इसलिए अब वे कुछ-कुछ डकैती करने के लिए विवश हुए। बाद में मालूम हुआ कि मूलासिंह भला आदमी न था, इसने दल का रुपया-पैसा भी हड़प लिया। जिस समय ये बातें मालूम हुई उस समय सुधार का कोई उपाय नहीं था। क्योंकि जहाँ तक मुझे स्मरण है, वह इसके थोड़े ही दिन बाद नशे की हालत में शीघ्र ही गिरफ़्तार कर लिया गया। इसके सिवा व्यक्तिगत शत्रुता के कारण उसने एक आदमी के यहाँ डकैती भी कराई थी।

सभी बड़े-बड़े आंदोलनों में देखा गया है कि साधु और महान् चरित्रवान पुरुषों के साथ कुछ नर-पिशाच भी दल में आ मिलते हैं। यह आंदोलनों का दोष नहीं है, यह तो हमारे मनुष्य-चरित्र का ऐब है। शायद लेनिन ने, भी कहा था कि प्रत्येक सच्चे बोलशेविक के साथ कम से कम उन्तालीस बदमाश और साठ मूर्ख उनके दल में मिल गये थे।[1] और मैंने श्रद्धेय शरच्चन्द्र चट्टोपाध्याय जी से सुना है कि देशबंधु दास ने भी कदाचित् कहा था कि वकालत करते-करते हम बुड्ढे हो गए और इस बीच हमको बड़े-बड़े धोखेबाजों से भी साबिका पड़ा; किंतु असहयोग आंदोलन में हमने जितने धोखेबाज आदमी देखे वैसे जिंदगीभर में नहीं देखे थे।

मैं इस बार पंजाब में हफ्तेभर से लगभग इन लोगों के साथ रहा। अतएव इनके बहुत से आचार व्यवहारों को मैंने ध्यान से देखा। यद्यपि ये लोग कड़ाके की ठण्ड में भी बहुत ही तड़के नहा-धोकर गुरु ग्रंथसाहब इत्यादि का पाठ करते थे किंतु होटल में भोजन करने के कारण इनका खान-पान शुद्धतापूर्वक न होता था, परन्तु इनका आपस का बर्ताव बहुत ही भला था। एक-दूसरे को बुलाते या बातचीत करते समय ये 'संतों', 'सज्जनो', 'बादशाह' इत्यादि सम्मानसूचक शब्दों के सिवा और किसी

1. Russia's Ruin by E. Wilcox, p. 249.

शब्द का प्रयोग न करते थे। इस बार भाई निधानसिंह से मेरी मुलाक़ात हुई। यही वह पचास वर्ष के बूढ़े सिक्ख थे। ये कोई तीस-पैंतीस वर्ष से देश के बाहर थे और चीन में रहते समय एक चीनी सुन्दरी से इन्होंने विवाह कर लिया था। मैं इन्हें अकसर धर्म-चर्चा और धर्म-ग्रंथ का पाठ करते देखता। एक बार मैंने स्टेशन पर जाकर देखा कि वहाँ प्लेटफार्म पर बैठे हुए आप छोटी-सी धर्म-पुस्तक को मन ही मन पढ़ रहे हैं। ये कुछ सिर्फ दिखावे के लिए ही ऐसा नहीं करते थे, क्योंकि मैंने अण्डमान में भी इनकी यही दशा देखी थी। मैंने इनमें जैसा तेज देखा है वैसा नौजवानों में भी नहीं देखा।

साधारण पंजाबियों के यौन आचरण के सम्बन्ध में प्रतिष्ठित भारतीय आदर्श की दृष्टि से सामान्य जन-धारणा अच्छी नहीं होती और फिर पंजाबियों में सिक्खों के यौनव्यवहार को तो और भी चिन्त्य समझा जाता है। शायद इसका प्रधान कारण पंजाब में पुरुषों की अपेक्षा स्त्रियों की संख्या बहुत ही कम होना है। इसके सिवा पंजाब प्रांत शायद तमोमुखी राजसिक भाव से परिपूर्ण है। लगातार मुद्दत से विदेशियों के संघर्ष में रहने के कारण और क्रमशः निम्नतर सभ्यता के ही संस्पर्श में आते रहने से यहाँ की सभ्यता मानो धीरे-धीरे फीकी पड़ गई है। अवनति के दिनों में विदेशियों का यह संस्पर्श जैसे हानिकारक हुआ है वैसे ही उन्नति के जमाने में इससे सर्वश्रेष्ठ सभ्यता का विकास भी हो सकता है। जो लोग बुरे मार्ग पर बहुत आसानी से चले जाते हैं उनमें भले बनने का भी बहुत-कुछ सामर्थ्य है, इतना कि शायद और लोगों में उतना न हो। इस कारण असंयम, निष्ठुरता, नीचता और हिंसा-वृत्ति से सिक्खों का चरित्र जिस प्रकार कलंकित हुआ है उसी प्रकार संयम उदारता और क्षमावृत्ति में भी वे लोग अपना सानी नहीं रखते। तभी तो इन गए-बीते दिनों में भी अधःपतित सिक्ख जाति ने 'ननकाना साहब' और 'गुरु का बाग' में अद्भुत वीरता और संयम का नमूना दिखला दिया।

पंजाब में पुरुषों की अपेक्षा स्त्रियाँ ही अधिक बदनाम हैं किंतु इसी पंजाब में उस दिन सतीत्व की ऐसी गौरवोज्ज्वल स्निग्ध किरण प्रकट हुई थी जिसकी तुलना इस कलिकाल में मिलनी कठिन है। डी॰ ए॰ वी॰ कॉलेज लाहौर के भूतपूर्व अध्यापक भाई परमानन्द के छोटे चचा के बेटे, भाई बालमुकुन्द, दिल्ली षड्यंत्र के मुकदमें में गिरफ़्तार किए। इन्हीं बालमुकुन्द के पूर्वपुरुष मोतीदास को सिक्खों के अभ्युत्थान-समय में आरे से चीरकर मार डाला गया था। गिरफ़्तार होने से एक ही वर्ष पहले भाई बालमुकुन्द का विवाह हुआ था। इनकी पत्नी श्रीमती रामराखी परम सुन्दरी ललना थीं। उम्र इनकी नई थी ही। जिस दिन इनके पति गिरफ़्तार हुए उसी दिन से ये व्याकुल हो गई और अनेक प्रकार से देह को सुखाने लगीं। फिर जब भाई बालमुकुन्द को फाँसी का हुक्म हो गया तब ये उनसे मिलने गईं। किंतु इनके मर्माश्रुओं ने, जी भरकर

स्वामी के दर्शन न करने दिए। घर लौटकर ये एक प्रकार से अधमरी दशा में समय बिताने लगीं। एक दिन ये अपने कमरे में थीं कि बाहर से रोने का कोलाहल सुन पड़ा। कमरे से बाहर आने पर श्रीमती रामराखी को असल बात मालूम हो गई। ये अब और न सहन कर सकीं। पति का मृत्यु–समाचार पाकर सती–साध्वी, खासी नीरोग दशा में पति का ध्यान लगाकर मानो पति से जा मिली। मिट्टी में मिल जाने के लिए ही मानो उनकी देह लोक में पड़ी रह गई। ऐसे पति प्रेम और आत्मोत्सर्ग की तुलना है कहीं ? इस घटना का स्मरण होते ही देह और मन पुलकित होकर कण्टकित हो जाता है ! बालमुकुन्द की गृहिणी ! तुम धन्य हो। ऐसे पत्नी के बिना क्या ऐसा पति हो सकता है ! हाय रे भारत के नसीब, ऐसी पत्नी और ऐसे पति का बना रहना भी तेरे भाग्य में न था।

9

काशी केन्द्र की कहानी

इस बार पंजाब से नया उत्साह लेकर लौटने पर भी काशी आने पर मुझे ऐसा लगा मानो अब तक मैं बहुत अनाचार और अनियमों में था। मैं नहीं कह सकता कि पंजाब के मुकाबले में काशी कितनी मनोहर और पुनीत मालूम हुई। मैं नहीं कह सकता कि ऐसा क्यों हुआ, किंतु इस मर्तबा काशी के जिस स्निग्ध रूप का अनुभव मुझे हुआ उसका अनुभव काशी में मुद्दत से रहने पर भी नहीं हुआ था। देह में काशी की हवा लगते ही ऐसा मालूम हुआ कि बहुत दिनों की अपवित्र देह शुद्ध हो गई। काशी में सिर्फ एक दिन रहने से ही ऐसा जान पड़ा कि बहुत दिनों की संचित ग्लानि दूर हो गई।

विप्लव की तैयारी व्यर्थ हो जाने पर रासबिहारी जब काशी में वापस आए तब उनके मन में भी बिल्कुल ऐसा ही भाव हुआ था।

काशी लौट आने पर पूर्व बंगाल के एक नेता से भेंट हुई। हमारे एक पूर्व-परिचित नेता इससे पहले ही गिरफ़्तार हो चुके थे। इससे, ऐसी आशा के वातावरण में सभी पूर्व-परिचित व्यक्तियों के जेल चले जाने से मुझे एक अनिर्दिष्ट सी वेदना हो रही थी। इतने काम-काज के बीच ज्यों ही थोड़ी-सी फुरसत मिल जाती थी, त्यों ही अकसर मन में यह बात कसकने लगती थी कि आज वे लोग, क्यों हमारे साथ नहीं हैं। उस आनन्द को उस समय सभी के साथ न लूट सकने से जब-तब उनका वह विच्छेद प्राणों को बहुत ही सताने लगता था।

कलकत्ता विभाग के एक सुप्रसिद्ध नेता, श्रीयुत यतीन्द्रनाथ मुखोपाध्याय, इन्हीं दिनों काशी आए। विप्लव-युग के श्रेष्ठ कार्यकर्ताओं के बीच इनका स्थान बहुत उच्च है। इतिहास में यह अकसर देखा जाता है कि जब कोई नया आंदोलन समाज अथवा

राष्ट्र के आम व्यवहार के विरुद्ध सिर उठाता है तब जो लोग वैसे आंदोलन के प्राण-स्वरूप होते है, उनका चरित्र अनन्य-साधारण हुए बिना वह आंदोलन कारगर नहीं हो सकता। इसी से जिस समय कोई सम्प्रदाय राज-रोष में दग्ध किया जाता है अथवा समाज के निग्रह में पीसा जाता है उस समय भी उस सम्प्रदाय के व्यक्तियों के चरित्र में कुछ न कुछ विशेषता अवश्य रहती है। यही कारण है कि ऐसे सम्प्रदायों की सदस्य-संख्या स्वल्प होते हुए भी समाज पर उनका प्रभाव कुछ कम नहीं पड़ता। विप्लव के विगत इतिहास से भी इस बात की सचाई सिद्ध हुई है। यतीन्द्र बाबू ऐसे ही सम्प्रदाय के प्राण-स्वरूप थे, और कई विभिन्न सम्प्रदायों पर उन्होंने अपने चरित्र-बल से अपना सुदृढ़ आधिपत्य जमा लिया था।

विप्लव का काम-काज बहुत ही गुप्त रीति से करना पड़ता था। भारत के विभिन्न स्थानों में विप्लव के लिए भिन्न-भिन्न कितने ही दल बन गये थे। उन सब का शायद अब तक भली-भाँति पता भी नहीं लगा। शक्तिशाली महापुरुषों की सर्व ग्राही प्रतिभा का आश्रय न मिलने से ये दल एक विशाल संगठन में संगठित न हो सके। वे अलग-अलग ही रहे। इन छोटे-छोटे स्वतंत्र दलों का होना भला हुआ या बुरा, यह कहना कठिन है।

इन विभिन्न दलों को सम्मिलित करके एक विराट् दल के रूप में परिणत करने का उद्योग बहुत दिनों से किया जा रहा था, किंतु कोई शक्तिशाली नेता न रहने से किसी भी दल ने दूसरे दल में मिलकर अपनी स्वतंत्रता खो देना स्वीकार नहीं किया। इन दलों के मुखिया लोग ही अकसर इस कारण कि वे अपने-अपने दलों पर अपना साधारण आधिपत्य बनाए रखना चाहते थे ऐसे मिलन के विरोधी थे। 'मनुष्य सहज ही पराई अधीनता स्वीकार करने को तैयार नहीं हो जाता, परन्तु फिर भी सचमुच शक्तिशाली पुरुष के आगे उसे माथा झुकाना ही पड़ता है।' जिस समय किसी अभिनव आदर्श अथवा अद्भुत कार्य की प्रेरणा से मनुष्य जाग पड़ता है उस समय व्यक्तिगत अहंकार की ये सारी तुच्छताएँ और स्वार्थपरताएँ फिर सिर नहीं उठा सकतीं।

यतीन्द्र बाबू का नेतृत्व इस ढंग का था कि इसके प्रभाव से बंगाल के बहुत से छोटे-छोटे दल एक में मिल गये थे। यद्यपि यतीन्द्र बाबू कोई धुरन्धर विद्वान् नहीं थे किंतु इनके चरित्र के प्रभाव से बहुतेरे शिक्षित युवकों ने इन्हें आत्मसमर्पण कर दिया था। इनमें जैसा अतुल साहस था वैसे ही इनके प्राण भी उदार थे। इनके चरित्र-बल की बातें बंगाल के विप्लवी लोागें को भली-भाँति मालूम हैं। किंतु इनके द्वारा इन भिन्न-भिन्न दलों का एक सूत्र में आबद्ध होना उसी दिन संभव हुआ जिस दिन कि पंजाब में गदर होने की तैयारी के समाचार से एक नये काम की प्रेरणा ने, उन सबको उतावला कर दिया था। फिर भी, इस मिलन-कार्य में यतीन्द्र बाबू का चरित्र बहुत ही सुन्दर रूप में प्रकट हुआ है। क्योंकि दल के भिन्न-भिन्न सम्प्रदायों में कुछ

इने-गिने ही आदमी न थे, और इन सबका स्वभाव और चरित्र भी मामूली आदमियों के स्वभाव और चरित्र जैसा नहीं था, अतः उन सबके मन पर आधिपत्य कर लेना कुछ मामूली शक्ति का काम नहीं है।

सच तो यह है कि बंगाल में इस समय विप्लव का उद्योग करने वाले दो ही दल थे। इनमें से एक के मुखिया यतीन्द्र बाबू थे। दूसरे दल के दो भाग किये जा सकते हैं, एक बंगाल के बाहर काम करता था और दूसरे ने बंगाल के भीतर ही अपना कार्यक्षेत्र बना रक्खा था। बंगाल के बाहर की कुल जिम्मेदारी रासबिहारी को दी गई, किंतु बंगाल के भीतर जो काम हो रहा था उसका भार किसी एक व्यक्ति पर न था।

यतीन्द्र बाबू काशी इसलिए बुलाये गए थे जिसमें कि सारा उत्तर भारत एक सूत्र में और एक सुर में कर लिया जाए। इस प्रकार पंजाब के सीमान्त प्रदेश से लेकर पूर्व बंगाल और असम की सीमा तक समूचा देश एक संगठन में रहकर विप्लव के लिए तैयार ही था। पंजाब के सिपाही इस समय कुछ कर दिखाने के लिए ऐसे उतावले हो गए थे कि अब किसी भी तरह उन्हें शांत न रखा जा सकता था। मैं नहीं कह सकता कि इस प्रकार इन्हें संयत कर देना अच्छा हुआ या बुरा, क्योंकि यदि हम लोगों की रोक-टोक न रहती तो पंजाब में अवश्य ही कुछ न कुछ भीषण घटना हो जाती। कौन कह सकता है कि उसका फल क्या और कैसा होता ? हम लोगों ने उनकी जल्दीबाजी को इसलिए रोका था कि सारा देश एक मत से विप्लव के ताण्डव-नृत्य में सम्मिलित हो जाय।

मालूम नहीं कि यतीन्द्र बाबू के काशी आने का हाल सरकार को कुछ ज्ञात हुआ था या नहीं, और यदि हुआ था तो कितना ? अतः मुझे यह स्पष्ट करना चाहिए कि यहाँ पर इस बात का उल्लेख मैंने किसलिए किया है। क्योंकि यहाँ तक मैंने जो कुछ लिखा है उसमें एक भी गुप्त बात प्रकट नहीं की गई है, यहाँ तो मैंने उन्हीं घटनाओं का उल्लेख किया है जिन पर कि षड्यंत्र-सम्बन्धी मुक़दमों में प्रकाश पड़ चुका है और जो अदालतों में प्रमाणित हो चुकी हैं। कुछ बातें तो ऐसी भी हैं जिन्हें सरकारी पक्ष ठीक-ठाक नहीं जानता, इसीलिए इन घटनाओं को भी मैंने छोड़ दिया है। क्योंकि उन घटनाओं को सिद्ध करने योग्य उपयुक्त प्रमाण इस समय तक सरकार के पास नहीं है। जिन घटनाओं के प्रकट होने से किसी पर तनिक भी आँच आने की संभावना नहीं है और जिन्हें सरकार तो भली-भाँति जानती है किंतु हमारे देशवासी जिनके अत्यन्त अस्पष्ट आभास के सिवा और कुछ भी नहीं जानते, ऐसी ही घटनाओं का वर्णन मैं अपनी लेखन शक्ति क्षीण होते हुए भी करना चाहता हूँ। विगत युद्ध के समय भारत में जो षड्यंत्र-सम्बन्धी मुक़दमे हुए थे उनकी सुनवाई अधिकतर जेलों में हुई थी, उन मुक़दमों का कच्चा हाल जनता को प्रायः मालूम ही नहीं हुआ, क्योंकि पुलिस और न्यायकर्ता को जिस बात का प्रकाशन पसन्द न होता था, फिर वह भले

न्यायकर्ताओं के सामने प्रमाणित हो चुकी हो उसका समाचार प्रकाशित न किया जाता था। इन कारणों से वे घटनाएँ बहुतों के लिए बिल्कुल ही नई होगी। मैं सिर्फ यही चाहता हूँ कि जो बातें सरकार तक पहुँच गई हैं उनसे जनता भी परिचित हो जाय। जो सचमुच एक दिन देश में हुआ था और जिसको जान लेने से अपनी शक्ति-सामर्थ्य का ज्ञान हो जाता है और यह भी मालूम हो जाता है कि किस जगह हमारी दुर्बलता थी, कहाँ हमने दुर्बुद्धि का परिचय दिया था, और किस स्थान पर हमारे मन की संकीर्णता तथा कार्य की त्रुटि प्रकट हुई थी–अतएव ही उन घटनाओं पर मैं निःसंकोच होकर प्रकाश डालना चाहता हूँ। इससे हमारा भला ही होगा, बुराई तनिक सी भी न होगी। देश में विप्लव की जैसी प्रचण्ड तैयारी हुई थी उसे छिपाने की अब कुछ भी आश्यकता नहीं है। मैं तो चाहता हूँ कि देशवासियों को उसका रत्ती-रत्तीभर हाल मालूम हो जाय। मेरी पुस्तक पूर्ण होने पर देशवासियों को मालूम होगा कि गदर की तैयारी कुछ इने-गिने लड़कों और नवयुवकों के मन की लहर ही न थी, और न इसकी तैयारी ही कुछ ऐसे अव्यवस्थित रूप में हुई थी जैसाकि रौलट रिपोर्ट में प्रकट किया गया है। रौलट रिपोर्ट तो लिखी ही इस दृष्टि से गई है कि भारतवासियों को आत्मशक्ति पर विश्वास न होने पावे अतः उसमें घटनाओं का वर्णन इस ढंग पर किया गया है जिससे कि सरकार की दमन-नीति को सहायता मिले। इस रिपोर्ट में बहुत-सी बातें बढ़ाकर लिखी गई हैं, किंतु इनमें यह बढ़ावा बिल्कुल तुच्छ विषयों को दिया गया है और यह काम इस ढंग से किया गया है जिससे कि विप्लववादी लोग देशवासियों की नज़र में हास्यापद जँचें। फिर ऐसी खास-खास बातें बड़ी सफाई से दबा दी गई हैं कि जिनके प्रकट होने से देशवासियों के मन में आशा का संचार हो सकता है। रौलट-रिपोर्ट पढ़ने से यह हर्गिज नहीं मालूम हो सकता कि कितने समय से, बड़ी सावधानी के साथ बहुत ही धीरे-धीरे कितने नर-रत्न किस प्रकार इकट्ठे किये गए थे, फिर कितने दुःखों और कष्टों के बीच होकर, कितने भीतरी-बाहरी कष्टों की कसौटी पर कसे जाकर कितनी नीरव वीरताओं की महिमा से मण्डित हुए इन नर-रत्नों की माला गूँथी गई थी। मुझे तो इसी बात का दुःख है कि उन सारी बातों को उपयुक्त रूप में प्रकट करने योग्य शक्ति मुझमें नहीं है, तथापि जैसा मुझसे बनता है, करता हूँ।

बहुत से लोग यह भी सोच सकते हैं कि इस प्रकार सारी बातें प्रकट कर देना (मानों ये बातें अभी तक गुप्त हैं !) सरकारी पक्ष को दमन-नीति का प्रयोग करने के लिए और अधिक मौक़ा देना है। किंतु इसके उत्तर में मुझे यही कहना है कि विप्लव की जो आग एक दिन सिर्फ बंगाल के एक प्रांत की सीमा के ही भीतर थी उसी की अग्निशिखा सोलह-सत्तरह वर्ष की दमन-नीति का ईंधन पाकर रावलपिण्डी और पेशावर तक फैल गई थी, अतएव जो लोग इस दमननीति की जड़ उखाड़ना

चाहते हों उनसे मेरा यही कहना है कि कृपया विगत युग के विप्लव की तैयारी के प्रयत्न को मज़ाक में उड़ाकर नाचीज न कहिये या उसके अस्तित्व को ही अस्वीकार मत कीजिये, प्रत्युत सरकार को भली-भांति समझा दीजिए कि देश की सच्ची आकांक्षा को दबाने का उद्योग करने से, अथवा वैध आंदोलन का विकास होने के लिए मौक़ा और समय न देने से, इस प्रकार गुप्त-प्रलयाग्नि का उत्पन्न होना अनिवार्य है। वैध प्रकाश्य आंदोलन की अपेक्षा छिपकर विप्लव का उद्योग करना कम शक्तिशाली नहीं जान पड़ता है। इंग्लैंड में प्रकाश्य आंदोलन करने का सुभीता रहने के कारण– फिर वह आंदोलन कितना ही उग्र क्यों न हो–वहाँ गुप्त रूप से विप्लव का उद्योग उतने ही परिमाण में नहीं किया जाता जितने परिमाण में कि फ्रांस अथवा यूरोप के अन्यान्य देशों में किया जाता है। मरणोन्मुख जाति ही दमनास्त्र से वश में कर ली जाती है किंतु विकासोन्मुख जाति के आत्म-प्रकाश करने के उपायों को किसी भी दमनास्त्र द्वारा व्यर्थ नहीं किया जा सकता। आज यह बात, क्या सरकार और क्या भारत की जनता, सभी को अच्छी तरह जाननी चाहिए।

यतीन्द्रबाबू अब इस लोक में नहीं हैं, इसी से उनकी बात प्रकट करने में मुझे झिझक नही हुई। शायद हमारे देशवासियों को ठीक-ठाक मालूम नहीं कि इस समय हम लोग सारे उत्तरी भारत में एक दिल से और एक ही उद्देश्य के लिए काम कर रहे थे; और शायद बंगाल के विप्लवकारी दलों को भी इसका सोलहों आने पता न था।

यतीन्द्रबाबू का विशेष रूप से अनुरोध था कि इस विप्लव के लिए निर्धारित दिन इतना पीछे हटा दिया जाए जिससे कि बंगाल में पहुँचने पर उन्हें कम से कम दो महीने का समय मिले और इस बीच वे कुछ रुपये-पैसे भी जमा कर सकें। उन्होंने बार-बार कहा कि बिना हाथ में काफी धन किए इस काम में कूदना ठीक नहीं। किंतु उनकी इस 'काफी' की धारणा की सीमा बड़ी लम्बी-चौड़ी थी। उतने अपरिमित द्रव्य का थोड़े समय में संग्रह किया जाना भी असाध्य काम था। इस बात को अंत में यतीन्द्रबाबू ने स्वीकार कर लिया था किंतु इस ओर की दशा को वे ठीक-ठाक समझ न सकते थे। उस समय पंजाब के सिपाही बहुत ही अधीर हो रहे थे। इसका एक कारण यह अनिश्चय की स्थिति थी कि वे जाने किस दिन पश्चिम के रणक्षेत्र में भेज दिये जाएँ। इसके सिवा भारत के विभिन्न सैनिक-दलों को भी लगातार एक छोर के स्थान से दूसरे छोर के स्थान में बदलकर भेज दिया जाता था। इसीलिए, अनुकूल दशा में न रहने दिये जाने पर, यदि उन सैनिकों को सुदूर दक्षिण की किसी छावनी में भेज दिया जाय तब तो उनकी सारी आशाओं पर पाला पड़ जायगा। ऐसे ही अनेक कारणों से पंजाब के सिपाहियों को शांत रखना तो कठिन हो ही गया था, साथ ही हमें भी यह बड़ा खटका था कि विप्लव के लिए तैयार किये गए सैनिक

कहीं अन्यत्र न भेज दिये जाएँ। इन कारणों से हम लोग यतीन्द्रबाबू के अनुरोध को न मान सके हम लोग भी कुछ-कुछ उतावले हो गए थे, कि ऐसा बढ़िया मौक़ा किसी कारण हाथ से न निकल जाये। इसी से एक ओर तो हम सिपाहियों को शांत रखने का उद्योग कर रहे थे और दूसरी और ऐसी तैयारी में लगे हुए थे जिससे कि देश भर में एक-जुट होकर कुछ कर दिखाया जाय। साथ ही यह भी ध्यान रखा गया था कि इस काम में वृथा विलम्ब न होने पाये। यतीन्द्रबाबू से भी ये सारी बातें समझाकर कही गईं और लाचारी से उन लोगों को भी हमारे साथ ही साथ समान भाव से क़दम बढ़ाना पड़ा।

यह हम बहुत दिनों से समझते थे कि अपढ़ जनता को उभाड़ देना कुछ कठिन काम नहीं है, परंतु इसके साथ-साथ हम यह भी जानते थे कि सिर्फ़ जनता को भड़का देने से ही हमारी कार्य-सिद्धि की आशा विशेष रूप से नहीं है। इसी से हमने इस कार्य की ओर विशेष रूप से ध्यान नहीं दिया था। हम लोगों का विचार था कि पहले देश के शिक्षित युवकों को सम्मिलित करके एक विराट् देशव्यापी संघ का संगठन कर लिया जाय और फिर उसके बाद यदि देशी फौजों को अपने भाव की दीक्षा दी जा सके तभी विप्लव की नींव पक्की होगी परन्तु इस तैयारी के साथ-साथ हम लोगों ने, विदेशियों से कुछ भी सम्पर्क नहीं रखा और गदर के उद्योग में यही बड़ी भरी भूल थी। कई मर्तबा यह विचार भी हुआ था कि इस तैयारी के साथ-साथ अधिक परिमाण में अस्त्र-शस्त्रों के मँगाने का भी बन्दोबस्त होना चाहिए, किंतु नेता लोग इस ओर से उदासीन थे। वे कहते थे कि वह समय अभी दूर है। किन्तु जब समय आया तब फिर न इसका बन्दोबस्त करने को सयम रहा और न कोई जरिया ही मिला। सारे देश में तो नहीं, किंतु बंगाल और पंजाब में युवकों का जो संघ बनाया गया था उसकी व्यापकता कुछ कम न थी, किंतु इस संघ का विकास और परिणति बंगाल में जैसी हुई थी वैसी और कहीं भी नहीं हुई। व्यक्ति के भीतरी गठन और कुछ समय-व्यापी साहचर्य के फल से यह संघशक्ति जैसी प्रस्फुटित होती है वैसी और किसी तरह नहीं होती। यही कारण है कि सच्ची संघशक्ति बंगाल में ही गठित हुई थी, क्योंकि पंजाब में जो विप्लव की तैयारी हुई थी, उसका तो सारा ही बन्दोबस्त खासकर उन सिक्खों ने ही किया था, जो कि अमेरिका-प्रभृति देशों से लौटकर भारत में आए थे। इन विदेश से आये हुए सिक्खों के साथ देश का वैसा घना हेल-मेल न था, और फिर इस दल का संगठन भी भिन्न-भिन्न व्यक्तियों के कुछ काल-व्यापी साहचर्य से नहीं हुआ था। देशवासी लोग भी उनकी ओर से कुछ लापरवाह थे, किंतु बंगाल की जनता बंगाल के दल से इतनी उदासीन नहीं थी। इसके सिवा यह बात भी है कि जिन व्यक्तियों के सहयोग से संघ संगठित होता है, उनके मन और प्राणों में आदर्श की प्रेरणा जितनी गंभीर होगी और उस आदर्श का ठाठ जितना ऊँचा-बाँधा

जायगा उसी परिणाम में संघ भी शक्तिशाली होगा। इस दृष्टि से बंगाल के बाहर का कोई भी संघ बंगाल की संघशक्ति के समान शक्तिशाली न था,–बंगाल में भिन्न-भिन्न आदर्शों के घात-प्रतिघात की क्रीड़ा जैसे अनिव रूप में देख पड़ी, वैसी बंगाल के बाहर देखने में नहीं आई। हमारी इस विप्लव की तैयारी के साथ भरात के जातीय जागरण का भिन्न-भिन्न ओर से क्या सम्बन्ध था, और विप्लववादियों के व्यक्तिगत जीवन में वह किस प्रकार प्रतिफलित हुआ था, इसकी चर्चा वहाँ होगी जहाँ बंगाल का वर्णन किया जायगा। इसका प्रधान कारण यह है कि उस आदर्श के द्वन्द्व का जैसा अनुभव मुझे बंगाल में हुआ है, वैसा अन्यत्र नही हुआ, और यहाँ तो मैं मुख्यरूप से बंगाल के बाहरी प्रदेश के आंदोलन का वर्णन कर रहा हूँ। बंगाल के बाहर तो हम लोग प्रधानतया विप्लव की तैयारी की मामूली बातों में ही लगे हुये थे किंतु बंगाल में मानों भारत के वास्तविक जातीय जागरण के लिए–क्या धर्म, क्या कर्म, क्या साहित्य और क्या सामाजिक आचार-विचार–सभी कामों में हम लोग लगे हुए थे।

अन्यान्य प्रदेशवालों को फौजों में भर्ती होने का जैसा सुभीता रहता आया है वैसा सुभीता यदि बंगाल में बंगालियों को होता तो वहाँ न जाने कब गदर मच गया होता। किंतु इस समय में, पंजाब में जिस फुर्ती से विप्लव की तैयारी हो रही थी, उसको देखते हुए हम लोग सोचते थे कि बंगाल न जाने इस समय किस प्रकार विप्लव में शामिल होगा। बंगाल के पिछले युग के कलंक का स्मरण होने से मेरे मन को बड़ा कष्ट होता था। यही कारण था कि बंगाल में जाकर काम करने की इच्छा होती थी। इससे यतीन्द्रबाबू वगैरह जब बंगाल को वापस चले गए तब वहाँ जाने के लए मैं विशेष रूप से उत्सुक हुआ, किंतु दादा इसके लिए किसी प्रकार राजी न हुए, उन्होंने कहा कि वे स्वयं तो पंजाब जाएँगे और मुझे बंगाल और पंजाब के मध्य के देश में रहकर उक्त दोनों प्रदेशों की कार्रवाई का सिलसिला जोड़े रखना होगा। इससे मन मारकर मुझे काशी में ही रहना पड़ा।

इसी समय बंगाल में मोटर डकैती का आरंभ हुआ और थोड़े ही समय में कई जगह डाके डाले गए और इस तरह बहुत सा धन संग्रह किया गया। इन घटनाओं के कुछ ही दिन पहले रोडा कम्पनी के यहाँ से पचास मोज़र पिस्तौलों और पचास हज़ार के लगभग टोंटों की चोरी हो गई। अब तक बंगाल में विप्लव की तैयारी का कार्यक्रम दो-एक दलों में ही आबद्ध था। यतीन्द्रबाबू थे तो खासे कार्यकुशल किंतु अब तक कुछ-कुछ खाली रहते थे। इससे अन्यान्य दलों का भी कुछ भी काम-काज न होता था। इस बार यतीन्द्रबाबू के पूर्ण उद्यम से काम में जुटते ही बंगाल में बड़े सपाटे से काम-काज होने लगा। उनके इस नये आत्म-प्रकाश को देखकर हम लोगों को बड़ा ही हर्षपूर्ण अचरज हुआ।

इधर रासबिहारी भी पंजाब को रवाना हुए। उन्हें गिरफ़्तार करा देने के लिए साढ़े सात हज़ार रुपए का इनाम घोषित किया गया था। रासबिहारी को गिरफ़्तार न कर सकने के कारण सरकारी पक्ष की कार्य-कुशलता में बट्टा लग गया था, और उन्हें गिरफ़्तार करने के लिए भारत-सरकार ने कुछ उठा न रखा था। एक ओर तो वह प्रबल प्रतापशाली ब्रिटिश राजशक्ति थी जिसको अपार धन-बल और लोकबल प्राप्त है, जो इतने बड़े सुनियन्त्रित राज्य की चालक है, देश के एक सिरे से लेकर दूसरे तक जिसका अद्‌भुत संगठन (Organisation) है, और जिसके जासूस-विभाग की होशियारी की तुलना रूस के सिवा एशिया में किसी से भी नही हो सकती, और दूसरी ओर था भारत का हमारा यह दरिद्र विप्लव दल—इतना दरिद्र कि एक दिन रासबिहारी ने, हम लोगों से कहा कि "मुझे अंग्रेजों के हवाले करके साढ़े सात हज़ार रूपए वसूल कर लो।" इस दल के साथ देशवासियों की आंतरिक सहानुभूति तो थी किंतु वे डर के मारे किसी भी तरह उसकी सहायता करने को तैयार न थे, और फिर इस दल के नेता समाज में बिल्कुल ही अपरिचित थे, सौ बात की एक बात तो यह है कि ये लोग बिल्कुल ही असहाय थे; इनका एक-मात्र बल और भरोसा था, केवल अपना असीम विश्वास तथा चित्त की अद्‌भुत दृढ़ता; किंतु अपने घर में ही ये अपने स्वदेशवासियों से उपेक्षित थे। ऐसे दो दलों के असम द्वन्द्व में विप्लव-दल ने, बहुत दिनों तक केवल आत्मरक्षा ही नहीं की थी, बल्कि उसने अंग्रेज सरकार को भी कितने ही नाच नचा दिए थे, और इस प्रकार अंग्रेजी साम्राज्य की प्रबल शक्ति जो रासबिहारी को गिरफ़्तार नहीं कर सकी इसका प्रधान कारण था, हमारे संघ की व्यापकता और बहुत बढ़िया बन्दोबस्त। उपयुक्त शक्तिशाली सुनियन्त्रित संघ न होता तो रासबिहारी को बचा लेना कदापि संभव न होता। इसमें संदेह नहीं कि इतने पर भी रासबिहारी की कुशलता और उनका भाग्य कुछ कम सहायक नहीं हुआ। कितने ही भीषण संकट के अवसरों पर वे, उनमें से सहज ही बच निकले थे। अब उन बातों का ख्याल होने से ही देह में रोमांच हो आता है। इसे भगवान् की विशेष कृपा के सिवा और क्या कहा जाय ! इन सब बातों का वर्णन दूसरे भाग में होगा। केवल रासबिहारी ही इस प्रकार अपने को छिपाने में सफल न हुए थे, अपितु और भी कितने ही युवक इसी समय से, तथा इसके पश्चात् भी प्रबल प्रतिद्वन्द्वी की सारी शक्ति को व्यर्थ करके तीन-चार वर्ष तक—कोई-कोई तो इससे भी अधिक समय तक—छिपे रहने में समर्थ हुए थे। यदि इन छिपे हुए लोगों का रहस्यपूर्ण इतिहास लिखा जाय तो भारत के साहित्य को एक नई सम्पत्ति प्राप्त हो।

रासबिहारी रात की गाड़ी से दिल्ली होते हुये पंजाब को रवाना हुए। इस समय से प्राय: हर वक्त हम लोगों में से कोई-न-कोई रासबिहारी के साथ-साथ रहता था। दिल्ली पहुँचने तक कोई खास घटना नहीं हुई। गाड़ी जिस समय दिल्ली स्टेशन को

पीछे छोड़कर आगे बढ़ने लगी उस समय रासबिहारी ने अकस्मात् देखा कि उनके छोटे से डब्बे में उन्हीं की पहचान का खुफिया पुलिस का दारोगा बैठा हुआ है। उस समय रासबिहारी के मन की जो दशा हुई होगी उसकी हमें कल्पना से ही जान लेना चाहिए। जो हो, सौभाग्य से उस रात को वे अपने सिर पर टोपी लाये रहने की बदौलत साफ बच गए और अगला स्टेशन आने पर वे उस डिब्बे से निकलकर दूसरे डब्बे में जा बैठे, किंतु गए वे उसी गाड़ी से इसी से समझ लीजिए कि उनमें कितना साहस था। इस प्रकार बड़ी शन्ति से, किंतु दृढ़ता के साथ, रासबिहारी सब बातों को जानते रहने पर भी दहकती हुई आग में कूद पड़े। वे अमृतसर पहुँच गए।

इधर युक्त प्रदेश, बिहार और बंगाल की भिन्न-भिन्न छावनियों में हमारे आदमियों ने, अपना आना-जाना आरंभ कर दिया। थाड़े ही दिनों में पंजाब से करतारसिंह तथा और भी कई सिक्ख पंजाब का समाचार लेकर काशी आए। उस समय उत्तर की तमाम छावनियों का हाल हमने मालूम कर लिया था। सब स्थानों का समाचार मिलने पर समझ में आ गया था कि उस समय देश में गोरी सेना बहुत ही थोड़ी थी और जितने गोरे थे भी, वे निरे रँगरूट थे। टेरी-टोरियल सेना के छोकरों और दुबले-पतले लम्बे नौजवान सिपाहियों को देखकर हम लोग चाहते थे कि अब बहुत जल्द हमें शक्ति की जाँच करने का मौका मिल जाएगा। उन दिनों समूचे उत्तर भारत की दो-तीन बड़ी-बड़ी छावनियों और काबुल के सीमांत देश के सिवा कहीं भी तीन सौ से अधिक गोरे सिपाही न थे। भिन्न-भिन्न छावनियों में भी इनकी तादाद एक और दो हज़ार के बीच में थी। भिन्न-भिन्न छावनियों में जितने अस्त्र-शस्त्र थे उनकी सहायता से कम-से-कम वर्षभर तक तो मजे में युद्ध जारी रखा जा सकता था। हम लोगों ने उन सब बातों का रत्ती-रत्ती पता लगा लिया था जिनका कि लग सकता था। जैसे-किस रेजिमेंट में कितने वाक्स राईफलें हैं ? कारतूसों के कितने बक्स हैं ? मैगजीन पर किनका पहरा रहता है और कैसा पहरा रहता है ? इत्यादि। हिन्दुस्तानी फ़ौजों की मानसिक दशा उस समय बहुत ही खराब थी। उन्हें हर घड़ी यह खटका बना रहता था कि बस अब यूरोप जाने का हुक्म होता ही है। जो दम गुजरता था गनीमत समझा जाता था। छावनियों में पहुँचते ही हमारे युवकों का सिपाही लोग बड़ा आदर-सत्कार करते और बड़े आग्रह से उनकी बातें सुनते थे। एक बार एक युवक किसी छावनी में गया; तब उसी दिन, रात को वहाँ सिपाहियों की बैठक हुई। उस बैठक में बड़े ओहदेदारों के सिवा और सभी सिपाही एकत्र हुए, उस विदेश से आये हुए युवक की बातें उन लोगों ने बड़े आग्रह से सुनीं। अंत में उन लोगों ने कहा कि इस विद्रोह में हम लोग अगुआ न बनेंगे; हाँ, हम लोग ऐसा ज़रूर करेंगे जिसमें विप्लव के समय हमारे हाथ से मैगजीन न निकल जाने पाए, जब गदर सचमुच मच जाएगा तब हम भी उसमें शामिल हो जाएँगे।

काशी की रेजिमेंट में मैं और भी कई बार गया था। इस रेजिमेंट में दिल्लासिंह के सिवा और सभी अच्छे आदमी थे। वे लोग सचमुच देश के भले के लिए विप्लव में शामिल होने को तैयार थे। दिल्लासिंह ने एक दिन हम लोगों से पूछा– 'बाबू, देश के स्वाधीन हो जाने पर क्या हम लोगों को कुछ जागीर या माफी वगैरह मिलेगी ?' एक दिन गनकाटन ले जाकर उसे हम लोगों ने, अपनी करामात दिखलाई और कहा कि देखों यह मामूली रुई नहीं है, इसमें आग छूते ही किस प्रकार भक से सारी की सारी जल उठती है, तनिक सी भी बाकी नहीं रहती। यह लीला देखकर वे लोग अचरज करते थे, इस प्रकार हम लोग कई तरह से दिल्लासिंह और उसके अनुयायी साथियों को अपने मत में लाने की कोशिशे करते थे। इस रेजिमेंट के कुछ आदमियों से बाद को मेरी भेंट हुई। उन्होंने बड़े भक्तिभाव से माथा झुकाकर मुझसे बातचीत की थी। इनमें एक सिपाही की उम्र पचास से ऊपर थी। उसने मुझसे कहा–बाबू मेरे साथ के जान–पहचान वाले अब कोई भी जीवित नहीं। एक मैं ही रह गया हूँ। सो मेरा समय नजदीक है। बाबू अब मैं मौत से नहीं डरता, तुम्हीं मेरे गुरु हो गए, क्योंकि दुनिया के झमेलों से मेरे चित्त को हटाकर तुम्हीं ने भगवान् की ओर कर दिया है।

कितनी ही रेजिमेंटों में हमारी पहुँच हो चुकने पर उनकी अन्य स्थानों में बदली हो गई। इससे यह हुआ कि हमारे कार्य का प्रचार देश में बहुत दूर तक हो गया।

रेजिमेंटों में प्रचार करने के अलावा इसी समय हमने देहात में जाकर वहाँ की जनता में भी अपनी रसाई करने की कोशिश की। युक्त प्रदेश में कुछ ऐसे गाँव हैं जहाँ केवल ठाकुरों की ही बस्ती है। ऐसे अनेक केन्द्रों से अंग्रेजों की फ़ौजों के लिए रँगरूट चुने जाते थे। युक्त प्रदेश और पंजाब के अनपढ़ लोग बंगाल की अशिक्षित जनता की भाँति नहीं हैं। एक तो वे बंगालियों की अपेक्षा शरीर से बहुत कुछ बलवान् हैं, दूसरे अपने–पराए गर्व का स्मरण इनमें अबतक यथेष्ठ परिमाण में बना है। ये अपढ़ हैं सही, किंतु राजनीतिक संस्कार इनमें अत्यन्त प्रबल हैं। बंगाल की जनता और शिक्षित सम्प्रदाय की अपेक्षा भी यहाँ वालों में अपने धर्म पर बहुत अधिक प्रीति और मोह है। सुयोग्य नेता की अधीनता में परिचालित किए जाने से ये अशिक्षित लोग एक बार असंभव कर सकते हैं।

इन लोगों में भी हमारा आना–जाना होने लगा था, और इन लोगों से भी हम को कुछ कम आशाजनक उत्तर न मिला था।

इधर रासबिहारी भी पंजाब में सैनिकों से मेल–मुलाक़ात करने लगे। वे जिस मकान में रहते थे उसमें किसी से भी भेंट न करते थे। दूसरों से मिलने–जुलने के लिए दो–तीन मकान बिल्कुल अलग थे। सिपाहियों से वे ऐसे ही एक अलग मकान में मिला करते थे। इस समय के लाहौर के दो सैनिकों का जो हाल मैंने सुना है वह सदा स्मरण रखने योग्य है। एक का नाम लछमनसिंह था। दूसरा सिपाही मुसलमान

था, उसका नाम मुझे याद नहीं। ये दोनों ही हवलदार थे। सिपाहियों पर लछमनसिंह का खासा प्रभाव था। इस रेजिमेंट के एक सिपाही से बाद में अण्डमान में मेरी बातचीत हुई। उससे पता चला कि लछमनसिंह ने, बहुत पहले से अपनी रेजिमेंट में एक छोटा-सा दल बना रखा था। वे बीच-बीच में अकसर एकत्र होते थे। उस समय सिक्ख धर्म-सम्बन्धी पुस्तकें पढ़ी जाती थीं, और अनेक विषयों पर चर्चा इत्यादि होती थी। कई बार इसकी खबर पाकर रेजिमेंट के अंग्रेज हाकिम इसे रोकने का हुक्म दिया करते थे। इस प्रकार बीच-बीच में बंद होकर भी यह कार्य छोटे रूप में कई वर्ष से लगातार होता चला आ रहा था। रेजिमेंट के सभी लोग लछमनसिंह को बड़ा धर्मात्मा और उन्नत चरित्र का पुरुष समझते थे। लछमनसिंह को फाँसी का हुक्म हो चुकने पर जब मुसलमान हवलदार की जान बख्श देने का लालच देकर सरकार की ओर से कुछ गुप्त बातों की टोह लेने की कोशिश की गई, और उससे कहा गया कि तुम एक काफिर के साथ-साथ फाँसी पर चढ़ना कैसे पसंद करोगे, तब उस वीर देशभक्त मुसलमान हवलदार ने बड़ा ही बढ़िया उत्तर दिया। उसने कहा-"अगर मैं लछमनसिंह के साथ-साथ फाँसी पर टाँगा जाऊँ तो मुझे बहिश्त मिले।" उसको भी फाँसी हो गई।

विद्रोह का निर्दिष्ट दिन जितना ही समीप आने लगा उतना ही हम लोगों को खटका होने लगा कि "क्या हम लोग पार पा जाएंगे ? इतनी बड़ी जिम्मेदारी को क्या हम लोग ले सकेंगे ? विप्लव के लिए जैसी तैयारी करने की तरकीब हमें सूझ पड़ती थी उसमें तो हम लोगों ने कोई कसर रखी नहीं, किंतु फिर भी उन बहुत जल्द आने वाले दिन के विचार से ही शरीर थर्रा जाता था। पंजाब जाने से पहले दादा भी कई बार यही बात कह चुके थे।

असल में हम लोग यह चाहते थे कि एक दिन एकाएक-बिना किसी को अपनी इच्छा बतलाए-उत्तर भारत की छावनियों में तमाम अंग्रेजी सैनिकों पर, एक ही दिन और ठीक एक ही समय, एकदम हमला कर दिया जाय और उस रेल-पेल के वक्त जो लोग हमारी शरण में आ जाएँ उन्हें क़ैद कर लिया जाए। विद्रोह रात के वक़्त शुरू किया जाय और उसी दम शहर के तार इत्यादि काटकर अंग्रेज बालण्टियरों तथा तगड़े पुरुषों को क़ैद में डाल दिया जाय और फिर खज़ाना लूट करके जेल से क़ैदी रिहा कर दिये जाएँ। इसके पश्चात् उस शहर का इंतजाम अपने चुने हुए किसी योग्य पुरुष को सौंपकर तमाम बलवाइयों का दल पंजाब में जाकर एकत्र हो। हम लोग यह न समझे बैठे थे कि गदर मचने पर अंत तक अंग्रेजों के साथ सम्मुख युद्ध में हमारी विजय ही होती जाएगी, किंतु इसका हमें पक्का भरोसा था कि उल्लिखित रीति के अनुसार एक बार गदर मचते ही एक ऐसी अन्तर्राष्ट्रीय विचित्र दशा उपस्थित हो जाएगी कि यदि हम कम-से-कम वर्ष भर तक इस युद्ध को ठीक ढंग पर जारी रख

सके तो विदेशों के भिन्न-भिन्न राष्ट्रों के आपसी विद्वेष के फल से और अंग्रेजों के शत्रुओं की सहायता से, देश को स्वाधीन कर लेना हमारे लिए, अत्यन्त कठिन होने पर भी, असंभव न होगा।

एक दिन पंजाब से यह समाचार लेकर कुछ आदमी आए कि विप्लव का मुहूर्त पक्का कर लिया गया है। इक्कीस फरवरी को गदर मचा दिया जाएगा। काम रात को ही आरम्भ होगा। यह सूचना मुझे इतवार को मिली थी। क्षण भर में तीव्र आवेग से देह और मन न जाने कैसे भाव से कम्पित हो उठे। वह ऐसा विचित्र भाव था जिसका पहले कभी अनुभव नहीं हुआ था। न ही उसे आनन्द कहा जा सकता है, और न आशंका ही। विप्लव का आरंभ होने के लिए अब एक हफ्ते भर की देर थी। अपने अन्यान्य स्थानों को भी विप्लव की तारीख की सूचना दे दी गई।

बहुत ही शीघ्र होने वाले इस विप्लव की तैयारी में हम में से बहुतों के मन में एक अस्पष्ट अनिर्देश्य भय और संदेश का भाव विद्यमान था, मानो हम किसी भी तरह विप्लव आरंभ हो जाने का निःसंदेह विश्वास न कर सकते थे। सैकड़ों हज़ारों वर्ष की दीनता और हीनता से, पराधीनता की हज़ारों तहों में लिपटे रहने से, आत्मशक्ति को हम यहाँ तक खो बैठे थे कि स्वाधीनता के पूर्ण आदर्श की कल्पना कर लेने और उस आदर्श को वास्तविक रूप देने की भरसक चेष्टा कर चुकने पर भी और इसकी उत्कट अभिलाषा रखते हुए भी, हम मानो यह विश्वास ही न कर सकते थे कि सचमुच विप्लव का झंडा खड़ा कर दिया जाएगा। जन्मभर का दुखिया जिस प्रकार किसी भी तरह यह विश्वास नहीं कर पाता कि किसी दिन उसका भी नसीब जागेगा–उसे सुख मिलेगा–जिस प्रकार ऐसा व्यक्ति, जो सदा लापरवाही से दुत्कारा गया है, जो बार-बार धोखा खा चुका है, वह आशा की कल्पना से मुग्ध होकर सारा जीवन भले बिता दे, पर वह किसी तरह यह विश्वास नहीं कर पाता कि किसी दिन वह भी फिर किसी का प्रेमास्पद होगा, इसी तरह मैं भी भारत के भाग्योदय के सम्बन्ध में हताश हो चुका था।

विश्वासघात और निराशा

मन में ऐसा भाव रहने पर भी विप्लव की तैयारियाँ होने लगीं। बंगाल के भिन्न-भिन्न केन्द्रों में काम करनेवाले विप्लववादियों के लिए हाफपैंट सिवाये गए। पंजाब में भारत की राष्ट्रीय पताका बना ली गई। उस पताका के रंगों में अपनी विशेषता सूचित करने वाले खास रंग को स्थान दिलाने के लिए सिक्खों ने, बड़ा आग्रह किया। इसलिए हिन्दू, मुसलमान, सिक्ख और भारत की अन्यन्य जातियों के चिह्न-स्वरूप भारत की जातीय पताका चार रंगों की हुई। कहीं रसद का बन्दोबस्त हुआ, कहीं-कहीं पर स्थानीय मोटर-लारी प्रभृति सवारियों की फेहरिस्तें बनाई जाने लगीं। उत्तर भारत के समग्र विप्लवपंथी बड़े ही उद्वेग से पंजाब की ओर देखकर दिन गिनने लगे, मानों पंजाब से इशारा मिलते ही क्षणभर में ज्वालामुखी पर्वत भीषण आग उगलने लगेगा। सुना गया था कि कदाचित् श्री श्रीमहाप्रभु जगबंधु[1] ने कहा था कि बारह वर्ष की तपस्या के पश्चात् जिस दिन वे, अपनी गुफा से बाहर निलेंगे उसी दिन से भारत की स्वाधीनता का युग आरंभ हो जाएगा। सो वे भी, शायद, इसी 1915 ई॰ के फरवरी में अपनी गुफा के बाहर आ गए। इस विप्लव का हाल उन्हें रत्तीभर भी मालूम न था। किंतु गुफा से बाहर आने पर उन्होंने संकेत से बतलाया कि अभी तो कुछ देर है, यह कहकर वे फिर अपनी गुफा में चले गए। भगवान् का अभिप्राय हर वक़्त ठीक-ठाक समझ में नहीं आता। हज़ारों वर्ष से भारत का सारा पुरुषार्थ जिस तरह बार-बार व्यर्थ होता रहा है।

1. ये बंगाल के एक पहुँचे हुए महात्मा हैं। बाल्यावस्था से ही ये साधना कर रहे हैं।

उसी तरह इस बार भी समग्र उत्तर भारत की विप्लव की इतनी बड़ी इमारत भरभराकर गिर पड़ी। कुसुमकली को खिलने के पहले ही मानो वृन्त से तोड़कर देवता की पूजा में चढ़ा दिया गया। सुनिये यह क्योंकर हुआ।

पंजाब के खुफिया पुलिस महकमे के एक मुसलमान डिप्टी सुपरिंटेंडेंट ने कृपालसिंह[2] नाम के एक सिक्ख को विप्लव दल में भर्ती करा दिया। यह उक्त अफसर का जासूस था। एक व्यक्ति जो रिश्ते में कृपालसिंह का एक भाई होता था अंग्रेजों की फौज में नौकर था, और इस दल में भी शामिल था। प्रधानतया इसी सैनिक की सहायता से कृपालसिंह का सम्भवतः फरवरी महीने में इस दल में प्रवेश हुआ था। किंतु इसके कुछ ही दिन बाद कृपालसिंह की गतिविधि पर बहुत लोगों को संदेह हो गया। तब कुछ नेताओं की सलाह हुई कि उस पर हरदम नज़र रहनी चाहिए। इसका फल यह हुआ कि दो–चार दिन में ही इसका पुलिस के हाकिमों के पास प्रतिदिन एक निर्धारित समय पर आना–जाना देख लिया गया। इधर विप्लव का झण्डा खड़ा करने को दो–चार दिन की देर रह गई थी, इसलिए सोचा गया कि इस दशा में यदि इसे दुनिया से हटा दिया जाय तो ऐसी विकट गड़बड़ मच सकती है, जिससे कि शायद हमारे अंतिम मनोरथ की सिद्धि में बेढब विघ्न आ पड़े। इस आशंका के मारे इस काँटे को निकालने का कुछ भी उद्योग नहीं किया गया। ऐसी दशा में पूर्व बंगाल वाले उसे दुनिया के झंझटों से छुड़ाये बिना कभी न मानते। अस्तु, बाद में पता चला कि विप्लव के लिए जो दिन मुकर्रर किया गया था उसकी खबर पुलिस को लग चुकी है, क्योंकि कृपालसिंह से वह दिन छिपाया नहीं गया था। अतएव निश्चय हुआ कि कृपालसिंह अब घर से बाहर न जाने पावे और विप्लव की तारीख इक्कीस फरवरी के बदले उन्नीस फरवरी–यानी दो दिन पहले–कर दी गई। किंतु दुर्भाग्य से

2. पंजाब खुफिया पुलिस के एक मुसलमान डिप्टी सुपरिंटेंडेंट ने 'कृपाल सिंह' को विप्लव दल की सूचना देने के लिए दल में भर्ती करा दिया था। कृपाल सिंह के रिश्ते का एक भाई अंग्रेज़ों की फौज़ में सिपाही था। वह भी विप्लव दल का सदस्य था। उसे ज्ञात नहीं था कि कृपाल सिंह उस डिप्टी सुपरिंटेंडेंट का भेदिया है। भाई के माध्यम से जो सूचना कृपाल सिंह को मिलती वह खुफिया पुलिस तक पहुंचती रही। विप्लव की तारीख बदलने की सूचना भी उसी ने पुलिस तक पहुंचाई। परिणामस्वरूप विप्लव की योजना असफल हो गई और क्रांति का प्रयास सफल न हो पाया।

एक बार गदर पार्टी के सदस्य बाबा हरनाम सिंह ने अपने दो साथियों लाला रामसरन दास तथा अमर सिंह राजपूत के साथ मिलकर उस देश द्रोही की हत्या का विचार किया जो सफल नहीं हुआ।

मुखबिर कृपाल सिंह उस समय बच गया। वह सतर्क रहने लगा, पुलिस भी उसकी सुरक्षा करती रही। सन् 1931 में एक दिन जब वह अपने घर में सो रहा था। कुछ जाँबाजों ने उसकी हत्या कर दी आज तक इसका राज नहीं खुला है कि किस वीर ने उसकी हत्या की।

हो या होनहार के कारण हो–कुछ भी कहिए–इस नई तारीख की सूचना छावनी में दे आने का काम जिन्हें सौंपा गया था उन्होंने उक्त संवाद छावनी में पहुँचकर जब रासबिहारी से कहा, "छावनी में उन्नीस फरवरी की इत्तिला दे आया" तब कृपालसिंह वहीं बैठा हुआ था। कृपालसिंह का हाल सब लोगों को मालूम न था। शायद यह घटना अट्ठारह फरवरी की है। उसी दिन दोपहर के समय जब भोजन करने के लिए सब लोग इधर-उधर चले गए तब कृपालसिंह ने, वहाँ से टरक जाना चाहा। किंतु उस पर नज़र रखने के लिए जिनकी नियुक्ति कर दी गई थी उन्होंने उसका हाथ पकड़कर खींचतान नहीं की, बल्कि हर वक्त उसके साथ बने रहे। कृपालसिंह ने मकान के बाहर आते ही देखा कि भेदिया पुलिस का एक आदमी साइकिल पर उसी ओर आ रहा है। उससे कृपालसिंह की मुलाक़ात होते ही उन्नीस फरवरी की इत्तला पुलिस को मिल गई, और इसके कुछ घण्टे बाद धर-पकड़ शुरू हो गई। जिस मकान में कृपालसिंह था उसमें सात-आठ गिरफ़्तारियाँ हुईं। इसमें कुछ मुखिया भी थे। जिस मकान में रासबिहारी रहते थे उसका पता दो-एक मुखियों के सिवा और किसी को मालूम न था, क्योंकि जिनसे मिलने-जुलने की ज़रूरत होती थी उनसे रासबिहारी अन्यान्य मकानों में ही मिलते थे। इधर मैगजीन पर देशी सिपाहियों के बदले गोरों का पहरा हो गया। शहर के अंग्रेज वालण्टियर फौजी तैयारी से लैस कर दिये गए। उन सबको कैम्प बनाकर रहने का हुक्म हो गया। युद्ध के समय चौकन्ने होकर रहने की जिस प्रणाली को 'पिकेट' करना कहते हैं, उस प्रणाली से गोरे सिपाही और वालण्टियर लोग पहरा देने लगे। हथियारबंद गोरे सिपाहियों की टोलियाँ फौजी ढंग से बस्ती भर में चक्कर लगाने लगीं। लाहौर, दिल्ली, फिरोजपुर सभी जगह ऐसा ही हुआ। लोगों ने, समझा कि इस फ़ौजी तैयारी का कारण यूरोपीय युद्ध का कोई खटका होगा। देशी सिपाहियों के मन में घबराहट छा गई (उन्हीं के जो कि गुप्त-योजना में थे) इधर विप्लव की तारीख दो दिन पहले कर देने से देहात के सब लोग अपने-अपने निर्दिष्ट स्थानों में एकत्र नहीं हो सके। सिर्फ करतारसिंह सत्तर-अस्सी आदमियों के साथ फिरोजपुर की छावनी में, जैसा कि पहले निश्चय हो चुका था, पहुँच गए। उस समय वहाँ भी वहीं हाल था जैसा लाहौर में हो रहा था–मैगजीन देशी सिपाहियों को हटाकर गोरों के अधिकार में दे दी गई थी। और उस पर गोरे सिपाही बड़ी मुस्तैदी से पहरा दे रहे थे। किंतु करतारसिंह को लाहौर की नई घटना का कोई समाचार नहीं मिला था।

बारकों में ऐसी चौकसी रहने पर भी करतारसिंह आकर काली पलटन के हवलदार से मिले। हवलदार ने, कहा कि अब कुछ दिन तक इंतज़ार किये बिना हम लोग कुछ भी नहीं कर सकते, क्योंकि ऐसी दशा में यदि कुछ किया जायगा तो सत्यानाश हो जायगा, इससे करतारसिंह ने, समझ लिया कि इस बार अब कुछ होने

की आशा नहीं। उन्होंने ताड़ लिया कि दो-चार दिन में कैसी दशा हो जाने वाली है। उन्होंने कई तरह सैनिकों को समझाने का असफल उद्योग किया कि यदि आज इसी दम कुछ न किया जाएगा तो फिर और कुछ होने का नहीं, यही पहला और आखिरी मौक़ा है। परंतु सिपाहियों ने, अंग्रेज पहरेदारों की ओर उँगली से इशारा करके कहा कि इस समय कुछ कर गुज़रने की कोशिश बिल्कुल बेकार होगी। आँखों देखते भला मक्खी कैसे निगली जा सकती है, जान-बूझकर कैसे आग में कूदा जाय ? उस दिन भारतवासियों के हाथ में यदि उपयुक्त परिमाण में अस्त्र-शस्त्र होते तो ऐसा विश्वासघात हो जाने पर भी भारत में विप्लव किसी के रोके न रुक सकता था। अथवा यदि पहले से ही शिक्षित और उपयुक्त मनुष्य विप्लव की दीक्षा लेकर फ़ौजों में भर्ती होते तो भी उस समय की विप्लव की तैयारी व्यर्थ न जाती। उस दिन लाचार होकर करतारसिंह को खाली हाथ लौट जाना पड़ा। देहात के आदमी अपने-अपने घर को चले गए। करतारसिंह लाहौर पहुँचे। अब सारे पंजाब में धड़ाधड़ गिरफ़्तारियाँ होने लगीं। जो लोग पकड़े जाते थे उनमें से कोई-कोई भंडाफोड़ करके और भी दस-पाँच साथियों का नाम-धाम प्रकट करने लगे। इस प्रकार कभी-कभी गोरी फौज किसी गाँव को जा घेरती और तब बहुत-से आदमी एक ही जगह गिरफ़्तार कर लिए जाते। भारतीय सिपाहियों के मन मे एक तरह की बेचैनी देख पड़ी। रावलपिंडी की एक काली पलटन बरखास्त कर दी गई। लाहौर में जहाँ-तहाँ खानातलाशियाँ और गिरफ़्तारियाँ होने लगीं। किसी सिक्ख पर जरा सा भी संदेह होते ही उसे सीधा थाने में पहुँचाया जाता था। इसी तरह पकड़-धकड़ होने में कभी-कभी दोनों तरफ से गोली चल जाती थी। दो ही चार दिन में मामला इस तरह संगीन हो गया। अब दल में परस्पर एक-दूसरे पर विश्वास करना कठिन हो गया--करतारसिंह बुद्धिमान युवक थे। लाहौर आते ही वे सीधे रासबिहारी के डेरे पर पहुँचे और किसी भी स्थान पर नहीं गए। क्योंकि रासबिहारी वाले मकान को बहुत कम आदमी जानते थे, इसलिए वह सबसे अधिक सुरक्षित था। उस समय रासबिहारी बड़ी उदासी से एक खाट पर मुर्दे की तरह पड़े थे। करतारसिंह भी चुपचाप उनकी बगल में पड़ी हुई एक खाट पर लेट रहे। थकावट के मारे उनका शरीर शिथिल हो रहा था। दोनों ही चुप थे। उनके उस म्लान मौन से मर्म की बड़ी ही निदारूण पीड़ा प्रकट होने लगी। हममें से कितने लोगों को जीवन में उतनी बड़ी चोट सहनी पड़ी है ? जिसकी कल्पना जितनी अधिक बड़ी होती है, भाव की सघनता और गंभीरता जिसकी जितनी ही अधिक होती है, उसको जीवन में उतनी ही भारी चोट भी लगती है। उनकी कितनी बड़ी आशा छिन्न-भिन्न हो गई ? उनका विराट् आयोजन बात की बात में धूल में मिल गया। ऐसी दशा में शिथिल मन का भाव भी बहुत-कुछ बदल जाता है, फिर सिपाहियों के मन पर यदि विषम आतंक का भाव अपना अधिकार जमा ले तो इसमें विचित्रता कुछ भी नहीं।

दोनों नेताओं ने सोचा कि यूरोपीय महासमर की उलझन के दिनों में भी—ऐसा बढ़िया सुभीता रहने पर भी, विप्लव दल सारी तैयारी करके भी कुछ नहीं कर सका। कौन जाने अब फिर कब ऐसा मौक़ा मिले !—किंतु यह भयंकर चोट खाकर भी वे फिर कमर कसकर काम में लग गए। उनके हृदय की असीम आशा, हृदय का बल मानो घटना चाहता ही नहीं था। इसी से वे फिर नये उत्साह से घोर अंधकारावृत भारत-आकाश के एकान्त कोने में अपने वक्षःस्थल की दीप-शिखा के ही बल और भरोसे पर उस हताशाच्छन्न जीवन-मार्ग पर फिर आगे बढ़े। उनके दिन में बड़ी गहरी चोट लगी थी किंतु इससे उनके हाथ-पैर फूल नहीं गए। इतने बड़े मानसिक बल की मर्यादा को समझने वाले हममे कितने मनुष्य हैं ? वीर की इज्जत करना वीर ही जानता है, इसी से भारत के विप्लवकारी दल को अंग्रेज जिस दृष्टि से देखते थे, या देखते हैं, उस दृष्टि से उस दल को कितने भारतवासी देख सकते हैं ? भारतीय विप्लवपंथी दल को भारतवासियों ने, सदा उपेक्षा की दृष्टि से देखा है। यह लापरवाही भारतीय विप्लवकारी दल की छाती को, एक बड़ी वजनदार चट्टान की तरह, बड़ी बेदर्दी से दबाया करती थी। उक्त दल की ऐसी अवज्ञा और किसी ने भी नहीं की। इस दल को जिनसे सबसे अधिक सहानुभति की आशा थी उन्हीं ने, उसकी लानत-मलामत की है, किंतु इतने पर भी दल ने हिम्मत नहीं छोड़ी। इस दलवालो के प्राण मानो किसी स्वप्नलोक की कल्पना से भरपूर थे; अपने प्राणों की पूँजी के सिवा इन्हें और किसी का भरोसा न था—विप्लव की यह तैयारी बेकार तो गई थी किंतु सफलता-निष्फलता की कसौटी से किसी भी आंदोलन पर विचार करना ठीक नहीं। इस आंदोलन पर विचार करने के लिए यह देखना चाहिए कि इस आंदोलन के पीछे कितने बड़े आदर्श की कल्पना थी और इस आदर्श को प्राप्त करने के लिए कितने व्यक्तियों ने प्राणों की बाजी लगाकर कहाँ तक त्याग अंगीकार किया था। ऐसी-ऐसी बातों पर ध्यान देकर ही इस आंदोलन पर विचार किया जाना चाहिए। किस आदर्श की प्रेरणा से जाग्रत होकर भारत के युवकों ने हथेली में जान लेकर यह खेल खेला तथा यूरोपीय महायुद्ध छिड़ने से पहले भारत में विप्लव करने की इच्छा रखने वाला दल इसके लिए कैसी तैयारी कर रहा था, और पंजाब में गदर का उद्योग निष्फल हो जाने के पश्चात् भारत के इस विप्लवपंथी दल का क्या स्वरूप हो गया था, इन बातों पर इस पुस्तक के अगले भागों में विचार करने की इच्छा है।

द्वितीय भाग

पहली निष्फलता के बाद

पंजाब की विप्लव योजना भले ही विफल हो गई हो किंतु इतने से ही भारत मे विप्लव की चेष्टा शान्त नहीं हुई। एक-एक करके विप्लवियों की सभी चेष्टाएँ व्यर्थ हुईं, एक एक दो-दो करके कितने लोगों ने, फाँसी के तख्ते पर जान न्योछावर कर दी, क़ैदखानों में बंदी होकर उनके कितने साथी तिल-तिल करके प्राणों की बलि देने लगे और इसके कारण कितने ही परिवार बरबाद हो गए, कितनों ही की माताएँ ये सब दृश्य अधिक न सह सकीं और पागल हो गईं, कितनों ही के पिताओं की सरकारी नौकरी चली जाने से उनका परिवार गरीबी की चक्की में पिसकर आश्रय की खोज में दर-दर फिरने लगा, समाज के अंदर एक मर्मभेदी अन्तर्नाद घहरा उठा, किंतु विप्लवियों का दिल फिर भी न दहला। क्यों ऐसा हुआ ?

भारत के इतिहास में प्रायः देखा गया है कि किसी अच्छे नेता की अधीनता में भारतवासियों ने, कितनी ही बार वीरता दिखाकर भारत का मुख उज्ज्वल किया है, कितनी बार असंभव को संभव कर दिखाया और सारे संसार को चकित कर दिया है, किंतु भारत के दुर्भाग्य से ज्योंही यहाँ नेता का अभाव हुआ, त्योंही फिर देश ने घोर निद्रा में मग्न होकर ऐसा रूप धारण कर लिया कि फिर सहसा यह विश्वास नहीं होता कि यही भारत वह भारत है,—अतीत काल की कीर्ति मानो उस समय भ्रम-सा दिखाई देने लगती है। इसी से हम देखते हैं कि रणजीतसिंह के बाद खालसा समाज में वैसे किसी और शक्तिशाली पुरुष का आविर्भाव न होने से सिक्ख जाति फिर सिर उठा ही नहीं सकी, राणा राजसिंह के बाद राजपूताना मर-सा गया और महाराज छत्रसाल के बाद बुन्देलखण्ड ने म्लान मौनता धारण कर ली। ऐसा होने का कारण है भारत की पूर्व सुकृति के बल से कभी-कभी यहाँ भग्यशाली महापुरुषों का

आविर्भाव हो जाता है तो भी प्रत्येक जीवन जिस प्रकार पुरुष-परम्परा में अपना प्रवाह बनाये रखता है उस प्रकार भारत की जीवन प्रतिष्ठा नहीं होती है इसीलिए[1] यहाँ एक महापुरुष के बाद दूसरे महापुरुष का आविर्भाव संभव नहीं हो पाता।

किंतु इस बार के इस नवीन युवकों के विप्लव आंदोलन की विशेषता यह थी कि यह आंदोलन किसी का मुँह नहीं देखता रहा। देश के गण्यमान्य लब्धप्रतिष्ठ नेता लोग जब एक रास्ते पर चल रहे थे, तब यह गुमनाम गरीब युवकों का सम्प्रदाय सैकड़ों विपदाओं में डगमगाये बिना अनेक बाधाओं और कष्टों में हिम्मत हारे बिना, देश के नेताओं के विरुद्ध ही नहीं, प्रत्युत उनके द्वारा निषिद्ध मार्ग में जाते हुए हिचकिचाता न था। महामहिम तिलक ने जेल से बाहर आकर पुराने आदर्शों में भ्रम देखा और अपना मत बदल लिया, और अंत में देश छोड़कर जर्मनी जाने का संकल्प भी प्रकट किया। मनीषी विपिनचन्द्र भी इंग्लैंड से वापस आकर अपनी सारी शक्ति के प्रयोग से यह प्रचार करने लग गये कि पूर्ण स्वाधीनता का आदर्श भारत के लिए सुविधाजनक न होगा। ऋषि अरविन्द राजनैतिक क्षेत्र से छुट्टी लेकर भगवान् की लीला के उपयुक्त आधार बनने के लिए तपस्या करने लगे, और पूर्ण योग के आदर्श का, गृहस्थ और संन्यासी जीवन में सामंजस्य की कल्पना का, तथा यह जगत् मिथ्या नहीं, उसी सर्वशक्तिमान् का विलास ही है, लीलामय का लीलाक्षेत्र है, इत्यादि बातों का प्रचार करने लगे। भारत के राजनैतिक क्षेत्र में उस समय उल्लेख योग्य और कोई प्रभावशाली नेता नहीं रहे। इन्हीं कुछ नेताओं ने, भारतवर्ष में पूर्ण स्वाधीनता के आदर्श का पहले प्रचार किया था। उसी के फलस्वरूप समाज में जो प्राणों की स्फूर्ति हुई, उसी नवजागरण की तरंग आज भी भारत के हृदय को विचित्र प्रेरणा से स्पन्दित कर रही है। इनमें से दो जनों ने तो पुराने आदर्श को छोड़ ही दिया; तीसरे ने मौन साध लिया। भारत के राजनैतिक क्षेत्र में कोई और पथ-प्रदर्शक न रहा। पर भारत के प्राण तो जाग चुके थे, उनमें गति आ चुकी थी। जहाँ जीवन है वहाँ प्राण तो पथ-प्रदर्शक होते हैं। अपने अंतरात्मा की ओर ही लक्ष्य रखकर जिन्होंने जीवन-पथ की यात्रा की थी, भारत के उन युवकों ने, अपना मत नहीं बदला। वे देश के नेताओं से सलाह लेकर तो इस काम में नहीं उतरे थे, और न कभी इन नेताओं पर उन्होंने भरोसा ही रक्खा था। नेताओं ने जिन आदर्शों का प्रचार किया था उन आदर्शों को पाने के लिए जो कुछ करना उचित था सो उन्होंने कभी किया नहीं। भारत के लब्धप्रतिष्ठ विख्यात नेताओं में से दो-एक को छोड़कर सबके विषय में कहा जा सकता है कि वे जिस

---

1. मध्यकाल में आकर भारतीय राष्ट्र की जीवनधारा क्षीण हो जाती है, एक सतत प्रवाह के साथ नहीं बहती यह ठीक है। भारतीय राष्ट्र के समूचे जीवन के लिए यह नहीं कहा जा सकता। भारतीय इतिहास में Stagnation का यह काल शायद आज समाप्त हो रहा है। यह एक इतिहास का गहरा प्रश्न है जिस पर यहाँ पूरा विचार नहीं हो सकता।

बात को अपनी विवेचना से उचित समझते हैं उसे कहते नहीं हैं और अनेक बार जो कहते हैं सो करते नहीं हैं। अर्थात् जिस आदर्श का वे प्रचार करते हैं उसे कार्य में परिणत करने को जितना अग्रसर होना चाहिए उतना अग्रसर वे नहीं होते।

किंतु भारत के उन नवयुवकों के विषय में यह बात नहीं कही जा सकती। देश के अधिकांश नेता, हम स्वयं क्या कुछ कर सकते हैं या नहीं कर सकते यही देखकर फैसला देते हैं कि देश के लिए क्या कार्य-क्रम उचित है, क्या अनुचित; किन्तु हमारे युवक जो कुछ सिद्धान्त तय करते हैं उसमें क्या कर सकते है, क्या नहीं कर सकते, इस बात की चर्चा नहीं रहती । बल्कि हमें क्या करना उचित है यही उनके नजदीक सबसे बड़ी बात होती है । युवकों में मन की अवस्था ऐसी थी या है इसी कारण उनमें से ही विप्लवियों का आविर्भाव सम्भव हुआ है । और ठीक इसी कारण विप्लवी लोग जीवन-पथ में अग्रसर होते समय किसी बड़े नेता का मुहँ ताकते न रहते थे और न सफलता-निष्फलता का हिसाब जाँचा करते थे । जिस चरित्र-बल के रहने से जीवन की समस्त व्यर्थताओं के बीच मनुष्य आदर्श-भ्रष्ट नहीं होता, सम्पद-विपद में सफलता-निष्फलता में, जीवन की सब अवस्थाओं में जिस चरित्र-बल के जोर पर मनुष्य अपने आदर्श को लिये हुए डटा रहता है, विप्लवियों के बीच वैसे चरित्र वाले लोग जिस परिमाण में पाये जाते हैं, विप्लव दल के बाहर कुछ एक महाप्राण नेताओं को छोड़कर वैसे वलिष्ठ-चरित्र के आदमी पाना दुर्लभ है । और विप्लव दल में वैसे चरित्र का अभाव न था इसी कारण विषम विपत्ति के दिनों में भी वे चंचल नहीं होते और पथ को दुर्गम देखकर वे लोग कभी पीछे नहीं हटते । इसीलिए पंजाब की विप्लव चेष्टा के नष्ट हो जाने पर भी भारत में विप्लव का प्रयत्न उसी तरह चलता रहा ।

अपने दल के विश्वासघात के कारण पंजाब में दो सौ आदमी पकड़े गए। पंजाब का विप्लव दल इस प्रकार प्रायः नष्ट हो गया । जो जीवन-मरण के खेल के साथी थे, अब वे प्रायः सभी सरकार के क़ैदी हो गए । जीवन रहते भी मानो वे मर से गए । पग-पग पर प्रमाणित होने लगा कि यह आग के साथ खेलना है । आज जो हमारा साथी था कल वही पुलिस के पंजे में फँस जाता है । आज जो विश्वासी था कल वह विपत्ति में पड़कर कर्तव्याकर्तव्य भूल जाता है, जीवन का आदर्श क्षुद्र-स्वार्थ के नीचे दब जाता है । विप्लवियों के जितने केन्द्र थे एक-एक करके प्रायः सभी प्रकट हो गए । लाहौर के मुहल्ले-मुहल्ले में खानातलाशी और धर-पकड़ होने लगी। कहीं एक घर में बम मिला, कहीं तार काटने के औजार आदि । रासबिहारी जिस बैठक में रहते थे वह बैठक दो-चार आदमियों के सिवाय किसी की जानी न थी इसी कारण तब भी वे निरापद रहे । पर हालात रोज़ बदल रहे थे । कब क्या होता कुछ कहा नहीं जा सकता था-फिर नये सिरे से विप्लव की आयोजना होने लगी ।

पहले तीन सिक्खों को लाहौर के बाहर भेजने का संकल्प हुआ । ताँगा करके ये तीन सिक्ख जा रहे थे। सड़क के एक मोड़ पर पुलिस ने ताँगा रोका, कारण– कि ये सिक्ख थे, सिक्ख देखते ही पुलिस ने ताँगा रोककर कहा, एक बार उन्हें थाने जाना होगा और फिर उनका नाम–धाम आदि लिखा जाने पर वे अपनी जाने की जगह जा सकेंगे। उनके पास रिवाल्वरें थीं। इसके अलावा वे जानते थे कि पुलिस को पूर्ण संतोषजनक उत्तर वे दे न सकेंगे। कहाँ से आते हैं, कहाँ जाते हैं यह बतलाना उनके लिए उस समय संभव न था; आखिरकार थाने जाने का अर्थ ही था, अथाह समुद्र के तल में डूब जाना। इस दशा में बगैर कुछ कहे–सुने पकड़े न जाकर एक बार उन्होंने अंतिम बार भाग्यपरीक्षा कर देखी ! रिवाल्वर की गोली खाकर पुलिस के कई आदमी मरे और घायल हुए। तीन सिक्खों में से केवल एक को ही पकड़ा न जा सका, एक को एक रास्ता चलते मोटे मुसटंडे मुसलमान ने धर गिराया, तीसरे को पुलिस ने ही पकड़ा। मुसलमान ने जिसको पकड़ा उनका नाम था जगतसिंह। सिक्खों में भी उन दैत्याकार जगतसिंह के मुकाबले का कोई न था। वे जैसे बलवान् और साहसी थे उनका शरीर भी ठीक वैसा ही दैत्य का सा था। पुलिस के साथ यह कांड करके वे पुलिस की आँख से बचकर निकल गए थे, किंतु पूरी तरह बे–खटके होने से पहले ही रास्ते के एक नलके से जल पीकर वे शान्ति से जब अपना मुँह पोंछ रहे थे, उस समय उनकी अपेक्षा भी बलवान् एक मुसलमान ने आकर दोनों हाथों से उनके दोनों पैर इस तरह जोर से दबाकर पकड़ लिए कि जगतसिंह फिर हिल न सके। जगतसिंह धक्का न सम्भाल सके और गिर पड़े । मुकदमे में जगतसिंह को फाँसी हुई । इस प्रकार रासबिहारी के कुछ विश्वस्त आदमी फिर पकड़े गए । यथासमय यह समाचार रासविहारी के पास पहुँचा । उस समय सारे लाहौर शहर में उन्हें आश्रय देने वाला कोई नहीं था । उनका दल उस समय एकदम टूट गया था। उनके साथी सहायकों में से उस समय तक कुछ गुमनाम सिक्ख युवक ही बचे थे । अपार समुद्र के मध्य में मानों वे उस समय पालविहीन डोंगी पर किसी तरह बह रहे थे । जो पुलिस वाले मरे और घायल हुए वे भारतवासी थे, जो पकड़े गए, फाँसी पर चढ़े या जेल में सड़ने लगे वे भी भारतवासी थे और इनमें आपस में कोई द्वेष, कोई विरोध न था !

इस समय के कुछ पहले ही मुसलमानों के बीच भी विप्लव का षड़यन्त्र आरम्भ होता है । आगे इस मुसलमान जाग्रति की विस्तृत आलोचना करनी होगी, इसलिए अभी यहां इतना ही कहना यथेष्ट है कि तुर्की–इटालिएन युद्ध के बाद से भारतीय मुसलमानों में एक नई चेतना का संचार होता है । किन्तु हमारे दल के साथ मुसलमान दल का संयोग होता है ठीक उस समय से, जिस समय की कहानी अब हम सुना रहे हैं । उनके साथ परामर्श करके रासबिहारी ने ठीक किया कि अब काबुल जा कर ही पहले आश्रय लेना होगा, और वहीं ठहरकर भारत की विप्लव चेष्टा को

नियन्त्रित करना होगा। उन्होंने एक मौलवी से कलमा पढ़ना सीखा । खालिस मुसलमान के वेष में ही काबुल जाना तय पाया । कुछ सिक्ख नेता भी रासबिहारी के साथ जाते । सब ठीक हो चुका था, और दो-एक दिन में ही यात्रा करनी होती, जब एक दिन दोपहर को रासबिहारी बोल उठे, "नहीं भाई, काबुल जाना अब नहीं होता, मुझे जान पड़ता है कि इस समय काबुल की ओर से विपत्ति आने की सम्भावना है, दूसरी ओर लाहौर में भी अब घड़ी-भर और देर करने की इच्छा नहीं होती, दिल कहता है इस समय देर करने से जरूर आफत आएगी रासबिहारी के दिल में जब जो आता था कभी उससे उलटा न करते थे । इसलिए उसी वक्त ठीक कर डाला कि उसी दिन रात की गाड़ी से रवाना होंगे । काशी के दो युवक इस समय उनके पास थे । एक का नाम था विनायकराव कापले, वे मराठा थे पर बहुत दिन काशी में रहे थे, दूसरे युवक का नाम हमारे समझने की सुविधा के लिए धरा जाता है, गंगाराम। यह बहुत दिन तक फरार रहे । रासबिहारी और विनायकराव रात को आठ बजे की गाड़ी से रवाना हुए । तय हुआ कि गंगाराम कुछ सिक्ख नेताओं को लेकर दो-एक दिन बाद काशी आएंगें । करतारसिंह, हरनामसिंह और दूसरे कई सिक्ख नेताओं ने काबुल जाना ठीक किया ।

रासबिहारी जिस मकान में रहते थे वही मकान सबकी अपेक्षा बेखटक था, क्योंकि इसका पता बहुत लोगों को न था । जिन सब मकानों पर भिन्न-भिन्न लोगों से मिलते-जुलते थे, उन सब मकानों से इस समय कोई सम्बन्ध न रखा जाय, रासबिहारी का यह विशेष अनुरोध था । किन्तु यह होने पर भी गंगाराम रासबिहारी को स्टेशन पर पहुँचाकर लौटते समय एक बार उसी पुराने मकान को झांककर देख आने गए, उनकी इच्छा थी यदि खटका न देखा तो अपने बहुत-से कपड़े लत्ते जो उस मकान में थे लेते आएँगे । किन्तु पुलिस ने पहले से ही इन सब मकानों के चारों ओर अपने आदमी रख छोड़े थे । गंगाराम ने उस मकान के निकट जाकर झाँका ही था कि पुलिस ने उन्हे पकड़ लिया ।

पकड़े जाने के कुछ दिन के अन्दर ही गंगाराम ने पुलिस के नजदीक सब बातें मान लीं । उनके इज़हार से पुलिस ने उस मकान का सुराग भी पा लिया जिसमें रासबिहारी अन्तिम बार ठहरे थे । उस मकान की खानातलाशी लेने पर पुलिस को उनके हाथ के लिखे दो-एक कागज भी मिले । इससे पहले जिन्होंने इज़हार दिए थे उनसे ही पुलिस को पता लग चुका था कि रासबिहारी फिर पंजाब आए थे और इसी लाहौर में थे । गंगाराम को पाकर उन्होने यह भी सुन लिया कि भयंकर धर-पकड़ के समय भी रासबिहारी लाहौर में ही थे । पुलिस यह भी जान गई कि रासबिहारी काशी से आए थे और फिर काशी वापस चले गए हैं।

मौत के मुँह से इसी प्रकार रासबिहारी कई बार बचे थे । इससे बहुत दिन पहले की बात है, एक दफे और रासबिहारी इसी लाहौर में आए थे, उस समय तक वे देहरादून ही में नौकरी करते थे, कुछ दिन की छुट्टी ली थी और दिल्ली होकर लाहौर की तरफ दल का काम-काज देखने आए थे । इधर दिल्ली में खाना-तलाशी और गिरफ़्तारियाँ आरम्भ हो गई । रासबिहारी इस बारे में कुछ भी न जानते थे । दिल्ली की खानातलाशी के फलस्वरूप पुलिस को दीनानाथ नामी लाहौर के एक युवक का सन्धान मिला, एक आदमी के मकान पर रासबिहारी का ट्रंक और कपड़े-लत्ते आदि भी मिल गए । किन्तु लाहौर में रासबिहारी ठीक किस जगह हैं इसका सुराग पुलिस को न मिला । तो भी दीनानाथ का ठिकाना पुलिस को मिल गया और लाहौर में उसे पकड़ लिया गया । तब रासबिहारी लाहौर में थे । दीनानाथ जिस दिन पकड़ा गया उससे अगले दिन शाम के समय डी॰ए॰वी॰ कालेज के बोर्डिंग के एक विद्यार्थी ने रासबिहारी के पास आकर उन्हें दीनानाथ की गिरफ़्तारी की खबर दी । तब तक उन्हें यह खबर न मिली थी। सबकी सलाह से तय पाया कि उसी रात रासबिहारी लाहौर छोड़ दें । रासबिहारी दिल्ली चले गए । इस तरह सलाह-मशविरा करते-करते रात अधिक हो जाने पर वह विद्यार्थी बोर्डिंग में वापस न गया, जिस मकान पर रासबिहारी थे वह रात उसने भी वहीं काट दी । सवेरे पुलिस ने वही मकान घेर लिया । तीन युवक गिरफ़्तार हुये पर रासबिहारी न पकड़े गए। दीनानाथ जिस दिन पकड़ा गया उसके अगले दिन रात के समय उसने सब बातें खोल दीं। यदि एक दिन पहले वह मुखबिर हो जाता तो रासबिहारी भी पकड़ लिए जाते।

इधर फिर दिल्ली आकर रासबिहारी अमीरचनद के मकान की ओर जाने को ही थे कि राह में उन्होंने थाने के नजदीक अमीरचन्द के मकानवाले नौकर को कहीं जाते देखा। उन्हें जरा संदेह सा हुआ, नौकर को बुलाकर पूछा अमीरचन्द कहाँ है। नौकर मालिक के दोस्त को पहचानकर बड़ी हड़बड़ाहट से बोल उठा– ''बाबू हमारे मकान पर न जाएँ, मालिक को पुलिस पकड़ ले गई है, मैं उनके लिए थाने पर खाना ले जा रहा हूँ !'' रासबिहारी के हाथ में उस समय जो रुपया-पैसा था उससे कलकत्ते तक का रेल का टिकट खरीदा जा सकता था। वे फिर स्टेशन लौटकर एकदम सीधा चन्दननगर चले आए। उस दिन रासबिहारी का अज्ञातवास आरंभ होता है। तब से "Thou art but a wandering voice" (तू एक उड़ती-फिरती आवाज है) की तरह यह पकड़ा, वह पकड़ा होने पर भी मानो उनका पता नहीं मिलता। इस प्रकार बार-बार विपत्ति से उद्धार पाकर भी वे फिर उसी विपत्ति में पड़ते रहे।

काशी अंचल की कहानी

(1)

करतार सिंह सराभा

काशी में बैठे-बैठे हम पंजाब की दुरवस्था की बात कुछ भी न जान पाए थे। तो भी कुछ दिन तक पंजाब का कोई संवाद न पाने पर हम कुछ चिन्तित होने लगे। रासबिहारी इस बार जब पहले पंजाब गए थे, तब कह गए थे कि जल्दी ही पंजाब से कुछ सिक्ख कार्यकर्त्ताओं को भेज देंगे, क्योंकि सिक्खों की पलटन में यदि सिक्ख ही जाकर काम करें तो खूब फल हो। पंजाब से जब करतारसिंह आदि एक बार काशी आए थे तब उनकी जबानी भी सुना था कि रासूदा[1] शीध्र ही कुछ सिक्खों को इधर भेजना चाहते हैं। उस समय तक कानपुर, लखनऊ, फैजाबाद (अयोध्या) आदि शहरों में हमारे आदमी नहीं गए थे। विप्लव ठीक कब आरंभ होगा, यह संवाद एक आदमी हमारे पास ले आया था, और इसके बाद हमें पंजाब का और कोई संवाद नहीं मिला था। पंजाब से कुछ लोग सीधे फैजाबाद ज़रूर आए थे, एवं कानपुर और लखनऊ में भिन्न-भिन्न समय पर पंजाब से ही लोग भेजे गए थे। इधर हम लोग काशी की छावनी में आने-जाने लगे। 21 फरवरी सन् 1915 रविवार को विप्लव शुरू होने की बात थी, हम शनिवार रात तक काशी की छावनी में गए थे। उधर पंजाब में विप्लव की तारीख 21 से हटाकर 19 कर दी गई थी, उसका हमें कुछ भी पता न था। शनिवार रात

1. बड़े भाई को बंगला में दादा कहते हैं, उसका संक्षेप 'दा' भी हो जाता है।

को भी काशी की पलटन के हवलदार और नायब हवलदार आदि ने हमें आश्वासन दिलाया था कि विप्लव आरंभ हो जाने पर वे निश्चय ही विप्लव दल का साथ देंगे।

किंतु इस समय कई विचारों ने हमें एकदम चंचल कर दिया था। हम लोग सोचते थे कि अंग्रेजों के विरुद्ध विप्लव करने जा रहे हैं, और यदि सचमुच विप्लव आरंभ हो गया तो अपने परिवारों को कहाँ किस दशा में रखा जाएगा। विप्लव आरंभ होने पर विप्लवी दल को दिल्ली ले जाकर दूसरे विप्लवी दल के साथ मिलाना होगा। उस अवस्था में यदि अंग्रेजी फ़ौज आकर काशी पर दखल करे तो हमारे परिवारों की क्या अवस्था होगी ? इस भावना ने हमें थोड़ा व्याकुल नहीं किया।

विप्लव सचमुच शुरू हो जाने पर पलटन के सिपाहियों को तथा शहर के गुडों को संयत शासन के अधीन रखना कितना कठिन काम होगा, यह भी हम भूल न गए थे, विप्लव के समय सैकड़ों-हज़ारों परिवारों के मंगल-अमंगल का उत्तरदायित्व भी हमी लोगों के सिर पर था, यह बात भी कभी हमारे ध्यान से नहीं हटी। किंतु विप्लव जब करना ही था तब समस्याएँ चाहे कितनी कठिन क्यों न हों इनका समाधान भी हमें करना ही था।

और भी एक विचार ने, हमें उस समय चितिंत किया था। हम सोचते थे कि यदि दूसरे स्थानों में विप्लव आरंभ हो जाय और हमारे यहाँ न हो, तब हम लोगों की, जो पहले से ही पुलिस की विष-दृष्टि में पड़ चुके थे, क्या गति होगी ? और दूसरे स्थानों में विप्लव आरंभ हुआ कि नहीं, यह भी जानेंगे कैसे ? इस अवस्था में अन्यान्य केन्द्रों की पक्की बात जाने बिना काशी की पलटन को उभार देना युक्ति-संगत होगा कि नहीं, यह हम सोचकर तय न कर पाए थे। हम जानते थे कि काशी में हमारे अपने दल को जो कुछ शक्ति थी उससे हम काशी की अंग्रेज छावनी पर हमला कर सकते थे। ऐसी अवस्था में देशी पलटन को भी कोई एक पक्ष अवश्य लेना पड़ता, और हमारा विश्वास था कि देशी पलटन हमारी तरफ ही योग देगी। इस तरह हम जानते थे कि इच्छा हो तो हम काशी में विप्लव का सूत्रपात कर सकते हैं। किंतु और स्थानों की बात जाने बिना, विशेषत: पंजाब की बात जाने बिना कुछ करने की हिम्मत न होती थी। यदि अपने दल में काफी तादाद में अस्त्र-शस्त्र रहते तो भी ऐसा करने की हिम्मत हो जाती। जो हो इन सब भावनाओं के बाद हमने तय किया था कि रेलवे स्टेशन और तार-घर के पास जाँच-पड़ताल करके ही हमें इस बात का संशय दूर करना होगा कि पंजाब की ओर से तार आने में कुछ गोल-माल हुआ है कि नहीं। यदि तार न आया तो जान लेंगे कि वहाँ कुछ गोलमाल शुरू हो गया है, विचार था कि विप्लव शुरू होने के कुछ पहले ही सब तरफ तार काट दिए जाएंगे। हमें स्टेशन पर ट्रेनों के आने-जाने में भी गोलमाल होने की आशा थी।

हमने स्थिर किया था कि इस प्रकार अन्य स्थानों की बात जानकर ही काशी की अंग्रेजी पलटन पर आक्रमण करेंगे और रात के समय समर्थ अंग्रेज पुरुषों को जेल

में डालकर जेल के क़ैदियों को मुक्त कर देंगे। हमने समझा था कि जेल के क़ैदी इस तरह हमारी मदद से छूट जाएँगे तो उनमें से कुछ तो ज़रूर हमारा साथ देंगे। तब तक हम जेल न गए थे, इसलिए जेलों की अवस्था कुछ भी न जानते थे। यह तो अब जान पाया है कि यह आशा कैसी बड़ी दुराशा थी। जो हो, हमारा मतलब यह था कि आधी रात को मेगजीन और खजाना हाथ में करके कुछ लोगों को एकदम इलाहाबाद और दानापुर की ओर विप्लव की खबर के साथ भेज देते, और सवेरा होने पर आम खुली सभा बुलाकर शहर के धनी लोगों से धन-संग्रह करके शहर के युवकों से वालण्टियर होने का अनुरोध करते। उस समय काशी में हमारे बंगाली लोगों की कई खुली सभा-समितियाँ थीं। काशी में जितने भले लड़के थे सभी इन समितियों के सदस्य थे। इन समितियों के सदस्यों की संख्या कम-से-कम दो सौ पचास थी। ये सभी लिखने-पढ़ने, स्वभाव और चरित्र एवं शारीरिक सामर्थ्य में काशी के बंगाली समाज के उज्ज्वल रत्न थे। इसी से काशी के शिक्षित लोगों को हमारी इन समितियों से बड़ी सहानुभति थी। कालेजों के प्रोफेसर, स्कूलों के मास्टर, बड़े-बड़े चिकित्सक, म्युनिसिपल कमिश्नर आदि अनेक बंगाली थे, और इन सब के कोई-न-कोई सम्बन्धी हमारी समितियों के सदस्य थे। अनेक पर्वों और मेलों पर काशी में यह समिति के सदस्य लोग यात्रियों के आने-जाने और उनके स्नान आदि का ऐसा बंदोबस्त करते थे कि सब लोग चकित हो जाते थे। इन्हीं सब समितियों से अनेक भले घरों की विपत्तिग्रस्त विधवाओं की अनेक प्रकार से सहायता की जाती थी, बीमारी आदि के समय यही समितियों के सदस्य लोगों के घरों पर जाकर सेवा-शुश्रूषा करते थे। काशी के गरीब छात्रों के लिखने-पढ़ने के बंदोबस्त के लिए इन्हीं समितियों के सदस्य लोग स्कूल आदि खोलते थे। इस तरह इन सब समितियों का प्रभाव काशी के बंगाली समाज पर कुछ कम न था। इसीलिए हमने तय किया था कि विप्लव के समय काशी में शान्ति और श्रृंखला रखने का भार इन्हीं समितियों के सदस्यों पर डाल दिया जाएगा। इन समितियों के सदस्यों ने यद्यपि गुप्त रूप से हमारे इस विप्लव के आयोजन में साथ न दिया था, किंतु तो भी इनमें स्वदेश-प्रेम या संगठन-शक्ति कुछ साधारण न थी। इस प्रकार प्रकट रूप से साहित्य और इतिहास की चर्चा करने के कारण तथा नित्य नियमित व्यायाम का अभ्यास करने से इन समितियों के सदस्य लोग शहर की शान्ति-रक्षा का भार उठाने के लिए अन्य सबसे अधिक उपयुक्त थे हम आशा करते थे कि विप्लव आरंभ होने पर इनमें से और शहर के हिन्दुस्तानी युवकों में से भी निश्चय ही बहुत-से स्वेच्छा सवेक मिलेंगे जो आग्रह पूर्वक हमारे विप्लव में साथ देंगे और ऐसे भी बहुत से मिलेंगे जो स्थानीय काम के लिए काशी में ही रह जाएँगे। उस दिन कल्पना की आँखों से जब देखते कि काशी की गली-मुहल्लों, राह-घाटों में बंगाली स्वेच्छा सेवक हाथ में गोली भरी पिस्तौल लिए और कमर में पैनी कृपाण

लटकाये, दल बाँधे घूम रहे हैं तब गर्व से हमारी छाती दस हाथ फूल उठती थी। हमने तय किया था कि अपने सब विप्लवियों के परिवारों का काशी के ही किसी एक स्थान में इकट्ठा रहने का बंदोबस्त कर दिया जाएगा। हमारे इन स्वेच्छा सेवकों का दल जिस प्रकार सारी काशी का अमन क़ायम रखता उसी प्रकार हमारे परिवारों का भी ध्यान रखता।

हम यह भी जानते थे कि विप्लव आरंभ होने के बाद सिपाही लोग ज्योंही जान पाएँगे कि अस्त्र-शस्त्र जो कुछ है सो सब उन्हीं के पास हैं और उनकी सहायता बिना हम देश के साधारण लोग कुछ भी करने में असमर्थ हैं, तब स्वभावतः ही वे सिपाही स्वेच्छाचारी हो जाएँगे। किंतु दूसरी तरफ हमने यह भी सोच लिया था कि एक बार विप्लव में साथ देने के बाद जब तक कोई एक फैसला न हो जाएगा तब तक ये सिपाही लोग निश्चिंत न रह सकेंगे, और फलतः अपने स्वार्थ के लिए ही विप्लव सफल बनाने की ओर ध्यान देना होगा, और इस प्रकार बाधित होकर उन्हें देश के शिक्षित और दृढ़चित्त विप्लव नेताओं के अधीन रहना पसंद होगा। इसके अलावा मैगजीन हाथ में आते ही जितना जल्द हो सकता, हम अपने आदमियों को हथियारबंद कर डालते और तब हम लोग भी बिल्कुल निहत्थे न रहते।

युद्ध-नीति से हम बिलकुल अनभिज्ञ थे, इस तरफ जैसी शिक्षा का प्रबन्ध करना उचित था वह हमने किया नहीं था। कारण यह कि जर्मन-युद्ध इतनी जल्दी छिड़ जाएगा और इतनी जल्दी खुले तौर से विप्लव शुरू करना होगा, यह हम पहले से समझ न सके थे। जो हो, रासबिहारी के पंजाब जाने पर मैंने और मेरे एक बंधु विनायकराव कापले ने Encyclopaedia Britannica (अंग्रेजी विश्व कोष) लेकर Strategy और Warfare (समरनीति) विषयक लेख पढ़ना आरंभ किया, और इससे पहले भी अनेक पत्रिकाओं आदि में इस विषय पर जो लेख निकलते थे वह हम बराबर पढ़ते रहते थे। इस प्रकार ये सब पोथियाँ पढ़कर हम युद्ध-कुशल सेनापति न हो सकेंगे, यह हम जानते थे; Encyclopaedia में भी पढ़ा था कि generals are made in the field of battle (युद्ध क्षेत्र में ही सेनानायक तैयार होते हैं) और इतिहास में इसके अनेक दृष्टांत भी देखे थे। आजकल के जमाने में भी ऐसे दृष्टांतों का अभाव नहीं है, रूस के अभी उस दिन के विप्लव का इतिहास देखने से भी इसके प्रमाण मिलते हैं। अस्तु, जो भी हो, हम लोगों ने जो किया था वही लिखे देता हूँ, उससे यदि हमारी कुछ नादानों का परिचय मिले तो लज्जित नहीं हूँ।

स्टेशन और तारघर का हालचाल देख आने के लिए 21 फरवरी रविवार को मैं बाइक पर चढ़कर काशी कैटूनमेंट के स्टेशन पर शाम के समय आया था। स्टेशन पर आकर सुना कि उस समय तक ट्रेन अथवा टेलीग्राफ का कुछ भी गोलमाल नहीं हुआ। उसी स्टेशन पर उसी दिन शाम के वक़्त पलटन के एक हवलदार के आने की

बात थी। उसकी बाट जोहते-जोहते प्लेटफार्म पर घूमते-फिरते दिल में आया कि अखबार खरीद कर पढ़ूँ। पायोनियर खरीदकर देखा लाहौर में धर-पकड़ आरंभ हो गई है और यूरोपियन फौज शहर में पिकेट कर रही है, अर्थात् लड़ाई के समय की तरह सावधान होकर डेरे डालकर पड़ी है। समझ गया, काम कुछ उलट-पुलट हो गया है। झट शहर में लौट आया। हमें अब संदेह नहीं रहा कि इस बार की विप्लव योजना भी छिन्न-भिन्न हो गई। किंतु ठीक उसी दिन सिंगापुर में विप्लव शुरू हो जाता है। सिंगापुर के साथ सीधे तौर पर हम लोगों का कोई सम्बन्ध न था, यह इतिहास एक और परिच्छेद में बतलाया जाएगा। यदि सिंगापुर भारत के अंदर की कोई जगह होती तो भारत की अवस्था अत्यन्त भयानक रूप धारण कर लेती, इसमें संदेह नहीं। जिस समय सैकड़ों पलटनें विदेश के युद्ध-क्षेत्र में रोज ही भेजी जाती हों उस समय विप्लव शुरू हो जाने पर सचमुच अधिकांश देशी पल्टनें हमारी ओर आ जातीं। हमारी यह आशा एक दम निर्मूल या भ्रमपूर्ण न थी। सभी पल्टनों से हमें आशा का संवाद मिला हो, यह बात भी न थी। एक तरफ जहाँ एक सिक्ख पल्टन के सिपाहियों ने, हमारे दल के एक तरुण युवक के मुँह से विप्लव नजदीक होने की खबर पाकर आग्रह और उत्साह के साथ उसी रात पल्टन के मुखियों को बुलाकर गुप्त रूप में एक बैठक करके तय किया था कि पहले वे ज़रूर कुछ न करेंगे, पर सचमुच विप्लव शुरू हो जाने पर वे निश्चय ही विप्लव में साथ देंगे, वहाँ दूसरी तरफ एक और जगह की मुसलमान पल्टन ने यह उत्तर दिया था कि 'तुम क्या हम को बिलकुल बच्चा समझते हो ? अंग्रेजों के साथ युद्ध करना क्या लड़कों का खेल है ? तुम्हारी तरफ कोई नवाब या राजा-महाराजा है ? जब नहीं है तो तुम्हें रुपये से मदद कौन देगा ? इसके अलावा विप्लव शुरू होते ही वायरलेस टेलीग्राफी (बे तार के तार) पर उसी समय भारत के चारों ओर खबर चली जाएगी और थोड़े दिनों में चारों ओर की फ़ौज तुम्हारे ऊपर आ पड़ेगी। इस अवस्था में क्या तुम किसी तरह टिक सकोगे ? तुम्हारे हाथ में अस्त्र-शस्त्र ही कितने हैं ? तुम्हारी सामरिक शिक्षा-दीक्षा ही क्या है ? ये बातें क्या सोच देखी हैं ? हम लोग न बच्चे हैं न पागल, ऐसी बातें फिर हमारे नजदीक कहने मत आना, हाँ अगर सचमुच विप्लव शुरू हो गया तो अवश्य हम लोग भी देशवासियों के विरुद्ध न चलेंगे, किंतु देखना, होगा कुछ भी नहीं, इत्यादि।''

उस समय सिक्ख लोगों में जैसी उत्तेजना और उत्साह देखा गया था, वैसा उत्साह केवल पंजाबी मुसलमानों और पठानों में ही कुछ हद तक देखा है । भारत की अनेक जातियों के साथ मिल-जुलकर समझ सका हूँ कि सिक्खों के समान मजबूत, समर्थ और भावुक जाति भारत में कोई नहीं है। सिक्ख लोग जैसे सहज रूप से जितने थोड़े समय में उत्तेजित हो उठते हैं वैसी सहजता से भारत की और कोई जाति उत्तेजित नहीं हो उठती। रासबिहारी जब विप्लव का उद्योग व्यर्थ हो जाने पर

पंजाब छोड़कर फिर काशी की ओर लौट रहे थे, तब ट्रेन में एक सिक्ख सैनिक के साथ उनकी बातचीत हुई। साधारण बातें होते-होते संयोगवश भारत की वर्तमान अवस्था की बात आई। इतने थोड़े समय की बातचीत से ही वह सिक्ख इतना उत्तेजित हो उठा कि रासबिहारी के साथियों को डर हुआ कि कहीं कुछ अनर्थ न हो जाय क्योंकि ट्रेन के कमरे में और भी कई तरह के लोग हैं, यह भूलकर उस सिक्ख ने उत्तेजित स्वर में कहना शुरू कर दिया था कि वह देश के लिए जरूर प्राण देगा। जो हो, बड़ी मुश्किल से उन्होंने उस यात्रा से छुटकारा पाया।

इस विषय में सब बंगालियों को दोष देते हैं। बंगाली भी बेशक बड़ी भावुक जाति है, पर भाव के उन्माद में सिक्ख लोग घड़ीभर में जैसे एक असंभव काण्ड कर सकते हैं, वैसे भारत की और कोई जाति नहीं कर सकती। सिक्खों के कहने और करने के बीच अंतर बहुत थोड़ा रहता है। इसलिए मैं समझता हूँ कि ऐसा कोई काम नहीं जिसे ये सिक्ख लोग उपयुक्त नेतृत्व में परिचालित होने पर न कर सकें। सिक्ख समाज में आज केवल एक ही चीज का अभाव दीखता है, और उस अभाव भी को पूरा करने के लिए सिक्ख समाज इस प्रकार जाग्रत हो गया है कि वह अभाव भी थोड़े ही दिनों में नहीं रहेगा। संसार की विचारधारा के साथ रहने के लिए जैसी शिक्षा चाहिए सिक्ख समाज में वैसी शिक्षा का बिलकुल अभाव है और इस अभाव को दूर करने के लिए छोटे-छोटे सिक्ख जमींदार भी जैसी आर्थिक सहायता करते हैं वैसा दृष्टांत भारत की और किसी जाति में नहीं पाया जाता। तो भी सिक्खों में संकीर्णता बड़ी है, इसलिए सिक्ख समाज के लिए वे जो कुछ करते है उसका सौ में एक हिस्सा भी दूसरे समाजों के लिए नहीं कर सकते। सिक्ख सम्प्रदाय में से बहुतों का विश्वास है कि यदि वे उपयुक्त-शक्ति सामर्थ्य का उपार्जन कर लें तो फिर वे भारत में अपना साम्राज्य खड़ा कर सकते हैं। जो हो, वे फिर एक साम्राज्य खड़ा कर सकें या न कर सकें, भविष्य में यदि उनमें उपयुक्त शिक्षा का प्रचार न होगा तो भारत के भाग्य में बहुत दु:ख लिखे हैं, इसमें संदेह नहीं।

खैर, जाने दो इन बातों को, जो बात हम कह रहे थे उसे ही फिर कहें; कह रहे थे कि किस तरह पंजाब की दुरावस्था की खबर हमने काशी में जान पाई थी। पायोनियर में यह कुसमाचार देखकर हमें बड़ी चोट लगी। हमें मालूम होने लगा मानों हम भारतवासियों का कोई संकल्प भी अंत तक नहीं रहता। हम जो साचेंगे, कुछ भी न होगा। अंग्रेज लोग जो करने की बात कहेंगे उसी में कृतकार्य हो जाएँगे। न जाने विधाता का यह कैसा विधान है।

भारतवासी का जीवन मानो केवल दूसरों के खेल की सामग्री है। उसको अपनी मानो कोई साध, कोई वासना ही नहीं, या वह है भी तो मानो उसे पूर्व करने की शक्ति उसमें नहीं है। भारतवासी की सब चेष्टाओं का परिणाम मानो केवल व्यर्थता से पूर्ण

है, भारत का इतिहास भी वैसे एक विराट् व्यर्थता के कारण उदास स्वर में भरा है। भारत के इतिहास की तरह की विप्लव चेष्टा का इतिहास भी एक सिरे से व्यर्थता का ही इतिहास है।

(2)

रेलवे स्टेशन से मुरझाया हुआ घर वापस आया। घर में अनेक साथी मेरी प्रतीक्षा में बैठे थे मुहल्ले-मुहल्ले में कुछ युवकों के दल भी हमारे आदेश की प्रतीक्षा में थें। उन्हें विप्लव की बात मालूम न थी, पर इतना तो सब जानते थे कि शायद कोई भी भीषण काण्ड हो सकता है जिससे जान हथेली पर रखकर उन्हें उस कार्य में साथ देना होगा। साथियों ने सब सुना। विप्लव रुक गया यह समझ लिया, तो भी दो-तीन दिन बड़ी उत्कण्ठा में कटे। जो हुआ सो एकदम आशा के विपरीत रहा हो ऐसा भी नहीं, कारण यह कि इस व्यर्थता की आशंका बड़े जोर से पहले ही दिल में उठी थी, इसलिए पायोनियर की खबर सुनकर हम मानो मौन स्वर से बोल उठे–"यही तो कहते थे कि इतनी जल्दी क्या भारत का भाग्य पलट जाएगा !"–दो-तीन दिन में ही लाहौर में ताँगे की दुर्घटना का समाचार अखबार में पढ़ा, हममें से बहुतों ने सोचा कहीं भाग जाने वाले व्यक्ति रासबिहारी ही न हों किसी-किसी ने कहा नहीं, रासबिहारी निश्चय ही वहाँ न थे कारण कि रासबिहारी का भाग्य बड़ा उज्ज्वल है, उनका भाग्य ही उनकी रक्षा करता है, इसीलिए विपत्तियों के मुँह में वे, कभी नहीं पड़ सकते। इसके सिवाय अखबार में तो साफ ही लिखा है कि ताँगे के यात्री सिक्ख थे। इस प्रकार रासबिहारी का भला-बुरा सोचते-सोचते हमारे दिन कटने लगे। क्योंकर और कितने दिन तक रासबिहारी बेखटके काशी आ पहुँचेंगे इसी भावना में हम अस्थिर होकर दिन गिनने लगे। पंजाब की दुर्बलता के कारण काशी के दल को भी कहीं चोट न लगे इसी आशंका में हम कई आदमी घर पर बिलकुल न रहते थे, केवल बीच-बीच में घर आकर खबर ले जाते थे कि पुलिस का उत्पात बढ़ रहा है या घट रहा है। उस समय भी घर पर बराबर पुलिस का पहरा था। उनकी आँखों में धूल डालकर ही सब काम करना होता था। काशी में हम लोग इसी प्रकार दिन काटने लगे।

इधर पंजाब से करतारसिंह और हरनामसिंह काबुल की ओर रवाना हुए। राह में उन्हें न जाने क्या सूझी कि वे फिर सिपाहियों में विप्लव का प्रचार करने के लिए छावनी में घुस पड़े। इस समय जगह-जगह सिपाहियों में धर-पकड़; आरंभ हो गई थी। इसलिए स्वभवत: उनके बीच एक आतंक-सा छाया देख पड़ता था। इस अवस्था में सिपाहियों के बीच फिर प्रचार करने जाना करतारसिंह के लिए हरगिज उचित न था। फलत: सिपाहियों ने ही करतारसिंह को पकड़वा दिया। उन्हें लाहौर लाया गया। जंजीरों में जकड़े हुए करतारसिंह की तरूण मुखश्री में वीरत्व की ऐसी महिमा

झलकती थी कि उस मूर्ति को देखकर शत्रु-मित्र सभी एक साथ मुग्ध हो जाते थे। भाई परमानन्द ने अपनी 'आप बीती' नामक पुस्तक में उस दृश्य का मर्मस्पर्शी भाषा में वर्णन किया है। ऊँचे दर्जे के अंग्रेज राज्याधिकारी भी वीर को उपयुक्त मर्यादा देने में प्रायः त्रुटि नहीं करते। पिछले विप्लव युग की कहानी देखते हुए साधारण रूप से यह कहा जा सकता है कि अंग्रेज राज्याधिकारी विप्लवियों के वीरत्व और गुणों पर बहुधा मुग्ध हो उठा करते थे।

इधर एकाएक एक दिन सुना, रासूदा काशी आ गए। रासूदा से भेंट होने पर पंजाब की सब अवस्था मालूम हो गई। एक तो पंजाब का समाचार बंगाल में देना आवश्यक था, दूसरे मेरा काशी में ठहरना किसी तरह अभीष्ट न था, इसलिए दादा ने मुझसे एक दम काशी छोड़ देने को कहा। हमारा यह नियम था कि धर-पकड़ आरंभ होने पर तुरंत ही हम पहले का बंदोबस्त जड़ से बदल देते थे, अर्थात् मनुष्य के मन का हम पूरी तरह कभी विश्वास न करते थे, क्योंकि हम जानते थे मनुष्य अपने मन को आप ही ठीक-ठाक नहीं पहचानता, इसलिए किसी के पकड़े जाने पर हम उसी क्षण सावधान हो जाते थे।

इसी समय काशी में पुलिस की निगरानी ऐसी कड़ी हो गई कि कोई भी नया बंगाली पुलिस की नज़र बचाकर आ ही न सकता था। बंगाली टोले के हर मुहल्ले में पुलिस हर एक घर जाकर पता लगाती थी कि वहाँ कोई नया बंगाली तो नहीं आया। चन्दननगर और बंगाल में रासबिहारी को पहचानने वाले खुफिया पुलिस के जितने कारिन्दे थे सबको काशी के भिन्न-भिन्न स्टेशनों पर पहरे पर नियुक्त किया गया था। चौबीस घण्टा ऐसा ही पहरा रहता था। इसके अलावा काशी में जो लोग पुलिस की विष-दृष्टि में पड़ चुके थे उनके ऊपर भी जहाँ तक कड़ा पहरा रखना पुलिस के लिए संभव था, उसमें पुलिस जरा सी कसर न छोड़ती थी। जो भी बंगाली काशी में आते उन सभी का नाम-धाम पुलिस लिख लेती, और फिर मकान पर जाकर पता लगाती कि उनकी बात सच है या नहीं। इस प्रकार पुलिस काशी में रासबिहारी की टोह लेती थी और ऐसी भीषण अवस्था में भी रासबिहारी बेखटके काशी आ पहुँचे थे।

हम कुछ लोग पहले से ही सावधान थे। बहुत थोड़े समय ही घर पर टिकते थे। अधिक समय जिस जगह रहते थे उसे दल के कुछ आदमियों को छोड़कर कोई न जानता था। और रासूदा ही घर-घर जाकर रात को हमारा पता लेते थे। क्योंकि रासबिहारी को काशी में कोई बहुत पहचानता न था। काशी में हमारा खूब अच्छा दल था इसीलिए रासबिहारी ऐसी अवस्था में काशी में अनायास एक महीने से ऊपर रह सके थे। रासबिहारी को पकड़ने के लिए ब्रिटिश गवर्नमेण्ट ने कमर कस ली, और काशी के दल को बचाने के लिए रासबिहारी ने, भी कमर कस ली। काशी के युवक

लोग चुपचाप घरों में बैठे और रासबिहारी ही घर-घर जाकर पूछ-ताछ करने लगे। किसे किस उपाय से काशी से बाहर भेज दें। प्रत्येक युवक के निकट जाकर रासबिहारी रोज यही बात ठीक करते। पहले मैं काशी छोड़कर चला गया, फिर एक और मित्र ने भी काशी छोड़ दी। इसी तरह धीरे-धीरे बहुत लोग काशी से खिसककर बंगाल आ गए। जो युक्त प्रदेश के थे वे अपना शहर छोड़कर दूसरे शहर में जाकर रहे, जैसे काशी वाले लखनऊ गए और लखनऊ वाले काशी आ गये।

मेरे बंगाल में खिसक आने के कुछ दिन बाद हमारे काशीवाले मकान की खानातलाशी हुई, इसके थोड़े ही दिन बाद काशी के एक और युवक के घर की खानातलाशी हुई, वे युवक उस समय काशी में ही थे, पर अपने घर पर न रहते थे। तड़के तीन बजे पुलिस ने घर घेर लिया, पर सवेरे व्यर्थ मनोरथ होकर लौट गई ! रासबिहारी के पास उस युवक ने सुना कि उनके घर की खानातलाशी हुई है। कुछ दिन बाद विनायकराव कापले के घर की भी तलाशी हुई । विनायक उस समय गंगा स्नान करके लौट रहे थे। वे रहते थे भाड़े के मकान पर, किंतु भोजन करते थे अपने ही के मकान पर। मकान के नजदीक आने पर विनायक ने सुना कि उनके मकान पर अनेक साहब लोग उनकी प्रतीक्षा कर रहे हैं। यह बात सुनते ही विनायक भी अन्तर्धान हो गए। इस प्रकार पुलिस किसी को भी न पा सकी। उस समय भी रासबिहारी काशी में ही रहे।

जिस समय सरकार की तरफ का गवाह विभूति स्पेशल ट्राइव्युनल की अदालत में इन सब बातों का विवरण करने लगा उस समय अदालत के जज भी आँखें फाड़कर केवल विभूति के मुँह की ओर ताकते रहे और कुछ देर के लिए नोट लिखना भी भूल गए। सरकारी कौन्सल और हमारी ओर के वकील-बैरिस्टर आदि भी वैसे ही आग्रह और अचम्भे के साथ निर्वाक् होकर रासबिहारी के अद्‌भुत कामों की कहानी सुनने लग गए; और बीच-बीच में कोई-कोई हमारी ओर मुँह करके धीरे से बोल उठते-"ओह, रासबिहारी की ऐसी हिम्मत है !" हम भी उस समय आनन्द और गर्व से गदगद् हो जाते थे। एक बार विभूति के मुँह की ओर देखकर समझने की चेष्टा की थी कि विभूति क्या सोचता है। ख्याल आता है कि मन में उस समय इस बात का दुःख हुआ था कि विभूति क्यों हमारे गर्व और आनन्द में भाग नहीं लेता। इस समय ठीक याद नहीं आता कि विभूति भी सचमुच ऐसी मुखबरी करने के बाद गर्व अनुभव करता था कि नहीं।

इस प्रकार काशी के अनेक युवक बंगाल में आकर इकट्‌ठे हो गए। जिन लोगों का पंजाब से कोई सीधा सम्बन्ध न हुआ था, अर्थात् जिनका नाम-धाम पंजाब में कोई न जानता था, वे काशी में ही रहे। ऐसे युवकों की संख्या कम न थी, और इसीलिए ऐसे भीषण संकट के समय भी रासबिहारी बेखटके काशी में रह सके थे। जिन युवकों

को कोई विप्लवी रूप से नहीं जानता, जिन पर कोई संदेह भी नहीं करता, ऐसे लोगों की संख्या जिस विप्लव दल में जितनी अधिक हो उतना ही वह दल बलशाली और कार्यक्षम होता है।

काशी में हम लोग इस प्रकार सतर्क हो गए, पर पंजाब के नेताओं में से लगभग सभी एक-एक करके पकड़ लिये गए। डा॰ मथुरासिंह आदि केवल दो-तीन आदमी काबुल भाग जाने में सफल हुए। पिंगले तब भी पकड़े न गए थे। पंजाब की गोलमाल के बाद पिंगले भी काशी की तरफ ही आए थे। राह में वे भी करतारसिंह की तरह मेरठ छावनी में विप्लव फैलाने के लिए घुस पड़े। इस प्रकार मेरठ छावनी के एक मुसलमान दफ़ादार के साथ उनकी बातचीत हुई। उस दफ़ादार ने पिंगले के नजदीक विप्लव की बात में खूब उत्साह दिखाया और पिंगले के साथ ही काशी आ गया। किंतु रासबिहारी ने पिंगले को ऐसे काम में हाथ न डालने के लिए खास तौर से रोका। उन्होंने कहा अब सिपाहियों में जाने का काम नहीं, पर पिंगले निरुत्साह न हुए। अंत में दादा को भी इस काम में स्वीकृति देनी पड़ी। पिंगले को सबसे बड़े किस्म के दस बम देकर भेजा गया। ये सब बम इतने बड़े थे कि इनमें से एक भी जिस जगह गिरता उस जगह और कोई चिह्न तक न रहता। बारकों पर पड़ता तो अनेक बारकें एक ही साथ भूमिसात् हो जातीं। रौलट कमेटी की रिपोर्ट में इन्हीं बमों के सम्बन्ध में लिखा है – Sufficient to annihilate half a regiment अर्थात् आधी रेजिमेंट को समूल घ्वंस कर देने की शक्ति इन बमों में थी– अंत में रासबिहारी का संदेह ठीक ही निकला। उस दफ़ादार ने पिंगले को अपनी छावनी में ले जाकर बमों सहित पकड़ा दिया। मेरठ के प्रायः दस-ग्यारह सिपाहियों ने, भी बाद में फाँसी के तख्ते पर जीवन दिया।

जिस समय पिंगले मेरठ गए उसी समय दादा ने, मुझसे बंगाल में कहला भेजा कि मैं सीधा दिल्ली जाकर वहाँ के सभी ऊँचे अंग्रेज कर्मचारियों के बंगले इत्यादि अच्छी तरह देख रक्खूँ। उसी समय दिल्ली में एक बड़ा कांड करने की आयोजना चल रही थी। मुझे दादा से सलाह किए बिना दिल्ली जाना ठीक न जँचा किंतु पुलिस उस समय मुझे बुरी तरह खोजती थी। काशी जाना उस समय मेरे लिए बड़ा विपत्तिकर था। पर तो भी मैं काशी आया। मैं हमेशा से बेपरवाह तबीयत का था। मैंने कभी कल्पना भी न थी कि मुझ पर भी कभी विपत्ति पड़ सकती है। अपनी इसी उच्छृंखल निर्भीकता के कारण ही अंत में मैं पकड़ा गया। रासबिहारी निर्भीक थे पर उच्छृंखल नहीं।

रात को मुगलसराय स्टेशन पर एक गुप्तचर के साथ मेरी भेंट हुई। किंतु मेरी मौसी संग में थी इसलिए भागने का कोई चारा न था। बंगाल के एक युवक भी मेरे संग थे और उनके साथ कुछ बम भी थे। उन युवक को सावधान करके कह आया था कि मेरे साथ इकट्ठे एक गाड़ी में न चढ़ें और स्टेशन पर मेरे पास से कुछ दूरी पर ही रहें। जो हो, स्टेशन पर कुछ गोलमाल नहीं हुआ मौसी से कह रक्खा था कि

मैं पकड़ा जाऊँगा तो वे अमुक पता बताकर घर पहुँच जाएँ। काशी की ट्रेन प्लेटफार्म पर आई तो वह गुप्तचर मेरे साथ एक ही डब्बे में चढ़ा, और न जाने क्यों, वह युवक भी मेरे ही डब्बे में आ चढ़े। उस गुप्तचर के साथ मेरा परिचय था इसलिए उसने पूछा मेरे साथ की महिला कौन है। मुझे मौसी के साथ निश्चिन्त होकर घर जाते देखकर मालूम हुआ कि गुप्तचर को कुछ आश्वासन मिला, और शायद उसने सोचा कि बहुत दौड़-धूप करने की कुछ आवश्यकता नहीं है। इसके अलावा मालूम होता है उसका सम्बन्ध काशी के खुफिया विभाग के दारोगा यतीन्द्र मुखोपाध्याय के साथ था, इसलिए कोई गुप्त समाचार मिलने पर यतीन्द्र के सिवाय और किसी के नजदीक वह प्रकट न करता। अंदर का मामला ऐसा ही रहा होगा। इसी में मालूम होता है उस यात्रा में मैं बच सका। बहुत सवेरे घर आ पहुँचा, और घर पर बहुत थोड़ी देर टिककर फिर बाहर निकल पड़ा। मेरा रंग-ढंग देखकर घर के सब लोग बड़े दुखी हुए। घर में सबसे मैंने खुल्लमखुल्ला कह दिया कि किसी समय भी मैं पकड़ा जा सकता हूँ। मेरी ताई मेरे दोनों हाथ अपने दोनों हाथों में दबाकर बड़ी अनुनय के साथ कहने लगीं "तू क्यों डरता हैं शची, मैं कहती हूँ तुझे कुछ न होगा, तू घर पर हीं रह।" किंतु मैंने किसी की कोई बात न सुनी। उस समय मालूम हुआ रात खत्म होकर भोर हुआ चाहता है, चार या साढ़े चार बजे होंगे, मैं घर छोड़कर रासबिहारी के ठिकाने पर आ ठहरा। फिर दूसरे दिन सुबह के वक्त काशी से चला गया, उसी दिन सवेरे ही हमारे घर की खानातलाशी हुई। हमारे घर के सामने ही एक गुप्तचर रहता था। सभी गुप्तचरों के मुँह से पुलिस ने मेरे घर आने की खबर पाई थी, पर घर की तलाशी लेने पर मुझे न पाकर वे सब अत्यन्त आश्चर्य करने लगे, यहाँ तक कि कई पुलिस वालों ने समझा मैं अभी भागा हूँ और सड़कों पर दौड़-धूप भी की। पीछे कलकत्ते जाकर सुना कि पुलिस मुझे पकड़ने आई तो पुलिस के सामने ही कहते हैं, मैं छतों-छतों पर भागता हुआ गायब हो गया, और वह सब देखती हुई भी कुछ न कर सकी।

राजपुताना के एक युवक के साथ मैं दिल्ली आ पहुँचा। अपने दल के ही एक युवक के डेरे पर अतिथि हुआ। दिल्ली में जो करना था सो किया। दिल्ली में ही पिंगले के साथ भेंट होने की बात थी। उस समय के होम मेम्बर सर रेजिनल्ड क्रैडक साहब तब दिल्ली में न थे, और एक-दो और कारण थे, जिससे दिल्ली में कुछ किया नहीं गया।

दिल्ली में एक दिन बाइक पर घूमते-घूमते साँझ हो गई थी। रास्ते में जगह-जगह लिखा था शाम को साढ़े छः बजे बत्ती जला लेना चाहिए। मैंने भी बाइक की बत्ती जला ली। मेरी बत्ती कुछ खराब थी। मैं बाइक पर तेजी से जाते हुए ज्यों ही रास्ते के मोड़ से घूमा त्यों ही देखा कि एक अंग्रेज घुड़सवार बड़े-बड़े रोब से घोड़ा दौड़ाये चला आता है। मुझे देखते ही मेरी ओर हाथ बढ़ाकर उसने अँगुली से

इशारा किया ठहरो', मैं भी झट बाइक से नीचे उतर पड़ा। घुड़सवार ने मेरे नजदीक आकर प्रश्न किया, "बत्ती क्यों नहीं जलाई ?" तब देखा बाइक की बत्ती बुझ गई है। मैंने कहा, बत्ती अभी बुझ गई है हाथ लगाकर देखो अभी गरम है।" "बत्ती जलाओ" कह कर अंग्रेज घुड़सवार ने घोड़ा छोड़ दिया। मैं कुछ देर एकटक उस दर्पोन्मत्त अंग्रेज घुड़सवार की ओर देखता रह गया, और सोचने लगा, "हाय रे ! कब हम भी घोड़े पर चढ़कर इस तरह माथा ऊँचा करके छाती फुलाये घूमेंगे।"

मेरठ में पिंगले कृतकार्य हों या न हों, दिल्ली में हमें कुछ काम करना था। इसी बीच समाचारपत्र में पढ़ा, मेरठ छावनी में पिंगले पकड़े गए। और ठीक इस समय मैं भी बुरी तरह बीमार पड़ गया। लाचार मुझे दिल्ली छोड़नी पड़ी। इस बीमारी में मैं पन्द्रह दिन तक एक साथ खाट पर पड़ा रहा। दूसरे सप्ताह निमोनिया के लक्षण भी दिखाई दिए। उस समय जिन युवकों ने मेरी सेवा की थी उनके यत्न की बात मैं जीवनभर भूल नहीं सकता। मुझे उस समय उठने की भी ताकत न थी। उस समय वही युवकगण मेरा मल–मूत्र तक साफ करते थे।

उधर पंजाब में लाहौर षड्यंत्र के मामले की सुनवाई आरंभ हो गई। लाहौर के मामले में शायद अनेक बातें सुनने लायक हैं। किंतु मुझे इस विषय में कुछ विशेष नहीं कहना है।

इस प्रसंग में सबसे पहले यह बात ध्यान में आती है कि इस मामले में सौ विप्लवियों में से प्राय: दस व्यक्ति विप्लव धर्म को तिलांजलि देकर अपने ही बंधुओं को विपत्ति के मुँह में डालने से भी नहीं चूके। इन सब मुखबिरों के विषय में देश में अनेक आलोचनाएँ हुई हैं। इन्हीं को देखकर ही बहुत लोगों की विप्लवियों के विषय में बड़ी हीन धारणा हो गई है। पर एक बात याद रहे कि ईसा–मसीह के शिष्यों में भी विश्वासघातकता का दृष्टांत पाया जाता है। तब अन्य स्थानों में ऐसा अध:पतन हो जाने में आश्चर्य ही क्या है ?[1] हमारा विश्वास है कि विप्लव का काम जितना

---

1. नागपुर के झण्डा सत्याग्रह में 1764 स्वयं सेवकों में से दो सौ से अधिक माँफी माँगकर छूट गये थे। यह भी न भूलना होगा कि इन स्वेच्छा–सेवकों को सारा देश एक आवाज से प्रोत्साहन और साधुवाद दे रहा था, चारों तरफ धन्य–धन्य की गूँज सुन पड़ती थी। इनके, सगे–सम्बन्धी इनकी वीरता पर अभिमान करते थे, यहाँ तक कि बहुतों की स्त्रियाँ और बहनें 'युद्ध–क्षेत्र' में साथ उपस्थित थीं और जेल में साथ जाने तक को तैयार थीं। दूसरी तरफ यदि ये लोग सिर न झुकाते तो इन्हें औसतन केवल तीन मास की सादी या कड़ी कैद मिलती। षड्यंत्र के अभियुक्तों के लिए प्रत्येक बात इससे ठीक उलटी थी। कहना पड़ता है भारतवासियों की रीढ़ की हड्डी अभी तक भी बहुत कमजोर है और वे गर्दन सीधी करके खड़ा होना नहीं जानते। आध्यात्मिकता की कितनी ही डींगे हाँका करें, घटनाएँ सिद्ध करती है कि चरित्र–बल में वे संसार की सब स्वतन्त्र जातियों से पीछे हैं।

आगे बढ़ेगा विश्वासघातकता भी उसी परिमाण में बढेगी। इन सब षड्यंत्र के मामलों में जैसे एक तरफ विश्वासघात के दृष्टांत पाये जाते हैं, वैसे ही दूसरी तरफ वीरता की भी अद्‌भुत कीर्ति हम देख पाते हैं। जो हो, लाहौर षड्यंत्र के मामले की केवल दो बातें मैं पाठकों को देता हूँ– अदालत में विचार के समय ज्वालासिंह नामी एक सिक्ख ने अभियुक्तों के शिनाख्त के विषय में एक उज्र पेश किया। केवल इसी अपराध पर जेल के सुपरिंटेंडेंट ने, उन्हें तीस बेतों की सजा दी। आश्चर्य की बात है पंजाब में कहीं भी इसका जरा भी प्रतिवाद नहीं हुआ। करतारसिंह ने, मुकदमें के समय अदालत में सब बातें स्वीकार कर लीं पर अंग्रेज जज ने पहले दिन उनकी किसी बात को दर्ज नहीं किया। उन्होंने करतारसिंह को समझाकर कहा कि उनकी स्वीकारोक्ति से उनका अपना Case बहुत खराब हो जाएगा। इस पर भी करतारसिंह ने अपना मत न बदला। उन्होंने सब घटनाओं का दायित्व स्वयं अपने ही सिर पर लिया। विवश होकर जज ने कहा, "करतारसिंह आज मैंने तुम्हारी कोई भी बात नहीं सुनी तुम्हें एक दिन का और समय देता हूँ। अच्छी तरह सोच-विचारकर कल जो कहना हो वह कहना।" दूसरे दिन करतारसिंह ने, सब दायित्व अपने ही सिर पर ले लिया। उनकी शांत वीरता पर सब मुग्ध हो गये। भारत के इतिहास में करतारसिंह का नाम सदा अमर रहेगा। भारत के विप्लव युग को भी करतारसिंह ने स्मरणीय कर दिया।

इस षड्यंत्र के मामले में लाहौर डी॰ ए॰ वी॰ कॉलेज के भूतपूर्व अध्यापक भाई परमानन्द भी पकड़े गए, इन्हें भी अंत में आजन्म कालेपानी का दण्ड मिला। लाहौर जेल में रहते समय वे करतारसिंह के पास की कोठरी ही में बंद थे। उस समय प्रायः सभी राजनैतिक अपराधी एक ही बैरक में बंद रहते थे। रात को वे सभी अपनी-अपनी कोठरी से एक-दूसरे के साथ गप-शप करते थे। कहते हैं एक दिन भाई परमानन्द ने करतारसिंह से कहा– "देखों यदि मालूम होता कि अंत में मुझे भी यही दुर्गति भोगनी होगी तो मैं भी तुम्हारे काम में पूरे उद्यम से योग देता !" भाई परमानन्द के एक ओर करतारसिंह थे और दूसरी ओर की कोठरी में एक और सिक्ख थे। वे अब भी बचे हुए हैं और इन्हीं से मैंने उक्त घटना अण्डमान में सुनी थी।

दिल्ली में

(1) प्रताप की कहानी

राजपूताना के जिस युवक के साथ मैं दिल्ली गया उसका नाम था प्रतापसिंह। ये राजपूताना के चारण वंश के थे। चारण लोग राजपूतों में पूज्य माने जाते हैं। प्रताप के पिता का नाम था सरदार केशरीसिंह। वे उदयपुर के राणा के विशेष प्रिय थे और अब मुझे ठीक ठीक याद नहीं, या तो प्रताप के पिता या उनके दादा उदयपुर के राणा के मंत्री पद तक पहुँचे थे। इनकी जागीर मेवाड़ के अन्तर्गत शाहपुरी राज्य में थी।

एक दिन था, यही राजपुताना वीरों का लीला-निकेतन कहा जाता था, एक दिन इसी राजपूताना में भीष्म के समान महापुरुषों का भी आविर्भाव हुआ था, बंगाल की कल्पना दृष्टि में शायद आज भी राजपुताना उसी अतीत युग की शूरता, वीरता और उदारता की प्रतिमूर्ति-रूप ही प्रतीत होता है, किंतु पौराणिक युग का वह गौरवमण्डित राजपूताना आज नहीं है। तथापि राजपूताना के आज बिल्कुल अध:पतित हो जाने पर भी उस अतीत युग के संस्कार आज भी प्रत्येक राजपूतानावासी के हृदय में अंकित हैं । प्रताप-परिवार की कहानी देखकर यह बात मेरे मन में स्वत: जाग उठती है।

यह परिवार राजपूताना के गण्य-मान्य समृद्ध जमीदारों में गिना जाता था, किंतु स्वदेश-प्रीति और तेजस्विता की खातिर इन्हें अपना घर-बार बरबाद करना पड़ा।

सबसे पहले दिल्ली षड्यंत्र[1] के मामंले के संबंध में प्रताप और प्रताप के

1. ठाकुर केशरी सिंह के परिवार का दावा है कि 23 दिसम्बर 1912 को दिल्ली, चाँदनी चौक में लार्ड हार्डिंग पर बम्ब बसन्त कुमार ने नहीं बल्कि ठाकुर जोरावर सिंह ने फेंका था।

बहनोई पकड़े गए। किंतु उनके विरुद्ध कोई विशेष प्रमाण न रहने से उस बार उनका छुटकारा हो गया। इसके कुछ ही दिन बाद कोटा में ही एक और राजनैतिक मामले में प्रताप के पिता सरदार केशरीसिंहजी को आजन्म कालेपानी का दण्ड हुआ और प्रताप के एक सगे चचा के नाम भी वारंट निकला, संभव आज भी वे पकड़े नहीं गए। केशरीसिंहजी का स्वास्थ्य अच्छा न रहने से उन्हें अण्डमान नहीं जाना पड़ा, देश की जेलों में ही रहना पड़ा।[2]

इस मामले के फलस्वरूप सरदार केशरीसिंहजी की और उनके छोटे भाई की समूची सम्पत्ति तो जब्त हुई ही, इसके अलावा उनके जो भाई राजनीति के पास फटकते भी न थे, उनकी भी सारी सम्पत्ति जब्त हो गई। इस तरह वे समृद्ध–सम्पन्न जागीरदार की अवस्था से एकदम रास्ते के भिखारी हो गए। प्रताप की माता के दुःखों की उस समय सीमा न थी, आज एक सम्बन्धी के पास रहतीं तो कल दूसरे सम्बन्धी के घर जाकर अतिथि बनतीं। अंत में अपने पिता के घर जाकर किसी तरह दिन काटती रहीं, प्रताप के मामा के घर की हालत भी विशेष अच्छी न थी। विधाता जब किसी के प्रति निर्दयी होते हैं तब उनकी निष्ठुरता के निकट संसार की सब निष्ठुरता फीकी पड़ जाती है। और वे, जिनको वीर बनाकर उठाते हैं, उनके वीरत्व के निकट भगवान् की निष्ठुरता भी हार मानने को बाध्य होती है। इसीसे इतनी विपत्ति में पड़कर भी प्रतापसिंह बराबर विप्लव दल में काम करते रहे। काम करने–करने में भी अंतर है, केवल कर्त्तव्य ज्ञान से काम करना एक बात है, और काम करके आनन्द पाना दूसरी बात; हमारा विचार है कि काम करके आनन्द पाया जाय यही हमारा कर्त्तव्य है; अर्थात् जैसा काम करके मन में किसी तरह का अनुताप–परिताप न हों, जैसा काम करने से मन में और प्राण में ग्लानि की कोई सूचना भी न हो और सबसे बढ़कर जैसा काम करने से मनुष्य साक्षात् रूप से आनन्द भी पाये, हमारा विचार है वैसा काम ही मनुष्य का कर्त्तव्य है और जो करके मनुष्य आनन्द तो पाये ही नहीं, प्रत्युत उससे क्लेश का आभास हो वह काम करना मनुष्य को उचित नहीं। वैसी स्थिति में मानना होगा कि अनाधिकार चेष्टा की जा रही है, क्योंकि वैसी स्थिति में आनन्द अथवा तृप्ति कुछ भी नहीं होती। अर्थात् लज्जा की खातिर, लोक–निन्दा के भय से कर्त्तव्य–कार्य में योग देना एक बात है, और कर्त्तव्य कार्य करके सचमुच आनन्द पाना दूसरी बात। प्रताप ने, जो अपनी पारिवारिक अवस्था के भीषण संकट काल में भी इस प्रकार विप्लव कार्य में योग दिया था, उससे उनके दिल के किसी कोने में किसी तरह की ग्लानि अथवा संकोच तो था ही नहीं, वरन् विपत्ति की ऐसी कराल मूर्ति आँखों से देखकर भी वे पिता के अभिप्रेत

2. बाद में जुलाई सन् 1919 में उन्हें छोड़ दिया गया था, पर उनके भाई का वारंट अभी तक नहीं हटाया गया।

प्रिय कार्य में फिर भी अपने को लगा सके, इससे उनका दिल आनन्द और गर्व से फूल उठता था। ऐसे बहुत सज्जन देखे गए हैं जो केवल कर्त्तव्य की खातिर अथवा बन्धुत्व को निबाहने के लिए ही इस विप्लव कार्य में योग देते थे, इसीसे उनके कार्य में वैसा उत्साह न देखा जाता था, और इसीलिए वे अधिकांश समय मुरझाये से रहते थे। ऐसा भाव देखकर हम उन्हें अधिक दिन यह विडम्बना न भोगने देते, और शीघ्र ही निर्विवाद रूप से आनन्द भोगने का अवसर दे देते थे, जिससे वे छुटकारा पाकर शान्ति से दम ले सकें। किंतु जब-जब ऐसा नहीं किया गया है, जब-जब प्रकृति और प्रवृत्ति के विरुद्ध आचरण किया गया है, तब-तब प्रकृति देवी ने अपना पूरा बदला चुकाया है। प्रताप वैसे कर्त्तव्य की खातिर ही उस कार्य में योग न देते थे। उन जैसे युवक मैंने बहुत ही कम देखे हैं। प्रताप केवल स्वयं ही आनन्द में रहते हों सो नहीं, उनके संग में जो रहते थे वे भी आनन्द पाते थे। तो भी बीच-बीच मे प्रताप का मन माता-पिता के लिए अधीर न होता हो सो नहीं, हमारा तो विचार है कि जिसका मन ऐसी अवस्था में माता-पिता के लिए अधीर न होता हो उसका विश्वास करना उचित नहीं है। माया-मोह का एकदम अभाव होना एक बात है, और माया-मोह में लिप्त न होना दूसरी बात । मनुष्य की दृष्टि से मैं तो उन्हीं को श्रेष्ठ कहूँगा जिनके स्वभाव में माया-मोह की पूरी सत्ता है किंतु जो माया-मोह में लिप्त नहीं होते। इसीसे प्रताप को जब दुःखी देखता तब मेरे प्राणों में बड़ी ही व्यथा होती। किंतु कार्य-क्षेत्र में जब देखता प्रताप किसी से भी पीछे नहीं है तब फिर वैसा ही आनन्द भी प्रतीत होता।

भले-बुरे का द्वंद्व भी प्रताप के अतःकरण में चरम अवस्था तक जा पहुँचा था। प्रताप के पकड़े जाने पर पुलिस बहुत दिन तक अनेक प्रकार के प्रलोभन दिखाकर उन्हें सब गुप्त बातें प्रकट कर देने के लिए विशेष तंग करती रही। पुलिस प्रताप से कहती कि सब गुप्त बातें कह देने पर केवल प्रताप को ही नहीं वरन् उसके पिता को भी छोड़ दिया जाएगा; यही नहीं उसके चाचा पर से भी मुकद्दमा उठा लिया जायेगा, उनकी सब सम्पत्ति फिर लौटा दी जाएगी, और इस सबके अलावा और भी कुछ पुरस्कार दिया जाएगा। प्रताप की माता ने, कितना कष्ट पाया है, प्रताप के भी दण्डित हो जाने से माता की अवस्था कैसी शोचनीय हो जाएगी और इस आघात को वे कैसे सह सकेंगी, यह सब बातें पुलिस अपनी स्वभावसिद्ध चतुराई के साथ बार-बार समझाती थी। पुलिस की ये सब बातें बिल्कुल निर्मूल हों सो भी तो न था। पहले-पहल तो वे पुलिस के साथ ज़्यादा देर ठीक तरह बात ही न करते थे। पीछे उन लोगों के साथ बात करना प्रताप को मानो कुछ-कुछ भला लगने लगा। एक दिन पुलिसवालों के साथ प्रताप की करीब तीन-चार घंटे बातचीत हुई। हम सब पास की निर्जन कोठरी में बैठे-बैठे दम थामकर जमीन-आसमान की बातें सोचने लगे, संदेह

हुआ कि अबकी बार प्रताप फूट पड़ेगा। पीछे मुकद्दमा आरंभ होने पर जब हम सबको प्रायः दिनभर इकट्ठा रहने का सुयोग मिला तब मालूम हुआ कि सच ही प्रताप का मन बहुत विचलित हो गया था। यहाँ तक कि अंत में एक दिन प्रताप ने, पुलिस से कह दिया कि वे एक दिन और सब बातों पर विचार कर लें फिर कहना होगा तो कह देंगे। किंतु अगले दिन जब पुलिस प्रताप से मिलने आई, प्रताप बोले, "देखिए बहुत सोचा-विचारा अंत में तय किया है कि कोई बात नहीं खोलूँगा। अभी तक तो केवल मेरी ही माता कष्ट पा रही हैं, किंतु यदि मैं। गुप्त बातें प्रकट कर दूँ तो और भी कितने लोगों की माताएँ ठीक मेरी माता के समान दुःख पाएँगी, एक माँ के बदले और कितनी माताओं को तब हाहाकार करना होगा।" –मन के एक बार नीचे फिसल पड़ने पर उसे फिर अपनी जगह लौटा लाना कितना कठिन कार्य है, यह चिन्ताशील व्यक्ति ही समझ सकते हैं।

नहीं मालूम, आज भारत में कितने ऐसे पिता हैं, जो सरदार केशरीसिंह की तरह सब जान-बुझकर अपने को और अपनी संतान को इस प्रकार देश के कार्य में बलि दे सकेंगे। भारत का दुर्भाग्य है कि प्रताप-सा युवक आज इस जगत् में नहीं है। बरेली जेल में अंग्रेजों का दण्ड भोगते-भोगते उसका नश्वर शरीर उस दिव्य आत्मा का साथ न निबाह सका। इसी प्रताप के साथ मैं। दिल्ली गया था, और कई दिन तक इकट्ठे काम करने का अवसर पाया था। उस समय प्रताप की आयु लगभग बाईस बरस की रही होगी। दिल्ली में, हमने इस यात्रा में, कितना काम किया यह दूसरे परिच्छेद में लिखा जाएगा।

(2) मुसलमान विप्लवदल की कहानी

पहले ही कह चुके है कि पंजाब का विप्लवायोजन विफल हो जाने के बाद मुसलमान विप्लव संघ के साथ हमारे दल का पहले-पहल परिचय हुआ। इस बार दिल्ली में रहते समय इस विप्लव दल के साथ हमें और भी घनिष्ठ परिचय करने का अवकाश मिला।

इस मुसलमान विप्लव दल के विषय में हमारे देशवासी एकदम कुछ भी नहीं जानते; कारण, कि इनका काम-काज प्रकट रूप से कुछ भी दिखाई नहीं दिया। गत

तुर्की इटैलियन युद्ध के समय से ही भारत में इस विप्लवदल[3] का सूत्रपात हुआ है। उसी युद्ध के समय, शायद 1911 ई० में, भारत के मुसलमानों ने, युद्ध में घायलों की सेवा-सुश्रूषा करने के लिए तुर्की में एक दल (Medical Mission) भेजा। उस दल में अधिकतर मुसलमान लोग ही थे। पंजाब के 'जमींदार' पत्र के सम्पादक श्रीयुत ज़फरअलीखाँ भी उस दल में थे।

इस दल ने तुर्की के सुलतान और अन्यान्य स्वदेश-प्रेमी मुसलमान सेनापतियों और राजकर्मचारियों के निकट विशेष सम्मान और आदर पाया। मेरे एक मुसलमान बंधु मुझसे कहते थे कि उसी आदर की अधिकता से उनका माथा गर्म हो गया था। जिन्हें भारत में पग-पग पर लांछन और अपमान सहना होता था, उन्हें जब तुर्की में राजा के अतिथि रूप में राजसम्मान के साथ समग्र तुर्की में भ्रमण करने का सुयोग मिला तब उनका माथा गर्म होना चाहिए था। भारत की आबहवा में रहकर इतने दिन तक मुसलमान समाज में किसी चेतना के लक्ष्ण दिखाई नहीं दिए, किंतु

---

3. सन 1720 में दिल्ली में एक मुस्लिम संत का प्रार्दुभाव हुआ जिनका नाम था वली उल्ला खाँ। वह सन्त दार्शनिक व राजनैतिक चेतना युक्त थे। उन्होंने मुस्लिम दर्शन पर अनेकों पुस्तकें लिखी थी। उनके लिखे ग्रन्थ आज भी मुस्लिम राष्ट्रों में पढ़ाये जाते हैं। वे अरबी, फारसी व उर्दू के उद्भट विद्वान थे। उनकी अरबी भाषा में लिखी पुस्तक 'हुज्जत-उल-बालिगा' सामाजिक, आर्थिक व राजनैतिक मूल्यों को स्थापित करने में विश्व प्रसिद्ध पुस्तक है। उन्होंने लोगों को मूल्यों के लिए प्रेरित किया।

वली उल्ला खां के देहान्त के बाद उनके पुत्र अब्दुल अज़ीज गद्दी नशीन हुए। धीरे-धीरे उनका संगठन फौज़ी संगठन के रूप में परिवर्तित हो गया।

इस फौज़ी संगठन का पहला मुकाबला पंजाब के महाराजा रणजीत सिंह के साथ हुआ जो अंग्रेज़ों के घोर समर्थक थे। शाह अब्दुल अजीज के एक शार्गीद सैय्यद अहमद बरेलवी अपने हज़ारों साथियों के साथ कराची के रास्ते अफगानिस्तान पहुँचे और फिर वहाँ से पेशावर की सरहद पर राजा रणजीत सिंह की फौज़ों से लड़ने लगे। सरहद पार बसे पठानों ने भी उनकी मदद की परन्तु दुर्भाग्यवश सैय्यद अहमद को कामयाबी न मिली। सन् 1831 में सिक्ख फौज़ों के साथ लड़ते हुए वह शहीद हुए। उनके जीवित बचे साथी वहीं बस गये और समय-समय पर अंग्रेज़ी फौज़ों से लोहा लेते रहे।

सन् 1857 में, भारत में अंग्रेज़ी शासन के विरुद्ध क्रांति के समय इन्होंने भारत की आज़ादी की लड़ाई में सक्रिय योगदान दिया। क्रांति संघर्ष असफल होने पर ये लोग अंग्रेज़ी दमन चक्र से बचने के लिए मक्का चले गये। अपनी-अपनी जगहों पर उन्होंने मदरसे खोले उत्तर प्रदेश के सहारनपुर स्थान पर भी मदरसा खोला गया जो विश्व विख्यात है और जहाँ मुस्लिम धार्मिक पढ़ाई होती है। इसके प्रथम प्रधानाचार्य ऐसे व्यक्ति थे जो 1857 में आज़ादी की लड़ाई में भाग ले चुके थे। अफगानिस्तान की सीमा पर ये लोग हमेशा अंग्रेज़ों से लड़ते रहे, सन् 1860, 1862, 1865 में बहुत से मुसलमानों ने अंग्रेज़ों से लड़कर अपने जीवन का बलिदान दिया।

जब इसी मुसलमान दल के लोग तुर्की की स्वाधीनता आबहवा के स्पर्श में आए और जब उन्होंने देखा कि आज भी उनके स्वधर्मी लोगों ने, यूरोपवालों के देश में भी अपना आधिपत्य बराबर बना रखा है, और ऐसे एक स्वधर्मावलम्बा राज्य के बाल-वृद्ध वनिता तक, प्रत्येक व्यक्ति ने जब भारतीय मुसलमान दल को आदर के साथ अपनाया, तब उनकी कितने ही समय की मोह-निद्रा मानो पल-भर में उड़ गई, सहसा भारतीय मुसलमानों, ने अपने को पहचान लिया। तुर्की इटैलियन युद्ध के फलस्वरूप भारतीय समाज में साधारण रूप से एक जागृति के लक्ष्ण दिखाई दिए थे। काशी में देखा, धुनिये-जुलाहे और गाड़ीवान तक राज तुर्की का संवाद जानने के लिए व्यस्त रहते थे। स्वधर्मी लोगों की संवेदना किसी मुसलमान को कष्ट के साथ अर्जन नहीं करनी पड़ती,यह तो उसका जन्मगत संस्कार होता है। इस साधारण ज गृति के सिवाय, तुर्की में मेडिकल मिशन भेजने के बाद भारत के मुसलमानों में भी विप्लव का कार्य आरंभ हो जाता है। रौलट रिपोर्ट में लिखा है कि अंग्रजों के तुर्की इटैलियन युद्ध के समय तुर्की को सहायता न देने के कारण भारतवर्ष के मुसलमानों में असंतोष का भाव फैल गया। पर हमारे विचार में यह बात गलत है। अंग्रेज तुर्की की सहायता करते तो भी मुसलमानों में यह जागरण अवश्यम्भावी था, क्योंकि असल बात तो यह थी कि बाहर के आघात से, बाहर के संस्पर्श में आने से एक अपने को भूली हुई जाति जाग गई ? अंग्रेजों के साथ उस जाति का क्या सम्बन्ध था, यह दूसरी बात है।

जो हो, इस मेडिकल मिशन के अनेक युवक तुर्की के संस्पर्श में आने से विप्लव धर्म में दीक्षित हो गए, और भारत में आकर उन्होंने मुसलमान सम्प्रदाय के बीच विप्लव का कार्य आरंभ कर दिया। और तुर्की की गवर्नमेंट ने इन मुसलमानों में से किसी-किसी को अथवा इनके पसंद के व्यक्तियों को भारतवर्ष में तुर्की राजदूत (Consul) नियुक्त कर दिया था। देश के जनसाधारण को इन बातों का कुछ भी पता न मिल सका, किंतु भारत सरकार इन सब बातों के अलावा और भी बहुत कुछ जानती है।

किंतु मुसलमान विप्लव दल पहले से ही बाहर की मुसलमान शक्तियों की ओर ही विशेष लक्ष्य रखता था। इनकों सब आशा-प्रतीक्षा इसीलिए भारत के बाहर ही केन्द्रित थी। मुसलमान विप्लव दल के जिन सज्जन के साथ दिल्ली में मेरी बातचीत हुई थी उनके नजदीक सुना था कि इस विप्लव दल ने इसी बीच काबुल से भारत पर आक्रमण करने के लिए अनेक बार अनुरोध किया था। मैंने उस दिन उनके इस कार्य का घोर प्रतिवाद किया था। उन्होंने मुझे यह समझाने का यत्न किया कि बाहर की किसी राजशक्ति की सहायता के बिना भारत की विप्लव चेष्टा सार्थक न होगी मैंने भी उन्हें यह समझाने की चेष्टा की कि बाहर की सहायता चाहने का यह अर्थ न होना चाहिए कि बाहर की कोई राजशक्ति आकर भारत में दखल कर ले। उन्होंने

मुझे बड़े यत्न से यह समझाना चाहा कि काबुल वाले भारत में आकर यहाँ स्थायी रूप से कभी न रहेंगे। हमें स्वाधीन कराकर ही चले जाएँगे। भारत के बहुत से मुसलमानों की ऐसी धारणा है।

किंतु इन्हीं मुसलमान लोगों ने, बीच-बीच में कई बार हमारी धन से सहायता की थी। उनके साथ बातचीत करके जहाँ तक समझ सका हूँ उससे जान पड़ता है कि मुसलमानों का यह विप्लव दल सारे देश में एक साथ ही कार्य करता था। उनका यह विप्लव दल पंजाब के सीमान्त प्रदेश से लेकर सुदूर ब्रह्म देश तक फैल गया था। किंतु हमारे बंगाल के विप्लव दल में दलबंदी का अंत न था। पर सौभाग्य से बंगाल के बाहर उत्तर भारत में एकमात्र हमारा दल ही था, इसीसे इधर दलबंदी का कोई विशेष अवकाश न था।

हमारे दल से मुसलमान दल का यही भेद था कि हम लोग स्वाधीन भारत के जिस रूप की कल्पना करते थे, उस में हिन्दुओं के स्वावलम्ब की बात भले रही हो, हिन्दुओं की प्रधानता का कोई विचार न था, एवं हमारी कार्य-प्रणाली में मुसलमानों को अलग रखने का ख्याल दूर रहा, हम तो उन्हें दल में खींचने की ही चेष्टा करते थे। हमारे बुलाने पर मुसलमान यदि नहीं आते थे तो उसका कारण यह था कि मुसलमान लोग भारतवर्ष से हिन्दुओं की तरह प्रेम न करते थे। मुसलमानों के साथ मिलने-जुलने से हमारी यह धारणा हुई है कि हमारे देश के मुसलमान लोगों का तुर्की, मिश्र, अरब फारिस अथवा काबुल की ओर जितना खिंचाव है, भारत की ओर उतना नहीं है। वे तुर्की के गौरव में अपने को जितना गौरवान्वित मानते हैं, भारतवासियों के, हिन्दुओं के गौरव में अपने को उतना गौरवान्वित नहीं मानते। मुसलमानों के मन के भाव बहुत कुछ ऐसे थे, इसी कारण उनका विप्लव दल भी एक स्वतंत्र रूप से गठित हुआ था। नवीन तुर्की के आदर्श से अनुप्राणिक होकर भारत के अनेक मुसलमान विप्लववादियों ने भी विश्व-इस्लामिक (Pan-Islamic) आदर्श को ग्रहण किया था, इसीलिए भारत के मुसलमान विप्लव दल को केवल भारतीय विप्लव दल न कहकर भारत का मुसलमान विप्लव दल कहना संगत है। हमारे इन दोनों विप्लव दलों के सिवाय दिल्ली में और भी एक दल था और संभवतः अब भी है। यह दल कोई गुप्त समिति न थी। इस विषय की आलोचना आगे की गई है।

(3) दिल्ली के निष्कलंकों दल की कहानी

इन्द्रप्रस्थ हस्तिनापुर अथवा दिल्ली हिन्दुओं के मन पर कैसा मोहजाल डाल देती है ! काल के चक्कर में पड़कर कितने भिन्न-भिन्न राजवंश, कितनी देश-देशान्तर की जातियाँ आकर दिल्ली के कितने नये-नये रूपों की सृष्टि कर गईं,

कितनी जातियों के उत्थान और पतन के बीच दिल्ली का इतिहास गठित हुआ है, और दिल्ली के इतिहास की तरंग के साथ मानो भारत का इतिहास भी तरंगित होता रहा है। हिन्दुओं की गौरवमंडित दिल्ली विदेशी विधर्मियों के पैरों तले आकर आर्य-कीर्ति को लांच्छित करने लगी, फिर इसी दिल्ली में ही युग-युग में भिन्न-भिन्न राजशक्तियों की परीक्षा चलने लगी, कितने संघर्ष, कितने राष्ट्र-विप्लव, कितने विरोधों के बीच दिल्ली का आधुनिक इतिहास गठित होता है। इसी से दिल्ली के इतिहास का अर्थ हो जाता है, भारत साम्राज्य का इतिहास। और इस क्षात्र-शक्ति के संघर्ष के इतिहास में जहाँ दिल्ली का इतिहास गठित होता है, वहाँ इसी दिल्ली में ही अनेक साधु-सम्प्रदायों का भी आविर्भाव होता है। मुसलमान आधिपत्य के समय जैसे दिल्ली के निकट सतनामी सम्प्रदाय का आविर्भाव हुआ था। वैसे ही अंग्रेजों के इस आधिपत्य के समय इसी दिल्ली में निष्कंलकी दल का आविर्भाव हुआ है। सतनामी सम्प्रदाय के समान यह दल भी बहुत ही क्षुद्र है। आजप्रायः तीस साल से यह दल दिल्ली में है। इन तीस वर्षों में ये ये लोग भारत की स्वाधीनता के लिए समस्त पृथ्वी पर सतयुग को लाने के लिए भगवान् के निकट नित्य प्रार्थना करते आए हैं। वे विश्वास करते है कि कलियुग समाप्त हो गया है, और कल्किदेव के आविर्भाव का समय हो गया है। आजकल ये लोग प्रचार करते हैं कि कल्किदेव ने जन्म ले लिया है और शीघ्र ही प्रकट होंगे। किंतु इस शीघ्र का अर्थ क्या है अर्थात् ठीक कितने दिन में कल्किदेव दिखाई देंगे, यह लोग नहीं कह सकते। ये लोग कहते हैं कि जब श्री भगवान् ने, रामचन्द्र रूप में जन्म लिया था तब सारे भारत में केवल बारह ऋषि जानते थे कि श्रीराम भगवान के ही अवतार हैं; और लोग यह बात जानते भी न थे और उस समय विश्वास भी न करते थे। इसी प्रकार वर्तमान काल में भी ऐसे लोग बहुत नहीं है जो यह जानते हों कि भगवान् का अवतार हुआ है। ये लोग कहते हैं कि वर्तमान युग में भारतवर्ष में अनेक महापुरुषों ने जन्म लिया है, उनमें से अनेक अपने असल रूप को नहीं जानते। जिस दिन उन महापुरुषों के सम्राट अपने को प्रकाशित करेंगे, उसी दिन ये सब अपनी शक्ति-सामर्थ्य की बात और अपने पूर्व जन्म की बात जान सकेंगे। इन महापुरुषों में से कई बड़े ही शक्तिशाली हैं, एवं इनमें से कोई-कोई ऐसे भी हैं जो समझते हैं कि वे ही शायद भगवान् के अवतार हैं। ये लोग कहते हैं कि इस बार भगवान् ने ब्राह्मण के घर में जन्म लिया है, इसी से वे सभी के पूज्य होंगे। अन्यान्य युगों में क्षत्रिय आदि के घर जन्म लिया था इसी कारण उन्हें भगवान् का अवतार होते हुए भी ब्राह्मणों के चरणों में झुकना पड़ता था, इस बार वे ब्राह्मण के घर में जन्म ग्रहण कर सबसे पूजा ग्रहण करेंगे और ब्राह्मण के घर में जन्म लेने के कारण ही इस युग में उनका आचरण ऐसा होगा कि देश-विदेश में ऐसा कोई न होगा जो उनके किसी भी कार्य पर अँगुली उठा सके। अन्यान्य युगों के

अवतार-पुरुषों का आचरण ऐसा नहीं हुआ कि उनके चरित्र में कोई दोष न दिखाया जा सके, किंतु इस बार उनका आचरण ठीक भगवान् की ही तरह निष्कलंक होगा। ये लोग विश्वास करते हैं कि कल्किदेव खड्गधारी होने पर भी किसी के विरुद्ध अस्त्र धारण न करेंगे। ये लोग कहते हैं कि भारत की स्वाधीनता के लिए इस बार हिन्दुओं को अस्त्र ग्रहण न करने होंगे; कारण कि भारत के जो शत्रु हैं, जो पापी लोग हैं, जिनकी प्रकृति खल और असुर भावों से पूर्ण है, वे सभी आपस में ही मार-काट करके नष्ट हो जाएँगे और उनमें से जो बचे रहेंगे वे भी रोग, महामारी और दुर्भिक्ष में मर जाएँगे। इस तरह इस बार पृथ्वी पाप-भार से मुक्त हो जाएगी और इस प्रकार जो सत् प्रकृति के पुरुष हैं, वे ही बच जाएँगे और पृथ्वी पर सतयुग का आविर्भव होगा। वे कहते है। कि सतयुग का कार्य आरंभ हो गया है एवं और कुछ बरसों के अंदर ही संसार से पाप का लोप हो जाएगा।

इनकी साधना की पद्धति होती थी, लगातार कल्किदेव का नाम जपना और उनके निकट भारत के और जगत् के मंगल के लिए सामूहिक रूप से और व्यक्तिगत रूप से नित्य प्रार्थना करना। ये कहते हैं भगवान् ही जब जगत् के एकमात्र कर्ता और नियन्ता हैं, तब सब प्रकार से उन्हीं के शरणागत होकर उन्हें स्मरण करना और उनकी ध्यान-धारणा करना ही हमारा एकमात्र कार्य है। संसार के सब कार्य करते रहने पर भी भारत की स्वाधीनता और भारत के सर्वांगीण मंगल के लिए एक प्रार्थना करने के सिवाय और कुछ भी ये लोग नहीं करते–और ये लोग कोई संन्यासी भी नहीं होते। इनके प्राय: सभी सिद्धांत विप्लवियों के समान हैं, और भारत के विप्लव प्रयासी दल के लोगों को ये खूब अच्छा भी मानते थे, किंतु कार्यक्षेत्र में और सब प्रकार से साधारण संसारियों की तरह होने पर भी भारत की स्वाधीनता के लिए ये लोग एक प्रार्थना के सिवाय और कुछ भी करना नहीं चाहते या नहीं करते । कह नहीं सकता इन लोगों में सचमुच कोई मानसिक या चरित्रगत दुर्बलता है कि नहीं, क्योंकि इन लोगों के साथ अच्छी तरह मिलने-जुलने का सुयोग अथवा अवसर मुझे नहीं मिला। इस बार दिल्ली में आने से पहले ही यद्यपि इस संप्रदाय की बात मैं सुन चुका था, तो भी इनमें से किसी के भी साथ अब तक साक्षात् रूप से बातचीत और परिचय न हुआ था। इस बार दिल्ली में रहते समय इनके दल के नायक के साथ केवल दो-तीन बात करने का सुयोग पाया। इन्हें सब लोग बालमुकन्द उर्फ हनुमानजी कहते थे। सुना था कि ये बीच-बीच में दिल्ली की आम सड़क पर पुकार उठते थे कि भगवान कल्किदेव का आविर्भाव हो गया है, पापी लोग सावधान हो जाओ, इस समय सब लोग भगवान् के नाम का जप करो और पूर्ण रूप से सरल अन्तःकरण के साथ उनके शरणागत हो जाओ, और पिछले पाप कर्मों के लिए अनुतप्त होकर भगवान् कल्किदेव के शरणागत हो जाओ, इत्यादि-इत्यादि।

प्रताप के साथ इस बार दिल्ली में रहते समय मैंने इन्हीं बालमुकुन्दजी के साथ बातचीत की थी। ये बिल्कुल सीधे-सादे गरीब ब्राह्मण थे, लिखना-पढ़ना कुछ भी नहीं जानते थे। अपने हाथ से ही रसोई करते और अपने जूठे बर्तन आदि स्वयं साफ करते। इस दल के सभी लोग इन पर यथेष्ट श्रद्धा-भक्ति रखते थे। इनके इस दल में मध्यम दर्जे के शिक्षित श्रेणी के लोग कोई बहुत न थे। प्रायः ये सभी अंग्रेजी से अनभिज्ञ और गोहत्या करने वालों के परम शत्रु थे।

इनके नायक बालमुकुन्दजी अब देह त्याग कर चुके हैं, और आज मालूम होता है पाँच-छः वर्ष से मध्यम श्रेणी के अंग्रेजी पढ़े लोग भी इनके दल में आकर योग देने लगे हैं।

यह अवतार के आविर्भाव की बात दिल्ली के निष्कलंकियों के दल के सिवाय और भी अनेक लोगों से सुनने में आई है। मेरे जेल से लौटने के बाद गोरखपुर में मेरे मामाजी के पास एक साधु आये थे। वे भी निष्कलंकी दल की तरह अनेक बातें कह गए थे। पिछले युद्ध के समय अमेरिका जब जर्मनी के विरुद्ध अंग्रेजों के पक्ष में नहीं मिला था, उस समय यही साधु आकर मामाजी से और मेरे मँझले भाई से अमेरिका के अंग्रेजों से मिल जाने और अंत में अंग्रेजों के पक्ष के जीतने की भविष्यवाणी कर गए थे; अण्डमान में रहते समय ही यह सब बात मुझे लिख भेजी गई थी; वह पत्र अब भी मेरे पास है। इसके सिवाय कलकत्ता हाईकोर्ट के भूतपूर्व वकील ''ब्रह्मविद् ऋषि ओ ब्रह्मविद्या'' नामक ग्रंथ के लेखक श्रद्धेय श्रीयुत ताराकिशोर शर्मा महाशय भी इस अवतार की बात को बहुत दिन से प्रचार करते आते हैं। युगान्तर के प्रसिद्ध सम्पादक उपेन बाबू से भी कई साधुओं ने, इस प्रकार की अनेक बातें कहीं थीं। इन सबकी बातें पूरी तरह एक न होने पर भी इन सबकी बातों का सारांश प्रायः एक ही था।

(4) दिल्ली के विप्लव दल का पुनर्गठन

दिल्ली के विप्लव दल के दो मुख्य कार्यकर्ता श्रीयुत अवधबिहारी और श्रीयुत अमीरचन्द उत्तर भारत के अनेक विप्लवियों की अपेक्षा बहुत अंशों में श्रेष्ठ थे। इनकी प्रकृति में धर्म-भाव अत्यन्त प्रबल था। धर्म और कर्म का इस प्रकार एकत्र समावेश भारत के बहुत थोड़े विप्लवियों में देखने को मिला है। अवधबिहारी की आयु जब केवल तेईस या चौबीस वर्ष की थी, तब से अथवा उसके भी कुछ दिन पहले से ही वे इस विप्लव दल में योग देते थे। इस आयु में ही उनकी प्रकृति में जैसा धर्म-भाव देखा गया था उससे कहना पड़ता है कि ऐसा संस्कार लेकर ही उन्होंने जन्म लिया था। एक उर्दू कविता उन्हें बहुत प्रिय थी, जिसे वे प्रायः दोहराया करते थे। वह कविता इतनी सुन्दर है कि उसे यहाँ उद्धृत किये देता हूँ। कविता यह है : –

"एहसान नाखुदा[4] का उठाये मेरी बला,
किश्ती खुदा पै छोड़ दूँ लंगर को तोड़ दूँ।"

सचमुच ठीक इसी प्रकार अगाध विश्वास हृदय में रखते हुए अवधबिहारी ने अपनी जीवन नौका आरपार हीन महासागर के बीच ही छोड़ दी थी।

अवधबिहारी की अपेक्षा अमीरचन्द उम्र में बीस वर्ष बड़े थे। अमीरचन्द शिक्षक का कार्य करते थे, और बचपन से ही अवधबिहारी अमीरचन्द के पास, पहले छात्र रूप में और फिर शिष्य रूप में तथा मित्र रूप में, उन्हीं की संगत में पले और बड़े हुए थे। ये अमीरचन्द स्वामी रामतीर्थ के विशेष भक्त और शिष्य थे। और इनके साथ स्वामीजी का साक्षात् परिचय भी था। स्वामीजी की वक्तृता आदि का इन्होंने ही सबसे पहले प्रचार आरंभ किया था।

इन्हीं के प्रभाव से दिल्ली के अन्यान्य कार्यकर्त्ताओं में भी ऐसा ही धर्म–भाव अंकित हो गया था । इनमें से श्रीयुत लछमीनारायण और श्रीयुत गणेशीलाल खास्ता का नाम विशेष रूप से उल्लेखनीय है ।

अमीरचन्द और अवधबिहारी के साथ मेरी वैसी घनिष्टता न हुई थी; कारण कि वे पहले ही पकड़े गए थे । किन्तु इस बार प्रताप के साथ दिल्ली आकर लछमीनारायण और खास्ताजी के सथ खूब घनिष्ट रूप से मिलने का अवसर पाया।

दिल्ली के निष्कलंकियों की बात अवधबिहारी आदि सभी जानते थे; किंतु इनमें से लछमीनारायण निष्कलंकियों के प्रति अगाध श्रद्धा रखते थे, मैं जिस समय की कहानी कह रहा हूँ उस समय लछमीनारायण वैद्यक पढ़ते थे और निष्कलंकियों की तरह अंग्रेजी के नजदीक न फटकते थे।

अवधबिहारी और अमीरचन्द के पकड़े जाने पर दिल्ली के विप्लव दल का कार्यभार लछमीनारायण और गणेशीलाल पर आ पड़ा। गणेशीलाल फारसी के बड़े पण्डित थे, और बड़ी अच्छी कविता लिख सकते थे। लाला हरदयाल खास्ताजी का बहुत सी कविताएँ अपनी 'गदर' पत्रिका में उद्धृत कर देते थे; और हमारे मुकद्दमें में केवल इस किस्म की जातीय भावपूर्ण कविता लिखने के अपराध में ही उन्हें सात बरस की कड़ी कै़द की सजा हुई थी। खास्ताजी भी अंग्रेजी लिखना–पढ़ना कुछ न जानते थे, किंतु फारसी भाषा के सहारे जितना ज्ञान पाया जा सकता है वह सब उन्होंने पाया था। खास्ता का दर्शनशास्त्र से विशेष प्रेम था, उनकी प्रकृति में ज्ञान की प्रवृत्ति ही विशेष पुष्ट हुई थी।

मैं इस बार प्रताप के साथ दिल्ली आने के पहले और भी कई बार दिल्ली आया था, और तब से ही देखता था कि अवधबिहारी आदि की गिरफ़्तारी के बाद से दिल्ली में हमारा काम प्रायः कुछ भी आगे नहीं बढ़ रहा था। लछमी और खास्ताजी

---

4. नाखुदा–मल्लाह।

का उत्साह धीरे-धीरे मंद सा होता जाता था। दिल्ली षड्यंत्र के मामले की सुनाई खत्म होने के बाद पहले-पहल लछमी और सबकी अपेक्षा अधिक उत्साही थे, और अनेक विपत्तियों के बीच में भी हमारे साथ मिलते-जुलते थे। पहले-पहल वे विपत्ति की परवाह न करके दल के अनेक कार्य करते थे, किंतु थोड़े ही दिन में उनका उत्साह मंद हो गया। धीरे-धीरे अवस्था ऐसी हो गई कि लक्ष्मी अब लोक-संग्रह की वैसी चेष्टा न करते थे, और आधी इच्छा से जिन सब लोगों का उन्होंने संग्रह किया था वे भी वैसे उत्साही न होते थे। किंतु इस समय लछमीनारायण के मन में एक और भाव क्रमशः बढ़ने लगा। दिल्ली के निष्कलंकियों के साथ घनिष्टता होने के कारण उनमें यह परिवर्तन हुआ। उनके मत में कोई परिवर्तन न होने पर भी क्रमशः वे कार्य में निश्चेष्ट होते जाते, और अधिकांश समय भगवान् का नाम जपने और उनकी आराधना में ही गँवा देते। इस तरह धीरे-धीरे वे हमारे काम की अवहेलना करने लगे। वे स्वयं जिस प्रकार निष्कलंकियों के प्रति अगाध विश्वास रखते थे, उसी प्रकार जिन कुछ कार्यकर्त्ताओं का संग्रह किया था उन्हें भी इसी निष्कलंकी दल के विश्वासी भक्त बना डालने लगे। फलतः हमारे कार्य में उनका वैसा उत्साह न रहा। अंत में हमने सुना कि लछमीनारायण खाली प्रार्थना करने के सिवाय हाथ से या कलम से और कुछ भी न करेंगे, और उनके अनुयायी भी उन्हीं के मार्ग का अनुसरण करेंगे।

इन सब कारणों से अनेक प्रकार से विप्लव की चेष्टा विफल होने के बाद हम और प्रतापसिंह नये सिरे से कार्य चलाने के लिए दिल्ली आये। हमारे दिल्ली आने का यह भी एक कारण था। क्रीड़क साहब के दिल्ली में न रहने से हमें अपना एक विशेष कार्य अंत में स्थगित ही रखना पड़ा, किंतु दिल्ली की विप्लव समिति के पुनर्गठन में हम पूर्ण उद्यम से लग गए।

दिल्ली में हमारे लिए मकान किराये पर ठीक कर देना, दिल्ली के पुराने कार्यकर्त्ताओं के साथ अलाप-परिचय करा देना आदि साधारण कार्यों को छोड़ लछमीनारायण और कुछ न करते थे। अर्थात् दिल्ली का सब कार्यभार हमारे हाथों सौंपकर उन्होंने विप्लव के कार्य से छुट्टी पाने का प्रबन्ध कर लिया।

हम लोग दिल्ली में एक मकान भाड़े पर लेकर प्रायः पंद्रह दिन रहे। दिल्ली से राजपूताना बहुत दूर नहीं है, मैं दिल्ली में ही रहा और प्रताप को दो बार जयपुर भेजा। हमारी इच्छा थी कि राजपूताना के कुछ युवकों को दिल्ली में लाकर दिल्ली के विप्लव केन्द्र को सुगठित कर डालें। प्रताप राजपूताना में कार्य करते और मैं दिल्ली के कार्यकर्त्ताओं के साथ मिलता-जुलता और उनमें से अपने दिल के मुताबिक आदमी छाँटता। इस प्रकार दिल्ली में कुछ दिन काम करने के फलस्वरूप खास्ताजी के मन में बुझी हुई आग फिर प्रज्ज्वलित हो उठी। उन्होंने अपना पुराना उद्यम फिर पा लिया। हमने देखा लछमीनारायण के बदले खस्ताजी ही दिल्ली का कार्यभार ग्रहण कर

सकेंगे। उन्हीं की चेष्टा से इस बार हमारे साथ दिल्ली के मुसलमान विप्लव दल का घनिष्ट परिचय हुआ। मुसलमानों के साथ ठीक हुआ कि वे हमें पिस्तौल, रिवाल्वर और गोली जुटा देंगे और हम उन्हें बम जुटा देंगे। इसके सिवाय जिस प्रकार हम दोनों दल शीध्र ही और भी अधिक सम्मिलित रूप से कार्य कर सकें उसका भी विस्तृत आयोजन किया जाने लगा। इतने दिन बाद मानो मालूम होने लगा कि दिल्ली में फिर से कार्य का स्रोत बहने लगा। हमारे पास से बम लेने के लिए हो अथवा यथार्थ में सहायता करने के लिए हो, दिल्ली में मुसलमान दल ने हमारी इस बार बड़ी आर्थिक सहायता की।

इस प्रकार जिस समय दिल्ली का कार्य क्रमशः आगे बढ़ने लगा मैं भी ठीक उसी समय खूब बीमार पड़ गया। लाचार प्रताप को संग लेकर मैं। बंगाल चला आया, मेरे नाम उस समय वारण्ट निकल आया था, इसलिए युक्त प्रदेश में न रहकर बंगाल आना ही ठीक समझा।

विप्लव के कार्य में लछमीनारायण भले ही निश्चेष्ट हो गए, किंतु दूसरी ओर प्रायः हर समय उन्हें कल्कि और काली का नाम जपते देखा जाता। वे सचमुच बड़े भक्त थे इसमें कोई संदेह नहीं, किंतु इस प्रकार कर्म में निश्चेष्ट होना हमें अच्छा नहीं लगा। लछमीनारायण की कर्म में यह निश्चेष्टा उन्हें निष्कलंकियों से ही मिली थी। लछमीनारायण और उनके कुछ बंधुओं के सिवाय हम सब लोग निष्कलंकियों की बातों पर अविश्वास भी नहीं करते। और उनकी सब बातों पर विश्वास भी नहीं करते। भगवान् का स्मरण और उनके श्री चरणों में आत्मोत्सर्ग करके जीवन को भगवान् के भाव से पूर्ण कर डालने की आंतरिक चेष्टा हम में से बहुतों ने की, परंतु निष्कलंकियों की बातों में हमें खूब आनन्द भले ही आता हो, उनकी सब बातों में हम पूर्ण रूप से आस्था नहीं कर सके।

एक बात हम सभी ने सुनी है कि धर्म-कर्म करते-करते हमारा देश एकदम उजड़ गया है; बड़े ही दुःख के साथ एक बात स्वीकार करनी पड़ती है कि दस-बारह बरस के विप्लव कार्य के तजुरबे में हमने देखा है कि जो लोग धर्म-धर्म बहुत पुकारा करते थे उनमें सौ में से निन्यानवे आदमी बाद को लोकहित के कार्य में निरुत्साह हो जाते थे। और अंत में इने-गिने, दो एक आदमियों के सिवाय और सभी प्रायः तामसिक वृत्ति के हो जाते थे। धर्म और आंतरिकता की पूरी परख होती है त्याग में; और इस त्याग की कसौटी पर कसे जाने पर अधिकांश धार्मिक कहलाने वाले लोग तामसिक और स्वार्थपरायण प्रमाणित हुए हैं। हमारा विश्वास है कि आर्य-सभ्यता में दो बड़े ऊँचे सिद्धान्त है—अधिकारभेद और गुरुवाद, इन दोनों की ओर एकदम ध्यान न देकर जब हम धर्म-कर्म करते जाने को कहते हैं, तब स्वधर्म छोड़कर परधर्म करने लगते हैं, और इसी कारण हमारी दुर्गति होती है। इसीसे सात्त्विकता की ओट में हम

प्रायः तामसिकता को आश्रय देते हैं और धर्म के नाम पर केवल अधर्माचरण करने लगते हैं।

लछमीनारायण में सचमुच तेज था, उन्होंने सचमुच आन्तरिक भाव से भगवान् का स्मरण करना आरम्भ किया था, किन्तु सांसारिक और आध्यात्मिकता के बीच वे सामञ्जस्य नहीं रख सके और लक्ष्मी की देखा-देखी उनके बन्धुओं ने भी कर्म को त्यागकर केवल भक्ति को ग्रहण कर लिया था, किन्तु विपत्ति के दिन, हम सब के पकड़े जाने पर इन्हीं लछमी के बन्धुओं ने, जिन्होंने इतने दिन तक भगवान् का नाम देना ही जीवन का एकमात्र कर्त्तव्य बना रक्खा था; पुलिस के पंजे में पड़कर अपने को बचाने के लिए हम सबके विरुद्ध गवाही दी थी, और तो और लछमीनारायण के विरुद्ध गवाही देने से भी नहीं चूके।

विपत्ति के पड़ने से पहले तक लछमीजी उनके विषय में कहते थे कि इस समय वे लोग विल्कुल भक्ति-साधना में लिप्त हैं, इसीसे उनके द्वारा मैं विप्लव का कोई काम-काज कराना नहीं चाहता, इसके सिवाय इस समय भगवान् को स्मरण करना ही एकमात्र काम है, अपने हाथ से हमे कुछ करना नहीं है, श्रीकल्कि-भगवान् प्रकट होंगे, और पूर्णतः उन्हीं की शरणागत होना इस समय हमारा प्रधान कर्त्तव्य है। लछमीनारायणजी बहुत दिनों से बहुत विपत्तियों के बीच विप्लव समिति में काम-काज करने आते थे, इसीसे दूसरे साथियों की अपेक्षा उनकी मानसिक शक्ति बहुत अधिक थी। हमारा विचार है इसी कारण विपत्ति में पड़कर भी वे अपने को भूले नहीं, किन्तु उनके दिखाए कर्मविमुखता के आदर्श में अनेक लोग उलटे रास्ते पड़ गए, इसीलिए असल परीक्षा के समय ये लोग मनुष्योचित व्यवहार न कर सके।

अवधबिहारी भी बड़े ही भक्त थे और वे भी निष्कलंकियों के निकट जाया-आया करते थे, किन्तु ऐसा होते हुए भी उन्होंने अपना धर्म नहीं त्याग दिया था, इसीसे सांसारिकता और परमार्थिकता के बीच वे सामञ्जस्य रख सके। वर्तमान भारतीय समाज में सांसारिकता और आध्यात्मिकता के इसी सामञ्जस्य का विशेष अभाव है।

बंगाल में

(1) रासबिहारी का भारत त्याग

बारी का बुखार लेकर प्रताप के साथ बंगाल में मैं अपने केन्द्र में आ उपस्थित हुआ। बंगाल में हमारी विप्लव समिति का केन्द्र था कलकत्ता के निकट एक गाँव।

1. 12 मई सन् 1915 को रासबिहारी बोस ने भारत छोड़ा। उन्होंने एक जापानी जहाज में पी. एन.टैगोर के नाम से यात्रा की क्योंकि उन्हीं दिनों विश्व कवि रविन्द्रनाथ टैगोर जापान की यात्रा करने वाले थे। श्री रासबिहारी बोस ने अंग्रेज़ी सरकार को ऐसा आभास दिया कि वे रविन्द्रनाथ ठाकुर के पारिवारिक सदस्य हैं और उनकी यात्रा के प्रबन्ध सुनिश्चित करने के लिए जापान जा रहे हैं। अंग्रेज़ सरकार की ओर से उनके सिर पर उस समय 1 लाख रुपये का इनाम घोषित था। यदि वे पकड़े जाते तो फांसी सुनिश्चित थी। अंग्रेज़ सरकार को जब रासबिहारी बोस के जापान में होने की सूचना मिली तो उसने जापान पर, उन्हें भारत को सौपने का दबाव डाला। जापान सरकार भी उन्हें अंग्रेज़ सरकार को सौपने को तत्पर हो गई थी। रासबिहारी बोस ने जापान में भूमिगत हो गये और जापान में उन्हें भारत से भी अधिक समय तक भूमिगत रहना पड़ा बाद में, जापानी मित्रों के सहयोग से उन्हें जापान की नागरिकता प्राप्त हुई। जापानी मित्रों का उन्हें अत्यधिक सहयोग मिला।

द्वितीय विश्वयुद्ध के समय श्री रासबिहारी पुनः क्रांति क्षेत्र में उतरे ज्यों ही जापान ने अंग्रेज़ों के विरुद्ध युद्ध की घोषणा की त्यों ही रासबिहारी ने, जापान में रह रहे भारतीयों का संगठन बनाया और भारत की आज़ादी का पुनः प्रयास किया। उन्होंने 'आज़ाद हिन्द फौज़' का गठन किया और जब सुभाष चन्द्र बोस जापान पहुंचे तो फौज की बागडोर उन्हें सौंप दी। जनवरी 1945 में रासबिहारी बोस का देहान्त टोकियो में हो गया।

अनेक कारणों से उस गाँव का नाम अब भी नहीं लिखा जा सकता। इसी स्थान में मुझे पन्द्रह दिन तक खाट पर पड़े रहना पड़ा। और इसी स्थान के युवकों ने उस समय बड़े यत्न से मेरी सेवा-शुश्रूषा की। प्रताप मुझे बंगाल में छोड़कर राजपूताना चले गए। बात थी कि मैं स्वस्थ होने पर राजपूताना जाऊँगा और इस बार बड़े यत्न के साथ राजपूताना में विप्लव के केन्द्र स्थापित करने होंगे। परन्तु जब उनके साथ मेरी फिर भेंट हुई, तब हम दोनों ही जेल में थे।

रासबिहारी बोस

मैं जब इस प्रकार बीमार होकर खाट पर पड़ा था, तब पूर्व बंगाल में एक नेता श्रीयुत नगेन्द्रनाथदत्त उर्फ गिरिजा बाबू प्रायः मेरे पास आया करते थे। उनके साथ परामर्श करके हमने निश्चय किया कि रासूदा को अब किसी प्रकार भी भारतवर्ष में नहीं रहने देना होगा। बहुत हो चुकी, भगवान् अनेक प्रकार से उनको अब तक बचाते आए हैं। अब और अधिक उन्हें भारतवर्ष में बेखटके रहना सहज नहीं है। हमारा दल चोट के बाद चोट खाकर फैलने का सुयोग नहीं पाता। जिस समय हमारा दल उन्नति की ओर अग्रसर होने लगता है, ठीक उसी समय एक ऐसी बड़ी चोट उस पर आ लगती है कि उस चोट के बाद सम्हलने में फिर कुछ दिन लग जाते हैं। पहले दिल्ली षड्यन्त्र मामले की चोट सम्हालते-सम्हालते हमारा एक वर्ष चला गया, उस चोट के बाद सम्हलकर फिर जब गवर्नमेंट पर और जोर की चोट करने लायक शक्ति-संचय किया ठीक उसी समय फिर लाहौर षड्यन्त्र का मामला हो गया। इस चोट ने हमें एकदम पंगु कर दिया। इस चोट से हमारा पंजाब और युक्त प्रदेश का दल भग्नप्राय हो गया। बंगाल में भिन्न-भिन्न दलों को चोट के बाद चोट सहनी पड़ी। इस अवस्था में रासबिहारी को भारतवर्ष में रखना हमें कुछ युक्तसंगत न जान पड़ा, क्योंकि दल का अच्छा ज़ोर न रहने पर अंग्रेजों की विधि व्यवस्था के विरुद्ध टिका रहना किसी प्रकार सम्भव न था। रासूदा को जो हम लोग इतने दिन तक बचाए रख सके तो केवल अपने आर्गनाइजेशन (संगठन) के सुप्रबन्ध के ज़ोर पर। दिल्ली षड्यन्त्र के मामले के बाद रासूदा को पकड़ा देने के लिए साढ़े सात हज़ार रुपया इनाम की घोषणा की गई थी, उसके एक वर्ष के बाद लाहौर षड्यन्त्र के मामले में रासबिहारी का कीर्तिकलाप प्रकाशित हुआ। इसके फलस्वरूप पंजाब गवर्नमेंट ने उन्हें पकड़ा देने के लिए और ढाई हज़ार रुपया देने की घोषणा की अर्थात उन्हें पकड़ा देने के लिए इस समय राब मिला कर दस हज़ार रुपया इनाम था और बनारस षड्यन्त्र के मामले के बाद युक्तप्रदेश की गवर्नमेंट ने ढाई हजार इनाम और बढ़ा दिया। तब उन्हें पकड़ा देने का कुल पुरस्कार साढ़े बारह हज़ार रुपये तक जा पहुँचा। इन सब कारणों से हमने निश्चय किया कि रासूदा को इस बार भारत से बाहर भेजना ही होगा।

इतने दिन तक हम लोग एक बात की ओर बड़े उदासीन थे। हम इतने दिन तक समझते थे कि विप्लव वस्तुतः शुरू होने में काफ़ी देर है, इसीसे हमने इतने दिन तक उचित परिमाण में विदेश से अस्त्र-शस्त्र लाने का कोई विशेष आयोजन नहीं किया था। किन्तु इस बार देश की अवस्था देखकर हमने समझ लिया कि उपयुक्त परिमाण में अस्त्र-शस्त्र रहें तो विप्लव आरम्भ करने में अधिक देर न होगी। इसीसे इस बार रासूदा को विदेश भेजकर नये सिरे से विप्लव का आयोजन करना तय हुआ। रासूदा भी देश छोड़ने से पहले कह गए थे "इस बार भारत के प्रत्येक युवक और युवती को सशस्त्र करना होगा, उसके बाद देखेंगे अंग्रेज किस तरह भारत पर शासन करते हैं।"

रासूदा पहले विदेश जाने के प्रस्ताव से वैसे सहमत न होते थे, वे कुछ दिन और प्रतीक्षा करना चाहते थे; किन्तु हमारे अनुरोध को वे अन्त में न टाल सके। किस प्रकार, कब और कहाँ जाना होगा ये सब बातें रासूदा से भेंट होने के बाद ठीक की गईं। बात थी कि रासूदा विदेश जाते ही सबसे पहले यथेष्ठ परिमाण में मोज़र पिस्तौलें और उनकी गोलियाँ भेज देंगे और बाद में विप्लव के लिए उपयुक्त परिमाण में अस्त्र-शस्त्र भेजने का बन्दोबस्त कर चुकते ही देश चले आएँगे। किस प्रकार अस्त्र-शस्त्र देश में आ पहुँचेंगे और विप्लव आरम्भ करने की विस्तृत आयोजना कैसी होनी चाहिए, यह सब विदेश के उपयुक्त और जानकार समर-कुशल व्यक्तियों के साथ परामर्श करके ठीक करने का विचार था।

काशी से रासूदा विनायक कापले को संग लेकर पहले नदिया आए और फिर विदेश जाने के पहले तक कलकत्ता के पास ही कहीं रहे। विदेश जाने के चार दिन पहले वे कलकत्ते की ही एक कलकलपूर्ण बस्ती में आकर रहे और एक दिन दोपहर हम और गिरिजा बाबू जाकर उन्हें जहाज़ पर चढ़ा आए। यह अप्रैल सन् 1915 की बात है। मैं और रासूदा एक गाड़ी में और गिरिजाबाबू दूसरी गाड़ी में जहाज़ तक गए। रासूदा का मुझसे बड़ा ही प्यार था। रास्ते में रासूदा मुझे अपने अत्यन्त निकट खींचकर मेरे कन्धे पर हाथ रखकर बड़े स्नेह के साथ कहने लगे, "भाई देश छोड़ते मुझे कितना कष्ट होता है यह मैं तुमसे नहीं कह सकता, देखो, खूब सावधान होकर सुनो। भाई, देश के काम को ठीक ढंग पर लाकर तुम भी मेरे पास चले आना।" उनके साथ मेरी यही अन्तिम बात हुई थी।

इस प्रकार तय था कि देश में आर्गनाइजेशन (संगठन) ठीक ढंग पर हो जाने के बाद मैं भी विदेश जाकर उनका साथ दूँगा, कारण कि मेरे नाम भी वारण्ट निकल गया था, और देश में रहने से उस समय पकड़े जाने की बड़ी सम्भावना थी। वारण्ट निकलना तो दूर की बात है, यदि केवल पुलिस की सन्देह दृष्टि में पड़ जाएँ तो भी काम करने में बड़ी असुविधा हो जाती है। देश में भिन्न-भिन्न स्थानों के विप्लवकारियों को परस्पर मिला देनेवाला कोई और रहता तो मैं भी रासूदा के साथ

ही विदेश चला जाता, किन्तु वैसे किसी और व्यक्ति के न रहने से कार्य की खातिर उस विपत्ति के बीच भी मुझे देश में ही रहना पड़ा। काशी छोड़ने से पहले रासूदा ने मेरी माताजी से यह प्रतिज्ञा ले ली थी कि मेरे विदेश जाने के खर्च के लिए वे एक हज़ार रुपये दे देंगी। मैं एक विप्लव कार्य में लिप्त हूँ, यह बात मेरी माताजी बहुत दिन से जानती थीं और इन सब बातों में उनकी यथेष्ठ सहानुभूति भी थी। मेरे बहुत जन्मों के सुकर्मों का फल था कि बंगाली के घर में मुझे ऐसी माँ मिली थी।

रासूदा के विदेश जाने का रहस्यपूर्ण विस्तृत इतिहास लिखने का समय अभी नहीं आया; केवल इतना ही यहाँ कहे देता हूँ कि बाहर से यह काम कितना ही रहस्यपूर्ण क्यों न दिखाई दे, असल में यह बड़ा सहज और सरल था। इस प्रकार जाने के लिए केवल साहस और भगवान् का भरोसा करने के सिवाय और किसी चीज़ की आवश्यकता न थी। जिस समय रासबिहारी विदेश गए उस समय यूरोप की लड़ाई भयंकर रूप से चल रही थी, और उस समय विदेश जाना या विदेश से देश में आना कुछ कम कठिन बात न थी। इसके सिवाय रासबिहारी की-सी दशा के आदमी के लिए एक जगह से दूसरी जगह घूमते फिरना कुछ कम खतरनाक न था। अवश्य ही उस समय उनके पास हर वक़्त गोली भरी पिस्तौल रहती थी, और हममें से भी कोई-न-कोई हर वक़्त उनके नजदीक मौजूद रहता था। इसी से उन्हें जीते-जी पकड़ लेना एक हिम्मत का ही काम था, किन्तु सबसे अधिक वे भगवान् के अनुग्रह पर ही निर्भर रहते थे। जब वे अन्तिम बार कलकत्ते आए तब उन्होंने रिवाल्वर संग लेने में भी अनिच्छा प्रकट की थी। रासबिहारी का बदन दोहरा था, इसीसे मेरी धारणा थी कि वे दौड़ बिलकुल नहीं सकते। एक दिन मैंने उनसे पूछा, यदि पुलिस पकड़ने आये तो आप दौड़ने की चेष्टा करेंगे कि नहीं?'' उसके उत्तर में हँसते-हँसते बोले कि वे बिल्कुल दौड़ न सकेंगे, उस अवस्था में शान्ति से आत्मसमर्पण कर देंगे। ऐसे ही और एक प्रश्न के उत्तर में उन्होंने कहा था कि उनकी आयु जब तक पूरी न होगी वे पकड़े न जाएँगे। आयु के ऊपर तो और किसी का हाथ नहीं है।

रासबिहारी अब जापान में हैं। वहाँ वे जापानियों को अंग्रेज़ी पढ़ाते है, 'एशियन रिव्यू' मासिक पत्रिका की सम्पादकी करते है, जापान के विभिन्न स्थानों में भारतवर्ष के विषय में वक्तृता आदि देते हैं, और भिन्न-भिन्न सामयिक पत्रिकाओं आदि में लेख लिखते हैं। जापान में बहुत पहले ही वे अंग्रेज़ों के हाथ क़ैदी हो जाते, किन्तु जापान के एक ऊँचे दर्जे के अफ़सर के विशेष यत्न और चेष्टा से उस आफ़त से छुटकारा पा सके। अब उन्होंने एक उच्च कुल की जापानी महिला का पाणिग्रहण किया है। और उन्हें एक पुत्र और एक कन्या-रत्न प्राप्त हुआ है। पुत्र का नाम है भारतचन्द्र। हमारी भावज सम्भवतः इतने दिन में बँगला सीख चुकी हैं। रासबिहारी अब जापान सरकार की प्रजा हैं।

जापान से रासबिहारी ने अब जो लेख यंग इडिया और अन्य पत्रिकाओं आदि में भेजे हैं उन्हें शायद बहुत लोग जानते हैं। उनसे उनका वर्तमान मत बहुत कुछ जाना जा सकता है। इसके सिवाय अपने कई बन्धुओं को भी उन्होंने अब पत्र लिखे हैं, यहाँ उनका कुछ अंश उद्धृत कर दूँगा, उसीसे उनके वर्तमान मतामत का कुछ पता लग सकेगा।

(1)

Tokyo, Japan
12.4.22

My dearest........

.........The idea that I could not protect......all from the inhuman......they were subjected to make me restless. Of course I consoled myself with the fact that by passing through the agony of fire......have come out a better and purer soul. But I did not like the tone of permission that pervaded some parts of....letter. There is enternal life, so work is eternal. You need not be anxious about impurity even if there is any.......Of course there is no necessity of secret work, and I quite agree with you. Hitherto our knowledge of international situation was very meagre. We mostly confined our attention to India. But now I have come to understand a bit of international politics. This has greatly altered my former ideas. Please remember that we shall have to—rather we are destined to—tackle the problem of the world. It is India's mission to usher in a new era of real peace and happiness in the world. India's freedom is but a means to this end, it is not an end in itself......

(2)

Tokyo
9th July, 22

My dearest......

Your letter.......reached me yesterday. What did you wish me to write? And what was your heart's desire? I think I was sufficiently clear in my letter. Of course there are many things which I cannot write in letters for obvious reasons and your curiosity about them must remain unsatisfied till we meet again. The most noteworthy thing however is that my whole outlook has been broadened and I have given you a hint in this connection in my last letter. Independence India must have. Because her independence is essential for the regeneration of the whole world. It is not the end in itself but it is means to an end and that end is the destruction of Imperialism and Militarism and the creation of a better world for all to live in. It is India's mission and therefore your and my mission......I like Japan and I have come to adore her, because I am convinced that she will stand for Asian Independence when time comes. When I came here first, the Japanese had little knowledge of the state of affairs in India. It is chiefly through our efforts and sacrifices that to-day every Japanese is closely following the trend of event in India. I have got many Japanese friends, from the cabinet ministers down to lawyers, M.Ps., journalists and students. Many books in Japanese about Gandhi and Indian movement have been published, and the papers and magazines are regularly carrying articles on India. This month a professor in the Tokyo Imperial University, published a voluminous book in Japanese on India. Next month I am engaged to deliver lectures on Indian Situation for three days....To-day most of the young men here are staunch advocates of Asian Independence. Even older men and responsible officials are in sympathy with the new awakening noticed from Persia to China. The most remarkable national trait (here) is patriotism. And the people are ready to reverse and love those who have the same characteristics. This is the reason that we are given protection. But for Japanese sympathy and love, I would have been dead long ago......About going back to India well brother, I do not want to return till India is free.....Your Bowdidi is learning Bengali.

इसका भावार्थ यह है :–

(1)

टोकियो, जापान

12.4.22

प्राणों के ....., उन्हें मैं अमानुषिक निर्यातनों से बचा नहीं सका, यह धारणा मुझे अत्यन्त अधीर किए रखती थी। जो हो, मैं यही कहकर अपने को सान्त्वना देता था कि इस प्रकार आग में तपकर वे और भी निर्मल और उज्ज्वल हो उठेंगे। किन्तु भाई तुम्हारे पत्र में जगह-जगह जो निराशासूचक बातें थीं वे, मुझे बिल्कुल अच्छी नहीं लगीं। हमारा जीवन अनन्त है, इसीसे हमारा कार्य भी अनन्त है। यदि सचमुच तुम्हारे अन्दर कोई मलिनता हो भी तो चिन्ता की कोई बात नहीं....अवश्य ही अब गुप्त कार्य करने की कोई आवश्यकता नहीं है, इस विषय में तुम्हारे साथ मेरी पूरी सहमति है। अब तक हमें अन्तर्राष्ट्रीय अवस्थाओं के विषय में कुछ भी ज्ञान न था। हमने अब तक भारत की ओर ही ध्यान रखा था। किन्तु अब अन्तर्राष्ट्रीय राजनीति मैं कुछ-कुछ समझने लगा हूँ। इससे मेरे पहले विचारों में बहुत परिवर्तन हो गया है। एक बात याद रखो-हमें अन्त में सारे संसार का प्रश्न हल करना होगा, हमारे भाग्य में यही लिखा है। संसार में नवीन युग

लाकर सत्य और शान्ति की स्थापना का दायित्व भारत के ही सिर पर है। भारत की स्वाधीनता इसी उद्देश्य का साधन है, यह स्वयं उद्देश्य नहीं है।

(2)

टोकियो,
9 जूलाई, 1922

प्राणों के....तुम्हारी चिट्ठी कल मिली। लिखते हो मेरे पत्र से तुम्हारी आशा पूरी नहीं हुई। तुम्हारे हृदय की इच्छा क्या थी? मुझे तो प्रतीत होता है अपने पत्र में मैंने सब बात स्पष्ट करके लिखी थी। अवश्य ही ऐसी अनेक बातें हैं जो पत्र में नहीं लिखी जा सकतीं। जब तक फिर हमसे भेंट नहीं होती तब तक उन बातों के विषय में तुम्हारी उत्सुकता तृप्त नहीं हो सकती। तो भी सबसे बढ़कर जानने लायक बात यही है कि मेरी दृष्टि पहले से बहुत विस्तृत हो गई है, इस बात का मैंने पिछले पत्र में भी संकेत किया था। पूर्ण स्वाधीनता भारत को चाहिए ही, क्योंकि उसकी स्वाधीनता पर सारे संसार का पुनरुद्धार निर्भर है। यह स्वयं एक साध्य नहीं, प्रत्युत एक उद्देश्य का साधन है, और वह उद्देश्य है साम्राज्य-सत्ता और सैनिक आधिपत्य का संहार और सब लोगों के रहने को एक नये अच्छे संसार की सृष्टि। यही भारत का उद्देश्य है, और इसीलिए तुम्हारा और मेरा उद्देश्य है, ...मैं जापान को बहुत चाहता हूँ और उस पर श्रद्धा करने लगा हूँ, मुझे दृढ़ विश्वास हो गया है कि उपयुक्त समय आने पर जापान एशिया की स्वाधीनता के लिए सिर उठाएगा। जब मैं पहले यहाँ आया, जापानियों को भारत की अवस्था का कुछ भी ज्ञान न था। किन्तु अब मुख्यतः हमारी चेष्टा और त्याग के कारण प्रत्येक जापानी भारत के घटना-प्रवाह को उत्सुकता से देख रहा है। मन्त्रिमण्डल के सदस्यों से लेकर वकीलों, पार्लियामेण्ट के मेम्बरों, पत्र-सम्पादकों और विद्यार्थियों तक मेरे बहुत-से जापानी मित्र हैं। जापानी भाषा में गांधी और भारतीय आन्दोलन के विषय में बहुत-सी पुस्तकें प्रकाशित हुई हैं, और पत्र-पत्रिकाओं में भारत पर लगातार लेख निकल रहे हैं। इसी महीने टोकियो इम्पीरियल विद्यापीठ के एक प्रोफेसर ने, जापानी में भारत-विषयक एक विराट् ग्रन्थ लिखा है। अगले महीने मुझे भारत के विषय में तीन दिन व्याख्यान देने होंगे। आज यहाँ के बहुत-से नवयुवक एशिया की स्वाधीनता के कट्टर पक्षपाती हो गए हैं। बूढ़े लोग और जिम्मेदार अफ़सर भी फ़ारस से चीन तक फैली हुई नई जागृति से सहानुभूति रखते हैं। देशभक्ति तो जापानियों की जातीय विशेषता ही है। और ये लोग जिनमें भी वह गुण देखते हैं उन्हीं पर प्रेम और श्रद्धा करने लगते हैं। यही कारण है कि हमें शरण मिली है। जापानियों की सहानुभूति और प्रेम न मिलता तो मैं बहुत पहले मर चुका होता।....भाई देश में वापस आने के विषय में मुझे यही कहना है कि जब तक भारत स्वाधीन न हो मैं वापस आना नहीं चाहता।....तुम्हारी बौदीदी (भावज) बंगला सीख रही हैं।...

इन पत्रों से रासबिहारी के मन की वर्तमान अवस्था के विषय में बहुत कुछ जाना जा सकता है। किन्तु वर्तमान अवस्था की बात छोड़कर जिस समय की अवस्था लिख रहा था, उसी समय की बात फिर लिखता हूँ।

(2) केन्द्र की कहानी

रासूदा भारत छोड़कर चले गए; उन्हें जहाज़ पर चढ़ाकर हम और गिरिजा बाबू अपने केन्द्र में वापस आ गये। केन्द्र के साथ हमारा सम्बन्ध खूब घनिष्ठ नहीं था और ऐसा होने के अनेक कारण थे।

प्रथमत: केन्द्र के नेताओं के साथ हमारे राजनीतिक मतों में मेल न था। वे इस विप्लव समिति की स्थापना के आरम्भ से ही टैररिज्म (त्रास फैलाने) के पक्षपाती थे। उन्होंने अब तक देश में सशस्त्र विप्लव करने के लिए कोई चेष्टा न की थी। वे समझते थे कि यदि कुछ दिन तक देश के एक छोर से दूसरे छोर तक अंग्रेज गवर्नमेंट के ऊँचे कर्मचारियों का रिवाल्वर और बम से काम तमाम कर दिया जाय तो गवर्नमेंट घबड़ाकर देश को अनेक राजनीतिक अधिकार दे देगी। और इस प्रकार तमंचे के जोर से अधिकार के बाद अधिकार प्राप्त करते हुए अन्त में पूर्ण स्वायत्तशासन तक ले लेना सम्भव है, ऐसा उन लोगों के मन का विश्वास था। भारत के लिए पूर्ण स्वायत्तशासन ले लेने का ही अर्थ होता स्वाधीनता की प्रथम सीढ़ी पर पहुँच जाना, क्योंकि पूर्ण स्वायत्ताशासन प्राप्त कर लेने पर भारत के लिए स्वाधीनता पाना कुछ कठिन बात न होती। वे यह भी कहते थे कि इस प्रकार अथवा किसी और प्रकार स्वायत्तशासन पाये बिना भारत के लिए पूर्ण स्वाधीनता पाना सम्भव नहीं है। उनका विश्वास था, टैररिज्म (त्रास फैलाने) के द्वारा ही सहज में और थोड़े समय में पूर्ण स्वायत्तशासन पाया जा सकता है। यह कार्य-प्रणाली उन्हें बंगाल के किन्ही स्वनामधन्य देशपूज्य नेता से प्राप्त हुई थी। किन्तु इस टैररिज्म को भी सार्थक करने के लिए दल का जैसा गठन करने की आवश्यकता थी वह भी वे न कर सके थे। जैसे किसी जगह के एक मैजिस्ट्रेट को मारना होता तो एक युवक को रिवाल्वर देकर उस जगह भेज देते, यद्यपि पहले से उस जगह पर दल के गठन की कोई चेष्टा न हुई होती थी।

सुनियन्त्रित, उपयुक्त और शक्तिशाली संघ के बिना आजकल कोई कार्य भी सफल नहीं हो सकता; और न भारत के लिए स्वायत्तशासन पाने का अर्थ स्वाधीनता पाना ही है; ऐसे एक विराट् और कठिन कार्य को सफल करने के लिए कैसे विशाल और शक्तिशाली संघ की आवश्यकता थी, हमारे केन्द्र के नेता लोग यह बात भली प्रकार नहीं समझ सके। इसीसे इनकी नायकता में बंगाल में कोई भी विशेष दल नहीं उठ खड़ा होता; इनके दल का क्षुद्र दायरा ग्राम की सीमा पार नहीं कर पाता। इस प्रकार कार्य करने से कृतार्थ न होने की सम्भावना थी; इसी से केवल इनके यत्न

से, कहा जा सकता है, त्रास (Terrorism) की कोई चेष्टा सार्थक नहीं हुई। इस कार्यप्रणाली के विषय में इनके साथ मेरा प्राय: घोर विवाद होता था।

इस प्रकार दल का आदर्श केवल टैररिज्म रक्खा जाने के कारण ही मेरे समान अनेकों युवक इनके आदर्श में जी-जान एक करके साथ न दे सकते थे। और इस प्रकार के त्रास का आदर्श सचमुच चिन्ताशील युवकों के हृदयों को आकर्षित नहीं कर सकता। यथार्थ में खूब ऊँचे, उदार और विशाल आदर्श की प्रेरणा के बिना कोई व्यक्ति अपने जीवन की और अपने सर्वस्व की बाजी लगाकर देश के कार्य में योग नहीं दे सकता। इसीसे टैररिज्म के आदर्श पर लोक-संग्रह सम्भव न था। इसीलिए लोक-संग्रह के लिए अन्यान्य अनेक आदर्श लाये जाते और विप्लव-समिति की कार्यप्रणाली के विषय में प्राय: सबको ही घोर अँधेरे में रक्खा जाता। इस प्रकार केवल कुछ लोगों का संग्रह करके उनके द्वारा टैररिज्म के काम कराये जाते, यह बात हमारे मन के माफ़िक न थी। रासबिहारी और उनके मतावलम्बी युवकों के साथ बातचीत होने के बाद जिस दिन पहले-पहल इन सब नेताओं के साथ मेरा परिचय हुआ उस दिन मैं, एकदम स्तब्ध-सा हो गया था, सोचता था यह फिर कैसे दल में आ घुसा! उनकी बातों का प्रतिवाद मैंने उसी दिन किया था और रासबिहारी के साथ फिर बातचीत होने पर उनसे भी इस विषय में शिकायत की थी। उसी दिन से रासबिहारी ने मुझसे कह दिया कि कर्मयोग और धर्मसाधना की बातों के सिवाय अपनी कार्यप्रणाली के विषय में कोई बात इनके साथ फिर मत करना।

रासबिहारी बचपन से ही इनके संसर्ग में थे, पर इनकी प्रकृति के साथ उनकी प्रकृति का मेल न था। ज़रा बड़े होकर जब वे देहरादून नौकरी करने गए तभी वे अपने कार्य की धारा की अपने आप ही सृष्टि करने लगे। प्रकृति देवी जैसे सबसे अलक्षित ही अपने सब कार्यों की सृष्टि कर डालती हैं, रासूदा भी वैसे ही अपने नेताओं से अज्ञात एक विशाल दल खड़ा कर डालते हैं, बेशक कार्य कुछ आगे बढ़ जाने के बाद केन्द्र के नेताओं को उन्होंने बहुत कुछ बतला दिया था। रासबिहारी इनके समान केवल त्रास (Terrorism) के पक्षपाती न थे, इसी कारण उनकी कार्यप्रणाली एक और ही किस्म की थी। किन्तु इनके साथ मत का मेल न रहने पर भी रासबिहारी विरोध और दलबन्दी के पक्षपाती न थे, इसी से इनके साथ जहाँ तक सम्भव होता था मिलजुलकर ही काम करते थे।

एक और कारण से भी केन्द्र के नेताओं के साथ हमारा भारी विरोध रहता था। ये नेता लोग समझते थे कि आध्यात्मिकता का गूढ़ मर्म केवल वे ही लोग प्राप्त कर सके थे, इसीसे उनके साथ मतभेद होते ही वे कह देते कि हम लोग बिल्कुल पाश्चात्य आदर्श में मतवाले हो गये हैं, मानो त्रास फैलाने (Terrorism) की अपेक्षा खालिस विप्लव की चेष्टा अधिक पाश्चात्य आदर्श से अनुप्राणित थी,

विरुद्ध पक्ष के मत का खण्डन करने की यह अकाट्य युक्ति आजकल बहुत लोगों की ज़बान पर सुनी जाती है।

ये लोग अनेक प्रकार से प्रचार करते थे कि वैराग्य-साधना अथवा ध्यान-धारणा और समाधि का मार्ग ही भगवान् को पाने का एकमात्र श्रेष्ठ मार्ग नहीं है। इसी से ये लोग प्रचार करते थे कि संसार को बिना त्यागे बिना संसार के सब कार्यों को ठीक प्रकार करते हुए संसार में अनासक्त होकर रहना ही श्रेष्ठ मार्ग है, किन्तु व्यवहारक्षेत्र में ये अपनी क्षुद्र टोली को राजनीति से प्रयत्नपूर्वक पृथक् कर रखने की भरपूर चेष्टा करते थे। इसीसे हमारे साथ इनका नित्य ही विरोध होता। जिस दिन पंजाब का विप्लवायोजन विफल होने के बाद हमने इस केन्द्र में आकर जरा दम लेने के लिए आश्रय लिया उसी दिन इन लोगों ने चुटकी लेकर हम से कहा था, "बहुत कूद-फाँद हो चुकी, अब जरा शान्त होकर बैठकर भगवान् की आराधना करो।"

हमारा विचार है कि इनकी प्रकृति विप्लव धर्म की विरोधी थी, इसी से ये लोग अनेक घटनाचक्र में पढ़कर क्रमशः इस विप्लव के चक्कर से बहुत दूर हटते गए। ये लोग मुँह से ज्ञान, कर्म और वैराग्य के बीच समन्वय करके चलने के आदर्श का प्रचार भले ही करते थे, किन्तु कार्यक्षेत्र में और सब प्रकार से संसार के कार्य में लिप्त रहकर भी राजनीति से, विशेषतः जिस राजनीति के आदर्श का अनुसरण करने से अंग्रेज सरकार के साथ विरोध होना ज़रूरी होता उस मार्ग से बड़े यत्न के साथ बच-बचकर चलने की चेष्टा करते थे। निःसन्देह जब तक ये लोग दूसरे विप्लवियों के संस्पर्श में थे, तब तक सब तरह से भीषण विपत्ति की भी परवाह न करते हुए उन सब विप्लवियों की सहायता करते थे, किन्तु इनकी प्रकृति दूसरी तरह की थी इसी से इन्होंने प्रायः इन सब विप्लवियों का संग छोड़ दिया था। जिस प्रकार वैराग्य की प्रवृत्तिवाले महापुरुष पहले-पहल संसार और भोग में लिप्त रहते हैं, किन्तु स्वधर्मवश धीरे-धीरे उसी वैराग्य के मार्ग का अवलम्बन कर अन्त में संसार त्याग देते हैं, उसी प्रकार हमारे ये नेता लोग पहले-पहल विप्लव समिति के साथ अन्तरंग रूप से लिप्त थे, पर स्वधर्मवश ये लोग सब प्रकार के विप्लव के अनुष्ठान से धीरे-धीरे दूर सरक गए और अन्त में विप्लव कार्य में योग देना तो इन्होंने छोड़ दिया लेकिन हाँ बस संसार को ही नहीं छोड़ा इसी प्रकार राजनीति को ही छोड़ा पर और सब प्रकार से समाज की सेवा ये लोग करते रहे।

इन सब कारणों से इनके साथ हमारा मन न मिलता था। जब तक रासबिहारी देश में थे तब तक वे इनसे दूर-दूर रहने पर भी इनको बड़ा मानकर चलते थे, मालूम होता है इसका प्रधान कारण यह था कि रासबिहारी बचपन से ही इन्हीं की नायकता में ऊपर उठे थे, किन्तु क्रमशः रासूदा के चरित्र में भी ऐसा परिवर्तन हो गया था कि

भारत त्याग करने से पहले जब वे इनके पास अन्तिम बार आए थे तब ये रासूदा के व्यक्तिगत प्रभाव को देखकर कह उठे थे, "इसे किस प्रकार छिपा रखें? इसे जो देखेगा उसीकी दृष्टि इस पर अटक जाएगी, इसे देख कर ही मानो मालूम होता है 'हाँ, एक मनुष्य–असल मनुष्य' बैठा है।" जिस समय की यह बात है उस समय इनके मकान की मरम्मत का काम चलता था इसीलिए कुली मज़दूर आदि नित्य मकान के भीतर जाया–आया करते थे। इन सब कुली–मज़दूरों के जाने–आने का ख्याल करके ही उन्होंने यह बात कही थी। एक दिन यही रासूदा के गुरु के समान थे, किन्तु अन्त में शिष्य के प्रभाव से मुग्ध हो गए थे। रासबिहारी के विदेश चले जाने के बाद से क्रमशः हम लोग इन सब नेताओं से दूर हटते गए। इस समय बंगाल में जो सब विप्लव दल थे उनमें से ढाका के विप्लव दल के साथ हम सबसे अधिक घनिष्ठ रूप से मिल–जुलकर काम करते थे।

(3) ढाका अनुशीलन समिति की कहानी

बंगाल में सभी विप्लव दलों की धारणा थी कि ढाका की अनुशीलन समिति दूसरी विप्लव समितियों के साथ–मिलजुलकर काम करने को अनिच्छुक है, अथवा बंगाल की कोई भी विप्लव समिति ढाका की अनुशीलन समिति के साथ मिल–जुलकर काम न कर सकेगी। किन्तु वे लोग यह न जाते थे कि ढाका की समिति चन्दन नगर अथवा रासबिहारी के दल के साथ पूरी तरह मिल गई थी, और यह मिलना यूरोपियन महायुद्ध से बहुत पहले ही हो गया था। मेरी जहाँ तक जानकारी है उससे इतना कह सकता हूँ कि सब दोष–गुण मिलाकर यह ढाका की अनुशीलन समिति बंगाल की अन्याय अनेक विप्लव समितियों की अपेक्षा श्रेष्ठ थी। इनके समान बड़ा दल बंगाल में और किसी विप्लव समिति का न था। पूर्व बंगाल और उत्तर बंगाल के प्रायः प्रत्येक जिले में इनकी शाखा–प्रशाखाएँ थीं। यह तो सभी मानते हैं कि संख्या और विस्तार में बंगाल के सब विप्लव दलों में ये बढ़े–चढ़े थे। किन्तु पश्चिम बंग के विप्लव दल के नेता पूर्व बंग के दल को कम बुद्धिमान् समझते थे, इसीसे पूर्व बंग के दल को वे विश्वास की दृष्टि से न देखते थे। पश्चिम बंग के विप्लव दल के युवक लोग पूर्व बंगाल के युवकों की अपेक्षा अपने को अधिक संस्कृत और सुशिक्षित (Cultured) समझते थे। इसके सिवाय ढाका की अनुशीलन समिति को बंगाल के प्रायः सभी विप्लव दल परिमाण में छोटा होने के कारण ईर्ष्या की दृष्टि से देखते थे, इन्हीं सब कारणों से चन्दन नगर अथवा रासबिहारी के दल को छोड़कर बंगाल का और कोई दल भी ढाका के अनुशीलन दल के साथ मिलकर एक अखण्ड दल खड़ाकर लेने को इच्छुक न था। मनुष्य का अहंकार बड़ी भयानक वस्तु है। यह

मनुष्य को ऊपर उठाने में जैसे सहायता करता है वैसे ही नीचे गिराने में भी कसर नहीं करता। अहंकार को सुसंयत करना बड़ा कठिन काम है, इसी से प्राय: सभी जगह अनेक अनर्थों की सृष्टि इसी अहंकार से हुई है। बंगाल में भिन्न-भिन्न विप्लव दल मिलकर एक विराट् दल में परिणत न हो सके इसका मुख्य कारण इन भिन्न-भिन्न दलों के नेताओं की क्षुद्र अहंकार-बुद्धि ही थी। बंगाल का कोई दल यदि दूसरे दलों के साथ मिल-जुलकर एक होने की चेष्टा नहीं करता, और अन्त में चेष्टा करने पर भी कृतकार्य नहीं हो सकता तो इसी अहंकार के प्रभाव के कारण। इसीलिए बंगाल में अनेक क्षुद्र विप्लवदलों का अस्तित्व था। ऐसा जान पड़ता है मानो बंगाल में कार्यकर्ता उनकी अपेक्षा नेताओं की संख्या ही अधिक है। बंगाल में जो दस युवकों को भी एकत्र कर पाया वही एक नेता बनकर खड़ा हो गया; एक बार नेता हो जाने पर फिर वे अन्य किसी दल के साथ मिल जाना स्वीकार न करते; इसका प्रधान कारण यही था कि ये सब नेता कहलानेवाले सोचते थे कि इस प्रकार अन्यान्य दलों के साथ मिल जाने से उनकी स्वतन्त्रता एकदम नष्ट हो जाएगी। मेरा विचार है कि बंगाल के भिन्न-भिन्न क्षुद्र दलों के नेताओं के मन में ऐसा भाव था, इसी कारण वे ढाका के दल के साथ मिलना स्वीकार न करते थे; वे सोचते थे कि किसी बड़े दल के साथ मिल जाने से उनका क्षुद्रत्व प्रकट हो जाएगा और उस बड़े दल में शायद उनकी प्रधानता कुछ भी न रहेगी। बहुत बार मैंने स्वयं बंगाल के कुछ विप्लवदलों को ढाका दल के साथ मिलाने की चेष्टा की है, किन्तु किसी बार भी कृतकार्य नहीं हुआ। नि:सन्देह ऐसा मिलाप न होने का एक और भी विशेष कारण था। बंगाल के भिन्न-भिन्न विप्लव दलों के बीच ऐसे कोई प्रतिभावान् शक्तिशाली पुरुष नहीं हुए जिनकी व्यक्तिगत मोहनी शक्ति के बल से खिंचकर भिन्न-भिन्न दल अन्त में एक दल में परिणत हो सकते। अवश्य ही वैसे किसी प्रभावशाली व्यक्ति के होने पर भी बंगाल के सब दल मिलकर एक हो जाते कि नहीं इस में भी सन्देह है।

चाहे जिस कारण से हो बंगाल के प्राय: सभी विप्लव दल ढाका की समिति के प्रति असन्तुष्ट थे। शायद इसका एक कारण यह था कि पूर्व बंगाल की अनुशीलन समिति के प्राय: सभी सदस्यों के मन में कुछ ऐसे गर्व का भाव था कि उनके समान शक्तिशाली दल बंगाल में और कोई नहीं है। जान पड़ता है कि इसीलिए पश्चिम बंगाल के विप्लव दलों का पूर्व बंगाल के दो-एक छोटे-छोटे विप्लव दलों के प्रति वैसा द्वेष न था जैसा इस ढाका समिति के प्रति था। ऐसा होने का एक कारण भी था। ढाका समिति पुलिन बाबू द्वारा स्थापित हुई थी। और इन पुलिन बाबू की प्रकृति में स्वेच्छाचारिता (autocracy) का भाव भयानक रूप से प्रबल था। पुलिन बाबू सचमुच और किसी के साथ मिलकर काम करने के पक्षपाती न थे। पुलिन बाबू का आधिपत्य जहाँ जरा भी कम हो वहाँ पुलिन बाबू का रहना असम्भव होता, इस अंश में पुलिन बाबू

और वारीन बाबू एक ही प्रकृति के आदमी थे। इसी कारण पुलिन बाबू और वारीन बाबू की विद्यमानता में ढाका की समिति और किसी समिति के साथ न मिल सकी, और बहुत कुछ पुलिन बाबू के कारण ही उसी समय से बंगाल के सभी दल ढाका समिति के प्रति असन्तुष्ट हो जाते हैं और समय बीतने पर वही असन्तोष की आग क्रमशः बुरा रूप धारण कर लेती है। असल में मिल-जुलकर काम करने के लिए जो समझौते की प्रवृत्ति (compromising attitude) होनी चाहिए, पुलिन बाबू में उस जिन्स का विशेष अभाव था। किन्तु पुलिन बाबू को जेल होने के बाद ढाका समिति में एकछत्र आधिपत्य और किसी का नहीं रहता। तभी से यह समिति बहुत-कुछ गणतन्त्र के आदर्श पर गठित हो गई। बंगाल के भिन्न-भिन्न दल अपने नेताओं के नाम से ही परिचित थे, जैसे यतीन बाबू का दल, विपिन बाबू का दल इत्यादि। किन्तु पूर्व बंगाल की इस ढाका समिति का कोई एक निर्दिष्ट नेता न रहने से यह अन्त तक ढाका अनुशीलन समिति के नाम से ही परिचित होती आई है। इस प्रकार सर्वांश में एक व्यक्ति के नेतृत्व में न रहने से यह दल कुछ कम शक्तिशाली हो गया हो सो भी नहीं, कारण कि जितने आँधी-तूफानों में इस ढाका समिति को गुजरना पड़ा है उतने किसी दल ने भी सहे हैं कि नहीं इसमें सन्देह है। बार-बार विषम विपत्तियों में पड़कर भी फिर यह दल सिर उठाकर खड़ा हो गया है। पूर्व बंग के युवकों की यही एक विशेषता है कि वे एक बार जिसे ग्रहण कर लें उसे जीवन रहते तक चिपटकर पकड़े रहते हैं। पश्चिम बंग के लोग पूर्व बंगाल के चाहे जितने दोष देखा करें, मुझे तो प्रतीत होता है कि पूर्व बंगाल के युवक पश्चिम बंग के युवकों की अपेक्षा अधिक सरल और अधिक दृढ़प्रतिज्ञ निकलते हैं। पश्चिम बंग के लोगों में आन्तरिकता कम है, और स्वदेशी युग के इतिहास की आलोचना करने से देखा जाता है कि पूर्व बंगाल सभी प्रकार से राष्ट्रीय कार्यों में पश्चिम बंगाल की अपेक्षा अधिक अग्रसर रहा है। पूर्व बंगाल के युवक और सब बातों में अच्छे हैं, पर उनमें यह एक बड़ा दोष है कि वे अनेक बार बड़े तिकड़मी (intriguing) साबित होते हैं और उनमें, मालूम होता है, संकीर्ण प्रादेशिकता का भाव भी कुछ प्रबल है। खैर, जो भी हो, पुलिन बाबू के बाद ढाका समिति के जो नेता हुए, उन्होंने बहुत कुछ समझ लिया था कि देश के भिन्न-भिन्न विप्लव दल मिल-जुलकर सम्पूर्ण रूप से एक न हो जाएँगे तो देश का मंगल नहीं है। इसी से वे देश के सभी दलों के साथ मिलने को इच्छुक थे, इसीलिए सम्भवतः बारी-साल षड्यंत्र के मामले के समय ही ढाका समिति चन्दन नगर दल के साथ मिल जाती है। काशी का दल भी इस ढाका समिति की मार्फत ही रासबिहारी के उत्तर भारत के दल के साथ परिचित हुआ। इस प्रकार हमारा दल पूर्व बंगाल से लेकर पंजाब तक फैलकर एक साथ काम करता रहा। पंजाब के विप्लवायोजन के संवाद भी अधिकांश स्थानों में इसी ढाका समिति की मार्फत ही बंगाल के भिन्न-भिन्न विप्लव दलों के पास भेजे जाते थे। लाहौर, दिल्ली, काशी, चन्दन नगर और ढाका के विप्लव

दल इस प्रकार बिल्कुल एक हो जाते हैं। किन्तु इस बात को बंगाल के अन्यान्य विप्लव दल उस समय घुणाक्षर न्याय से भी न जान सके थे।

जिस समय डिफेंस ऑफ इंडिया एक्ट (भारत रक्षा कानून) के कई हज़ार युवक केवल सन्देह के फेर में बिना विचारे क़ैद हो गए, उस समय बंगाल के सभी दलों ने शक्तिहीन होकर परस्पर मिल-जुलकर एक साथ काम करने की इच्छा प्रकट की और कुछ दिन तक उस प्रकार कार्य चला भी। मिलाप यदि समय रहते हो जाता तो शायद फल और ही तरह का हो सकता था। रासबिहारी भारत छोड़ने से पहले जब एक बार कलकत्ता के निकट कहीं आए, उस समय उन्होंने कलकत्ता अंचल के भिन्न-भिन्न दलों के निकट मिलकर एक हो जाने का प्रस्ताव कर भेजा। किन्तु कलकत्ता अंचल के किसी भी दल ने इस मिलने वाले प्रस्ताव की कुछ परवाह नहीं की। विवश होकर रासूदा को इस चेष्टा से हाथ खींचना पड़ा।

जो हो रासूदा की विदेश यात्रा के बाद भी हम इस पूर्व बंगाल के दल के साथ पहले की तरह ही मिलकर काम करने लगे रासूदा की विदेश यात्रा का खर्च एक हज़ार रुपया, इसी ढाका समिति से लिया गया। जिस समय रासूदा को विदेश भेजा गया तब तक भी बंगाल के विप्लव दलों की शक्ति कुछ भी कम न हुई थी। प्रत्युत उस समय बंगाल के भिन्न-भिन्न विप्लव दलों के बीच प्रतियोगिता चलती थी कि कौन कितना काम करके दूसरे दलों को लज्जित कर सकता है। रासूदा को विदेश भेजकर हमने समझा था कि विदेश से अस्त्र मँगाने की चेष्टा हमारे दल से ही सबसे पहले हुई है, किन्तु हम उस समय न जानते थे कि यतीन बाबू के दल ने भी ठीक इसी समय अपने आदमी विदेश भेजे थे। देश में चाहे हम भिन्न-भिन्न दल इस प्रकार विच्छिन्न होकर कार्य करते थे किन्तु विदेश में उस समय सभी दल, मालूम होता है, मिल गए थे।

इस समय की घटनाएँ भली भाँति मेरी जानी नहीं है, विशेषकर विदेश में किस प्रकार काम चलता था उसकी अनेक बातें मैं नहीं जानता, क्योंकि रासूदा के विदेश जाने के दो-तीन मास बाद ही मैं पकड़ा गया। तो भी पूर्व बंग के गिरिजा बाबू जब नवम्बर मास (सन् 1915) में पकड़े जाकर काशी आए थे, तब उनसे सुना था कि रासूदा ने कहीं संवाद भेजा है कि वे शीघ्र ही देश वापस आने वाले हैं। उनके साथ बात थी कि विप्लव चलाने के लिए उपयुक्त अस्त्र-शस्त्र यथेष्ठ परिमाण में पहुँचाने का पूरा बन्दोबस्त कर चुकने पर ही देश आएँगे, इसीसे उनकी 'देश वापस आता हूँ' यह खबर पाकर हमने समझा कि उन्होंने अस्त्र-शस्त्र पहुँचाने का कोई अच्छा बन्दोबस्त कर लिया है। किन्तु ठीक उसी समय एक और विश्वस्त सूत्र से हमने जान पाया कि सरकार विदेश से अस्त्र लाने के सभी संवाद जान गई थी और भारतवर्ष के तट के निकट दो-तीन अस्त्र भरे जहाज़ भी कहीं पकड़ लिये गए हैं। पीछे रौलट

कमेटी की रिपोर्ट में अनेकों बातें पढ़ी। विगत विप्लव युग के इतिहास का यह अंश श्रीयुत नलिनीकिशोर गुह प्रणीत 'बांगलाय विप्लववाद' में विस्तृत रूप से आलोचित हुआ है। विप्लव युग के इस अंश को मैं नलिनी बाबू के ग्रन्थ से ही कुछ-कुछ उद्धृत करके पाठकों की भेंट करूँगा।

(4) विदेश में भारतीय विप्लवादी गण

भारत की विप्लव चेष्टा को सार्थक करने के लिए विदेशी राजशक्ति की सहायता अत्यन्त आवश्यक है, यह बात भारत के प्रायः सभी विप्लवादी स्वीकार करते थे। वे जानते थे कि पृथ्वी पर अंग्रेजों के जो अनेक शत्रु हैं, सुविधा और सुयोग पाने पर वे भारतवासियों को भी अंग्रेजों के विरुद्ध सहायता देने में पीछे न रहेंगे, और यदि भारतवर्ष में वैसे उपयुक्त नेताओं का आविर्भाव हो जाय तो वे एक ऐसी अन्तर्राष्ट्रीय समस्या की सृष्टि कर सकेंगे जिसके द्वारा पृथ्वी के शक्तिशाली साम्राज्यों के बीच प्रतिद्वन्द्विता और ईर्ष्या का सदुपयोग करके वे भारतवर्ष को स्वाधीनता के उच्च शिखर पर ले जाने में समर्थ हो जायें।

संसार में ऐसे दृष्टांतों का अभाव नहीं है जहाँ प्रबल राजशक्तियों के परस्पर के द्वन्द्व के कारण अपेक्षाकृत दुर्बल जातियाँ प्रबलों के ग्रास से छुटकारा पा गईं हैं। एवं पुराने जमाने की अपेक्षा आजकल यह बात, मालूम होता है, और भी निःसंशय रूप से कहीं जा सकती है कि पृथ्वी पर ऐसा कोई भी देश नहीं है जिसके भले-बुरे अथवा उत्थान-पतन के साथ पृथ्वी के अन्य देशों का कोई भी सम्बन्ध अथवा स्वार्थ न हो। इसी से भारत के विप्लवादियों की दृष्टि पहले से ही विदेश की तरफ़ आकर्षित हुई थी। किन्तु वे यह भी भली प्रकार जानते थे कि भारत का विप्लव दल यदि उपयुक्त रूप से शक्तिशाली न होगा तो विदेशियों की सहायता भारतवासी ग्रहण न कर सकेंगे, और सहायता ले सकनेवाले आदमी न रहें तो सहायकों के रहने से भी कुछ नहीं बनता। प्रबल की सहायता और प्रबल की दुर्बल को निगल लेने की चेष्टा इन दोनों के बीच जो भेद है उसे भारत के विप्लववादी खूब समझते थे, और ठीक इसी कारण से बहुत दिन तक, जबतक घर में शक्ति न थी, देश के विप्लव दल ने विदेशों की ओर दृष्टि नहीं लगाई थी।

किन्तु विप्लव चेष्टा के आरम्भ से ही इस प्रकार विदेशों की ओर दृष्टि रखी जाती तो गत जर्मन-युद्ध के समय भारत का विप्लवायोजन विलकुल व्यर्थ न होता। भारतीय विप्लव दल में वैसे कोई दूर दृष्टिवाले प्रतिभावान् उपयुक्त पुरुष न रहने से ठीक समयानुसार वे देश को भी तैयार न कर सके, और ठीक किस समय से विदेशियों के साथ सम्बन्ध सूत्र स्थापित करना उचित है, यह भी वे निर्णय न कर सके।

विप्लववादी भारतवासियों में से सबसे पहले श्यामजी कृष्ण वर्मा विदेश गए और उनके संस्पर्श से और उनकी चेष्टा से अनेक विदेशस्थ भारतीय युवक विप्लव धर्म में दीक्षित होते रहे। सन् 1905 के दिसम्बर महीने में श्यामजी ने, इस बात का विचार किया कि छः उपयुक्त भारतवासियों को छः हज़ार रुपया वृत्ति देंगे जिससे वे यूरोप, अमेरिका और पृथ्वी के अन्यान्य स्थानों में घूमकर भारतवासियों को स्वाधीनता के मन्त्र में दीक्षित करने के लायक शिक्षा उपार्जन कर सकें। इसी समय एस. आर. राणा नामक एक महाराष्ट्र के सज्जन ने श्यामजी के पास पैरिस से इसी विषय का एक पत्र लिखा कि वे भी तीन भारतवासियों को छः हज़ार रुपया राह खर्च के लिए वृत्ति देंगे, और ये वृत्तियाँ राणा प्रतापसिंह, शिवाजी और किसी स्वनामधन्य मुसलमान राजा के नाम पर समर्पित की जायेंगी। इनका उद्देश्य था इस प्रकार उपयुक्त शिक्षित भारतवासियों को भारत के बाहर लाकर विप्लव कार्य में उपयुक्त कार्यकर्त्ता रूप से तैयार कर देना। किन्तु इनकी चेष्टा से कोई विशेष कार्य हुआ कि नहीं, मुझे मालूम नहीं।

ईसवी सन् 1906 में विनायक दामोदर सावरकर नामक एक प्रतिभावान महाराष्ट्र–ब्राह्मण लन्दन में बैरिस्टरी पढ़ने गए, और इनके आने पर श्यामजी कृष्ण वर्मा का कार्य खूब तेजी से अग्रसर हुआ। किन्तु ये भी विदेश की किसी भी राजशक्ति के साथ कोई भी सम्बन्ध–सूत्र स्थापित नहीं कर पाये।

विनायक दामोदर लन्दन में ही रहते थे। जब बंगाल के प्रसिद्ध हेमदास भी विलायत गए, किन्तु हेमदास बम और विस्फ़ोटक पदार्थ बनाने की शिक्षा पाने की खातिर ही विदेश गए थे, इसीसे उन्होंने भी विदेशी राजशक्ति के साथ कोई भी सम्बन्ध स्थापित करने की चेष्टा नहीं की।

पंजाब के विख्यात लाला हरदयाल भी इस समय विलायत में थे एवं विलायत के विप्लववादियों के संस्पर्श में आकर वे भी पूरे उद्यम से विप्लव कार्य में योग देने लगे, किन्तु इन्होंने भी उस समय किसी राजशक्ति की सहायता लेने की ओर ध्यान नहीं दिया।

इसी बीच स्वदेशी आन्दोलन की प्रबल बाढ़ में बंगाल प्लावित हो गया और बंगाल के अशान्त युवकों के मन–प्राण, उस समय दुस्साध्य साधन में, विपत्ति के मुँह में कूद पड़ने लगे। इतने दिन तक केवल धनियों की ही सन्तान बैरिस्टरी अथवा आई. सी. एस. पढ़ने के लिए अथवा विलायत के भोगविलास के दृश्य अपनी आँखों देख आने के लिए ही भारत के बाहर जाया करती थी, किन्तु बंगाल के नवजागरण के प्रभाव से कई युवक देश सेवा के आदर्श से उद्‌बुद्ध होकर और दूसरे ऐसे भी अनेकों जो देश शान्त, सुबोध, भले लड़के होने की ख्याति पाने से वंचित थे, जिनकी उद्दाम प्रकृति की अशान्ति गति देश की आबहवा में प्रकाशित होने का सुयोग न पाती थी–ऐसे भी अनेकों युवक अमेरिका में आ इकट्‌ठे हुए इनमें से श्रीयुत तारकनाथदास के नाम से हम लोग सुपरिचित हैं।

श्यामजी कृष्ण वर्मा लन्दन में कुछ दिन काम करने के बाद अन्त में फ्रांस भाग आने को विवश हुए। इस समय पैरिस में एक विप्लववादी पारसी रमणी भी थी, जिसका नाम था मैडम कामा।

लाला हरदयाल भी इसी बीच एक बार देश आकर फिर अमेरिका वापस चले आए। अमेरिका के कुछ विश्वविद्यालयों में उन्होंने बीच के कुछ दिन हिन्दू-दर्शन-शास्त्र के अध्यापक का काम भी किया। इसी समय तारकनाथदास भी अमेरिका के एक विश्वविद्यालय में अध्यापक नियुक्त हो गए। इनके सिवाय और भी एक बंगाली सज्जन इस समय अमेरिका के एक विश्वविद्यालय में अध्यापक का कार्य करते थे। यही 'बाँगलाय विप्लवाद' में उल्लिखित सुरेन्द्रकर थे कि नहीं, कह नहीं सकता। अमेरिका में 'गदर' दल स्थापित होने के कुछ दिन बाद लाला हरदयाल और बंगाली अध्यापक ने एक बार अमेरिका के तत्कालीन प्रेसीडेण्ट के साथ भेंट की और उनसे अनुरोध किया कि अमेरिका में भारतवासियों को युद्ध-विद्या सीखने और अन्यान्य कई विषयों में सुयोग दिया जाय। अमेरिका के प्रेसिडेण्ट ने उनसे भेंट ही की; उनके किसी अनुरोध को माना नहीं। इधर अकृतकार्य होकर उन्होंने एक अन्य राजशक्ति के पास अपना आवेदन रखा और इस दफ़ा उनका आवेदन स्वीकृत भी हो गया। इस घटना का इस पुस्तक के प्रथम भाग में (तीसरे परिच्छेद में) उल्लेख किया गया है। किन्तु अमेरिका के इस विप्लव दल के साथ भारत के विप्लव दल का वैसा सम्बन्ध न था।

इसी समय या इससे कुछ पहले बंगाल की एक विप्लव समिति की ओर से एक युवक को बर्लिन भेजा गया, किन्तु ये जर्मन सरकार के ऊपर कुछ भी प्रभाव न डाल सके। विदेशी राजशक्ति पर प्रभाव डालने के लिए जिस योग्यता और चरित्रबल की आवयकता होती है, इन युवक में इसका अभाव था।

जो हो, जिस समय अमेरिका में विप्लव दल एक विदेशी राजशक्ति के साथ सम्बन्ध सूत्र स्थापित करने से कृतकार्य हुआ उससे कुछ ही दिन बाद यूरोप का महायुद्ध छिड़ गया; और लाला हरदयाल, तारकनाथ आदि अमेरिका छोड़ यूरोप भाग आए। उनकी विप्लव की सुन्दर योजना इस प्रकार विफ़ल हो गई।

लालाजी पहले कौन्स्टैण्टिनोपल आए और फिर जेनेवा होकर बर्लिन में अन्यान्य भारतीय विप्लववादियों के साथ आ मिले।

यूरोपियन युद्ध आरम्भ होते ही अलीगढ़ जिले के एक समृद्ध जमींदार श्रीयुत महेन्द्रप्रतापसिंह स्विटज़रलैंड गए। लाला हरदयाल के जेनेवा आने पर महेन्द्रप्रताप के साथ उनकी भेंट हुई। लाला हरदयालजी के साथ वे बर्लीन आ उपस्थित हुए। इस प्रकार महेन्द्रप्रताप भारतीय विप्लव दल में आ मिले।

लाला हरदयाल आदि के चले आने पर अमेरिका के विप्लव दल का भार रामचन्द्र नामी एक विप्लव दल के नेताओं में डा. चक्रवर्ती और श्रीयुत वीरेन चट्टोपाध्याय प्रमुख थे।

ये वीरेन चट्टोपाध्याय हमारे अघोर चट्टोपाध्याय महाशय के पुत्र हैं। श्रीमती सरोजिनी नायडू और 'शमा' पत्रिका की वर्तमान सम्पादिका श्रीमती मृणालिनी चट्टोपाध्याय इन्हीं वीरेन्द्र की ही बहनें है। वीरेन्द्र ने एक धर्मप्राण रोमन कैथोलिक युवती[1] का पाणिग्रहण किया है, किन्तु इन दम्पति में यथेष्ट प्रेम रहने पर भी इन दोनों के ही धर्म-विश्वास इतने दृढ़ थे कि इनमें परस्पर इन धर्म-विश्वासों के कारण बड़ी अशान्ति रहती, इसी से अन्त में इन्होंने अलग रहना आरम्भ कर दिया। अब भी इनमें से किसी ने दूसरा विवाह नहीं किया और एक-दूसरे से दूर-दूर रहने पर भी इनके प्रेम में कोई व्यतिक्रम नहीं हुआ। वह ही युवती अब भी चट्टोपाध्याय महाशय का सब खर्च-भार उठाती है।

खैर, यूरोपियन महायुद्ध आरम्भ हो जाने पर अमेरिका और यूरोप के विभिन्न विप्लव दलों के नेता जर्मनी में एकत्र हो गए, और जर्मन सरकार के राजप्रतिनिधियों के साथ परामर्श करके एक साथ भारत के विप्लव संघटन का आयोजन करने लगे।

जर्मनी में जो सब भारतीय विप्लवी इकट्ठे हुए थे उनमें हरदयाल, तारकनाथ, बरकतुल्ला, चन्द्रकुमार चक्रवर्ती, हेरम्बलाल गुप्त, वीरेन्द्र सरकार, महेन्द्रप्रताप और चम्पकरामन पिल्लै का नाम रौलट कमेटी की रिपोर्ट में देख पाते हैं। चम्पकरामन स्विटजरलैंड के विप्लव दल के सभापति थे। वीरेन चट्टोपाध्याय का नाम हमने बहुत बार अनेक कागज़ों में देखा है।

पहले हरदयाल आदि कई सज्जनों ने जर्मनी के बाहर से सम्भवतः स्टाकहाल्म शहर से एक पत्रिका निकाली। यह पत्रिका निकालने का उद्देश्य था यूरोपियन देशों की भारतवासियों के प्रति सहानुभूति प्राप्त करना और अंग्रेज किस प्रकार इस बीसवीं शताब्दी में भारत पर शासन करते हैं उसका विस्तृत परिचय यूरोप वालों को देना। यूरोप और अमेरिका के भारत-विषयक ज्ञान के प्रचार करने से कितना लाभ है, आज भी हमारे देश-नायक यह भली प्रकार नहीं समझ सके, क्योंकि यदि वे समझ पाते तो उस तरफ अवश्य ध्यान देते।

इस प्रकार अपने स्वार्थों की सिद्धि के लिए प्रचार-कार्य में अंग्रेज कितना रुपया खर्च करते हैं और कैसे विचारशील उपयुक्त व्यक्तियों को इस काम में नियुक्त करते और उनकी कैसी सहायता करते हैं, यह हमारे देश-नायकों की नज़र में अभी तक नहीं पड़ा, इसीसे आज भी जब विदेशों में कुछ भारतवासी इस बात का प्रचार करते हें कि भारतवासी संसार में स्वाधीन होकर ही रहना चाहते हैं तब हमारे अपने देश में देश के नेतागण ब्रिटिश साम्राज्य की महिमा का कीर्तन करते। खैर, जाने दो उस बात को।

---

1. उनका नाम-ग्नेसस्मैड्ले। उनके लेख प्रायः भारतीय पत्रिकाओं में छपा करते हैं।

एक तरफ़ जैसे प्रचार का कार्य चलने लगा दूसरी तरफ वैसे ही भारतवासियों का अस्त्र-शस्त्र जुटवा देने का भी आयोजन आरम्भ हो गया, सब कुछ हुआ पर समय पर कुछ भी न हुआ। चीन के शंघाई शहर में जर्मनी के जो राजप्रतिनिधि (German Consul General) थे, उन्हीं के ऊपर यह अस्त्रादि भिजवाने का सब भार था। फिर ये भी अमेरिका के वाशिंगटन शहर में जो जर्मन राजप्रतिनिधि थे, उनके आदेशानुसार सब काम करते थे। इस प्रकार यूरोप और अमेरिका के सभी भारतीय विप्लव नेता जर्मनी के राजप्रतिनिधि और युद्ध-सचिवों की सहकारिता से भारत में विप्लव की आग प्रज्ज्वलित करने का आयोजन करने लगे।

जर्मन के विभिन्न विद्यापीठों में जो सब भारतीय युवक पढ़ते थे, अंग्रेजों के साथ युद्ध छिड़ते ही जर्मन गवर्नमेंट ने पहले उन्हें क़ैद कर लिया, और पीछे उनमें से बहुतों को भारत में विप्लव प्रचार कार्य के लिए सहमत कर लिया और उनके हाथ में भरपूर रुपया देकर उन्हें भारत भेज दिया, तब भी सम्भवतः यूरोप के (भारतीय) विप्लववादियों के साथ जर्मन गवर्नमेंट की कोई बातचीत न हुई थी। इस प्रकार जर्मनी से रुपया लेकर जो देश में आए उनमें से प्रायः सभी ने वह रुपया हज़म कर लिया। उनमें से केवल दो-एक व्यक्तियों ने देश में आकर विप्लव दल के लोगों के साथ भेंट की। यूरोपियन विप्लव दल यदि पहले से ही सतर्क और चेतन होकर कार्य करता तो ये सब विश्रृंखल घटनाएँ होने की सम्भावना न रहती। रौलट कमेटी की रिपोर्ट पढ़कर तो मालूम नहीं होता कि यूरोप में वैसा कोई शक्तिशाली विप्लव दल था, अमेरिका के 'गदर' दल ने ही यूरोप में जाकर जो कुछ हो सका, किया।

जो हो, जर्मन एक्पर्ट्स (विशेषज्ञों) के साथ परामर्श करके तय हुआ कि बर्मा के सीमा के पास ही भारत में विप्लवप्रवासी युवकों को युद्ध-विषयक कुछ-कुछ शिक्षा देकर बर्मा पर आक्रमण करना होगा, और जिस किसी उपाय से हो, विप्लव चलाने के लिए उपयुक्त अस्त्र-शस्त्र भारवर्ष में विप्लववादियों के हाथ में पहुँचा ही देने होंगे। 'गदर' दल के कुछ सिक्ख जैसे भारतवर्ष में आए थे वैसे ही और भी बहुत-से सिक्ख उस समय अमेरिका, चीन और मलय उपद्वीप में भी थे; इनके द्वारा ही बर्मा पर आक्रमण करने का उद्योग चलता था। उस समय बटेविया (जावा की राजधानी), मनीला (फिलिपाइन्स की राजधानी), बैंकाक (स्याम की राजधानी) और शांघाई आदि स्थानों में भारतीय विप्लववादियों का आना-जाना हरदम जारी था।

इधर जैसे 'गदर' दल का आयोजन चलने लगा; उधर वैसे ही भारत के दल भी बाहर के विप्लव दल के साथ मिल जाने की यथाशक्ति चेष्टा करने लगे। सम्भवतः 1915 ईसवी के फरवरी महीने में यतीन बाबू के दल के श्रीयुत भोलानाथ चट्टोपाध्याय बैंकाक गए, किन्तु इनके द्वारा कार्य कितना आगे बढ़ा यह कह नहीं सकता। यतीन्द्रनाथ लाहिड़ी नामक एक युवक के यूरोप से आने के बाद ही उनके

कथानुसार यतीन बाबू के दल के नरेन्द्रनाथ अप्रैल मास में पहले बटेविया गए और तभी से असल कार्य आरम्भ हुआ। रासबिहारी भी अप्रैल मास में शांघाई में थे। बटेविया और बैंकाक का सम्पूर्ण आयोजन शांघाई के जर्मन कौंसल जनरल के परामर्श से और 'गदर' दल की सहायता से ही चलता था। बटेविया के 'गदर' दल के साथ बंगाल के दल का संयोग स्थापित हो गया था।,

29 अप्रैल, 1915 के दिन कैलिफोर्निया के सानपेड्रो बन्दरगाह से मैवरिक नामी एक जहाज़ भारत के उपकूल की ओर प्रस्थित हुआ। यह जहाज़ पहले स्टैंडर्ड आयल कम्पनी का तेल लाने ले जाने के काम आता था, पीछे सानफ्रांसिस्को की एक जर्मन कम्पनी ने इसे खरीद लिया था। चलते समय इस जहाज़ में सब मिलकर पच्चीस कर्मचारी और पाँच नौकर बने हुए व्यक्ति थे। ये अपने को ईरानी बतलाते थे, पर थे असल में भारतवासी ही। सानफ्रांसिस्को के जर्मन कौन्सिल और विप्लव दल के रामचन्द्र के उद्योग से ही यह जहाज़ भेजा गया था। बात थी कि आनी लार्सन (Aannie Larsen) नामक एक और छोटा जहाज़ अस्त्रादि लेकर इस मैवरिक के साथ रास्ते में मिलेगा और लार्सन के अस्त्रादि मैवरिक ले लेगा। किन्तु आनी लार्सन समय पर मैवरिक से मिल न सका, इससे विवश होकर मैवरिक केवल कुछ भारतवासियों और जर्मन एक्सपर्ट्स (विशेषज्ञों) को लेकर बटेविया आ गया। बटेविया के उच्च अधिकारियों ने मैवरिक की खानातलाशी कराई। किन्तु कोई आपत्तिजनक वस्तु न पाकर मैवरिक को छोड़ दिया। दूसरी ओर आनी लार्सन (Aannie Larsen) जून महीने के अन्त के करीब अस्त्रादि लेकर वाशिंगटन पहुँचा, किन्तु अमेरिका की सरकार ने वे सब अस्त्रादि ज़ब्त कर लिए, वाशिंगटन के जर्मन कौन्सिल ने, उन सब अस्त्रों के लिए दावा किया, पर अमेरिका सरकार ने उसे नामंजूर किया। मैवरिक अन्त में बटेविया से अमेरिका लौट आया और उसीमें नरेन्द्रनाथ (जिनका वर्तमान नाम मानवेन्द्रनाथ राय–एम. एन. राय है) अमेरिका भाग गए।

हेनरी एस. (Henry S.) नामक एक और जहाज़ अस्त्रादि लेकर मनीला पर्यन्त आ गया, किन्तु वहाँ फिलिपाइन के अधिकारियों ने, वे सब अस्त्र जहाज़ से उतरवा लिए। इस जहाज़ में बोहेम नामक एक जर्मन सेनापति थे, इन्ही पर सुनते हैं बर्मा की सीमा के निकट भारतीय विप्लववादियों को सामरिक शिखा देने का भार था। ये सिंगापुर में पकड़े गए। जावा के जर्मन कौन्सिल के साथ परामर्श करके नरेन्द्रनाथ ने ठीक किया था कि मैवरिक के साथ सब अस्त्रादि बंगाल में रायमंगल के पास उतारे जाएँगे। रायमंगल में भी इस बात का सब आयोजन हो गया था, पर मैवरिक आया नहीं। जुलाई, 1915 में अंग्रेज सरकार को सब बातें मालूम हो गई और उसके फलस्वरूप भारत में धर-पकड़ आरम्भ हो गई।

किन्तु इसके बाद भी रासबिहारी ने फिर देश में अस्त्र भेजने का आयोजन किया। इस आयोजन के अनुसार दिसम्बर, 1915 में भारत में विप्लव आरम्भ होने की बात थी। इस बार का आयोजन इस प्रकार था कि एक जहाज़ अस्त्रादि लेकर अण्डमन के सब राजनैतिक क़ैदियों को मुक्त करके सीधा बर्मा पर आक्रमण करता और दूसरे दो जहाज़ अस्त्रादि लेकर भारत के तट पर आते। बंगाल के विप्लव दल की सहायता करने के लिए छियासठ हज़ार गिल्डर्स (हालैंड का चाँदी सिक्का) लेकर एक चीनी सज्जन भारत की ओर आ रहे थे। ये भी सिंगापुर में पकड़े गए। इनके पास रुपये के अतिरिक्त पिनांग के एक बंगाली का पता और कलकत्ते के दो पते पाये गए। सिंगापुर में अवनी मुखर्जी नामक एक और विप्लवी पकड़े गए। उनकी नोटबुक में रासबिहारी का शांघाई का पता, शांघाई के दो चीनियों का पता, चन्दन नगर के मतिलाल राय का पता, कलकत्ता, ढाका और कुमिल्ला के कुछ पते एवं स्याम के एक सिक्ख इंजीनियर अमरसिंह का पता पाया गया। शांघाई में खानातलाशी हुई और जिन दो चीनियों के पते अवनी बाबू की नोटबुक में पाये गए थे। उनके पास बहुत-से रिवाल्वर और कई हज़ार गोलियाँ पाई गईं। पहले के आयोजन में यह ठीक हुआ था कि हेनरी एस. जहाज़ अस्त्रादि लेकर स्याम के इन्हीं इंजीनियर अमरसिंह के पास जाता और उन अस्त्रों आदि का कुछ अंश अमरसिंह के जिम्मे रख देता। रौलट (सिडिशन) कमेटी की रिपोर्ट में छपा है कि अमरसिंह को फाँसी दी गई है, किन्तु इन्हीं अमरसिंह के साथ मेरी अंडमन में भेंट हुई थी। यह सच है कि इन्हें फाँसी का हुक्म हुआ था किन्तु दूसरे अनेक विप्लवियों के साथ इन्हें भी फाँसी के बदले आजन्म कालापानी हो गया था।

जो कुछ अस्त्रपूर्ण जहाज़ भारत की ओर आते थे, सुना था कि उनमें से एक को डच सरकार ने अन्तर्राष्ट्रीय युद्ध नियमों के अनुसार पकड़ लिया था, और एक को सुनते हैं अंग्रेजों के लड़ाई के जहाज़ एच.एम.एस. कार्नवाल (H.M. S. Cornwall) ने अण्डमन के निकट डुबा दिया था। तीसरे जहाज़ का क्या हुआ कह नहीं सकता। इसी बीच यतीन बाबू के दल के एक और युवक भी शांघाई आये, किन्तु बड़ी मुश्किल से शांघाई पहुँचते ही वे पकड़ लिये गए।

इस प्रकार विप्लव योजना की तीसरी चेष्टा भी व्यर्थ हुई। यूरोपियन महायुद्ध आरम्भ होने के एक बरस बाद तक भी भारत के बाहर जाना-आना वैसी कठिन बात न थी, किन्तु जब अंग्रेज सरकार को विप्लव योजना के सभी सम्वाद मिल गए तब से भारत के बाहर जाना-आना अत्यन्त कठिन कार्य हो गया, और इसी कारण अस्त्रपूर्ण जहाज़ अंग्रेजों की प्रखर दृष्टि से बच न सके। इसके सिवाय जर्मनों को भी पश्चिमी सीमान्त के युद्ध में इतना व्यस्त होना पड़ा कि इधर वे, उस प्रकार ध्यान न दे सके। भारतीय विप्लव दल भी अपने अस्तित्व का ऐसा कुछ परिचय न दे सका कि विदेशी राज-शक्तियों की दृष्टि इधर आप-से-आप खिंचती। यदि युद्ध के बहुत पहले से ही

भारतीय विप्लव दल विदेशों की ओर उस प्रकार ध्यान दे सकते तो अवश्य ही और तरह का फल होता।

जो लोग यह सोचते हैं कि संसार की इम्पीरियलिस्टिक (साम्राज्यकामी) गवर्नमेंटों से भारतीय विप्लववादियों की सहायता पाने की आशा बिल्कुल दुराशा मात्र थीं उन्हें जान लेना चाहिए कि संसार की इन साम्राज्यकामी गवर्नमेंटों की परस्पर शत्रुता के कारण ही चीन अब तक अत्यन्त बुरी अवस्था में रहने पर भी एकदम असहाय होकर पराधीनता की जकड़ में नहीं आया, अफ़गानिस्तान, फारिस, तुर्की आदि देश भी इसी प्रकार विभिन्न राजशक्तियों की सहानुभूति और सहायता पाकर ही क्रमशः एक-एक शक्तिशाली जाति के रूप में परिणत होते जाते हैं, पिछले बोअर युद्ध के समय जर्मनी ने बोअरों की अस्त्र-शस्त्र द्वारा कम सहायता नहीं की, और अभी पिछले युद्ध के कारण तुर्की की दशा तो एकदम निढाल हो गई है, कमालपाशा ने तो उस समय एक प्रकार से तुर्की गवर्नमेंट के विरुद्ध ही विद्रोह की घोषणा करके मित्र शक्तियों के सन्धि-पत्र को भी निकम्मा कर दिया किन्तु ऐसा हो सका फ्रांसीसियों की सहायता से और फिर आज भी एकदम फ्रांसीसियों पर ही बिलकुल निर्भर न रहना पड़े इसीलिए अमेरिका के साथ अंगोरा की जान-पहचान बनाने की चेष्टा चल रही है।

असल बात यह है कि दुनिया में यदि कोई माथा ऊँचा करके खड़ा हो सके तो उसे सहायता का अभाव नहीं रहता, अन्दर की शक्ति के अभाव से ही सभी लांछनाएँ होती हैं, अन्दर की दीनता से ही कंगाली होती है, "बाहर से दिया ही जा सकता है किन्तु लेना होता है अपने गुण से।"

आज़ाद हिन्द केबिनेट

5

बर्मा की कहानी

भारतवायियों के प्रयत्न से ब्रह्मदेश में जो विप्लव की चेष्टा हुई उसके बहुत पहले से ही वहाँ के स्वाधीनता-प्रयासी बर्मियों ने भी बहुत बार विप्लव का आयोजन किया था। अण्डमान में भी इस प्रकार के राजनीतिक अपराधों में दण्डित बहुत-से बर्मी थे। युद्ध समाप्त होने के बाद ही उनमें से प्रायः सभी को छोड़ दिया गया था। तो भी अंग्रेज गवर्नमेंट इन सब विप्लव चेष्टाओं को भय की दृष्टि से न देखती थी। जान पड़ता है कि उसका कारण यह था कि यह सब विप्लवान्दोलन एक व्यापक जातीय जागरण का फल न था, इसीसे वैसा शक्तिशाली भी न हो सका था। किन्तु भारतीय विप्लववादियों की चेष्टा से बर्मा में भी अत्यन्त निबिड़ रूप से विप्लव का आयोजन हो गया था। रौलट रिपोर्ट में लिखा है–"Burma, however has not been altogether free from criminal conspiracy connected with the Indian revolutionary movement. It has been the scene of determined efforts to stir up mutiny among the military forces and to overthrow the British Government." अर्थात् ''बर्मा भी भारत के विप्लवान्दोलन से सम्बद्ध षड्यन्त्रों से बचा नहीं रहा। ब्रिटिश सरकार को उखाड़ डालने और सेनाओं में विप्लव खड़ा कर देने की दृढ़ चेष्टाओं की वह रंगस्थली बन चुका है।'' किस प्रकार ये दृढ़ चेष्टाएँ (determined efforts) हुई थीं उसका कुछ संक्षिप्त परिचय देता हूँ।

गत तुर्की-इटालियन युद्ध के समय भारतवर्ष के मुसलमानों ने एक मेडिकल मिशन, अर्थात् युद्ध में घायलों की सेवा के लिए एक दल, तुर्की भेजा था। इस दल में फैजाबाद के निकट अकबरपुर के रहनेवाले अलोअहमद सिद्दीकी नामक एक तरुण युवक भी थे; अपने संरक्षकों को पता दिए बिना ही उन्होंने दल में प्रवेश किया था

और भारत का तट छोड़ने से पहले घर के लोगों को केवल एक पत्र से जता दिया था कि वे भारतीय मेडिकल मिशन में शामिल होकर तुर्की जाते हैं।

गदर पार्टी

तुर्की में कार्यवश इन्हें अनवर पाशा के साथ प्रायः चार मास तक समरांगण में ही रहना पड़ा। उस समय इन्होंने अनवर पाशा के जीवन की अनेक रहस्यपूर्ण कहानियाँ सुनी। तुर्की-इटालियन और तुर्की-ग्रीक युद्ध के समय अंग्रेजों की कूट राजनीति की महिमा का तुर्क लोगों ने मर्मान्तिक अनुभव कर पाया था, अंग्रेजों की कूटनीति की कहानी, तुर्की के भाग्यनियन्ता उस यंग टर्क (तरुण तुर्क) दल की कहानी, किस प्रकार तरुण तुर्क दल ने तुर्की में पहले-पहल अपने को प्रकट किया, किस प्रकार इस तरुण दल ने, मृतप्राय तुर्क समाज में नवचेतना का संचार करके विप्लव पथ में चलते हुए अब्दुलहमीद के समान प्रबल दुर्दान्त और क्रूर सुलतान को पदच्युत करके तुर्की में नवीन नियमतन्त्र राज्यप्रणाली का प्रवर्त्तन किया। ये सब बातें, दिन पर दिन, अलीअहमद, अनवर पाशा के पास स्वप्नाविष्ट की तरह एकान्त में तन्मय होकर सुनते थे। मुस्लिम-जगत् की कितनी ही मर्म-कथाएँ, कितनी ही वीरता की कहानियाँ, कितनी ही मनुष्योचित अभिव्यक्ति की घटनाएँ सुन-सुनकर उनका हृदय मानो एक अननुभूत आनन्द से खिल उठता, मुस्लिम-जगत् के गौरवमय उज्ज्वल भविष्य का चित्र उन्हें अधीर-सा कर डालता था। तुर्की के एक सर्वप्रधान यूरोप-प्रसिद्ध सेनापति और प्रसिद्ध नेता जो तुर्की के भाग्य-परिवर्तन के प्रधान अवलम्बन थे, जब ऐसे एक प्रसिद्ध व्यक्ति भारत के एक नगण्य तरुण युवक के साथ निःसंकोच दिल खोलकर बातें करते होते, तब एक ओर जहाँ उनकी प्रशस्त उन्नत छाती फूलकर स्पन्दन करने लगती, वहाँ दूसरी ओर वैसे ही उसी एक मुहूर्त में उनका मन भारत की उस हीनता और दीनतापूर्ण जीवन-यात्रा के प्रतिदिन के अपमानों की कहानी स्मरण कर मानो अनजाने में ही घोर अंग्रेज-विद्वेषी हो उठता, और उनकी धमनियों का रक्त-नाचकर दुर्निवार वेग से उन्हें विप्लववादियों के दल में खींचकर ला रखता।

पीछे अलीअहमद आदि कई भारतवासियों ने तुर्की का देश देखने की इच्छा प्रकट की तो तुर्की के भिन्न-भिन्न स्थानों के राजप्रतिनिधियों ने बड़ा समारोह करके राज-सम्मान के साथ उन्हें अपना सारा देश दिखलाया। इस प्रकार देश में भ्रमण करते समय जब नगर-नगर के तुर्क नर-नारी इकट्ठे होकर ऊँचे स्वर में जयकार बुलाकर उनका आदर करते, जब राजपथ के दोनों ओर झरोखों में से सुन्दरियों की उत्सुक दृष्टि और उनके हाथों से टपके हुए फूल उनके अंगों पर झड़ पड़ते, तब वे भारतवासी तुर्क देश को भारतवर्ष की अपेक्षा सौगुना अधिक अपना समझकर चाहने लगते। स्वदेश में उन्हें अंग्रेजों के नजदीक जो सलूक मिलता उसके साथ वे इन तुर्कों के व्यवहार की तुलना किए बिना न रह सकते, इस प्रकार अली अहमद विप्लव मन्त्र में दीक्षित हुए और अन्य अनेक भारतवर्षीय मुसलमानों की तरह तरुण तुर्क (यंग टर्क) दल में शामिल हो गए।

इसी तुर्की-इटालियन युद्ध के समय पंजाब के एक और युवक, अबूसैयद, रंगून से ईजिप्ट गए और ईजिप्ट से तुर्की आए। इन्हीं अबूसैयद के अनुरोध और प्रस्ताव से तरुण तुर्क दल के एक सदस्य, ताफ़िक बे को सन 1916 में रंगून भेजा गया। रंगून के एक मुसलमान व्यवसायी अहमद मुल्ला दाऊद को ताफ़िक बे तुर्की का कौन्सल नियुक्त करा गए। पिछले युद्ध के समय यह मुल्ला दाऊद ही तुर्की के कौन्सल रूप में रंगून में थे।

बलकान युद्ध समाप्त हो जाने पर अथवा यूरोपीय युद्ध आरम्भ हो जाने के बाद अलीअहमद देश में लौट आए, और कुछ दिन घर पर रहकर अपनी स्त्री के आभूषण आदि बेचकर कुछ थोड़ा रुपया ले अपना व्यापार करने के लिए रंगून चले आए। कौन्स्टैण्टिनोपल से फायमअली नामक एक और भारतीय मुसलमान को तुर्क लोगों ने दिसम्बर सन् 1914 में तरुण तुर्क दल का प्रतिनिधि बनाकर रंगून भेजा। फायमअली और अलीअहमद सिद्दीकी दोनों ने रंगून आकर परस्पर मिलने के बाद तुर्की के नेतृत्व में बर्मा में विप्लव-षड्यन्त्र आरम्भ कर दिया। कुछ ही दिनों में इन्होंने स्थानीय मुसलमानों के पास से पन्द्रह हज़ार रुपया चन्दा जमा कर लिया। इस चन्दा करने के सम्बन्ध में एक बात यहाँ कहे बिना नहीं रह सकता, वह यह कि बंगाल के सम्पन्न व्यक्ति विप्लववादियों की धन से जरा भी सहायता नहीं करते थे, इसी से बंगाल में राजनैतिक डकैती का प्रादुर्भाव अनिवार्य हो गया था।

एक ओर यदि ये पैन-इस्लामिक (विश्व-इस्लामिक) दल के मुसलमान विप्लव का आयोजन करते थे, तो दूसरी ओर अमेरिका का 'गदर' दल भी निश्चेष्ट न था। खेमचन्द दामजी नामक एक गुजराती सज्जन किसी समय रंगून से अमेरिका गए और अमेरिका में आते ही वहाँ के गदर दल में सम्मिलित हो गए। पहले-पहल इन्हीं खेमचन्द की सहायता से केवल बर्मा में 'गदर' पत्रिका भेजी जाया करती थी,

युद्ध के समय यह पत्रिका गुजराती, हिन्दी और उर्दू तीन भाषाओं में छापी जाती थी। यूरोप के युद्ध के कारण बर्मा के मुसलमान लोग भी उत्तेजित हो उठे थे, और इस 'गदर' पत्रिका के प्रभाव से उत्तेजना का स्त्रोत क्रमशः बढ़ता गया। इसी समय बम्बई में बिलोची पल्टन से एक सैनिक ने अपने अंग्रेज अफ़सर की हत्या कर डाली, जिससे इस सेनादल को फिर यूरोप न भेजकर रंगून में रोक रखा गया। रंगून के मुसलमान 'गदर' अखबार के सहारे इस सेना में विप्लव की बातों का प्रचार करते रहे; फलतः जनवरी, 1915 तक यह सेनादल खुल्लमखुल्ला विप्लव आरम्भ करने को उद्यत हो गया, किन्तु समाचार का आभास-मात्र मिलते ही सेनापतियों ने, इस दल को कठोर दण्ड दिये। दो सौ बिलोचों को भारत की भिन्न-भिन्न जेलों में भेज दिया।

इस समय सिंगापुर में दो रेजिमेण्टें थी। उनमें से एक के साथ बर्मा के मुसलमान विप्लवी दल का जोड़-तोड़ हो गया। सिंगापुर के कासिममंसूर नामी एक गुजराती मुसलमान ने रंगून में अपने पुत्र को पत्र लिखा, उसमें तुर्की के जो कौंसल रंगून में थे, उनके नाम भी एक पत्र था। उस पत्र में लिखा था, सिंगापुर का एक सेनादल विद्रोह करके तुर्की का साथ देने को तैयार है, और इस समय तुर्की का एक लड़ाऊ जहाज़ सिंगापुर में आना आवश्यक है। यह पत्र अंग्रेजों के हाथ लग गया और सिंगापुर की रेजिमेंट को दूसरी जगह भेज दिया गया।

इसी बीच अमेरिका के 'गदर' दल के लोग भी सिंगापुर में आ उपस्थित हुए। इन्होंने एक ओर जहाँ उसी सिंगापुर की दूसरी सेना के बीच प्रचार आरम्भ कर दिया, वहाँ दूसरी ओर बर्मा में भी अपने आदमी भेजे। सन् 1915 के आरम्भ में ही सोहनलाल पाठक और हसनखाँ नामक गदर दल के दो व्यक्तियों ने बैंकाक से रंगून आकर अपना केन्द्र स्थापित कर दिया। यहाँ एक बात और ग़ौर करने की है कि 'गदर' दल में मुसलमानों को भी लिया जाता था किन्तु मुसलमान विप्लव दल में हिन्दुओं के लिए स्थान न था।

सिंगापुर की सेना में प्रचार करने का फल यह हुआ कि इस बार सचमुच ही विप्लव आरम्भ हो गया। यद्यपि इस सिंगापुर के विप्लवायोजन के साथ पंजाब के विप्लवायोजन का कोई भी सम्बन्ध न था, तो भी आश्चर्य की बात है कि 21 फरवरी सन् 1915 को सिंगापुर में विप्लव शुरू हुआ और पंजाब में भी ठीक यही 21 फरवरी विप्लव शुरू करने की तिथि निश्चित हुई थी। इस 21 फरवरी के दिन सिंगापुर के सैनिक बहुत दिनों के संस्कारों को तोड़कर खुल्लमखुल्ला अंग्रेजों के विरुद्ध खड़े हो गए। एक सप्ताह के लिए सिंगापुर भारतीय सेना के हाथ में हो गया, किन्तु सिंगापुर भारत के बीच में न था इससे विप्लव की वह आग चारों तरफ फैल न सकी, और एक सप्ताह के बाद रूसी, जापानी और अंग्रेजों के लड़ाकू जहाज़ों ने आकर सिंगापुर को घेर लिया। एक सप्ताह-भर विप्लवियों ने स्थानीय अंग्रेजी सेना के साथ योग्यता से युद्ध किया था, और अंग्रेजी सेना को उस युद्ध में हार माननी पड़ी थी। किन्तु रूस,

इंग्लैण्ड और जापान के जंगी जहाज़ आ जाने पर दो दिन की लड़ाई के बाद अन्त में बाध्य होकर विप्लवियों को भागना पड़ा। विप्लवियों ने वनो-जंगलों में जाकर आश्रय लिया, जो भाग न सके, वे वहीं अंग्रेजों के हाथ बन्दी हो गए। सिंगापुर से भागकर एक ही बार छुटकारा पाने का भी कोई उपाय न था, कुछ ही दिनों में प्राय: सभी विप्लवी पकड़े गए-अंग्रेजी अखबारों में छपा, सिंगापुर में एक दंगा हो गया, किन्तु अंग्रेज गवर्नमेंट और भारतीय विप्लव दल दोनों की ही समझ में नि:संशय रूप से आ गया कि विप्लवियों का देशी सिंपाहियों को हाथ में कर लेना कुछ वैसी कठिन बात नहीं है।

सिंगापुर की दुर्घटना के बाद 'गदर' दल के दो-एक बचे हुए व्यक्ति बर्मा चले आये और पूरे उद्यम से फिर वे देशी सेना से विप्लव की बात का प्रचार करने लगे। एक तरफ से बर्मा के सेनादल में विप्लव प्रचार चलने लगा, दूसरी तरफ वैसे ही बर्मा के सीमान्त पर स्याम में भी जर्मनों की सहायता से विप्लव का आयोजन होता रहा। उत्तर स्याम प्रदेश में जर्मन इंजीनियरों की अधीनता में एक रेलवे लाइन तैयार होती थी। इस कार्य में अधिकांश मिस्त्री और मजदूर पंजाबी ही थे। इसी रेलवे लाइन की दिशा से बर्मा पर आक्रमण करने की योजना चलने लगी। अमेरिका, चीन आदि देशों से लौटे हुए सिक्ख और पंजाबी यहीं स्याम के सीमान्त में इकट्ठे होने लगे।

शिवदयाल कपूर नामक एक सिक्ख (पंजाबी) अमेरिका से लौटते समय शांघाई आए। शांघाई के एक जर्मन ने इन्हीं की मार्फत बहुत-सा रुपया बैंकाक के जर्मन कौन्सिल के पास भेजा। इस रुपए का कुछ अंश बर्मा जानेवाले सिक्खों की खातिर खर्च हुआ और बाकी बैंकाक के एक बंगाली वकील[1] की मार्फत बंगाल के विप्लवियों के पास भेजा गया। कहते हैं, इसी बंगाली वकील ने, यह सब विप्लवायोजन की बात अन्त में अंग्रेज गवर्नमेंट के सामने खोल दी। जो विप्लवायोजन युद्ध छिड़ने से बहुत पहले से ही करना उचित था, जब वही आयोजन युद्ध के समय में बड़ी दौड़-धूप में किया गया, तब ऐसे तुच्छ जीवों से भी काम लेना आवश्यक हो गया। न जाने किसकी सिफारिश पर इस बंगाली वकील को इस काम पर लगाया गया था। जो भी हो, इस प्रकार विदेश की विप्लव योजना विफल हुई।--किन्तु बर्मा के कार्यकताओं ने एक बार और विप्लव की चेष्टा कर देखी।

सोहनलाल पाठक और नारायणसिंह ये दो जने एक बार फिर बर्मा में विभिन्न स्थानों की छावनियों में जाकर सिपाहियों के बीच विप्लवमन्त्र का प्रचार करने लगे। सोहनलाल बर्मा के एक गोलन्दाज सिपाहियों के दल में अंग्रेज-विद्वेष फैलाने लगे,

1. उस गद्दार वकील का नाम 'कुमुदनाथ मुखर्जी' था। जर्मन कौंसिल के माध्यम से विदेशी भारतीयों ने कलकत्ता के विप्लवियों को आर्थिक सहायता के रूप में पैसा भेजा था। परन्तु 'कुमुद नाथ मुखर्जी' की नियत खराब हो गयी। वह पैसा हड़प गया तथा अंग्रेज़ सरकार को विप्लव की सारी योजना बता दी।

अंग्रेजों की तरफ रहकर प्राणों की बलि देने में कुछ भी सार्थकता नहीं है, यही बात उन्हें समझाने लगे। यदि प्राण देने ही हों तो स्वदेश और स्वधर्म के लिए प्राण देने का कितना महान् गौरव है, यह भी सिपाहियों को समझाने लगे। सिपाहियों द्वारा भले ही उनका कोई अनिष्ट न हुआ किन्तु सिपाहियों के एक जमादार ने एक दिन सोहनलाल को पकड़ लिया। उस दिन उस जगह उस जमादार और सोहनलाल के सिवाय और कोई नहीं था। सोहनलाल के जामे की पाकेट में तब दो-तीन रिवाल्वर और भरपूर गोलियाँ भी थीं, किन्तु क्या जाने सोहनलाल उस घड़ी किसी स्वप्न की खुमारी में थे कि उस दिन रिवाल्वर की सहायता से उन्होंने उस प्राणघाती जमादार के हाथ से मुक्ति पाने की कोई चेष्टा ही नहीं की। उस दिन ऐसी अवस्था में सोहनलाल के मुँह से केवल कुछ ऐसे ही शब्द निकले थे-"अरे भाई तू मुझे पकड़ा देगा? तू क्या भूला जाता है कि मैं तेरा भाई हूँ। भाई होकर भाई को पकड़ा देगा? भाई को पकड़ा देने में तुझे क्या कुछ भी दर्द नहीं होता? अरे, तू कैसा भाई है, भाई होकर भी भाई को पकड़ाए देता है?" लेकिन जमादार सोहनलाल को खींच ही ले चला। यह सच है कि सोहनलाल बहुत बलिष्ठ न थे किन्तु यह बात भी सच है कि कोई भी आदमी दूसरे एक आदमी को किसी और की सहायता बिना पूरी तरह काबू नहीं कर सकता, चाहे वह कितना ही बलवान् व्यक्ति क्यों न हो। असल बात यह है कि सोहनलाल ने उस स्वार्थान्ध जमादार के ऊपर ज़रा भी शारीरिक बल का प्रयोग नहीं किया। इस प्रकार अंग्रेजों के पंजे में पड़ने का अर्थ उनके सामने खूब सुस्पष्ट था, इच्छा होती तो वे उस प्राणलोलुप जमादार के हाथ से, रिवाल्वर की सहायता से क्षणभर में छुटकारा पा सकते थे। किन्तु न जाने भगवान् ने उनके मन को उस घड़ी किस दिव्य-लोक में भेज दिया था-वे मानो उस दिन इस संसार में एकदम थे ही नहीं।

सोहनलाल जेल में डाल दिये गए सही, किन्तु जेल में किसी नियम का पालन वे न करते थे। जेल के अधिकारी जेल के परिदर्शन के लिए आते तो सारे क़ैदी जिस प्रकार आईने के मुताबिक उनको सम्मान दिखलाते थे, सोहनलाल वैसा न करते। वे कहते-मैं अंग्रेजों के राजत्व को ही जब अन्याय और अत्याचार मानता हूँ तब अंग्रेजों की जेल के नियमों का ही क्योंकर पालन करूँ?" जेल सुपरिंटेंडेंट अथवा जेलर उनके सम्मुख आते तो वे और सबकी तरह सम्मान के लिए उठकर खड़े न होते, इसीसे जब वे बर्मा के लाटसाहब सोहनलाल के पकड़े जाने के ठीक बाद ही जेल का परिदर्शन करने आए, तब जेलर साहब ने अत्यन्त संकोच के साथ सोहनलाल से अनुरोध किया कि वे कम-से-कम लाटसाहब को तो सम्मान दिखाएँ, किन्तु वे इस पर सहमत न हुए। किन्तु ऐसे निर्भीक और आत्ममर्यादा पर इस प्रकार सुप्रतिष्ठित होते हुए भी सोहनलाल मनुष्य के साथ मनुष्य की तरह व्यवहार करते थे, कभी किसी प्रकार की अभद्रता नहीं दिखाते थे। कोई उनके साथ बात करने आए तो वे भद्रतापूर्वक यथोचित सम्मान करके उससे बात करते। कोई उनके साथ खड़ा होकर बात करे तो

वे भी खड़े होकर बात करते। इसीसे लाटसाहब के सोहनलाल के पास आने से ठीक पहले जेलर सोहन के पास आकर खड़े होकर बात करने लगे। इसीलिए लाटसाहब के आने पर नए सिरे से उन्हें खड़ा नहीं होना पड़ा, और इस प्रकार जेलर ने अपनी और लाटसाहब की मर्यादा की उस बार रक्षा की।

लाटसाहब ने प्राय: दो घण्टे सोहनलाल के साथ वार्तालाप किया। लाटसाहब ने सोहनलाल से बड़ा अनुरोध किया कि वे क्षमा माँग ले; लाटसाहब ने कहा कि वे केवल एक बार क्षमा की प्रार्थना कर दें, बस, उनकी प्राणदण्ड से रक्षा हो जाएगी। सोहनलाल ने लाटसाहब को भली प्रकार समझाकर कहा कि इस समय जो कुछ अन्याय या ज़ोर-जुल्म हो रहा है, सब अंग्रेजों की तरफ से ही हो रहा है, अंग्रेजों ने केवल डंडे के ज़ोर से इस देश पर दखल किया है और डंडे के ज़ोर से ही इस देश में शाासन कर रहे हैं, इसलिए क्षमा-प्रार्थना यदि किसीको करनी चाहिए तो लाटसाहब को ही,—सोहनलाल ने यह सब बात लाटसाहब को समझा देनी चाही।

फाँसी होने के दिन जब सोहनलाल को फाँसी के तख्ते पर खड़ा किया गया तब भी एक अंग्रेज मैजिस्ट्रेट ने उन्हें फिर एक बार समझाया कि अब भी यदि वे केवल मुँह से क्षमा-प्रार्थना कर लें तो एक दम उनकी प्राण-दण्ड से रक्षा हो सकती है। इन अंग्रेज अधिकारी ने सोहन से कहा कि उनके पास आदेश आया है कि अन्तिम बार एक दफा फिर सोहनलाल से क्षमा-भिक्षा माँगने के लिए अनुरोध किया जाय। जीवन और मरण के सन्धि-स्थल में खड़े सोहनलाल के मुँह की ओर जेल के कर्मचारी और राज्याधिकारी अवाक् होकर ताक रहे थे। सोहनलाल धीरे-धीरे मुस्कराने लगे और अनायास ही बोले—"क्षमा माँगनी हो तो अंग्रेज हम से क्षमा माँगे, मैं किसलिए तुम्हारे पास क्षमा माँगने आऊँगा?" अंग्रेज राज्याधिकारी ने फिर भी सोहनलाल से बड़ा अनुरोध किया, अनेक प्रकार समझाया कि वृथा प्राण देकर कुछ लाभ नहीं होगा। अन्त में सोहनलाल कुछ सोचकर बोले—"देखो, यदि मुझे बिलकुल छोड़ दो और यदि मैं इच्छानुसार चला जा सकूँ, तो क्षमा प्रार्थना करने प्रस्तुत हूँ।" अंग्रेज राज्याधिकारी ने दु:खित होकर कहा—"वैसा कोई अधिकार उनके हाथ में नहीं है।" सोहनलाल ने कहा—"तो और ज़रा भी देर न करो, अपने कर्त्तव्य का पालन करो, और मुझे भी अपना कर्त्तव्य पूरा करने दो।"

सोहनलाल को फाँसी हो गई।

बर्मा के मुसलमान विप्लवादियों ने फिर बकरीद के समय विप्लव का आयोजन किया। किन्तु आयोजन पूरा न होने से विप्लव का दिन पच्चीस दिसम्बर तक हटा दिया गया। बर्मा की मिलिटरी पुलिस की एक बारक में रिवाल्वर, डाइनामाइट आदि बहुत-सी चीजें पकड़ी गई और उसके बाद बर्मा के सब सन्देह जनक व्यक्तियों को डिफेंस ऑफ इंडिया ऐक्ट के अनुसार नज़रबन्द कर दिया गया। उसके बाद बर्मा में कोई उपद्रव नहीं हुआ है।

परिणाम

विप्लवियों की सभी चेष्टाएँ बार-बार व्यर्थ हुईं, उसका फल यह हुआ कि स्वदेश में और विदेश में भिन्न-भिन्न राजशक्तियों की चक्की में पिसते हुए उनकी लांछनाओं की सीमा न रही। स्वदेश की तो बात ही नहीं, विदेश में भी वे एक देश से दूसरे देश को मारे-मारे फिरने लगे और स्वदेश में 'भारत रक्षा आईन' के नीचे ज़रा-सा सन्देह होते ही दल-के-दल युवकों को जेलों में या गाँवों की नज़रबन्दी में ठेल दिया जाता। जिनके विरुद्ध तनिक-सा भी प्रमाण पाया गया, उन्हें अंग्रेज सरकार के हाथ कठोर दण्ड भोगना पड़ा। अनेकों ने फाँसी के तख्ते पर जीवन दिया, बहुतों को कालापानी हुआ। पुलिस का उत्पात या जेल की कठोरता न सह सकने पर कई युवकों ने आत्महत्या का आश्रय लिया, इन सब करुण-कथाओं में कितने की तरुण युवकों की माताओं के दिल निष्ठुरता से टुकड़े-टुकड़े कर डाले। विप्लव दल प्रायः छिन्न-भिन्न हो गया। विप्लवियों के नेता या तो जेल में डाले गए, या फाँसी के तख्ते पर चढ़े। विप्लव दल जब इस प्रकार छिन्न-भिन्न होकर देश के चारों और बिखर गया तब अनेक स्थानों पर पुलिस के साथ उनके जो सब संघर्ष हुए, विप्लव युग के इतिहास में वे स्मरणीय रहेंगे।

पंजाब के विप्लवान्दोलन की गम्भीरता और व्यापकता जब प्रकट हो गई, तब गवर्नमेंट जान गई कि इस विप्लव दल की अब किसी प्रकार अवहेलना करने से काम न चलेगा। भारत के प्रवीण, विज्ञ और राजनीति-विशारद नेता लोग बहुत समय से यह बात कहते आते थे कि भारत का यह विप्लव प्रयास बिलकुल लड़कपन है, किन्तु अंग्रेज गवर्नमेंट यह बात अच्छी तरह जान गई थी, कि इन विप्लवियों को यदि कुछ दिन भी निर्विघ्न रूप से अपने अभीष्ट के अनुसार काम करने का अवसर और सुयोग

मिल जाय तो भारत की अवस्था में सचमुच एक अभूतपूर्व परिर्वतन हो जाएगा। भारतीय विप्लववादियों के लिए क्या-कुछ कर डालना सम्भव है, इसकी अंग्रेज गवर्नमेंट जैसी कल्पना करती थी, भारत के राजनीतिक नेताओं ने वैसी कल्पना कभी नहीं की। अण्डमान जाने से पहले कुछ ऊँचे अंग्रेज अधिकारियों के साथ मेरी इस विषय में अनेक बार बातचीत हुआ करती थी। इनकी बातचीत से मैं समझ पाया था कि गवर्नमेंट भारत के भिन्न-भिन्न आन्दोलनों में से एकमात्र विप्लवान्दोलन को चिन्ता करने लायक गिनती थी, इसीसे इस गवर्नमेंट में जो कुछ ज़हर था, इन्हीं विप्लवियों पर उसका प्रयोग किया गया। इसीसे पंजाब के विप्लव आन्दोलन का पता लगते ही भारत सरकार ने, भारत के मंगल के लिए 'भारत-रक्षा आईन' के समान अत्यन्त कठोर शासन-प्रणाली जारी कर दी।

इतिहास में जो चिरकाल से होता आता है, भारत की बारी में भी उससे उलटा नहीं हुआ। जब कोई पराधीन जाति जागने लगती है, तब उस जागरण को व्यर्थ करने के लिए ऐसी ही कठोर शासन-नीति जारी की जाती है। किन्तु जाति जब सचमुच जाग उठती है तब संसार की कोई भी कठोर नीति उस जागरण को व्यर्थ नहीं कर सकती, वरन् इस तरह की कठोर दमन-नीति के द्वारा जाति की केवल शक्ति-परीक्षा होती है। जाति में यदि सममुच प्राणों की कुछ शक्ति हो तो यह सब कठोरता जागृति की रुकावट न होकर सहायता हो जाती है। इसीसे जागरण के दिन राजकोप को वास्तव में कोप न समझकर भगवान् का अनुग्रह समझना उचित है। भारत के विप्लवियों ने, भी सचमुच कभी भी इस दमन-नीति के लिए अंग्रेजों को दोषी नहीं ठहराया, प्रत्युत वे तो यह सोचते थे कि इन सब कठोरताओं में से गुजारकर भगवान् हमारी जाति को पुनरुज्जीवित करने के लिए आह्वान करते हैं। वे जानते थे कि पराधीन जाति का स्वाधीनता-प्रयास इन सब कठोरताओं में से गुज़र कर ही सार्थक होता है। सभी दमन-नीति मानो एक प्रकार के मीलों के पत्थर (Milestone) है। कौन पराधीन जाति स्वाधीनता प्राप्ति के पथ में कितनी आगे बढ़ी है, यह सब दमन-नीति ही मानो उसका परिचय देती है, भारतीय विप्लववादी यही विश्वास करते थे। इसी विश्वास के कारण वे सब दुःख-लांछनाएँ प्रफुल्ल-वदन से सह सके, प्राणों के बलिदान से ही जाति में प्राणों का संचार होता है, इसी विश्वास से वे प्राणों की बल देने से भी घबराते न थे।

डिफेंस ऑफ इण्डिया ऐक्ट जारी होने के बाद से समरी ट्रायल्स (संक्षिप्त मुकद्दमे) आरम्भ हो गए। बारी-बारी से पंजाब में तीन षड्यन्त्र केस चले। प्रत्येक मामले में साठ-सत्तर आसामी थे। इन सब मुकद्दमों के फलस्वरूप पंजाब में एक साथ अट्ठाईस व्यक्तियों को फाँसी हुई। मेरठ पलटन में ग्यारह व्यक्तियों को फाँसी हुई, सातवीं राजपूत सेना में से कई व्यक्तियों को सम्भवतः दिल्ली में फाँसी हुई, जिन्हें फाँसी न हुई, उन्हें प्रायः सभी को कालापानी हुआ। ऐसी अवस्था के बाद भी पंजाब

के बचे हुए विप्लवियों के बीच फिर विप्लव की योजना चलने लगी। कुछ अकाली दल इन सब कैदी विप्लवियों को जेल से छुड़ाने के इरादे बाँधने लगे। सिक्खों के एक और दल ने अस्त्र-शस्त्र की ओर ध्यान दिया। उन दिनों बड़े-बड़े रेलवे-स्टेशनों पर और बड़े-बड़े पुलों के नीचे हथियारबन्द सिपाहियों का पहरा रहता था। एक बार विप्लवियों के एक छोटे-से दल ने, जान पड़ता है, केवल सात-आठ व्यक्तियों ने मिलकर अमृतसर के पुल से सिपाहियों पर एकाएक हमला कर दिया। वहाँ पंद्रह सिपाही, पंद्रह मैगज़ीन राइफलें और प्रायः सात सौ पचास कारतूस थे। सात-आठ पिस्तौलधारी विप्लवी सात सौ पचास कारतूस समेत पंद्रह-की-पंद्रह राइफलें छीन ले गए। किन्तु उस समय दल की कुछ अच्छी विधि-व्यवस्था न रहने से थोड़े दिनों में ही बन्दूकों समेत पाँच विप्लवी पकड़े गए। उन पाँचों को फाँसी हुई। इससे पहले ही अट्ठाईस व्यक्तियों को फाँसी हो चुकी थी। इन्हें फाँसी होने के बाद भी फिर से कुछ सिक्ख स्कूल-मास्टरों ने मिलकर विप्लव की धारा को अक्षुण्ण रखने की चेष्टा की, सम्भवतः उसका सिलसिला आज भी चलता होगा। डा. मथुरासिंह आदि कई विप्लवी भारत त्यागने के बाद अफगानिस्तान में से होकर फ़ारस में और मेसोपोटामिया की भारतीय सेनाओं में विप्लव की बातों का प्रचार करते रहे। एक बार घटना-क्रम से डा. मथुरासिंह भारत-अफगानिस्तान के सीमान्त प्रदेश में पकड़े गए। उन्हें भी फाँसी हुई। जो इस प्रकार फाँसी और कालापानी से बच पाए उनमें से अनेकों को इण्टर्नमेंट (नज़रबन्दी) भोगनी पड़ी। उस युग में बंगाल और पंजाब की जितनी इण्टर्नमेंट और किसी प्रान्त में नहीं हुई, और कालापानी और फाँसी उस बार पंजाब में ही और सब प्रान्तों की अपेक्षा अधिक हुई।

उक्त प्रदेश में भी बनारस षड्यन्त्र मामले के बाद मैनपुरी को केन्द्र बनाकर प्रायः एक बरस-भर में ही फिर एक बड़ा विप्लव दल उठ खड़ा हुआ। इस विप्लव दल की बात भी प्रायः दो-एक बरस के बीच ही प्रकाशित हो गई। इस प्रसंग में एक बात कह देना चाहता हूँ; रूस में प्रायः कोई भी विप्लवी दो मास से अधिक समय तक अप्रकाशित रूप से काम न कर पाते थे। दो महीने के अन्दर ही या तो वे राज्य से दण्ड पा जाते थे, या उन्हें देश छोड़कर विदेश का आश्रय लेना पड़ता था। भारतवर्ष में अब तक प्रायः देखा गया है कि यहाँ विप्लवियों का कार्यकलाप और उनका परिचय दो बरस से अधिक समय गुप्त नहीं रह पाता।

बंगाल में उस समय फाँसी और कालापानी की अपेक्षा नज़रबन्दी ही अधिक हुई। इन नजरबन्दियों के कारण बंगाल का विप्लव दल बहुत-कुछ टूट गया, तब यह विप्लव दल भिन्न-भिन्न भागों में बँटकर देश में बिखर गया। उस समय यदि विप्लवियों के हाथ में उपयुक्त परिमाण में अस्त्र-शस्त्र रहते तो वे सरकार का राज्य चलाना असम्भव कर डाल सकते थे।

उस समय तक रासबिहारी काशी में ही थे। वे एक दिन केन्द्र से संवाद आया कि बंगाल के प्रसिद्ध विप्लवनेता श्रीयुत यतीन्द्रनाथ मुखोपाध्याय को अज्ञातवास में रहना होगा, और उन्होंने काशी में आकर रहने की इच्छा प्रकट की है। हमने परामर्श करके देखा कि उन्हें काशी में बेखटके रखना कुछ ऐसी कठिन बात नहीं है; किन्तु हमने यह भी देखा कि काशी के बाहर उनके दल की भूल-चूक के कारण काशी पर भी विपत्ति आ सकती है। जिस दल की प्रत्येक विधि-व्यवस्था अपने नियन्त्रण के अधीन हो उसकी भूल-चूक के लिए दायित्व लिया जा सकता है, और उस अवस्था में भूल-चूक पकड़ना और उनका संशोधन करना भी अपनी ताकत में होता है। किन्तु जिस दल की विधि-व्यवस्था के ऊपर अपना कोई हाथ नहीं, उसकी भूल-चूक पकड़ने का सुयोग कहाँ होता है? यह सच था कि बंगाल के बहुत-से क्षुद्र-क्षुद्र दल यतीन बाबू के नेतृत्व के अधीन सम्मिलित हो गए थे, किन्तु वे पूर्व बंगाल की अनुशीलन समिति के साथ अथवा चन्दन नगर के विप्लवियों के अर्थात् रासबिहारी के साथ सम्मिलित न हुए थे, और न होने की कोई चेष्टा ही करते थे, जापान जाने से पहले रासबिहारी ने उनके साथ भेंट करने की बहुत चेष्टा की, किन्तु जिस किसी कारण से हो, भेंट न हो सकी। खैर, जो भी हो, जब यतीन बाबू के काशी आने की बात चली तब हमने सब तरफ देख-भालकर उन्हें काशी में रखने का भार लेना स्वीकार कर लिया, किन्तु क्या जाने क्यों उन्होंने खुद ही काशी न आना ही तय किया।

उस समय भी यतीनबाबू कलकत्ता छोड़कर गए नहीं। एक दिन वे अपने पाथुरियाघाट वाले एक मकान पर आये हुए थे। वहाँ और भी कई फरार विप्लवी थे। उस समय उसी घर में घटनाक्रम से थोड़े दिनों का परिचित एक आदमी आ उपस्थित हुआ। इस आदमी पर वे गुप्तचर होने का सन्देह करते थे, इसीसे भली प्रकार आगे-पीछे देख-भाल करने से पहले ही विप्लवियों में से एक ने इस थोड़े दिन के परिचित आदमी को देखते ही गोली दाग़ दी। सुविधा होती तो यतीनबाबू को गवर्नमेंट निश्चय से पकड़ लेती। यतीन बाबू को बचाने की खातिर ही सम्भवतः इस युवक ने इस प्रकार गोली दाग दी थी। यह बात सच है कि यतीन बाबू ने गोली नहीं मारी, किन्तु इस व्यक्ति ने डाइंग-डिक्लेरेशन (मरते समय के इज़हार) में यतीन बाबू के नाम पर ही गोली मारने का अभियोग लगा दिया। इस प्रकार यतीन बाबू के नाम पर फाँसी का परवाना लिखा गया। जब उस व्यक्ति को गोली ही मारनी थी तब फिर डाइंग-डिक्लेरेशन देने का सुयोग क्यों दिया गया, यह कह नहीं सकता।

लाचार यतीनबाबू को दूसरी जगह जाना पड़ा। यतीनबाबू के लिए एक निरापद स्थान ठीक हुआ। वहाँ जाने का समय आया तो यतीन्द्रनाथ अपने साथियों से कह उठे, "जब तक मैं भली-भाँति न जान लूँ कि तुमने और सबके लिए भी ऐसे ही

निरापद स्थान ठीक कर रखे हैं, जैसा मेरे लिए किया है, तब तक मैं तुम्हारा यह बन्दोबस्त मान नहीं सकूँगा, हम सब बरखास्त किये हुए सिपाही हैं, हर घड़ी मृत्यु का आदेश सुनने की प्रतीक्षा में हैं, इसीलिए सभी एक संग रहना चाहते हैं, जिससे एक प्रभावशाली मुठभेड़ (effective struggle) की जा सके, which will create a moral impression जिससे जनता पर एक नैतिक प्रभाव हो सके।

अन्त में उनकी इच्छानुसार ही व्यवस्था हो गई, जिससे वे लोग पाँच व्यक्ति बालेश्वर के निकट एक अड्डा बनाकर रहने लगे। इधर विप्लवान्दोलन भी बन्द नहीं हुआ। दूर बालेश्वर में रहते हुए भी यतीन्द्रबाबू विप्लव कार्य का परिचालना करते थे। यदि विप्लवी लोग भागकर फिर से विप्लव के कार्य में ध्यान न देकर निश्चेष्ट होकर केवल अपने को गुप्त रखने का ही ख्याल करते, तो मालूम होता है, कोई भी विप्लवी पकड़ा न जाता। विप्लवी लोग अपने को गुप्त रखकर भी बराबर विप्लव कार्य में लिप्त रहते थे, इसी कारण वे बार-बार विपत्ति में पड़ते थे। किन्तु प्राण बचाना ही तो विप्लवियों का उद्देश्य न था। जीवन यदि देश के काम में न लगा तो जीवन बना रहने से क्या बनेगा, यही थी विप्लवियों की धारणा। उधर पूर्व परिच्छेद में उल्लिखित उसी बैंकॉक के वकील ने जब विप्लवायोजन के सब सम्वाद सरकार के पास खोल दिये तब उसी सिलसिले में कलकत्ता में और कुछ धर-पकड़ हुई। इसी सूत्र से फिर यतीन्द्रनाथ के अड्डे का सम्वाद भी पुलिस को मिल गया। यतीन्द्रनाथ को भी पता लग गया कि पुलिस को उनका सुराग़ मिल गया। वे चाहते तो उसी समय भाग सकते थे, पर तुच्छ प्राणों के डर से यतीन्द्रनाथ भागना न चाहते थे। उद्देश्य-सिद्धि के लिए उन्हें दूसरी जगह जाना होता तब भी वे अपने साथियों को छोड़कर भागने को राज़ी न थे। वे अपने साथियों के जीवन और अपने जीवन में कोई भेद न देखते थे। इसीसे तय हुआ कि सभी एक संग ही जाएँगे, किन्तु उनके साथियों में से दो उस समय बारह मील दूर घने जंगल में थे। उनका किसी प्रकार भी छोड़कर जाना नहीं हो सकता। यतीन्द्रनाथ अपने दूसरे संगियों को ले अँधेरी रात में पहाड़ी रास्ते से जंगल के बीचोंबीच अपने साथियों को लाने के लिए चल पड़े। अपरिचित रास्ते पर बारह मील रास्ता तय करके फिर बारह मील वापस आकर दूसरी जगह जाना असंभव था। तब भी यतीन्द्रबाबू का हृदय इसे असम्भव कहकर रह नहीं सकता था। असाध्य साधन उनके जीवन का व्रत था—उस दिन भी उस असाध्य साधन में ही वे अग्रसर हुए। लौटते हुए रात बीत गई। उस समय जंगल के साथ-साथ गाँवों के पड़ोस में नदी के किनारे-किनारे चौकियाँ बैठ गई थीं; किन्तु इतना आयोजन होने पर भी वे बस्ती में घुसकर बालेश्वर की ओर भाग चले। उनके साथ चित्तप्रिय, मनोरंजन, नीरेन्द्र और ज्योतिष ये चार युवक थे। उस समय सबेरा हो गया था, गाँव के लोगों को पुलिस ने समझा दिया था कि एक भयंकर डकैतों का दल उनके इलाके में छिपा हुआ है,

उन्हें पकड़ने अथवा पकड़ा देने पर यथेष्ठ पुरस्कार दिया जायगा। पिछले दो दिन यतीन्द्रनाथ को खाना या सोना कुछ नसीब नहीं हुआ। दिन दोपहर की धूप में उन्हें फिर भी ग्राम, नदी, नाले पार करके चलना पड़ रहा था। राह में एक नदी पार होते समय माझी से कहा कि सारा दिन उन्हें कुछ खाने को नहीं मिला, थोड़ा-सा भात राँध दे तो उनके प्राण बचें, किन्तु हिन्दू माझी अपने जन्म-जन्मान्तरों के संस्कारों की रक्षा में ही व्यस्त रहा ब्राह्मण की प्राण-रक्षा हो य न हो, ब्राह्मण को भोजन करा के वह नरक जाने को प्रस्तुत न था, वह नीच जाति का होकर ब्राह्मणों को किसी प्रकार भात राँधकर न दे सकता था, इसी कारण भात राँधने की हाँडी भी न दे सकता था। इधर पुलिस को भी सन्धान मिल गया कि यतीन्द्रनाथ अमुक गाँव में से गुजर रहे हैं। यतीन्द्रनाथ के पीछ-पीछे सशस्त्र पुलिस दल छूट पड़ा। इस प्रदेश में यदि विप्लवियों का आर्गनाइजेशन (संगठन) रहा होता तो उस विपत्ति में भी वे रक्षा पा सकते थे। किन्तु आर्गनाइजेशन न रहने से उन्हें क्रमशः एक गाँव से दूसरे गाँव भागना पड़ा। इस प्रकार सन्ध्या के बाद बालेश्वर के निकट एक जंगल में आ उपस्थित हुए। उस समय जिले के मैजिस्ट्रेट और ज़िले के सुपरिंटेंडेंट, आर्म्ड (सशस्त्र) पुलिस सर्चलाइट (search light) इत्यादि खण्डयुद्ध (skirmish) का सब सरंजाम संग लेकर यतीन्द्रनाथ के पीछे दौड़ते आते थे। यतीन्द्रनाथ दल सहित आगे-आगे जा रहे थे, और पीछे पुलिस दल दो भागों में बँटकर जंगल के दोनों बाजू पर सर्चलाइट छोड़ते हुए क्रमशः एक-दूसरे के नज़दीक होते हुए यतीन्द्रनाथ का पीछा कर रहा था। इस प्रकार जंगल में से खिसक जाना यतीन्द्रनाथ के लिए सम्भव न रहा। भोर भी हो गया। अब और निस्तार नहीं—पुलिस बहुत ही निकट थी। उस समय यतीन्द्रनाथ के साथियों ने सजल नेत्रों से प्रार्थना की—वे मरते हैं तो मरें, यतीन्द्रनाथ कपटवेष से दूसरी जगह निकल जायें। किन्तु यतीन्द्रनाथ ने यह प्रस्ताव नहीं माना। वे बोले—"प्यारे भाई, देखो, विचार करो, हम सब पिता-माता की स्नेहमयी गोद, स्त्री-पुत्रों का माया-बन्धन, बन्धु-बान्धवों का प्यार-दुलार और घर की सुख-शान्ति छोड़कर आये हैं, एक संग काम करेंगे यही कहकर न? अब इस विपत्ति के समय वह प्रण क्योंकर छोड़ दें? मनुष्य तो अमर नहीं है। एक-न-एक दिन उसे मरना ही होगा। तब कायरों की तरह मरने से लाभ क्या!"

युद्ध करना ही तय पाया। एक ओर प्रायः हज़ार से अधिक गाँववाले, डाकू पकड़े जा रहे हैं यह समझकर, हथियारबन्द पुलिस सेना का साथ दे रहे हैं—दूसरी ओर हैं केवल पाँच विप्लवी! वे फिर जंगल छोड़कर गाँव में आ घुसे। भूख, अनिद्रा और राह की मेहनत से वे सभी हारे-थके थे। एक पैसे का चना-चबेना खरीदकर खा लेने का भी चारा न था। इतने में दोनों दलों ने एक-दूसरे को देख लिया, दोनों ओर से गोली चली। पुलिस की ओर के एक साहब विप्लवियों की ओर ज़रा अधिक बढ़े,

उसी समय चित्तप्रिय की एक गोली से उनकी टोपी आसमान में उड़ गई। पुलिस के साहब फिर आगे न बढ़े। विप्लवी लोग ऊँची-नीची ज़मीन पर लेटकर निशाना बाँधकर गोली छोड़ने लगे। पुलिस की ओर से भी धारा-प्रवाह गोलियाँ बरसने लगीं। इस प्रकार प्रबल शत्रुओं के मुकाबले में थके-माँदे, भूखे-प्यासे पाँच आदमी कब तक युद्ध कर पाते? विप्लवियों की गोलियाँ भी खत्म होने को आईं। वे सभी घायल हो गए थे। किन्तु घायल होने पर भी उन्होंने हथियार नहीं रखे। इतने में एक घातक गोली आकर चित्तप्रिय को अमर-धाम ले गई, और सब भी उस समय बुरी तरह घायल थे। यतीन्द्रनाथ उस समय साथियों से बोले, "अब और शक्ति क्षय करने से कुछ लाभ न होगा। चित्तप्रिय गया, मैं भी बचूँगा नहीं, तुम अब वृथा प्राण न दो, शायद तुम फिर भविष्य में कुछ काम कर सको", किन्तु साथी लोग लड़कर प्राण देना चाहते थे, पर यतीन्द्रनाथ उनके प्राण बचाना चाहते थे। अन्त में उन्होंने यतीन्द्रनाथ के आग्रहपूर्ण अनुरोध से आत्मसमर्पण कर दिया। बहुत खून गिरने से यतीन्द्रनाथ का शरीर अवसन्न होकर गिर पड़ा; प्यास से उनका गला सूख गया था। डूबती आवाज़ में उन्होंने कहा, "पानी!" बालक मनोरंजन के शरीर से उस वक्त रक्त-धारा बह रही थी। किन्तु नेता की इस अन्तिम आकांशा को पूर्ण करने के लिए वह उस समय भी पास के जलाशय से चादर भिगोकर पानी लाने के लिए चल पड़ा। इस दृश्य से पुलिस के साहब भी पिघल गए। वे मनोरंजन से बैठने को कहकर कोई बर्तन न होने से अपनी टोपी में ही जल भरकर मरते आदमी के मुँह में डालने लगे। गले में पानी पहुँचने पर यतीन्द्रनाथ के मुँह से बात निकली, उस समय स्निग्ध मधुर हँसी हँसकर वे साहब से बोले, "इस मामले में मैं ही अकेला उत्तरदायी हूँ, इन मेरे साथियों ने मेरे आदेश का पालन किया है।" यतीन्द्रनाथ ने कटक के अस्पताल में प्राण-त्याग किया। मनोरंजन और नीरेन्द्र को फाँसी हुई। ज्योतिष को आजन्म कालेपानी की सजा मिली। यही ज्योतिषचन्द्र बच गए थे, इसीसे उनके पास से यह सब संवाद पाकर आज हम देशवासियों को दे सके हैं। अण्डमान जेल में नाना रूप निर्यातनों को सह न सकने से ज्योतिषचन्द्र वहीं पागल हो गए थे। आजकल सुना है वे बहरामपुर के पागलखाने में रहते हैं।[1]

मृत्यु की गोद में बैठे हुए, कटक के फाँसी-घर के अँधेरे कोने से मनोरंजन और नीरेन्द्र ने जो अन्तिम चिट्ठी कलकत्ते भेजी थी, उस अतीत की स्वप्नमय कहानी प्रकाशित करते हुए छाती में कैसे-कैसे स्पन्दन अनुभव होते हैं! उन्होंने लिखा था–

"चित्तप्रिय और दादा (भैया) चले गए, हम भी जाते हैं। आशा है आप लोग पहले की तरह काम चलाएँगे। भगवान् आप लोगों को सफलता दान करेंगे। आज हमारे जीवन की विजयादशमी है। अलविदा! अलविदा! जो चले गए उन्हें लौटा लाने को

---

1. पीछे फारवर्ड में छपा था कि ज्योषिचन्द्रपाल बहरामपुर के पागलखाने में स्वर्गवासी हो गए।

कोई उपाय नहीं। किन्तु ज्योतिष की मुक्ति के लिए क्या करना चाहिए, यह उनके स्वदेशवासी ही निश्चय कर सकेंगे।''

इस चिट्ठी के प्रसंग से एक और चिट्ठी की बात याद आ गई। जैनधर्मावलम्बी होते हुए भी उन्होंने कर्त्तव्य की खातिर देश के मंगल के लिए सशस्त्र विप्लव का मार्ग पकड़ा था। 'निमेज'[2] के खून के अपराध में वे भी जब फाँसी की कोठरी में क़ैद थे, तब उन्होंने भी जीवन-मरण के वैसे ही सन्धिस्थल से अपने विप्लव के साथियों के पास जो पत्र भेजा था, उसका सार कुछ ऐसा था, ''भाई, मरने से डरे नहीं और जीवन की भी कोई साध नहीं है; भगवान् जब जहाँ जैसी अवस्था में रखेंगे, वैसी ही अवस्था में सन्तुष्ट रहेंगे।'' इन दो युवकों में से एक का नाम था मोतीचन्द और दूसरे का नाम था माणिकचन्द या जयचन्द।

इन सब विप्लवियों के मत के तार ऐसे ऊँचे सुर से बँधे थे, जो प्रायः साधु और फकीरों के बीच ही पाया जाता है। इन सब विप्लवियों के जो प्रतिपक्षी थे, वे अंग्रेज भी अनेक बार दिल खोलकर इनकी प्रशंसा किए बिना नहीं रह सके। उस जमाने के खुफिया विभाग के सर्वेसर्वा, आजकल कलकत्ता के पुलिस-कमिश्नर मि. टेगार्ट ने, सुनते हैं, परलोक गत प्रतिष्ठित बैरिस्टर मि. जे. एन. राय को यतीन्द्रनाथ के सम्बन्ध में कहा था, "Though I had to do my duties I have great admiration for him. He was the only Bengali who died in an open fight from a trench." (यद्यपि मुझे अपना कर्त्तव्य पालना पड़ा, पर मेरे दिल में उसके लिए बड़ा आदर है। वह एकमात्र बंगाली था, जो एक खुली लड़ाई में खन्दक से लड़ता हुआ मारा गया)।'' किन्तु टेगार्ट साहब ने जिस समय यह बात कही थी उसके बाद और भी अनके बंगाली ऐसी ही खुली लड़ाई में काम आए, उनका भी थोड़ा-सा परिचय पाठकों को देता हूँ।

9 सितम्बर सन् 1915 को यतीनबाबू और उसके साथियों ने खुली लड़ाई में प्राण दिए। किन्तु उसके बाद भी प्रायः 1918 तक विप्लवियों के अस्तित्व का परिचय विशेष रूप से मिलता रहा। सन 1916 के अन्तिम भाग में खुफिया विभाग के डिप्टी सुपरिंटेंडेंट बसन्तकुमार चट्टोपाध्याय पर, जो इससे पहले दो बार आश्चर्यमय तरीकों से बच गए थे, तीसरी बार विप्लवियों ने हाथ साफ किया। सन् 1917 में गोहाटी में विप्लवियों के साथ पुलिस का खंड युद्ध (skirmish) हुआ, और सन् 1918 में ढाका में फिर पुलिस के साथ विप्लवियों का सशस्त्र मुकाबला हुआ, जिसमें विप्लवियों के दो व्यक्ति खेत रहे। पाबना में भी एक छोटी-मोटी मुठभेड़ हुई, इस सबके अलावा खून-डकैती तो जारी ही थी। इन सब सशस्त्र

---

2. निमेज़ के महन्त का वध सन् 1913 में हुआ था। रौलट कमेटी की रिपोर्ट के बिहार-उड़ीसा प्रकरण (आठवें अध्याय) में उसका उल्लेख है।

मुठभेड़ों का थोड़ा-बहुत परिचय यहाँ देते हैं। सम्भवतः सन् 1916 विप्लव दल की ओर से बिहार में विप्लववाद का प्रचार करने की वीरभूम के नलिनी वाक्चि भागलपुर के कालेज में पढ़ने भेजे गए। कुछ ही दिन में इस बंगाली पर पुलिस की नज़र पड़ गई। नलिनी पढ़ना छोड़कर फरार हो गए। नलिनी छात्रवृत्ति पानेवाले अच्छे विद्यार्थी थे, पर छात्रवृत्ति के झंझट में कौन पड़े? नलिनी एकदम खालिस बिहारी बनकर के शहर-शहर घूमने लगे। कुछ दिन बाद फिर पुलिस की नज़र में पड़े। नलिनी बंगाल आए तब था सन् 1917, बंगाल का उस समय बुरा हाल और टेढ़े दिन थे-चारों ओर थी धर-पकड़, खाना-तलाशी, इण्टर्नमेण्ट (नजरबन्दी), डिपोर्टेशन (देशनिकाला) और गोलियों की बौछार! इसीसे बंगाल में रहना तब बेखटके न था। विप्लव दल में तब यह फैसला हुआ कि दल के अच्छे-अच्छे कार्यकत्ताओं को आसाम के किसी अच्छे स्थान में रिज़र्व फोर्स (सुरक्षित सेना) के रूप में रखा जाए। फलतः नलिनी वाक्चि, नलिनी घोष, नरेन बैनर्जी और अन्य अनेक लोगों ने गोहाटी (आसाम) में आकर आश्रय लिया। सोते समय उनके बिछौने के तले भरी रिवाल्वरें रहती और उन्हीं में से एक-एक आदमी दो-दो घंटे के लिए पहरेदार के रूप में खिड़की के नजदीक सावधानी से बैठा रहता। कलकत्ते की पुलिस ने किसी गिरफ़्तार विप्लववादी के पास से गोहाटी का संवाद पाकर, 9 जनवरी सन् 1917 को यह मकान घेर लिया। पहरेदार ने पुलिस को आते देख सबको जगा दिया, पर चुपचाप ही। रिवाल्वर और पिस्तौल हाथ में लेकर सभी बाहर आकर पुलिस पर गोलियाँ दाग़ने लगे। इस एकाएक आक्रमण से पुलिस छिन्न-भिन्न हो गई, और इसी बीच विप्लवी भी पहाड़ की ओर खिसक गए, किन्तु तीसरे पहर अनगिनत सशस्त्र पुलिस ने आकर सारी पहाड़ी से आस-पास घेरा डाल दिया। दोनों ओर से गोली चली। बहुत-से घायल होकर पकड़े गए। इनमें से केवल दो जन पुलिस की आँख बचाकर भाग सके। इन दो में से एक यही नलिनी थे। छः दिन रास्ता चलकर पहाड़ पार होकर नलिनी लामडिंग स्टेशन पर आ पहुँचे। वह यात्रा क्या सीधी बात थी? बग़ैर खाये और सोये प्रतिदिन चढ़ाई-उतराई पर गोड़े तोड़ने पड़े थे। सदा पुलिस की नज़र से अपने को बचाते हुए, कभी वृक्ष पर चढ़कर, कभी पहाड़ की चोटी पर-किसी चट्टान पर सोकर रात कटती थी। बराबर तेज़ चाल से पहाड़ की चढ़ाई-उतराई में चलते-चलते हाथ-पैर की तलियों में दरारें पड़ गईं। फिर क्या केवल चलने का ही कष्ट था? पहाड़ की एक किस्म की चिपचिपी चिचड़ी नलिनी के माथे और पीठ पर चिपट गई, अनेक तरह से खींचने-छुटाने से भी वह नहीं छूटी। इस चिचड़ी का विष चढ़ जाने की पीड़ा से जर्जरित होकर नलिनी एकदम बेहाल हो गए। अस्तु, मौत के साथ लड़ाई लड़कर आसाम की पुलिस के हाथ से बचकर नलिनी बिहार आए; किन्तु वहाँ रहना निरापद न था।

यह देख वे फिर बंगाल चले गए। हावड़ा स्टेशन पर उतरकर जिनके मिलने की आशा की थी उनमें से किसी को न देख पाया। संग में एक रिवाल्वर था। कहाँ जाएँ? पखवाड़े से अधिक हो चुका था, जब से न खाना, न सोना, न कोई और नियम रहा था, शरीर टूट चुका था, जहरीला कीड़ा तब भी माथे और देह से चिपटा हुआ था, हावड़ा में ही नलिनी को तेज़ बुखार हो गया। लाचार कोई उपाय न देखकर वे किले के मैदान के एक पेड़ के नीचे सो गए। मुर्दे की तरह दिन-रात वहीं पड़े रहे। परले दिन दैवयोग से उनके एक परिचित विप्लवी ने उन्हें देख दिया। उनके सब अंगों में उस समय चेचक के चिन्ह दिखाई दिए। कलकत्ते में विप्लवियों की अवस्था उस समय अत्यन्त शोचनीय थी, प्रायः सभी विप्लवी पकड़े जा चुके थे। टका-पैसा तब किसी के हाथ में न था, दो-चार जन जो बाकी थे वे भी तब क्षीण आशा के साथ इधर-उधर घूमते फिरते थे। कलकत्ते की एक छोटी-सी कोठरी में उन्हें रखा गया। चेचक से उनकी आँखे और मुँह ढक गए, जिह्वा अचल हो गई थी। तीन दिन तक बात करना भी बन्द रहा। इस प्रकार पैसा न होने से चिकित्सा कराए बिना दिन काटते रहे। इस मकान में उस समय केवल एक और विप्लववादी अपने-आपको छिपाये हुए थे। मृत देह की यथोचित क्रिया करने को भी लोग कैसे जुटेंगे, यह समझ में न आता था। सन् 1918 में विप्लवियों की अवस्था ऐसी ही शोचनीय हो गई थी। किन्तु नलिनी इस चेचक से भी मरे नहीं। मृत्यु और भी महनीय रूप में दिखाई देने के लिए उस समय तक ढाका में प्रतीक्षा कर रही थी। चंगे होकर नलिनी बुझते विप्लव दीप का भार लेकर फिर ढाका में आ रहे। नलिनी और तारिणी मजूमदार एक ही मकान में रहते थे। सन् 1918 की 15 जून को भोर के समय पुलिस ने फिर नलिनी का मकान घेर लिया। फिर दोनों ओर से गोली चली। तारिणी के अंगों में बहुत गोलियाँ लगने से वे वही मरकर गिर पड़े। नलिनी ने गोली खाकर भी भागने की चेष्टा की, परन्तु फिर बन्दूक की गोली से घायल होकर उनका शरीर भी जमीन पर लोटने लगा।

विप्लववादी नलिनी घायल अवस्था में अस्पताल में लेटाये हुए हैं-पुलिस नाम-धाम लेने में व्यग्र है,-डाइंग-डिक्लेरेशन-मरते समय का इजहार, माँगती है।

मृत्यु-शय्या पर लेटे हुए घायल विप्लववादी असह्य यन्त्रणा सहते हुए मृत्यु की प्रतीक्षा में हैं। ऐसे समय साधारण व्यक्ति अपने को छिपा नहीं सकता, वरन् इच्छा होती है कि उसके कार्यों को देशवासी भली-भाँति जान जाएँ। जिनके लिए वह मरता है वे जान जाएँ कि किस प्रकार वह दूसरों के लिए प्राण दे गया, साधारण मनुष्य की यही इच्छा होती है। किन्तु विप्लवादियों की अपने को छिपाने की शैली साधारण नहीं होती। शिक्षा और साधना के बिना आत्मगोपन का वैसा सामर्थ्य आता ही नहीं। मृत्यु के समय भी इच्छा नहीं है, कोई उन्हें जान जाए, या कोई उनका 'मूल्य' समझ

ले–कोई मैसेज (सन्देश) नहीं है[3]–'Unwept, unhonoured, unsung' ही वह जाना चाहता है! वह नहीं चाहता कोई उस पर आँसू बहाये, कोई उसका नाम याद करे, कोई भी उसका गीत गाए!–इसीलिए मृत्यु-शय्या पर पड़े विप्लववादी के क्षीण कण्ठ से उत्तर निकला, "Don't disturb please, let me die peacefully", ''तंग न करो भाई, मुझे शान्ति से मरने दो।''

पुलिस ने अनेक प्रकार से बात निकालने की चेष्टा की–कहा नाम तो बताओ–घर कहाँ? किन्तु उसका वह एक ही उत्तर था, "Don't disturb please, let me die peacefully"–''कृपा कर और तंग न करो भाई, शान्ति से मरने दो।''

इस प्रकार जो मृत्यु को महिमामय बना सकते थे, इस प्रकार जिन्होंने आत्मगोपन करना सीखा था, उनकी कहानी पर देशवासियों ने क्या कभी ग़ौर करके देखा है? वे लोग जीवन की सब आशा-प्रतीक्षा अपूर्ण रखकर संसार से एकदम निश्चिन्त हो गए हैं। प्रतिष्ठा की रत्ती-भर भी कामना उन्होंने नहीं रखी। मृत्यु के दरवाज़े पर पहुँचकर, जहाँ कोई बात खुल जाने का डर नहीं, वहाँ भी ख्याति का निषेध करके वे शान्ति से मरते हैं। वे अपने कर्म से यदि किसी को तृप्त करना चाहते हैं तो अपने ही अन्तरात्मा को, इसीलिए किसी और से कुछ भी अपेक्षा न रखकर शान्ति से मरना चाहते हैं। संसार की किसी चीज़ की भी चाह नहीं है, वे केवल देने के ही धनी हैं।

इन सब विप्लवियों को न जाने क्या कहकर पुकारना चाहिए? शायद ये पागल थे, या शायद ये भ्रान्त निर्बोध बालक थे, क्योंकि हमारे इस अभागे देश के अभिज्ञ नेता और राजनीति-विशारद विचक्षण पंडित इन्हें इन्हीं शब्दों से पुकारते रहे हैं।

इन विप्लवियों का सबसे बड़ा दोष, जान पड़ता है, यही था कि वे अपने उद्देश्य-साधन में कृतकार्य नहीं हो सके। मास के बाद मास और बरस के बाद बरस विप्लव के लिए अनथक परिश्रम करने के बाद भी वे केवल एक बड़ी व्यर्थता का ही उपार्जन कर सके? जिस पथ का अन्तिम परिणाम केवल व्यर्थता हो वह पथ क्या भ्रान्त नहीं है? इस व्यर्थता का कुछ भी मूल्य है? भारत के अभिज्ञ नेता और विचक्षण समालोचक विप्लवियों से ऐसे ही प्रश्न प्रायः करते हैं।

व्यर्थता के एक ही पहलू पर हमारा ध्यान जाता है; किन्तु इस व्यर्थता की आड़ में जगत् की श्रेष्ठ सम्पदा किस प्रकार अपने को छिपाए रहती है, विफलताओं के द्वारा किस प्रकार शक्ति का संचार होते-होते एक दिन इस व्यर्थता के बीच सार्थकता आकर दर्शन देती है, विफलता और पराजय के निराशा-वेदना पूर्ण अवसाद के समय में इन सब बातों को हम में से बहुत-से हृदयंगम नहीं कर पाते। सभी समाजों में, सभी समयों में विप्लवी लोगों पर समाज के विज्ञ और अभिज्ञ लोग हँसते और लांछन लगाते

1. इस प्रसंग में असहयोग के दिन की याद आती है, जब प्रत्येक छोटे-बड़े नेता चार दिन की हवालात होने पर भी कॉलमों लम्बे 'मैसेज' अख़बारों में भेजना अपना पहला कर्त्तव्य समझते थे।

रहते हैं। इसका कारण यही है कि प्रायः सभी देशों के सभी विप्लवियों की पहली चेष्टाएँ व्यर्थ हुई हैं, और समाज के विज्ञ और अभिज्ञ लोग इसी व्यर्थता के माप से ही सब विषयों पर विचार करते रहे हैं। उसी नियम से भारत के विप्लववादी भी विज्ञ और अभिज्ञ लोगों के मत में भ्रान्त-पथ के यात्री हैं। और इन समालोचकों में से जो बड़े ही प्रवीण और होशियार हैं वे इन विप्लवियों को 'ईडियट' (बुद्धू पागल) कहने में भी संकोच नहीं करते। भारत की लब्धप्रतिष्ठ मासिक पत्रिका 'मॉडर्न रिव्यु' के विचक्षण सम्पादक ने विप्लवियों को निर्देश करके कहा था कि 'यदि भारत में कुछ भी लोग सशस्त्र विप्लववादी हैं तो भारतवासियों को निश्चय से अपनी बुद्धि-विवेचना पर सन्देह करना होगा।'

विप्लवियों और समालोचकों में भेद यहीं है कि विप्लवी लोगों की अपने आदर्श पर अटूट श्रद्धा है, इसीलिए उन्होंने अद्‌भुत निष्ठा के साथ अपने आदर्श की ओर जानेवाले पथ पर चलते हुए जीवन बिताया है, और इन समालोचक लोगों ने आराम-चौकी पर बैठकर समालोचना करने को ही जीवन का पेशा बना डाला है और बहुतों का तो यह समालोचना करना ही जीविका अर्जन करने का मुख्य अवलम्ब हो गया है। जीविका कमाने के लिए अनेक बातों का हिसाब करके चलना होता है, किन्तु इस प्रकार हिसाब करके चलने से हमेशा सत्य की मर्यादा को अटूट रखना शायद सम्भव नहीं होता। इस सबके अलावा विप्लवियों में और इन सारे समालोचकों में एक और भी बड़ा भेद है, विप्लवियों के नज़दीक जो चीज़ 'Faith' (श्रद्धा) है; समालोचकों के लिए वह केवल 'Opinion' (सम्मति) है। यह 'सम्मति' प्रायः सफलता का मोह पार नहीं कर सकती; इसीलिए फलाफल पर निर्भर होकर भी बहुधा 'सम्मति' बनती है। किन्तु जो लोग इतिहास-स्रष्टा के आसन पर बैठते हैं वे इस 'सम्मति' की परवाह नहीं करते; वे निष्ठावान् और श्रद्धा-सम्पन्न व्यक्ति होते हैं। विफलता उन्हें श्रद्धा-भ्रष्ट नहीं कर पाती। इसी कारण इतिहास में वे चिरस्मरणीय हो जाते हैं, इसीसे ये श्रद्धा-सम्पन्न व्यक्ति ही जगत् में कुछ स्थायी काम कर जाने में समर्थ होते हैं।

भारत के विप्लववादी भी ऐसे ही श्रद्धा-सम्पन्न व्यक्ति थे। भारत के इन विप्लवियों की ओर निर्देश करके ही प्रसिद्ध कानून-वेत्ताबैरिस्टर नार्टन साहब ने एक बार कहा था, "ये सब विप्लवी अपने अभीष्ट साधन में कृतकार्य नहीं हो पाते इसी कारण आज वे सरकार के अपराधी हैं, किन्तु यदि ये अपने उद्देश्य को सफल कर सकते तो फिर यही संसार में स्वदेश-भक्त, और वीर तथा साधक कहकर पूजे जाते।"

भारतीय विप्लवियों ने जो मार्ग ग्रहण किया था, उस मार्ग से ही भारत की मुक्ति होगी कि नहीं, कौन कह सकता है! शायद उन्होंने उल्टा ही रास्ता ग्रहण किया हो; किन्तु उनके पाथ हमारा मत नहीं मिलता, इसी कारण तो उन्हें 'ईडियट' (बुद्धू)

कहना उचित नहीं है। न जाने संसार के सभ्य लोगों में भारतवासियों के मान-इज़्ज़त की इन विप्लवियों के द्वारा अधिक रक्षा हुई है अथवा इनके विरोधी समालोचकों की युक्तियों के जोर पर! तो भी यह बात तो हम जानते हैं कि गत साठ बरसों तक जब रूसी विप्लववादियों के सभी प्रयास निष्फल हुए थे, जब प्रबल प्रतापी आस्ट्रिया की राजशक्ति के विरुद्ध इटली के मुट्ठी-भर विप्लववादियों ने पहले-पहल सिर उठाया था, तब इन देशों के विप्लववादियों को भी ऐसे ही व्यंग्य और गालियाँ सहनी पड़ती थीं। साठ बरस के अनथक परिश्रम के बाद, अनेक बाधाओं और व्यर्थताओं में से गुज़रकर सारे जगत् की अपेक्षा और प्रतिकूलता को सहकर आज रूसी विप्लववादियों की आशा सफल होने जा रही है। प्राय: चालीस बरस की कशमकश के बाद, कितने त्याग, कितने कष्ट और कितनी अशान्तियों को लाँघकर इटली ने स्वाधीनता पाई थी। किन्तु जो इस मुक्ति-पथ के प्रथम यात्री थे, उन्हें उनकी पहली विप्लव चेष्टाओं के व्यर्थ होने के दिन कितनी निन्दाएँ सहन न करनी पड़ी थी! इस प्रसंग में आइरिश वीर टी. मेक्स्विनी की चिरस्मरणीय बात याद आती है–"Any man who tells you that an act of armed resistance—even if offered by ten men only—even if offered by men armed with stones—any men who tell you that such an act of resistance is premature, imprudent, or dangerous, any and every such man should be atonce spurned and spat at, for remark you this and recollect that somewhere and some how and by somebody a beginning must be made and that the first act of resistance is always and must be ever premature, imprudent and dangerosus" अर्थात् कोई आदमी जो तुम्हें यह कहे कि एक सशस्त्र मुकाबला–चाहे दस आदमी ही ऐसा मुकाबला करें–चाहे उन आदमियों के पास पत्थरों के सिवाय और कोई हथियार न हो–कोई आदमी जो तुम्हें कहे कि ऐसा मुकाबला अपरिपक्व है, अक्लमन्दी का काम नहीं है या खतरनाक है, प्रत्येक ऐसा आदमी लात खाने लायक और मुँह पर थूँका जाने लायक है। क्योंकि यह बात समझ लो और याद रखो कि कहीं-न-कहीं, किसी-न-किसी तरह और किसी-न-किसी मुकाबले का आरम्भ करना होगा और मुकाबले का पहला काम हमेशा अपरिपक्व और खतरनाक होता है और होना ही चाहिए।

मैंने अपनी शक्ति के अनुसार इन विप्लवियों का एक संक्षिप्त क्रमबद्ध इतिहास लिखने की चेष्टा की है। किन्तु इतिहास का प्राण होता है--जजमेण्ट–निर्णय। इस जजमेण्ट (निर्णय) के बिना इतिहास खाली घटना-पंजिका (chronicle of events) रह जाता है। इसीसे मैं **वक़्त-बे-वक़्त** घटनाएँ छोड़कर और अनेक बातों को भी ले आया हूँ और विप्लवियों की मैंने प्रशंसा की है, इससे कोई यह न समझे कि मैं विप्लववाद का प्रचार करता हूँ। मैं कहना चाहता हूँ कि उनके साथ हमारा मतभेद रहने से ही उनसे घृणा करना या उनकों गाली-गलौच करना तो अभीष्ट नहीं हैं, और

विप्लवियों के विरोधी अंग्रेज राज्याधिकारियों ने भी इनके चरित्र की भरपूर प्रशंसा की है, इससे वे (अंग्रेज) भी सचमुच विप्लववादी नहीं हो गए।

इतिहास लिखने बैठा हूँ, इसीसे भारतीय विप्लवादियों को भारतवासी किस दृष्टि से देखते थे, क्यों इस दृष्टि से देखते थे, और उन्हें किस दृष्टि से देखना उचित है? इन सब विषयों की भी आलोचना कर गया हूँ। विप्लवियों ने सचमुच पागलपन किया था कि नहीं, यह नहीं जानता हूँ, तो भी उनके पागलपन की बात सुनकर रवि बाबू की एक कविता के कुछ पद याद आते हैं–

"कोन आलोते प्राणेर प्रदीप
ज्वालिए तूमि धराय आस[4]

साधक ओगो प्रेमिक ओगो
पागल ओगो धराय आस।"

"हे साधक, हे प्रेमिक, हे पागल, तुम इस भूमि पर आते हो–किस ज्योति से प्राणों के प्रदीप को जलाकर तुम इस भूमि पर आते हो!"[5]

---

4. उच्चारण–आसो।

5. इस अध्याय के कुछ अंश नलिनी बाबू के 'विप्लववाद', 'आत्मशक्ति' में प्रकाशित, गोपेन्द्रलाल राय के एक लेख और 'शंख' में प्रकाशित 'नलिनी वाक्चि' की कहानी से लिये गए हैं।
–लेखक

7

विप्लव का प्रयास व्यर्थ क्यों हुआ?

भारतीय विप्लवियों के सभी प्रयास क्यों व्यर्थ हुए। यह जानने के लिए पहले यह समझ लेना होगा कि वे चाहते क्या थे? उनका उद्देश्य भलीभाँति समझे बिना यह जानना भी कठिन होगा कि वे कहाँ तक विफल हुए कहाँ तक नहीं, और उनकी इस विफलता का कारण क्या था। इसीलिए उनकी इस व्यर्थता का कारण खोजने से पहले उनका उद्देश्य क्या था, इस विषय की कुछ आलोचना करना आवश्यक है।

भारतीय विप्लववादियों का उद्देश्य क्या था, इस विषय पर कहने को इतनी बातें हैं कि यहाँ पर उनकी पूरी आलोचना सम्भव नहीं है, कारण कि यह आलोचना करने के लिए भारत के राष्ट्रक्षेत्र में इस विप्लव के आविर्भाव से आरम्भ कर उनकी क्रमिक परिणति के इतिहास की भी आलोचना करना आवश्यक हो जाता है, और इस प्रकार यह आलोचना इतनी बड़ी हो जाएगी कि हम आलोच्य विषय से बहुत दूर जा पड़ेंगे। इसीलिए इन सब आलोचनाओं को किसी और समय करने की इच्छा है। इस समय केवल अपना विषय समझाने के लिए जितनी आलोचना आवश्यक प्रतीत होती है, उतनी ही करूँगा।

भारतीय विप्लव दल के बीच चाहे कितने ही मतभेद क्यों न रहे हों, परन्तु इस विषय में सभी सम्पूर्णतः एकमत थे कि भारत को अक्षुण्ण स्वाधीनता प्राप्त करनी ही होगी, अर्थात् भारत-भिन्न कोई भी जाति भारत के भले-बुरे की विचारकर्ता होकर भारत के मंगल के लिए भारत के किसी भी काम में हस्तक्षेप न कर सके–भारत के लिए किस प्रकार की शासन-प्रणाली सबसे अधिक मंगलकारी होगी इस विषय के विचारकर्ता और परिचालक भारतवासी ही हों। भारत का सामाजिक आदर्श क्या होगा, भारत के सामाजिक समस्या का समापन किस प्रकार करना सबसे अधिक

मंगलजनक होगा, भारतेतर राष्ट्रों के साथ भारत किस प्रकार का सम्बन्ध-सूत्र स्थापित करेगा, भारत के व्यवसाय-वाणिज्य को किस प्रकार परिचालित करने से भारत का और जगत् का मंगल होगा, इन सब बातों को भारतवासी ही जैसा ठीक समझें वैसा ही हो, और किसी भी राष्ट्र का उसमें कोई हाथ न रहे—यही थी भारतीय विप्लवियों की दुराकांक्षा! भारत की यह स्वाधीनता ब्रिटिश साम्राज्य के बीच रहकर किसी तरह भी अक्षुण्ण नहीं रह सकती, बालक जिस प्रकार निःसंशय रूप से अपने माता-पिता को पहचानता है, भारत के विप्लवी भी यह बात उसी प्रकार निःसंशयरूप से जानते थे। इसीसे भारतीय विप्लवियों की सब चेष्टाओं की जड़ में यह बात थी कि भारत को इस प्रकार शक्ति सामर्थ्य-सम्पन्न कर दिया जाय जिससे वह भारत-भिन्न सभी जातियों के हाथ से सब प्रकार से छुटकारा पा सके। इस भारतेतर राष्ट्रों के समूह में अंग्रेज अपवाद नहीं है, वरन् साक्षात् रूप से इन अंग्रेजों के साथ ही पहला संघर्ष आरम्भ होता है। कारण कि अंग्रेजों का ही साक्षात् रूप से भारत की सब अभिलाषा-आकांक्षाओं और भारत के सब उद्यमों के साथ घनिष्ठ रूप से संसर्ग है और वे लोग यह समझते थे कि भारत को इस प्रकार स्वाधीन करने का सबसे मुख्य उपाय है, भारत की क्षात्र शक्ति को जागृत कर देना—इस क्षात्र शक्ति के आदर्श को ही केन्द्र बनाकर हमारे विप्लवियों ने अपनी सर्व कर्म-प्रचेष्टा को नियन्त्रित किया था। महात्मा गाँधी का भारत के राष्ट्र-क्षेत्र में आविर्भाव होने से बहुत पहले से ही हमारे विप्लवियों को इस क्षात्र आदर्श और ब्राह्मण्य आदर्श के विषय में बहुत आलोचनाएँ और द्वन्द्व करने पड़े हैं। उन दार्शनिक आदर्शों का विचार और विश्लेषण करने की जगह यहाँ नहीं है, समय और सुयोग मिलने पर किसी और जगह वह करने की इच्छा है। तो भी, संक्षेप में यहाँ इस सम्बन्ध में केवल दो-चार बातें कह देना बुरा न होगा। यथार्थ बात तो यह है कि ब्राह्मण्य आदर्श और क्षात्र आदर्श में, सच-सच कहें तो, तो कोई भेद नहीं है, क्योंकि ब्राह्मण्य आदर्श की अन्तिम परिणति जहाँ होती है, क्षात्र आदर्श की भी अन्तिम परिणति ठीक वहीं होती है। अर्थात् क्षत्रिय धर्मावलम्बी पुरुष जब प्रकृति-ज्ञान का अवलम्बन करके जीवन को नियन्त्रित करते हैं तब उसका जो फल होता है, ब्राह्मण भावापन्न पुरुष भी वैसे ही प्रकृति ज्ञान का अवलम्बन लेकर जीवन बिताएँ, तो उसका भी वही एक ही फल होता है। अर्थात् यह जगत् ब्रह्म का ही प्रकाश है, और ब्रह्म ही कभी सगुण और कभी निर्गुण रूप में अपना प्रकाश करते हैं, यह विश्व ब्रह्माण्ड जो नित्य नये-नये रूपों में परिवर्तित होता है, वह भी ब्रह्म का ही सगुण प्रकाश है, और जो अनिर्वचनीय है, जो मुँह से प्रकट नहीं किया जाता, जहाँ जाकर मन-बुद्धि धक्का खाकर प्रवेश करने में असमर्थ होकर वापस लौट आते हैं, जिसे किसी भी विशेषण से विशेषित नहीं किया जा सकता, अर्थात् जो ब्रह्म का निर्गुण स्वरूप है—उस निर्गुण और सगुण ब्रह्म में यथार्थ में कोई भेद नहीं है, उस ज्ञान की

उपलब्धि करना ही ब्राह्मण्य और क्षात्र आदर्श का अन्तिम लक्ष्य रहा है। वेदान्त के इस आदर्श का अनुसरण करें तो ब्राह्मण्य और क्षात्र धर्म में सचमुच कोई भेद नहीं रहता, किन्तु वेदान्त के इस धर्म को सब लोग-स्वीकार नहीं करते; भारत के सब सम्प्रदाय यह बात नहीं मानते है कि ब्रह्म का सगुण स्वरूप सम्भव है। वे कहते हैं, गुणातीत ब्रह्म का रूप-भेद सम्भव नहीं है, ब्रह्म ही एकमात्र वस्तु है, और सभी अनित्य है, ब्रह्म के सिवाय और किसी वस्तु का यथार्थ रूप से कोई अस्तित्व नहीं हैं—आपाततः उनका होना प्रतीत होता है, पर भ्रममात्र है, यही ब्रह्म माया है। यह माया कहाँ से आई और इस माया का स्वरूप क्या है? इस सम्बन्ध में वे कहते हैं कि वह कहा नहीं जाता, वह अनिर्वचनीय है,—इसीसे वे संसार को भी अनित्य कहते हैं और इसीसे उनके जीवन का श्रेष्ठ आदर्श रहा है इस संसार को त्यागकर, संसार के रास्ते से दूर जाकर निर्जन में, वन में, पर्वत में, गुफा में रहकर अर्थात् संन्यास लेकर तपस्या करना, भगवान् की आराधना करना। ब्राह्मणों द्वारा परिचालित हिन्दू समाज का यही सनातन और सर्वश्रेष्ठ आदर्श रहा है यह बहुतों की धारणा है, इस आदर्श को ही जो मानव-समाज के सम्मुख श्रेष्ठ आसन पर प्रतिष्ठित करना चाहते हैं, वे ब्राह्मण्य धर्म के पक्षपाती हैं, इसी आदर्श का मैंने ब्राह्मण्य धर्म कहकर उल्लेख किया है। और क्षात्र धर्म कहने से मेरा प्रयोजन उस आदर्श से है, जिस आदर्श में इस नित्य नूतन परिवर्तनशील जीव-जगत् को मिथ्या माया कहकर उड़ा नहीं दिया जाता, जिस आदर्श में जीव-जगत् को इस संसार को निर्गुण ब्रह्म से अभिन्न समझा जाता है, जिस आदर्श की प्राप्ति के लिए इस संसार की अवहेलना न करके, इसका त्याग न करके, इस संसार के भले-बुरे को, इष्ट-अनिष्ट को, हिंसा-अहिंसा को, राग-द्वेष को समतुल्य समझकर इस भीषण संग्रामस्थल में रहकर ही ब्रह्म ही जीव-जगत् हुए हैं और इस जीव-जगत् में जो कुछ भला या बुरा है वह सभी ब्रह्म का ही स्वरूप है, इस सत्य की उपलब्धि करने के लिए सांसारिक कर्म में लिप्त रहकर ही अर्थात् सांसारिक कर्म के साथ ज्ञानयोग को युक्त करके, कर्मयोग के पथ में जो साधन करना होता है, इसको ही मैं क्षात्र धर्म कहकर पुकारता हूँ। इन दोनों आदर्शों में सचमुच तीव्र द्वंद्व रहा है। एक का आदर्श है बुद्ध और दूसरे का आदर्श कुरूक्षेत्र के श्रीकृष्ण; एक का आदर्श है श्री चैतन्य और दूसरे का आदर्श गुरु गोविन्द। एक के आदर्श का अनुसरण करने पर इस संसार को अनित्य माया-ज्ञान कहकर इसकी अवज्ञा और अवहेलना करनी होती है और दूसरे के आदर्श की प्राप्ति करने के लिए इस संसार को नित्य नये-नये रूपों में सजाकर पूजना होता है, युग-युग में सृष्टि की उद्दाम प्रेरणा से इस संसार को तोड़-फोड़कर, चूर-चूरकर फिर नये सिरे से गढ़कर खड़ा करना होता है। कभी ज्ञान के आलोक में जगत् को उद्भासित करके, कभी खड्ग की धार से रक्त का स्त्रोत बहाकर, पृथ्वी को रँगकर, कभी प्रेम के प्रवाह में धरित्री सुन्दरी को स्नान कराके,

संसार के सौन्दर्य को अद्भुत कारीगरी के साथ विविध आभाओं में अनेक रंगों में रंगीन, स्निग्ध और उज्ज्वल करके विस्मयकर बना डालना होता है।

आदर्शों का यह सब द्वंद्व केवल वाक्चातुरी अथवा भाषा का द्वंद्व ही न था; इस दल में जिन्होंने जिस आदर्श को श्रेष्ठ समझा, उन्होंने उसी आदर्श के पीछे सारा जीवन व्यतीत किया; इस प्रकार कितनों ने ही घर-बार छोड़कर संन्यास का आश्रय लिया और अनेकों ने तिल-तिल करके पूर्ण रूप से अपने परिवारवालों और राज्याधिकारियों द्वारा अनेक कष्ट भोगते हुए जीवन के भोग-विलास को तुच्छ समझकर विपत्ति के बीच ही जीवन बिता दिया। जो भी हो, विप्लवियों ने वर्तमान काल में क्षात्र आदर्श को ही श्रेष्ठ आसन दिया था। इसीसे इस क्षात्र आदर्श का ही वे भारत के जनसाधारण में प्रचार करने का प्रयास करते रहे।

इस प्रकार से विप्लवी लोग भारत के गरीब-से-गरीब जनसाधारण तक को ही समझते थे, किन्तु किस प्रकार ये गरीब-से-गरीब जनसाधारण तक अपनी अभिलाषाएँ व्यक्त करेंगे और किस प्रकार सचमुच ही इन जनसाधारण की अभिलाषाएँ अक्षुण्ण रह सकेंगी, देश के समाज में धनी और निर्धनों के बीच, ज़मीदारों और उनकी रैयत के बीच, धनी व्यवसायपतियों और कुली-मज़दूरों के बीच, देशी और विदेशी व्यवसायपतियों के बीच परस्पर जो अनेक स्वार्थों के द्वन्द्व उपस्थित हो गए हैं, और इन विरुद्ध स्वार्थों के कारण जगत् में जो अनेक प्रकार की अशान्ति, अनेक प्रकार के वैषम्य, अनेक अत्याचारों, यन्त्रणाओं और अनेक भीषण रक्तपातों की सृष्टि हो रही है, इन सब द्वंद्वों को कैसे सुलझाना होगा, और यथार्थ विप्लवी होने पर राष्ट्र के समान समाज को भी चूर-चूर कर नये सिरे से गढ़ना होगा, ये सब बातें भारत के विप्लवी लोग भलीभाँति हृदयंगम नहीं कर पाए, और इन सब समस्याओं की ओर ध्यान देते हुए भारत के भावी राष्ट्र को सच ही किसी विशेष रूप में गढ़ना होगा, यह बात भी उन्होंने गम्भीर चिन्तन के साथ नहीं सोची थी। वे सोचते थे कि ये सब बातें स्वाधीनता पाने के बाद देखी जाएँगी। तो भी अधिकांश विप्लवियों का यही मत था कि भारत की राष्ट्र-शासन-पद्धति की नींव गणतन्त्र के आदर्श पर ही स्थापित होगी। इस व्यापार में अधिकांश विप्लवी राजा के लिए कोई स्थान नहीं रखते थे। अधिकांश इसलिए कहता हूँ कि इनमें ऐसे भी कुछ व्यक्ति थे जो सोचते थे कि यदि भारत में कोई स्वाधीन कहलानेवाले राजा भारत के इस स्वाधीनता समर में प्राण और मन से योग दें तो उन्हें भारत का राज्यासन दिया जा सकता है, और उस दशा में भारत का राष्ट्र संघटन इंग्लैंड की पार्लियामेंट के अनुसार गठित होगा। महाराष्ट्र में 'अभिनव-भारत' नामक गुप्त समिति की ओर से, "Choose of Indian Princes," (अर्थात् भारत के राजाओं, अपना रास्ता चुन लो) शीर्षक की एक छोटी-सी पुस्तिका का गुप्त रूप से प्रचार किया गया था, उसमें बड़ौदा के राजा गायकवाड़ का स्पष्ट रूप से उल्लेख

करके ही उपर्युक्त भाव का प्रचार किया गया था। पंजाब के सिक्खों में से अनेकों की इच्छा थी कि भारत में फिर खालसा राज्य स्थापित किया जाय। फिर विप्लवियों में से अधिकांश हिन्दू ही थे इसलिए उनके बीच किसी-किसी के दिल में यह इच्छा गुप्त रूप से थी कि भारत के स्वाधीन होने के माने हिन्दू राज्य की पुनः स्थापना के होंगे। किन्तु क्रमशः यह भाव बिलकुल लुप्त हो जाता है, और अन्त में यद्यपि वे मुख्यतः हिन्दुओं के स्वावलम्बन के ऊपर ही भरोसा करके अपने कार्य में आगे बढ़ते थे, तो भी स्वाधीन भारत की कल्पना में भारत की किसी भी जाति को उन्होंने दूसरी जाति के अधीन कर रखने का संकल्प नहीं रखा, अर्थात् भारत की स्वाधीनता के लिए भले ही हिन्दू मुख्यतः परिश्रम करें तो भी स्वाधीन भारत के प्रत्येक जाति का समान अधिकार रहेगा अर्थात् प्रत्येक जाति का स्वार्थ अक्षुण्ण रहेगा, यही था भारतीय विप्लवियों का राजनैतिक आदर्श।

हमारे देश के प्रायः सभी लोग एक सुर से कहते हैं कि भारत का विप्लव-प्रयास बिलकुल ही व्यर्थ हुआ है, और इस प्रकार उसका व्यर्थ होना ही अवश्यम्भावी था। वे कहते हैं, वर्तमान युग में नवीन वैज्ञानिक उन्नति के कारण किसी भी राजशक्ति के विरुद्ध कोई प्रजा सामरिक शक्ति की सहायता से विप्लव नहीं कर सकती, और वे सोचते हैं, कि अंग्रेजों के समान शत्रु को सामरिक शक्ति की सहायता से हराकर स्वाधीनता पाने की कल्पना करना भी निरा पागलपन है, इसी से वे भारत के विप्लवियों को पागल और अविवेकी अथवा निर्बोध समझते थे, और समझते हैं।—अवश्य ही, इन सब समालोचकों की बातें यदि सत्य हैं तो भारत को चिरकाल तक पराधीन ही रहना है, कारण कि पूर्ण स्वाधीनता पाने का और कोई रास्ता भी ये समालोचक लोग दिखा नहीं सके, और इस आधुनिक युग में भी रूस और जर्मनी के विप्लव दलों ने प्रबल राज शक्ति को हरा दिया है, यह बात न मानने का भी तो कोई चारा नहीं है; इसी से यह कहना, जान पड़ता है युक्तिसंगत न होगा कि वर्तमान युग में कोई भी प्रजा शक्ति सुप्रतिष्ठित राज शक्ति को विप्लव के रास्ते से सामरिक शक्ति की सहायता से हरा नहीं सकेगी, और भारत के विप्लव दल के साथ रूस और जर्मन के विप्लव दलों की तुलना करने से एक बात विशेष रूप से हमारे ध्यान में आती है कि जर्मन और रूसी विप्लवियों को अपने ही लोगों के विरुद्ध अस्त्र धारण करने पड़े थे, परन्तु किसी विदेशी राज शक्ति के साथ लड़ाई हो तो हमारे स्वदेशवासियों की सहानुभूति और सहायता पाने की यथेष्ट संभावना रहती है। इसी से विदेशी राज शक्ति के विरुद्ध विप्लव करना सिविल वार (गृह युद्ध) करने की अपेक्षा अनेक अंशों में सहल है। तो भी यह बात तो सच है कि भारत का विप्लव प्रयास व्यर्थ हुआ और रूसियों और जर्मनों के विप्लव प्रयास सफल हुए हैं। यह बात सच भले ही है, किन्तु इस व्यर्थता के कारण के विषय में ही तो अनेकों के साथ

मेरा मतभेद है, और यहाँ मैं इस कारण का ही अनुसंधान कर रहा हूँ। भारतीयों को सचमुच विप्लव के पथ में जाना चाहिए कि नहीं, इसकी मैं कोई आलोचना नहीं कर रहा हूँ, यहाँ तो केवल अपने विरुद्ध पक्षवालों की प्रधान युक्ति का ही विश्लेषण कर दिखाने की तनिक-सी चेष्टा की हैं। एक बात पाठक मन में रखें कि मैं अतीत की बातों की आलोचना कर रहा हूँ और अतीत की आलोचना करना ही इतिहास लिखते समय ठीक है, इसी से भविष्य में क्या होगा अथवा क्या होना उचित है यह मेरा आलोच्य विषय नहीं है। अस्तु, जो भी हो, जो हम कह रहे थे उसी पर फिर आ जाएँ, हम कह रहे थे कि भारतीयों का विप्लव प्रयास व्यर्थ क्यों हुआ?

अनेक लोग कहते हैं कि उपयुक्त समय नहीं आया था इसी कारण भारतीयों का विप्लव प्रयास व्यर्थ हुआ, अर्थात् प्रयास को सफल करने के लिए जो परिस्थिति. अपेक्षित है वह परिस्थिति भारत में अब भी नहीं है, भारत के जनसाधारण सचमुच विप्लव करना नहीं चाहते इसीलिए विप्लव का प्रयास व्यर्थ हुआ। भारतवासी सचमुच स्वाधीनता नहीं चाहते, पराधीनता की ज्वाला को सच ही अनुभव नहीं करते, इसी से वे विप्लव पथ में अग्रसर नहीं होते; बहुतों के मत में विप्लवियों के असफल होने का यही सर्व-प्रधान कारण है।

किन्तु भारतवासी सच ही स्वाधीनता नहीं चाहते, पराधीनता की ज्वाला का अनुभव नहीं करते, यह तो मैं नहीं मानता, किन्तु उस स्वाधीनता को पाने के लिए जिस त्याग, जिस वीरता की आवश्यकता होती है, भारतवासियों में उन सब गुणों का एकदम अभाव है, यह बात न मानने का भी तो कोई चारा नहीं है। किन्तु जो लोग यह कहते हैं कि देश के अशिक्षित जन-साधारण (Mass) ने इस विप्लवान्दोलन में योग नहीं दिया इसी कारण विप्लव का प्रयास व्यर्थ हुआ उनकी बात मुझे भी ठीक नहीं मालूम होती—कारण कि विप्लवियों ने कभी किसी भी दिन प्रकट या गुप्त रूप से देश के किसानों अथवा कुली-मज़दूरों को इस विप्लवान्दोलन में भाग लेने के लिए पुकारा ही नहीं, देश के शिक्षित लोगों ने, जब जिस रूप में जन-साधारण (Mass) को पुकारा है, जन-साधारण ने अनेक त्याग करके भी बहुधा इस पुकार का उत्तर दिया है। देश के शिक्षित लोग अपने कर्तव्य को समझ लेने पर भी जो काम नहीं कर सकते, देश के अशिक्षित जन-साधारण अनेक बार सहज बुद्धि से वह काम अनायास ही कर सकते हैं। अवश्य अशिक्षित जनता कर्तव्य की खातिर बहुत दिन तक त्याग अथवा कष्ट स्वीकार नहीं कर सकती, इसी से शिक्षित जनता के ख्याल पर निर्भर करके कोई भी बड़ा या स्थायी कार्य करना सम्भव नहीं।

और जो लोग यह कहते हैं कि देश के अधिकांश लोग अशिक्षित हैं इसीलिए भी विप्लव का प्रयास सार्थक नहीं होता, और जब तक देश के अधिकांश लोग शिक्षित नहीं होते, तब तक विप्लव का प्रयास व्यर्थ होगा ही, इनसे मैं रूस का दृष्टान्त

दिखाकर कह सकता हूँ कि विप्लव प्रयास की सार्थकता अथवा व्यर्थता देश के लोगों के लिखना-पढ़ना जानने न जानने पर निर्भर नहीं करती।

तो फिर भारत का विप्लव प्रयास व्यर्थ क्यों हुआ? किन्तु सच ही क्या भारतीय विप्लवियों का इतना त्याग, इतना अद्भुत साहस सब एकदम व्यर्थ ही हुआ हैं? इन्होंने कितने ही कष्ट सहे, कितनी ही विषम विपत्तियों के बीच ऐसी निष्ठा के साथ अविचलित रहे, कितनी ही दुर्घटनाओं के तीव्र आघात, कितने ही विश्वासघातकों के निर्दय व्यवहार और कितनी ही पराजयों की मर्मपीड़ा सहकर ऐसी दुर्दमनीय दृढ़ता के साथ वे बार-बार अपने सकंल्प की साधना में अग्रसर रहे, यह सब क्या सच ही एकदम व्यर्थ हो गया! क्षात्र शक्ति के आदर्श ने क्या देश में कुछ भी प्रतिष्ठा नहीं पाई? मरने का डर क्या भारतवासियों के मन से कुछ भी दूर नहीं हुआ? देश के अन्याय प्रकाश्य आन्दोलनों पर विप्लव आन्दोलन क्या किसी तरह का भी प्रस्ताव नहीं डाल पाया? वर्ल्ड पॉलिटिक्स (विश्व की राजनीति) पर, संसार के सभ्य देशों में क्या भारत का यह विप्लवान्दोलन कुछ भी छाया नहीं डाल सका? अथवा इस विप्लवान्दोलन के कारण भारत का गौरव जगत् की सभा में कुछ भी नहीं बढ़ा? इस सम्बन्ध में हार्वर्ड विश्वविद्यालय के प्रोफेसर ऐसर लिखित 'पैन-जर्मनिज्म', बर्न हार्डी कृत 'जर्मनी एण्ड दि नेवस्ट वार' इत्यादि ग्रन्थों की ओर ध्यान देने का पाठकों से अनुरोध करता हूँ–इससे वे मेरी बात का तात्पर्य बहुत-कुछ हृदयंगम कर सकेंगे।

बहुत लोग कहते हैं कि विप्लवियों के कार्यों के कारण मंगल की अपेक्षा अमंगल ही अधिक हुआ, अंग्रेज सरकार को इन विप्लवियों के कारण ही प्रजा-पीड़न का अधिक सुयोग मिल गया है, इसी से नित्य नये-नये कठोर-से-कठोर कानूनों के सहारे भारत के वैध खुले आन्दोलनों में भी अंग्रेज सरकार अनेक प्रकार से बाधाएँ डाल पाई हैं। पर सच बात कहें तो वैध प्रकाश्य आन्दोलन का दमन होने के बाद से ही विप्लव का कार्य-कलाप प्रकाशित होने लगा है, और रौलट कमेटी की सिडीशन रिपोर्ट में अंग्रेजों ने कदाचित् अनजान में ही इस प्रकार सब विषयों की आलोचना की है जिससे स्पष्ट प्रतीत होता है कि विप्लवियों के प्रत्येक उद्योग के कारण ही बारी-बारी अंग्रेजों ने भारत को राजनैतिक अधिकार दिए हैं।

यह बात भी अवश्य ही बहुत लोग स्वीकार करते हैं कि भारत को जो कुछ सामान्य राजनैतिक अधिकार मिले हैं वे मुख्यतः भारत के इन दृढ़चित्त विप्लवियों के प्रयास से ही मिले हैं।

खैर, जो भी हो, विप्लवियों ने जो चाहा था वह तो नहीं हो पाया; विप्लवी देश को स्वाधीन करना चाहते थे, सो वे कर नहीं सके, विप्लवियों की मुख्य चेष्टा व्यर्थ हुई।

मैं समझता हूँ, चिन्तनशील प्रतिभावान् उपयुक्त नेता का अभाव ही इस व्यर्थता का सबसे बड़ा कारण था। रूस या जर्मनी के विप्लव दल के बीच ऐसे बहुत व्यक्ति

हैं या थे, जो संसार के श्रेष्ठ चिन्तनशील व्यक्तियों के आसन पाने योग्य थे, किन्तु भारतीय विप्लव दल में ऐसे कोई भी चिन्तनशील शक्तिमान् व्यक्ति न थे जिन्हें ठीक थिंकर (विचारक) कहा जा सके, इसीसे भारतीय विप्लव दल अपना प्रचार-कार्य, कहना चाहिए, कुछ भी नहीं कर पाया और इसीलिए इस विप्लव दल का प्रभाव वैसा नहीं दिखाई दिया जैसा होना चाहिए था। यह भले ही सच है कि भारत के इस विप्लववाद के अन्दर विवेकानन्द का ज्वलन्त आदर्श वर्तमान था और भारतीय विप्लवियों में से अधिकांश इसी महापुरुष की प्रेरणा से अनुप्राणित थे किन्तु विवेकानन्द के समान कोई भी प्रतिभा-सम्पन्न व्यक्ति साक्षात् रूप से इस विप्लव दल में न थे। श्री अरविन्द घोष और लाला हरदयाल यदि अन्त तक इस दल में रहते तो जान पड़ता है, कि विप्लव दल का यह दैन्य बहुत कुछ दूर हो जाता, किन्तु वे भी अन्त में इस दल को छोड़ गए। इन्हीं अरविन्द के प्रसंग में मेरे एक परिचित व्यक्ति मुझसे एक प्रसिद्ध कविता के कुछ एक पद कहा करते थे, यहाँ उन्हें उद्धृत करने का लोभ नहीं रोक सकता हूँ–

He is gone to the mountain
And he is los to the forest;
The spring is dried in the fountain.
When the need was the sosest.

इस प्रकार के चिन्तनशील प्रतिभावान् पुरुषों की बात छोड़ भी दें, तो इस विप्लव दल में किसी बड़े साहित्यिक, किसी बड़े समाचार पत्रों के लेखक अथवा किसी बड़े कवि ने भी योग नहीं दिया। एक तरह से कह सकते हैं, कि इस विप्लव दल में इण्टलैक्चुअल्स (intellectuals) नहीं थे, और इस प्रकार के लोगों का विशेष अभाव था, इसी कारण यह विप्लव दल प्रचार कार्य की ओर प्रायः उदासीन ही रहा। जो कुछ गुप्त पत्रिकाएँ आदि बीच-बीच में प्रचारित होती थीं, वे केवल सामयिक उत्तेजनापूर्ण प्रतिहिंसा के उच्छ्वास से भरी होती थीं, इन सब लेखों में विचारशीलता का कोई भी परिचय नहीं पाया जाता, जीवन का कोई नया आदर्श इनसे प्रकट नहीं होता। भारत के साहित्य में इनका कोई स्थान नहीं रहेगा, इसमें कोई सन्देह नहीं। भारतीय विप्लवी किसी स्थायी साहित्य की सृष्टि नहीं कर सके। इस प्रकार विप्लव दल का प्रयास व्यर्थ होना ही था।–तो भी विप्लवान्दोलन के इस प्रथम युग में वारीन्द्र और उपेन्द्र द्वारा परिचालित 'युगान्तर' पत्रिका ने इस तरफ बहुत काम किया था। इस युगान्तर पत्रिका का अद्‌भुत प्रभाव आज भी देखते हैं। इसी से वारीन्द्र एक दिन गर्व के साथ अण्डमन में कहते थे, "जो पथ मैं एक बार दिखा आया हूँ, बंगाल आज भी उसी एक पथ का अनुसरण किए चलता है, कोई भी नया पथ निकालने की और किसी ने क्षमता न दिखाई; छिः!"

इसके सिवाय यह विप्लव दल प्रकाश्य रूप से अपनी कोई भी कार्यधारा नहीं चला सका। इस विप्लव दल में ऐसे कोई भी नेता न थे जो प्रकाश्य आन्दोलन में भाग लेकर तिलक अथवा गांधी के समान मर्यादा के अधिकारी हो सकते। इसीसे यह विप्लवान्दोलन जन-साधारण से क्रमशः अलग होकर एक संकीर्ण दायरे की सीमा में बन्द हो जाता है। इस प्रकार प्रकाश्य आन्दोलन के नेता न हो सकने पर देश की अशिक्षित जनता को अपने आदर्श की ओर नहीं लाया जा सकता, यह बात भी विप्लव दल के नेता लोग शायद भलीभाँति नहीं समझ सके, या शायद उनके बीच ऐसे उपयुक्त आदमियों का अभाव था इसी कारण वे बाध्य होकर इस विषय में उदासीन रहे। विप्लव दल में उपयुक्त नेता का अभाव होने से ही भारत के दूसरे राजनैतिक दलों के नेता अनेक बार इस विप्लव दल को अनेक प्रकार से एक्सप्लायट करते (ठगते) रहे हैं। जो हो, उससे देश की कोई विशेष क्षति तो भले ही नहीं हुई, किन्तु विप्लव दल की दीनता उससे विशेष रूप से प्रकट होती है।

इसके अलावा और जिन सब कारणों से यह विप्लव का प्रयास व्यर्थ हुआ उनका, 'बन्दी जीवन' में अनेक जगह प्रसंगानुसार उल्लेख कर आए हैं, यहाँ उन सब बातों को दुहराने की आवश्यकताएँ नहीं।

किन्तु इस विप्लवान्दोलन के विफल होने के बाद भारत के अनेक विप्लवियों ने अच्छे कृतित्व का परिचय दिया है। जिन सब गुमनाम युवकों को यहाँ कोई पूछता भी न था, यहाँ तक कि विप्लव दल में भी नेतृत्व नहीं पा सके; देश के लोग जिन्हें अर्धशिक्षित या साधारण रूप से शिक्षित कहते थे, विदेश के कार्यक्षेत्र में उन्हीं युवकों की अनेक प्रकार से अपनी शक्ति का परिचय देने की कहानियाँ सुनी जाती हैं। सभ्य जगत् में आज उनका स्थान हमारे देश के विख्यात नेताओं की अपेक्षा अधिक भले ही न हो, कम नहीं है। लाजपत के समान नेताओं की अपेक्षा भी इस विप्लव दल के नेताओं ने विदेश में अधिक सम्मान पाया है, यह बात भी सुनने में आई है। ऐसा होने का कारण है, इन युवकों ने संसार के श्रेष्ठ नेताओं के संस्पर्श में आने पर अथवा विदेश की स्वाधीन आबहवा के संस्पर्श में आने पर देखा है कि उनका वही पुराना गुप्त संकीर्ण पथ ही एक मात्र पथ नहीं है, और उन्होंने जब नये मार्गों में कदम रखा, तब वह अन्दर की प्रसुप्त शक्ति अवसर और सुयोग पाकर पूर्ण रूप से विकास पा उठी।

इन सब विदेश-प्रवासी विप्लवियों के जीवन से यह भी जाना जाता है कि विप्लव दल में सच ही ऐसे अनेक गुमनाम युवक थे जिनके विषय में हमारे देशवासी शायद अब भी कुछ विशेष नहीं जानते-और जो अवकाश और सुयोग पाने पर शायद एक दिन संसार के श्रेष्ठ विचारकों के साथ एक आसन पर बैठने लायक हो सकते हैं। पुस्तक पढ़ने या परीक्षाएँ पास करने से ही तो विचारशील नहीं हुआ जाता, पुस्तक

पढ़ना एक बात है और विचारक (Thinker) होना दूसरी बात। जगत् के एक श्रेष्ठ विचारक मनीषी हर्बर्ट स्पेन्सर तो मातृभाषा और फ्रांसीसी भाषा के सिवाय और कोई भी भाषा न जानते थे, और ऐसे अनेक पण्डित हैं जो बहुत भाषाओं के सचमुच पण्डित हैं, किन्तु वे तो हर्बर्ट स्पेन्सर के समान नहीं हैं। हमारे देश में अनेक लोग थे जो विवेकानन्द की अपेक्षा अधिक पण्डित थे, किन्तु विवेकानन्द के समान विचारक और कितने हुए हैं? जगत् के अनेक विचारशील कवियों और दार्शनिकों की जीवन-कथा देखने से यह बात समझी जा सकती है कि पाण्डित्य और विचारशीलता एक वस्तु नहीं।

'पेड़ जैसे नहीं जानता कि कब उसके फूल फूट निकलेंगे, पक्षी, जैसे नहीं जानता कि ठीक कब उसे गाना गाने की चाह होगी। प्राणों की समूची शक्ति में से उनका उद्यम जागता है, इसलिए उन्हें जैसे सोच-विचार कर इरादा नहीं बनाना पड़ता।' उसी प्रकार जो विचारशील हैं, भावुक हैं, जो सचमुच ही प्रतिभावान् थिंकर्स (विचारक) हैं वे पण्डित हुए बिना भी पोथी पढ़ने या परीक्षाएँ पास करने में वैसी योग्यता दिखाए बिना भी संसार के अनेक अद्भुत विस्मयजनक रहस्यों की घोषणा कर सकते हैं।

विप्लवियों के कार्यकलाप को बहुत लोग पागलपन कहते हैं। वे कहते हैं, दिमाग में कुछ खराबी हुए बिना कोई विप्लव दल में योग नहीं दे सकता।–विप्लवियों के अन्दर सुनते हैं, सुबुद्धि का–अक्लमन्दी का विशेष अभाव है–किन्तु रविबाबू ने कहा है,–'सुबुद्धि नाम का पदार्थ मर्त्यलोक में पाया जाता है, किन्तु ऊँचे दर्जे का जो खालिस पागलपन है वह देवलोक की वस्तु है। इसी से जान पड़ता है कि सुबुद्धि की गढ़ी हुई चीजें टूट-फूट पड़ती हैं। और पागलपन जिन चीजों को उड़ाकर लाता है वे बीज की तरह जंगलों के जंगल उगा डालती हैं।'

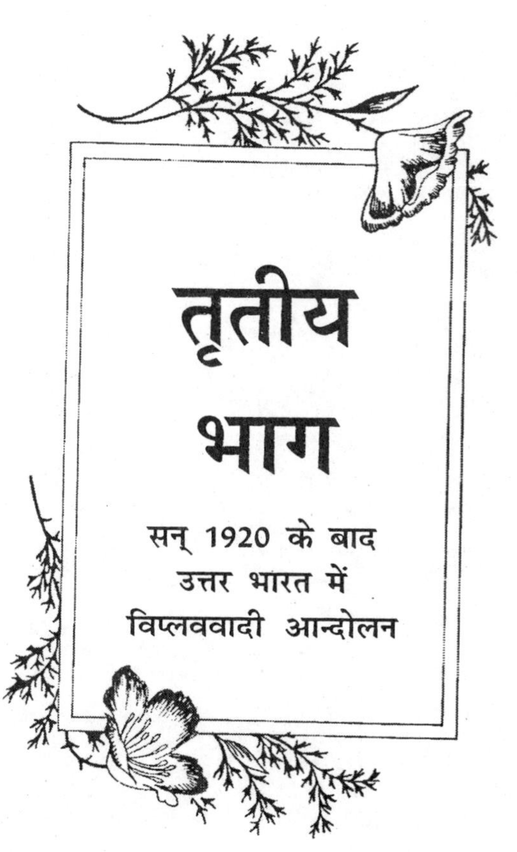

तृतीय भाग

सन् 1920 के बाद उत्तर भारत में विप्लववादी आन्दोलन

1

रिहाई की सूचना

वह दिन आज भी मुझे खूब याद है। जाड़े का मौसम था, और था सन् 1920 का फरवरी महीना। मैं सेल्यूलर जेल के अस्पताल में बीमार पड़ा था। एक क़ैदी-अफसर ने आकर मुझे इत्तिला दी कि जेलर साहब आपको दफ्तर में बुला रहे हैं। सुनते ही सिर से पैर तक आग लग गई। फिर वही बात, फिर वही दृश्य, फिर वही झगड़े की नौबत दिखाई देने लगी। क्योंकि पोर्ट ब्लेयर की सेल्यूलर जेल में प्राय: ऐसा हुआ करता था कि जेल के अधिकारीगण, क़ैदी-अफसर से लेकर जेलर और सुपरिंटेंडेंट तक, वहाँ के राजनैतिक बंदियों को मौका-बेमौका, जायज-नाजायज तरीकों से तंग करना चाहते थे। और ऐसे अवसरों पर जेल के अधिकारीगणों के साथ राजबंदियों का खूब झगड़ा हो जाता था। कभी-कभी इन झगड़ों के परिणाम में राजबंदियों की मृत्यु तक हो गई है। यह सब बातें अण्डमान के जेल-जीवन के अंतर्गत आती है। लेकिन यह सब बातें किसी दूसरे स्थान पर लिखने की इच्छा है। यहाँ इतना ही कह देना पर्याप्त है कि मेरे समय में और मेरे अण्डमान जाने के पहले भी, उच्च पदस्थ राजकर्मचारियों की प्रेरणा से ही अण्डमान के जेल अधिकारी राजबंदियों से इस प्रकार कठोर व्यवहार करते थे। इसलिए जब उस क़ैदी अफसर ने आकर मुझे जेलर साहब का हुक्म सुनाया और यह कहा कि जेलर साहब आपको दफ्तर में बुला रहे हैं तो मेरे मन में स्वत: ही एक विरोध की भावना पैदा हो गई कि मैं तो अस्पताल की चारपाई पर बीमार पड़ा हूँ फिर भी, इस हालत में भी, जेलरसाहब मुझे दफ्तर में बुला रहे हैं। फौरन ही मुझे यह ख्याल हुआ कि मुझे अपमानित और तंग करने के लिए ही जेलर ने ऐसा हुक्म दिया है। यदि मैं नहीं जाता हूँ तो जेलर से झगड़ा होता है, और यदि जाता हूँ तो मेरा अपमान होता है; और यदि झगड़े को बचाने के लिए मैं इस अपमान को भी सह लेता हूँ तो मैं अपने

मित्रों की दृष्टि में गिर जाता हूँ। क्षणभर के लिए इन सब भावनाओं ने मेरे मन में एक कठिन समस्या पैदा कर दी। लेकिन उसी क्षण मैंने इन समस्याओं की मीमांसा भी कर ली। मैंने उस क़ैदी अफसर से कहा कि मैं बहुत कमज़ोर हूँ, दफ्तर नहीं जा सकता। वह क़ैदी चला गया, लेकिन थोड़ी ही देर में फिर वापस आया और कहा कि बहुत ज़रूरी काम है, जेलर साहब आपको दफ्तर में ही बुला रहे हैं। यह सुनकर मुझे बड़ी चिंता हुई। तरह-तरह के ख्याल दौड़ने लगे; कहीं ऐसा तो नहीं हुआ कि कोई मेरी लिखी हुई गुप्त चिट्ठी पकड़ी गई हो या कोई नया झगड़ा तो नहीं खड़ा हो गया। बात क्या है कि मैं अस्पताल में बीमार पड़ा हूँ फिर भी दफ्तर में ही बुलाने पर इस क़दर ज़ोर है। लेकिन मुझे ज्यादा सोचने का मौक़ा न था। उस दिन मुझे बुखार न था, और न मैं इतना कमजोर ही था कि दफ्तर तक जा न सकता। ऐसे अवसरों पर घर में तो यह सवाल ही नहीं पैदा होता कि आवश्यकता पड़ने पर बिस्तर से उठकर किसी से मिलने जाएँ या न जाएँ। यहाँ तो आत्म-सम्मान का सवाल था। असली बात तो यह थी कि एक राजबंदी को बीमार अवस्था में कैसे कोई जेलर दफ्तर बुला सकता है। अब तो झगड़े की नौबत साफ नज़र आई, परंतु मैंने सोचकर निश्चित किया कि झगड़ा नहीं करना चाहिए। क्योंकि अभी थोड़े ही दिन पहले काफी झगड़ा हो चुका था। अतः मैं जितना दुर्बल था उससे कहीं अधिक दुर्बल बनकर धीरे-धीरे जेलर के दफ्तर की ओर चल पड़ा। जब जेलर के सामने पहुँचा तो उसने तो बड़ी प्रसन्नतापूर्वक दोस्ताने के तौर पर आदर के साथ अपनी कुर्सी के पास एक बेंच पर बैठने को कहा ! मैं तो एक तूफान का इंतज़ार कर रहा था। यह दृश्य देखकर कुछ चकित-सा रह गया। और अभी बैठा भी न था कि जेलर एकाएक कहने लगा, "Cheer up man, you are released" – "क्या सुस्त हो यार मौज करो, अब तो तुम छूट गए।" मुझे इस अवसर पर यह संवाद सुनने की आशा न थी यद्यपि मुझे यह दृढ़ विश्वास था कि थोड़े ही दिनों के अंदर छूट अवश्य जाऊँगा। 18 अगस्त सन् 1916 को मैं काले पानी पहुँचा था। उस दिन से मैं सदा यह कहा करता था कि अपने अट्ठाइसवें साल की अवस्था में मैं अवश्य छूट जाऊँगा। ऐसी कोई शक्ति नहीं है जो उस निश्चित समय के बाद भी मुझे जेल में रख सके। उस समय कालेपानी में कोई ऐसा राजबंदी न था जो इस बात को न जानता हो और जिसने इस बात को लेकर मेरी हँसी न उड़ाई हो। मेरे इस दृढ़ विश्वास के मूल में भृगुसंहिता की एक भविष्यवाणी थी जिसके बारे में अन्य स्थान पर कुछ लिखूँगा। महायुद्ध शान्त हो जाने के बाद जब मामूली क़ैदियों को तो बहुत-कुछ मांफ़ी दे दी गई थी और राजबंदियों में से कुछ से यह कहा गया था कि साल पीछे एक महीने की मांफी तुम लोगों की क़ैद में की गई, तब तो अवश्य मेरे मन में कुछ नाउम्मीदी-सी आ गई थी। इस अवस्था में जेलर ने मुझे मुक्ति का संवाद सुनाया। लेकिन यह संवाद सुनकर मेरे मन में कुछ विशेष उल्लास नहीं पैदा हुआ क्योंकि मुझे कुछ ऐसा प्रतीत

हुआ कि छूटना तो मुझे था ही, जो अवश्य होना था वही तो हुआ मानो यह कोई असाधारण बात न थी। इसलिए मैंने बहुत शान्तिपूर्ण अपनी मुक्ति का संवाद सुना। मेरे इस अस्वाभाविक शान्त भाव को देखकर जेलर ने कहा, "What is the matter with you young man ? It seems you do not want to go home. Cheer-up man you are released." –"अरे ! तुम्हें हो क्या गया है ? मालूम पड़ता है कि तुम घर नहीं जाना चाहते। बात क्या है ? तुम खुश क्यों नहीं हो रहे हो ? मौज करो, अब तो तुम छूट गए।" मैं मुस्कराने लगा। मैं अपने स्थान पर वापस चला आया। धीरे-धीरे मुक्ति पाने का उल्लास मेरे मन में बढ़ता गया। अस्पताल में जिस जगह मैं रहता था उसके नीचे ही एक नम्बर की बैरक का आँगन था। इस आँगन में वीरेन्द्र, उपेन्द्र, हेमचन्द्र इत्यादि प्रसिद्ध पुराने क्रान्तिकारी स्वयं अपना भोजन बनाया करते थे। भारतवर्ष में जो सर्वप्रथम क्रान्तिकारी षड्यंत्र का मुकद्दमा चला था उसी मानिकतल्ला बम केस में इन सबने आजीवन कालेपानी की सजा पाई थी। कुछ दिन अण्डमान में रहने के बाद मुसीबत उठाते-उठाते ये लोग दुर्बल चित्त हो गए थे। मेरे सामने कालेपानी में राजबंदियों के साथ जेल-अधिकारियों के जितने संघर्ष हुए और उसके परिणामत: जितनी भूख-हड़तालें एवं काम बंद रखने की हड़तालें हुईं उनमें से किसी में भी इन लोगों ने किसी प्रकार का भाग नहीं लिया था, बल्कि मेरी नज़रों में ये लोग जेल-अधिकारियों के विश्वासपात्र बन गए थे। इनकी धारणा थी कि इन सब हड़तालों में भाग लेने से एवं जेल-अधिकारियों के पक्ष में रहने से संभव है, छूटने में बहुत-कुछ सहायता मिले। इसलिए इन लोगों ने अन्य राजबंदियों के विरुद्ध जाकर हमेशा जेल-अधिकारियों का ही पक्ष लिया था। इन सब बातों से राजबंदियों की श्रद्धा इनकी तरफ से हट गई थी। इधर ये लोग भी यह समझते थे कि जेल-अधिकारियों से हमेशा संघर्ष करने का परिणाम क्या होता है। यह इन दूसरे राजबंदियों को तभी मालूम पड़ेगा ऐन वक्त पर, जब उनकी रिहाई के प्रश्न पर विचार करने का अवसर आएगा। परंतु मैंने तो जिस दिन से कालेपानी में क़दम रखा था, उसी दिन से लेकर मुक्ति पाने के दिन तक हमेशा जेल-अधिकारियों के खिलाफ राजबंदियों का पक्ष ही अपनी सामर्थ्य के अनुसार ग्रहण किया था। इसलिए जब मुक्ति का आनन्दप्रद समाचार मुझे मिला तो मेरे दिल में सर्वप्रथम यही इच्छा हुई कि इन दूरंदेश सावधान राजबंदियों को जाकर अपनी मुक्ति की बात सुनाऊँ और यह समझा दूँ कि राजनीति के मार्ग में दूरंदेश और सावधान रहने से ही हमेशा लाभ नहीं होता है। मन में यही भाव भरे हुए, जेलर के पास से लौटकर मैं सीधा बरामदे में आकर खड़ा हो गया और उपेन्द्रनाथ को बुलाकर अपनी मुक्ति की बात सुनाई। उपेन्द्रनाथ आए, मेरी बात सुनी, मुझे बधाई दी या न दी, मुस्कुराहट की रेखा चेहरे पर आई भी न थी कि उन्होंने सिर नीचा कर लिया और मुँह लटकाकर लौट गए। मैं अपनी चारपाई पर लौट आया। आज साढ़े अठारह वर्ष के बाद मुझे यह बात याद नहीं है कि चारपाई

पर आकर मैंने क्या सोचा और उस समय मेरे दिल पर क्या गुज़री। इतना अवश्य याद है कि मैं मुक्ति का संवाद पाकर चंचल नहीं हुआ था। केवल एक भावना सर्वोपरि मुझे विकल कर रही थी। मैं यही सोचकर परेशान हो रहा था कि कैसे मैं अपने साथियों के सामने आकर खड़ा हूँगा। जिस क्षण मैंने यह सुना कि मैं मुक्त हो गया हूँ बस जेल में रहते हुए भी उसी क्षण से मैं यह एकाएक अनुभव करने लगा कि मैं अब इस जगह का रहनेवाला नहीं हूँ मानो मैं यहाँ अतिथि हूँ, दो घड़ी ठहर कर बाद को चला जाऊँगा। मेरे और सब साथियों के चेहरे जब मुझे याद आए और उनके आजन्म द्वीपान्तर वास का दंड उनके चेहरों पर लिखा देख रहा था तो मेरे लिए यह दृश्य असहनीय हो गया। दस दृश्य को देखते हुए मैं अपनी मुक्ति के आनन्द से कुछ भी हर्षोत्फुल्ल नहीं हो पाया। मुझे इस समय याद नहीं कि उस दिन मेरे साथ अस्पताल में और भी कोई राजबंदी थे या नहीं।

जेलर ने हमें बतलाया था कि अभी हमें करीब बीस दिन अण्डमान जेल में ही रहना पडेगा। क़ैदियों को ले जानेवाला जहाज अभी अन्यत्र गया हुआ है। यह जहाज वापस आएगा तभी मुझे उस पर सवार कराया जाएगा, इन बीस दिनों तक मुझे जेल के अंदर ही रहना पड़ेगा। जेल का ही भोजन नसीब होगा और दूसरे क़ैदियों की तरह रात को कोठरी में ही सोना पड़ेगा। मैंने एक बार आग्रह किया था कि कम-से-कम एक दफा तो मुझे जेल के बाहर अण्डमान टापू का दृश्य देखने का मौक़ा दिया जाए। आजन्म कालेपानी की सजा लेकर आए, चार साल तक जेल के अंदर ही रहे; अब जन्मभूमि की तरफ लौटने के पहले तो एक स्वाधीन व्यक्ति की तरह अण्डमान टापू को देखने का मौक़ा मिले। लेकिन मेरी प्रार्थना स्वीकार नहीं की गई। यह अजीब परिस्थिति थी कि मैं रिहा भी कर दिया गया था, लेकिन बीस दिन तक जेल के बाहर भी नहीं जा सकता था। खाना,पीना, रहना जेल के अंदर ही दूसरे क़ैदियों की तरह ही होता रहा।

आजन्म कालेपानी की सज़ा पाकर साल के प्रति दिन, प्रति घड़ी जिस सुअवसर की बाट जोह रहा था वह दिन आ गया। लेकिन जब वह दिन आया तो वह कल्पनातीत हर्ष मैंने क्यों नहीं अनुभव किया ? इसका उत्तर आज भी मैं ठीक तरह से नहीं दे सकता। दूसरे बहुत से क़ैदियों को मैंने छूटते हुए देखा। उन क़ैदियों के हर्षोद्वेग की सीमा नहीं रहती थी। वे आपे से बाहर हो जाते थे, स्वप्नाविष्टों की तरह विह्वल होकर वे इधर-उधर घूमा करते थे। मुझे ठीक मालूम नहीं है कि मैं विह्वल नहीं हुआ। संभव है कि अपने दूसरे साथियों की अवस्था को सोचकर अनजाने ही मैं अपने हृदयावेग को सहज तरीके से संयत कर पाया। ऐसी परिस्थिति में अस्पताल को छोड़कर अपनी बैरक में मैं अपने साथियों के बीच वापस आया।

अस्पताल से अपनी बैरक में लौटने तक जेल-भर में यह समाचार फैल गया कि भारत के सर्वप्रथम षड्यंत्र केस के क़ैदी वारीन्द्र, उपेन्द्र एवं हेमचन्द्र भी छूट गए

हैं। और वे भी मेरे साथ एक ही जहाज में स्वदेश लौटेंगे। उन्हें भी मेरी तरह अभी बीस दिन और जेल में ही रहना पड़ेगा।

बैरक में पहुँचते ही मेरे सब साथी मेरे पास आ खड़े हुए, चारों तरफ से मुझे घेर लिया और सब बातें पूछने लगे। अपने कल्पना-नेत्रों से जो चित्र मैंने देखा था वही दृश्य मेरे सामने आया। अभी दो-एक दिन ही पहले जिन साथियों के साथ हम अपने बंधन के दिन बिता रहे थे, आज उन्हीं साथियों के बीच होते हुए भी कैसे उन्हें ग़ैर समझने लगे मानो मैं और मेरे वे साथी दो अलग-अलग दुनिया के निवासी हैं। यह बात कहने की न थी, हमसे प्रत्येक ने अपने मर्म स्थान में इस बात का अनुभव किया। एक तरफ मुझमें आनन्द की दबी हुई आशा थी, दूसरी तरफ वेदना की स्फुट व्यंजना। यह अजीब परिस्थिति थी अपने अनजान में ही मैं यह अनुभव कर रहा था। अपने स्वाभाविक अभूतपूर्व कल्पनातीत आनन्द को व्यक्त करना इस अवस्था में तो नितान्त अपराध ही हो गया। इस प्रकार से अनजाने ही प्रतिक्षण अपने भावों को छिपाने का व्यर्थ प्रयास करता रहा।

संभव है, मेरे साथियों के मन में बंधन में पड़े रहने की वेदना के साथ मुक्ति पाने की भी क्षीण आशा की झलक दिखलाई दी हो; संभव है कि भविष्य में मुक्ति न पाने की आशंका से वे अत्यन्त वेदना का अनुभव कर रहे हों।

उनमें से जो सबसे कम उम्र का युवक था उसने मुझसे एक पुस्तक स्मृति-चिह्न-स्वरूप माँगी। मैं उस समय सब-कुछ दे सकता था, मैंने सहर्ष अपनी पुस्तकें में से एक पुस्तक उसे दे दी। इस प्रकार मैंने अपनी सब पुस्तकें सेल्यूलर जेल-निवासी बहुत से राजबंदियाँ को स्मृति-चिह्न-स्वरूप दे दीं। मेरे लिए पुस्तकों से अधिक और कोई प्रिय वस्तु नहीं है। मैं कोई धनी व्यक्ति नहीं था। चौदह-पन्द्रह वर्ष की अवस्था में ही मेरे पिता का देहांत हो गया था। पिताजी इंश्योरेंस इत्यादि में कुछ छोड़ गए थे, उसी से हम चार भाइयों तथा मेरी विधवा माता का निर्वाह हो रहा था। मुक्ति के बाद भी, इन पुस्तकों में से कुछ तो आजकल अप्राप्य ही हैं, तथपि उनके लिए जो जीते-जी कब्र में रह गए, उसी कब्र से मुक्ति पाने के दिन मैं क्या न दे सकता था। केवल एक पुस्तक मैंने अपने पास रख ली। वह पुस्तक थी, ईसाइयों की धर्म-पुस्तक—होली बाइबिल और इसमें मेरे पिताजी के हस्ताक्षर थे। मैंने अपने साथियों को जो पुस्तकें दे दी थीं उनमें से जिनके नाम मुझे याद हैं, वे हैं—

1. Liberation of Italy by Countess matrinengo ceseresco.
2. Life of Voltaire by Morley.
3. LIfe of Rousseau by Morley.
4. Life of Gladstone by Morley.
5. बुद्ध जीवनी— डॉ॰ रामदास सेन।
6. दो-तीन वर्ष के भारतवर्ष और प्रवासी मासिक पत्रों की फाइलें।

अन्य लगभग आठ–दस पुस्तकें भी थीं, जिनका नाम मुझे इस समय याद नहीं है। इनमें पहली पुस्तक आजकल लाइब्रेरियों में छोड़कर अन्यत्र नहीं मिल रही है। और बुद्ध–जीवनी दुष्प्राप्य है। वारीन्द्र और हेमचन्द्र के पास सौ––दो–सौ से भी अधिक अति उत्कृष्ट पुस्तकें थीं। ये सब पुस्तकें वे अपने साथ वापस ले आए थे। जहाज आने में अभी कुछ दिन बाकी थे कि इतने में खबर आई कि सन् 1919 के पंजाब के मार्शल–ला में सज़ा पाए कैदियों में से अठारह कैदी रिहा किये गए, ये भी सब मेरे ही साथ एक ही जहाज में भारत वापस भेजे जाएँगे।

बैरक में लौटने के बाद यह भी पता चला कि जिस दिन सुबह जेलर ने मुक्ति का संवाद सुनाया था, उसी दिन करीब दस–ग्यारह बजे जेल के सुपरिंटेंडेंट ने वारीन्द्र, हेमचन्द्र और उपेन्द्र को भी उनके मुक्त होने का संवाद सुनाया था। वारीन्द्र और हेमचन्द्र हमेशा दफ्तर आया–जाया करते थे। जेल के अन्दर एक छोटा–सा छापाखाना था। इसका सब काम वारीन्द्र के सुपुर्द किया गया था। जेल में जिल्दसाजी का काम भी होता था। यह काम हेमचन्द्र के सुपुर्द था। अपने काम के सिलसिले में ये हमेशा दफ्तर आते–जाते थे। जिस घड़ी सुपरिंटेंडेंट ने इनकों मुक्ति की बात सुनाई, उस क्षण वारीन्द्र और हेमचन्द्र बताते थे, उनके पैर काँपने लगे; वे कहाँ खड़े थे, यह भूल गए। उन्हें यह होश न था कि वे कठिन भूमि पर खड़े हुए हैं। सुपरिंटेंडेंट ने जो कुछ काम बताया, उनके कान के अंदर वह कुछ न गया। वे भौंचक्के रह गए। बैरक में वापस आये। आनन्द की वार्ता सबको सुनाई एवं फिर दफ्तर लौट गए दुबारा काम को समझने के लिए।

जब तक छूटने की बात नहीं थी तब तक जी–भर के पढ़ने की कोशिश करते थे। रिहाई पाने के करीब साल–भर पहले से वारीन्द्र के छापेखाने में हम काम करते थे। सुबह दस बजे तक काम करते थे। काम करने के बाद नहाते थे, रोटी खाते थे एवं बाद को प्राय: अधिकांश दिन पढ़ने में लग जाते थे। जिस किसी दिन रोटी खाने के बाद भी कुछ सरकारी काम आ जाता था उस दिन बहुत ही बुरा लगता था।

जिस दिन गत महायुद्ध का अवसान हुआ था उस दिन वारीन्द्र इत्यादि के मन में तीव्र आशा का संचार हुआ था। जेल सुपरिंटेंडेंट मेजर मरे ने इस अवसर पर आशा दिलाई थी कि "संभव है कि तुम लोग छूट जाओ। मैंने बंगाल सरकार से तुम लोगों को छोड़ने के बारे में जोरदार सिफारिश की है।" यह दम–दिलासा पाकर वारीन्द्र वगैरह के पैर जमीन पर नहीं पड़ते थे। एक दिन आपस में यह ऐसी बात करते थे कि देखा, अधिकारियों की खुशामद क्या यों ही करते रहे। यह सब सुनकर कभी–कभी तो मैं उदास ज़रूर हो जाता था। लेकिन न जाने कैसे मन में यह दृढ़ विश्वास था कि जिस दिन भारत के राष्ट्रीय मामलों में हवा का रुख पलटेगा उस दिन यह संभव नहीं कि वारीन्द्र जैसे दो ही तीन राजबंदी छूटें और शेष सब जेल में पड़े रहें। इसके अतिरिक्त व्यक्तिगत रूप से मेरे मन में चाहे कुसंस्कार की वजह से हो चाहे सच्चे संस्कार के

कारण हो, भारतीय फलित-ज्योतिष की भविष्यवाणी के आधार पर यह दृढ़ विश्वास था कि मैं अपनी अट्ठाइस साल की अवस्था में शत्रुओं के हाथ से मुक्त हो जाऊँगा एवं तब मेरी शादी अवश्य होनी ही है। मुझे अभी भी भारतीय फलित-ज्योतिष में विश्वास है। मैं इसे कुसंस्कार नहीं समझता। और यदि यह कुसंस्कार हो भी तो क्या हानि है; मुसीबतों के दिनों में तो मुझे इस संस्कार ने सहारा ही दिया।

गिरफ़्तार होने के पहले मेरी माँ ने मुझे बतलाया था कि मेरी जन्मपत्री बनारस के प्रसिद्ध भृगुसंहितावालों को दिखलाई गई थी। उन्होंने मेरे जीवन के अतीत, वर्तमान एवं भविष्य के बारे में जो कुछ बतलाया वह अक्षरशः सबका सब सही निकला। मेरी गिरफ़्तारी का समय, शत्रु-परिपेष्ठित रहने का काल, मुक्ति पाने एवं विवाह का समय, पुनः गिरफ़्तार होने का काल, ये सबकी सब बातें मैंने बिल्कुल सही पाई। फरार हालत में अदूर भविष्य में विवाह होने की संभावना से अपने दिल को मैंने इस तरह तसल्ली दी कि आखिर यह सब झंझट और मुसीबत के दिन शीघ्र ही व्यतीत हो जाएँगे, नहीं तो शादी कैसे संभव हो सकती है। जिस दिन माँ के मुँह से मैंने यह सब भविष्यवाणी की बातें सुनी थीं उसी दिन से मैं मन-ही-मन शादी के लिए तैयार हो गया था। इसके पहले हजारों कोशिशे होने पर भी एवं हज़ारों प्रलोभन दिलाने पर भी मैं शादी के लिए तैयार नहीं हुआ था। लेकिन भविष्यवाणी के कारण फ़रार हालत में विवाह की भावना सुखकर भी थी और यह सब प्रकार के फ़सादों से निष्कृति पाने का इंगित भी था। मन में सोचा, चलो अब क्या है, विवाह कर ही लेंगे। अनिर्दिष्ट काल के लिए फ़रार रहना और सुनिर्दिष्ट काल के अंदर विवाह होना भला यह भी कोई समस्या है जिसकी मीमांसा में कोई परेशानी हो सकती है। इस मनोवृत्ति से कालेपानी में मुसीबत के दिन बिताने में मुझे बहुत सहायता मिली।

आजन्म कालेपानी की सजा दिल्लगी तो है नहीं। कितने ही राजबंदी इस बोझ से दब से गए थे। मानों सर्वांग पर किसी ने रोलर सा चला दिया हो। ऐसी अवस्था में बेचारे वारीन्द्र और उनके साथी झूठे आश्वासन पर भी भरोसा करने लगे थे। और अन्य राजबंदीगण मज़बूरी का नाम सब्र, इस कहावत को अक्षरशः सिद्ध कर रहे थे।

दुर्भाग्यवश जिस सुपरिंटेंडेंट ने रिहाई का दिलासा दिलाया था, उसी ने युद्धावसान का दिन मनाने के अवसर पर वारीन्द्र वगैरह को दफ़्तर में बुलाकर यह हुक्म सुना दिया कि सरकार ने तुम्हारी सजा में साल पीछे एक महीना मांफी दे दी है। और हम लोगों को जो अभी तक जेल के अधिकारियों के साथ झगड़ते आए थे, बुलाकर यह हुक्म सुनाया गया कि यदि हम और साल-भर ठीक चाल चलन दिखाएँ तो इसके बाद हम लोगों को भी साल पीछे एक महीने की मांफ़ी दी जायगी।

यह खबर सुनकर वारीन्द्र वगैरह को दिन में तारे दिखने लगे थे। और हम सब खुश हुए थे।

मैं अपनी बात जितनी निश्चयतापूर्वक कह सकता हूँ, दूसरों के मन की बात उतने निश्चयात्मक रूप से कैसे कह सकता हूँ। महायुद्ध के अवसान पर अंग्रेज़ों ने जो खुशी मनाई उस सिलसिले में बर्मा के तमाम राजबंदियों को सरकार ने छोड़ दिया। दूसरे मामूली क़ैदियों में से भी पुराने क़ैदियों को छोड़ दिया। यह सब देखकर भारत के राजबंदियों के मन में कुछ नाउम्मीदी अवश्य हो गई थी, तथापि मेरे मन में सांत्वना बनी रही। आशा की छलना से संसार-भर के मनुष्यों का निर्वाह होता है। मेरी आशा तो सत्य आधार पर बनी हुई थी तथापि यह भी सच है कि कभी-कभी निराशा के अंकुर ने मुझे भी चंचल किया था। भागते हुए पक्षियों की छाया की तरह यह दुर्भावना आई और चली गई। मैं अपने पढ़ने में लगा रहा। उन दिनों मिल की लिखी हुई 'प्रिसपल्स ऑफ पॉलिटिकल एकॉनमी' पढ़ रहा था। किताब पढ़ चुका था। इतने में एक दिन करीब तीन बजे शाम को रायटर का तार छपने के लिए आया। तार की अधूरी भाषा से जाहिर हो रहा था कि बादशाह ने राजबंदियों की रिहाई के बारे में कुछ ऐलान किया है। बस, उस दिन से लिखना-पढ़ना चौपट हो गया। सिवा एक चर्चा के कि कब छूटेंगे, कौन छूटेगा, क्या होगा, क्या न होगा, और कोई बातें ही न रहीं। खाते-पीते, लेटते-जागते हर घड़ी वही चर्चा और वही चिंता। वारीन्द्र दौड़-धूप करके दफ़्तर से 'बंगाली' नाम के अख़बार की एक प्रति ले आए, जिसमें बादशाह की घोषणा छपी हुई थी। वह पढ़कर जैसे आशा का संचार हुआ, वैसे ही दूसरी तरफ़ इस दुर्दमनीय संदेह ने भी हम सबको बेचैन कर दिया कि बादशाह की घेषणा में यह तो अवश्य था कि ज़्यादा-से-ज़्यादा राजबंदियों को छोड़ दिया जाय, लेकिन इसके साथ यह भी एक वाक्य था कि 'भारत के बड़े लाटसाहब जिस किसी को भी ऐसा समझें कि उसके छोड़ने से अभी उपद्रव की संभावना है, तो उसे वे नहीं भी छोड़ सकते हैं। अब हम लोगों में धुकधुकी पैदा हुई। जाने लाटसाहब किसे क्या समझें। दुःस्वप्न की भयानक छाया की तरह यह विभीषिका हम लोगों के मन में हर घड़ी बनी रही। हम लोगों में से अब किसी को चैन न रहा। लेकिन मेरी आशा अब और बलवती हो गई। जब मैं पहले-पहल कालेपानी में आया था और यहाँ के राजबंदियों के साथ मैंने अपने अदूर भविष्य में छूटने की भविष्यवाणी के बारे में बात की थी, तो सबों ने मेरी हँसी उड़ाई थी एवं उपेन्द्र वग़ैरह ने यह कहा था कि 'अंग्रेज़ों की हुकूमत रहते हुए तो तुम छूट नहीं सकते।' इस पर मैंने कहा था कि 'यदि मेरे छूटने के लिए अंग्रेज़ी हुकूमत का अंत होना आवश्यक है, तो अंग्रेज़ी हुकूमत का अंत अवश्य होगा, क्योंकि मुझे छूटना तो अवश्य है ही।' अवश्य ही ये सब बातें हँसी-मजाक के तौर पर होती थी। दिल बहलाने का यह एक तरीका था। इसी सिलसिले में वारीन्द्र और उपेन्द्र ने उल्लासकर की कही हुई एक बात सुनाई थी कि अब बड़े कठिन आदमियों से पाले पड़े हैं, ये हमारे हाड़ खाएँगे, मांस खाएँगे, चमड़े से डुगडुगी बजाएँगे। बादशाह का

ऐलान होने के बाद मैंने इन लोगों से कहा, 'कहो अब कैसी रही !' फिर कुछ दिन ऐसे ही बीते न कोई छूटा, न छाटा। न लिखने-पढ़ने में मन बहले और न काम करने में ही दिल लगे। इतने में एक दिन वारीन्द्र ने आकर खबर सुनाई कि चीफ कमिश्नर के पास मेरे भाई का एक तार आया है जिसमें पूछा गया है कि क्या राजबंदी शचीन्द्रनाथ छूट गए ? फिर आशा और निराशा के झूले में हम लोग झूलने लगे। फिर कहीं कुछ नहीं। शायद इस दर्मियान एक सिक्ख राजबंदी छूट गया। मैं अस्पताल में चला गया। आखिर अस्पताल में ही मुझे यह बहुवांछित शुभ-संवाद मिला।

2

कालेपानी से विदाई

भाई परमानन्द

जहाज़ की इंतज़ारी करते-करते वे बीस दिन भी बीत गए। जहाज़ में चढ़ने के दिन जितने करीब आए, उतने ही एक आनंद के साथ एक उतनी ही काली छाया भी मन को घेरे रहती थी। हर घड़ी मेरे मन में यही ख़्याल बना रहता था कि कैसे मैं अपने साथियों को इस संकटपूर्ण स्थान में असहाय अवस्था में छोड़कर जाऊँ। सबसे मैंने यह वादा किया कि देश में पहुँचते ही उन लोगों को छुड़ाने के लिए मैं भरसक प्रयत्न करूँगा। मानो, मेरे पास यही एक बात थी जिससे मैं अपने साथियों को सांत्वना दे सकता था।

इस समय भाई परमानंद एकाएक कोठरी में बंद कर दिये गए थे। यह वही परमानंद हैं, जो आजकल हिंदू महासभा के महा कट्टर नेता हैं। सुनने में आया था कि पंजाब के अख़बारों में परमानंदजी की धर्मपत्नी ने परमानंदजी के बारे में कुछ छपवाया था। इसी कारण से उन्हें कालेपानी में दिन-रात कोठरी में बंद कर दिया गया था। अपने साथियों से मैंने यह भी वादा किया कि भाई परमानंदजी के बारे में भी देश लौटकर मैं जो कुछ कर सकूँगा, करूँगा।

एक दिन प्रातःकाल जाने की तैयारी होने लगी। मैंने यह अच्छी तरह से देखा कि पंजाब के मार्शल-लॉ के अठारह बंदी एवं वारीन्द्र और हेमचन्द्र तथा उपेन्द्र खुशी से फूले नहीं समा रहे थे। मुझे तो अपने आँसू पीकर हट जाना पड़ा। मानो बादल उमड़ रहे हों, पानी गिरने ही वाला है। जेल से छूटने पर जो कपड़े दिए जाते हैं, वे हमें दिये गए। वारीन्द्र ने अपने छूटने की आशा में पहले ही कुछ कपड़े मँगा लिये थे। उसमें

से मुझे उन्होंने एक धोती और एक कोट दिया। मेरा ख्याल है कि उन्होंने मुझे तीन रुपये भी दिये थे। बाकी खर्च तो सरकार का ही था। छूटते समय भी दो-दो करके हम सब छूटने वालों को कतार में खड़ा कर दिया गया। छूटने के दिन भी डिसिप्लिन के साथ फाटक की तरफ चले। जिस दिन मैं काले-पानी आया था, उस दिन भी मुँह पर हँसी थी, जी में रुआँसा था। आज छूटने के दिन भी मुँह पर हँसी थी, जी में रुआँसा था। मुझे खूब याद है जिस दिन सर्वप्रथम मैं कालेपानी पहुँचा उस दिन मेरे मन में क्या भावनाएँ थीं। एक तो मुझे दृढ़ विश्वास था कि मैं जल्दी छूट जाऊँगा, इसलिए मेरे दिल में वेदना का असर ज़्यादा न था। दूसरी बात यह थी कि मेरे मन में यह आशा थी कि वारीन्द्र, उपेन्द्र इत्यादि जो बहुत-से राजबंदी पहले ही से कालेपानी में हैं, वे अवश्य ही दूसरे आने वाले राजबंदियों के लिए रास्ता साफ कर रहे होंगे। इसलिए मुसीबत को सामने देखते हुए भी उस दिन मन ज्यादा चंचल नहीं हुआ था। लेकिन दो-चार दिन में ही मेरा यह माया-जाल छिन्न-भिन्न हो गया। जितने दिन बीतते गए, रुआँस भी बढ़ती गई। आज छूटने के दिन रोने की तबीयत हो रही थी और हर्ष जी में छिपा हुआ था। जैसे-जैसे समय बीतता गया, वैसे ही हर्ष की मात्रा बढ़ती गई और निरानंद का भाव लुप्त होता गया। लेकिन छूटने के दिन सचमुच आँसुओं को रोकना एक मुसीबत हो गई।

फाटक के बाहर आते ही पंजाब के सिक्ख राजबंदीगण गगनभेदी निनाद से दस दिशा कम्पित करके 'सत्य श्री अकाल' के नारे लगाने लगे। एक ने कहा—'जो बोले सो निहाल' और सबों ने प्रत्युत्तर में एक स्वर से कहा—'सत्य श्री अकाल'। फाटक के अंदर तक कठिन डिसिप्लिन था। फाटक के बाहर भी एक प्रकार से जेलखाना ही था। लेकिन जब ये नारे लगने लगे, तो जेलखाने के अधिकारीगण ताकते ही रह गए। लेकिन जितने जोरों से यह नारे लगने लगे उतने ही तीव्र रूप से मेरे हृदय को यह अघात लगने लगा कि जेल के अंदर जितने राजबंदी इस घड़ी बंद हैं और जो कोठरियों में पड़े हुए हैं उनके हृदयों पर इस निनाद का क्या असर पड़ता होगा। हर एक नारे के साथ मेरे रोएँ-रोएँ खड़े हो जाते थे। सुबह का समय था, चारों दिशा में शान्ति विराज रही थी। दिग्दिगंत-व्यापी समुद्र फैला हुआ था और उसके बीच में छोटी-छोटी पहाड़ियाँ हरे पेड़ और पौधे से भरी हुईं अपूर्व शोभा दे रही थीं। सिक्ख लोगों के लगाये हुए नारे चारों दिशाओं में गूँज रहे थे। लेकिन कतार अभी बनी हुई थी और वैसे ही पूर्ववत् हम लोग जोड़े-जोड़े से खड़े हुए थे। जब कई बार नारे लग गए तो हम लोग आगे बढ़े। नारों की जगह अब पंजाबी भाषा में गाने होने लगे। उसकी एक कड़ी मुझे आज भी याद है—"चिड़ियों से मैं बाज लड़ाऊँ, तभी गोविन्दसिंह नाम धराऊँ।' पहले की ही तरह से दो-तीन आदमी इस गाने की एक कड़ी को शुरू करते; बाद को तमाम आदमी उसे दुहराते। अब तो मेरी आँखों में आँसू भर आए। अभी तक

एक भावना दिल में दबी हुई थी, अब वह उमड़ पड़ी। अण्डमान में रहते हुए प्रत्येक दिन मैंने जी-जान लड़ाकर यह प्रयत्न किया था, कि छूटने के बाद फिर से राजनीति में काम करने के लिए अपने को सर्व प्रकार से उपयुक्त बनाऊँगा। जिस दिन मुझे मुक्ति का संवाद मिला, उस दिन एक क्षण के लिए मेरे दिल में यह ख्याल हुआ कि जिसके लिए मैंने आज तक तैयारी की है वह समय आज आ गया। क्या मैं अब उस दिन के लिए तैयार हूँ ? सिक्खों के ये गाने सुनकर कल्पना के नेत्रों से हम मुगल-जमाने के दृश्य देखने लगे। गुरु गोविन्दसिंह ने चिड़ियों से बाज को परास्त किया था। आज इस नवीन युग में एक नवीन गुरु गोविन्दसिंह की आवश्यकता है। मैंने मन-ही-मन यह सोचा कि जो नई जिम्मेदारी मेरे सिर पर आ रही है, क्या मैं उसके लिए तैयार हूँ ? मेरा जीवन तो खत्म हो ही गया; इस पुनर्जन्म के बाद से क्या अपनी जिंन्दगी पर मेरा व्यक्तिगत अधिकार है ? क्या मेरा जीवन अब समाज के कामों में ही न्योछावर न होना चाहिए ? इस भावना ने मुझे उस घड़ी उतावला कर दिया। हम लोग समुद्र के किनारे आ पहुँचे। समुद्र के पानी को स्पर्श करते ही मैंने ऐसा समझा कि यही पानी मेरी प्रिय मातृभूमि का भी स्पर्श कर रहा है। उसे स्पर्श करके मानो मैंने मातृभूमि का भी स्पर्श कर लिया। मैंने ऐसी कल्पना की कि मानो इस सुमुद्र का पानी आँचल की तरह बिछा हुआ है। उसका एक छोर भारत-वर्ष को और दूसरा छोर मुझे स्पर्श कर रहा है। नाव पर सवार होकर कुछ दूर जाने के बाद जहाज मिला। वारीन्द्र वगैरह के कुछ पुराने मिलने वाले केला आदि फल-मूल भेंट करने के लिए ले आए थे।

जब कालेपानी आए थे, तो जहाज में जिस जगह माल इत्यादि लादा जाता है, उसी सबसे नीचे की तह में हम मनुष्यों को बे-जानदार वस्तुओं की तरह लादा गया था; तिस पर भी पैरों में बेड़ियाँ भी पड़ी थीं और संगीन लिए हुए सिपाहियों का पहरा था। आज मुक्ति के दिन ऐसा नहीं हुआ। हम लोग जाकर डेक पर बैठे। पैरों में बेड़ियाँ न थीं, न कोई पहरे का इंतजाम। अब मालूम होने लगा कि हम लोग सचमुच छूट रहे हैं ? दिल में आया, क्या इधर-उधर जा सकते हैं, घूम-घामकर कुछ देख सकते हैं ? तो देखा कि कोई मना करने वाला नहीं है। स्वाधीनता पाने की यह प्रथम अनुभूति थी। जहाज में इधर-उधर जाकर मैं घूमने लगा। इधर देखा, उधर देखा, कहाँ पर कैसे आदमी सवार हैं, इंजिन किधर है, खाना पकाने की जगह कहाँ है और कहाँ स्नानागार और शौचालय है। आनंद की मात्रा बढ़ने लगी और सोचा, अब छूट गए। अब खाने-पीने की फ्रिक्र हुई। हिंदुओं के लिए खाने का कोई इंतजाम न था। या तो चना-चबेना चबाकर रहो या जहाज के मुसलमान खलासियों का पका हुआ भोजन खाओ। वारीन्द्र घूम-घामकर जहाज के स्टुअर्ड के साथ खाने-पीने का कुछ बंदोबस्त कर आए। इस इंतजाम में हम चार आदमी शामिल थे-वारीन्द्र, उपेन्द्र, हेमचन्द्र और मैं। यहाँ पर यह बतला देना आवश्यक है कि खाने-पीने की छुआछूत में हम लोगों ने कभी भी कोई परहेज नहीं किया। हाँ, अवश्य ही गो-मांस आज तक नहीं खाया।

लेकिन जब विचार करने बैठते हैं तो कबूतर के मांस में और बछड़े के मांस में क्या अंतर होगा, यह समझ में नहीं आता। यह तो समझ में आता है कि नीति की दृष्टि से किसी भी प्रकार के मांस का खाना अनुचित है, अन्यान्य है, अशोभन है और संभव है कि बहुत-से अवसरों पर हानिकारक भी है। लोभ के वश में आकर आजन्म के अभ्यास के कारण एवं संग-सोहबत की वजह से अकसर मांस खा लेता हूँ। और कभी-कभी दूसरे प्रकार के संग-सोहबत के कारण मैंने कई दफा मांस खाना छोड़ भी दिया और फिर शुरू भी कर दिया।

जब कालेपानी को आए थे, तो बरसात का मौसम था। चार दिन और तीन रात जहाज में रहना पड़ा था। अब वापस जाने के वक़्त भी चार दिन और तीन रात जहाज पर रहना पड़ा। आकाश साफ था। नभ-मण्डल में कोई चंचलता न थी। जहाँ तक मुझे याद है पंजाब के मार्शल-लॉ के क़ैदियों को हम लोगों से अलग रखा गया था और संभवतः उनके पैरों में बेड़ियाँ भी थीं और शायद उनसे यह भी कहा गया था कि पंजाब में ले जाए जाकर ही वे लोग छोड़े जाएँगे। लेकिन मुझे ये सब बातें अब ठीक याद नहीं हैं। संभव है, मैं कुछ गलती कर रहा होऊँ। यह ठीक याद है कि हम चार आदमी एक तरफ थे और मार्शल-लॉ के क़ैदी दूसरी तरफ थे। हम लोगों की रिहाई के सर्टिफिकेटों में चाल-चलन के कॉलम में- 'फेयर' लिखा हुआ था, यानी न ज़्यादा अच्छा और न ज़्यादा खराब। और रिहाई के कारण के कॉलम में यह लिखा था कि 'बादशाह के ऐलान के सिलसिले में रिहा किए जा रहे हैं।' एक और लक्ष्य करने की बात यह थी कि रिहाई के सिलसिले में यह लिखा था, 'कारसपांडेन्स एण्डिग इन ए टेलीग्राम' अर्थात चिट्ठी-पत्र व्यवहार के बाद आखिर में तार आया तब छूटे। मेरे जीवन की यह एक खूबी है कि आज तक जीवन-भर मेरा कोई काम निर्विघ्न रूप से सहज सरल तरीके से कभी भी नहीं हुआ। मुझे हमेशा कठिन-से-कठिन बाधाओं का सामना करना पड़ा है। छूटते वक़्त भी आखिरकार तार आया तब छूटे। आखिर शादी के सिलसिले में भी मुझे कोसों पैदल चलना पड़ा, तब जाकर कहीं लड़की को देखना नसीब हुआ। इसी तरह से इस जीते-जी पुनर्जन्म के बाद फिर जब मैंने यात्रा प्रारंभ की तो पग-पग पर मुझे कठिन बाधाओं का सामना करना पड़ा।

अंग्रेजों के बच्चों को मैंने जहाज पर इधर-उधर निःसंकोच घूमते हुए देखा । जहाज के बिल्कुल एक किनारे से ऊपर के डेक से नीचे की डेक में जाने की एक सीढ़ी थी। थोड़ी-सी ही असावधानी के कारण बच्चे इस सीढ़ी से गिरकर अथाह समुद्र में जा गिर सकते थे, लेकिन निःसंकोच ये बच्चे नीचे से ऊपर और ऊपर से नीचे आया जाया करते थे, कूदा-फाँदा करते थे। इनकी देखभाल के लिए कोई साथ न रहता था। इस दृश्य ने मेरे मन पर अपनी गंभीर छाप लगा दी। मैं हैरान रह गया कि कैसे इनके माँ-बाप निश्चिन्त होकर चैन से अलग बैठे होंगे। क्या हम भारतवासी इस प्रकार ऐसे अवसर पर बेफ़िक्र बैठे रह सकते हैं ? मैं अपने को काफी हिम्मत

वाला समझता हूँ, लेकिन मेरे लिए आज भी ऐसा संभव नहीं है। एक और भी दृश्य आज भी मुझे याद है। मैं उस वक़्त छात्र था। बनारस के क्वीन्स कॉलेज में पढ़ता था। करीब तीन-चार बजे शाम को कॉलेज के प्रांगण में होता हुआ कहीं जा रहा था। सामने देखा कि कॉलेज के प्रिंसिपल मिन्सेण्ट साहब एक प्रोफोसर के साथ जा रहे हैं। प्रिंसिपल साहब का एक शिशु-संतान ज़मीन पर खेल रहा था। पास ही आया बैठी थी। वह शिशु पेड़ पर चढ़ने को गया। आया ने रोका तो प्रिंसिपल साहब ने आया को समझाया कि बच्चों को उनकी गतिविधि में कभी रोका न करो। पेड़ पर चढ़ना चाहता है, तो चढ़ने दो। तुम देखती रहो कि वह गिर न पड़े।

जिनके साथ मुझे चार दिन तीन रात हर घड़ी एक साथ रहना पड़ा, उनकी मनोवृत्ति एवं मानसिक झुकाव के साथ मेरा कोई ऐक्य न था। संभवतः हमारे हर एक की दुनिया अलग-अलग थी। हम अपनी दुनिया में विचरण कर रहे थे, वे किसी और दुनिया में विचरण कर रहे होंगे। आपस में मौखिक बातचीत तो होती रही, हँसते भी थे लेकिन एक-दूसरे के हृदय को स्पर्श नहीं कर पा रहे थे। यह अनैक्य की बात एक-दूसरे से छिपी हुई भी न थी; मानो हर एक के दिल के सामने एक पर्दा पड़ा हुआ था और उसी पर्दे की आड़ में रहकर हम लोग एक-दूसरे से बातचीत कर रहे थे।

ऐसी परिस्थिति से ऊबकर मैं कभी-कभी सिक्ख-भाईयों के पास जाता था। लेकिन वहाँ भी दिल को तसल्ली नहीं मिलती थी; क्योंकि हम लोगों का मानसिक विकास विभिन्न मार्ग से अपनी-अपनी प्रकृति के अनुसार विभिन्न ध्येय को लेते हुए हुआ है। इतने आदमियों के साथ रहते हुए मैं यह अनुभव करता था कि मैं कितना अकेला हूँ। क्या करता, मजबूरी थी। पाठक यह महसूस कर सकते हैं कि मैं इस आनंद के दिन कितना निरानंद रहा।

इसी जहाज पर अण्डमान टापू के अंग्रेज डिप्टी-कमिश्नर एवं कई एक बंगाली मेडीकल ऑफिसर वापस लौट रहे थे। वारीन्द्र वगैरह से इन लोगों का परिचय था। इन लोगों से मिलने के बाद एक दफे वारीन्द्र हम लोगों के पास आकर कहने लगे कि हिन्दुस्तान की हालत बहुत नाजुक है। अब यह नहीं पता चलता कि कौन मित्र है और कौन शत्रु। स्कूल के हेड-मास्टर, टीचर, डॉक्टर और छात्र इन में सब खुफिया पुलिस क़े आदमी भरे पड़े हैं। पड़ोस में जो रहते हैं उनमें कौन खुफिया पुलिस के हैं और कौन नहीं, यह कहना बहुत मुश्किल है। दूसरे मौक़े पर डिप्टी-कमिश्नर लुइस साहब से मिलकर लौटने के बाद वारीन्द्र यह कहने लगे: 'भई, लुइस साहब बड़े भले मानस हैं। उनसे बहुत देर तक बातचीत की। सुख-दुख की बातें पूछीं। कहाँ रहेंगे इत्यादि बातें होते-होतें उल्लासकर की बात आई। लुइस साहब ने अकपट हृदय से यह कहा कि 'उल्लासकर का मन बड़े ऊँचे स्वर से बँधा हुआ था। इसी प्रकार से सिक्ख राजबंदियों के बारे में बातचीत हुई। सिक्खों के साहस एवं उनकी विरोधी पक्ष के सामने खड़े होने की शक्ति की बहुत प्रशंसा की।' ऐसा कहते हुए वारीन्द्र ने, इस

शुभ मुहूर्त में यह स्वीकार किया कि जो राजबंदीगण जेल-अधिकारियों के विरोध में सिर ऊँचा रखते हुए आत्म-सम्मान के लिए हमेशा लड़ा करते थे, वे यथार्थ में वीर थे और सराहनीय थे। उनके मुकाबले में वारीन्द्र ने अपनी कमजोरी स्वीकार की।

यहाँ पर उल्लासकर का कुछ परिचय दे देना आवश्यक है। इनके पिता शिवपुर में इन्जीनियरिंग कॉलेज के प्रोफेसर थे। वारीन्द्र वगैरह के दल में शामिल होने के पहले ही उल्लासकर ने, अपने घर में ही एक रसायनागार बना लिया था और वहाँ पर वह विस्फोटक पदार्थ के विषयों में परीक्षण किया करते थे। उल्लासकर बड़े विचारशील और आध्यात्मिक प्रकृति के मनुष्य थे। वारीन्द्र का दल इनके दल में शामिल होने से बहुत पुष्ट हो गया था। मुकदमे के दौरान में बयान देते समय उल्लासकर ने यह कहकर गौरव अनुभव किया था कि 'अमुक बम ने अमुक स्थान पर जो भैरव-लीला दिखाई थी, वह मेरे ही हाथ का बना हुआ था।' एक अदालत के कमरे में एक राष्ट्रीय संगीत गाकर उल्लासकर ने, सबको को मुग्ध कर दिया था। प्रसिद्ध राष्ट्रीय नेता स्व॰ विपिनचन्द्र की एक कन्या के साथ उनका प्रणय हो गया था। और विवाह की बात स्थिर हो चुकी थी, परंतु इस बीच में अलीपुर षड्यंत्र के मामले में उल्लासकर गिरफ़्तार हो गए और उन्हें सजा हो गई। विपिनपाल की लड़की ने आज तक शादी नहीं की। जब तक उल्लासकर जेल में थे तब तक तो कोई बात ही नहीं थी। जेल में उल्लासकर का मस्तिष्क विकृत हो गया है, यह जानकर तब उसने शादी न करना ही उचित समझा। जहाँ तक मुझे मालूम है, उस लड़की ने फिर शादी नहीं की।

अण्डमान के जेल में रहते हुए उल्लासकर एक दिन कहने लगे कि आखिर क्यों मैं जेल की मशक्कत करूँ। एक बागी के लिए जेल में भी बगावत का रास्ता अख़्तियार करना ही मुनासिब और इज़्ज़त का रास्ता है। इस तरह से जेल में कई बार कानून तोड़कर उल्लासकर ने, तरह-तरह की सजायें पाईं। एक दफ़े जेल के बाहर कड़ी धूप में ईंट की भट्टी में काम करते समय पहले की तरह काम करने से इनकार कर दिया। उल्लासकर और उनके कुछ साथियों को जेल में ले आया गया और तनहा कोठरी में दीवाल में लगे हुए लोहे के छल्ले से हथकड़ी में बाँधकर इन्हें खड़ा कर दिया गया। इसे जेल में खड़ी हथकड़ी कहा करते हैं। कानूनन यह एक दिन में आठ घण्टे तक ही लगाई जाती है, एवं लगातार सात दिन से अधिक ऐसी खड़ी हथकड़ी लगाने का हुक्म नहीं है। लेकिन जेल के अधिकारीगण जब किसी क़ैदी को सताना चाहते हैं, तो इन सब कानूनों की पाबन्दी नहीं की जाती। दफ़्तर के काग़जात में कार्रवाई कानून के हिसाब से सही तौर से रखी जाती है, लेकिन अमल में कुछ और ही होता है। अगर कोई क़ैदी अदालत के सामने यह सब बातें साबित करना चाहे तो यह गैरमुमकिन-सी बात है, क्योंकि जेल के अधिकारियों के खिलाफ कोई गवाह नहीं मिल सकता। ख़ैर, जो कुछ हो, उल्लासकर को खड़ी हथकड़ी की हालत में ही एक

सौ तीन या एक सौ चार डिग्री बुखार आ गया। फिर भी वे खड़ी हथकड़ी में ही रखे गए। इस हालत में वे बेहोश हो गये। बेहोशी की हालत में वे अस्पताल भेजे गए एवं जब उन्हें होश आया तो देखा गया कि वे पागल हो गए हैं। यही उल्लासकर कहा करते थे कि भाई अब ऐसे आदमियों के पाले पड़े हैं कि ये हाड़ खाएँगे, मांस खाएँगे चमड़ी से डुगडुगी बजाएँगे। अण्डमान के डिप्टी-कमिश्नर लुइस साहब उल्लासकर के विषय में बहुत ऊँचे ख्याल रखते थे।

जब वारीन्द्र ने आकर लुइस साहब की बातें सुनाई और इस सिलसिले में उल्लासकर का जिक्र आया तो मुझे उल्लासकर के बारे में ऊपर लिखी बातें मालूम हुईं। ये सब बातें सुनकर पिछले दिनों के वे नज़ारे आँखों के सामने घूमने लगे और मैं सहम सा गया। उस समय के इतने अत्याचारों की रोमांचकारी कहानी मैंने सुनी जिसे यहाँ पर लिखने की हिम्मत मुझमें नहीं हैं, क्योंकि अदालत के सामने इन सब बातों का सबूत मैं नहीं दे सकता।

जब मैं कालेपानी आया था तो प्रकृति विरूप थी। अगस्त का महीना था। आँधी-पानी और बादल का गरजना, जहाज़ के नीचे की तह में बैठे-बैठे ऐसा मालूम हो रहा था, मानो एक प्रलयकारी बाढ़ में दुनिया डूब रही है। अब लौटते वक्त प्रकृति शांत थी, मानो हम सबके छूटने से चारों दिशाओं में प्रफुल्लता छा रही हो। रात में तय हुआ कि प्रातःकाल यह देखना है कि समुद्र के बीच से सूर्योदय कैसे होता है ! सोते-सोते जब पहले आँख खुली तो देखा कि चारों दिशा में उषा की लाली स्मित ज्योति से उद्‌भासित हो रही थी। मैं उठ खड़ा हुआ। समझा कि वक्त आ गया है, सूर्योदय अब होने ही वाला है। देखा कि हेमचन्द्र भी उठ बैठे हैं। मैंने औरों को भी जगाना चाहा, लेकिन हेमचन्द्र ने कहा, अभी थोड़ा और देख लें कि सूर्योदय में कितनी देर है। हम दोनों डेक के किनारे आकर खड़े हो गए। रेलिंग को पकड़कर क्षितिज की ओर टकटकी लगाये ताकते रहे। नीचे समुद्र का पानी उच्छलित हो रहा था। हम लोगों में से किसी के पास घड़ी तो थी ही नहीं। पता नहीं चल रहा था कि वक्त कितना हुआ। खड़े-खड़े हम लोग थक गए, लेकिन उषा के प्रकाश में कुछ अंतर नहीं हुआ। अब भी हमारे साथियों में से कोई जगा न था। मैं और हेमचन्द्र जहाज में इधर-उधर घूमने लगे ताकि किसी सूरत से पता चले कि वक्त क्या है। शायद स्टुअर्ड के पास से पता चला कि अभी तो तीन ही बजा है। दिल में आया अभी थोड़ा और लेटे रहें, लेकिन हेमचन्द्र ने मुझे रोक लिया और दोनों डेक चेयर में या शायद किसी और चीज पर बैठ गए। तीन बजे से करीब साढ़े पाँच बजे तक यों ही बैठे रहे। आश्चर्य की बात तो यह थी कि समुद्र में उषा की स्थिति तीन-तीन घण्टे तक करीब-करीब एक सी रही। साढ़े चार या पाँच बजे से मेरे दूसरे साथी भी पास आ गए। चारों दिशाओं में तो उजाला छा गया, लेकिन जिस केन्द्र से चारों दिशा में यह ज्योति विकीर्ण हो रही थी उसका अभी भी कोई पता न था। हम सब अस्थिर हो गए। केवल हर घड़ी

यही सोचते रहे जाने समुद्र में सूर्योदय कैसा होता है। यह इंतज़ारी अब बुरी लगने लगी। लेकिन जिस दृश्य को देखने के लिए घण्टों से बैठे है। अब उस दृश्य को बिना देखे जाएं कैसे ? एकाएक सबका मन चंचल हो उठा और हाथ फैलाकर सबों ने इशारा किया कि वह सूर्योदय का प्रारंभ हुआ। सबों ने देखा एक ज्योति-पुंज समुद्र से धीरे-धीरे उग रहा है। चारों दिशा में अथाह पानी और पानी। अनंत का आभास कुछ मिलने लगा। एक तरफ सूर्योदय हो रहा है दूसरी तरफ अनंत मानव मूर्त होकर दर्शनीय हो रहा है। मानो शांत और अनंत का मिलन हो रहा हो। मस्तक के ऊपर अनंत आकाश, नीचे अनंत घटा के बीच एक हमारा ही जहाज इच्छापूर्वक एक विशेष दिशा की तरफ असाध्य साधन करने की भाँति इस अनंत दिशा को पार करने की अदम्य चेष्टा कर रहा है और दूसरी तरफ ज्योति-पुंज की गति से भी यह प्रतीत होता था कि अनंत के साथ शांत का मिलन है। और हम नितांत दिशाहीन होकर भटक रहे हैं।

सूर्य का उदय अब प्रत्यक्ष हो रहा था। अर्धगोलाकार ज्योति-पुंज समुद्र के ऊपर दिखाई दे रहा है। लेकिन स्थल देश में सूर्यास्त के समय जैसे मनोहर रूप में अवर्णनीय लालित्य के साथ सूर्य दिखाई देता है, समुद्र के बीच सूर्यादय के समय वह लालित्य न था। उस दिन आकाश में एकदम मेघ न थे। संभव है, इसीलिए सूर्य की किरणों से कोई रंग बिखर नहीं रहा था। समुद्र के बीच सूर्योदय के समय एकमात्र विचित्र बात हम लोगों ने यह देखी थी कि अचानक वह ज्योतिपिंड जो अभी तक वृत्ताकार पानी के ऊपर दिखाई दे रहा था, मानो एकाएक पानी से कूदकर अलग हो गया और आकाश में सूर्य के रूप में दिखाई देने लगा। इस विचित्र कूदने को छोड़कर समुद्र में सूर्योदय के वक्त और कोई ऑब्जेक्टिव ब्यूटी हम लोगों ने नहीं देख पाई। कुछ ने तो कहा कि यही समुद्र में सूर्योदय की ब्यूटी है। वृथा तीन घंटे बरबाद हुए।

हम सब अपनी जगह पर चले आए और हँसी-दिल्लगी में वक्त बिताने लगे। खाने-पीने की कोई खास चीज़ तो मिलने को थी नहीं और न पल्ले पैसा ही था।

आकाश की तरफ या क्षितिज की तरफ देखने से यह पता नहीं चलता था कि हमारा जहाज किसी तरफ अग्रसर हो रहा है या नहीं। लेकिन नीचे पानी की तरफ देखने से प्रतीत होता था कि किसी अज्ञात दिशा की तरफ हमारा जहाज आगे बढ रहा है। अनंत समुद्र में एकमात्र अपने ही जहाज को पानी के ऊपर तैरते देखकर जैसे एक ओर अनंत का अर्थ अनुभव करते थे, वैसे ही दूसरी ओर मेरे मन में एक असहायता की भवना एक प्रकार की अव्यक्त आशंका की सृष्टि करती थी। मैं जहाज के पीछे की तरफ चला गया। इस निर्जन स्थान में अकेले खड़े होकर मैं देखता था कि कैसे हमारा जहाज अथाह समुद्र पर तुच्छ-सा विक्षोभ पैदा करके समुद्र पर पानी का रास्ता बनाता चला जा रहा है। मन में आया कि यदि हम गिर जाएँ तो क्या कोई सहायता हमें मिल सकती है! थोड़ी देर में फिर वही बात याद आई कि मेरा जीवन तो समाप्त हो चुका था, मेरी इस नई जिंदगी पर मेरा क्या अधिकार है ? दिवा-स्वप्न देखने लगा। क्या फिर देश-सेवा के

कार्य में निर्भीकता के साथ अपने जीवन को लगा पाऊँगा ? मुझे याद आया कि मेरी माता विधवा हैं और मैं आज तक किसी भी प्रकार से जननी को लौकिक दृष्टि से सुखी नहीं कर पाया। क्या अब लौटकर अपनी माता के लिए कुछ कर पाऊँगा ? अब तो माताजी शादी के लिए अवश्य कहेंगी। शादी मैं अवश्य करूँगा, लेकिन शादी करने के बाद क्या मैं फिर त्याग के रास्ते को ग्रहण कर सकूँगा ? इन्हीं सब भावनाओं में मैं तल्लीन था। जब मैंने एकाएक सिर उठाया तो देखा कि हेमचन्द्र मेरे पास खड़े हुए हैं। उनके आग्रह करने से मैंने अपने मन की सब बातें बताई।

हेमचन्द्र कानूनगो एक अति श्रद्धेय सज्जन थे। जब जेल में आए होंगे तब वह अवश्य जवान रहे होंगे। लेकिन जिस दिन मैंने प्रथम बार अण्डमान की जेल में क़दम रखा था उस दिन जब मैंने दूर से हेमचन्द्र को एक स्टूल पर बैठे देखा उस दिन का दृश्य मैं कभी नहीं भूल सकता। दाढ़ी के बाल आधे से ज़्यादा सफेद हो गए हैं, छाती तक बाल लटक रहे हैं, आँख में चश्मा है और रंग गंदुमी। मैं यह सोचने लगा कि भारत के स्वाधीनता संग्राम में इन सज्जन ने, अपने बाल सफेद कर लिये, सालों से जेल में पड़े हुए हैं, मुखमंडल चिंतनशील गंभीरता-मंडित दिखाई दे रहा है, एकाग्र चित्त से कोई किताब पढ़ रहे हैं।

कालेपानी में आकर एक नवीन युवक दत्तचित्त होकर उन्हें इस तरह से टकटकी लगाकर देख रहा है, हेमचन्द्र को इस बात की कोई ख़बर नहीं। अपने देश से सहस्रों मील की दूरी पर समुद्र-परिवेष्टित एक छोटे-से टापू के कारागार में एक प्रौढ़ के साथ एक नौजवान का इस परिस्थिति में मिलना आज भी मुझे याद है। ये वही हेमचनद्र हैं जो अपनी जायजाद बेचकर फ्रांस चले गए थे, बम इत्यादि बनाना सीखने के लिए। जिस समय हेमचन्द्र इस वैप्लविक मनोवृत्ति को लेकर फ्रांस गए थे उस समय भारत के राष्ट्रीय क्षेत्र में किसी नेता ने भी यह कल्पना नहीं कर पाई थी कि भारत के नौजवानों में देश को स्वाधीन करने की इतनी प्रबल आग्रहपूर्ण क्रांतिकारी भावनाएँ तीव्ररूप से फैल रही हैं।

आज वही हेमचन्द्र बारह साल जेल-जीवन व्यतीत करने के बाद घर वापस जा रहे हैं। घर में उनके स्त्री है एवं एक पुत्र। बारह साल में अण्डमान में उन्होंने जितनी पुस्तकें एकत्रित की थीं अपने पुत्र के लिए आज वे सब पुस्तकें अपने साथ लिये जा रहे हैं। जो युवक कालेपानी में क़दम रखते ही उनको देखकर दंग रह गया था, आज मुक्ति पाने के दिन जहाज और आकांक्षाओं की बातें पूछ रहे हैं।

दिन योंही बीत गया। आज जहाज पर आखिरी रात थी। हम सब मातृभूमि के करीब आ गए हैं। बहुवांछित तटभूमि अभी दिखलाई नहीं दी है। संभव है, कल दिखलाई दे। जहाज में बिजली की बत्तियाँ काफी जल रही थीं। चारों दिशाओं में अंधकार छा रहा था। आकाश में नक्षत्र चमक रहे थे। क्षितिज स्पष्ट रूप से दिखाई नहीं दे रहा था। अनंत गगन मण्डल अतल समुद्र में समा गया था। या यों कहिए कि सीमाहीन समुद्र असीम

गगन में समा गया था। इस असीमता के बीच में जल के बुद्बुदों की तरह हमारा जहाज समुद्र की लहरों के ऊपर भासमान था। तारों की वजह से अंधकार समुद्र के बीच भयानक मालूम हो रहा था। मैं डेक पर रेलिंग के किनारे खड़ा था। नीचे समुद्र की लहरें उमड़ रही थीं। अगर जहाज पर बिजली की बत्तियाँ न होती तो नीचे की लहरें बिल्कुल न दिखाई देतीं लेकिन बिजली की बत्तियों की रोशनी के कारण नीचे लहरों का भीषण रूप मैने देखा। यह दृश्य भी भूलना संभव नहीं। भयानां भयं भीषणं भीषणानाम् इस श्लोक की पंक्तियाँ सुनी ही थीं। अब यह दृश्य आँखों देखने का अवसर आया। छोटी-सी बत्ती के सहारे गहन अंधकार ने मानो आँखों के सामने रूप ग्रहण किया हो। अंधकार का भी रूप होता है, यह पहले-पहल ही अनुभव किया। लहरें उमड़ रही हैं, लेकिन वह पानी नहीं मालूम हो रहा है। यदि हम अचानक पानी में गिर पड़ें तो किस अनिर्देश्य अज्ञात कराल लोक में पहुँचेंगे इसका कोई ठीक-ठिकाना नहीं है। काल की कराल छाया मानो उन लहरों के रूप में उमड़ रही है। अंधकार को भी देखा जा सकता है। जिन्होंने देखा है वे ही स्वीकार कर सकते हैं, दूसरे नहीं।

संभव है रात को किसी समय पाइलट हमारे जहाज में सवार हो गया हो। प्रातःकाल सुदूर में एक रेखा की तरह स्वदेश भूमि को देख पाता था, ऐसा मुझे ख़याल है। नदी और समुद्र के संगम-स्थल को किस समय मैंने पार किया था, यह मुझे ठीक याद नहीं। अभी भी समुद्र था या नदी आ गई थी, मैं इसको भी ठीक नहीं कह सकता था।

चौथे दिन समुद्री पक्षियों को समुद्र में मछलीका शिकार करते हुए देखा। एकाध बार मछलियों को भी थोड़ी दूर तक उड़ते हुए देखा था। ये समुद्री पक्षी जिन्हें अंग्रेज़ी में सीराल्र्ज कहते हैं, अण्डमान टापू से दो सौ मील की दूरी तक दिखाई दिए, और इधर भी भारत की तटभूमि से सौ मील की दूरी पर दिखाई दिए होंगे। अब मुझे ठीक-ठाक याद नहीं है लेकिन जहाँ तक मैं स्मरण कर सकता हूँ, ये समुद्री पक्षी बीच समुद्र में नहीं दिखाई दिए थे। यूरोपियन पुरुष और स्त्रियाँ इन पक्षियों के खाने के लिए कुछ फेंक दिया करते थे। समुद्री पक्षी इसलिए जहाज के आस-पास खूब उड़ा करते थे। इन साहबों की बदौलत इन पक्षियों की लीलाएँ देखकर हम भी आनन्द-उपभोग करते थे।

हेमचन्द्र ने कहा कि हम लोग रात में गंगासागर संगम पार कर चुके हैं। प्रातःकाल में भी बहुत दूर पर जो क्षीण रेखा दिखाई दे रही थी, इसमें संदेह है कि यथार्थ में वह रेखा तटभूमि की घोतक थी या नहीं। हम लोगों में बात छिड़ी कि जाने कितने दिनों में हममें जहाज चलाने वाले आदमी पाइलट इत्यादि पैदा होंगे। जितना दिन चढ़ता गया उतनी ही तटभूमि की रेखा निकटवर्ती होती गई। वह दृश्य बड़ा मनोहर था। अब स्पष्ट रूप से तटभूमि दिखलाई देने लगी थी, लेकिन इधर पानी का प्रसार समुद्रवत् ही था। एक तरफ जल का अनंत प्रसार, दूसरी तरफ तटभूमि का इंगित; यह सान्त और अनंत का सम्मेलन बहुत ही हृदयग्राही होता है। केवल अनंत से हमारा काम नहीं चलता और

न केवल सांत से ही हम तुष्ट रह सकते हैं। अनंत समुद्र में भी आसमान व जहाज मेरे साथी थे; जहाज के निवासी भी साथी थे, संभव है इसलिए वहाँ पर सांत और अनंत का मिलन रहा। लेकिन निरे अनंत में जी घबरा जाता है। संभव है मुझमें अभी भी वासनाएँ प्रबल हैं इसलिए अभी केवल अनंत से जी घबराता है। एक दफा श्री रामकृष्ण परमहंस ने स्वामी विवेकानंद को कुछ अनुभव कराया था। स्वामी विवेकानंद घबराकर कहने लगे थे, "अभी मेरे माता-पिता हैं, भाई-बहनें हैं !"

दिन चढ़ता गया, श्यामल तटभूमि क्रमशः हमारे करीब आती गई। उस श्यामलता के बीच मनुष्यों को काम करते देखकर हमने एक अनोखे आनंद का अनुभव किया। इन मनुष्यों को देखते ही मानो इनके परिवार-वर्ग को भी मैंने देखा। उनके गृहस्थ-जीवन के सुख-दुःख को इनकी कर्म-प्रचेष्टा के साथ जड़ित देखा। क्रमशः पुरुष के साथ नारी को भी चलते-फिरते देखा। छोटे-छोटे नद और नदियाँ इस समुद्रगामी नदी में आकर सम्मिलित हुई हैं। इसके किनारे-किनारे तटभूमि के प्रांत में खेती दिखाई देने लगी। इन खेतों के बीच ग्राम बसे हुए थे। अब भी नदी बहुत प्रसारित थी। तटभूमि घने वृक्षों से शोभायमान थी। नदी के दोनों ओर हरियाली और बीच में पानी—यह दृश्य बड़ा मनोहर था। इस नद-नदी-हरियाली परिवेष्ठित ग्राम जीवन को देखकर मन में अजीब प्रसन्नता होती थी। कुछ दिनों से पारिवारिक जीवन से अलग होने के कारण मन में —अन्तःस्तल में पारिवारिक जीवन के प्रति स्पृहा बनी हुई थी। इसके कारण, या संभव है जन्म-जन्मान्तर के संस्कार के कारण, पाँच साल के बाद जब मैंने स्त्री-पुत्र परिवेष्ठित पुरुष को घर-गृहस्थी के काम में लगा हुआ देखा तो हृदय में एक उल्लास सा पैदा हुआ। संभव है, कौमार्य-जीवन व्यतीत करते-करते दाम्पत्य जीवन के प्रेमास्वादन की अनिर्देश लिप्सा के कारण ही मैं चारों ओर की प्रकृति में इतना अनुभव कर रहा था।

दोपहर के बाद जब दिन ढ़लने को हुआ तो हमारा जहाज लोगों से भरपूर तटभूमि से घिरी संकीर्ण नदी के भीतर से गुजर रहा था। मैं और हेमचन्द्र पास खड़े थे। कारोबार के सिलसिले में माल से लदी हुई बड़ी-बड़ी नौकाएँ इधर-उधर आ-जा रही थीं। अर्धनग्न मल्लाह इन नावों को खे रहे थे। कमर के नीचे और घुटने के ऊपर तक ही वे कुछ कपड़े लपेटे हुए थे। सुबह से शाम तक कठिन परिश्रम किया करते थे। इन्हें धूप और पानी की समान रूप से अवहेलना करनी पड़ती थी।

इन अर्धनग्न मल्लाहों को देखकर हेमचनद्र ने मुस्कराते हुए कहा कि देखो, जेल में कैदियों को फिर भी कपड़ा तो पहनने को मिलता है, जेल के अंदर धूप और पानी में कैदियों से तो काम नहीं लिया जाता। काम करने की एक सीमा तो है। लेकिन ये हमारे आज़ाद देशवासी अर्धनग्न अवस्था में किन कठिन परिश्रमों का सामना कर रहे हैं। बात तो सच थी, लेकिन मुझे वह पसन्द नहीं आई। मुझे ऐसा लगा कि जेल

के अधिकारीगणों के पक्ष में यह दलील दी जा रही है। अण्डमान जेल के क्रूर एवं निर्लज्ज अधिकारीगणों के पक्ष में कोई बात सुन सकना मेरे लिए सहज न था। मेरे दिल की बेचैनी ने मेरे चेहरे को अवश्य विकृत कर दिया होगा, मानो मैंने अपने उस विकृत चेहरे को अपनी आँखों से देखा। मैंने उत्तर में हेमचन्द्र से कहा कि अपनी स्वाधीन इच्छानुसार चाहे कितनी भी मुसीबत हम बर्दाश्त कर लें, यह सब गवारा है, लेकिन जिस मुसीबत को झेलने के लिए मुझे मजबूर किया जाए वह चाहे कितनी भी थोड़ी हो, वह पहाड़ सी भारी मालूम होती है। मालूम नहीं हेमचनद्र ने इसके उत्तर में क्या कहा था। दिन ढ़लने लगा, नदी धीरे-धीरे संकीर्ण होन लगी। मालूम होने लगा कि अब कलकत्ता निकट है। जन कोलाहल से भरी विशाल नगरी की याद आते ही मन में एक अजीब चंचलता पैदा हुई। कहाँ शत्रु से घिरे अण्डमान के कारागार का जीवन और कहाँ लोगों से भरी-पूरी बस्ती के बीच विशाल राजधानी, जहाँ की मधुर स्मृति कारागार की काल-कोठरियों में हमें निरन्तर प्रलुब्ध करती रहती थी ! मुक्ति का पूरा आस्वाद पाने के लिए मन व्यग्र हो उठा। यह हम जानते थे कि भारत में किसी को पता भी नहीं है कि अण्डमान के राजबंदी मुक्त होकर वापस आ रहे हैं। कलकत्ता के बंदरगाह में किसी भी सुपरिचित स्नेहातुर कमनीय मुख के देखने की आशा न थी। मुद्दत के बाद घर लौट रहे हैं। असीम दुःख को झेलने के बाद स्नेहीजन परिवेष्टित संसार में लौट रहे हैं। ऐसे अवसर पर दिल चाहता था कि स्वदेश की भूमि पर सर्वप्रथम कदम रखते समय किसी स्नेही से मुलाक़ात हो जाए, लेकिन यह दुराशा मात्र थी। जेल में रहते समय जब हम दिल बहलाने के लिए बातें किया करते थे, तो एक दिन उपेन्द्रनाथ ने यह दृश्य खींचकर हम लोगों का मन बहलाया था कि मानो हम लोग छूट रहे हैं। श्वेत ऐरावत आकर सूँड़ उठाकर गंध पुष्प-माल्य उठा रहा है और देव-बालाएँ वस्त्रालंकार से सुशोभित होकर शंख-निनाद से हम लोगों का स्वागत करने के लिए चारों दिशाओं में खड़ी हैं। कल्पना ही से जब काम लेना है तो फिर कमी भला किसी भी बात की क्यों रखें। वंचित जन इसी तरह से दिल बहलाव करते हैं। आज जब जीते-जी दूसरे जन्म के आस्वादन का समय आया एवं बहुवांछित कलकत्ता महानगरी समीपवर्ती हो आई तो उल्लास के साथ मन में एक विषाद की छाया भी थी। मनमें तीव्र वासना थी कि जहाज से उतरते वक्त किसी स्नेही से मुलाक़ात हो, लेकिन हम जानते थे यह नहीं होने का।

3

मातृभूमि की गोद में

हम उम्मीद किए थे कि शाम से पहले ही कलकत्ता पहुँच जाएँगे। लेकिन कलकत्ता पहुँचने में संध्या बीत गई। अभी भी दुःख का अंत न हुआ था। जहाज से उतरते-उतरते एक घंटा से भी अधिक समय लग गया। उतरने के बाद फिर वही जोड़े-जोड़े खड़े कर दिये गए। और फिर दो-तीन मील दूर एक थाने में पैदल जाना पड़ा। अण्डमान जाते वक्त भी इसी तरह सुबह प्रेजीडेन्सी जेल से जहाज तक जोड़े-जोड़े बेड़ियाँ पहने मार्च करके आना पड़ा था। टाल्स्टाय के रिसरेक्शन ग्रंथ में क़ैदियों के दल का पैदल सफर करने का एक ऐसा ही हृदय-विदारक दृश्य आया है। आज छूटने के दिन भी फिर जहाज से थाने की तरफ जोड़े-जोड़े से जाना पड़ा। उधर सौभाग्य से वारीन्द्र, उपेन्द्र और हेमचन्द्र अर्थात् भारत के सर्वप्रथम बम केस के राजबंदियों से मिलने के लिए सी॰ आई॰ डी॰ के अफसर आये हुए थे। उन्होंने इन्हें सीधे घर जाने की अनुमति दे दी। हमेशा की तरह मेरे दुर्भाग्य ने मेरा पीछा नहीं छोड़ा। मिटिया बुर्ज़ के थाने के विशाल प्रांगण में हम सब मुक्त क़ैदी एकत्र किये गए। अब फिर शक होने लगा कि हम सचमुच मुक्त हुए हैं या नहीं। लेकिन किसी ने कोई रोक-टोक नहीं की। इससे हमने अनुमान किया कि यह सब मामूली अनुशासन की कार्रवाई है। थाने के बाहर बढ़े तो किसी ने रोका नहीं। आगे और बढ़े, इस तरह से बढ़ते-बढ़ते थोड़ी दूर तक और चले गए, सोचा अब कुछ खाएँ। पुलिस की तरफ से कोई व्यवस्था दिखलाई नहीं दी। वारीन्द्र ने मुझे तीन रुपये दिए थे, उसी में से कुछ खर्च करके खाया-पिया। कलकत्ता के पास जाकर भी कलकत्ता में नहीं जाने पाये। खाने के लिए बहुत रद्दी चीज मिली। मन में लग रहा था कि दौड़कर कलकत्ता चले जाएँ। लेकिन फिर डर यह हो रहा था कि कहीं आसमान से गिरकर खजूर पर

न अटक जाएँ। रात तो किसी सूरत से बिताई। मालूम हुआ दूसरे दिन लाल दिग्घी थाने में जाकर रेलवे इत्यादि का खर्च मिलेगा। तब कहीं जाकर पुलिस के पंजे से ठीक-ठीक छुटकारा मिलेगा।

प्रातःकाल होते ही बहुवांछित जनकोलाहलपूर्ण भारतवर्ष की राजधानी महानगरी कलकत्ता में प्रवेश करने की प्रबल इच्छा हुई। पूछताछ करने पर मालूम हुआ कि मिटियाबुर्ज के थाने से लालदिग्घी थाने में जाना पड़ेगा। अभी जाने में कम-से-कम दो-तीन घंटे की देरी है। यह जानकर कि यदि मैं फिलहाल मिटियाबुर्ज थाने से चला जाऊँ और सीधा लालदिग्घी थाने में जाकर वहाँ फिर मुक्त क़ैदियों के दल में सम्मिलित हो जाऊँ तो पुलिस को आपत्ति न होगी, मैंने सीधा ट्राम का रास्ता लिया। ट्राम में चढ़कर कालीघाट आ पहुँचा। कालीघाट में मेरे चचेरे भाई रहते थे। लेकिन मैंने सबसे पहले बी॰ सी॰ चटर्जी बैरिस्टर के यहाँ जाने का निश्चय किया।

बंगाल एवं यू॰ पी॰ में चटर्जी साहब ने, बहुत-से राजनीतिक षड्यंत्रों के मामले में पैरवी की थी। आप प्रसिद्ध नेता सुरेन्द्रनाथ बनर्जी के दामाद थे। क्रांतिकारियों के साथ आप विशेष सहानुभूति रखते थे। बनारस षड्यंत्र केस में भी आपने पैरवी की थी। इस सिलसिले में चटर्जी साहब को घनिष्ट रूप में जानने का मौक़ा मिला था। राजनैतिक क्षेत्र में आप अरविन्द की नीति के पक्षपाती थे। बंग-विच्छेद के बाद बंगाल में जो अग्निमय युग आया था उस जमाने में अरविन्द एवं विपिनचन्द्र पाल के संचालन में 'वन्देमातरम्' के नाम का एक प्रसिद्ध दैनिक पत्र निकला करता था। हमारे राष्ट्रीय आंदोलन के इतिहास में इस पत्र का विशेष स्थान है। इस पत्र में अरविन्द के सहयोगी के रूप में श्री बी॰ सी॰ चटर्जी भी लिखा करते थे। कलकत्ता हाईकोर्ट में जितने वकील-बैरिस्टर थे उनमें बी॰ सी॰ चटर्जी साहब ने, हम लोगों से अनुरोध किया था कि हम लोग डकैती करना छोड़ दें। हम लोगों के लिए जितने रुपयों कि आवश्यकता होगी, सब वे संग्रह करके देंगे। लेकिन थोड़े ही दिनों बाद आपने हमसे कह दिया था कि "भाई, तुम लोग जो चाहो सो करो, रुपया कोई देता नहीं है। हमने आशा की थी कि हम काफी रुपयों की मदद तुम्हें दे सकेंगे, लेकिन हम निराश हो गए हैं। अब तुम्हें अधिकार है जो ठीक समझो, सो करो।' क्रांतिकारियों के साथ ये इतनी गहरी सहानुभूति रखते थे, अतः मुक्ति पाने पर कलकत्ते में क़दम रखते ही आज सीधा मैं उनहीं बी॰ सी॰ चटर्जी के मकान की तरफ रवाना हो गया। मुझे उनके स्थान का ठीक पता नहीं था। कालीघाट में ट्राम से उतरकर मैंने एक युवक से बी॰ सी॰ चटर्जी का पता पूछा। सौभाग्य से इस युवक ने मेरे साथ बहुत सहानुभूति दिखाई। लेकिन जितनी आशा थी उतनी सहानुभूति नहीं मिली। पहले तो इस युवक ने, मुझे यों ही समझा के टालना चाहा कि अमुक रास्ते पर जाने पर गन्तव्य स्थान को पहुँच जाऊँगा। लेकिन जब मैंने बतलाया कि मैं अभी सीधा कालेपानी से आ रहा हूँ, यदि आप कृपापूर्वक मेरे साथ होलें और

बी॰ सी॰ चटर्जी साहब का मकान दिखला दें तो मैं बहुत अनुगृहीत हूँगा। इस पर पहले तो वह युवक हिचकिचाया, लेकिन मेरे अनुरोध करने पर वह मेरे साथ हो लिया। कालीघाट से बालीगंज तक एवं पुनः बालीघाट से कालीघाट तक इस बेचारे ने मेरा साथ नहीं छोड़ा। कालीघाट से बालीगंज काफी दूर था।

प्रथम साक्षात् में चटर्जी साहब ने मुझे नहीं पहचाना, लेकिन एक दो क्षणों के बाद ही वे कुर्सी से कूदकर खड़े हो गए और दौड़कर मेरे गले से लग गए। फिर हमें प्रेम और आदर के साथ अपने पास बैठाया और टेबुल पर से मेरी ही लिखित एक चिट्ठी उठाकर मुझे दिखलाई। यह चिट्ठी मैंने अण्डमान से अपने भाई को लिखी थी। मैंने देखा कि इस चिट्ठी में कई स्थान पर स्याही से कुछ लाइनें इस प्रकार लीप-पोत दी गई थीं कि पढ़ी नहीं जा सकती थीं। इस चिट्ठी में और बातों के साथ मैंने यह भी लिखा था कि भारत में अब नया शासन-विधान प्रचलित होने वाला है। अधिकारीगण यह कह रहे हैं कि भारत को अपनी राजनीतिक उन्नति के लिए पर्याप्त अवसर दिया जाएगा। यदि यह बात सच है, यदि इंग्लैंड एवं फ्रांस की तरह हमें भी अपनी उन्नति के लिए उचित मौक़ा मिले तो ऐसा कौन पागल होगा जो कि खामखा खून-खराबी के रास्ते को ही ग्रहण करेगा और यों ही अपनी जान को जाखिम में डालकर बंदूक और तलवार के रास्ते को अख्तियार करेगा। क्रांतिकारीगण सचमुच पागल तो हैं नहीं। यदि अधिकारीगणों का कहना दिली हक़ीक़त है तो उन्हें अवश्य राजबंदियों को छोड़ देना चाहिए। इस चिट्ठी को मेरे भाई साहब ने बी॰ सी॰ चटर्जी के पास भेज दिया था। बी॰ सी॰ चटर्जी साहब ने, यह चिट्ठी दिखलाकर मुझसे यह कहा कि उन्होंने इस चिट्ठी को अपने ससुर श्री सुरेन्द्रनाथ बनर्जी को दे दिया था। उन्होंने असेम्बली में इस चिट्ठी के आधार पर राजबंदियों को छोड़ने के लिए जोरदार अपील की थीं एवं अनेक राज-पुरुषों को यह चिट्ठी दिखलाई भी थी। बी॰ सी॰ चटर्जी ने यह भी कहा कि वे स्वयं मांटेग्यू साहब से इस सम्बन्ध में मिले भी थे। उनके मुँह से मैंने यह भी सुना कि जिस समय वे मैनपुरा केस की पैरवी कर रहे थे, उसी समय सम्राट की घोषणा का पत्र प्रकाशित हुआ, जिसमें राजबंदियों को छोड़ने की इच्छा प्रकट की गई थी। सी॰ आई॰ डी॰ के डिप्टी-इंस्पेक्टर जनरल सैण्ड्स साहब भी उस समय चटर्जी साहब के पास ही थे। सैण्ड्स साहब ने, चटर्जी साहब से कहा कि शचीन्द्र की माता से मांफी की दरख़ास्त दिलवा दें और इस पर उन्होंने स्वयं सिफारिश कर देने को कहा। चटर्जी साहब ने तार से मेरे मामा को इस बात की इत्तिला दी। मामा ने माताजी के मार्फत दरख़ास्त दिलवाई। सैण्ड्स साहब ने इस दरखास्त पर सिफारिश लिख दी। यह इसी सबका परिणाम हुआ कि मैं कारावास से मुक्त हो गया और बी॰ सी॰ चटर्जी से यह सब सुनने का सौभाग्य मुझे प्राप्त हुआ।

बी० सी० चटर्जी ने मुझे तेईस साल की अवस्था में देखा था। अब जब मैं लौटकर आया तो मेरी अवस्था अट्ठाईस साल की थी। बाल बहुत बड़े-बड़े हो रहे थे। बकरे की दाढ़ी की तरह मेरी दाढ़ी भी बढ़ी हुई थी। इसीलिए प्रथम दर्शन में तो चटर्जी साहब मुझे पहचान नहीं पाए थे। चटर्जी साहब ने, चाहा कि मेरे भाई को तार द्वारा मेरी रिहाई का संवाद भेज दें। मैंने मना किया। मैंने चाहा कि अचानक घर में जाकर खड़ा हो जाऊँ। बहुत हर्ष के साथ चटर्जी साहब से विदाई ली। एक मुक्त डेटेन्यू भी चटर्जी साहब के पास बैठे थे, उनसे भी विदाई ली। पुनः अपने उस अपरिचित युवक के साथ कालीघाट में वापस लौट आए। रास्ते में मैंने इस युवक के साथ राजनैतिक मामलों पर बातचीत की। कलकत्ता में क़दम रखने के बाद रंगरूट भरती करने की मेरी यह सर्वप्रथम चेष्टा थी। कालीघट में मेरे चचेरे भाई रहते थे। मुझे पता था कि वह कहाँ रहते थे। चटर्जी साहब के यहाँ से लौटने के बाद मैं सीधा भाई के पास नहीं आया। मैं तो सबसे पहले इस युवक का ही घर देखने चला गया, तब कहीं बाद को भाई के पास आया। लेकिन दुःख के साथ बताना पड़ता है कि रंगरूटी का मेरा यह प्रथम प्रयत्न विफल रहा। यह युवक मेरे काम में शामिल नहीं हुआ। इस वक्त तो मैंने सिर्फ इस युवक का केवल घर ही देख लिया एवं थोड़ी-बहुत राजनीतिक आलोचनाएँ कीं। बाद को मैं जब कलकत्ता आया तो मैंने फिर इनका पीछा किया एवं कुछ दिनों तक यह प्रयत्न करता रहा कि यह युवक मेरे प्रभाव के अंदर आ जाय। लेकिन मैं जैसा पहले कह चुका हूँ, इस प्रयत्न में मैं असफल ही रहा।

इस युवक के घर होते हुए भाई साहब के घर आया। दरवाज़े पर खड़े होकर मैं यह पूछ रहा था कि अब भी मेरे भाई साहब उसी मकान में रहते हैं या नहीं। जंगले से उचककर भाई साहब ने, मुझे देखा एवं देखकर बोल पड़े, ''शचीन्द्र ! आ गए हो ! आओ, भीतर आओ।'' भाई साहब बार-बार मेरे मुँह की तरफ ताकने लग गए। हँसकर मेंने कहा, ''हजामत बहुत दिनों से नहीं बनी है।'' नाई आया, हजामत बनी। भाई साहब ने कहा कि बनारस से मेरे छोटे भाई मुझे ले जाने के लिए कलकत्ता आए थे। उन्हें पता ही नहीं चला कि जहाज कहाँ पर आया था। बेचारे नाउम्मीद होकर वापस चले गए। नहाया-धोया। अब कुछ मालूम पड़ा कि मैं छूट गया हूँ। क़ैद होने के बाद आज सर्वप्रथम मैंने घर का भोजन किया। पाँच साल लगातार क़ैद का भोजन करते हुए भी रुचि नहीं बदली। नित्य प्रतिदिन खाते-खाते भी यह आदत नहीं पड़ी कि जेलखाने के भोजन के प्रति भी रुचि हो जाय। इससे यह प्रमाणित होता है कि स्थूल रूप से किसी काम को बराबर करने ही से कहीं आदत नहीं बना करती, अच्छे भोजन के लिए हर घड़ी जी में चाह बनी रहती थी। इसलिए वासना की तृप्ति न होने के कारण स्थूल व्यवहार का कोई असर स्वभाव पर नहीं पड़ा। यथार्थ में वासना-जगत् में कोई परिवर्तन हुए बिना शारीरिक या स्थूल व्यवहार का कोई असर मनुष्य-जीवन

पर नहीं होता। इस प्रकार हम यह थोड़ा-बहुत अनुभव कर सकते हैं कि जगत् प्रधानतः वासनात्मक है। पाँच साल के बाद आज महत् तृप्तिपूर्वक भोजन किया। भाई ने कहा कि घर को तार द्वारा मेरे छूटने का संवाद दे दूँ। इस वक़्त ठीक याद नहीं है कि तार किसने भेजा था- चटर्जी साहब ने या इन्हीं भाई साहब ने। संभव है कि भाई साहब ने ही भेजा हो, क्योंकि शायद ऐसा हुआ हो कि मेरे छोटे भाई का कलकत्ता आना और अकेले वापस चले जाने का असर मेरे ऊपर हुआ था। भाई साहब ने, मुझे समझाया कि जो कुछ होना था सो हो गया, अब मैं दत्तचित्त होकर गृहस्थी के काम में लग जाऊँ। उम्र काफी हो चुकी है। इस वक़्त की अवहेलना से बाद में पछताना पड़ेगा।

खाने-पीने के बाद कुछ आराम करके लालदिग्घी पहुँच गए। इतने में एक मोटरकार थाने के प्रांगण में आई। इसमें कलकत्ता के सुपरिचित बैरिस्टर आई॰ वी॰ सेन एवं वी॰ के॰ लाहिड़ी थे। ये आए थे वारीन्द्र वगैरह की खोज में। संवाद-पत्र में पढ़ा होगा कि वारीन्द्र वगैरह छूट गए हैं। मैंने इनको बतलाया कि वे तो कल रात ही अपने-अपने ठिकाने पहुँच गए होंगे। मुझे इस वक़्त याद नहीं है कि आई॰ वी॰ सेन आए थे कि जे॰ एम॰ सेन गुप्ता। वी॰ के॰ लाहिड़ी ने मेरे परिवार के साथ अपना कुछ रिश्ता बतलाया। वारीन्द्र को न पाकर इन्होंने मुझसे ही अनुरोध किया कि कलकत्ता में एक खिलाफ़त कांफ्रेस हो रही है और मुझे वहाँ चलना होगा। मैं जी में जरा-सा घबराया, सोचा कि आज ही तो कलकत्ता में पहले दिन क़दम रखा है ! अभी भी पुलिस के पंजे से छुटकारा नहीं पाया है और लालदिग्घी थाने के प्रागंण के अन्दर ही राजनीतिक कांफ्रेस में जाने का यह साग्रह अनुरोध ! यह सच है कि बिना किसी प्रकार की शर्त लगाये हुए ही मुझे छोड़ दिया गया था। मुक्ति पाने का जो सर्टिफिकेट मुझे मिला था उसमें एक स्थान पर ऐसा लिखा था कि अपने स्थान पर पहुँचते ही जिला-कलेक्टर को हम इत्तिला दे दें कि कालेपानी से लौट आए हैं। अतः मैंने बैरिस्टर साहबों से कहा कि अभी हम थाने में ही हैं, ऐसी हालत में कांफ्रेंस में जाने से कोई हर्ज तो नहीं है ? कांफ्रेंस में मेरे लिए जाना क्या कोई विशेष आवश्यक बात है ? परंतु गुप्ता साहब तथा लाहिड़ी साहब ने इस पर भी विशेष आग्रह किया कि मैं कांफ्रेस में अवश्य चलूँ, तो मैं तैयार हो गया। मुझे उन्होंने मोटर में बैठा लिया और कांफ्रेस के पंडाल में हाजिर कर दिया। कांफ्रेस के बाद में मौलाना शौकतअली से मिलने गया। गिरफ़्तार होने के पहले मेरे आदमी मौलाना शौकतअली एवं मौलाना मोहम्मदअली के पास क्रांतिकारी उद्योग के सम्बन्ध में पहुँचे थे। इसलिए मौलाना मोहम्मदअली तथा मौलाना शौकतअली साहब मुझे जानते थे। शौकतअली साहब ने मुझसे अनुरोध किया कि अब मैं खुले मैदान कूद पड़ूँ। चोरी छिपकर काम का अब प्रयोजन नहीं है। मैंने शांतिपूर्वक सब सुन लिया। वहाँ से विदा होकर पंजाब-कैम्प में

आए। विशेष अनुरोध पर मुझे यहाँ कुछ खाना पड़ा। अच्छी-अच्छी चीज़े देखकर लोभ तो बहुत हो रहा था, लेकिन जी में डर रहा था कि ऐसा खाना खा लूँ तो संभव है, हजम न कर पाऊँ। अभी तक एक प्रकार का भोजन खाते आए थे जिसमें तेल तो नाम के लिए होता भी था परंतु घी की तो सुगन्ध भी न होती थी। इस चहल-पहल से लौटकर फिर वही निरानंदमय अशुभ थाने के प्रांगण में लौट आया। अब भी नाम वगैरह लिखे जाने एवं राह के खर्च मिलने में काफी देर थी। ये घड़ियाँ मुझे बहुत ही नागवार गुज़रीं। पुलिस की परछाई से भी मुझे घिन्न थीं। पुलिस के द्वारा जीवन में बहुत-कुछ दुःख पाया था सम्भवतः इसीलिए पुलिसवालों की हवा से भी चिढ़ हो गई थी। कालेपानी के पाँच साल काटने में जितनी भी पीड़ा मालूम हुई हो उसके मुकाबिले में लालदिग्घी के पाँच घंटे बहुत भारी प्रतीत हुए। आखिर इसका भी अंत हुआ। पुलिस वाले हमें फिर हावड़ा स्टेशन ले गए। ख़ैरियत यह थी कि अब की जोड़ा-जोड़ा नहीं जाना पड़ा। चालीस-पचास मुक्त बंदियों के लिए काग़ज़ात के आधार पर पुलिसवालों ने टिकट कटवाया। स्टेशन पर टिकट देनेवाली ऐंग्लो-इण्डियन मेमसाहिबा टिकट देते-देते चिढ़ गईं और अपशब्द कहने लगीं। मैं सामने ही खड़ा था। संभव है, मुस्कराता रहा होऊँ। दिल में तो मैं हँसता ही था और सोच रहा था चलो मेरी भी गिनती बदमाशों में हो गई। मैं डर रहा था कि कहीं पुलिस घर तक मेरे साथ न चले। लेकिन जब टिकट मेरे हाथ में देकर पुलिसवाले चले गए तो मानो मनों बोझ सिर से उतर गया। रेल के छोटे-से डिब्बे में तो अवश्य रहे, लेकिन मैंने यहीं सर्वप्रथम यथार्थ स्वच्छन्दता अनुभव की। मानो मैं जहाँ-तहाँ विचरने लग गया हूँ। रेल की रफ़्तार मुझे धीमी मालूम पड़ी। तूफान में सवार होकर यदि मैं घर पहुँच सकता तो मानो जी को कुछ तसल्ली होती। रात कैसे बीती, मुझे याद नहीं। जाड़े के दिन थे। मेरे पास न कोई बिस्तरा था न पहनने के गर्म कपड़े। वारीन्द्र का दिया हुआ एक कोट और एक धोती और कुछ पैसे मेरे पास थे। जेल के दिये हुए कुछ कपड़े भी साथ थे।

मुझे खूब याद है, भोर होते ही मैं बनारस पहुँचा। असल में छूटने का जो आनंद है वह मुझे बनारस पहुँचने पर ही मिला। मेरे लिए बनारस से प्रिय भूमि संसार में और कोई नही है। मेरी यह जन्मभूमि है; शिशु-अवस्था मैंने यहाँ पर कैसे बिताई, मुझे यह याद नहीं और बाल्यावस्था मैंने बिताई नहीं, लेकिन जीवन का जो श्रेष्ठ अंश है, जो मधुरतम भाग है, अपनी वही किशोरावस्था मैंने बनारस ही में बितायी है। इसलिए मेरे जीवन की मधुरतम स्मृति बनारस के वायुमण्डल में, बनारस की भूमि के प्रति रज-कण में अनंतकाल के लिए विजड़ित है। स्टेशन से जब घर की तरफ चला तो प्रतिक्षण आंनद की मात्रा बढ़ती गई। लेकिन जिस क्षण मैंने इक्के से उतरकर गली के भीतर क़दम रखा तो मुझे ऐसा मालूम पड़ा कि क़दम के नीचे की भूमि भी मानो कठिन एवं स्थिर नहीं है मानो वह भूमि भी आनंद के स्पर्श से चंचल हो रही थी,

हिल-डुल रही थी। मैं चलकर घर नहीं आया बल्कि दौड़ता हुआ घर पहुँचा। क्या हृदयावेग की आकर्षण शक्ति धरित्री की मध्याकर्षण शक्ति ही की तरह है। कि अण्डमान से जब चले तब से लेकर घर पहुँचने तक यह आकर्षण का वेग बढ़ता ही गया और घर के पास आकर आखिर मुझे दौड़ना ही पड़ा। मकान के नीचे के कमरे का जंगला खुला हुआ था। मैं मुहूर्त-भर जंगले के सामने आकर खड़ा हो गया। कई एक युवक वहाँ लेटे हुए थे। इनमें मेरे दो भाई रवीन्द्र और जितेन्द्र भी थे। रवीन्द्र मुझे देखते ही हर्षोत्फुल्ल स्वर से नाति-उच्च कण्ठ से चिल्ला उठे, "अरे दादा हैं।" रवीन्द्र बिस्तरे से ऐसे उचक पड़े मानो नीचे से किसी ने जोर का धक्का देकर उन्हें ऊपर फेंक दिया हो घूमकर दरवाज़े होते हुए अंदर आये एवं हरएक को मैंने छाती से जोर से लिपटा लिया। मेरी यह नई ज़िंदगी थी। मेरा यह नया जन्म प्रारंभ हुआ।

जिस रोज़ मैं घर पहुँचा उसके पहले दिन ही मेरे कनिष्ठ भ्राता का उपनयन-संस्कार हो चुका था। घर में यह किसी को पता न था कि आज यहाँ आ पहुँचूँगा। मैंने सबसे पूछा, माताजी कहाँ हैं ? माताजी बगल के मकान में कुछ काम से गई हुई थीं। मैं पूछताछ कर ही रहा था कि इतने में वे आ गईं। मुझे देखते ही आनंद के मारे रो पड़ीं और कहने लगीं, "बेटा मेरा, आ गए हो, मेरा बेटा आ गए हो।" और मेरे सिर पर, मेरे बदन पर, मेरे कंधे पर और हाथ-पर-हाथ फेरने लग गई। कहने लगीं। "जाने कितनी मुसीबत तुमने झेली।"

मैने जब सबसे छोटे भाई को देखा तो मुझे एक अजीब सा धक्का पहुँचा। इस कनिष्ठ भ्राता को आठ साल की उम्र में घर पर छोड़ आया था। मेरे मन में अभी तक उसकी वही आठ साल की कमनीय मूर्ति बनी हुई थी। अब जब मैंने इसको देखा तो उस कमनीय मूर्ति के साथ इसका कोई सादृश्य नहीं पाया। मैंने कल्पना नहीं की थी कि भूपेन्द्रनाथ को जब देखूँगा तो उसको किसी और मूर्ति में देखूँगा।

जीवन का एक अध्याय समाप्त अब दूसरा प्रारंभ होगा।

4

बन्दी साथियों की चिंता

घर पहुँचने के दो-एक घण्टे के अंदर ही पुराने मिलने वालों में से एक युवक मेरे पास आए। इनका नाम था – जितेन्द्रनाथ मुकर्जी। कॉलेज छोड़ने के समय आप मेरे सहपाठी थे। लेकिन आप मेरी गुप्त समिति के सदस्य नहीं थे। जैसे भाईयों से मिलते हुए हम एक-दूसरे से लिपट गए थे, वैसे ही दखते ही इनसे भी लिपट गए। बनारस के पुराने साथियों में से कोई भी मुझसे मिलने नहीं आया। इनसे देश की राजनीतिक स्थिति पर बातचीत होने लग गई। मुझे भली-भाँति स्मरण था कि देश पहुँचते ही मेरा प्रथम कर्तव्य क्या है। मैंने जितेन्द्र से पूछा, ''कहो, मालवीयजी आजकल कहाँ हैं ? मुझे मालवीयजी से मिलना है।'' मैंने इन्हें अण्डमान की स्थिति बताई कि कैसे वहाँ पर दुखी राजबंदी पड़े-पड़े सड़ रहे हैं, कैसे भाई परमानन्द कोठरी में एकाएक बंद कर दिये गए हैं। भारत-भूमि से नितांत विच्छिन्न होने के कारण अण्डमान टापू से दर्द की कोई कहानी भारत पहुँच नहीं पाती है। राजबंदियों की मुक्ति के लिए कैसे, क्या किया जाय ? जितेन्द्र मुकर्जी से पता चला कि महामना पं॰ मदनमोहन मालवीयजी बनारस में ही हैं एवं संभवतः आज हिंदू यूनिवर्सिटी कोर्ट की मीटिंग होगी और वहाँ मालवीयजी से हम मिल सकते हैं। रोटी खाकर दो काम करना ठीक हुआ। एक तो मालवीयजी के पास जाना, दूसरा मैजिस्ट्रेट के पास जाकर अपने आने की सूचना देना।

रोटी खाकर हिंदू स्कूल पहुँचे। वाकई मीटिंग हो रही थी। मैंने एक स्लिप पर यह लिखकर मालवीयजी के पास भेज दिया, "Coming straight from the Andamans, an interview may be allowed in connection with the cases of Bhai Parmanand and other Political prisioners.

Sachindra Nath Sanyal"

स्लिप पहुँचते ही पंडितजी एवं डॉक्टर गणेशप्रसाद फौरन चले आए। हम सब एक छोटे से कमरे में बैठ गए। मेरे लिए यह एक सौभाग्य की बात थी कि डॉक्टर गणेशप्रसाद ने मुझे पहचान लिया। संभव है, मेरी स्लिप को पढ़ते ही पहचान लिया हो। मालवीयजी के सामने डॉक्टर गणेशप्रसाद मेरी खूब प्रशंसा करने लग गए। मैंने देखा कि उन्हें छोटी-छोटी बातें भी खूब याद थीं। वे जब मेरी प्रशंसा कर रहे थे तो मैं मन-ही-मन हँस रहा था। हँसने का कारण था।

एण्ट्रेन्स पास करके मैं क्वीन्स कॉलेज में भरती हुआ था। डॉक्टर गणेशप्रसाद उस समय गणितशास्त्र के अध्यापक थे। मैं उनका छात्र रह चुका था। मैं आज तक जितने अध्यापकों के पास पढ़ा हूँ उनमें से आप ही ऐसे अध्यापक थे जिनके छात्र अमूमन फेल होते थे। आप लड़कों से जबरन सब काम करा लेते थे। लेकिन आपका Task करने के बाद फिर कॉलेज का और कोई काम हो नहीं सकता था। स्कूल में गणित में मैं प्राय: शत-प्रतिशत अंक (Full marks) पाया करता था। अब कॉलेज में आकर राष्ट्रीय आंदोलन में संक्रिय रूप से भाग लेने के कारण गुप्त षड्यंत्रकारी आवर्त में फँसकर कॉलेज का काम यथोचित नहीं कर पाता था। पहले-पहल तो मैं डॉक्टर साहब का काम पूरा कर देता था और मेरी गिनती अच्छे लड़कों में होने लग गई थी। इसलिए डाक्टर साहब अपनी निकटतम सामने की बेंच में दूसरे अच्छे लड़कों के साथ ही मुझे भी बैठाते थे। लेकिन थोड़े ही दिनों में मेरा क्लास का काम ढीला पड़ गया। अत: फिर दूसरी बेंच में बैठना पड़ा, और फिर तीसरी में। जिस छात्र से डाक्टर गणेशप्रसाद अत्यन्त असन्तुष्ट हो जाते थे, उसे वे आखिरी बेंच पर बैठाते थे एवं उसके साथ ऐसा व्यवहार करते थे मानो वे है ही नहीं। फिर उनको न वे कोई task देते न लेते थे; न उनसे बोलते थे। ऐसे लड़कों को वे Non-entity कहा करते थे। आप नहीं चाहते थे कि उनके छात्र कोर्सबुक को छोड़कर और कोई किताब पढ़ें। छात्र प्राय: उपन्यास आदि पढ़ा करते थे तो उनसे छिपाकर ही पढ़ा करते थे। मैं डाक्टर साहब के क्लास में Non-entity रह चुका था। इसी हालत में एक दिन मैं जान-बुझकर पाठ्य-पुस्तक के अलावा एक अंग्रेजी किताब क्लास में ले आया था उसको मैंने किताबों में सबसे ऊपर रखा था, यह देखने के लिए कि डाक्टर साहब इस किताब को देखकर मुझे कुछ कहते हैं या नहीं। रामकृष्ण मिशन के स्वामी अभेदानन्द के अमेरिका में प्रदत्त व्याख्यानों का संग्रह India and her people नाम से मुद्रित हुआ था। इसी पुस्तक को मैं क्लास में ले आया था। डाक्टर गणेशप्रसाद ने मेरे पास से गुजरते हुए किताब को देखा; देखकर उठा लिया; किताब के पन्नो को इधर-उधर उलटकर थोड़ा-सा देखा और फिर किताब को यथास्थान रख दिया। मैं देखना चाहता था कि वे मुझे डाँटते हैं या नहीं। क्लास में तो मेरे साथ उनके ऐसे ताल्लुकात थे, लेकिन आज मालवीयजी के सामने वे मेरी कितनी प्रशंसा कर रहे थे,

इसका थोड़ा-सा कारण अवश्य है। कॉलेज में पढ़ते समय हम लोगें ने अपनी चेष्टा से, अपने ही उद्योग से, एक स्कूल खोला था। वह स्कूल मिडिल तक पहुँचा था। इस स्कूल के वार्षिकोत्सव के अवसर पर हम लोगों ने डाक्टर गणेशप्रसाद को सभापति का आसन ग्रहण करने के लिए निमन्त्रित किया था । हम अंतिम परीक्षा के पहले Non-entity नहीं रह गए थे।

मालवीयजी ने, सब बातें सुन लीं और आखिर में कहा कि मुझे लिखकर रजिस्ट्री पत्र द्वारा सब बातें सूचित करो। मैंने गोरखपुर जाकर वैसा ही किया था। Acknowwledgement due की रसीद तो मुझे मिल गई। लेकिन मालवीयजी ने राजनीतिक बंदियों की मुक्ति के लिए एक आवाज भी नहीं उठाई।

जितेन्द्र मुकर्जी एवं मेरे भाइयों का कहना था कि आजकल युक्त प्रदेश में उदीयमान नेता पं॰ जवाहरलालजी नेहरू हैं। यदि वे राजनीतिक कैदियों का प्रश्न उठाएँ तो कुछ काम हो सकता है।

मैं बनारस में दो ही दिन ठहरा और फिर गोरखपुर चला गया। मेरे साथ मेरे सर्वकनिष्ठ भाई भूपेन्द्रनाथ थे। बनारस षड्यंत्र के मामले में आजन्म कालेपानी की सजा के अतिरिक्त मेरे ऊपर यह भी दण्ड था कि मेरी तमाम जायजाद छीन ली जाय। बनारस में जिस मकान में हम लोग रहते थे वह मेरी आजी का मकान था। मुझे सज़ा होने के बाद पुलिसवालों ने इस मकान को अपने कब्जे में कर लिया था। मकान के साथ बिस्तरे आदि भी, जो कुछ मकान में थे, पुलिस के ही व्यवहार में आए । अर्थात् जो पुलिसवाले रखवाली के तौर पर उस मकान में रहते थे, वही वह सब सामान अपने इस्तेमाल में ले आए। उस समय में मेरी माताजी, मेरी आजी, मेरी मौसी एवं मौसी की पाली हुई एक लड़की और मेरा सबसे छोटा भाई मेरे पकड़े जाने के बाद यहीं घर में रह गए थे। जब पुलिस ने मकान को अपने कब्जे में कर लिया तो इनके रहने के लिए स्थान न रहा। ऐसी विकट परिस्थिति में मेरे मामा इन सबको गोरखपुर ले आए। जब मैं कालेपानी से छूटकर आया तो मेरे भाई, माँ इत्यादि गोरखपुर में मेरे मामा के पास ही थे। मेरी आजी मेरे चाचा के पास चली गई थी।

गोरखपुर से मैं एक दफे पण्डित जवाहरलालजी से मिलने आया। राजनैतिक बंदियों के विषय में और विशेषकर कालेपानी में स्थित घोर दुर्दिन में पड़े हुए बहुत-से-लम्बी सजा पाये हुए राजबंदियों के प्रति जवाहरलालजी की दृष्टि मैंने आकर्षित की। जवाहरलालजी सब बातें सुनकर यह कह उठे-"हम लोग तो स्वयं ही जेल जाने का इतजाम कर रहे हैं और आप दूसरों को छुड़ाने की बातें कर रहे हैं।" मैं उनके मुँह की तरफ ताकता ही रह गया और सोचने लगा कि मैं इनसे और क्या कहूँ। मैंने यह समझ लिया अपने ही आदमी हुए बगैर दूसरों के दुःख को समझना सहज नहीं है। यदि जवाहरलालजी अपने दल के आदमी होते तो वे मेरी प्रार्थना के

महत्त्व को अनुभव कर पाते। और शायद यह भी बात थी कि जब सरकार के साथ झगड़ा ही करना है तो फिर सरकार से किसी बात के लिए अनुरोध कैसे किया जाय। मैं बहुत नाउम्मीद हो गया।

सितम्बर, सन् 1920 में कलकत्ता में स्पेशल कांग्रेस हुई। भारत के प्रत्येक राजनीतिक नेता की दृष्टि उस समय महात्मा जी के Non-cooperation प्रस्ताव पर लगी हुई थी वहाँ भी कुछ काम नहीं बना। कांग्रेस में तो हम कुछ कर नहीं पाए लेकिन दूसरे मुक्त राजबंदियों को साथ लेकर मैं लाला लाजपतराय के पास गया। ऑल इण्डिया पॉलिटिकल सफरर्स कांफ्रेन्स में सभापति का आसन सुशोभित करने के लिए उनसे अनुरोध किया। लाजपतरायजी राजी हो गये। उनके सभापतित्व में इण्डियन एसोसिएशन के हाल में ऑल इण्डिया पॉलिटिकल सफरर्स कांफ्रेन्स हुई। इस कांफ्रेन्स को बुलाने में प्रसिद्ध बैरिस्टर श्री बी० सी० चटर्जी एवं कलकता के पुराने क्रांतिकारी नेताओं की विशेष सहायता मिली थी।

बहुतों ने वक्तृता दी। किसी की वक्तृता हृदयाग्राही थी और किसी की शुष्क। स्व० श्यामसुन्दर चक्रवर्ती ने हृदयावेग से गद्‌गद् होकर सबसे लंबी स्पीच दी, लेकिन उनकी स्पीच मर्मस्पर्शी नहीं हुई। वक्तृता देते-देते वे सभापति के शरीर के ऊपर आ गिरते थे। भूल जाते थे कि सभापति के आसन पर भी कोई बैठा है। पंण्डित मदनमोहन मालवीयजी ने जो वक्तृता दी उससे क्रांतिकारियों के प्रति सहानुभूति रखनेवाले बहुत कुछ असंन्तुष्ट हो गए। इसके प्रत्युत्तर में कलकत्ता के बैरिस्टरगण जे० एन० राय, बी० सी० चटर्जी इत्यादि ने मालवीयजी को कुछ बातें सुनाई। लेकिन इस कांफ्रेन्स में स्वर्गीय एनीबेसेण्ट महोदया ने जो मर्मस्पर्शी एवं ओजस्विनी वक्तृता दी थी, उसकी तुलना की वक्तृता जीवन-भर में और नहीं मिली। उस दिन यह पता चला कि वाग्मी किसे कहते हैं। वे दृश्य जीवन में भूले नहीं जा सकते, मानो एक श्वेत प्रस्तर-मूर्ति जीवन्त होकर निश्चल रूप में खड़ी है, कभी-कभी हाथ और सिर थोड़ा-थोड़ा हिल जाता है, केवल ओंठ चल रहे हैं। और उस प्रस्तरमूर्ति के मुख से मानो स्वयं सरस्वती हृदयग्राहिणी भाषा उद्‌गीर्ण कर रही है। मालवीयजी लज्जित हो गए। तमाम हाल में मानो बिजली का संचार हो गया। लाला लाजपतरायजी ने सभापति के आसन से यहाँ तक भी कह डाला कि इन राजबंदियों में ऐसे आदमी भी हैं जिनके जूते के फीते खोलने लायक यहाँ के लाटसाहब भी नहीं। मीटिंग समाप्त होने के बाद मालवीयजी ने apology (क्षामा-याचना) के तौर पर कुछ कहा, जिसका आशय यह था कि उनके कहने का मतलब तो यह-वह कुछ और था इत्यादि। इस प्रकार से राजबंदियों के लिए कुछ प्रोपेगैण्डा किया गया।

उसी साल नागपुर में जो कांग्रेस हुई, उसमें घटनाचक्र से मैं Subjects Committee (विषय-निर्वाचिनी समिति) में पहुँच गया। महात्माजी के असहयोग

आंदोलन के कारण राजनीतिक barometer बहुत ही चढ़ा हुआ था। सरकार के साथ जब झगड़ा मोल लिया जा रहा था तब कैसे उसी सरकार से यह अनुरोध किया जाय कि राजबंदियों को छोड़ दो। मैंने स्व॰ विपिनचनद्रपालजी से बहुत अनुरोध किया कि कुछ तो हमें करना ही चाहिए। मेरे कहने पर विपिनचन्द्र ने एक प्रस्ताव तैयार किया। मैं उसी प्रस्ताव पर राजी हो गया, और उसे विषय निर्वाचिनी (Subjects Committee) समिति से पास करवा लिया। नागपुर कांग्रेस के अधिवेशन में भी स्व॰ विपिनचन्द्रपाल ने इस प्रस्ताव को रखा और इसका अनुमोदन दूसरों के साथ मैंने किया। जीवन में सर्वप्रथम आम सभा में इसी मौक़े पर मैंने व्याख्यान दिया था। इस कांग्रेस में बीस हज़ार के करीब डेलीगेट्स थे। मैं ही ऐसा सर्वप्रथम बंगाली था जिसमें कांग्रेस में हिन्दी में वक्तृता दी हो। आजकल के हिन्दू महासभा के सभापति बैरिस्टर श्रीयुत् विनायक दामोदर सावरकरजी के छोटे भाई श्रीनारायण दामोदर सावरकर के पास मैं मंच पर बैठा हुआ था। व्याख्यान देने के बाद जब मैं डॉ॰ सावरकर के पास लौट आया तो उन्होंने मुझसे कहा कि तुम्हारे व्याख्यान से लोग रो पड़े हैं। प्रस्ताव का पूरा मसविदा मुझे इस वक्त याद नहीं है। संभव है ऐसा रहा हो–This congress sends its message of hope and sympathy to all political prisioners incorcerated in the different Jails of India and in the distant Andamans Islands. अर्थात् "भारतवर्ष की विभिन्न जेलों में एवं अण्डमान के सुदूर टापू में जो भारतीय राजबंदी पड़े सड़ रहे हैं उनके लिए यह कांग्रेस की महासभा सहानुभूतिपूर्ण और आशा का संदेश भेजती है।" इसके बाद प्रस्ताव में कुछ और भी शब्द थे जो कि मुझे याद नहीं हैं। मेरी और श्री विपिनचनद्रपालजी की सलाह से यह प्रस्ताव बना था, एवं स्व॰ देशबंधु चितरंजनदासजी की सलाह से यह प्रस्ताव कांग्रेस में पास हुआ था। विजयराघवाचार्यजी ने जो कांग्रेस के सभापति थे मुझे पाँच मिनट मात्र का समय दिया था। अण्डमान से देश लौट आते ही बम्बई में डॉ॰ सावरकरजी को मैंने पत्र भेज दिया था और लिखा था कि राजबंदियों की मुक्ति के लिए कुछ करना चाहिए। इसके बाद डॉ॰ सावरकर और मैं दोनों सुरेन्द्रनाथ बनर्जी के पास गए। सुरेन्द्रनाथजी ने पहले तो यह कहा कि हमें तो तुम लोग गाली दिया करते हो। इसके जवाब में हमने उनको यकीन दिलाया कि राजनैतिक बंदियों के लिए उन्होंने जितना काम किया है, उतना और किसी ने नहीं किया है। बात सच भी थी। हृदय से जो बात कही जाती है उसका असर भी होता है। सुरेन्द्रनाथजी ने सब नोट इत्यादि कर लिया। यहाँ पर एक बात कह देना आवश्यक है कि हम दोनों सुरेन्द्रनाथजी के पास विनायक दामोदर सावरकरजी के विषय में ही कहने गए थे।

राजबंदियों की रिहाई के लिए मैंने जो कुछ किया वह कुछ भी नहीं था। ब्रिटिश गवर्नमेंट ने ही जिसे चाहा, उसे छोड़ा। महात्मा गांधी के सत्याग्रह आंदोलन के कारण

भारत के राजबंदियों का प्रश्न दब-सा गया। भारत के राजनीतिक वातावरण में स्वाधीनता के प्रश्न ने अभी भारतीयों के हृदय को जरा भी बेचैन नहीं किया था। यही कारण था कि जिन लोगों ने भारतवर्ष को स्वाधीन करने के लिए अपने जीवन को न्यौछावर कर दिया था, उसके लिए भारतवासी एक प्रकार से उदासीन थे। आज भी भारत की दशा कुछ अधिक आशाप्रद नहीं है। आज भी भारत के राष्ट्रीय कार्यकर्ताओं के मन में स्वाधीनता की चाह नहीं पैदा हुई है। अरविन्द और तिलक के समय में स्वाधीनता का ही प्रश्न अंतिम रूप से राष्ट्रीय कार्यकर्ताओं के सामने जीवन का ध्येय बन गया था। यही कारण है कि बंगाल का क्रांतिकारी आंदोलन तीस साल तक दमन-चक्र चलने पर भी दब नहीं सका। आखिरकार बंगाल के गवर्नर भारत के लाट साहब एवं इंग्लैंड के मंत्रियों को मजबूर होकर यह कहना पड़ा था कि जब तक उन्हें बंगाल की जनता की सहायता नहीं मिलती है तब तक वे क्रांतिकारी आंदोलन को दबा नही सकते।

बनारस में मालवीयजी से मिलने के बाद मैं और जितेन्द्र मुकर्जी सीधे कलक्टर के यहाँ चले गए। ऊपर लिख चुका हूँ कि छूटने के समय मुझे जो सर्टिफिकेट मिला था उसमें एक हिदायत यह थी कि अपने स्थान पर पहुँचने पर जिला कलक्टर को मैं इत्तला दे दूँ कि मैं कालेपानी से वापस आ गया हूँ। इसी हिदायत के मुताबिक मैंने जिला कलक्टर को अपने आने की इत्तला कर दी। कलक्टर ने कहा कि पुलिस सुपरिंटेंडेंट को इत्तला दे दो। यह बात बहुत बुरी मालूम हुई, लेकिन आखिर पुलिस सुपरिंटेंडेंट के दफ़्तर पर चले गए। लेकिन वहाँ पर असिस्टेंट पुलिस सुपरिंटेंडेंट ही मिले। उनको भी मैंने अपने आने की इत्तला कर दी। उन्होंने कहा कि सुपरिंटेंडेंट अभी नहीं है। मैंने कहा कि वह हों, या न हों मैंने अपना फर्ज़ अदा कर दिया और अब मैं जा रहा हूँ। उन्होंने मेरा नाम और पता नोट कर दिया। नतीजा यह हुआ कि मेरे ऊपर पहरा लग गया। जहाँ तक मुझे याद है, अण्डमान से लौटकर बनारस में सिर्फ एक दिन रहा। दूसरे दिन अपने कनिष्ठ भाई भूपेन्द्र को लेकर गोरखपुर चला आया। गोरखपुर में दो-चार महीने पड़ा रहा। यह दो-चार महीने मैंने निश्चित होकर कुछ आराम से बिताए। लेकिन प्रतिदिन मेरे मन में यह खटकता रहा कि आखिर मैं उचित रूप से जीवन व्यतीत कर रहा हूँ या नहीं। मैं प्रतिदिन यह अवसर ढूँढ़ रहा था कि फिर कैसे नये सिरे से कार्य आरंभ करूँ। मैं एक दफा कलकत्ता जाना चाहता था, लेकिन पास में पैसा न था। गोरखपुर से एक साप्ताहिक पत्र 'स्वदेश' नाम से निकलता था। उसके सम्पादक श्री दशरथ द्विवेदी से मैंने परिचय प्राप्त कर लिया। बहुत इशारे से मैंने एक दिन उनसे अपनी मनोभिलाषा व्यक्त की। कलकत्ता जाने की इच्छा प्रकट करते हुए मैंने उनसे सहायता मांगीं। मुझे आशा तो मिली, लेकिन सहायता नहीं मिली। इसी बीच में मैं एक दिन इलाहाबाद पंडित जवाहरलालजी से मिलने के लिए गया

एवं अण्डमान की दशा लिखकर रजिस्ट्री द्वारा पण्डित मदनमोहन मालवीयजी के पास भेजी। इन सबका जो कुछ परिणाम हुआ उसे मैं पहले बता चुका हूँ। किसी कार्यवश एक दिन बनारस गया। वहाँ पर अपने पुराने साथी श्री प्रियनाथ भट्टाचार्य एवं श्री सुरेशचन्द्र भट्टाचार्य से मिला। इन लोगों से मैंने संगठन-कार्य का प्रस्ताव किया। इसके थोड़े ही दिनों के अनंतर सी॰ आई॰ डी॰ के डिप्टी इंस्पेक्टर जनरल मिस्टर बिगैन के पास से मेरे भाई के पास इत्तला आई कि मैं फिर संगठन की बातचीत चला रहा हूँ। मुझे आश्चर्य हुआ। बाद को पता चला कि प्रियनाथ भट्टाचार्य ने छूटने के पहले ही एक लम्बा इकरारनामा पुलिस को दे दिया था। इसके बाद से मैं फिर कभी प्रियनाथ से नहीं मिला।

5

मि० सैण्ड्स और बैरिस्टर चटर्जी

बनारस षड्यंत्र के मामले में हम चार भाइयों में से तीन गिरफ़्तार हो चुके थे। मेरे तीसरे भाई जितेन्द्र को दो साल की सजा भी हो गई थी। मेरे मझले भाई रवीन्द्रनाथ अदालत से तो बरी कर दिये गए थे, लेकिन बाद को गोरखपुर में अपने मकान में नजरबंद कर दिये गये। जितने दिनों के बाद मैं अण्डमान से लौटकर आया उतने दिनों में जितेन्द्र ने ऐट्रेंस और इण्टरमीडिएट पास करके बी० ए० में पढ़ने के लिए जाने वाले थे या चले गए थे, यह मुझे ठीक-ठाक याद नहीं। अण्डमान जाने के पहले मैं बी० एस-सी० के प्रथम वर्ष में पढ़ रहा था। अब छूटने के बाद मैंने भी चाहा कि बी० ए० पास कर लूँ। मेरे भाई और माताजी की इच्छा न थी कि बी० ए० पढ़ूँ। लेकिन मेरे अत्यन्त आग्रह करने पर वे राजी हो गए। मन में यह था कि कॉलेज में पढ़ने से मुझे नौजवानों से मिलने का प्रचुर अवसर मिलेगा। कुछ यह भी इच्छा थी कि बी० ए० की डिग्री ले लूँ शायद भविष्य में कुछ काम आए।

इलाहाबाद जानें के पहले मेरे एक आत्मीय के पास जो कि रिश्ते में मेरे मामू लगते थे, डिप्टी इंस्पेक्टर जनरल ऑफ पुलिस सैण्ड्स साहब के पास से एक चिट्ठी आई थी, जिसमें लिखा था कि शचीन्द्र को कालेपानी से लौटने पर अवश्य मेरे पास एक दिन भेज दें।

यहाँ पर सैण्ड्स साहब के बारे में दो शब्द कह देना नितांत आवश्यक है। आप ही के तत्वाधान में बनारस षड्यंत्र केस चला था। मैनपुरी षड्यंत्र केस भी आप ही के जिम्मे था। मुझे सजा हो जाने के बाद माताजी ने, सरकार के पास माफ़ी का एक आवेदन पत्र भेज दिया था; लेकिन सरकार की तरफ से यह जवाब मिला था कि अभी छोड़ा नहीं जा सकता। इसके बाद जब सन् 1919 के दिसम्बर महीने में सम्राट

के मुँह से राजबंदियों को छोड़ने की घोषणा हुई तो सैण्ड्स साहब ने कलकत्ता के प्रसिद्ध बैरिस्टर बी॰ सी॰ चटर्जी साहब से यह कहा कि अब शचीन्द्र की माता से माफी का आवेदनपत्र देने के लिए कह दीजिये, मैं उसके लिए सिफारिश का दूँगा। बी॰ सी॰ चटर्जी उस समय मैनपुरी केस की अपील की पैरवी के लिए आये हुए थे। मेरे छूटने की कहानी दूसरे स्थान पर बतलाई जा चुकी है।

मैनपुरी केस के कुछ फरार व्यक्तियों के छुटकारे के लिए भी सैण्ड्स साहब ने अपनी तरफ से पूरी कोशिश की। उन्होंने सबसे कहला दिया कि फरार व्यक्ति आत्म-समर्पण कर दें हम उन्हें छुड़वाने का प्रबन्ध कर देंगे। इस प्रकार से मैनपुरी के करीब-करीब सब क़ैदी कुछ शर्त पर छोड़ दिये गए। लेकिन एक व्यक्ति पंण्डित देवनारायणजी सैण्ड्स साहब से तो मिले लेकिन उन्होंने कोई शर्त कबूल नहीं की। तब सैण्ड्स साहब ने कहा कि मैं आपको गिरफ़्तार नहीं करूँगा।, क्योंकि आप अपनी खुशी से मेरे पास आए हैं। हम लोगों ने आपको नहीं ढूँढ़ा था। आपकी जहाँ खुशी हो, चले जा सकते हैं। मैं आपको चले जाने का काफी मौक़ा दूँगा। लेकिन मेरी सलाह है कि आप हमारी शर्त को मान लें।

आखिर में यह तय हुआ था कि पण्डित देवनारायणजी अपने स्थान पर जाकर रहेंगे; पुलिस उन्हें गिरफ़्तार नहीं करेगी; और इस बीच में सैण्ड्स साहब अपने ऊपर वालों से यह तय करेंगे कि पण्डित देवनारायणजी को बिना शर्त छोड़ दिया जा सकता है या नहीं; नहीं तो उन्हें भाग जाने का काफी मौक़ा दिया जाएगा। ऐसी सूरत में देवनारायणजी ने सैण्ड्स साहब से एक चिट्ठी ले ली थी जिसमें यह हिदायत थी कि पुलिस उन्हें गिरफ़्तार न करे। इसके बाद न तो उन्हें किसी ने गिरफ़्तार ही किया और न उन्हें कोई हुक्म ही मिला। आधुनिक भारत के इतिहास में इस प्रकार का शायद यही एक ऐसा दृष्टांत है और संभवत: सैण्ड्स साहब को छोड़कर आज तक ऐसा व्यवहार और किसी ने नहीं किया। लेकिन यह भी बात सच है कि असहयोग आंदोलन के सिलसिले में चौरी-चौरा में पुलिस की तरफ से जो बीभत्स काण्ड हुआ था, वह भी सैण्ड्स साहब के ही हुक्म से हुआ था लेकिन चौरा-चौरी के मामले में प्रजा की तरफ से भी पुलिस के ऊपर जो कुछ हुआ था उसी के कारण पुलिस वाले उत्तेजित हो गए थे, और इस उत्तेजना के आवेश में दोनों ही तरफ से ज्यादतियाँ हुईं।

खैर, कुछ भी हुआ हो, अण्डमान से लौटने के बाद एक दफा मुझे सैण्ड्स साहब से मिलने जाना ही था। गोरखपुर में आने के बाद जाँच करने पर मालूम हुआ कि सैण्ड्स साहब खुफिया विभाग से अलग होकर साधारण विभाग में डिप्टी इंस्पेक्टर जनरल के पद पर हैं और इस समय फैजाबाद में है। फैजाबाद में मेरे एक बड़े पुराने मित्र आचार्य नरेन्द्रदेव भी रहते थे। सैण्ड्स साहब से मिलने का मैंने यही अच्छा अवसर समझा। सैण्ड्स साहब से मिलने के बहाने नरेन्द्रदेवजी से भी मिल लूँगा।

मैं फैजाबाद चला गया और सैण्ड्स साहब से मिला। मुझे करीब दस मिनट तक एक कमरे में ठहरना पड़ा। बगल के कमरे में सैण्ड्स साहब एक डकैती के मामले की तहक़ीक़ात कर रहे थे। इतनी शान्तिपूर्वक बातचीत हो रही थी कि किसी को यह पता भी नहीं चल सकता था कि कमरे में कोई है भी। जब सैण्ड्स साहब हमसे मिले तो बड़ी भद्रतापूर्वक शिष्टाचार के साथ हाथ-में-हाथ मिलाकर मुझे अपने पास बैठाया और कहा कि रस्सी को एक तरफ आप लोग खींच रहे थे, और दूसरी तरफ हम लोग। अब रस्सी-खिंचाई खत्म हो गई। अब आगे चलकर क्या करने का इरादा है ? मेरी सलाह है कि खेती का काम करो, जो कुछ करो उसमें अगर मेरी मदद की ज़रूरत हो तो मुझे बतलाना मैं मदद करने के लिए तैयार हूँ।'' मैंने सैण्ड्स साहब से कहा था, ''मैं पढ़ना चाहता हूँ और आप इतना कर दीजिए कि मुझे किसी कॉलेज में भर्ती होने में दिक्कत न पड़े।'' मैंने देखा सैण्ड्स साहब को यह बात ज़्यादा पसंद नहीं आई। लेकिन मेरे मुँह पर तो उन्होंने यही कहा, ''मेरी मदद से यदि तुम कॉलेज में भर्ती हो सको तो मैं मदद करने के लिए तैयार हूँ। लेकिन कॉलेज के अधिकारियों पर मेरा कोई अधिकार नहीं है।'' मैंने कहा, ''पुलिस की तरफ से बाधा आने पर किसी कॉलेज में भर्ती नहीं किया जा सकता।'' सैण्ड्स साहब ने कहा, ''इतना हम कर देंगे कि पुलिस की तरफ से बाधा न आए।'' मैं मन-ही-मन समझ गया कि मेरे लिए कॉलेज में भर्ती होना आसान नहीं है। इसके बाद मैं नरेन्द्रदेवजी से मिलने चला गया। जब मैं सन् 1910 और 1911 में क्वींस कॉलेज में पढ़ता था, तभी से नरेन्द्रदेवजी से मेरी जान-पहचान है।

कई कारणों से मैं गौरखपुर छोड़ना चाहता था। मेरे तीसरे भाई जितेन्द्र ने जब बी॰ ए॰ पास कर लिया तब सभी ने सलाह दी कि जितेन्द्र को अब एम॰ ए॰ पढ़ना चाहिए। जितेन्द्र एम॰ ए॰ पढ़ने के लिए कतई राजी नहीं हुआ। संयोगवश जितेन्द्र को इलाहाबाद में एंग्लो-बंगाली मिडिल स्कूल में हेडमास्टरी मिल गई। जहाँ तक मुझे याद है, जितेन्द्र ने इस पद पर साल-भर तक काम किया। इसके थोड़े ही दिन पहले मैं कॉलेज में भर्ती होने के लिए इलाहाबाद आया था। मैंने म्योर सेण्ट्रल कॉलेज में नाम भी लिखा लिया था लेकिन दो ही दिन के बाद प्रिंसिपल साहब ने मुझे दफ्तर में बुलाया और कह दिया कि तुम इस कॉलेज में नहीं लिये जा सकते। मैंने सैण्ड्स साहब की दुहाई दी लेकिन कुछ बस न चला। मुझे कुछ खुशी भी हुई और कुछ दुःख भी हुआ। दुःख होना तो स्वाभाविक ही था, लेकिन मन-ही-मन खुशी भी इसलिए हुई कि चलो इम्तहान देने से छुट्टी मिली। कहीं फेल हो जाते तो दुर्दशा की सीमा न रहती। फिर कायस्थ पाठशाला के प्रिंसिपल डॉक्टर ताराचन्द से जाकर मिले। मालूम हुआ कि प्रिंसिपल ताराचनद लाला हरदयाल के साथी हैं एवं उनकी उनसे रिश्तेदारी भी है।

मैं जिन विषयों को साथ-साथ लेना चाहता था वे मुझे कायस्थ पाठशाला में नहीं मिले। फिर भी मैं भर्ती हो गया। लेकिन दो-चार दिन के बाद छोड़ दिया। कारण,

मुझे अभिप्रेत विषयों का संयोग न मिलने से पढ़ने में उत्साह नहीं मिला। संभव है, फेल होने का भय भी मन में छिपा हो।

इसी समय से मैंने सर्वान्तःकरण से क्रांतिकारी दल के पुनःसंगठन का काम प्रारंभ कर दिया। यह पहले ही बतला चुका हूँ कि अण्डमान से लौटते ही बनारस में हमारे पुराने साथी श्री जितेन्द्रचन्द्र मुकर्जी हम से आकर मिले। मैं जानता था कि जितेन्द्रचन्द्र मुकर्जी क्रांतिकारी दल मैं सम्मिलित नहीं होंगे। इन्हीं के छोटे भाई श्री धीरेन्द्रचन्द्र मुकर्जी इलाहाबाद में पढ़ते थे। ये बी॰ एस॰ सी॰ प्रशंसा के सहित पास करके अब एम॰ ए॰ में अर्थशास्त्र लेकर पढ़ने लग गए थे। उनमें अब राजनीतिक कार्यों में भाग लेने के लिए प्रबल उत्साह पैदा हुआ था। जितेन्द्र की तरह धीरेन्द्र भी इलाहाबाद में मुझसे मिलने आए। एक ग्राहक को पाकर दूकानदार जैसे खुश होता है या जैसे किसी चिड़िया को देखकर बाज प्रलुब्ध होता है, वैसे ही धीरेन्द्र को देखकर मैं मन-ही-मन में प्रसन्न हुआ और प्रलुब्ध हुआ। मैंने देखा कि सशस्त्र विप्लव आंदोलन के प्रति धीरेन्द्र का उतना उत्साह नहीं है। जितनी सहानुभूति उनकी अहिंसात्मक असहयोग के प्रति थी। फिर भी मैंने आशा नहीं छोड़ी। भविष्य में इनके बारे में बहुत कुछ कहना है इसलिए यहाँ पर इसकी उपक्रमणिका मात्र कर दी। जैसे किसी अच्छे ग्राहक को पाकर भी जब दुकानदार बिक्री नहीं कर पाता है या बाज जैसे अपने शिकार को सामने पाकर भी कभी-कभी चूक जाता है और विफल मनोरथ हो खिन्न होता है, उसी प्रकार धीरेन्द्र को अपने दल में सम्मिलित न कर पाने के कारण मैं मन में बहुत खिन्न हुआ। मैं गोरखपुर वापस आया।

कालेपानी जाने के पहले मैं एक प्रकार से छात्र-जीवन ही व्यतीत कर रहा था। कमाने की फिक्र नहीं थीं। घर का खाता था मनमाना काम किया करता था। अब कालेपानी से लौटने के बाद मैंने अपने को उम्र में भी कुछ बड़ा पाया और दायित्व-बोध भी मैं पहले से कहीं अधिक मात्रा में अनुभव करने लगा। जीवन में अब ही सर्वप्रथम मैंने यह अनुभव किया कि अपने भोजनाच्छादन के लिए अब मुझे अपने उपार्जन पर ही निर्भर करना पड़ेगा। मेरी अवस्था इस समय करीब सत्ताईस वर्ष की थी। अर्थोपार्जन के लिए आज तक मैंने अपने को तैयार नहीं किया था, अब मुझे एक तरफ तो अर्थोपार्जन रूपी संकट का सामना करना पड़ रहा था, दूसरी तरफ मेरा यह प्रबल आग्रह था कि मैं अपने जीवन के स्वप्न को वास्तविक जगत् में रूप दान करूँ। अण्डमान से लौटने के बाद भी वही समस्या और भी कठिन एवं गंभीर रूप में जीवन-पथ में आकर खड़ी हुई है।

इसी समय सैकड़ों की संख्या में बंगाल के नजरबंद क़ैदी छूटने लगे। इन सब के सामने भी यही समस्या थी। कलकत्ता हाईकोर्ट के प्रसिद्ध बैरिस्टर श्रीयुत बी॰ सी॰ चटर्जी ने इस समस्या को हल करने के लिए कुछ रुपए इकट्ठे किए थे। एक बड़ा-सा मकान किराए पर लिया गया था। राजबंदीगण मुक्त हो होकर इस मकान में

आकर ठहरते थे। दोनों समय भोजन का अच्छा प्रबन्ध था। यहाँ पर महीना-पंद्रह दिन तक लोग ठहर सकते थे। बंगाल के विभिन्न जिलों से राजबंदी यहाँ आकर ठहरते थे। श्रीयुत बी॰ सी॰ चटर्जी साहब एवं यंगमेन्स क्रिश्चियन एसोसिएशन की तरफ से यह व्यवस्था की गई थी। आगे चलकर अर्थोपार्जन के लिए भी इनकी तरफ से सहायता मिलती थी। अखबार में ये सब बातें पढ़कर मैं भी बेनियापुकुर लेन में स्थित इस मकान में आकर उपस्थित हुआ। बंगाल के तमाम राजबंदियों से यहाँ पर मिलने का अवसर मिला। यहाँ पर बीसियों राजबंदी ऐसे मिले जिनको देखकर मन में किसी प्रकार की भी आशा का संचार नहीं हुआ। एक ही समय में इस मकान में कम-से-कम पचास राजबंदी ठहरते थे। सब जगह मैं घूम-घूमकर देखा करता था कि ये राजबंदी किस तरह जीवन व्यतीत कर रहे हैं, क्या सोचते हैं, क्या बातें करते हैं इनमें से अधिकांश को मैने ऐसा पाया कि इनके बारे में मैं यही सोचता रहा कि आखिर यह क्यों और कैसे राजबंदी हुए थे। बहुतेरे पुराने साथियों से भी मैं मिला, भविष्य के बारे में बहुत बातचीत भी हुई, लेकिन सबके सामने वही कठिन समस्या थी जो कि मेरे सामने थी। फिर भी मैंने यह अनुभव किया कि जैसे प्रबल बाढ़ के कारण स्रोतस्विनी नदी का पानी प्रचण्ड वेग से बहकर ग्राम और जनपद में बाधा पाकर ठहर जाता है, उसी प्रकार से विप्लववाद का प्रबल प्रवाह अभी थोड़ी देर के लिए बाधा पाकर ठहर गया है। समय और अवसर मिलने पर जिस प्रकार बाँध के टूटने पर बाढ़ आ जाती है उसी प्रकार बाढ़ के कारण गृहस्थ विस्थापित हो जाता है और कहीं ठहरने का आश्रय ढूँढ़ा करता है उसी प्रकार से मुक्ति पाकर विप्लववादी राजबंदीगण जन-कोलाहलपूर्ण संसार में आकर अपने को नितान्त आश्रयहीन अनुभव कर रहे थे। कहीं पर टिकने का, ठहरने का स्थान ढूँढ़ रहे थे।

पिछले युग में जो लोग विप्लववादी आंदोलन के कर्णधार थे, जैसे वारीन्द्र और उपेन्द्रनाथ उनके समान बुद्धि-शक्ति सम्पन्न, विचारशील, प्रतिभावान, मस्तिष्क परिचालन में तत्पर, शक्तिशाली लेखक एवं कार्यकुशल नेता मैंने अपने युग में और किसी को नहीं देखा। अण्डमान में बैठे हुए एक दिन वारीन्द्र ने परिपूर्ण अवज्ञा के शब्दों में तिरस्कारपूर्वक आँख-मुँह बनाकर यह कहा था : 'जो रास्ता मैंने एक मर्तबा दिखलाया, बंगाल आज भी इतने दिनों तक उसी एक रास्ते का अनुसरण करता आया। आज भी बंगाल के विप्लववादी कोई नया रास्ता नहीं निकाल पाए।'' बात कुछ ज़्यादा झूठ न थी।

अभी मेरे पुराने साथियों में से सब नहीं छूटे थे। जो लोग छूट गए थे। उनसें मैं मिला। लेकिन मुझे संतोष नहीं हुआ। पहली बात तो यह थी कि जिनसे मैं मिला, वे पुराने कार्यकर्ता तो अवश्य थे, लेकिन मेरे साथ उनके ताल्लुकात गहरे न थे।

जब मैं अण्डमान से छूटकर आया था तो श्रीयुत बी॰ सी॰ चटर्जी साहब ने मुझसे एक बात कही थी जिसका उल्लेख यहाँ कर देना आवश्यक है। मैंने अण्डमान

से एक चिट्ठी में ऐसा लिखा था कि यदि ब्रिटिश सरकार भारतवासियों को यथार्थ में यह मौका देती है कि हम अपने देश की भलाई के लिए जो ठीक समझें उसे कर सकें तो गुप्त षड्यंत्र के द्वारा खून-खराबी के रास्ते से आग को लेकर हम खिलवाड़ क्यों करें। चटर्जी साहब ने मुझसे यह कहा था कि "ब्रिटिश सरकार सचमुच ऐसा अवसर हमें देगी इसलिए अब तुम्हारा कर्त्तव्य है कि सच्चे दिल से माण्टेंगू के सुधार को लेकर काम करो और गुप्त षड्यंत्र के रास्ते को त्याग दो। इसी आशा से और इसी विश्वास से सरकार ने तुम्हें छोड़ दिया है।" मैंने जवाब में यह कहा था कि "विनायक दामोदर सावरकर ने भी तो अपनी चिट्ठी मे ऐसी ही भावना प्रकट की थी जैसी कि मैंने की है तो फिर सावरकर को क्यों नहीं छोड़ा गया और मुझी को क्यों छोड़ा गया ? यदि आपकी बात सत्य होती तो सावरकर को भी छोड़ना चाहिए था। मैं तो यह समझता हूँ कि मेरे छूटने और सावरकरजी के न छूटने में दो बातें है। एक तो यह कि बंगाल के जनमत ने मेरे जैसे राजनीतिक बंदियों को छुड़ाने के लिए प्रबल आग्रह किया था। राजबंदियों की रिहाई के मूल में यही बात बहुत बड़ी थी। लेकिन महाराष्ट्र में उतना तीव्र आंदोलन नहीं हुआ जैसाकि बंगाल में हुआ। दूसरी बात सावरकर के न छूटने में यह थी कि सावरकरजी और उनके दो-चार साथियों की गिरफ़्तारी के बाद महाराष्ट्र में क्रांतिकारी आंदोलन समाप्त-सा हो गया था इसलिए सरकार को यह डर था कि यदि सावरकर इत्यादि को छोड़ दिया जाय तो ऐसा न हो कि फिर महाराष्ट्र में क्रांतिकारी आंदोलन प्रारंभ हो जाए। इसके अतिरिक्त एक बात यह भी थी कि सावरकरजी के द्वारा इंग्लैंड के एक अंग्रेज की हत्या हुई थी। इस पर ब्रिटिश सरकार को विशेष क्रोध था। राजबंदियों की मुक्ति के समय सरकार ने यह नीति बना ली थी कि जिन पर किसी की हत्या करना या डकैती करने का अपराध लगाया गया था उन्हें न छोड़ा जाय। इस नीति के अनुसार भी सावरकर नहीं छोड़े जा सकते थे। कारण उन पर हत्या करने का अपराध लगाया गया था।" चटर्जी साहब ने इस पर यह कहा था कि "बात असल में यह है कि मरहठों के ऊपर अंग्रेजों का बिल्कुल विश्वास नहीं है। बंगालियों के ऊपर अंग्रेजी सरकार यह भरोसा कर रही है कि बंगाली जैसा कहेंगे, वैसा करेंगे लेकिन मरहठे ऐसा कभी नहीं कर सकते।" इस बात को सुनकर मैंने मन-ही-मन कुछ लज्जा अनुभव की। और हँसा भी । लज्जा इसलिए अनुभव की राजनीतिक दृष्टि से चटर्जी साहब महाराष्ट्र को उच्च स्थान दे रहे थे और बंगालियों को भ्रम से ऐसा स्थान दे रहे थे कि राजनीतिक दृष्टि से दूरदर्शितापूर्ण नहीं कह सकते। हँसा इसलिए कि चटर्जी साहब भी समझ रहे हैं कि अंग्रेज सरकार हमें अपने आदर्श को प्राप्त करने के लिए पूर्ण अवकाश देगी। मैं जानता था कि ब्रिटिश सरकार कभी भी यह मौक़ा नहीं देगी इसलिए हमें अवश्य क्रांति का मार्ग ग्रहण करना ही पड़ेगा और खुले तौर पर मैने चटर्जी साहब से यह कहा भी

था कि यदि ब्रिटिश सरकार हमें पूरा मौक़ा देती है, अपने देश को उस सीमा तक पहुँचाने के लिए जिस सीमा तक अंग्रेजों ने अपने देश में अपने राष्ट्र को पहुँचाया है तभी एकमात्र उसी अवस्था में ही यह बात भी सही होगी कि सशस्त्र क्रांति के मार्ग को छोड़कर भी हम आगे बढ़ सकते हैं।

अबकी बार फिर जबकि मैं बेनियापुकुर के मकान में ठहरा हुआ था तो चटर्जी साहब ने मेरी बातचीत हुई थी। चटर्जी साहब मुझे यह समझाते थे कि हम किसी एक स्थान को चुन लें और वहाँ पर स्थिर जम जाएँ। उसी स्थान को केन्द्र मानकर राजनीतिक सुधार के द्वारा जो अवसर प्राप्त हों, उनका पूर्ण उपयोग हम सब करें। चटर्जी साहब की मनोवृत्ति को समझने के लिए उस समय के राजनीतिक वातावरण को समझना नितांत आवश्यक है। क्रांतिकारी मनोवृत्तिवालों की भी परिस्थिति को समझने के लिए इस बात को समझ लेना नितांत आवश्यक है।

6

चेम्सफोर्ड सुधार और असहयोग

जेल में बैठे हुए भी हम यह देख रहे थे कि माण्टेगू-चेम्सफोर्ड सुधार के बारे में हमारे नेताओं में तीन प्रकार की मनोवृत्ति दिखाई दे रही थी। एक तो मदनमोहन जी मालवीय इत्यादि नरम मानोवृत्तिवाले नेतागण यह चाहते थे कि बिना किसी प्रकार की कोई उलझन पैदा किये पूर्ण शक्ति से इस सुधार को को काम में लाया जाय। दुसरी मनोवृत्ति में कुछ नेता यह चाहते थे कि इस सुधार को एकदम ठुकरा दिया जाय। तीसरी मनोवृत्तिवाले कुछ ऐसे नेता भी थे जोकि इस नए सुधार से फायदा तो उठाना चाहते थे लेकिन वे यह भी चाहते थे कि पूर्ण स्वतन्त्रता के आदर्श को प्राप्त करने के लिए भी राजनीतिक आंदोलन को ऐसे मार्ग पर चलाया जाये जिससे देशवासी इस नये सुधार से संतुष्ट न होकर आगे बढ़ने के लिए तैयार हों।

जेल में बैठे-बैठे विभिन्न प्रदेश के राजबंदियों में यह होड़ लगी रहती थी कि कौन-सा प्रांत सबसे उग्र मनोवृत्ति का परिचय देता है, अर्थात् माण्टेगू-चेम्सफार्ड के सुधार को कौन-सा प्रांत सबसे उग्र रूप में ठुकराता है। इस बात को देखने के लिए अण्डमान के राजबंदियों में विशेष उत्सुकता रहती थी। कभी-कभी क्रांतिकारी होने पर भी हम यह भूल जाते थे कि इन नये सुधारों को ठुकरा देना एक बात है और उनका सदुप्रयोग करना और बात हैं

अण्डमान से लौटकर हमारे सामने वही प्रश्न फिर आ खड़ा हुआ। बी० सी० चटर्जी साहब उन व्यक्तियों में से थे जो क्रांतिकारी आंदोलन की आवश्यकता समझते थे, लेकिन इन नए सुधारों को ठुकरा देना नहीं चाहते थे। महात्मा गांधी एक समय बिल्कुल मॉडरेट थे, लेकिन समय के फेर से वे क्रमशः मॉडरेट नीति को त्याग रहे थे। संभव है आज भी महात्मा गांधी मॉडरेट मनोवृत्ति को सम्पूर्ण तथा त्याग नहीं पाए

हों। सी॰ आर॰ दास क्रांतिकारी न होने पर भी क्रांतिकारियों के प्रति गहरी सहानुभूति रखते थे। उन्हें यह सहानुभूति जितनी उनके त्याग को देखकर होती थी उतनी ही राजनीतिक दृष्टि से भी होती थी, क्योंकि वे यह समझते थे कि क्रांतिकारी आंदोलन के कारण भारत के दूसरे सब आंदोलनों को बल पहुँचता है। तिलक और सी॰ आर॰ दास करीब-करीब एक ही मनोवृत्ति के थे। सी॰ आर॰ दास को अभी राजनीति में आये हुए थोड़े ही दिन हुए थे। अलीपुर बम केस में श्री अरविन्द घोष की पैरवी करते समय उनमें कुछ-कुछ क्रांतिकारी भावनाएँ आने लगी थीं।

तिलक और दास माण्टेगू-चेम्सफोर्ड सुधारों को ठुकराना भी नहीं चाहते थे और उसे पूर्ण रूप से स्वीकार भी नहीं करना चाहते थे। मोतीलालजी तो पहले मॉडरेट थे लेकिन उनके ऊपर उनके पुत्र का प्रभाव क्रमशः बढ़ रहा था। इन सब विभिन्न नेताओं की परस्पर विरोधी मनोवृत्ति के संघर्ष में आकर भारत की राजनीति एक विचित्र मार्ग पर चल पड़ी थी। महात्मा गांधी की मनोवृत्ति न तब क्रांतिकारी थी और न अब ही है। लेकिन उनके महान् व्यक्तित्व के कारण भारत की राजनीति पर उन्हीं का प्रभाव सबसे अधिक है।

महात्मा के नेतृत्व में यह तय हो गया कि माण्टेगू-चेम्सफोर्ड सुधार एकदम ठुकरा दिया जाय। बंगाल के क्रांतिकारियों में से अधिकांश की यह राय थी इस नये सुधार को जहाँ तक हो सके, काम में लाया जाय। बी॰ सी॰ चटर्जी की भी यही राय थी। लेकिन इस समय मुक्त राजबंदीगणों ने एक साथ बैठकर किसी नीति का निर्णय नहीं किया था। अभी कुछ प्रभावशाली क्रांतिकारी नेता मुक्त नहीं हुए थे। भारत के राजनीतिक आंदोलन का नेतृत्व इसी समय से क्रमशः महात्मा गांधी के हाथ में अनिवार्य रूप से जा रहा था। क्रांतिकारीगण इस बात को पसंद नहीं कर रहे थे। सी॰ आर॰ दास भी महात्माजी के पक्ष में नहीं थे। तिलक, पाल सी॰ आर॰ दास, लाजपतराय इत्यादि पुराने गर्म दल के नेतागण महात्माजी के साथ नही थे।

अण्डमान से लौटने के बाद मैंने उत्तर भारत में जो क्रांतिकारी आंदोलन की सृष्टि की थी उसको समझने के लिए एक ओर तो उस समय की राजनीतिक परिस्थिति को समझना आवश्यक है, दूसरी ओर कुछ ऐसी बातें है जिनका बिना समझे 1920 के बाद के विप्लववादी आन्दोलन को समझना कुछ कठिन है । इसका कारण यह है कि भारत का विप्लववादी आन्दोलन किसी एक ही संस्था के द्वारा परिचालित नहीं हो रहा था । सन् 1920 के बाद मैंने किसी तरह से फिर क्रान्तिकारी आन्दोलन के कार्य को हाथ में लिया, इसको समझने के लिए यह जानना भी आवश्यक है कि मैंने किसी पुरानी संस्था के साथ मिलकर काम किया या नहीं, और यदि किसी संस्था के साथ मैंने सहयोग किया तो उस संस्था के बारे में भी कुछ बातें जान लेना आवश्यक है । इसके अतिरिक्त यह भी समझ लेना चाहिए कि भारत के गुप्त

आन्दोलन में भी कुछ दलबन्दियाँ थीं और इन दल बन्दियों के कारण मनुष्य के चरित्र में कितनी त्रुटियाँ अनिवार्य रूप से आ जाती हैं । इसका परिचय मिलने से भी कुछ लाभ होगा ।

अब थोड़ी-सी पुरानी बातें बतला देना आवश्यक है । 1908 में कलकत्ता में मेरे पूज्य पिताजी की मृत्यु हुई थी । सन् 1909 से मैं बनारस में रहने लग गया। जब मैं कलकत्ता में रहता था तभी प्रसिद्ध अनुशीलन समिति की कलकत्ता शाखा में भरती हो गया था । बनारस में आकर मैंने इस समिति की एक शाखा अपने यहाँ खोल दी । इस अनुशीलन समिति का इतिहास लिखने की आवश्यकता यहाँ नहीं हैं । इतना ही कह देना पर्याप्त है कि बंगाल की अनुशीलन समिति की दो शाखाएँ थीं– एक का केन्द्र था ढाका, दूसरी का केन्द्र था कलकत्ता। मैं कलकत्ता केन्द्र के अंतर्गत था। बनारस में जब मैं इस समिति की शाखा खोल चुका था तो पहले अलीपुर कॉन्सपरेसी के बाद बंगाल की सरकार ने इस समिति को अनियमित घोषित कर दिया था। इसलिए हमें भी बनारस की समिति का नाम बदल देना पड़ा। अनुशीलन समिति से बदलकर अब इसका नाम हो गया युवक सम्मेलन। लेकिन भीतर-ही-भीतर मैं कलकत्ता की अनुशीलन समिति से सम्बन्ध रखना चाहता था। लेकिन घटना-चक्र के फेर में ऐसा हो नहीं पाया।

उधर वारीन्द्र आदि के प्रयत्न विफल हो जाने के बाद उसी संस्था के जो अवशिष्ट आदमी थे उनके कार्यक्रम का केन्द्र कलकत्ता के पास फ्रांसीसी बस्ती चन्द्रनगर बन गया था। इस केन्द्र से आजकल के प्रसिद्ध नेता श्री रासबिहारी बोस देहरादून पहुँचे। श्री रासबिहारी अपनी कार्यकुशलता के द्वारा पंजाब में एक अच्छा दल बना चुके थे।

ढाका अनुशीलन समिति के नेता श्री पुलिनबिहारीदास थे। पुलिनबिहारी को सात साल की कालेपानी की सजा हो गई थी। पुलिनबिहारी के बाद ढाका अनुशीलन समिति के जो लोग नेता के स्थान में काम कर रहे थे, उन्होंने अपने काम की गरज से चन्द्रनगर के दल के साथ सहयोग से काम करना प्रारंभ कर दिया। इस समय चन्द्रनगर दल के नेता थे श्री शिरीषचन्द्र घोष और मोतीलाल राय। ढाका अनुशीलन समिति मोतीलाल राय के साथ मिलकर काम तो करती थी लेकिन उस समिति के नेतागण अपने दल के संगठन को सम्पूर्ण रूप से स्वतंत्र रखे थे। चन्द्रनगर का दल बंगाल में कुछ बड़ा न था। लेकिन रासबिहारी ने पंजाब में अपना पूरा-पूरा संगठन किया था।

संयोगवश घूमते-घूमते मैं चन्द्रनगर के दल में आकर शामिल हो गया था। मैं पछाँह में रहता था इसलिए रासबिहारी के अधीन मुझे रखा गया। श्री रासबिहारी एक अत्यन्त कार्यकुशल नेता थे। चन्द्रनगर में बम बनाने का केन्द्र था, इन सब कारणों से

ढाका अनुशीलन समिति के साथ रासबिहारी का अत्यन्त घनिष्ट सम्बन्ध हो गया था और रासबिहारी के जरिये से ढाका अनुशीलन समिति के मुख्य-मुख्य कार्यकर्त्ताओं के साथ मेरा भी घनिष्ट परिचय हो गया था। यह सब होने में समय लगा था। ढाका अनुशीलन समिति के साथ चन्द्रनगर के दल का जो सहयोग हो रहा था उसकी एक शर्त यह थी कि उत्तर भारत में ढाका समिति स्वतंत्र रूप से अपने किसी आदमी को नहीं भेजेगी। उत्तर भारत में जो काम होगा उसका समस्त उत्तरदायित्व रासबिहारी के साथ ही रहेगा, ढाका के साथ नहीं। मैं ढाका समिति के कुछ सदस्यों के जरिए से चन्द्रनगर के दल में आ पहुँचा। ऊपर कही शर्त के अनुसार मुझे भी रासबिहारी के अधीन रहकर काम करना पड़ा।

उस समय ढाका अनुशीलन समिति के सबसे बड़े-बड़े कार्यकर्त्ता थे : श्री प्रतुलचन्द्र गंगोली, श्री त्रैलोक्यनाथ, श्री नरेन्द्रनाथ सेन, श्री रमेशचन्द्र आचार्य, श्री रमेशचन्द्र चौधरी और श्री नलिनीकिशोर गुह। इनमें से एक नरेन्द्रसेन को छोड़कर और सबसे मैं खूब परिचित था।

अण्डमान में जाने के पहले गिरफ़्तारी के दिन तक, मेरे साथ ढाका अनुशीलन समिति का अच्छा सहयोग था। यह बात तो थी कि रासबिहारी के जापान चले जाने के बाद ढाका अनुशीलन समिति के बचे-बचाए नेताओं ने अपनी सब बातें मुझे बता दी थीं। लेकिन उनके आचरण से मुझे यह अनुभव हो रहा था कि मुझे पूर्ण रूप से अपनी सब बातें बताने में ये धीरे-धीरे क्रमशः आगे बढ़ रहे थे। अतः उत्तर भारत का दल और ढाका अनुशीलन समिति क्रमशः एक-दूसरे के साथ अधिक-से-अधिक सहयोग करने के लिए आगे बढ़ रहे थे। ऐसी अवस्था में ही मैं गिरफ़्तार हो गया था। अब अण्डमान से लौटने के बाद ढाका समिति के नेताओं के साथ भली प्रकार से विचार-विमर्श करने के पहले मैं, कोई अलग कार्यक्रम बनाना नहीं चाहता था।

बनारस केस में गिरफ़्तार होने के बहुत पहले भी मैंने बहुत दफा बंगाल के विभिन्न क्रांतिकारी दलों को मिलाने की बहुत चेष्टा की थी, लेकिन कृतकार्य नहीं हुआ था। अब अण्डमान से लौटने के बाद भी मैंने फिर चाहा कि भारत के समस्त क्रांतिकारी दल एक साथ मिलकर एक शक्तिशाली संगठन बनाएँ। बेनियापुकुर के मकान में रहते समय बंगाल के विभिन्न क्रांतिकारी नेताओं के साथ मैं मिलता रहा। दूसरे दलों के प्रमुख नेताओं में से मैं जिन्हें अच्छी तरह से जानता था, वे थे श्री जदुगोपाल मुकर्जी, श्री विपिनचनद्र गंगोली, श्री मनोरंजन गुप्त, श्री अरुणचन्द्र गुह इत्यादि। उस समय बंगाल के प्रसिद्ध क्रांतिकारी श्री यतीन्द्रनाथ मुकर्जी के अधीन काम कर रहे थे। अण्डमान से छूटने के बाद मैं इन सब परिचित नेताओं से मिला था।

एक तरफ महात्मा गांधी अपने सत्याग्रह आंदोलन के लिए तैयारी कर रहे थे। दूसरी तरफ बंगाल के क्रांतिकारी नेतागण अपने लेख और पुस्तकादि द्वारा क्रांति की

भावना फैलाने का प्रयत्न कर रहे थे। श्री अरविन्द के बाद बंगाल में उल्लेख-योग्य नेता खुले आंदोलन में और कोई नहीं रह गए थे। सी० आर० दास, विपिनचन्द्रपाल, व्योमकेश चक्रवर्ती और कुछ हद तक बी० सी० चटर्जी और श्याम सुन्दर चटर्जी भी खुले आंदोलन में यथाशक्ति भाग ले रहे थे। उधर महाराष्ट्र में तिलक एवं पंजाब में लाला लाजपतराय जीवित थे। श्री मदनमोहन मालवीय की गिनती नरम दल वालों में थी। पंण्डित जवाहरलाल नेहरू क्रमशः आंदोलन में भाग लेने लगे थे। पुत्र के प्रभाव के कारण मोतीलाल नेहरू भी क्रमशः उग्रदल की तरफ झुकने लगे थे।

मेरी गिरफ़्तारी के पहले ही महात्माजी भारत में आ चुके थे। उन्होंने खुले आम क्रांतिकारियों से यह आवेदन किया था कि वे गुप्त मार्ग को छोड़कर यदि महात्माजी के मार्ग में आ जाएं तो देश का बहुत कल्याण हो। सन् 1919 के सत्याग्रह आंदोलन के बाद भारत के राजनीतिक क्षेत्र में महात्माजी ने अपना एक विशिष्ट स्थान प्राप्त कर लिया था। जलियाँवाला बाग की घटना के बाद मोतीलाल नेहरू भी क्रमशः महात्माजी की तरफ झुक गए थे।

महात्मा के व्यक्तित्व चरित्र के साथ न सी० आर० दास का ही मुकाबला हो सकता था और न मोतीलाल नेहरू का ही। उनके मुकाबले में विशिष्ट चरित्रवान नेता अगर कोई थे तो वे लोकमान्य तिलक और लाला लाजपतराय ही थे। विपिनचन्द्रपाल का प्रभाव उनकी व्यक्तिगत दुर्बलता के कारण बहुत घट रहा था। इंग्लैंड से लौटने के बाद उनकी जो गिरफ़्तारी हुई और उस गिरफ़्तारी के समय पालजी ने जो दुर्बलता दिखलाई इसके कारण उनका नेतृत्व समाप्त सा हो रहा था। सी० आर० दास में कुछ विशेषताएँ थीं जो क्रमशः परिस्फुट होने लगीं।

श्रीयुत सी० आर० दास एक ओर बड़े भारी बैरिस्टर थे, दूसरी ओर वे बड़े ही हृदयवान व्यक्ति थे। एक तरफ जैसे उन्होंने लाखों रुपये कमाए, दूसरी तरफ वैसे ही उन्होंने दान में, दुःखी जनों की सहायता में, एवं भोग-ऐश्वर्य में भी अपनी कमाई खूब खर्च की। उनके पिता बारह हज़ार रुपया कर्ज रखकर दुनिया से चल बसे थे। कर्जदां सी० आर० दास ने ईमानदारी की गरज से, इंसानियत के तकाजे के कारण, विलायत में अपना अध्ययन समाप्त करने के बाद स्वदेश में लौटकर कर्जदारों का तमाम रुपया धीरे-धीरे वापस कर दिया। सी० आर० दास के चरित्र में जो दृढ़ता एवं बल था उसके मूल में पराये दुख से कातर होना एवं न्यायनिष्ठा थी, और उसके साथ अपने संकल्प को कार्यरूप में परिणत करने की प्रबल शक्ति भी थी। पहले अलीपुर बम कॉन्सपरेसी केस के समय श्री अरविन्द की पैरवी करते हुए भारत के क्रांतिकारी आंदोलन के साथ सी० आर० दास का कुछ परिचय हुआ था।

यदि चाहते तो श्री बी० सी० चटर्जी भी सन् 1920 से बंगाल के प्रसिद्ध नेता बन जाते, लेकिन चटर्जी साहब राजनीतिक क्षेत्र में सी० आर० दास की तरह अवतीर्ण

नहीं हुए। श्री अरविन्द के बाद बंगाल में सी॰ आर॰ दास ने ही राजनीतिक आंदोलन को अपने हाथ में लिया।

बंगाल के खुले आंदोलन के प्रमुख नेतागण भरतीय क्रांतिकारी आंदोलन के निंदक नहीं थे। क्रांतिकारी आंदोलन के आतंकवाद के प्रति अंतर में सहानुभूति रखते हुए भी ये लोग खुले तौर पर आतंकवाद की निन्दा तो करते थे, लेकिन कटूक्ति नहीं करते थे। स्पष्ट मालूम होता था कि इन लोगों की सहानुभूति क्रांतिकारी दल के प्रति है। और कभी-कभी तो क्रांतिकारी को फाँसी होने के अवसर पर खुले आंदोलन के ये नेता इस प्रकार से समवेदना के साथ वीरत्व की मर्यादा को अक्षुण्ण रखते हुए ऐसी ही आलोचना करते थे जिसके परिणामतः क्रांतिकारी भावना को प्रोत्साहन ही मिलता था।

भारत के दूसरे प्रांतों में अभी तक खुला राजनीतिक आंदोलन कहने लायक कुछ भी नहीं हुआ था। संभवतः स्वर्गीय लाजपतराय के कारण पंजाब प्रांत बंगाल को छोड़कर भारत के अन्य प्रांतों से अधिक जागृत था। इसलिए हम देखते हैं कि पंजाब में क्रांतिकारी आंदोलन जैसा पनपा ऐसा और किसी प्रांत में नहीं पनपा। बम्बई प्रांत में राजनीतिक जागरण यथेष्ट था। लेकिन लोकमान्य तिलक के बाद बम्बई प्रांत में किसी उपयुक्त नेता का आर्विभाव नहीं हुआ। लोकमान्य तिलक छः साल तक मण्डला में क़ैद रहे। इस बीच महाराष्ट्र और गुजरात ने भारत के राजनीतिक आंदोलन में विशेष महत्त्वपूर्ण भाग नहीं लिया। उद्योग-धन्धों की उन्नति बम्बई प्रांत में जैसी थी ऐसी और किसी प्रांत में नहीं थी। लोकमान्य तिलक के नेतृत्व में महाराष्ट्र भारत के दूसरे प्रांतों से पीछे नहीं था। लेकिन तिलक के बाद उपयुक्त नेता न रहने के कारण महाराष्ट एवं गुजरात की अग्रगति रुक-सी गई। युक्त प्रांत में अभी पण्डित जवाहरलालजी का अभ्युदय नहीं हुआ था। बिहार में अभी तक न कोई राजनीतिक आंदोलन ही हुआ था और न किसी प्रभावशाली नेता का ही आविर्भाव हुआ था। सम्भवतः बिहार प्रांत भारत में सबसे पिछड़ा हुआ प्रांत था। मद्रास प्रांत की हालत भी बिहार से कुछ अधिक अच्छी न थी।

लेकिन जबसे महात्माजी राजनीतिक क्षेत्र में अवतीर्ण हुए, भारत की हालत एकदम पलट गई। अभी तक राजनीतिक और क्रांतिकारी आंदोलन के कारण भारत में थोड़ी बहुत जागृति हो चुकी थी। अण्डमान जाने के पहले युक्त प्रांत के शहर के आस-पास के देहातों में भी श्री अरविन्द का नाम मैंने सुना था। बम पार्टी के नाम से भारत के क्रांतिकारी आंदोलन का परिचय जन साधारण को प्राप्त हो चुका था।

इसके अतिरिक्त यूरोपियन महायुद्ध के कारण भी संसार-भर की हवा पलट गई थी। भारत में भी आम जनता में इसका असर पहुँचा। इस अभूतपूर्व परिवर्तन का परिचय तब मिला जब महात्मा गांधी अपने कार्यक्रम को लेकर भारत के राजनीतिक क्षेत्र में कूद पड़े।

महात्मा गांधी भारत के क्रान्तिकारियों के प्रति विशेष रूप से आकृष्ट हुए थे। इनके त्याग और इनके साहस से महात्मा जी समझ गए थे कि ऐसे ही त्याग और साहस के साथ यदि भारत के राजनीतिक नेतागण कार्यक्षेत्र में अवतीर्ण न हुए तो उनके काम का असर प्रजा या सरकार पर कुछ भी नहीं पड़ेगा। क्रान्तिकारी आन्दोलन को दबाने के लिए रौलट कमेटी की एक भीषण योजना प्रकाशित हो चुकी थी। महात्मा गांधी ने इस आयोजना के विरुद्ध तीव्र रूप से आन्दोलन शुरू किया। इस आन्दोलन को शुरू करने से पहले चम्पारन में महात्माजी ने अपनी शक्ति की परीक्षा कर ली थी। देखने में और कार्य में भी बिहार प्रान्त भारत में सबसे पिछड़ा हुआ प्रान्त था। चम्पारन बिहार प्रान्त में ही था। इस चम्पारन के जिले में महात्माजी ने सर्वप्रथम सक्रिय किन्तु शान्त विप्लव प्रारम्भ किया था, और यहीं देखा गया कि जिस प्रान्त को पिछड़ा हुआ समझा गया था वह भी महात्माजी के नेतृत्व में सुप्रतिष्ठित ब्रिटिश साम्राज्य के विरुद्ध विद्रोह करने के लिए तैयार हो गया। महात्माजी ने अपने आत्म-चरित्र में इस बात को स्वीकार किया है कि सन् 1919 में पहली दफा व्यापक रूप में सत्याग्रह आरम्भ करने के पहले महात्माजी पंजाब नहीं गए थे एवं उस प्रदेश में उन्होंने अपने आंदोलन का कोई प्रचार भी नहीं किया था इसलिए महात्माजी ने यह आशा नहीं की थी कि पंजाब देश में भी उनका सत्याग्रह आंदोलन जरा भी जोर पकड़ेगा। ये बातें महात्माजी की आपबीती में मिलेंगी। युक्त प्रांत में भी महात्मा ने अपने सिद्धांत का कुछ भी प्रचार नहीं किया था। मुझे याद है, मेरे अण्डमान जाने के पहले मोतीलालजी ने इलाहाबाद में महात्माजी के South Africa (दक्षिण अफ्रीका) आंदोलन के सिलसिले में सभा की थी। उस सभा में न अधिक आदमी आये थे और न कोई जोश दिखलाई दे रहा था। लेकिन महायुद्ध के बाद महात्मा जी अब अपने नवीन कार्यक्रम को लेकर मैदान में कूद पड़े तो समग्र भारत में उनके आह्वान की सजीव प्रतिध्वनि सुनाई पड़ी। महात्माजी ने स्वीकार किया है कि समग्र भारत ने जिस प्रकार से महात्माजी के आह्वान का उत्सुकता के साथ प्रत्युत्तर दिया उसकी आशा उन्हें न थी। समग्र देश मानो उपयुक्त नेता की अपेक्षा कर रहा था। महात्माजी जैसे महान् नेता यदि कार्यक्षेत्र में अवतीर्ण न होते तो शायद ही भारत में आज जैसी जागृति होती। उपयुक्त नेतृत्व के कारण भारत की जन-शक्ति का परिचय मिला।

महात्माजी के आंदोलन के प्रारंभ होने के पहले ही भारत की जनता में जागृति पैदा हुई थी। और यह जागृति उत्तरोत्तर ब्रिटिश सरकार के विरुद्ध उग्र से उग्र रूप धारण कर रही थी। यदि महात्माजी की तरह महाप्रतिभावान नेता भी जनता के इस रुख के विरुद्ध जाते तो उन्हें भी पराजय स्वीकार करनी पड़ती। इस बात का भी प्रमाण महात्माजी की आपबीती में ही है। जिस चम्पारन जिले में जब महात्माजी ने अंग्रेज सरकार को मदद देने की गरज से अपने आदमी भेजे तो जनता ने महात्माजी का साथ

नहीं दिया। यहाँ तक कि महात्माजी के आदमियों को गाँव-गाँव जाने के लिए कोई सवारी तक नहीं मिली। अर्थात् जनता में जागृति हो चुकी थी। महात्माजी ने उस जागृति से लाभ उठाया और भारत का प्रभूत कल्याण किया। भारत के अन्य नेतागण ऐसा नहीं कर पाए। यही महात्माजी की एक महान् विशेषता है।

1919 के व्यापक सत्याग्रह आंदोलन के परिणामतः अमृतसर में जलियाँवाला बाग का नृशंस गोली कांड हो गया। समस्त सभ्य संसार स्तब्ध रह गया। अंग्रेजों के साथ अमेरिकनों की सन्धि थी। ऐसी परिस्थिति में ही भारत के हम बहुत-से राजबंदी मुक्त किये गए। इसी परिस्थिति में अण्डमान से मुक्त होकर मैं भी भारत में वापस आया।

मुक्त राजबंदियों में से बहुत-से राजनीति से अलग होकर गृहकार्य में लग गए। लेकिन ऐसे भी बहुत से रहे जिनका यह विश्वास बना रहा कि सशस्त्र क्रांति को छोड़कर और किसी रास्ते से भारत को स्वतंत्रता प्राप्त नहीं हो सकती। बेनियापुकुर के मकान में रहते समय बंगाल के विभिन्न क्रांतिकारी दलों के सदस्यों से मैं मिला। लेकिन अभी तक बहुत-से क्रांतिकारी नेतागण मुक्त नहीं हुए थे। जैसे किसी विशाल नगर में आग लग जाय अथवा भीषण बवंडर से यदि कोई शहर विध्वस्त हो जाय या यदि कोई प्रदेश भीषण बाढ़ के कारण अस्त-व्यस्त हो जाय और कोई इन सब दुर्घटनाओं के बाद उन सब प्रांतों की जो दशा होती है उसे देखे, बस भारत के क्रांतिकारी दलों की भी इन दिनों वही अवस्था हो रही थी। जैसे भीषण भूकम्प के बाद पुनः निर्माण कार्य प्रारंभ होता है वैसे ही भारत में फिर से क्रांतिकारी आंदोलन का पुनर्गठन प्रारंभ हुआ।

7

जमशेदपुर में मज़दूर संगठन

सन् 1920 में महात्माजी का सत्याग्रह आन्दोलन समाप्त हो जाने के बाद ही मैंने पूर्ण रीति से विप्लव दल का संगठन प्रारम्भ किया था। लेकिन इसमें कितनी उलझनों का सामना करना पड़ा उसका कुछ हाल यहाँ दे देना आवश्यक है। जैसाकि मैंने पहले ही उल्लेख कर दिया है, मेरी तरह से दूसरे अनेक मुक्त राजबंदियों के सामने भी सबसे कठिन प्रश्न यही था कि कैसे अपनी आर्थिक स्वतन्त्रता प्राप्त करें। कभी सोचा किताब की दुकान खोलें जिससे पढ़ने-लिखने की फुरसत रहे। विप्लव के कार्य को चलाने के लिए किताबों की दुकान उपयोगी होगी। लेकिन इसके लिए बहुत रुपयों की आवश्यकता थी। इसलिए इस ख़याल को छोड़ना पड़ा। कभी सोचा छापाखाना खोलें। छापेखाने की सहायता से प्रचार कार्य का भी काम खूब चलेगा। पुस्तकें भी प्रकाशित की जाएँगी। लेकिन इसके लिए भी कम-से-कम दस हज़ार रुपयों की आवश्यकता थी। आखिरकार इस ख़याल को भी छोड़ना पड़ा। फिर सोचा एक विसातखाने की दुकान खोल दें। सोचा कि शायद एक-दो हज़ार रुपये की लागत में एक ऐसी दुकान खोल सकते हैं। पिता की कमाई के कुछ रुपये माँ के पास थे। मेरी माँ और मेरे सब भाई मेरे ऊपर अत्यधिक जोर डाल रहे थे कि मैं, किसी काम में लग जाऊँ। सी॰ आई॰ डी॰ के डिप्टी इन्सपेक्टर जनरल ने हमारे मामू को लिखा था कि मुझे ऐसे काम में लगाया जाय कि जिससे दूसरे किसी उलझन में पड़ने का अवकाश ही न मिले। इसलिए सी॰ आई॰ डी॰ जी॰ यह चाहते थे कि मेरे लिए जमीन ले ली जाय और मैं खेती के काम में लगा दिया जाऊँ। मैंने इस काम को स्वीकार नहीं किया। आखिर बिसातखाने की दुकान खोलने की ठहरी। वह कहाँ खोली जाए ? यदि मौक़े का स्थान न मिले तो दुकान का खोलना ही व्यर्थ है।

बिसातखाने की दुकान के लिए मौक़ा ढूँढ़ते-ढूँढ़ते कलकत्ता शहर को छान डाला। सुबह से शाम तक जगह की तलाश में घूमते थे। घूमते-घूमते थक जाते थे। एक दिन क्लान्त होकर दिल में ऐसा ख़याल पैदा हुआ कि यदि मैं औरत होती तो मेरे लिए जीविका उपार्जन करने का कम-से-कम एक रास्ता तो खुला रहता ही जैसाकि मैंने कलकत्ता की बीसों सड़कों के जंगले पर बैठी हुई औरतों को देखा था। मेरी आँखों में आँसू आ जाते थे। मैं सोचा करता था आखिर दूसरे देशों के क्रांतिकारीगण कैसे निर्वाह करते होंगे। इस बात की खोज में मैंने बहुत-सी किताबें पढ़ीं, लेकिन मुझे कुछ पता न चला। टालस्टाय ने एक स्थान पर ऐसा लिखा है कि जिस पुस्तक में जिस बात की आशा करते हैं उस पुस्तक में उस बात को छोड़कर और बहुत सी बातें मिलती हैं, लेकिन जिस बात के लिए पुस्तक लिखी गई है वह बात उस पुस्तक में बहुत कम मिलती है। विप्लववादियों के बहुत-से ग्रंथ पढ़े लेकिन वे लोग अपना निर्वाह कैसे करते थे, इसका पता मुझे नहीं चला। सिर्फ एक पुस्तक में क्राप्टकिन साहब ने जो कुछ लिखा है उससे ऐसा मालूम होता है कि रूस में भी क्रांतिकारियों की वैसी ही दुर्दशा होती थी जैसी कि हमारे देश में होती है।

कलकत्ता में रहकर मैं, काम-काज की खोज कर रहा था। उधर मेरी माँ मेरी शादी के लिए लड़की ढूँढ़ने बंगाल आई थी। कुछ स्थानों पर माँ के साथ मुझे भी जाना पड़ा। इसी सिलसिले में अपने कुछ दूर के रिश्तेदारों से बातचीत करने के बाद यह तय हुआ कि उन रिश्तेदारों के साथ मिलकर कलकत्ता के पास वर्द्धमान जिले के कालना नामक सब-डिवीजन में ईंट बनाने का कारोबार खोलें। कुछ महीने तक इस काम में मुझे लगना पड़ा। ऊपर से तो काम करते थे, जी में रोते थे।

कालना में काम करते समय मैंने बंदी जीवन लिखना प्रारंभ किया। दिन भर काम करता था आधी रात को लिखा करता था। पढ़ने का समय थोड़ा ही मिलता था। वहाँ के नौजवानों से भी मिलने का प्रयत्न किया करता था। काम के सिलसिले में कभी-कभी कलकत्ता जाना पड़ता था। ऐसे अवसरों पर कभी-कभी देखता था कि बाढ़-पीड़ितों की सहायता के लिए नौजवान लोग टोली बनाकर सड़क की दुकानों पर से चंदा संग्रह कर रहे हैं। इस प्रकार से नौजवानों की देश-सेवा की लगन को देखकर मेरा हृदय पिघल जाया करता था। उनके साथ अपनी तुलना करते हुए अपने प्रति नितांत दुःख होता था। सोचता था मैं, क्या चाहता था और क्या कर रहा हूँ। अपने को कर्त्तव्य-च्युत होते देखकर मैं रो पड़ता था। ट्राम में बैठे हुए रोना भी तो मुश्किल था। दूसरे आदमी आँख में आँसू देखकर क्या कहेंगे। इसलिए दूसरों की आँख बचाकर अपनी आँखें पोंछा करता था।

मेरे ईंट के कारोबार में लगने के पहले कलकत्ता में कांग्रेस का अधिवेशन हो चुका था। इसका उल्लेख पहले ही कर चुका हूँ। जिन दिनों मैं ईंटों के कारोबार में

लगा हुआ था उन दिनों में कांग्रेस का विशेष कोई काम नहीं हो रहा था।

ईंट का कारोबार बरसात के दिनों में बंद होता है। इस कारोबार में रुपये लगा दिए थे जब तक मैं इस लागत को वसूल नहीं कर लेता तब तक मैं इस कारोबार को कैसे छोड़ सकता था। निश्चय तो मैंने कर लिया था कि इस कारोबार को छोड़ दूँगा। इस कारोबार को छोड़ने के पहले मेरी शादी हो गई। अंत में मैंने अपने कारोबार को अपने रिश्तेदारों के हाथ में बेच दिया। मुझे एक हज़ार रुपये का घाटा हुआ। खाने-पीने का खर्च और मेहनत तो अलग ही रही।

ईंट के कारोबार के बाद बी॰ एन॰ रेलवे में मैंने पचास रुपय की एक नौकरी कर ली। इस नौकरी का अनुभव कैसा रहा इस स्थान पर इसकी कोई चर्चा नहीं करना चाहता। इतना ही कहना पर्याप्त होगा कि एक दिन आत्म-हत्या भी करने की इच्छा हुई थी। इतने में एक दिन मेरे पास जमशेदपुर से एक आदमी आया। जमशेदपुर की मज़दूर सभा के सभापति श्री एस॰ एन॰ हलदारजी ने इन्हें मेरे पास भेजा था। जमशेदपुर का मज़दूर संगठन टूटता जा रहा था। वहाँ के मज़दूर संगठन को संभलने के लिए हलदारजी मुझे उस में लगाना चाहते थे। देश-बंधु सी॰ आर॰ दास की धर्मपत्नी हलदार साहब की बहन लगती थीं। डेढ़ सौ रुपए मासिक वेतन पर मैं जमशेदपुर में लेबर यूनियन के काम पर चला गया। बी॰ एन॰ रेलवे के दफ्तर के हेड क्लर्क ने मुझे थोड़ा-सा समझाना चाहा कि रेलवे की नौकरी में स्थिरता है। लेबर यूनियन की नौकरी में कोई स्थिरता नहीं है। ऐसी दशा में मेरे लिए रेलवे की नौकरी को छोड़ देना उचित होगा या नहीं, यह बात अच्छी तरह से सोच लेनी चाहिए। लेकिन मैं तो नौकरी करना चाहता ही न था। इसलिए जमशेदपुर के मज़दूर संगठन के काम को मैंने सहर्ष स्वीकार कर लिया। मानो मेरे लिए यह एक भारी आशीर्वाद था। रेलवे की नौकरी को छोड़ कर जमशेदपुर चला गया। नौ महीने तक मज़दूर संगठन का काम किया। जमशेदपुर में पचहत्तर हज़ार मज़दूर काम करते थे। नौ महीने रात-दिन काम करते हुए मैंने मज़दूर संगठन के बारे में यथेष्ठ अभिज्ञता अर्जन कर ली। जमशेदपुर में काम करते समय कांग्रेस के नागपुर अधिवेशन में सम्मिलित हुआ। इस अवसर पर भारत के समस्त प्रांतों के क्रांतिकारी व्यक्तियों से जान-पहचान, मेल-मुलाक़ात हुई। इस अधिवेशन में राजनीतिक बंदियों के लिए जो कुछ किया था उसका उल्लेख पहले ही कर चुका हूँ।

महात्माजी का सत्याग्रह आंदोलन जोरों से चला था। उसका इतिहास यहाँ पर लिखने की आवश्यकता नहीं है। जितने दिन यह आंदोलन चलता रहा, मैं जमशेदपुर में मज़दूर संगठन का काम करता रहा। महात्माजी का सत्याग्रह आंदोलन जब निर्जीव होने लगा तब मैंने सोचा कि अब अंपने क्रांतिकारी दल का काम प्रारंभ करना चाहिए। जमशेदपुर के काम से दो बार इस्तीफा दिया लेकिन दोनों बार लेबर यूनियन की कार्यकारिणी समिति ने मेरे इस्तीफे को स्वीकार नहीं किया। लेबर यूनियन से डेढ़

सौ रुपया लेना मैं ठीक नहीं समझता था। इसके अतिरिक्त क्रांतिकारी दल का संगठन करना मज़दूर संगठन की जिम्मेदारी को लिये हुए संभव नहीं था। मजदूर संगठन के काम में यदि कोई सोलह आना मन और चौबीस घण्टे का समय नहीं लगाता है तो इस काम को ठीक प्रकार से कोई भी नहीं कर सकता। और यदि कोई मासिक वेतन लेता है तो मज़दूर संगठन के काम में ऐसे अपना पूरा समय लगाना उचित है।

जबसे मैंने जमशेदपुर की लेबर यूनियन का काम हाथ में लिया था तबसे यूनियन की काफी उन्नति हुई थी। मेरे आने के पहले युनियन का चंदा कुछ भी वसूल नहीं हो रहा था। मेरे आने के बाद एक तो मुझे इसी चंदे में से डेढ़ सौ रुपया माहवार मिला करता था। इसके अलावा मैंने एकाउण्टेंट और ऑफिस क्लर्क भी पचास रुपया माहवार पर नियुक्त किया था। इन सब खर्चों को चलाकर भी यूनियन की तहवील में एक हज़ार से ऊपर रुपया मैंने जमा कर लिया था। इस हालत में मेरे लिए डेढ़ सौ रुपया माहवार लेना ज़्यादा बे-मुनासिब न था। लेकिन फिर भी मैंने युनियन के काम को छोड़ देना ठीक समझा। यदि मुझे कोई दूसरा व्यक्ति मिल जाता जोकि क्रांतिकारी संगठन के काम को संभाल सकता तो मैं यूनियन के काम को न छोड़ता। बंगाल में क्रांतिकारी व्यक्तियों की कुछ कमी तो थी नहीं। तो फिर मुझे यूनियन का काम क्यों छोड़ना पड़ा ?

जैसाकि मैंने पहले ही बतला दिया है, भारत में एक ही संस्था विप्लव के मार्ग से भारत को स्वाधीन करने के काम में लगी हुई थी। मेरे अण्डमान से लौटने के बाद ढाका अनुशीलन समिति के नेताओं ने मेरे साथ खुले दिल से सहयोग नहीं किया। रासबिहारी के रहते समय ढाका समिति का जो रुख था अब वह नहीं रहा। ढाका समिति इस नई परिस्थिति में क्या करना चाहती थी, इस विषय को लेकर उसके नेताओं ने मेरे साथ किसी प्रकार का भी विचार-विमर्श नहीं किया। श्री पुलिनबिहारीदास ढाका समिति के सर्वमान्य एवं सबसे पुराने नेता थे। राजबंदियों के छूटने के बाद ढाका समिति का नेतृत्व श्री पुलिनबिहारी के हाथ में था। इन पुलिनबिहारी के साथ मैं अण्डमान में रह चुका था। पुलिनबिहारी कैसे ढाका समिति के नेता बन गए थे, यह बात मेरी समझ में नहीं आती थी। न बुद्धि में, न अध्ययन में, न विचारशीलता में और न समझदारी में ही पुलिनबिहारी की कोई विशेषता थी। ऐसे तो वे बी॰ ए॰ तक पढ़े थे, लेकिन उनकी मानसिक प्रकृति नितांत ठस थी। सामाजिक प्रश्नों को लेकर न कभी उन्होंने किसी से कोई विचार-विमर्श या विचार-विनिमय ही किया और न सामाजिक या राजनीतिक समस्याओं पर लिखी हुई किताबों को पढ़ने में कोई रूचि ही दिखलाई। अण्डमान में रहते समय अधिकारियों के साथ उनका कभी कोई संघर्ष नहीं हुआ। जिस समय अन्य राजबंदीगण अनशन करते थे अथवा अन्य प्रकार से जेल अधिकारियों के साथ आत्म-मर्यादा की रक्षा के लिए अपमानों का प्रतिवाद करने के लिए लड़ा करते थे तो उस समय पुलिनबिहारी छिपकर इन झंझटों से अलग रहते

थे। एक बात तो समझ में आती है कि हर एक प्रकार का दुःख और कष्ट उठाने के लिए हर एक आदमी तैयार नहीं हो सकता और ऐसी आशा करना भी उचित नहीं है, लेकिन जो व्यक्ति ऐसा कर सकता है हृदयवान सच्चे मनुष्य के लिए यह स्वाभविक है कि वह उस व्यक्ति के प्रति सहानुभूति सम्पन्न अवश्य होगा। यदि ऐसा व्यक्ति वीरों का साथ नहीं भी देता है तो भी उसके आचरण से सहज ही में सरलता के कारण सम्वेदना का और सरकारी होने का भाव टपकता है। पुलिनबिहारी में मैंने इस प्रकार की कोई भावना नहीं पायी। अपनी मनुष्य चरित्र जानने की अभिज्ञता से मैंने यह समझ लिया था कि पुलिनबिहारी में नेतृत्व की कुछ भी योग्यता न थी इसलिए अण्डमान में रहते हुए ही मैंने यह निश्चय कर लिया था कि छूटने के बाद उनके साथ मैं किसी प्रकार से भी काम नहीं कर सकता। पुलिनबिहारीजी में मात्र योग्यता की ही कमी हो, केवल यही बात नहीं थी, नेतृत्व के लिए वे सर्वथा अयोग्य थे। वे शिक्षित समाज में बैठकर साधारण प्रश्नों पर भी युक्तिपूर्ण रूप से बातचीत नहीं कर सकते थे। एक दफा उन्होंने जिस बात को जिस प्रकार से ग्रहण कर लिया, फिर उस बात के दूसरे प्रकार से समझने की शक्ति उनमें नहीं थी। अधिक क्या कहूँ उनके प्रति मेरे दिल में रत्ती-भर भी श्रद्धा नहीं थी।

पुलिनबिहारी के छूट जाने के बाद ढाका अनुशीलन समिति उन्हीं के नेतृत्व में काम करने लग गई। ढाका समिति के अन्य नेतागण भी पुलिनबिहारी के प्रति अधिक श्रद्धावान नहीं थे। फिर भी उन्हें प्रारंभ में पुलिनबिहारी को नेता मानना ही पड़ा।

महात्माजी का सत्याग्रह आंदोलन ज़ोरों पर चलने लगा। देशबंधुदास ने भी इस बढ़ती हुई लहर का साथ देने का निश्चय कर लिया। दासजी ने चाहा कि पुलिनबिहारी, मैं एवं एक-दो और क्रांतिकारी नेता उनका साथ दें। मैं उस समय ईंट के कारोबार में बुरी तरह फँसा हुआ था। इस कारण मन में प्रबल इच्छा रहने पर भी मैं दासजी का साथ नहीं दे पाया। पुलिनबिहारी में कुछ योग्यता तो थी ही नहीं, फिर सत्याग्रह में भी उनका विश्वास नहीं था। जो हो, पुलिनबिहारी ने भी दासजी का साथ नहीं दिया। मैंने भी बहुत मर्तबा चाहा कि घर का सब काम छोड़कर खुले राजनीतिक आंदोलन में जी-जान से लग जाऊँ। कभी-कभी ऐसा ख़याल आता है कि ऐसा न करके मैंने भारी भूल की। नागपुर कांग्रेस में मैंने हिन्दी भाषा में वक्तृता दी थी। उस वक्तृता को सुनकर दासजी ने ऐसी इच्छा प्रकट की थी कि मैं दासजी के साथ मिलकर मज़दूर आंदोलन को कांग्रेस आंदोलन की एक शाखा बना दूँ । लेकिन दासजी के एक मित्र बैरिस्टर श्री निशितसेनजी ने स्पष्ट शब्दों में एक बात मुझे समझा दी कि आर्थिक दृष्टि से यदि मैं स्वावलम्बी नहीं होता हूँ तो राजनीति के क्षेत्र में मैं अपना आसन जमा नहीं पाऊँगा। मैंने दासजी की इच्छा का उल्लेख किया। तिस पर भी सेनसाहब ने अपनी राय बदली नहीं। मैंने भी सेनसाहब की युक्ति को अस्वीकार

नहीं किया। परिणामतः मैं जमशेदपुर में लेबर यूनियन के वेतन भोगी ऑर्गनाइजिंग सेक्रेटरी का काम करता रहा।

इधर बंगाल के दूसरे क्रांतिकारी दलों के नेता श्री सुरेन्द्रनाथ घोष, श्री विपिनबिहारी गंगोली इत्यादि ने देशबंधुदास के साथ सत्याग्रह आंदोलन में अपने दलों को अच्छी तरह से लगा दिया।

जैसा कि मैंने पहले बताया है, अनुशीलन समिति के दो केन्द्र थे। एक केन्द्र ढाका में था और दूसरा कलकत्ता में। कलकत्ता अनुशीलन समिति के सदस्यगण कलकत्ता के अन्य क्रांतिकारी दलों में शमिल हो गए। कलकत्ता अनुशीलन समिति का स्वतंत्र अस्तित्व नहीं रहा। श्री यदुगोपालजी मुकर्जी कलकत्ता अनुशीलन-समिति के अनुभवी सदस्य थे। मैं भी कलकत्ता अनुशीलन समिति का सदस्य रह चुका था। अण्डमान जाने के पहले यदुगोपालजी से मेरा परिचय हो चुका था। अण्डमान जाने के पहले मैंने चाहा था कि यदुगोपाल और मैं मिलकर कलकत्ता अनुशीलन समिति का पुनर्गठन करें। लेकिन यदुगोपालजी ने इसका विशेष आग्रह नहीं किया। मैं बनारस में अपना संगठन करता रहा। अब अण्डमान से लौटने के बाद जब मैं जमशेदपुर मे लेबर यूनियन के काम में था तो यदुगोपालजी ने मुझे अपनी पार्टी में, शामिल होने के लिए कहा। अण्डमान जाने के पहले तक मैं ढाका-समिति के साथ मिलकर काम कर रहा था। इस कारण मेरे लिए यह उचित था कि पहले मैं, ढाका वालों से मिलकर इस बात को जान लूँ कि मेरे साथ वे लोग खुले दिल से काम करने के लिए तैयार हैं या नहीं। ढाका समिति के जितने नेतागण छूटकर बाहर आए थे, उनसे मेरी पटती नहीं थी। लेकिन अभी और कुछ नेता छूटने को बाकी थे। इसलिए उनके छूटने की प्रतीक्षा कर रहा था। लेकिन अब मैं समझता हूँ कि यदुगोपाल से न मिलना मेरे लिए एक और गलती हो गई।

एक बात और हो रही थी जिसका पता मुझे न था। पुलिनबिहारीदास ने सी॰ आर॰ दास का साथ तो दिया ही नहीं, उल्टे सी॰ आर॰ दास के विरोधी दल के आदमियों से मिलकर वे सत्याग्रह आंदोलन के खिलाफ प्रचार-कार्य करने लग गए थे। बैरिस्टर एस॰ आर॰ दास, सी॰ आर॰ दास के आत्मीय थे, और उस समय गवर्नमेंट एडवोकेट थे। एस॰ आर॰ दास और उनके अन्य राजभक्त बंधु-बांधव मिलकर सत्याग्रह आंदोलन के विरुद्ध प्रचार-कार्य चलाना चाहते थे, जैसा युक्त प्रांत में अमन सभाऐं किया करती थीं। एस॰ आर॰ दास आदि से काफी रुपया ढाका समिति को मिलता था। इन रुपयों से 'शंख' नामक एक साप्ताहिक पत्र एवं 'हक कथा' पर्चे निकलते थे। मुझे यह पता न था कि राष्ट्रीय आंदोलन के विरुद्धवादियों से रुपया लेकर यह साप्ताहिक पत्र निकाला जाता था। मैं, इस पत्र में लेख दिया करता था। लेनिन की एक जीवनी लिखनी प्रारंभ की थी। क़रीब चार अध्याय लिख भी चुका

था। इतने में एक दिन कलकत्ता में यदुगोपाल से मेरी बातचीत हुई। पता चला कि 'हक कथा' किस ढंग से निकलता था। 'शंख' की भी जन्म-कथा मालूम हो गई। ढाका समिति के साथ मेरा सम्बन्ध पहले से ही कुछ अच्छा नहीं रहा। इन सब बातों को सुनकर ढाका समिति के प्रति मेरी अश्रद्धा और बढ़ गई। ढाका समिति के किसी नेता को भी मैंने ऐसा नहीं पाया था, जिनकी योग्यता की तुलना वारीन्द्र, उपेन्द्र या हेमचन्द्र इत्यादि से कुछ भी हो सके। ढाका समिति की सबसे बड़ी बात यह थी कि वह संगठित थी। बंगाल के दूसरे क्रांतिकारी दल अलग-अलग टोलियों में बँटे हुए थे। संगठन की दृष्टि से एक तो छोटी-छोटी टोली होने के कारण, एवं ये छोटी-छोटी टोलियाँ अपने स्वतन्त्र अस्तित्व को कायम रखना चाहती थीं, इस कारण से भी ढाका-समिति को छोड़कर बंगाल के दूसरे क्रांतिकारी दल, संगठन की दृष्टि से दुर्बल थे। लेकिन बंगाल के दूसरे क्रांतिकारी दलों के नेतागण व्यक्तित्व एवं एकता की दृष्टि से ढाका समिति के नेतागणों से कहीं उच्च श्रेणी के थे। मेरी हार्दिक सहानुभूति बंगाल के दूसरे दलों के नेताओं के प्रति थी। लेकिन अभी मैं, 'त्रैलोक्य चक्रवर्ती नामक ढाका समिति के एक प्रतिष्ठित नेता के छूटने की प्रतीक्षा कर रहा था। ऐसी परिस्थिति में मेरे लिए बंगाल के किसी भी क्रांतिकारी दल में शामिल होना संभव नहीं था। मैंने एक प्रकार से तो निश्चय कर लिया था कि युक्त प्रांत एवं पंजाब में स्वतंत्र रूप से क्रांतिकारी दल का संगठन प्रारंभ कर दूँ, फिर बाद को निश्चय करूँगा कि बंगाल के किस दल के साथ हम सहयोग कर सकते हैं।

यह बात सच है कि कुछ सरकारी प्रतिष्ठाप्राप्त लोगों से रुपया लेकर ढाका समिति कुछ हद तक अपना संगठन कर पाई थी। लेकिन राष्ट्रीय आंदोलन का विरोध करने के कारण बंगाल में इसकी बहुत बदनामी फैल रही थी। इस कारण इस समिति के सदस्यों में असंतोष फैल रहा था। ऐसे अवसर पर एक बात और फैली पुलिनबिहारी दास ने एस॰ आर॰ दास को बंगाल के कुछ क्रांतिकारियों के नाम की एक तालिका दे दी और यह सूचना भी उसके साथ दे दी कि ये लोग फिर क्रांतिकारी आंदोलन की तैयारी कर रहे हैं। इस बात के फैलने के बाद पुलिनबिहारी को ढाका समिति से अलग हो जाना पड़ा। पुलिनबिहारी की राजनीतिक मृत्यु तो पहले ही हो चुकी थी। अब इस बार उनकी अर्थी निकली।

बंगाल के मुक्त राजबंदीगणों ने बंगाल के मासिक और साप्ताहिक पत्र और पत्रिकाओं में क्रांतिकारी आंदोलन के बारे में खूब लिखना प्रारंभ कर दिया था। बंगाल की जनता की सहानुभूति भी इन राजबंदियों के प्रति अधिक-से अधिक थी। वहाँ के शिक्षित एवं अशिक्षित जन भी दिल से यह चाहते थे कि विप्लववादियों की उन्नति हो। बंगाल के कुछ जजों ने भी इस सहानुभूति को राजनीतिक मामलों का फैसला देते समय भी कार्य रूप में दिखलाया। मेरे अण्डमान जाने के पहले सर आशुतोष

मुखर्जी के सामने एक मामला पेश हुआ था, जिसमें चार नवयुवक बम बनाने के अपराध में अभियुक्त थे। आशुतोषजी ने इन चार में से तीन को छोड़ दिया और एक को सजा दे दी। बाद में आपस में बात करते हुए आशुतोषजी ने कहा था कि यदि मैं चारों को छोड़ देता तो सरकार अपील करती और फिर चारों को सजा हो जाती। इसलिए मैंने एक को तो पूरी सजा दे दी, और तीन को छोड़ दिया। ऐसी हालत में सरकार के लिए अपील करना कुछ कठिन बात हो जाती है। बंगाल में ऐसे और भी जज हुए हैं जिन्होंने राजनीतिक मामालों में फैसला देते समय अपनी सहानुभूति को कार्य रूप में परिणत करके दिखलाया है। सरकारी नौकरी में भी जो बंगाली थे वे भी क्रांतिकारी आंदोलन के प्रति सहानुभूति सम्पन्न थे।

अंग्रेजी मासिक पत्र 'हिन्दू रिव्यू' ने खुल्लम-खुल्ला लिखा था कि ''क्रांतिकारियों के एक-एक आतंकवादी काम पर सरकारी मुलाजिम भी उल्लसित हो उठता है।''

ऐसी परिस्थिति में भी महात्माजी ने, जब अपना अहिंसात्मक आंदोलन ज़ोरों से प्रारंभ कर दिया तो विप्लववादी आंदोलन को गहरी चोट पहुँची।

महात्माजी के सत्याग्रह आंदोलन के कार्यक्रम के अनुसार जेल जाना ही सबसे बड़ी बात थी। इसमें कोई संदेह नहीं कि महात्माजी के नेतृत्व में भारत का जन-आंदोलन चरम शिखर पर पहुँचा। जनता में ब्रिटिश हुकूमत के विरुद्ध विद्रोह करने का माद्दा कुछ सीमा तक पैदा हुआ। जिस दिन से महात्माजी ने, भारतीय जन-आंदोलन में भाग लेना प्रारंभ किया, उस दिन से यह निश्चय हो गया कि राष्ट्रीय आंदोलन में भाग लेने का अर्थ है जेल जाना, मुसीबत सहना और कम-से-कम अपना पूरा समय राष्ट्रीय कार्य में लगा देना। इसके पहले भारत के राष्ट्रीय आंदोलन में क्रांतिकारी संस्था ही एकमात्र ऐसी संस्था थी जिसकी कार्य-प्रणाली में अत्यन्त साहस, दुर्दमनीय वीरता, चरम स्वार्थ-त्याग, आंतरिकता एवं परम लगन की नितांत आवश्यकता थी। महात्माजी के राष्ट्रीय क्षेत्र में आने से पहले भारतीय जन-आंदोलन के नेतागणों में दो प्रकार की मनोवृत्ति के कारण उनमें आत्म-विश्वास की मर्यादा का अभाव दीख पड़ता था। इसलिए ये नेतागण अंग्रेज़ सरकार से आवेदन-निवेदन करना ही जानते थे। इनकी धारणा यह थी कि धमकी दिखलाकर अथवा दूसरों का अनुग्रह-प्रार्थी न होकर, अपने राष्ट्र के बल पर ही निर्भर रहते हुए हम कुछ नहीं कर सकते। हमारे देश में इन नेताओं को लिबरल कहते थे। दूसरी मनोवृत्तिवाले नेताओं में ये बातें नहीं पाई जाती थीं। इन दूसरे नेताओं में यह स्पष्ट भावना पैदा हो रही थी कि भीख माँगकर दुनिया में कभी भी कोई राष्ट्र दुश्मनों के पंजे से अपने को मुक्त नहीं कर पाया है। इसलिए ये नेता यह चाहते थे कि राष्ट्रीय आंदोलन को ऐसे मार्ग पर चलाया जाय जिससे जनता में साहस, त्याग और विद्रोह की भावना पैदा हो। हमारे देश में इन नेताओं को एक्सट्रीमिस्ट कहते थे। इन एक्सट्रीमिस्टों ने भारत के सामने पूर्ण स्वतन्त्रता के ध्येय

को नितान्त स्पष्ट शब्दों में, निर्मल रूप में, ऐसी आंतरिकता के साथ, ऐसी अविचल श्रद्धा के साथ, ऐसे मर्मस्पर्शी शब्दों में, ऐसी उमंगभरी ललकार के साथ रखा था कि भारत के शत-शत नवयुवक प्राणों की बाजी लगाकर राष्ट्रीय बलिवेदी पर अपने को न्योछावर करने के लिए बेचैन हो उठे थे। इस अंतिम ध्येय के प्रचार के परिणामतः जिस विप्लव-आंदोलन की सृष्टि हुई थी आज चालीस साल के अकथनीय पीड़न के होते हुए भी वह आंदोलन दब नहीं पाया, लेकिन फिर भी विप्लव-आंदोलन जन-आंदोलन नहीं बन पाया। तिलक, अरविंद, लाजपत और विपिनचन्द्र के नेतृत्व में भारत का जन-आंदोलन विप्लव के मार्ग में क्रमशः आगे बढ़ रहा था, कि इतने में अरविन्द राजनीतिक क्षेत्र से अलग हो गए। तिलक छः साल के लिए जेल में बंद पड़े रहे, लाजपत भारत के बाहर चले गए, विपिनचन्द्र दुर्बल पड़ गए। ऐसी अवस्था में महात्माजी राजनीति के क्षेत्र में अवतीर्ण हुए। महात्माजी के साथ-साथ भारत के राष्ट्रीय आंदोलन में अन्य और भी शक्तिशाली नेताओं का आविर्भाव हुआ। अभी तक इन नेताओं का कोई पता ही न था। महात्माजी का साथ देने के पहले बाबू राजेन्द्रप्रसाद का क्या अस्तित्व था ? पंडित जवाहरलालजी को सन् 1919 में कौन जानता था ? सुभाषचन्द्र बोस सन् 1919 मे विलायत में एक छात्र मात्र थे। मोतीलालजी की गिनती लिबरलों में भी नरम आदमियों में थी। इलाहाबाद में तिलक के आगमन के समय लोग ऐसी तरकीब सोचते थे कि जनता की तरफ से उनका शानदार स्वागत न हो। महात्माजी के राष्ट्रीय क्षेत्र में अवतीर्ण होने के कारण एक ओर जैसे जनता में विद्रोह की भावना फैलने लगी, उसी प्रकार से दूसरी ओर एक नवीन नेताओं के दल का आविर्भाव हुआ। महात्माजी की विशेष देन में ऐसे नेताओं का आविर्भाव होना भी एक विशेष महत्त्वपूर्ण बात है।

सुभाष चन्द्र बोस

विप्लव-आंदोलन में भाग लेने का अर्थ होता है फाँसी जाना या जन्मभर के लिए कालेपानी के टापू में जिन्दा दफनाये जाने की तरह अदृश्य हो जाना । इतना त्याग और इतनी कठिनाई को सहने के लिए अधिक आदमी नहीं मिल सकते। लेकिन महात्माजी के आन्दोलन में भाग लेने से थोड़ा त्याग और थोड़ी मुसीबत सहने से ही काम चल जा सकता है। इसलिए महात्माजी के आंदोलन में सहस्रों की संख्या में भारतवासियों ने भाग लिया; लेकिन महात्माजी के कार्यक्रम के अनुसार भारतवर्ष को किस प्रकार से पूर्ण स्वतंत्रता मिल सकती है, यह बात मेरे जैसे नवयुवकों को समझ में नहीं आती थी। सहस्रों की संख्या में जेल जाने ही से किस प्रकार से राज शक्ति प्रजा के हाथ में आ जायेगी, यह बात हम लोगों की समझ में नहीं आती थी। इसलिए मेरे जैसे नवयुवकों ने यह मान लिया था कि सशस्त्र क्रान्ति की तैयारी तो करनी ही

पड़ेगी। तथापि महात्माजी का सत्याग्रह-आंदोलन जिस समय प्रबल रूप से चल रहा था, उस समय क्रांतिकारी आंदोलन के लिए वातावरण ऐसा बन गया था कि अधिक-से-अधिक संख्या में युवक वृन्द सत्याग्रह आंदोलन में भाग लेने लग गए। महात्माजी ने, यह कह दिया था कि हम एक साल के अंदर स्वराज्य ले लेंगे। लेकिन क्रांतिकारी आंदोलन के लिए उपयुक्त तैयारी की आवश्यकता होती है, और इसके लिए दो बातों की सख़्त ज़रूरत है – एक तो प्रजा में राजनीतिक जागृति पर्याप्त परिमाण में ही होनी चाहिए, दूसरे सशस्त्र क्रांतिकारी आयोजन के लिए ऐसे वातावरण की आवश्यकता होती है जिसमें हम लोग अंतराल में रहकर, शासनकर्त्ताओं के संदेह को जागृत न करते हुए बहुत दिनों तक कठिन परिश्रम कने का अवसर प्राप्त कर सकते हों। यदि हम अधिक-से-अधिक संख्या में जेल में गए और वह भी ऐसा काम करके नहीं गए जिससे कि ब्रिटिश सरकार की पलटनों में बगावत की भावना फैले, तो ऐसे जेल जाने से क्या लाभ है ! और न खाली विद्रोह की भावना फैलाने से ही काम बनता है। इसके लिए तो बहुत ही श्रृंखलाबद्ध संगठन की आवश्यकता है। यह संगठन कौन करेगा और कब करेगा ? इन सब कारणों से जिस समय महात्माजी का सत्याग्रह आंदोलन ज़ोरों पर चल रहा था, उस समय जमशेदपुर में मज़दूर संगठन का काम करना ही मैंने उचित समझा।

जब महात्माजी का बारदोली कार्यक्रम स्थगित हो गया और महात्माजी गिरफ़्तार हो गए तो सत्याग्रह आंदोलन का प्रथम अध्याय समाप्त हो गया, और देश के सामने दूसरा कोई कार्यक्रम नहीं रहा।

महात्माजी के गिरफ़्तार होने के पहले ही मैंने चाहा कि जमशेदपुर के मज़दूर संगठन के काम से छुट्टी ले लूँ और विप्लव का कार्य आरम्भ कर दूँ। इसके लिए मैंने दो बार जमशेदपुर के मज़दूर-संगठन के कार्यकर्त्ताओं के पास त्यागपत्र भेज दिया, लेकिन उन कार्यकत्ताओं ने मेरा त्यागपत्र स्वीकार नहीं किया। वे लोग नहीं चाहते थे कि मैं मज़दूर-संगठन के कार्य से अलग हो जाऊँ। जब तक महात्माजी गिरफ़्तार नहीं हुए, तब तक मैंने भी मज़दूर संगठन के कार्य को छोड़ने की जिद नहीं की। महात्माजी की गिरफ़्तारी के बाद मैंने ठान लिया कि अब समय नष्ट नहीं करना चाहिए और विप्लव के कार्य को हाथ में उठा लेना चाहिए।

मज़दूर संगठन का कार्य भी नितांत आवश्यक काम है, यह मैं समझ रहा था लेकिन सशक्त विप्लव के लिए भी संगठन का कार्य करना मज़दूर संगठन के कार्य से अधिक महत्त्वपूर्ण है, ऐसा भी मैं समझ रहा था। मैंने यह समझ लिया कि मज़दूर-आंदोलन तो देशव्यापी विराट् सशस्त्र विप्लव आंदोलन की एक शाखा मात्र बन सकता है नहीं तो केवल मज़दूर संगठन के कार्य से हम देश को स्वाधीन नहीं कर सकते।

बंगाल की राजनीतिक परिस्थिति को देखते हुए मैंने यह विश्वास कर लिया था कि मुझे अकेला ही उत्तर भारत में अर्थात् पंजाब और युक्त प्रांत में काम करना पड़ेगा। ऐसी परिस्थिति में मैंने तृतीय बार जमशेदपुर की मज़दूर सभा की कार्यकारिणी समिति के पास अपना त्यागपत्र भेजा और अबकी बार मैंने जिद की कि मेरा त्यागपत्र स्वीकार कर लिया जाय, क्योंकि मुझे अब युक्त प्रांत में जाना ही पड़ेगा। मेरी जिद के कारण अबकी बार मज़दूर सभा की कार्यकारिणी समिति ने मेरा त्यागपत्र स्वीकार कर लिया। मैं, जमशेदपुर छोड़कर इलाहाबाद चला आया। उस दिन से यथार्थ रूप में मैंने उत्तर भारत में विप्लव कार्य प्रारंभ कर दिया, और जीवन का नया अध्याय पुनः प्रारंभ हो गया।

8

क्रांतिकारी दल का पुनर्गठन

(1)

सन् 1921 में जमशेदपुर के काम को छोड़कर मैं, इलाहाबाद चला गया। इसके पहले ही मेरी शादी हो चुकी थी। जिस दिन मैं बनारस से शादी के लिए रवाना हुआ था उस दिन मेरे कुछ पुराने साथी मुझे ऐसा कुछ कहने लगे थे मानो मैं शादी करके कर्त्तव्य से च्युत हो रहा हूँ। उनके ठेसदार शब्द उस दिन मेरे हृदय को खूब चुभे थे। जमशेदपुर से लौटकर मैंने उन दोस्तों की तलाश की। बनारस षड्यंत्र मामले के बाद जितने व्यक्तियों ने युक्त प्रांत में विप्लव कार्य को सँभाला था उनमें से वे भी थे जिन्होंने मेरे विवाह पर आपत्ति की थी। जिस दिन इन्होंने मुझे ठेसदार शब्द कहे थे उस दिन एक तरफ तो मुझे आघात लगा था, दूसरी तरफ वैसा ही मुझे आनन्द भी प्राप्त हुआ था। कारण कि मेरे दिल में यह आशा जागृत हुई थी कि अपने काम के लिए मुझे आदमी मिलने में दिक्कत नहीं होगी। जमशेदपुर से लौटने के बाद जब मैंने इन्हें अपने काम के लिए आह्वान किया तो ये मेरे साथ हो लिए। अभी तक ढाका अनुशीलन समिति का कोई प्रतिनिधि युक्त प्रांत में नहीं आया था।

अण्डमान से लौटने के बाद एक महीने के अंदर ही मैं, गोरखपुर से बनारस आया और अपने पुराने साथियों की तलाश करने लग गया। उस समय अपने पुराने साथी श्री सुरेशचन्द्र भट्टाचार्य से मिला। अपने एक और साथी प्रियनाथ भट्टाचार्य के सामने सुरेशबाबू के साथ संगठनकार्य के बारे में बातचीत हुई। मुझे उस समय यह पता न था कि प्रियनाथ ने, बहुत पहले ही पुलिस के पास एक लम्बा बयान दे दिया है। इस बात

को मैं, पहले ही बता चुका हूँ कि अण्डमान से लौटने के बाद पहले महीने के अंदर ही सुरेशबाबू से मेरी जो बातचीत हुई थी, उसकी रिपोर्ट पुलिस के पास पहुँच गई। यू॰ पी॰ के खुफिया विभाग के जो प्रधान थे, उन्होंने मेरे भाई के पास एक डेमी ऑफीशियल चिट्ठी भेजी जिसमें लिखा था कि तुम्हारे भाई फिर संगठन करने के बारे में बातचीत चला रहे हैं। उन्हें होशियार कर दो। इनकी स्त्री और मेरे भाई इलाहाबाद में ऑक्सफोर्ड होस्टल में रहते थे। मेरे भाई एम॰ ए॰ में पढ़ते थे। और बिगेन साहब की स्त्री शायद बी॰ ए॰ या एम॰ ए॰ में पढ़ती थी। मुझे ठीक पता नहीं। पी॰ बिगेन सन् 21 और 22 में संभव है ए॰ टू॰ डी॰ आई॰ जी॰, सी॰ आई॰ डी॰ थे। ए॰ टू॰ डी॰ आई॰ जी॰ सी॰ आई॰ डी॰, खुफिया डिपार्टमेंट में राजनीतिक विभाग में प्रधान होते हैं। जिस दिन खुफिया विभाग के तमाम कागज़ात विद्रोहियों के हाथ आएँगे उस समय ही यह पता लगेगा कि युक्त प्रांत में महायुद्ध के बाद विप्लव कार्य का पुनः संगठन मैंने ही सर्वप्रथम प्रारंभ किया था या नहीं। जहाँ तक मुझे ज्ञात है, अण्डमान से लौटने के बाद मैंने ही सर्वप्रथम युक्त प्रांत में विप्लव का संगठन पुनः प्रारंभ किया था।

सन् 1920 में नागपुर में कांग्रेस का अधिवेशन हो जाने के पश्चात् ढाका अनुशीलन समिति के प्रमुख नेता श्री अतुलचन्द्र गांगुली को साथ लेते हुए आगरा, इलाहाबाद, बनारस, लखनऊ इत्यादि शहरों में घूमा था। उस समय तक भी ढाका अनुशीलन समिति के तरफ से कोई व्यक्ति यू॰ पी॰ में नहीं भेजा गया था। लेकिन उस समय मैं, यू॰ पी॰ में एक-दो करके अपने आदमियों का संग्रह कर रहा था। जैसे प्रतुल गांगुली अपनी बात मुझे नहीं बतलाते थे, वैसे ही मैं भी अपनी बातें उन्हें नहीं बतलाता था। इसीलिए संभव है उनके दिल में यह ख़याल पैदा हो गया हो कि शायद मैंने अभी अपने प्रांत में विप्लव कार्य प्रारंभ नहीं किया है।

जिस समय मैं, जमशेदपुर में मज़दूर संगठन का कार्य कर रहा था उसी समय भविष्य में विप्लव कार्य चलाने के लिए अर्थ-संग्रह का काम भी कर रहा था। ढाका अनुशीलन समिति से असंतुष्ट होकर दो-एक व्यक्ति मेरे पास आए थे, लेकिन ये व्यक्ति अपने संकल्प में दृढ़ नहीं रहे। जिस समय मैं, जमशेदपुर से इलाहाबाद के लिए रवाना हो रहा था उस समय विप्लव कार्य करने के लिए मेरे पास कुछ धन आ गया था। मेरे लिए यह एक परम सौभाग्य की बात थी कि उत्तर भारत में विप्लव कार्य करने के लिए धनी व्यक्ति मुझे नियमित रूप से सहायता देते रहे।

इलाहाबाद पहुँचकर मैंने कांग्रेस के प्रमुख नेताओं से मुलाक़ात की। कांग्रेस के विभिन्न कार्यकर्ताओं से भी परिचय प्राप्त करने लगा। इलाहाबाद के विभिन्न होस्टलों में जाकर मैं नौजवानों से परिचित होने की चेष्टा भी करने लगा। कांग्रेस के नेताओं में से एक-आध ने मेरे साथ सहानुभूति तो अवश्य दिखलाई लेकिन कार्यक्षेत्र में वे लोग एक क़दम भी आगे नहीं बढ़े। बनारस षड्यंत्र केस के बाद मैंनपुरी में एक

षड्यंत्र केस चला था। इसके साथ हमारे पुराने दल का कोई सम्बन्ध न था। अवश्य यह बात निःसंदेह सत्य है कि बनारस केस के चलने के कारण ही यू॰ पी॰ के दूसरे नौजवानों में भी क्रांतिकारी कार्य करने की प्रबल इच्छा पैदा हुई थी। इलाहाबाद में आकर मैंने चाहा कि मैनपुरी केस के बचे हुए व्यक्तियों से मेरा परिचय हो जाए। इस प्रकार से खोज करते-करते मैनपुरी दल के एक नेता श्री देवनारायणजी का पता चला। इलाहाबाद में ही उनसे मुलाक़ात हो गई। मेरे मकान में आपने एक दिन खाना भी खाया। बाद को इनसे आगरा में जाकर मिला। श्री देवनारायणजी ने मैनपुरी केस के बारे में तमाम बातें मुझे बताई। शाहजहाँपुर निवासी श्री रामप्रसाद बिस्मिल भी मैनपुरी दल में एक प्रमुख व्यक्ति थें। श्री देवनारायणजी से पता चला कि रामप्रसादजी और देवनारायणजी में एक भीषण विरोध है। मेरे लिए अब यह एक समस्या हो गई। कि इन दोनों व्यक्तियों में से किसको अपने दल में लूँ। मेरे दिल मे एक संदेह पैदा हुआ कि यदि देवनारायणजी को साथ लेता हूँ तो संभव है कि रामप्रसादजी मेरे साथ न आएँ और यदि रामप्रसादजी मेरे साथ आते हैं तो संभव है देवनारायणजी मेरा साथ न दें।

देवनारायणजी से मैंने कहा कि आप देहात को छोड़कर आगरा में आकर डट जाएँ। देवनारायणजी ने इस प्रस्ताव को स्वीकार कर लिया। श्री देवनारायणजी ने मुझे आगरा में कुछ बातें बताई थीं जिनका इस स्थान पर उल्लेख कर देना नितान्त प्रासंगिक होगा। एक तो देवनारायणजी ने मुझे यह अच्छी प्रकार समझाना चाहा कि अब मुझे प्रकाश्य आंदोलन में क़दम रखना चाहिए। दूसरे, उन्होंने रामप्रसादजी के बारे में कुछ ऐसी बातें बताईं जिसे इस स्थान पर वर्णन करने में मन संकुचित हो जाता है। देवनारायणजी की बात पर यक़ीन कर लेने पर रामप्रसादजी को दल में ले लेना निहायत अनुचित जान पड़ता था। लेकिन मैंने दिल में सोचा कि देवनारायणजी और रामप्रसाद के बीच परस्पर घोर विद्वेष है इसलिए देवनारायणजी की बातों पर पूर्ण रूप से विश्वास करना उचित नहीं है। प्रकाश्य आंदोलन में मैं भी लगना चाहता था इसलिए देवनारायणजी की इस बात को मैंने सर्वान्तःकरण से स्वीकार कर लिया। देवनारायणजी से बातचीत करके मुझे बहुत-कुछ प्रसन्नता हुई। वे बहुत गंभीर प्रकृति के समझदार आदमी थे। लेकिन हमारे देश का यह परम दुर्भाग्य है कि गंभीर प्रकृति के समझदार व्यक्तियों ने निहायत ही कम संख्या में भारतीय विद्रोह आंदोलन में भाग लिया है। पता नहीं यह परम दुर्भाग्य या सौभाग्य की बात हुई कि श्री देवनारायणजी ने अपने वादे को पूरा नहीं किया। उनसे बातचीत करके यह तय हुआ था कि देवनारायणजी अपने गाँव को छोड़कर आगरा में जाकर अपना केन्द्र स्थापित करेंगे। यदि देवनारायणजी ऐसा करते तो उत्तर भारत का विप्लव आंदोलन और भी गौरवमय रूप धारण करता।

इतिहास के पृष्ठों में 'सत्यं ब्रूयात् प्रियं ब्रूयात मा ब्रूयात् सत्यं अप्रियम्' इस वाक्य का स्थान नहीं है। लेकिन मैं ऐसा कुछ लिखना नहीं चाहता जिससे क्रांतिकारी आंदोलन

को धक्का पहुँचे। तथापि एक बात यहाँ यह कह देना नितांत आवश्यक है कि क्रांतिकारी आंदोलन गुप्त और षड्यंत्र रूप से होने के कारण अवांछनीय एवं अनुपयुक्त व्यक्तियों का इस आंदोलन में शमिल हो जाना एक विषम संकट का कारण हो जाता है। आज भी मुझे अत्यन्त भय है कि यदि योग्य व्यक्ति क्रांतिकारी आंदोलन करना आरंभ कर देता है, तो शुद्ध हृदयवाले त्यागी साहसी युवक तो उसे मिल जाएँगे लेकिन विचारशील एवं योग्य नेतृत्व के अभाव से इन सब नवयुवकों का अमूल्य जीवन सार्थक होने नहीं पायेगा। बंगाल में ऐसे बहुत-से तुच्छ अयोग्य छोटे-छोटे विप्लवी दलों से मैं खूब परिचित रहा। मुझे इस बात की आशंका रही कि यू॰ पी॰ में भी वैसे ही अयोग्य व्यक्तियों के नेतृत्व में बंगाल की तरह भिन्न-भिन्न छोटी-छोटी पार्टियाँ न खड़ी हो जाएँ। जिस दिन मैंने अण्डमान से लौटकर सर्वप्रथम यू॰ पी॰ विप्लव दल का संगठन पुनः कायम किया था उस समय यहाँ पर और कोई दल काम नहीं कर रहा था।

सन् 1920 में अगस्त-सितम्बर महीने में कलकत्ता में कांग्रेस का एक विशेष अधिवेशन हुआ था। उस अवसर पर कलकत्ता के प्रसिद्ध बैरिस्टर श्री बी॰ सी॰ चटर्जी साहब ने मैनपुरी केस के एक मुक्त राजबंदी के साथ मेरा परिचय करा दिया था। उनका नाम है श्री चन्द्रधर जौहरी। उनकी आँखों में मैंने उस दिन जो जोश और आंतरिकता देखी थी उससे यह अनुमान किया था कि यह व्यक्ति जिस काम को हाथ में लेगा उस काम के पीछे सर्वस्व दे देगा। सच तो यह है कि जौहरीजी को देखकर तत्काल ही मेरे मन में जो भावना पैदा हुईं थी उसका अंग्रेजी नाम है Fanatical zeal, लेकिन दुर्भाग्य की बात है कि इनसे बाद को फिर मिलने का अवसर मुझे नहीं मिला। मुझे इस वक़्त ठीक याद नहीं है कि जौहरीजी सन् 21 के आंदोलन में गिरफ़्तार हो गए थे या नहीं। संभव है, हो गए हों। और इसीलिए संभव है फिर बाद को उनसे मेरी मुलाक़ात नहीं हुई। ये बिचारे शर्त पर छोड़े गए थे। जिन शर्तों पर छूटे थे उनमें से एक शर्त यह भी थी कि यदि सरकार के खिलाफ किसी आंदोलन में जौहरीजी भाग लेंगे तो उन्हें फिर पुरानी क़ैद पूरी काटनी पड़ेगी। इस कारण जब जौहरीजी ने सत्याग्रह आंदोलन में भाग लिया तो जिला-कलक्टर ने उन्हें दफ्तर में बुलाकर यह हुक्म सुनाया कि तुमने सरकार के विरुद्ध आंदोलन में भाग लिया है इसलिए तुम्हें अपनी पुरानी क़ैद फिर काटनी पड़ेगी और तुम यहाँ से सीधे जेल चले जाओंगे। संभव है, यह सन् 1921 की बात है। इनसे जो मुझे आशा थी वह यों ही विलीन हो गई।

मैं स्वयं छात्र न था। एवं पहले कभी इलाहाबाद में रहा नहीं था इसलिए भी इलाहाबाद के युवकगणों से मेरा कुछ भी परिचय न था। क्रांतिकारी आंदोलन की सफलता युवक-मंडली पर ही निर्भर रहती है ऐसी मेरी समझ थी। क्रांतिकारी आंदोलन के बारे में मेरी धारणा यह थी कि मध्यम श्रेणी के युवक वृन्द ही क्रांतिकारी आंदोलन का नेतृत्व कर सकते हैं। यह बात सत्य है कि संघर्ष के समय

किसान–मज़दूरों की श्रेणी से ही आदमी निकलेंगे, जो यथार्थ में सिपाही का काम करेंगे। लेकिन सिपाही अपना नेतृत्व स्वयं नहीं कर सकता। इतिहास में बहुत दफे ऐसा देखा गया है कि राष्ट्रीय उथल–पुथल के अवसर पर सेनापति गण सर्वेसर्वा बन जाते हैं। तब स्वाधीनता के स्थान पर प्रजातंत्र की जगह सामरिक तंत्र स्थापित हो जाता है। इसका प्रतिकार तभी हो सकता है जब प्रजा में अपनी नेतृत्व करने की शक्ति पैदा हो। क्रांतिकारी उथल–पुथल के इतिहास आदि पढ़कर अभी तक मेरी यही धारणा बनी रही कि मध्यम श्रेणी के शिक्षित सम्प्रदाय से ही भारत के भावी समाज–संगठनकारी गण निकलेंगे। महात्मा गांधी के अतुलनीय आंदोलन के बाद भी मेरा यह दृढ़ विश्वास बना रहा कि भारत की आम जनता उथल–पुथल के लिए जितनी तैयार है उनका नेतृत्व करने वाले उपयुक्त व्यक्तियों का उतना ही अभाव है। एक बात तो यह थी। दूसरी बात यह थी कि महात्माजी और उनके अनुयायीगण अथवा जन–आंदोलन के दूसरे प्रतिष्ठित नेतागण भारतवर्ष को पूर्णरूप से स्वतंत्र बनाने के लिए सचेष्ट तो थे ही नहीं बल्कि वे नेतागण भारत की स्वाधीनता के प्रश्न को अलीक स्वप्नवत् समझा करते थे। वे कभी भी यह विश्वास नहीं करते थे कि भारतवर्ष को स्वाधीन करने का प्रश्न वास्तविक जगत् का प्रश्न है। ये सब लब्धप्रतिष्ठ नेतागण यह समझते थे कि कुछ बहके हुए भारत के नौजवान भारत को स्वाधीन करने का स्वप्न देखा करते हैं। यह प्रश्न आये दिन का प्रश्न ही नहीं है। भारत के सर्वमान्य नेतागण स्वाधीनता के प्रश्न को व्यवहार में लाने योग्य समझते ही न थे। संभव है आज भी वे ऐसा ही समझते हों। महात्माजी और उनके साथियों का कहना है कि "स्वाधीनता, स्वाधीनता करके चिल्लाने से क्या होता है। जो लोग ऐसा चिल्लाया करते हैं वे लोग आज तक कुछ करके दिखला भी सके हैं ? जो कुछ कर सकते हैं वह तो करते नहीं ? व्यर्थ का शोर मचाते हैं। लेकिन भारत को पूर्ण रूप से स्वतंत्र कराने के प्रश्न को जो युवक वृद्ध व्यावहारिक रूप में लाना चाहते थे ? वे ऐसा समझते थे कि भारत को स्वाधीन करने के लिए जो कुछ करना चाहिए, उसके लिए भारत के प्रकाश्य आंदोलन के नेतागण प्रस्तुत नहीं थे। और इसीलिए वे भारत की स्वाधीनता के प्रश्न को व्यावहारिक प्रयत्न नहीं समझते थे। क्रांतिकारियों और कांग्रेस के नेतागणों के दृष्टिकोण में यही सबसे बड़ा अंतर है। इस दृष्टिकोण में ऐसा अंतर रहने के कारण क्रांतिकारी और कांग्रेस–आंदोलन के मार्ग में भी बहुत अंतर है। अस्तु, इस स्थान पर क्रांतिकारी मार्ग के बारे में मैं कोई विशेष विचार–विमर्श नहीं करना चाहता। यहाँ पर इतना कहना पर्याप्त है कि मैं जमशेदपुर से लौटकर युवक वृन्दों में ही काम करना चाहता था।

मेरे लिए इलाहाबाद के युवकवृन्दों से परिचित होने के लिए कोई सहज और सरल उपाय नहीं था। इसलिए मैंने प्रतिदिन इलाहाबाद के विभिन्न होस्टलों में जाना प्रारंभ कर दिया। जान–पहचान तो किसी से थी ही नहीं। जहाँ देखता था कि दो–तीन

नौजवान बरामदे में खड़े होकर बातचीत कर रहे हैं उनके पास थोड़ी दूर पर मैं भी जाकर खड़ा हो जाता था। उनकी बातें सुना करता था। ख़याल यह रहता था कि यदि ये युवकगण राजनीति के बारे में कुछ बातचीत करने लगें तो मैं भी अवसर देखकर उसमें शामिल हो जाऊँ। लेकिन दुर्भाग्य की बात है कि इलाहाबाद में जितने दिन ऐसी टोलियों के पास खड़े होकर इन लोगों का वार्तालाप सुना। उनमें से एक दिन भी इन लोगों को किसी भी राजनीतिक, सामाजिक या साहित्यिक प्रश्नों पर बातचीत करते हुए नहीं पाया। इन लोगों की बातचीत इतनी दुर्नीतिपूर्ण एवं मलीन होती थी। कि उनके पास खड़ा रहना भी अपमानजनक एवं अधोगतिकारी मालूम होता था। इलाहाबाद के बड़े-बड़े होस्टलों में मैंने शायद ही किसी के कमरे में कोई मासिक पत्र देखा हो। जो दो-चार अच्छे लड़के होते थे, वे अपने पढ़ने-लिखने में ही मग्न रहते थे और कुछ छात्र खेल-कूद में लगे रहते थे। सन् 1920-21 में कितना बड़ा आंदोलन हमारे देश में होता रहा लेकिन हमारे युवकवृन्द के मन को इस आंदोलन ने कितना थोड़ा स्पर्श किया। मैं एक प्रकार से हताश हो गया। मैं बीच-बीच में बनारस भी जाता रहा और कानपुर भी। सुरेशबाबू कुछ दिन कानपुर के 'प्रताप प्रेस' में काम करते रहे और कुछ दिन 'वर्तमान' दफ्तर में। बनारस में श्रीसुरेन्द्रनाथ मुकर्जी नामक एक बड़े पुराने साथी थे। इनकी सहायता से श्री राजेन्द्रनाथ लाहिड़ी नामक एक युवक से मेरा परिचय हुआ। इनके अलावा एक और पुराने साथी भी थे, जिन्होंने मेरी शादी के समय कुछ चुभती हुई बातें मुझे कहीं थीं। वे भी मेरे साथ काम करने लगे थे। इनका नाम अपने समझने के लिए यहाँ पर तारकनाथ रख देता हूँ। उधर कानपुर में जहाँ तक मेरा ख़याल है, सुरेशबाबू की सहायता से श्री रामदुलारे त्रिवेदी से जान-पहचान हुई। सुरेशबाबू की सहायता से और भी दो सज्जनों से जान-पहचान हुई । इनके नाम हैं : श्री वीरभद्र तिवारी एवं श्री मन्नीलालजी अवस्थी। उस समय मन्नीलालजी एक राष्ट्रीय स्कूल के हैडमास्टर थे। अवस्थीजी इलाहाबाद युनिवर्सिटी से ग्रेजुएट भी थे। श्री राजेन्द्र लाहिड़ी बी॰ ए॰ में पढ़ते थे। इलाहाबाद में कांग्रेस कार्यकर्त्ताओं के साथ मैं मिलने-जुलने लग गया। इस प्रकार से दो नौजवान मुझे मिले —एक श्री बनवारीलालजी, दूसरे श्री नरेन्द्रनाथ बनर्जी। इन्हें कांग्रेसवाले नोदू भी कहा करते थे। इनकी सहायता से अलीगढ़ के ठाकुर खानदान के एक प्रतिष्ठित व्यक्ति के साथ मेरा परिचय हुआ। ये भी हमारे साथ काम करने लगे। इलाहाबाद के श्री बनवारीलाल की सहायता से रायबरेली में भी कुछ हमारे आदमी बन गए, जिनका नाम आज भी बतलाना उचित नहीं होगा। अलीगढ़ के ठाकुर साहब की सहायता से फतेहपुर पहुँचा एवं अलीगढ़ तहसीलों में भी पहुँचा। जहाँ तक मुझे स्मरण है इन्हीं ठाकुर साहब की सहायता से मेरठ में श्री विष्णुशरणजी दुबलिश के पास पहुँचा। इस वक़्त मुझे ठीक स्मरण नहीं है कि दुबलिशजी की सहायता से श्री रामदुलारेजी के पास पहुँचा था या नहीं। श्री

विष्णुशरणजी की सहायता से श्री महावीर त्यागीजी से जान-पहचान हुई। श्री महावीर त्यागी की सहायता से शाहजहाँपुर में श्री रामप्रसाद बिस्मिल और श्री अशफाकउल्लाजी के पास पहुँचा। कानपुर के श्री मन्नीलाल अवस्थी की सहायता से फतेहपुर पहुँचा। सन् 1922 के अंदर इन आठ जिलों में मेरा काम फैल गया। लेकिन यह काम एक दिन में नहीं हुआ। संभव है सन् 1922 के अंत तक ढाका अनुशीलन समिति की तरफ से कोई प्रतिनिधि बनारस पहुँचे हों। सन् 1921 में नागपुर कांग्रेस से लौटने के पश्चात् जब ढाका अनुशीलन समिति के श्री प्रतुल गांगुली के साथ मैं बनारस आया था उस समय अर्थात सन् 1922 के प्रारम्भ में बनारस में ढाका समिति के कोई प्रतिनिधि उपस्थित नहीं थे। यद्यपि श्रीप्रतुल गांगुली के कुछ परिचित व्यक्ति उस समय बनारस में हिन्दू कॉलेज में पढ़ते थे परंतु इन छात्रों से प्रतुलजी ने मेरा परिचय नहीं कराया। अर्थात् उस समय फिर मैंने यह अनुभव किया कि प्रतुल गांगुली अपने दल की सब बातें मुझे बताना नहीं चाहते थे। सन् 1922 के अंत तक मेरा कार्य बहुत कुछ अग्रसर हो चुका था। इसे संगठन न कहकर संगठन का एक ढाँचा कहना ही उचित होगा। मुझे इस वक्त ठीक याद नहीं है, लेकिन जहाँ तक मुझे याद है, संभव है, सन् 1922 में ही मैं भगतसिंह के पास लाहौर पहुँच गया। जिस प्रकार से मैं इलाहाबाद के होस्टल में नवयुवकों को ढूँढ़ता फिरता था, उसी प्रकार से एक दिन फतेहगढ़ में अपने अजीब तरीके के कारण एक प्रतिभावान नवयुवक के पास जा पहुँचा। जिनकी सहायता से अंत में मैं भगतसिंह के पास भी पहुँच गया। इसका एक पूरा इतिहास है। वह जैसा रोचक है, वैसा ही कौतूहलपूर्ण भी है।

जमशेदपुर से इलाहाबाद लौट आने के पहले मैं दो-तीन बार कलकत्ता गया था। कलकत्ता में विभिन्न क्रांतिकारी दल के आदमियों से समय-समय पर बातचीत करता रहा। इलाहाबाद लौट आने के बाद भी मैं, कई बार कलकत्ता गया। जिस प्रकार युक्त प्रांत में मैं संगठन कार्य करने की चेष्टा कर रहा था ? उसी प्रकार कलकत्ता में भी मैं अपना एक दल बनाना चाहता था। जमशेदपुर में रहते समय भी मैं नितान्त असावधान नहीं रहा। समय पाकर मैं कभी नहीं चूका।

एक दिन कलकत्ता के किसी पार्क में मैंने देखा कि कुछ भद्र नौजवान एकत्र होकर बातचीत कर रहे हैं। मैं भी उनके पास जाकर बैठ गया। थोड़ी ही देर में मालूम पड़ा कि ये सब नौजवान आधुनिक राजनीतिक प्रश्न पर बातचीत कर रहे हैं। मैंने भी इन लोगों के वार्तालाप में धीरे-धीरे योग देना प्रारम्भ कर दिया। इस प्रकार इस टोली के साथ मेरा खूब परिचय हो गया। इनमें से एक युवक महाशय अच्छे घर के थे। लड़ाई के समय ब्रिटिश सेना में सिपाही के रूप में इराक और मैसोपोटामिया तक पहुँच गए थे और अपनी कार्य-कुशलता के कारण पलटन में ओहदा भी पा चुके थे। जिस समय का मैं उल्लेख कर रहा हूँ, उस समय आप यूनिवर्सिटी कोर में एक अच्छे

पदाधिकारी थे। इधर आप इंजीनियरिंग कॉलेज में भी पढ़ते थे। इनकी सहायता से बंगाल में कुछ और नवयुवकों से मेरा परिचय हुआ। लेकिन अनुशीलन समिति के किसी भी सदस्य को मैंने कभी कुछ बताया नहीं कि मैं क्या कर रहा हूँ और क्या नहीं कर रहा हूँ। एक दफा ढाका अनुशीलन समिति के प्रमुख नेता श्री प्रतुलचन्द्र गांगुली से मैंने यह कहा था, "भाई! पता नहीं मैं आगे चलकर फिर काम करूँगा या नहीं। यदि मैं काम करना छोड़ दूं तो मेरे जितने रिसोर्सज़ (अनुगामी व्यक्ति और साधन) हैं, सब आप लोगों के सुपुर्द कर दूंगा और यदि मैं काम करता रहूंगा तो आप लोगों को बता दूंगा कि ऐसा कर रहा हूँ या नहीं। लेकिन तुम लोग तो दिल खोलकर मेरे साथ भविष्य के बारे में बातचीत कुछ करते ही नहीं हो। इस तरह कैसे काम चल सकता है। सहयोगिता हो तो दोनों तरफ से हो। यदि तुम मेरे साथ खुलकर बातचीत नहीं करोगे तो मैं भी किस प्रकार से तुम लोगों के साथ दिल खोलकर काम करूँ।" मेरे लिए मुसीबत की बात यह थी कि कलकत्ता के विभिन्न क्रान्तिकारी दल के आदमी यह समझते थे कि मैं ढाका अनुशीलन समिति में शामिल हूं। इधर ढाका अनुशीलन समितिवाले मेरे साथ खुले दिल होकर काम नहीं करना चाहते थे। ढाका समिति के एक और प्रमुख नेता श्री रमेशचन्द्र चौधरी ने तो एक दफा घमंड में आकर ऐसा भी कहा था कि "संगठन के बारे में आपसे हम लोग कुछ सीखना नहीं चाहते।" इन सब कारणों से मैंने भी समझ लिया था कि मुझे अकेला ही सब काम करना पड़ेगा। एक तरफ जैसे ढाका अनुशीलन समिति के नेतागण मुझे अपनी सब बातें नहीं बताना चाहते थे? वैसे ही दूसरी तरफ वे यह भी नहीं चाहते थे कि मैं उनसे अलग हो जाऊँ। इसलिए उनकी हमेशा यह नीति रहती थी कि हर प्रकार से मुझे अपने दल में रखने के लिए तरह-तरह की कोशिशें करते थे। और मुझे समझाना चाहते थे कि मुझे अपनी सब बातें बता देने में उन्हें कोई आपत्ति नहीं है। काम करते-करते सब बातें स्वयं ही जान जाऊंगा। उनकी यह दुरंगी चाल मुझे पसन्द न थी। इसलिए मैं उनसे हमेशा कन्नी काटा करता था। मैंने उन्हें समझने नहीं दिया कि मैं भी कुछ काम कर रहा हूँ। सन् 1922 के अन्त तक मुझे पता चला कि ढाका समिति ने अपनी तरफ से एक आदमी बनारस को भेज दिया है। जब कभी मैं बनारस जाता था तो यह व्यक्ति मेरे पास आकर मेरे साथ बातचीत करने की चेष्टा करता था। इनका नाम था श्री सतीशचन्द्रसिंह। मैंने कलकत्ता में इनको कई बार देखा था। इनसे मेरा थोड़ा-बहुत परिचय था। जिस समय मैं बनारस षड्यन्त्र मामले के सिलसिले में जेल में था उस समय श्री सतीशचन्द्रसिंह बिहार में काम करने आए थे। श्री सतीशसिंह कुछ पढ़े-लिखे आदमी नहीं थे। राजनीति वह क्या समझते होंगे, मैं कह नहीं सकता। उनमें एक सच्चे सिपाही के सब गुण अवश्य थे। लेकिन केवल सिपाही मात्र होने से ही तो संगठन का कार्य ठीक प्रकार से नहीं हो सकता। मुझे तो दुख के साथ यह भी

कहना पड़ता है कि वारीन्द्र, उपेन्द्र, हेमचन्द्र इत्यादि के मुकाबले के क्रान्तिकारी नेता बंगाल-भर में और पैदा नहीं हुए। श्री अरविन्द के समय क्रान्तिकारी आन्दोलन का नेतृत्व जैसे उपर्युक्त विशेष व्यक्तियों के हाथ में था वैसा बाद को नहीं रहा। ढाका अनुशीलन समिति के नेताओं को बौद्धिक विकास नितान्त अपूर्ण था। वे यह नहीं समझ पाते थे कि क्रान्तिकारी आन्दोलन भारत के राष्ट्रीय आन्दोलन की एक शाखा मात्र है। भारत के राष्ट्रीय आन्दोलन के मूल में एक नवीन राष्ट्र एवं नवीन सभ्यता की सृष्टि की प्रेरणा है। ये सब बातें न वे समझते थे, न इस सब बातों से उनका कोई सम्बन्ध ही था। इतिहास, दर्शन साहित्य इत्यादि से बंगाल के क्रांन्तिकारी नेतागणों को कोई विशेष परिचय न था। डेटिन्यू की हालत में वे नेतागण कुछ-कुछ पढ़ने-पढ़ाने लगे थे। लेकिन इनका पढ़ना अत्यन्त अव्यवस्थित होता था, जैसे चीन के बारे में बर्ट्रेण्ड रसेल की एक किताब पढ़ी लेकिन सनयातसेन की जीवनी या उनके लेख आदि नहीं पढ़े। संसार की राज्य-क्रान्तियों के इतिहास से इन लोगों को कोई परिचय नहीं था। डेटिन्यू रहते समय भी इन लोगों में से अधिकांश ने पढ़ने-लिखने में विशेष रूचि नहीं दिखलाई। मैंने इन लोगों में से बहुतों के साथ छः महीने लगातार दिन-रात अलीपुर सेण्ट्रल जेल में बिताए हैं। मैं इन लोगों के बारे में बहुत अच्छी तरह जानता हूँ। आजकल के प्रसिद्ध नेता श्री मानवेन्द्रनाथ राय जब बंगाल में श्री नरेन्द्रनाथ भट्टाचार्य के नाम से काम करते थे उस समय उनकी गिनती कोई प्रमुख नेताओं में नहीं थी। आप बंगाल के प्रसिद्ध क्रान्तिकारी श्री यतीन्द्रनाथ मुखर्जी के मातहत रहकर काम करते थे। इनमें प्रतिभा थी लेकिन यूरोप और अमेरिका में जाकर ही उस प्रतिभा का विकास हुआ। श्री यतीन्द्रनाथ मुकर्जी भी कुछ विशेष पढ़े-लिखे विद्वान नहीं थे। लेकिन उनमें अद्भुत कर्मशक्ति थी। श्री रासबिहारी भी इसी प्रकार से कुछ विशेष पढ़े-लिखे विद्वान नहीं थे। लेकिन उनमें भी प्रचण्ड शक्ति थी। फिर भी ढाका अनुशीलन समिति के नेताओं के साथ बंगाल के अन्य क्रान्तिकारी दलों की तुलना करने पर मेरी श्रद्धा ढाका समिति के नेताओं के प्रति नहीं जाती थी। श्री विपिनचन्द्र गांगुली, श्री यदुगोपाल मुकर्जी, श्री मोतीलाल राय, श्री सिरीशचन्द्र घोष इत्यादि नेताओं के राष्ट्रीय दृष्टिकोण ढाका समिति के नेताओं से कहीं व्यापक एक अन्तर्दृष्टिपूर्ण थे। यह बात सत्य है कि ढाका अनुशीलन समिति में ऐसे बहुत-से सदस्य थे जिनकी अभिरूचि एवं जिनका मानसिक झुकाव ढाका समिति के नेताओं से अधिक आशापूर्ण एवं प्रतिभाव्यंजक था। लेकिन इन सब प्रतिभाशाली नवयुवकों को उचित अवसर नहीं मिलता था, जिससे वे अपनी प्रतिभा का पूर्ण विकास कर पाते। ढाका समिति का कार्यक्रम ऐसा नहीं था। जिसके कारण प्रतिभावान नवयुवकों को यह अवसर प्राप्त होता कि वे साहित्य सृजन द्वारा मासिक-साप्ताहिक पत्रों में लेख भेजकर या मंच पर खड़े होकर वक्तृता देने में अपनी प्रतिभा को व्यक्त करने की

प्रेरणा अनुभव करें। जब कहीं किसी संगठन के काम में किसी को भेजने की आवश्यकता होती तो ढाका समिति के नेतागण ऐसे व्यक्ति को चुनते थे जिसमें सिपाहियाना गुण तो अवश्य रहते थे, लेकिन सांस्कृतिक दृष्टि से, अध्ययन की दृष्टि से उसमें ऐसे गुण नहीं होते थे, जिनसे वे समाज के श्रेष्ट नवयुवकों को या समाज के प्रतिष्ठित गण्यमान्य व्यक्तियों को अपने चरित्रबल से, अपनी प्रतिभा से, अपने कार्यक्रम के प्रति आकृष्ट कर सकें। इसका मूल कारण तो यह था कि ढाका समिति के नेतागण स्वयं इस बात को नहीं समझते थे कि क्रान्तिकारी आन्दोलन विराट् राष्ट्रीय आन्दोलन की एक शाखा मात्र है, एवं इन नेताओं में राष्ट्रीय आन्दोलन के नेतृत्व करने की योग्यता नहीं थी। इस दृष्टि से, वे सम्भवतः भारत के दूसरे क्रान्तिकारी दलों में भी उपयुक्त नेता नहीं थे। यही कारण था कि भारत के दूसरे क्रान्तिकारी दलों का कृतित्व भी जैसा होना चाहिए था, वैसा नहीं हुआ।

श्री सतीशचन्द्र सिंह से दल-संगठन के बारे में मैंने कभी कुछ बातचीत नहीं की। यदि कोई व्यक्ति किसी काम में जुटा रहे तो अवश्य ही उसे कुछ सफलता प्राप्त होती है। इस दृष्टि से सतीशचन्द्र ने भी दो-चार नवयुवकों को जमा कर लिया था। ढाका समिति के नेतागणों ने मेरे साथ कोई परामर्श न करके ही श्री सतीशचन्द्र को बनारस भेजा था। इस बात से भी मैं समझ गया कि ढाका समिति मेरी अपेक्षा न रखकर ही युक्त प्रान्त में भी अपना संगठन बढ़ाना चाहती है। मेरे और ढाका समिति के बीच जो अन्तर था वह इससे और भी बढ़ गया।

इधर सुरेशचन्द्रजी की सहायता से एक प्रतिभावान नवयुवक से मेरा परिचय हुआ। इनसे बातचीत करने पर मुझे यह विश्वास हो गया कि इस युवक में साहित्यिक रूचि है। बाद को इनके दो-एक छोटे लेख भी पढ़े। उनके उस समय के एक लेख का प्रभाव आज भी मैं भूल नहीं पाया। उस लेख का शीर्षक था–'मां'। इस लेख को पढ़कर मैंने इस युवक से कह दिया था कि 'यदि आप साहित्य की चर्चा करते रहें तो हिन्दी लेखकों में आप अग्रणी हो सकते हैं। लेकिन आपको चाहिए कि अंग्रेज़ी, बंगला एवं हिन्दी-साहित्य से खूब परिचित हो जाएं।' ये अंग्रेज़ी प्रायः जानते ही न थे। ये प्रतिभावान युवक 'आज' में 'उग्र'[1] नाम से अपना लेख दिया करते थे। आज ये सब बातें स्मरण करके मैं यथेष्ठ गौरव अनुभव करता हूँ एवं यह आत्म-तुष्टि भी अनुभव करता हूँ कि एक यथार्थ प्रतिभाशाली युवक को मैंने उसकी तरूण अवस्था में ही पहचान लिया था, आज उग्रजी ने हिन्दी-साहित्य में अपना सुनिर्दिष्ट स्थान प्राप्त कर लिया है। जिस दिन मैंने उन्हें पहचाना था, उस दिन उन्होंने साहित्य में पदार्पण मात्र ही किया था। और उस दिन उन्हें हिन्दी संसार में कोई विशेष रूप से जानता भी न था। हम लोगों के साथ परिचय होने के बाद ही, संभवतः उन्होंने 'माँ' नामक लेख लिखा था। मुझे मर्मान्तक दुःख है कि अंग्रेज़ी के द्वारा हम लोगों का सम्बन्ध अधिक घनिष्ठ नहीं हो पाया। और

मुझे यह भी अत्यन्त खेद है कि उग्रजी ने मेरे कथानुसर अंग्रेजी इत्यादि साहित्य से वैसी रूचि नहीं दिखलाई, जैसी मैं चाहता था। इसमें तो कोई सन्देह नहीं कि उनकी लेखनी में अत्यन्त शक्ति है? लेकिन उनकी रूचि में परिवर्तन हो जाने के कारण उनका सृष्ट साहित्य समाज को अनुशासन कल्याणप्रद सिद्ध नहीं हुआ, यह और बात है। परन्तु इसमें कोई संदेह नहीं है कि वे प्रतिभाशाली लेखक हैं। इनकी सहायता से हमारे दल को एक ऐसा महत्वपूर्ण लाभ हुआ कि जिसके लिए, हम सब सदा उनके कृतज्ञ रहेंगे। इस विषय का उल्लेख यथास्थान किया जाएगा।

अण्डमन से लौटने के बाद मुझे बनारस में रहने का अवसर नहीं मिला? इस कारण बनारस में मैं वैसा संगठन नहीं कर पाया जैसे होना उचित था। निजी सांसारिक कारणों से मुझे इलाहाबाद में रहना था। बनारस में अभी तक मुझे जितने व्यक्ति मिले थे, उनमें श्री राजेन्द्रनाथ लाहिड़ी एवं श्री बेचनरामजी शर्मा विशेष उल्लेख योग्य थे। इसके अतिरिक्त और जितने व्यक्ति हमारे दल में आए थे उनमें से बहुतों ने बाद को काम करना छोड़ दिया। सौभाग्य की बात है कि इनमें से किसी ने भी बाद को विश्वासघात नहीं किया।

इलाहाबाद में राष्ट्रीय विद्यालय की सहायता से कुछ आदमी मिले। उनमें से एक थे श्री बनवारीलाल। कांग्रेस के कार्यकर्त्ताओं में से श्री केशवदेव मालवीय के साथ मेरा परिचय हुआ। इनके एक भाई श्री कपिलदेव मालवीय के साथ बहुत दिनों से मेरी तथा मेरे परिवार-भर की जान-पहचान थी। मैं प्रायः कपिलदेव जी के पास जाया-आया करता था। केशवदेव जी प्रायः मुझे अपने भाई के पास आते-जाते देखते थे। केशवदेव स्वयं ही मुझसे आकर मिले थे। इस समय आप मेरे साथ काम करने को तैयार हो गए थे। उनकी सहायता से और भी नवयुवकों से मेरा परिचय हुआ था। इस प्रकार से धीरे-धीरे मेरा दल बढ़ रहा था। एक दिन केशवजी ने मुझे बतलाया कि कानपुर में एक प्रतिभावान नवयुवक हैं जिनसे अपने कार्य के बारे में बातचीत की जा सकती है। इस नवयुवक का नाम था श्री बालकृष्ण शर्मा।[2] केशवजी के आग्रह से यह निश्चय हुआ कि केशव कानपुर जाकर बालकृष्ण को मेरे पास बुला लाएँगे। एक दिन वे प्रातःकाल बालकृष्णजी को साथ लेते हुए मेरे पास आए। बहुत देर तक बातचीत हुई। अन्त में मैंने इस प्रकार से अपनी युक्ति प्रस्तुत की कि अदूर भविष्य में फिर लड़ाई छिड़ने की आशंका है, यदि हम उपयुक्त तैयारी कर सकें तो उस अवस्था में हम एक बार फिर स्वाधीनता को प्राप्त करने की चेष्टा कर सकते हैं, यदि हम अभी से तैयारी नहीं करते हैं तो अवसर आने पर भी हम कुछ नहीं कर पाएँगे। लेकिन कोई युक्ति काम नहीं आई। बालकृष्णजी ने कहा कि अभी शीघ्र लड़ाई की कोई संभावना नहीं है और अभी वह समय भी नहीं आया है कि हम क्रान्तिकारी मार्ग से षड्यन्त्र की रचना करें। आशा भंग की मर्मान्तक पीड़ा से मैं व्यथित हो उठा।

क्रान्तिकारी दल का पुनर्गठन

(2)

इस समय श्री रासबिहारी से मेरा पत्र-व्यवहार होता था। वे सब पत्र मैं केशवजी के पास रख देता था। मेरे गोपनीय पत्रादि भी केशवजी के नाम पर आते थे। केशवजी का ग्रुप बनवारीलाल का ग्रुप और नरेन्द्रनाथ बनर्जी उर्फ नोदू का ग्रुप अलग-अलग बढ़ रहे थे। ये सब ग्रुप एक-दूसरे को नहीं जानते थे। बनारस के ग्रुप इलाहाबाद के ग्रुप को नहीं जानते थे। इलाहाबाद के ग्रुप अलीगढ़ या फतेहगढ़ के ग्रुप को नहीं जानते थे। इस प्रकार से जितने ग्रुप तैयार होते जाते थे वे सब एक-दूसरे को नहीं जानते थे। यह मैं पहले ही बता चुका हूँ कि बनवारी लाल की सहायता से रायबरेली और प्रतापगढ़ में इन लोगों का दल बनने लग गया था। इस बीच में सन् 1922 के अन्त में गया में कांग्रेस का अधिवेशन हुआ। इस अधिवेशन के समय 'बन्दी जीवन' प्रथम भाग की दो-तीन सौ कापियाँ छापाखाने से निकल चुकी थीं। उन प्रतियों को लेकर कलकत्ता होते हुए मैं गया पहुँचा। गया में पंजाब से आये हुए व्यक्तियों से बातचीत की। कालेपानी से लौटे कुछ सिक्ख मुक्त-राजबन्दियों से मुलाक़ात की। उसमें भाई प्यारासिंह भी एक थे। भाई प्यारासिंह बहुत प्रेम से आकर मेरे गले लग गए। सुख-दुःख की बहुत बातें हुई फिर काम की बातें हुईं। मैंने ऐसा अनुभव किया कि सम्भव है प्यारासिंह अब आगे नहीं बढ़ेंगे। गया में मुझे एक बात यह भी मालूम हुई कि बम्बई से श्री एस० डांगे आये हुए हैं और बंगाल के विभिन्न क्रान्तिकारी दलों के नेताओं से बातचीत कर रहे हैं। दुर्भाग्यावश मेरे साथ उनकी मुलाक़ात नहीं हुई। इसी बीच में श्री प्रतुल गांगुली से मेरी फिर बातचीत हुई थी।

बनारस के श्री सतीशचन्द्र सिंह के बारे में बातचीत छिड़ने पर मैंने यह कहा था कि बनारस में जैसे उपयुक्त व्यक्ति की आवश्यकता है। श्री सतीशचन्द्र उस श्रेणी के नहीं है। बहुत सम्भव है कि मेरे ही कहने पर सतीशचन्द्र को बनारस से वापस बुला लिया गया, और उनकी जगह पर श्री योगेशचन्द्र चटर्जी बनारस आए। अब सोलह साल की सब बातें अच्छी तरह याद नहीं है। मुझे इतना अवश्य याद है कि गया में मैंने श्री सुरेशचन्द्र भट्टाचार्य, सरदार प्यारासिंह, पंजाब के कुछ और व्यक्ति जिनका नाम मैं आज भी लेना नहीं चाहता क्योंकि वे आज भी गिरफ़्तार नहीं हुए और बंगाल के कुछ व्यक्तियों से मिलकर भविष्य की कार्यप्रणाली के बारे में बहुत कुछ बातचीत की थी। अवश्य ही हम सब एकत्र बैठकर बातचीत नहीं करते थे, क्योंकि हम लोगों के दल की यह नीति थी कि विभिन्न प्रान्त के कार्यकर्ताओं में जान-पहचान जितनी कम हो उतना ही अच्छा।

गया कांग्रेस से मेरे रवैये को देखकर मेरे एक रिश्तेदार के दिल में यह सन्देह पैदा हो गया कि मैं फिर कुछ ऐसा काम करने वाला हूँ जिससे संकट का आना अनिवार्य है। मेरे ये आत्मीय घर में जाकर कहने लग गए कि शचीन्द्रनाथ फिर गड़बड़ी करने वाले हैं। श्री सुरेशचन्द्र भट्टाचार्य जी खोलकर मेरे साथ सहयोगिता करते थे उनसे यदि किसी डकैती करने या किसी आदमी को गोली मारने को कहा जाये तो अपात्र से ऐसा कहा जाएगा। जिस व्यक्ति से जितना काम लेना उचित है यह न जानने पर दल का संगठन करना कठिन हो जाता है। यही कारण है कि हम लोगों की एवं भगतसिंह की गिरफ़्तारी के बाद हमारा दल टूटने लग गया था। मैं जानता था कि श्री सुरेशचन्द्र आदि से कितना काम लिया जा सकता है। श्री सुरेशचन्द्र बड़े चरित्रवान, साहित्य में रूचि रखनेवाले, विचारशील और आदर्शवादी युवक थे। विप्लव-कार्य में शामिल होने से कितना संकट है इसे वे जानते थे। यह जानते हुए भी हमारा साथ देने में सुरेश बाबू कभी पीछे नहीं हटे। मेरे पास उनकी उस समय की एक चिट्ठी की नकल आज भी मौजूद है। उनके वचनों से यह पता चल सकता है कि सुरेश बाबू कैसे उच्चकोटि के विचार रखनेवाले शुद्ध हृदय के युवक थे। गया कांग्रेस में सुरेश बाबू ने मेरा खूब साथ दिया।

गया कांग्रेस से लौटने के बाद इलाहाबाद में मैंने एक छोटा-सा मकान किराए पर ले लिया। जैसे मैंने भगतसिंह को अपना घर छोड़कर निकल आने को कहा था, वैसे ही फतेहगढ़ के आर्गनाइजर श्री छेदालालजी को भी मैंने घर छोड़कर निकल आने को कहा। श्री छेदालालजी ने भी मेरे कहने के अनुसार अपनी नौकरी से इस्तीफा दे दिया और इलाहाबाद चले आए। इसी प्रकार से श्री बनवारीलाल भी अपना घर-बार छोड़कर इलाहाबाद के मकान में श्री छेदालालजी के साथ रहने लग गए। विभिन्न जिलों के कार्यकर्तागण प्रायः मेरे पास आते थे। उन्हें मैं उसी मकान में ठहराता था।

इस प्रकार से विभिन्न जिलों के कार्यकर्तागण एक-दूसरे को थोड़ा-बहुत जानने लगे थे। लेकिन फिर भी एक-दूसरे का नाम या एक-दूसरे का पता कोई किसी से पूछ नहीं सकता था। इसी समय श्री छेदालालजी के मार्फत एक संन्यासी से मेरा परिचय हुआ। उसी मकान में बातचीत हुई। संन्यासी जी अपने को आर्यसमाजी कहते थे। उनका कोई गिरोह था, जिसका काम था डकैती करना। यह संन्यासीजी हमसे कहते थे कि उनके गिरोह का नियम यह रहा है कि डकैती के बाद माल इत्यादि बेचकर जितने रुपये हाथ आते थे वे सब समान रूप से सदस्यों में बाँट दिए जाते थे। इस प्रकार से वह संन्यासी एक क्रांन्तिकारी दल बना रहे थे। इस संन्यासी का कहना था कि संकटकाल में हम किसी की कोई सहायता नहीं कर सकते हैं, और न ऐसा करना सम्भवा ही है। इसलिए डकैती के रुपये सदस्यों में बाँट दिए जाते हैं। और इस प्रकार से सहायता देने पर अपने दल का संगठन कार्य बहुत सहज हो जाता है। स्वामीजी की सब बातें सुनकर मैंने नम्रतापूर्वक उनसे निवेदन किया कि ऐसी संस्था के साथ हम लोग कोई सम्बन्ध नहीं रखना चाहते हैं। मैंने बता दिया कि हम लोगों का क्रान्तिकारी आन्दोलन दूसरे प्रकार के सिद्धान्तों पर प्रतिष्ठित है। हम लोग पुरस्कार के आधार पर संगठन कार्य नहीं करते। यहाँ तो सर्वस्व खोने का प्रण करके कार्यक्षेत्र में अवतीर्ण होना पड़ता है। यहाँ तो व्यक्तिगत चरित्र एवं समाज सेवा के मार्ग से नये आन्दोलन की सृष्टि करना हमारा काम है। समय आने पर केवलमात्र सिपाहियों की आवश्यकता होगी तब हम लोग पुरस्कार की बात सोचेंगे। अभी तो हम लोगों का काम है सर्वस्व त्याग नौजवानों की टोली तैयार करना। जब समग्र भारतवर्ष में ऐसी टोली बन जाएगी तब हम लोग दूसरे काम के बारे में सोचेंगे। मुझे इस बात पर बहुत आश्चर्य हुआ कि उन नवीन संन्यासी महोदय ने मेरे साथ प्रचंड तर्क किया यह प्रमाणित करने के लिए उनके सिद्धान्त हम लोगों के सिद्धान्त से कहीं अधिक कार्यकारी और समयोपयोगी है। संन्यासीजी चाहते थे हम सब उनके साथ मिलकर एक विराट क्रान्तिकारी दल बनावें। मुझे इस बात से बहुत आश्चर्य हुआ कि हमारे साथी श्री छेदालालजी भी कुछ हद तक संन्यासीजी की बातों का समर्थन करते थे। मैंने यह तो नहीं कहा कि पेशेवर डकैतों के साथ हम लोगों का कोई सम्बन्ध नहीं रह सकता लेकिन मैंने स्वामीजी को यह अच्छी तरह समझा दिया कि हम दोनों के सिद्धान्तों में आकाश-पाताल का अन्तर है। हम दोनों के दल एक साथ काम नहीं कर सकते। स्वामीजी अन्त में कुछ होश में आकर यह कहकर चल दिए कि आप लोग कुछ भी नहीं कर पाएँगे। मैंने मुस्कराकर नम्रता के साथ उन्हें विदा किया। फिर भी छेदालाल को भी क्रान्तिकारी आन्दोलन के बारे में बहुत कुछ कहा और समझा दिया कि किसी भी अवस्था में हमें मामूली डाकुओं को अपने साथ नहीं लेना है। हमें भूलना उचित नहीं है कितने बड़े ध्येय को सामने रखकर समाज में नये सिरे से जान लाने के लिए हम लोग कार्यक्षेत्र में अवतीर्ण हुए हैं।

इसी समय किसी विश्वस्त सूत्र से मुझ पता चला कि यू०पी० में फिर एक क्रान्तिकारी षड्यन्त्र का मामला चलने वाला है, और मुझे भी षड्यन्त्र में घसीटा जाएगा। मुझे बहुत आश्चर्य हुआ। अभी तो मुश्किल से सालभर ही काम किया होगा। इतने में भी फिर षड्यन्त्र का मामला चलने वाला है। मुझे अपने आदमियों में से किसी-किसी पर कुछ सन्देह होने लगा। गुप्त रीति से काम में यह एक बड़ा भारी दोष है कि जरा-सी बात से ही अपने विश्वस्त आदमियों पर भी सन्देह उत्पन्न हो जाता है। मुझे इस खबर पर कुछ सन्देह हुआ, कुछ डर भी हुआ। इस अवस्था में मैंने यह उचित समझा कि अब घर में नहीं रहना चाहिए। जाने खबर सच है या झूठ फिर भी उचित यही है कि सावधानी से काम लिया जाए। मैं भी श्री छेदालाल और श्री बनवारी लाल के साथ रहने लग गया, अवसर देखकर घर ही में भोजन कर आता था, क्योंकि मैं नहीं चाहता था कि दल का खर्च अनावश्यक रूप से बढ़ जाय।

मुझे इस समय ठीक स्मरण नहीं है, संभव है, इसी के कुछ पहले निजी सांसारिक कारणों से कुछ अर्थोपार्जन की भावना से मैं व्यस्त हो उठा था। मुझे सैण्ड्स साहब की बातें याद आईं। सैण्ड्स साहब ने, मुझे अण्डमान से लौटते ही कह दिया था कि यदि भविष्य में कभी भी किसी सहायता की आवश्यकता अनुभव करो तो मुझसे कह देना। मुझे बन पड़ा तो मैं अवश्य ही तुम्हारी सहायता करूँगा। इस बात को ध्यान में रखते हुए मैंने सैण्ड्स साहब के पास एक चिट्ठी भेजी। सैण्ड्स साहब उस समय सी० आई० डी० (C. I. D.) से अलग होकर मामूली पुलिस विभाग में डी० आई० जी० आफ पुलिस (D. I. G. of Police) थे इनसे मैं अण्डमन से लौटते ही फैजाबाद में मिला था। सैण्ड्स साहब ने, पत्रोत्तर में मुझको लिखा अमुक तारीख को मैं बनारस जाऊँगा और उस समय मुझसे मुलाक़ात करो। मेरे पीछे सदा सर्वदा खुफिया पुलिस के सिपाही लगे रहते थे। जिस समय मैं दल के काम से जाता था, तो इनकी दृष्टि बचाकर मैं अक्सर खिसक जाया करता था। लेकिन जब निर्दोष काम में कहीं जाता था तो मुझे इस बात की परवाह नहीं रहती थी कि खुफिया पुलिस के आदमी मेरा पीछा कर रहे हैं। बनारस में सैण्ड्स साहब से मिला। सैण्ड्स साहब जानना चाहते थे कि मैं किस विभाग में कितनी तनख्वाह पर काम कर सकता हूँ। कोई विशेष जगह कहीं पर खाली हो तो मैं उन्हें बताऊँ। यदि उनका कोई हाथ रहता है तो वह अवश्य मेरी मदद करेंगे। मैंने उन्हें बताया कि किसी विशेष जगह के बारे में मैं नहीं जानता इत्यादि। सैण्ड्स साहब ने बाद को मुझसे यह कहा कि जैसी परिस्थिति होगी और मैं जो कुछ सहायता दे सकूंगा इसके बारे में मैं पत्र द्वारा तुम्हें सूचना दूंगा। कुछ दिन बाद मेरे पास उनका एक पत्र आया जिसमें लिखा था कि मुझे एक अच्छी जगह दी जा सकती है। करीब एक सौ रुपया तनख्वाह भी मुझे मिल सकती है। लेकिन मुझे एक शर्त स्वीकार करनी पड़ेगी कि भविष्य में जब तक मैं

इस मुलाज़मत में रहूँगा तब तक किसी प्रकार के भी राजनैतिक आन्दोलन में भाग नहीं लूँगा। सैण्ड्स साहब ने, यह भी आशा दिलाई थी कि मुझे बहुत अच्छे डिपार्टमेंट में काम दिया जाएगा जिससे भविष्य में मेरे लिए बहुत उन्नति का मार्ग खुला रहेगा। मैंने देखा कि मुझे एक अच्छा अवसर मिल रहा है लेकिन किसी प्रकार की भी शर्त कबूल करने में मेरे दिल ने गवाही नहीं दी। मैंने सोचा कि आजन्म कालेपानी की सजा से मैं जब मुक्त हुआ तो उस समय भी मैंने कोई शर्त नहीं मानी थी। इस समय किसी प्रकार की शर्त मानना मेरे लिए उचित नहीं होगा यद्यपि मैं यह देख रहा था कि सैण्ड्स साहब के प्रस्ताव में एक बहुत ही न्यायमुक्त बात यह थी कि जितने दिन तक मैं मुलाज़मत में रहूँ उतने दिन तक किसी प्रकार के राजनैतिक आन्दोलन में भाग न लूँ। मैंने सैण्ड्स साहब को एक पत्र भेजा और उसमें बहुत नम्रता के साथ यह लिखा कि "सैण्ड्स साहब आपने एक सच्चे अंग्रेज़ (Englishman) की हैसियत से जो उदारता दिखलाई है, उसके लिए मैं जन्म भर आपका कृतज्ञ रहूँगा। लेकिन बहुत दुख के साथ यह कहना पड़ता है कि अण्डमान से छूटते समय भी जब मैंने कोई शर्त स्वीकार नहीं की है तो मेरे लिए उचित है कि अब भी मैं कोई शर्त स्वीकार न करूँ। लेकिन सरकारी मुलाज़मत जब मैं स्वीकार करता हूँ तो उसका अर्थ यह होता है कि सरकारी कायदे-कानून को भी मैं स्वीकार करता हूँ। इसके अतिरिक्त मैं और कोई शर्त कबूल करना उचित नहीं समझता।" इस पत्र का कोई उत्तर मुझे नहीं मिला और मिलना आवश्यक भी नहीं था। जब मैं बाल-बच्चों को साथ लेकर घरबार छोड़कर फरार हो गया था, उस समय भी सैण्ड्स साहब की चिट्ठी आदि मेरे पास थी। लेकिन मेरी गिरफ़्तारी के बाद ये सब चीज़ें एवं और भी बहुतेरे आवश्यकीय काग़जात-पत्र एवं मेरी बहुत-सी किताबें-जाने कितनी जगह घूमघाम कर आज सब-के-सब खो गए हैं।

मुझे ठीक याद नहीं है, सम्भव है, थोड़े दिन श्री छेदालाल और श्री बनवारी लाल के साथ रहकर जब मैंने देखा कि पुलिस की तरफ से कोई विशेष उत्पात की सम्भावना नहीं है तो मैं भी ढीला पड़ गया।

श्री छेदालालजी के साथ संगठन-कार्य के सिलसिले में मैं फतेहगढ़ गया हुआ था। शहर के कुछ हिस्सों में एवं देहात में जाना पड़ा था। हमारे संगठन-कार्य का यह तरीका था कि जितनी जगहों में हो सके उतनी जगहों में दृढ़ चित्त कर्तव्यपरायण त्यागी साहसी युवकों को बैठाया जाय। इन्हीं को केन्द्र करके क्रमशः एक विराट् दल संगठित हो जाता है। गांव और शहर से वापस आकर गंगाजी के किनारे सुस्ता रहे थे। थोड़ी देर में गंगाजी के किनारे-किनारे घाट-घाट घूमना प्रारम्भ किया और यह देखना चाहा कि कोई ऐसा स्थान मिलता है या नहीं जहाँ पर मनुष्य विदेश से आकर टिक सकता है। उस समय फतेहगढ़ जिले के 'साध' नामक कौम के पुरुष और स्त्री बहुत

संख्या में एकत्र हुए थे। बैलगाड़ी में लदकर परिवार के परिवार चले आ रहे थे। इनको देखने से मालूम पड़ता था कि ये लोग बड़े सुखी है निर्द्वन्द्व हैं। इनमें अधिकांश स्त्रियाँ थीं। ये अधिक पर्दा नहीं करती थीं। निःसंकोच होकर गंगाजी में नहाती थीं, किनारे पर आकर खाती-पीती थीं। टोलियों में बैठकर संसार की सुख-दुख की बातें करती थी। कभी-कभी कुछ स्त्री-पुरुष एक टोली से दूसरी टोली में आते-जाते थे। सुनने में आया कि अब 'साध' लोग बड़े अमीर होते हैं। और इनका पेशा है व्यापार करना। दिनान्त में कुछ बैलगाड़ी में लदकर और कुछ पैदल घर को वापस जाते थे। उस समय मालूम होता था मानो किसी मेले से सब लौट रहे हैं। हम एक घाट से दूसरे घाट को जा रहे थे और इधर-उधर तीक्ष्ण दृष्टि से देखते जा रहे थे कि इस मेले के सदृश आदमियों की भीड़ में बुड्ढों, औरतों और बाल-बच्चों के छोड़कर नौजवान भी यहाँ पर हैं या नहीं और यदि है तो वे शिक्षित है या नहीं। अर्थात् मेरे लायक भी कोई युवक इस भीड़ में मिल सकता है या नहीं यह भी मैं देखता जा रहा था। एक दफा अचानक ही मैंने एक खुले कमरे के अन्दर एक युवक को बैठकर किताब पढ़ते हुए देखा। मेरा दिल उल्लसित हो उठा। मैं सीधा उस कमरे के अन्दर चला गया। मेरे साथ मेरे दो-एक साथी भी कमरे के भीतर चले आए। हम लोगों को देखकर वह नौजवान किताब की तरफ से अपनी दृष्टि हटाकर हम लोगों की तरफ देखने लगा। मैंने उस नवयुवक की दोनों आँखों में ऐसी चीज़ें देखीं जिससे मैंने अनुमान किया कि यह युवक नितान्त निविष्ट चित्त होकर अपनी किताब पढ़ रहा था। किताब की तरफ दृष्टि आकृष्ट होते ही मैंने देखा कि वह एक अंग्रेज़ी किताब थी। मैंने उस युवक से क्षमा प्रार्थना करते हुए कहा कि इस स्थान पर एक नवयुवक को दत्तचित्त होकर किताब पढ़ते हुए देखकर हम लोग आकृष्ट हुए हैं, और इसलिए आपके पास आए हैं। युवक ने सहृदयता के साथ हम लोगों को अपने तख्त पर बैठाया। यह विचारा भी तो नितान्त अकेला ही था। मनुष्य समागम से वह युवक कुछ असन्तुष्ट हुआ हो ऐसा मालूम नहीं पड़ा। अंग्रेज़ी किताब को उठाकर मैंने देखा वह भारतीय इतिहास पर परजिटर साहब का आधुनिकतम ग्रन्थ था। भारतीय इतिहास पर युवक से बातचीत होने लगी। इस प्रकार कुछ देर तक बातचीत होने के बाद यह मालूम हुआ कि उस युवक की एक बहन श्रीमती पार्वतीदेवी सत्याग्रह आन्दोलन के सिलसिले में राजद्रोहात्मक भाषण देने के कारण दो साल की कड़ी कै़द की सजा फतेहगढ़ की सैण्ट्रल जेल में भुगत रही हैं। अपनी बहन से मिलने के लिए वह युवक फतेहगढ़ आया हुआ है। यह भी मालूम हुआ कि आप लाहौर में लाजपतराय की प्रतिष्ठित राष्ट्रीय पाठशाला में अध्यापक है। इनका नाम है अध्यापक जयचन्दजी विद्यालंकार। आप गुरुकुल के स्नातक है, एवं भारतीय इतिहास पर विशेष खोज करके आपने दो ग्रन्थ भी लिखे हैं जिनमें से एक ग्रन्थ के लिए मंगलाप्रसाद पारितोषिक आपको मिला है। इस ग्रन्थ

का नाम हैं 'भारतीय इतिहास की रूपरेखा'। बहन की बात होते-होते राजनीति और सत्याग्रह आन्दोलन पर खूब बातें होने लगीं। मालूम पड़ा कि अमृतसर में डा० किचलू-साहब ने एक आश्रम खोला था। उस आश्रम में बंगाल के प्रसिद्ध क्रान्तिकारी अध्यापक श्री जोतिषचन्द्र घोष भी पधारे थे। लेकिन बाद को फिर उन लोगों के साथ कोई सम्बन्ध इत्यादि नहीं रहा। पहले तो जोतिष बाबू का नाम सुनकर दिल में यह खटका पैदा हो गया था कि चलो मेरे पहले ही बंगाल वाले पंजाब में अपना अड्डा जमा लिए हैं, और मुझे इसका कुछ पता भी नहीं। लेकिन जब बाद को सुना कि जोतिष बाबू के साथ इन लोगों का अब कोई सम्बन्ध नहीं है। तो मैं समझ गया कि अभी तक कोई संगठन कार्य नहीं हुआ है। जोतिष बाबू के साथ जयचन्द्र जी और कुछ छात्रों की खूब बातचीत हुई थी यह सुनकर मैं समझ गया कि क्रान्तिकारी आन्दोलन पर भी निश्चय ही बहुत बातचीत हुई होगी। फिर हिंसा-अहिंसा पर, महात्माजी की नीति पर, सत्याग्रह आन्दोलन पर, एवं बाद को क्रान्तिकारी आन्दोलन पर भी खूब बातचीत हुई। जयचन्द्रजी को जब मालूम हुआ कि मैं अण्डमान गया हुआ था और करीब चार साल तक वहाँ पर रहा तो वह मेरे प्रति बहुत आकृष्ट हो गए। उन्होंने बतलाया कि फतेहगढ़ से वह इलाहाबाद आएँगे। उस समय 'बन्दी जीवन' नामक मेरी पुस्तक छप चुकी थी। मैं चाहता था कि जयचन्द्रजी मेरी किताब पढ़ें। किताब मेरे पास नहीं थी। इसलिए तथा जयचन्द्रजी से बातचीत और आगे बढ़ाने के लिए यह तय पाया कि इलाहाबाद में राष्ट्रीय स्कूल में जयचन्द्रजी से मेरी मुलाक़ात होगी। इलाहाबाद में फिर मुलाक़ात हुई। 'बन्दी जीवन' पढ़कर जयचन्द्रजी अत्यन्त प्रभावित हुए। इस प्रकार से जयचन्द्रजी हमारे दल में सम्मिलित हुए। इन्होंने मुझे लाहौर बुलाया। मैं लाहौर गया। अध्यापक जयचन्द्रजी के मकान में ही अतिथि हुआ। लाहौर में मैं कुछ नौजवानों से परिचित हुआ। इन नौजवानों में एक का नाम था सरदार भगतसिंह। लाहौर के नौजवानों में से कोई तो रावलपिंडी का रहनेवाला था कोई था गुजराँनवाला का, कोई था गुरदासपुर का और कोई होशियारपुर का। ये सब लाजपतराय के प्रतिष्ठित 'तिलक स्कूल ऑफ पालिटिक्स' के छात्र थे। एक-एक करके इन सब नवयुवकों से देर रात बातचीत होती रही। सशस्त्र क्रान्ति के मार्ग को छोड़कर भारतवर्ष कभी भी स्वाधीन नहीं हो सकता, और सशस्त्र क्रान्ति होना निश्चय ही सम्भव है, इन सब बातों पर विशेष रूप से ज़ोर देते हुए, और पिछले क्रान्ति युग के इतिहास को बतलाते हुए मैंने इन सब नवयुवकों को क्रान्ति मार्ग में दीक्षित किया।

लाहौर में हम लोगों के एक बहुत पुराने साथी थे श्री केदारनाथजी सहगल। इनसे भी मैं मिलने गया। ये व्यक्ति बारहों महीना, तीसों दिन, हरघड़ी सिर से पैर तक काले कपड़े पहने रहते थे। भारतवर्ष जब तक स्वाधीन नहीं होता है तब तक इनका प्रण था कि सफेद कपड़ा नहीं पहनेंगे।

श्री केदारनाथ के यहाँ और भी पुराने साथियों के साथ बातचीत हुईं। श्री केदारनाथ और ये सब दूसरे पुराने साथी काम करने के लिए आगे नहीं बढ़े। श्री केदारनाथजी के जरिये यह मालूम हुआ कि पहले लाहौर षड्यन्त्र केस के श्री पृथ्वीसिंह जी के साथ उनका कुछ सम्बन्ध है। मैंने बार-बार आन्तरिक चेष्टा की कि पृथ्वीसिंह जी से मेरी मुलाक़ात हो जाय लेकिन मेरे दुर्भाग्यवश से उनसे मुलाक़ात नहीं हो सकी।

इस वक़्त मुझे ठीक से यह याद नहीं है, यदि उस समय के संवादपत्रों आदि से सहायता ली जाए तो सम्भव है, सिलसिले को ठीक रखते हुए सब बातें मैं बता सकूँ। इस समय कुछ आगे की बातें पीछे कह रहा हूँ या पीछे की बात आगे बता रहा हूँ या नहीं इसके बारे में कुछ निश्चयपूर्वक मैं कह नहीं सकता। जिस समय नाभा में अकालियों का सत्याग्रह हो रहा था उस समय मैं अमृतसर आया हुआ था। सम्भवतः जयचन्द्रजी से मिलकर मैं सीधा अमृतसर आया था। सिक्खों का जो महान् **दृश्य** उस समय मैंने देखा उसकी तुलना भारतवर्ष के किसी प्रान्त में भी नहीं हो सकती। नाभा में प्रतिदिन गोली चल रही थी। उसके मुकाबले में प्रतिदिन सिक्ख जत्थे गोली का सामना करने के लिए नाभा जाते थे। पंजाब के हर एक प्रान्त से किसान, मज़दूर, छात्र, नौजवान, बूढ़े, प्रौढ़ हर एक प्रकार के सिक्ख इन जत्थों में आ-आकर शामिल होते थे। मैंने स्वयं देखा कि अमृतसर में जब ये जत्थे पहुँचते थे। तो बिल्कुल सामरिक रीति से इन जत्थों का स्वागत होता था। और इनकी कितनी ही माताएँ, बहनें, स्त्रियाँ इनसे आकर मिलती थीं। अपने प्रेम से, अपनी उमंग से, हृदय के अन्तस्तल से ये माताएँ, बहनें और स्त्रियाँ इन सिक्खों के गलों में प्रीति के, स्नेहाशीर्वाद के, मंगलकामना के प्रतीकस्वरूप मालाएँ पहनाती थीं। अमृतसर में एक तरफ रसद का इंतज़ाम था, अस्पताल की व्यवस्था थी। नाभा सें चोट खाए कितने व्यक्ति इन अस्पतालों में आकर आश्रय लेते थे। एक अस्त्र को छोड़कर और सब बातों में पूरी लड़ाई की तैयारी थी। इन सिक्खों के पीछे महात्माजी का आशीर्वाद नहीं था, इस सिक्ख आन्दोलन के पीछे कांग्रेस की प्रेस्टीज भी नहीं थी। कांग्रेस को कोई भी गण्यमान नेता इस सिक्ख आन्दोलन के साथ नहीं था। लेकिन एक बात अवश्य थी जिसे स्वीकार करना पड़ेगा कि सिक्ख लोग अपने नेतृत्व में अपनी क़ौम के लिए जैसा असाध्य साधन करके दिखला सकते हैं, दूसरी क़ौम के साथ मिलकर, अखिल भारतवर्षीय आन्दोलन में उस आन्तरिकता के साथ वे वैसा नहीं करते।

इस अवसर पर एक सर्वमान्य सिक्ख नेता के साथ मेरी खूब बातचीत हुई थी। उसका नाम यहाँ पर उल्लेख करना कदापि उचित नहीं होगा।[3] जिस दिन भारत स्वाधीन हो जाएगा उस दिन उनका नाम प्रकाशित किया जा सकता है। इस नेता ने बहुत आन्तरिकता के साथ मेरे पास एक प्रस्ताव किया था। उन्होंने यह बतलाया था

कि सिक्ख आन्दोलन अब ऐसी स्थिति पर आ पहुंचा है कि अब यह आन्दोलन आगे चलाना प्राय: असम्भव-सा हो गया है। सिक्खों के खेती का काम नष्टप्राय हो चला है। उनके सब व्यापार एवं काम-धंधे चौपट हो चुके हैं। सरकार से समझौते का भी कोई लक्षण नहीं दिखलाई देता। सिक्खों के गुरुद्वारा आन्दोलन का परिणाम क्या होगा, यह कहना बहुत ही कठिन हो गया है। ऐसी परिस्थितियों में यदि प्रचण्ड रूप से आतंकवाद की सृष्टि की जा सके तो बहुत सम्भव है कि सरकार के ऊपर खूब दबाव पड़े। मैंने उन्हें यह आश्वासन दिलाया कि यदि कांग्रेस के कुछ नेतागण इस बात का विरोध न करें तो जैसा आप कहते हैं हम वैसा ही करेंगे। लेकिन हम यह नहीं चाहते हैं कि हमारे काम से कांग्रेस के आन्दोलन को कुछ धक्का पहुँचे।

इसी समय एक और विशेष महत्त्वपूर्ण बात हुई। लाहौर षड्यन्त्र केस के एक व्यक्ति सरदार गुरुमुखसिंह सरकार की हिरासत से भाग निकले थे। आपसे मेरी पहली मुलाक़ात अण्डमान जेल में हुई थी। मेरे छूट जाने के बाद सरदार गुरुमुख सिंह को भारत के जेल में वापस भेज दिया गया था। आपको मद्रास के एक जेल से दूसरे जेल में ले जाया जा रहा था। पैरों में लोहे की बेड़ी थी लेकिन इनके दुर्लभ साहस को ले देखिए कि चलती ट्रेन से मौक़ा देखकर सरदार गुरुमुखसिंह अन्धकार में कूद पड़े। पुलिस ग़फलत में पड़ी रही सरदार गुरुमुखसिंह उन्मत्त उत्ताल तरंग समाकीर्ण जीवन समुद्र में अदृश्य हो गए। किस प्रकार से बाद को वह अपनी बेड़ी से मुक्त हुए, एवं कैसे किधर गए इसका पूर्ण वर्णन मैंने 'विचार विनिमय' नामक अपनी पुस्तक में किया है। इसलिए इस बात को यहाँ पर दुहराने की कोई आवश्यकता नहीं है। लाहौर के सर्वमान्य नेता के साथ बातचीत करने के पश्चात् मुझे पता चला कि सरदार गुरुमुखसिंह भी इस समय अमृतसर में उपस्थित हैं; और फिर मैं उनसे मिलने गया।

अमृतसर गुरुद्वारा के पास ही एक गली में एक छोटे-से मकान में आ पहुंचा। नीचे दुकानें थीं, ऊपर सरदार गुरुमुखसिंह रहते थे। अकाली आन्दोलन के सर्वमान्य नेता भी मेरे साथ इस स्थान पर आए थे। सन् 1920 में सरदार गुरुमुखसिंह को अण्डमान में छोड़कर आया था। इतने दिन के बाद फिर फरार हालत में सरदार गुरुमुखसिंह से मिलकर विचित्र आनन्द का अनुभव कर रहा था। एक तरफ साम्राज्य की तमाम शक्ति विप्लववादियों को कुचलने के लिए निर्मम रूप से लगी हुई है दूसरी तरफ अज्ञात कुलशील असहाय सम्पदहीन होते हुए भी आत्मविश्वास के कारण ही अपने आदर्श में अविचलित श्रद्धा रखने के कारण ही, विप्लववादी जीवन की बाजी लगाकर असंख्य बाधाओं का सामना करते हुए भी कैसी निष्ठा के साथ अपने काम में कैसे निर्भीक होकर उत्साह के साथ लगे हुए हैं। एक और विशेष महत्वपूर्ण बात ध्यान में रखने की यह है कि अकाली आन्दोलन एक प्रकाश्यजन आन्दोलन था, वह आन्दोलन सशस्त्र क्रान्तिकारी आन्दोलन न था। उस आन्दोलन के नेतागण भी

क्रान्तिकारी नहीं थे। लेकिन इस आन्दोलन के नेतागण अहिंसा नीति को आसमान पर नहीं चढ़ाते थे। जैसी परिस्थिति थी उसी के अनुकूल वातावरण में जन-आन्दोलन को जिस प्रकार से निर्भीक रूप में चलाया जा रहा था उसी प्रकार से भारत के दूसरे राष्ट्रीय आन्दोलन के प्रति अकाली आन्दोलन के नेतागण उदासीन न रहकर उसके प्रति अपनी स्पष्ट सहानुभूति की अविचलित स्वर में घोषणा करने में हिचकते नहीं थे। इसीलिए सशस्त्र क्रान्तिकारी आन्दोलनकारियों के प्रति अकाली आन्दोलन के नेतागणों ने कोई भी असम्मानसूचक अथवा निरूत्साह-व्यंजक शब्दों का व्यवहार नहीं किया। अपनी कांफ्रेस में अकालियों ने स्पष्ट शब्दों में यह घोषणा की कि अभी क्रान्ति का समय नहीं आया है इसलिए हम सलाह देते हैं कि जो वीर और त्यागी नवयुवकगण क्रान्तिकारी कार्य में लगे हुए हैं वे, अपने कार्य से विरत हों। उनकी वीरता, उनका त्याग उनका साहस सराहनीय है। लेकिन उनके कार्य अभी समयोपयोगी नहीं है। इस मनोवृत्ति के साथ यदि हम कांग्रेस के नेतागणों की मनोवृत्ति की तुलना करते हैं तो मन में ऐसा लगता है कि ये लोग विशेष करके महात्माजी और उनके अनुयायीगण मानों क्रान्तिकारियों को अपना और अपने देश का शत्रु समझते है। कांग्रेस के प्लेटफार्म से, एवं सभापति के आसन से भी, ऐसे विषवत् वाक्यों के उद्‌गार किए जाते हैं जिससे देश में क्रूर एवं प्रबल दलबन्दी की भावना उत्पन्न होती है। ऐसा मालूम पड़ता है कि इन नेताओं के दिल में क्रान्तिकारियों के प्रति एक उग्र कटुता-सी है। कभी तो ये नेतागण क्रान्तिकारी आन्दोलन की उसे इंफेंटाइल (Infantile) अर्थात् बालकोचित कहकर निन्दा करते हैं और कभी क्रान्तिकारी आन्दोलन को फैसिस्टक कहकर अपनी जलन को शान्त करते हैं। और कभी ऐसा भी कह देते हैं कि क्रान्तिकारियों ने देश की प्रगति को पचास साल पीछे हटा दिया है। यह भी आक्षेप किया जाता है कि क्रान्तिकारीगण बलपूर्वक असहाय निर्दोष व्यक्तियों को शहीद बना देते हैं। इस मनोवृत्ति के पीछे शान्त युक्ति नहीं है, इसके पीछे ऐतिहासिक प्रेरणा भी नहीं है और सर्वोपरि इसके पीछे देश-हित की कल्याणमयी कामना भी नहीं है। इसके पीछे केवल अहंकार का एक उग्र रूप विद्यमान है कांग्रेस के नेताओं ने भी सरलतापर्वूक आत्यन्तिक रूप में भारत की स्वाधीनता के प्रश्न को न स्वीकार किया और न उसका विचार किया। जिस समय संसार के प्रत्येक पराधीन राष्ट्र अपनी स्वाधीनता को प्राप्त करने के लिए बेचैन है, तड़प रहा है, असाध्य साधन के लिए सर्वस्व विसर्जन करने को भी तैयार हो रहा है, एवं अद्‌भुत साहस और निष्ठा के साथ अपने ध्येय के पीछे लगा हुआ है, उस समय भारतवर्ष के लब्ध-प्रतिष्ठित नेतागण अपने सामर्थ्य को अपने ध्यान में रखते हुए भी भारतवासियों को रास्ता दिखाने की हिम्मत करते हैं और उनके नेतृत्व में जो विश्वास नहीं करते हैं, ऐसे क्रान्तिकारियों के प्रति वे कटुतापूर्ण उद्‌गार करते हैं। लेकिन जैसे अकाली नेतागण एक तरफ

क्रान्तिकारियों के प्रति सहानुभूति सूचक शब्द व्यवहार करते थे, इसी प्रकार दूसरी तरफ अकाली नेतागण सरदार गुरुमुखसिंह जैसे विद्रोहियों का छिपकर साथ देते थे, और उनकी सहायता भी करते थे।

सरदार गुरुमुखसिंह के कमरे में अकालियों के एक सर्वमान्य नेता थे। सलाह हो रही थी कि आतंकवाद की सृष्टि करके अकाली आन्दोलन को सहायता पहुंचाई जा सकती है या नहीं। मैं जानता था कि अपना दल अभी पूर्ण रीति से संगठित नहीं हुआ है तथापि यह भी मैं जानता था कि दो-चार सरकारी अफसरों को यम-धाम पहुँचाने के लिए जितनी शक्ति की आवश्यकता है उतनी शक्ति हमने प्राप्त कर ली है। मैं यह भी जानता था कि आतंकवाद के चक्कर में पड़कर क्रान्तिकारी आन्दोलन को काफी धक्का लग सकता है। मैं यह भी खूब जानता था कि आतंकवाद के द्वारा कभी भी देश के स्वाधीन नहीं किया जा सकता। लेकिन देशवासियों की सहानुभूति आकृष्ट करने के लिए जनान्दोलन के नेतागणों की सहायता पाने के लिए हम लोगों को बार-बार आतंकवाद के चक्कर में पड़ना पड़ा है। इस पहलू को विचार-विनिमय नामक अपनी पुस्तक में पाठकों के सामने रखना मैं भूल गया हूँ। भारत के आतंकवाद के मूल में यह भी एक प्रबल बात थी कि बहुत-से धनी व्यक्ति क्रान्तिकारियों को सहायता देने के लिए इस शर्त पर तैयार हो जाते थे, कि क्रूर अत्याचारी राजपुरुषों को समाप्त कर दिया जाए। वारीन्द्र ने, इस बात को प्रकाश्य रूप में स्वीकार किया है। पंजाब में भी अकाली नेता की मनोवृत्ति को देखकर वही बंगाल की बात याद आती है। सरदार गुरुमुखसिंह के कमरे में बैठकर यह तय हुआ कि भारत के बड़े लाट के ऊपर बम और पिस्तौल से हमला किया जाए। उस समय सरदार गुरुमुखसिंह भी पंजाब में बोलशेविक नीति पर एक दल के संगठन कार्य में लगे हुए थे। लेकिन उनके दल में यह सामर्थ्य न थी कि लाटसाहब के ऊपर आक्रमण का कोई इन्तजाम कर सकें। जैसा मैं पहले बता चुका हूँ मैंने युक्त प्रान्त में एक छोटा-सा दल खड़ा कर लिया था। मैंने इन लोगों से वादा किया कि बंगाल के देशबन्धु सी० आर० दास से सलाह करने के बाद ही मैं यह बता सकता हूँ कि लाट साहब के ऊपर हमले का दायित्व मैं ले सकता हूँ या नहीं। पंजाब के नेताओं को मैंने स्पष्ट शब्दों में समझा दिया कि हम ऐसा कोई काम करना नहीं चाहते जिससे जन-आन्दोलन को कोई धक्का पहुँचे। महात्मा गाँधी से बंगाल के कुछ क्रान्तिकारियों ने वादा किया था कि सालभर महात्माजी के कार्य में वे लोग बाधा नहीं देंगे। मैंने अपने दिल में यह आशा पोषी थी कि देशबन्धु सी० आर० दास और उनके ऐसे दूसरे कांग्रेसी नेताओं को विप्लव आन्दोलन के प्रति सक्रिय रूप में आकृष्ट करूँगा। इस मनोवृत्ति के कारण मैं यह नहीं चाहता था कि सी० आर० दास की इच्छा के विरुद्ध आतंकवाद की सृष्टि की जाय। मुझे ऐसा भी मालूम था कि अभी थोड़े दिन पहले ही सी० आर० दास में

और ब्रिटिश सरकार के प्रतिनिधि में राजनीतिक मामलों के बारे में कुछ समझौते की बातचीत चल रही थी। अकाली नेता एवं गुरुमुखसिंह ने मेरे दृष्टिकोण का समर्थन किया।

कहाँ पर लाट साहब के ऊपर हमला किया जाय इस पर भी विचार हुआ। पाठक सुनकर हैरान हो जाएँगे कि सिक्ख आन्दोलन इतना व्यापक एवं गम्भीर हो चुका था कि बड़े-से-बड़े सिक्ख अफसर भी इस आन्दोलन को हर प्रकार से सहायता देने के लिए तैयार हो गए थे। गुरुमुखसिंह के कमरे में जो सिक्ख अफसर मौजूद था उसने मुझसे कहा कि शिमला में ही हमला हो सकता है। और लाट साहब के चलने-फिरने के बारे में एक घण्टे की खबर हमको दी जा सकती है। शिमला के बारे में थोड़ा-बहुत परिचित था क्योंकि मैं एक साल तक शिमला में रह चुका था। मैं जानता था कि शिमला से बाहर निकल जाने के लिए सैकड़ों रास्ते हैं। शिमला में मेरे आने-जाने का इन्तजाम होने लगा।

एक और विशेष महत्वपूर्ण बात यहाँ बता देना अप्रासंगिक न होगा। मुझे एक तार की नकल दिखलाई गई। यह तार जंगी लाट की तरफ से नाभा के जंगी अफसर के पास जा रहा था। यह तार संकेत में लिखा हुआ था। मुझसे कहा गया कि मैं इस तार का मर्मोद्‌घाटन करूँ। मैंने देखा हज़ार की संख्या में (इकाई दहाई सैकड़ा हज़ार ऐसे हज़ार की संख्या में) कई एक अंक तीन लम्बी-लम्बी कतारों में सजाये हुए हैं—अर्थात् मान लीजिए कि ऐसा है: पहले 4516 लिखा हुआ है, उसके नीचे 3721 लिखा है और उसके नीचे 7528 लिखा है इसी प्रकार से तीन लम्बी-लम्बी कतारों में ऐसे आँकड़े सजाये हुए हैं। ऐसा गोपनीय तार भी सिक्ख अफसर ने तार घर से नकल करके विप्लववादियों के हाथ में लाकर रख दिया है। मैंने इन्हें समझाया कि इस तार के अर्थ को समझने के लिए कई महीनों तक परिश्रम करना पड़ेगा। फिर संकेत विज्ञान से भी खूब परिचित रहना नितांत आवश्यक है। और मैं ऐसा परिचित नहीं हूँ। मैंने यह भी बतलाया था कि हम लोगों के सांकेतिक चिन्ह आज भी सी० आई० डी० वाले समझ नहीं पाए हैं। हम लोगों के एक साथी श्री विनायक राव कापले के मृत-शरीर के साथ एक चिट्‌ठी भी पाई गई थी। उस चिट्‌ठी में कुछ सांकेतिक चिन्ह थे आज भी सी० आई० डी० वाले इन चिन्हों का अर्थ समझ नहीं पाए हैं। तार की नकल तो और बात रही लाटसाहब के दफ्तर से नाभा के सम्बन्ध में पूरी फाइल-की-फाइल (कागजात) अकालियों ने गायब करा दी। इसका नाम है जन-आन्दोलन इसको कहते हैं क़ौम की प्रीति! सिक्ख लोग सरकारी नौकरी भी करते थे और अपनी जाति की सेवा के लिए भी सब कुछ करने के लिए तैयार रहते थे। भारतवर्ष की दूसरी जातियों में इसकी तुलना मिलनी कठिन नहीं, असम्भव है।

अकाली नेता और सिक्ख अफसर से मिलने के बाद सरदार गुरुमुखसिंह से संगठन के बारे में बहुत बातचीत हुई। मुझे पता चला कि सरदार गुरुमुखसिंह रूस

होकर आए हैं, काबुल में भी इनके अड्डे मौजूद हैं। काबुल में पंजाब को आने-जाने का विशेष उपाय निर्धारित है। गुरुमुखसिंहजी कई बार काबुल से पंजाब आए हैं और गए हैं। सरदार गुरुमुखसिंहजी बोलशेविकों के सिद्धान्त के आधार पर सिक्खों में ही अपना संगठन करना चाहते हैं। उनसे बातचीत करके मैंने यह अनुभव किया कि सिक्खों को छोड़कर दूसरी किसी क़ौम के साथ मिलकर अब ये लोग कुछ काम नहीं करना चाहते। मुझे बहुत दुःख हुआ। लेकिन मैं समझ गया कि क्रान्तिकारी आन्दोलन में भी साम्प्रदायिकता का विष अपना असर दिखाने लग गया है। मैंने यह खूब समझ लिया कि गुरुमुखसिंह अब मेरे साथ मिलकर कोई काम नहीं करेंगे।

अमृतसर से मैं लाहौर लौट आया। भविष्य में गुरुमुखसिंह से सम्बन्ध कायम रखने के लिए प्रयोजन कर लिया। अध्यापक जयचन्द्रजी को गुरुमुखसिंह के बारे में सब बातें बता दीं, लेकिन जहाँ तक मुझे आज याद है लाटसाहब के ऊपर हमले की बात इन्हें नहीं बताई।

इधर भगतसिंह से बातचीत करने पर मालूम पड़ा कि भगतसिंह के पिता भगतसिंह की शादी कराने का तमाम आयोजन कर रहे हैं। मैंने खुद तो शादी कर ली थी लेकिन मैं यह खूब अनुभव कर रहा था कि मैंने शादी करके बड़ी भारी गलती की है। मैंने भगतसिंह को समझा दिया कि यदि शादी कर लोगे तो भविष्य में क्रान्तिकारी आन्दोलन में तुम अधिक काम नहीं कर पाओगे। भगतसिंह शादी करना नहीं चाहते थे। मेरा यह एक नियम था कि दल के आदमी की परीक्षा करने की गरज से मैं यह देखना चाहता था कि अपने दल का व्यक्ति त्याग करने के लिए कहाँ तक तैयार है। हम लोग तो उसी को अपने दल का आदमी समझते थे जो व्यक्ति हर घड़ी इस बात के लिए तैयार हो कि जब कभी कहा जाय तभी घर बार छोड़कर काम करने के लिए मैदान में उतर पड़े। इस नीति के अनुसार मैंने भगतसिंह से कहा कि "क्या तुम घर-बार छोड़ने को तैयार हो। यदि तुम शादी कर लोगो तो आगे चलकर अधिक काम करने की आशा तुमसे नहीं रहेगी। और यदि तुम घर में रहते हो तो उन्हें शादी करनी पड़ेगी। मैं नहीं चाहता कि तुम शादी करो। इसलिए मेरी इच्छा है कि तुम घर छोड़कर मैं जहाँ कहूँ वहाँ रहने लग जाओ।" भगतसिंह घर छोड़ने के लिए तैयार हो गए। मैंने एक दफा चाहा था कि सरदार किशनसिंह (भगतसिंह के पिताजी) से मिल मिला लें। क्योंकि अतीत युग में सरदार किशनसिंह से हम लोगों का कुछ सम्बन्ध रहा था। लेकिन भगतसिंह के घर से बाहर चले जाने की बात से मैंने यह निर्णय किया कि सरदार किशनसिंह से नहीं मिलूंगा। मुझे यह याद है कि एक दफा एक बंगले के सदृश मकान में मैं लाहौर शहर की बाहरी तरफ सरदार किशनसिंह जी से मिला था, किस बार मिला था मुझे इस बात का स्मरण नहीं है। मेरे कहने पर भगतसिंहजी घर छोड़कर युक्तप्रांत चले गए थे। पहले-पहल कानपुर में मुन्नीलालजी अवस्थी के मकान पर उनके रहने का इन्तजाम किया गया था।

श्री मोतीलाल नेहरू, जवाहरलाल नेहरू तथा श्री सी. आर. दास से भेंट

इधर बंगाल की बातें कहने को बहुत कुछ रह गई हैं। जमशेदपुर के काम को छोड़ देने के बाद और इलाहाबाद आने के पहले एवं इलाहाबाद से भी मैं कई दफा कलकत्ता गया था। उसका विवरण देना अभी बाकी है।

पंजाब का समाचार लेकर के उस समय मैं बंगाल गया था। आज भी मुझे यह ठीक-ठीक स्मरण है कि मैं देशबन्धु सी. आर. दास से कई बार मिला था और पंजाब का संदेश लेकर उनसे बहुत बातचीत हुई थी। उसका सब वृतान्त आज प्रकाश कर देने से किसी की भी कोई हानि नहीं है, ऐसा मैं समझता हूं। इसके पहले पं० जवाहरलालजी से भी मेरी बातचीत हुई थी उसे भी यहाँ लिख देना अप्रासंगिक नहीं होगा। विशेष करके पं० जवाहरलालजी ने अपनी आपबीती (मेरी कहानी में) क्रान्तिकारी आन्दोलन के बारे में जगह-जगह पर अपने बहुत कुछ मन्तव्य प्रकाशित किये हैं। जमशेदपुर के काम को छोड़ देने के बाद इलाहाबाद में मैंने पं० मोतीलाल जी नेहरू एवं पं० जवाहरलालजी नेहरू से मुलाक़ात की थी। उस समय पं० मोतीलाल नेहरू स्वराज्य पार्टी बनाने में लगे हुए थे। अभी तक देहली में कांग्रेस का विशेष अधिवेशन नहीं हुआ था। मुझे इस समय याद नहीं है कि गया में कांग्रेस का वार्षिक अधिवेशन हो चुका था या नहीं। मोतीलाल जी से मैंने बहुत नम्रता एवं आन्तरिकता के साथ यह निवेदन किया था कि कांग्रेस कार्यक्रम का यह एक प्रधान अंग होना चाहिए कि कांग्रेस सदस्यों को लेकर जो संगठन हो उसका स्वरूप ऐसा होना आवश्यक है जैसा आयरलैंड का 'शिनफीना' संगठन था अथवा जैसा यूरोप के अन्य देशों में राजनीतिक संगठन होते थे। यहाँ आवश्यकता पड़ने पर आदमियों की माँग की जाती है और उस समय जाने कितने प्रकार के आदमी कितनी विभिन्न

भावनाओं को लेकर थोड़े दिन के लिए कांग्रेस के काम में भाग लेते हैं। लेकिन होना यह चाहिए कि देश-सेवा के आदर्श को लेते हुए त्यागी मनुष्यों का ऐसा दल तैयार हो जिसमें प्रत्येक व्यक्ति देश-सेवा के आदर्श को यथार्थ रूप में हृदयंगम करके भ्रातृभाव से प्रणोदित होकर बहुकाल व्यापी त्याग का जीवन व्यतीत करने के लिए तैयार हो। मेरे दिल में और भी बहुत-सी बातें थीं जिन्हें प्रकाश करने के पूर्व ही पं० मोतीलाल जी मेरे प्रस्ताव की हँसी उड़ाने लग गए। मैं पंडितजी को यह नहीं समझा पाया कि फ्रांसीसी राज्य क्रान्ति के पहले फ्रांस में और विशेषकर पेरिस में कितने राजनीतिक क्लबों की स्थापना हुई थी। पंडितजी ने मेरी बातों को पूरी तरह से सुना भी नहीं और जब कभी अपने कामों से फुरसत पाते थे और मैं पास होता था। तो पंडितजी मेरी तरफ दृष्टि निर्क्षेप करके मुस्कराकर मुझसे पूछते थे, "कहो मिस्टर सान्याल और कुछ ब्रिलियण्ट सजेशन हैं?" मैं भी अपनी लज्जा और झेंप छिपाने के लिए कह दिया करता था, "यहाँ तो सभी ब्रिलियण्ट हैं इन सबके सामने मैं क्या अपनी ब्रिलियन्सी दिखलाऊँ।" पं० मोतीलालजी से तो इससे आगे बातचीत बढ़ी नहीं। लेकिन पं० जवाहरलालजी से दो-तीन दिन तक बहुत बातचीत हुई थी। यदि पंडितजी की राय मेरी राय से मिल गई होती तो आज ये सब बातें लिखने की आवश्यकता न होती। कारण उस अवस्था में तो वे हमारे सहयोगी होते और अपने आदमियों की बात शत्रुओं के सामने प्रकाशित कर देने का अर्थ होता है देशद्रोह करना। इसके अतिरिक्त पं० जवाहरलालजी ने अपनी आत्मकहानी में क्रान्तिकारियों के प्रति अपनी राय व्यक्त करना उचित समझा है, तथा समय-समय पर भारत के राष्ट्रीय नेता की हैसियत से क्रान्तिकारियों के बारे में उन्होंने बहुत-से वक्तव्य प्रकाशित किये हैं। मैंने भी एक क्रान्तिकारी होने के नाते पं० जवाहरलालजी से जो बातचीत की थी राष्ट्रीय आन्दोलन के इतिहास में भी उसका एक स्थान होना उचित है ऐसा मैं समझता हूँ। अण्डमान से लौटने के बाद राजनीतिक बन्दियों की मुक्ति के लिए आन्दोलन में उनसे सहायता पाने की इच्छा से एक दफा मैं पं० जवाहरलालजी से मिला था। इसका उल्लेख मैंने पहले ही कर दिया है। इसलिए पण्डितजी से मेरी कुछ थोड़ी बहुत पहचान हो गई थी। पं० मोतीलालजी से निराश होकर मैंने चाहा कि एक दफे पं० जवाहरलालजी से भी अच्छी तरह से बातचीत करके क्यों न देख लूँ। एक दफे मिलने की इच्छा प्रगट करने पर पं० जवाहरलालजी ने मेरे मिलने के लिए एक समय नियत कर दिया। उस नियत समय पर एक दिन प्रातःकाल मैं 'आनन्दभवन' में पं० जवाहरलालजी से मिला। वह समय पंडितजी का जलपान करने का समय था। बातचीत शुरू होते ही पंडितजी के लिए कुछ फल इत्यादि आए थे। मुझसे भी उन्होंने पूछा 'कुछ खाओगे'? मैंने नम्रता से उत्तर दिया 'नहीं, मेहरबानी है, मैं खाकर आया हूँ।' पंडितजी खाते-खाते मेरे साथ बातचीत करते रहे। कम-से-कम

डेढ़ घण्टे तो अवश्य बातचीत हुई होगी। मैं पंडितजी को क्रान्तिकारी आन्दोलन की आवश्यकता और उसकी सफलता के बारे में विश्वास दिलाना चाहता था।

पं० जवाहरलालजी से जब मेरी बातचीत हो रही थी और मैं पंडितजी के चेहरे की तरफ देखता था तो मुझे ऐसा अनुभव होता था कि मानों मैं एक अर्वाचीन अल्प बुद्धि बहका हुआ सरल लेकिन नासमझ युवक हूँ, और पंडितजी मानों निहायत कृपापूर्वक मेरे साथ बैठकर कुछ समय नष्ट कर रहे है। कुछ इस तौर पर कि बेचारा एक सरल बहका हुआ युवक आया है, कुछ कहना चाहता है, क्या करें, कुछ तो समय देना ही पड़ेगा। अच्छा कहो, सुनते हैं। नाश्ते का समय है यों ही सही। लेकिन जैसे-जैसे बातचीत होने लगी वैसे-वैसे ही क्रमशः उनका निस्पृह उदासीन भाव चला गया और अपने पक्ष को लेकर पंडितजी ने भी वैसे ही गम्भीरतापूर्वक तर्क किया जैसा मैंने अपने पक्ष को लेकिन आन्तरिकता के साथ उन्हें समझाना चाहा। पंडितजी ने बहुत शन्तिपूर्वक किसी बात को न छिपाकर अपनी बात को निहायत स्पष्ट शब्दों में मेरे सामने रख दिया। पंडितजी का कहना था कि आधुनिक काल में सुप्रतिष्ठित किसी भी राष्ट्र के विरुद्ध वहाँ की प्रजा के लिए सशस्त्र क्रान्ति करना असम्भव है। मैंने रूस और जर्मनी का दृष्टान्त दिया और कहा कि आधुनिक काल में इन देशों में सशस्त्र क्रान्ति सम्भव हुई है। पंडितजी ने मुझे समझाना चाहा कि गुप्त रीति से षड्यन्त्र के मार्ग को ग्रहण करने पर हम कभी भी सफलता प्राप्त नहीं कर सकेंगे कारण एक तो हमें इस मार्ग में बहुत थोड़े आदमी मिलेंगे और दूसरे यह कि जो आदमी मिलेंगे भी उनमें से हमेशा मुखबिर पैदा होंगे। इन मुखाबिरों की वजह से संगठन का कोई काम पूर्ण नहीं हो पाएगा। हम लोग गुप्तरीति से षड्यन्त्र रचेंगे। थोड़े दिनों में सब बातें खुल जाएँगी। जेलखाने तथा फाँसी के तख्तों पर हम लोगों की जानें जाएँगी और इस मार्ग से हम लोग कुछ भी नहीं कर पाएंगे। मैंने उनकी यह बात स्वीकार कर ली कि गुप्त रीति से काम करने पर मुखाबिर तो अवश्य पैदा होंगे और इन मुखाबिरों के मारे बार-बार हमारा संगठन टूट जायेगा और बार-बार हमारे आदमी काले पानी में तथा फाँसी के तख्तों पर जानें देंगे। तथापि बार-बार क्रान्तिकारी संगठन पुनः तैयार होगा और हर बार यह संगठन पहले की अपेक्षा अधिक शक्तिशाली एवं व्यापक बनता जायेगा और फाँसी के तख्तों पर तथा कालेपानी में जीवन विसर्जन करने के परिणामतः देशभर में लोगों के दिलों में त्याग की भावना फैलेगी। प्राणों का मोह कटेगा, साहस एवं दृढ़ता बढ़ेगी, एवं सर्वोपरि क्रान्ति की भावना अव्यर्थरूप में देशभर में प्रसार लाभ करेगी। मैंने उनसे यह भी कहा कि पहले पहल तो बंगाल में ही एक गुप्त षड्यन्त्र रचा गया। लेकिन इस क्रान्तिकारी षड्यन्त्र के मामले के परिणाम में क्रान्ति की लहर बंगाल से लेकर पंजाब तक फैल गई। एक षड्यन्त्र के मामले के स्थान पर प्रतिवर्ष बीसियों षड्यन्त्र मामले चले एवं दिन ब दिन यह षड्यन्त्रकारी दल

क्रमशः बढ़ता ही गया, घटा नहीं। जितनी फाँसियाँ हुईं, जितनी कालेपानी की सजाएँ हुईं उतने ही प्रबल रूप में क्रान्ति की भावना देशभर में फैली। फाँसी या मुखबिरों के कारण क्रान्तिकारी आन्दोलन दबा नहीं बल्कि बढ़ता ही गया। मुखबिरों के बारे में सच बात तो यह है कि हम लोगों का काम जितना बढ़ेगा उतने ही बड़े-बड़े मुखाबिर भी पैदा होंगे। तभी तो हम लोगों का काम थोड़े पैमाने में हो रहा है इसलिए अभी जो मुखाबिर पैदा होंगे। उनसे हमारी हानि थोड़ी ही होगी। लेकिन जैसे-जैसे हमारा काम अधिक व्यापक एवं प्रचंड होता जाएगा वैसे ही बड़े-बड़े देशद्रोही निकलेंगे जिनकी स्वार्थन्धता के कारण देश को बड़ी-बड़ी हानि पहुँचेगी। 'अमेरिकन वार आफ इण्डिपेण्डेन्स' अमेरिका के स्वातन्त्रय युद्ध के समय बड़े-बड़े जनरल देश-द्रोहिता करके अंग्रेज़ों की तरफ चले गए थे। पंडितजी ने यह प्रश्न किया था कि "ब्रिटिश गवर्नमेण्ट के मुकाबिले में तुम लोग कैसे अस्त्र-शस्त्र संग्रह कर सकते हो? अंग्रेज़ों की सुशिक्षित सेना के मुकाबले में तुम क्या कर सकते हो ? तुम्हारे पास वह शिक्षा कहाँ है?" मैंने इस बात को भी स्वीकार कर लिया और कहा कि हमारे सामने यही तो काम है कि हम अपने आदमी विदेशों में भेजें जहाँ पर वे सामरिक शिक्षा एवं युद्ध सामग्री बनाने के कारखानों में शिक्षा पा सकें। यह काम भी प्रकाश्य रूप में कोई कर नहीं सकता। इसके लिए भी तो गुप्त रीति से षड्यन्त्र करने की आवश्यकता है..... अस्त्र-शस्त्र संग्रह करने के बारे में मैंने उनसे जो कुछ कहा था उसे आज भी प्रकाशित करना उचित नहीं समझता हूँ। लेकिन पंडितजी को यह विश्वास नहीं हुआ कि हम अंग्रेजों के मुकाबिले में सामरिक तैयारी या अस्त्र-शस्त्र ग्रहण कर सकते हैं। उन्होंने कहा कि "मान लो तुम लोगों ने फौजी अफसरों की शिक्षा भी पा ली लेकिन फिर भी अंग्रेज़ सरकार की फौज के मुकाबले में अपनी फौज कैसे तैयार करोगे। अगर यह बात भी मान ली जाय कि राइफल और गोली भी बाहर से मंगा सकोगे तो फिर मशीनगन आर्मर्डकार टैंक, तोपखाना, हवाई जहाज इत्यादि के मुकाबले में तुम क्या कर सकते हो।" मैंने हँसकर इसका जवाब दिया था कि आखिर जर्मन राष्ट्र के मुकाबले में आधुनिक संसार में कोई राष्ट्र तो था नहीं। जर्मन जनरलों के समान कार्यक्षम होना आसान बात नहीं है। फिर भी जर्मनी की रियाया ने कैसे सफलतापूर्वक जर्मन राज्य को तोड़कर वहाँ प्रजातन्त्र कायम किया? वहाँ भी तो तोपखाने मशीनगन और हवाई जहाज थे। लेकिन प्रजा के विद्रोह के सामने 'कैसर' को हॉलैण्ड भाग जाना पड़ा और 'हिण्डेनवर्ग' को भी तो झुकना पड़ा। जिस पलटन ने फ्रांस, इनोलैण्ड, इटली और अमेरिका की सम्मिलित शक्ति का मुकाबला किया था, जब उसी पलटन ने प्रजा के विद्राह का साथ दिया तो वह मशीनगन वही तोपखाने वही हवाई जहाज कैसर के काम में न आकर विद्रोहियों के काम में आये। उसी प्रकार से अंग्रेजों की शक्ति चाहे जितनी बड़ी क्यों न हो लेकिन भीतरी विप्लव के कारण

जो भावना उत्पन्न होगी उसका मुकाबिला करना उनके लिए बहुत कठिन बात है। यदि अपनी तैयारी के साथ देशी पलटन हमारा साथ दे तो अंग्रेजों की तमाम शक्ति और उनके मशीनगन इत्यादि कोई काम नहीं दे सकती। लेकिन मेरी कोई युक्ति काम नहीं आई। पंडितजी को यह विश्वास नहीं हुआ कि भारतवर्ष में सशस्त्र क्रान्ति सम्भव है। अन्त में पंडितजी ने अहिंसा की नीति पर बहुत जोर दिया और कहा कि ये तो अहिंसा नीति पर विश्वास रखते हैं और यही मानवता है कि महात्माजी के दर्शाये हुए मार्ग से ही भारतवर्ष का कल्याण हो सकेगा। इस प्रकार से बातचीत समाप्त होते समय सम्भव है मुझमें कुछ असहिष्णुता कुछ ऊष्णता आ गई हो। क्योंकि आखिर में अहिंसा नीति के बारे में पं० जवाहरलालजी से मैंने कुछ ऐसे व्यक्तिगत प्रश्न किये थे जिसका सम्बन्ध विप्लवाद की युक्ति धारा के साथ कुछ भी न था। लेकिन पंडितजी ने मेरे सब प्रश्नों का उत्तर बड़ी शान्ति से दिया और मुझसे जरा भी असन्तुष्ट नहीं हुए। कारण कि मेरे प्रश्न असंग्लग्न न थे और मानसिक विश्लेषण की दृष्टि से व्यक्तिगत विकास को जानने के लिए वे यथेष्ट संगत थे।

पंडितजी के साथ बातचीत के सिलसिले में प्रसंग-क्रम से यह भी बात छिड़ गई थी कि हमारे गुप्त आन्दोलन से प्रकाश्य आन्दोलन का क्या सम्बन्ध रहेगा पंडितजी कहते थे कि प्रकाश्य रूप में व्यापक जन-आन्दोलन की सृष्टि किए बिना जन-साधारण में जागृति नहीं हो सकती है और जाग्रत जनता को छोड़कर भारत का राष्ट्रीय आन्दोलन सफल नहीं हो सकता है। गुप्त षड्यन्त्र से जनता में कोई जागृति नहीं उत्पन्न हो सकती है। मैंने भी बहुत अंशों में पंडितजी की यह बात मान ली थी लेकिन मैंने यह कहा था कि प्रकाश्य जन-आन्दोलन एवं गुप्त रूप विप्लव के लिए षड्यन्त्र का काम भी साथ-साथ चलना चाहिए। एक को छोड़कर दूसरा काम अपरिपूर्ण रह जाएगा। पिछले दिनों के बंगाल के राष्ट्रीय आन्दोलन का उल्लेख करते हुए मैंने पंडितजी से कहा था कि बंगाल में मॉडरेट नेतागण भी बहुत दबी हुई जबान से विप्लव आन्दोलन की निन्दा तो करते थे, लेकिन उनके कहने का सदा यह तात्पर्य रहता था कि प्रकाश्य आन्दोलन विफल होने पर भारत में भीषण रूप में ऐसा खूनी विप्लव आन्दोलन प्रारम्भ हो जाएगा जिसकी तुलना में आयरलैंड की अवस्था भी तुच्छ मालूम पड़ेगी अर्थात् बंगाल के मॉडरेट नेतागण अपना आन्दोलन इस प्रकार से चलाते थे जिससे बंगाल के विप्लव आन्दोलन का प्रभाव ब्रिटिश सरकार के ऊपर जरा भी कम न पड़े। जन-आन्दोलन की आवश्यकता तो अत्यन्त है इसमें कोई सन्देह नहीं। बंगाल में भी जन-आन्दोलन यथेष्ट उग्र एवं प्रचंड हो चुका था इसीलिए उस प्रान्त में क्रान्तिकारी आन्दोलन ने भी खूब जोर पकड़ा। युक्तप्रान्त, बिहार और मद्रास में यथेष्ट रूप में प्रकाश्य आन्दोलन नहीं हुआ इसीलिए उन प्रान्तों में क्रान्तिकारी आन्दोलन भी प्रचण्ड नहीं हुआ। इसलिए उनसे मेरा नम्र निवेदन यह था कि भविष्य में जन-आन्दोलन का नियन्त्रण इस प्रकार से करें जिससे

विप्लव आन्दोलन को कुछ भी आघात न पहुंचे। ये दोनों आन्दोलन एक-दूसरे के परिपूरक हों। ऐसा होना हम लोग उचित समझते हैं। लेकिन मुझे अत्यन्त दुःख हुआ जब पंडितजी ने कहा कि ऐसा होना भी सम्भव नहीं है। कारण महात्मा गांधी के नेतृत्व में जो जन-आन्दोलन हो रहा है, और होगा वह एकदम अहिंसा नीति पर चलेगा, और इसके साथ विप्लव आन्दोलन की कोई सहयोगिता नहीं हो सकती है। बल्कि विप्लव आन्दोलन के कारण अहिंसात्मक आन्दोल को यथेष्ट धक्का पहुँचेगा। यहाँ तक कि यदि विप्लव आन्दोलन चलता रहे तो अहिंसात्मक सत्याग्रह आन्दोलन के लिए वातावरण एकदम बिगड़ जाएगा। इसलिए हम लोग कभी भी नहीं चाहेंगे कि विप्लव आन्दोलन का काम जनता के सामने आए। मैंने अवश्य ही पंडितजी को यह बतला दिया था कि ऐसी आशा करके आप नितान्त दुराशा कर रहे हैं। क्योंकि विप्लवीगण अब जो ठीक समझेंगे वही करेंगे। कारण, सिद्धान्तों का जब भेद है तो कर्म-प्रणाली में भी भेद अवश्य होता है, इसे कौन रोक सकता है। पण्डितजी ने इस पर केवल यही कहा था कि ऐसा होना नहीं चाहिए।

सब बातें समाप्त होने पर हम एक-दूसरे के प्रति यथेष्ट प्रीति की भावना लेकर एक-दूसरे से विदा हुए । इस घटना के बाद भी पण्डितजी से बीच-बीच में मैं मिलता रहा। 'बन्दी जीवन' प्रथम भाग छपने पर मैंने एक प्रति पण्डितजी को उपहार दी थी। पंडितजी ने स्वयं भी इस किताब को पढ़ा था एवं दूसरों को इसे पढ़ने को कहा था। मुझसे पंडितजी ने कहा था कि दूसरे भाग की भाषा कुछ और सरल होनी चाहिए। नैनी जेल में भी पण्डितजी से बहुत बातचीत हुई थी। जिसका वर्णन जेल-जीवन के संदर्भ में ही करने की इच्छा है।

इलाहाबाद में जो दूसरे कांग्रेस के नेता थे उन सबसे भी मैं अच्छी तरह मिला था। उनमें से एक-दो सज्जन विप्लव आन्दोलन के प्रति यथेष्ट सहानुभूति रखते थे। लेकिन व्यावहारिक रूप में इनमें से किसी ने भी हमें कुछ भी सहायता नहीं दी।

विप्लव आन्दोलन के सम्पर्क के प्रकाश्य नेताओं में से पंडित जवाहरलालजी को छोड़कर देशबन्धु सी० आर० दासजी से सबसे अधिक एवं गम्भीर रूप में बातचीत हुई थी। पंजाब से लौटने के बाद किस समय मैं कलकत्ता गया था एवं सबसे पहले मैं कब देशबन्धु सी० आर० दास जी से मिला था, यह मुझे इस समय ठीक-ठीक याद नहीं है। मैंने अपनी नीति यह बना ली थी कि हम प्रकाश्य आन्दोलन के नेताओं से अपना ऐसा सम्बन्ध स्थापित करें जिससे देश के गण्यमान्य व्यक्ति विप्लव आन्दोलन के प्रति यथेष्ट रूप में सहानुभूतिपूर्ण हो जाएँ और यदि सम्भव हो सके तो उनसे अपने आयोजन के अनुसार सहायता लेने की भी चेष्टा करें। इस नीति के कारण एवं पंजाब के गुरुद्वारा आन्दोलन के नेता से बातचीत हो जाने के कारण देशबन्धु सी० आर० दासजी से मिलना मेरे लिए नितान्त आवश्यक हो गया था।

बड़े लाट साहब के ऊपर आक्रमण करने से प्रकाश्य राष्ट्रीय आन्दोलन के किसी प्रकार से आघात पहुँचेगा या नहीं यह समझ लेना मेरे लिए उचित था। और मैं यह भी नहीं चाहता था, कि प्रकाश्य आन्दोलन के नेतागण हमारे ऊपर यह लांछन लगाएँ कि हमारे ही काम के कारण प्रकाश्य आन्दोलन में विघ्न पहुँचा मैं यह भी चाहता था कि देशबन्धु से विप्लव आन्दोलन के लिए कुछ आर्थिक सहायता लूं। इन सब कारणों से देशबन्धु सी० आर० दासजी से मैं मिला, एकदम एकान्त में बातचीत हुई।

देशबन्धु सी० आर० दास के साथ बंगाल के कुछ क्रान्तिकारियों का सम्बन्ध था। लेकिन मेरे साथ उनका कोई सम्बन्ध नहीं था। श्री सुभाषचन्द्र बोस की एक किताब से यह पता चला है कि देशबन्धु के उद्योग से सितम्बर सन् 1921 में महात्मा जी से बंगाल के कुछ क्रान्तिकारियों की बातचीत हुई थी। इस बातचीत में देशबन्धुदास भी उपस्थिति थे। महात्माजी से बातचीत होने के बाद इन क्रांतिकारियों ने महात्माजी को यह वचन दिया था कि महात्मा जी के कार्यक्रम में वे लोग बाधा तो देंगे ही नहीं बल्कि कांग्रेस आन्दोलन में योगदान देकर उनके कार्यक्रम सफल बनाने की वे भरसक कोशिश करेंगे। जहाँ तक मुझे मालूम है इन क्रांतिकारियों में ढाका अनुशीलन समिति के कोई व्यक्ति नहीं थे, और सम्भव है कलकत्ता के दूसरे दलों के व्यक्तियों ने मुझे भी ढाका समिति का आदमी समझकर मेरे साथ कोई सलाह नहीं की थी। मैं इस समय जमशेदपुर के मज़दूर आन्दोलन में काम कर रहा था। ढाका अनुशीलन समिति कांग्रेस आन्दोलन के विरुद्ध श्री सी० आर० दास के विरोधी दल के प्रमुख आदमियों की सहायता लेकर सत्याग्रह आन्दोलन का विरोध करती थी। बंगाल के दूसरे दलों के व्यक्तियों से मुझे यह संवाद मिला था। यह बात मैं पहले ही बता चुका हूँ।

पंजाब से लौटकर मैंने भी देशबन्धु दास के साथ सम्बन्ध स्थापित करने का निश्चय कर लिया। देशबन्धु दास से मेरा परिचय पहले ही हो चुका था। अण्डमान में रहते ही मैं अपने भाइयों के पास जो चिट्ठी भेजा करता था, उसके अनुसार मेरे भाई देश के सर्वमान्य नेताओं के पास राजनीतिक क़ैदियों को छुड़ाने के लिए आवेदन-निवेदन पत्रादि भेजा करते थे। उस समय के राजनीतिक नेताओं में से केवल सी० आर० दास एवं अखिलचन्द्र नियोगी ने उन आवेदनों-निवेदनों के उत्तर दिए थे। इस बात से भी देशबन्धु का महत्त्व व्यक्त होता है। इसके बाद नागपुर कांग्रेस में सी० आर० दास जी के साथ मेरा साक्षात परिचय हुआ। कुछ थोड़े आदमियों ने नागपुर में देशबन्धु को यह आश्वासन दिलाया था कि यदि आप वकालत छोड़कर राजनीतिक क्षेत्र में अवतीर्ण हों तो हवा ऐसी पलटेगी जिसकी तुलना मिलनी मुश्किल है। इन थोड़े आदमियों में मैं भी एक था। श्री सी० आर० दास को यह भरोसा नहीं था कि उनके राष्ट्रीय क्षेत्र में पूर्णरूप से अवतीर्ण होने पर भी बंगाली जनता ठीक प्रकार से उनके

आह्वान का प्रत्युत्तर दे सकेगी। स्कूल, कालेज छोड़ेंगे या नहीं इसमें सी० आर० दास जी को काफी संदेह था। जिन व्यक्तियों ने सी० आर० दासजी से यह कहा था कि आपके वकालत छोड़ने पर बंगाल के छात्रवृन्द अवश्य ही स्कूल-कालेज छोड़ देंगे उनमें बंगाल के एक वकील श्री गिरजाप्रसन्न सान्याल और मैं थे। नागपुर कांग्रेस के अधिवेशन के समय विषय समिति की बैठक में भी मैंने सी० आर० दास के पक्ष में दो-चार बातें कहीं थीं। उस समय दासजी के साथ महात्माजी की तनातनी चल रही थी। इसलिए जो व्यक्ति दास के पक्ष में कुछ कहता था, उसके प्रति उनकी दृष्टि आकृष्ट होती थी। फिर खुले अधिवेशन में राजनीतिक बन्दियों के सिलसिले में मैं ही एक बंगाली था जो सर्वप्रथम हिन्दी में सफलतापर्वूक बोला था। बाद को मैंने सुना कि बंगाल कांग्रेस के लेबर-विभाग में मुझे लेने के लिए सी० आर० दासजी ने इच्छा प्रकट की थी। इन सब बातों के अतिरिक्त और भी एक बड़ी बात यह थी कि सी० आर० दास के सम्पादन में 'नारायण' नाम से जो मासिक पत्र निकलता था, उसमें 'बन्दी जीवन' नाम का मेरा लेख प्रकाशित होता था। इस लेख के प्रति भी सी० आर० दासजी की दृष्टि प्रबल रूप में आकृष्ट हुई थी ऐसा मैंने सुना है। श्री हेमन्तकुमार सरकार उस समय देशबन्धु के अन्तरंग कार्यकर्ताओं में से थे। इन्हीं की जबानी मैंने ये सब बातें सुनी थीं। नागपुर कांग्रेस के बाद देशबन्धु दास ने कुछ कार्यकर्ताओं को अपने यहाँ दावत दी थी। उस दावत में मैं भी निमन्त्रित था। मुझे नितांत दुःख है कि उस समय वर्दवान जिले के कालना नामक स्थान में मैं ईंट के कारोबार में बुरी तरह फँस गया था। इसलिए ऐसे सुनहले अवसर पर मैं देशबन्धु के साथ मिलकर काम करके अपने कर्मजीवन को सार्थक नहीं कर पाया। इन सब कारणों से देशबन्धु दास से मेरा यथेष्ट परिचय हो चुका था। इसलिए जब मैंने देशबन्धु से एकान्त में बातचीत करने के लिए कुछ समय चाहा तो दासजी ने सहर्ष मुझे इसके लिए समय दिया।

मेरे साथ देशबन्धु सी० आर० दास जी की बातचीत दो-तीन बार हुई थी। जहाँ तक मुझे स्मरण है मैंने उनसे जो पहली बार बातचीत की थी वह सबसे महत्वपूर्ण थी और उसी बातचीत में मैंने पंजाब के बारे में भी बातचीत की थी। जब निर्दिष्ट समय पर दासजी के मकान पर आया तो वे विशेष स्नेह के साथ मुझे एक निर्जन कमरे में ले गए। सबसे पहले मैंने उन्हें बताया कि उनके साथ जिनका मतभेद भी है उन्हें भी वे उदारता के साथ सहायता देते हैं, यह बात सर्व-विदित है। अतः मैं भी आपके पास कुछ सहायता पाने की इच्छा से आया हूँ। संभव है वे मेरे आदर्श से सहमत न हों तथापि मैंने यह हिम्मत की कि उनसे सहायता की प्रार्थना करूँ। फिर मैंने दासजी को अपना गुप्त कार्यक्रम बताया। फिर पंजाब के अकाली नेता के बारे में बातचीत की और कहा कि यदि वे समझें कि बड़े लाट साहब के ऊपर आक्रमण करने पर प्रकाश्य आन्दोलन को धक्का नहीं पहुँचेगा और यदि इस बात पर उनको

कोई आपत्ति न हो तो हम लोग वाइसराय पर आक्रमण करना चाहते हैं। और यदि वे समझें कि ऐसा करने से उनके आन्दोलन में विघ्न पैदा होगा तो हम लोग ऐसा काम नहीं करेंगे। यदि हम लोग यह काम करते है और यदि हमारा आदमी पंजाबियों और विशेष करके सिक्खों के साथ सहानुभूति प्रकट करने के लिए पंजाब में जाकर आत्मबलिदान करता है तो इस प्रकार से हम सिक्खों के हृदय पर विजय प्राप्त कर सकते हैं। वाइसराय पर आक्रमण करने के परिणामतः जब हमारा आदमी अदालत के सामने कटघरे के अन्दर खड़े होकर वीरत्व व्यंजक शब्दों में पंजाबियों के प्रति सहानूभुति दिखलाते हुए यह कहेगा कि राष्ट्र की समस्त शक्ति से तुम वाइसराय हमारे राष्ट्रीय आन्दोलन को बलपूर्वक कुचलना चाहते हो, तो हमारा भी कर्त्तव्य हो जाता है कि हम भी दिखला दें कि बलपूर्वक किसी राष्ट्रीय आन्दोलन को कुचला नहीं जा सकता। अंग्रेज़ो तुम यदि समझते हो कि अकालियों के पीछे दूसरे भारतवासी नहीं हैं तो तुम अत्यन्त भ्रम में हो। इस भ्रम को दूर करने के लिए ही मैंने अपने प्राणों की बाजी लगाकर यह प्रमाणित करना चाहा कि भारतवर्ष में अकाली अकेले नहीं है। श्री सी० आर० दास जी सब बातें सुनकर गम्भीर हो गए, और बाद में कहा 'आज का दिन और रात मुझे समय दो। कल फिर मेरे साथ मिलो। सब बातें समझ–बूझकर कल मैं अपनी राय दूंगा।'

वायसराय के प्रश्न को छोड़कर सिक्ख नेताओं ने एक और बात मुझे बताई थी। इसे भी मैंने श्री सी० आर० दासजी के सामने रख दिया था। सिक्खों ने मुझसे कहा था कि अंग्रेज़ की नीति यह हो रही है कि काश्मीर को किसी–न–किसी बहाने से ब्रिटिश इण्डिया के अन्तर्मुक्त कर लिया जाए, और कश्मीर को अंग्रेज़ों की एक कॉलोनी के रूप में परिणत कर दिया जाए। अंग्रेज चाहते थे कि काश्मीर में अधिक–से–अधिक संख्या में अंग्रेज़ी पलटन रखी जाय। इसके विरुद्ध किस प्रकार से आन्दोलन खड़ा किया जाय यह भी सिक्ख नेतागण जानना चाहते थे। मैंने सिक्ख नेताओं से कह दिया था कि देशबन्धु सी० आर० दासजी से परामर्श किये बिना मैं कोई काम नहीं करूँगा। वे भी यह चाहते थे कि काश्मीर का प्रश्न सी० आर० दास के कानों तक पहुँच जाय।

सी० आर० दासजी ने काश्मीर के प्रश्न को विशेष महत्व नहीं दिया, और इसके बारे में मुझसे कुछ कहा था या नहीं मुझे आज याद नहीं है। दूसरे दिन नियत समय पर मैं सी० आर० दासजी के मकान पर बहुत उत्सुकता के साथ पहुँचा। सी० आर० दासजी ने कहा 'तमाम रात मुझे नींद नहीं आई, तुम्हारे प्रश्न को लेकर बहुत गम्भीरता के साथ मैंने दिन और रात सोचा। लेकिन अन्त में मैं इसी परिणाम पर पहुँचा हूँ कि अभी वायसराय के ऊपर कोई आक्रमण होना उचित नहीं है। तथापि यदि मैं गिरफ़्तार हो गया तो मेरी गिरफ़्तारी के बाद तुम लोग इस काम को कर सकते हो।'

मैं सब बातें समझ गया। और क्या कहता? लेकिन फिर भी राजनीतिक क्षेत्र में यदि काम करना है तो हर एक प्रकार के व्यक्ति से जितना लाभ हो सके उठाना चाहिए। फिर एक तो मैं सी० आर० दासजी से सहायता पाने की आशा कर रहा था, और दूसरी बात यह थी कि अभी हमारा संगठन थोड़े दिन का था इसलिए मैं नहीं चाहता था कि अभी हम लोग ऐसा कोई काम नहीं करें जिससे सरकार की तमाम शक्ति हमें मिटाने में लग जाय। इन सब कारणों से मैंने पंजाब के नेताओं को अपनी परिस्थिति समझा दी। परिस्थिति के सामने उन्हें भी झुकना पड़ा।

एक बात मुझे ठीक से याद नहीं है कि देशबन्धुदास जी से मैंने सहायता के लिए जो प्रार्थना की थी वह पंजाब की बातों की आलोचना करते समय की थी अथवा उसके बाद, मैं ठीक से नहीं कह सकता। जहाँ तक मुझे याद है मैं समझता हूँ अनुशीलन समिती के साथ मेरा कोई समझौता होने के पहले ही मैंने सी० आर० दास जी से ये सब बातें की थीं। सहायता देने के बारे में दासजी ने मुझसे कहा था कि ऐसा कोई सिलसिला निकालो जिसके जरिए मैं तुम्हें सहायता दे सकूं। फिर थोड़ा सोचकर उन्होंने कहा कि बड़ा बाज़ार की तरफ यदि तुम्हारा कोई प्रभावशाली आदमी हो तो उसे मैं मासिक वेतन के रूप में कुछ दिया करूँगा। प्रान्तीय कांग्रेस कमेटी की तरफ से बड़ा बाज़ार में कांग्रेस का कार्य करेगा। बड़ा बाज़ार में तुम्हारा कोई आदमी है। दासजी जानते थे कि मेरा कार्य-क्षेत्र युक्त प्रान्त है। सम्भव है इसीलिए वे चाहते थे कि मेरा कोई परिचित व्यक्ति बड़े बाज़ार में कांग्रेस का काम करे। बाज़ार में जो लोग कांग्रेस का कार्य कर रहे थे, उनमें से अधिकांश व्यक्ति महात्माजी के कट्टर अनुयायी थे। इसलिए संभव है दासजी यह चाहते थे कि मेरी सहायता से उन्हें बड़ा बाजार में कोई आदमी मिल जाए। दासजी बड़ा बाज़ार में एक प्रभावशाली व्यक्ति चाहते थे। मैंने ऐसे व्यक्ति का परिचय दिया। सी० आर० दासजी ने इस प्रकार से मुझे तीन सौ रुपया मासिक देने का वचन दिया था। लेकिन दुर्भाग्य से गया कांग्रेस के बाद मैंने एक परचे में सी० आर० दासजी का कुछ विरोध किया था। गया कांग्रेस के सभापति के पद से देशबन्धु दासजी ने विप्लव आन्दोलन की चर्चा करते हुए विप्लव नीति के विपक्ष में कुछ कहा था। उसी सिलसिले में दासजी ने यह भी कहा था 'विप्लव आन्दोलन कभी भी सफल नहीं हो सकता। यदि मुझे विश्वास होता कि विप्लव आन्दोलन सफल होगा तो मैं भी सशस्त्र क्रान्तिकारी आन्दोलन में अवश्य भाग लेता। मुझे बिल्कुल विश्वास नही हैं कि विप्लव आन्दोलन सफल हो सकता है। इसलिए मैं विप्लव आन्दोलन में योगदान नहीं करता।' मैंने अपने पर्चे में यह लिखा था कि जिस दिन लोग यह समझने लगेंगे कि विप्लव आन्दोलन सफल होने जा रहा है उस दिन हमें यह परवाह नहीं रहेगी कि सी० आर० दासजी हमारे साथ आते हैं या नहीं। राजनीतिक होने का अर्थ तो यह है कि सफलता की आशा दिखाई देने के पहले ही वह जान जाय कि वह आन्दोलन आगे चलकर सफल होगा या नहीं।

यह लिखते समय मैंने इस बात पर ध्यान रखा था कि जहां तक सिद्धान्त का सम्बन्ध है वहाँ कोई भी किसी से भी समझौता नहीं कर सकता। अपने सद्धान्तों को स्पष्ट करने के लिए एवं उसके प्रचार के लिए बड़े-बड़े नेताओं का भी विरोध करना हमारा परम कर्तव्य है। लेकिन कार्य-क्षेत्र में हम सबके साथ मिलकर काम कर सकते हैं। केवल सिद्धान्त के बारे में हम किसी से भी कोई समझौता नहीं करेंगे, यह हमारा प्रण था। इसलिए देशबन्धु सी० आर० दासजी ने कांग्रेस के सभापति के आसन से विप्लव आन्दोलन पर जब कटाक्ष किया तब हमारा भी कर्तव्य हो गया कि हम उसका उत्तर दें। लेकिन इस उत्तर से दास जी मेरे ऊपर अत्यन्त असन्तुष्ट हो गए थे। यहाँ तक कि जब मैंने फिर उनसे मिलना चाहा तो उन्होंने मेरे साथ मिलने से भी इन्कार कर दिया।

मुझे ऐसा जान पड़ता है कि देशबन्धुजी के साथ मेरा यह बिगाड़ उस समय की घटना है कि जब मैं युक्तप्रान्त को छोड़कर फरार हालत में कलकत्ता में आकर रहने लग गया था। बड़े लाट साहब के ऊपर, आक्रमण करने की बात पर देशबन्धुदासजी से परामर्श किया था, उस समय मैं कलकत्ता फरार हालत में नहीं आया था। परिपक्व बुद्धि न रहने के कारण एवं दुनियादारी की बातों से एकदम अपरिचित रहने के कारण मैंने देशबन्धुदास को अपना विरोधी बना लिया था। मेरी गिरफ़्तारी के बाद बंगाल प्रान्तीय राजनीतिक कांफ्रेंस के अवसर पर विचारालय से दण्ड प्राप्त न होने पर भी जो सैंकड़ों युवकों को जेलों में बन्द कर दिया गया था, उस सम्बन्ध में जो आलोचना हुई थी उस समय देशबन्धु दासजी ने खुले जलसे में यह कहा था कि नज़रबन्द राजबन्दियों में सभी व्यक्ति निर्दोष नहीं हैं इसलिए सब नज़रबन्दों की मुक्ति के लिए प्रयत्न करना युक्ति-संगत एवं न्याय-संगत नहीं होगा। प्रान्तीय कांफ्रेंस में देशबन्धुदासजी की इन बातों का प्रचंड विरोध हुआ था। विरोध होने पर भी देशबन्धुदासजी की इन बातों का प्रचंड विरोध हुआ था। विरोध होने पर भी देशबन्धु दासजी ने स्पष्ट शब्दों में कांफ्रेस के सामने यह प्रश्न रखा था कि आप लोग कहना चाहते हैं कि शचीन्द्रनाथ सान्याल निर्दोष व्यक्ति हैं। इस बात पर कांफ्रेंस में घोर वाद-विवाद हुआ था एवं देशबन्धुदासजी से यह कहा गया था कि यदि श्री सान्याल निर्दोष व्यक्ति नहीं है तो खुले इजलास में उनका विचार क्यों नहीं होता। सम्भव है कि सरकार के खुफिया विभाग से आपको कुछ खबर मिली हो। लेकिन कांफ्रेंस के सामने ऐसी कोई बात नहीं है जिससे हम शचीन्द्रबाबू के विरुद्ध खुले सम्मेलन में आपकी तरह कुछ कहें। खुले सम्मेलन में सभी पार्टियों के व्यक्तियों ने मेरे पक्ष में सी० आर० दास जी के विरुद्ध आवाज़ें उठाई थीं। हमारे देश के गण्यमान्य नेताओं की मनोवृत्ति का परिचय इन सब बातों से खूब मिल सकता है। क्रान्तिकारी आन्दोलन प्रधान रूप में गुप्त रीति से ही चल रहा था। इस आन्दोलन के विरुद्ध प्रकाश्य रूप में कटूक्ति करना बहुत आसान बात थी। कारण कि इन कटूक्तियों

का उत्तर देना सब समय क्रान्तिकारियों के लिए आसान नहीं होता था क्योंकि उन्हें तो गुप्त रीति से ही काम करना पड़ता था। हमारे देश के प्राय: सभी गण्यमान्य नेताओं ने इस आन्दोलन के प्रति अनेकों बार अनेकों प्रकार से कटूक्ति की है। यदि किसी ने इन सब कटूक्तियों के विरुद्ध कुछ कहने का साहस किया तो हमारे देश के गण्यमान्य लब्ध प्रतिष्ठित नेतागणों ने उसकी खबर लेने की खूब चेष्टा की है। लेकिन इसमें एक विशेष अपवाद अवश्य है वह है महात्मा गाँधी। महात्मा गांधी ने, भी बेलगाँव कांग्रेस में क्रान्तिकारियों के प्रति भीषण कटूक्ति की थी। लेकिन जब मैंने उन कटूक्तियों का प्रत्युत्तर महात्माजी के पास भेजा तो महात्माजी ने विशेष उदारता एवं न्याय निष्ठा के साथ मेरे प्रत्युत्तर को ज्यों-का-त्यों 12 फरवरी सन् 1925 के 'यंग इंडिया' में छाप दिया था, और बाद को उन्होंने अपने मन्तव्य को भी उसी प्रत्युत्तर के अन्त में छाप दिया था। इसके लिए आज भी मेरा हृदय महात्माजी के श्री चरणों का स्पर्श करता है।

एक दफे की बात है, किसी काम से मैं कलकत्ता आया था। श्री सी० आर० दासजी से मेरी खूब बहस हुई थी। दास और मुझे छोड़कर उस कमरे में एक व्यक्ति और थे। ये सज्जन बंगाल के प्रसिद्ध नेता श्री अश्विनीकुमार दत्त के भाई अथवा भतीजे थे। सब बातें आज याद नहीं है लेकिन इतना याद है कि देशबन्धु अत्यन्त उत्तेजित होकर तीव्र स्वर से भर्त्सना व्यंजन शब्दों से मेरे प्रत्येक प्रश्न का उत्तर दे रहे थे। उत्तेजित होने से युक्ति स्थिर नहीं रहती है। अन्त में उस तीसरे सज्जन से रहा नहीं गया। मेरे पक्ष को लेकर उन्होंने भी श्री सी० आर० दासजी से बहस की। मुझे इस समय अपना एक प्रत्युत्तर याद है। दासजी अहिंसा नीति के पक्ष में तीव्ररूप से वाद-विवाद कर रहे थे, और उन्होंने अन्त में यह कहा था कि पाशविक बल से आत्मिक बल कहीं अधिक प्रबल है। तुम लोग शारीरिक बल पर अत्यधिक ध्यान दे रहे हो आत्मिक बल पर नहीं। इस पर मैंने यह उत्तर दिया था कि 'आप हम लोगों को गलत समझ रहे हैं। आप समझते हैं कि पिस्तौल या बन्दूक का चलाना एक पाशविक बलमात्र है। आप भूल जाते हैं कि ट्रीगर (Triger) का खींचना पाशविक बल से नहीं होता है। ट्रीगर को खींचने के पीछे कुछ कम आत्मिक बल की आवश्यकता नहीं होती। एक पहलवान भी तो ट्रीगर खींच सकता है लेकिन पहलवान होने से ही वह क्रान्तिकारी आन्दोलन में भाग लेगा ऐसी बात नहीं है। आत्मिक बल रहे बिना क्या कोई व्यक्ति क्रान्तिकारी आन्दोलन में सम्मिलित हो सकता है। एक तरूण वयस्क युवक पहलवान की अपेक्षा कहीं कम शारीरिक बल रखता है। लेकिन विप्लवकार्य में यह तरूण युवक सहज ही में ट्रीगर खींच सकेगा लेकिन पहलवान वह ट्रीगर नहीं खींच सकता। ट्रीगर खींचने को आप पाशविक बल क्यों समझ रहे हैं।"

इसी प्रकार से एक और बात मुझे अब भी खूब याद है। यह बात सहायता पाने के सिलसिले में हुई थी। किस नीति के अनुसार क्रान्तिकारी आन्दोलन सफल होगा उसके बारे में बातचीत हो रही थी। जब सब प्रश्नों का उत्तर मैंने सफलतापूर्वक दे दिया तो अन्त में दासजी ने यह प्रश्न किया कि "अच्छा मान लो और सब बात ठीक है, लेकिन आम जनता को किस प्रकार से तुम लोग अपने साथ लोगे? तुम लोगों के कार्यक्रम में जनता को साथ लेने का कोई विधान नहीं है। जनता को साथ लिये बिना कोई भी क्रान्तिकारी आन्दोलन सफल नहीं हो सकता।" मैंने इसके उत्तर में कहा था, "आम जनता को साथ लेना हम लोग अधिक कठिन बात नहीं समझते हैं। इस बात को ले लीजिए कलकत्ता के आसपास दस-पंद्रह मील के अन्दर जितने कारखाने हैं उनमें कम-से-कम दस, ग्यारह लाख मज़दूर काम करते होंगे। तीन-चार महीने के परिश्रम से इन कारखानों में हड़ताल करा देना विशेष कठिन बात नहीं है। इतनी बड़ी हड़ताल के अवसर पर मिलिटरी, पुलिस और पलटन कारखानों की रक्षा के लिए अवश्य आ जाएगी। ऐसे मौक़ों पर मज़दूरों को भड़का देना कोई कठिन बात नहीं है। ऐसी परिस्थिति में यदि हमारे फौजी शिक्षा प्राप्त किये हुए उपयुक्त व्यक्ति आवश्यक संख्या में हों और अपने प्रयोजन के अनुसार उपयुक्त संख्या में अस्त्र-शस्त्र भी हो तो क्या, क्रान्ति का प्रारम्भ करना कुछ कठिन बात है। ऐसी अवस्था में क्या जनता हमारा साथ नहीं देगी?" मुझे याद है दासजी इसका कोई उत्तर नहीं दे पाए थे।

इस प्रसंग में एक बात और बता देना अप्रासंगिक न होगा। मेरे साथ बातचीत करने के परिणामतः देशबन्धुदास इतने प्रबल रूप से प्रभावान्वित हुए थे कि उन्हीं दिनों में एंक प्रकाश्य सभा में उन्होंने अंग्रेज़ सरकार को चेतावनी देकर कहा था कि यदि सरकार समझती है कि क्रान्तिकारी आन्दोलन दब गया है तो वह भारी भूल में पड़ी हुई है, यह आन्दोलन इतना व्यापक एवं गंभीर रूप धारण किये हुए है कि यदि सरकार जनमत की अवहेलना करेगी तो उसे बुरी तरह पछताना पड़ेगा।

इस वक्तृता के बाद बंगाल सरकार की तरफ से खुफिया विभाग से एक पुलिस सुपरिटेंडेंट श्री भूपेन्द्र चटर्जी को श्री देशबन्धु के पास भेजा गया था। सरकार जानना चाहती थी कि दासजी के उस वक्तव्य का आधार क्या है। भूपेन्द्र चटर्जी बहुत देर तक सी० आर० दास० जी को प्रश्न पूछ-पूछकर परेशान करते रहे। सरकार जानना चाहती थी कि क्या वर्तमान परिस्थिति वैसी नाजुक है जैसी कि सन् 1915-16 में हुई थी।

भूपेन्द्र चटर्जी से मिलने के बाद मैं फिर सी० आर० दासजी से मिला था और उन्हीं की जबानी ये सब बातें सुनी थीं। कलकत्ता शहर-भर में यह बात फैल गई थी कि बंगाल सरकार सी० आर० दासजी की बातों से विचलित हो गई थी।

जिस समय दासजी ने ऐसी वक्तृता दी थी उस समय ढाका समिति के साथ मेरा समझौता हो चुका था। मैं सी० आर० दासजी के साथ जो सम्बन्ध स्थापित करना

चाहता था ढाका अनुशीलन समिति के नेतागण उसे पसन्द नहीं करते थे। उनका कहना था कि दासजी के वक्तव्य से सरकार और चौकन्नी हो जाएगी। इससे हमारे कार्य में बहुत बाधा पहुंचेगी और लाभ कुछ न होगा। मैं इनकी बातों से सहमत न था। मैं कहता था कि इससे क्रान्तिकारी आन्दोलन भी प्रबल होता जा रहा है और इससे हमारे आन्दोलन को लाभ होगा। इस प्रकार से राष्ट्रीय आन्दोलन के ऊपर क्रान्तिकारी आन्दोलन की एक गहरी छाप पड़ रही है। लेकिन ढाका समिति के नेताओं ने मेरे दृष्टिकोण को स्वीकार नहीं किया।

11

उत्तर भारत में दल का विस्तार

मुझे युक्तप्रान्त एवं पंजाब का बार-बार दौरा करना पड़ा और जब मैंने समझ लिया कि उन प्रदेशों का काम अन्य व्यक्तियों पर छोड़कर दूसरी जगह जाया जा सकता है तब मैं अपने बाल-बच्चों को साथ लेकर फरार हालत में कलकत्ता चला आया। लेकिन इसके पहले पंजाब में और विशेष रूप में युक्तप्रान्त में क्रान्ति का कार्य बहुत कुछ आगे बढ़ा था। यहाँ अपने साध्य के अनुसार उसका परिचय देने की मैं चेष्टा करता हूँ।

सन् 1923 के प्रारम्भ में युक्तप्रान्त एवं पंजाब में मैंने कम-से-कम बीस या पच्चीस विप्लव केन्द्र स्थापित कर लिए थे। सन् 1923 में मैंने दिल्ली में कांग्रेस के विशेष अधिवेशन में भाग लिया था। उस समय तक ढाका अनुशीलन समिति के साथ मेरा कोई सम्बन्ध नहीं था। देहली में कांग्रेस के विशेष अधिवेशन के बाद ही मैंने अपने संगठन का नाम 'हिन्दुस्तान रिपब्लिकन एसोसिएशन' रख दिया था, और इस नामकरण के अवसर पर ही अपने संगठन का लक्ष्य एवं साधन इत्यादि को लेते हुए एक परिपूर्ण नियमावली बनाई थी। इस प्रकार पौर्वापर्य निर्णय करने के लिए मेरे पास कुछ साधन मौजूद हैं।

जब मैं जमशेदपुर में श्रमजीवियों के आन्दोलन में काम कर रहा था, उसी समय मैं क्रान्तिकारी आन्दोलन के लिए धन मिलने की व्यवस्था भी कर रहा था। मेरे परम सौभाग्य से एक महानुभाव धनी व्यक्ति ने मुझे मासिक एक सौ पचास रुपए देने का वचन दिया था। मेरी गिरफ़्तारी के बाद भी ये महानुभाव नियमपूर्वक प्रति मास एक सौ पचास रुपए देते गए। इन्हीं रुपयों से हम लोगों का रेल खर्च इत्यादि निकल आता था। ढाका अनुशीलन समिति के साथ सम्बन्ध स्थापित होने के पहले तक युक्तप्रान्त या

पंजाब में हम लोगों ने कभी कोई डकैती नहीं की। जो सज्जन हमें प्रतिमास एक सौ पचास रुपए देते थे, उन्होंने कभी भी हम लोगों से इसका कोई हिसाब नहीं माँगा। विश्वास के ऊपर हम लोगों का काम चलता था। इस प्रकार से और कुछ आदमी भी थोड़ी रकमों से हम लोगों की सहायता करते थे। एक दफे मैं मेरठ के वैश्य अनाथालय में श्री विष्णुशरणजी दुबलिस के यहाँ ठहरा था। विष्णुशरणजी उस समय वैश्य अनाथालय के अध्यक्ष थे। एक दिन अनाथालय में अलीगढ़ के प्रसिद्ध व्यक्ति ठाकुर टोडरसिंहजी आए, मैं एक पेड़ के नीचे चारपाई पर बैठा हुआ था। चारपाई पर बन्दी जीवन की दो-एक प्रतियाँ पड़ी थीं। ठाकुरसाहब मुझे पहचानते नहीं थे। टोडरसिंहजी बन्दी जीवन की एक प्रति को उठाकर लेखक के प्रति बहुत प्रशंसासूचक शब्द कहने लग गए। इसके पहले दुबलिसजी ने मुझे बताया था कि ठाकुर टोडरसिंहजी एक धनी जमींदार हैं, अच्छे व्यक्ति हैं। लेकिन यह भी कह दिया था कि अपना परिचय इन्हें अभी न देना। दुबलिसजी समझते थे कि सम्भव है टोडरसिंहजी क्रान्तिकारी आन्दोलन के प्रति सहानुभूति न प्रकट करें। दुबलिसजी किसी काम से घर के अन्दर गए थे। बाहर चारपाई पर बैठे-बैठे टोडरसिंहजी से मेरी बातचीत होने लगी। बातचीत के प्रसंग में मेरा परिचय पूछने पर टोडरसिंह को मैंने अपना परिचय दे दिया। मैंने समझ लिया था कि टोडरसिंहजी से सहायता लेनी असम्भव बात नहीं थी। लेकिन दुबलिसजी ने मेरा इस प्रकार से परिचय देना पसन्द नहीं किया और बाद को यह कहकर मेरी खूब हँसी उड़ाई कि ज्योंही टोडरसिंहजी ने कहा कि बन्दी जीवन के लेखक को यदि मैं सामने पाता तो उनका पैर छूता त्योंही सान्यालजी लपककर कह उठे कि मैं ही लेखक हूँ। आज भी दुबलिसजी इस बात पर चुटकी लेते हैं यद्यपि यह बात सच नहीं है कि मैंने एकदम अपना परिचय टोडरसिंहजी को दे दिया था। टोडरसिंहजी से बात करते समय मैंने यह अनुभव किया था कि ठाकुरसाहब पर प्रभाव डालने से कुछ काम निकल सकता है। इसी गरज से उनके पूछने पर मैंने अपना परिचय दे दिया। परिणामतः टोडरसिंहजी मुझे अपने स्थान पर ले गए। उन्होंने मुझे प्रेम से भोजन कराया और अन्त में मेरे एक आदमी को चालीस रुपया मासिक वेतन पर अपने यहाँ के एक स्कूल में शिक्षक रखने के लिए वे राजी हो गए। टोडरसिंहजी क्रान्तिकारी आन्दोलन के विशेष पक्षपाती नहीं थे तथापि इस प्रकार से उन्होंने हम लोगों को चालीस रुपए मासिक देना स्वीकार किया था। टोडरसिंहजी महात्माजी के अनुरक्त अनुयायियों में से थे तथापि उनसे हम लोग यह सहायता लेने में समर्थ हुए थे। लेकिन दुर्भाग्यवश जिस व्यक्ति को मैंने टोडरसिंहजी के स्कूल में भेजा था वह व्यक्ति हम लोगों के काम के उपयुक्त न था। दो महीनों के बाद वह व्यक्ति विप्लव कार्य से अलग हो गया। इसी व्यक्ति ने बनारस में मेरे विवाह के अवसर पर मुझे चुभती हुई बातें सुनाई थीं। गनीमत यह थी कि सरल रूप में एक पत्र द्वारा मुझे उन्होंने यह सूचना दी कि विप्लव कार्य से अब मैं अलग हो रहा हूँ क्योंकि इस काम

के लिए मैं अपने को उपयुक्त नहीं समझ रहा हूँ। यह घटना सितम्बर सन् 1923 के पहले हुई। टोडरसिंहजी से हम लोगों ने और कोई विशेष सहायता नहीं पाई।

मेरठ की एक और घटना विशेष उल्लेख योग्य है। यह घटना भी ढाका अनुशीलन समिति के साथ सम्बन्ध स्थापित होने के पहले ही हुई थी। मेरठ होकर मैं लाहौर जानेवाला था। मेरे मनीबेग में पाँच सौ रुपए के नोट और कुछ रेजगारी थे। मेरठ स्टेशन में मनीबेग से दो दस-दस रुपए के नोट निकाले। मनीबेग को फिर कोट के ऊपरी जेब में रख दिया। टिकट लेने गया। उस समय खिड़की के सामने दो ही चार आदमी थे लेकिन फिर भी उन दो-चार आदमियों में ही जाते समय कुछ धक्कम-धक्का हुआ। उस समय मैं समझ नहीं पाया कि धक्कम-धक्का करना गिरहकटों की एक तरकीब है। बाद को जेल में इस तरकीब का पता चला था। एक आदमी यदि किसी को धक्का देता है तो स्वभावत: ही धक्का खाने वाला धक्का देने वाले की तरफ देखता है। थोड़ी देर के लिए उसका पूर्ण ध्यान धक्का देने वाले के प्रति आकृष्ट रहता है। इसी अवसर पर गिरहकट अपनी कारीगरी दिखला देते हैं। उस जरा-सी ही धक्कम धक्के के बाद जब मैंने खिड़की के सामने आकर लाहौर का टिकट माँगा तो टिकट बाबू ने कहा कि गाड़ी आने में अभी देर है टिकट अभी नहीं बंटेगा। जब मैंने खिड़की से बाहर आकर नोट अपने मनीबेग में रखना चाहा तो देखा मनीबेग गायब है। मेरे होश-हवास बिल्कुल उड़ गए। किंकर्तव्य विमूढ़ की तरह रह गया, क्या करूँ और क्या न करूँ कुछ समझ में नहीं आया। अवश्य मेरे मुँह से यह निकला होगा कि अरे मनीबेग गायब है क्योंकि किसी ने मुझसे कहा कि जाओ पुलिस में इत्तला दे दो। इत्तला भी देता तो पुलिस को अपना नाम-धाम क्या बताता। यदि मैं अपना असल नाम बताता हूँ और यह कहता हूँ कि मेरठ में आकर वैश्य अनाथालय में मैं ठहरा था तो भविष्य में आवश्यकता पड़ने पर पुलिस को इस बात का प्रमाण मिल जाता कि दुबलिसजी के साथ मेरा सम्बन्ध है। लेकिन फिर भी मैं रेलवे थाने में गया एक पुलिस का हेडकांसटेबुल दौड़कर मेरे साथ टिकट बाँटने के जंगले के सामने आया। वहीं के लोगों से कुछ पूछ-ताछ की कि कौन टाँगावाला यहाँ था कौन गया है, उसका कोई जान-पहचान का आदमी उस समय उस स्थान पर था या नहीं इत्यादि बातों को जानकर फिर हम लोग रेलवे थाने में वापस आए। मुझसे पूछा गया कि मेरठ में मैं कहाँ ठहरा था। मैंने बता दिया कि वैश्य यतीमखाने में ठहरा था। पुलिसवालों ने मुझसे पूछा कि रिपोर्ट लिखूँ या नहीं। मैंने बताया कि झूठ-मूठ लिखने से क्या फायदा रुपया मिलना तो है नहीं। लेकिन यह भी मैंने बताया कि मनीबेग में पाँच सौ रुपए के नोट थे। यदि रुपया वापस मिल जाय तो पता लगाने वाले को आधा दे दूंगा। रिपोर्ट नहीं लिखवाई दिल छोटा करके पुलिस के दफ्तर से फिर उसी टिकटघर के सामने आकर खड़ा हो गया, और सोचा कि मैं कितना बड़ा बेवकूफ हूँ। अब कौन-सा मुँह लेकर कहाँ वापस जाऊँ। कितनी मुश्किल से तो रुपये मिलते हैं।

बड़ी मुसीबत है। थोड़ी देर तक इस प्रकार के विमर्श के बाद दुबलिसजी के यहाँ वापस जाना ही ठीक समझा। मेरे दिल में यह एक अत्यन्त भय हो रहा था कि दुबलिसजी और मेरे अन्य साथी मेरे ऊपर यह सन्देह न करने लग जाएँ कि मैं रुपए हजम कर बैठा हूँ। यदि ऐसा होता तो मैं मिट्टी में मिल जाता। लेकिन ये रुपए मैं जहाँ से लाता था उसका पता हमारे दल के और किसी को न था। मुझे छोड़कर और दो व्यक्तियों को इसका पता रहता था। एक तो देने वाले और दूसरा वह जिसके जरिए से मैं कभी-कभी रुपया लाता था। इसके अलावा मुझसे प्रश्न करने वाला तो कोई था नहीं मनीबेग गायब होने का किस्सा यदि मैं प्रकाश न करता तो किसी को क्या मालूम होता। ये सब बातें होते हुए भी मेरे मन में एकाएक भय और लज्जा उत्पन्न हुई थी।

मुझे वापस आते देखकर दुबलिसजी मेरे पास आकर हँसते हुए खड़े हो गए और पूछा क्या बात है। गाड़ी छूट गई। मैंने कहा टाँगेवाले को तो कुछ दे दो फिर बताता हूँ। टाँगेवाले को पैसे दे दिए और मैंने अपनी बेवकूफी की कहानी कह सुनाई। सब बातें सुनकर क्रोध और अविश्वास के स्थान पर मेरे प्रति दुबलिसजी के हृदय में दया का उद्रेक हुआ। मुझे आश्वासन दिलाकर दुबलिसजी ने कहा कि आप आज रातभर ठहर जाइए। मैं आपको कुछ रुपया लाकर देता हूँ। मेरे लिए दुबलिसजी ने एक बण्डी भी दी जिसकी भीतरी तरफ एक जेब थी। दूसरे दिन दुबलिसजी ने कहीं से दो सौ रुपए लाकर मुझे दिए। उस दिन से आज तक मैं कभी भी मनीबेग कोट या कमीज के ऊपरी हिस्से में नहीं रखता हूँ। मेरे बदन में हमेशा एक बण्डी रहती है। उस बण्डी को छोड़कर और कहीं मैं पैसा नहीं रखता। जीवन में यह दूसरी बार हुआ था, जब मेरे जेब से रुपया निकल गया। पहली बार हावड़ा स्टेशन में एक दफे मेरे जेब से और कुछ रुपए निकल गए थे।

मेरठ में रहते समय एक और सज्जन से मेरी जान-पहचान हुई थी जिसका उल्लेख करना यहाँ पर अप्रासंगिक न होगा। उन सज्जन का नाम था चौधरी विजयपालसिंह। हम लोगों के साथ उनकी गहरी सहानुभूति थी लेकिन हम लोगों की सहायता करने का उन्हें अवसर नहीं मिला। उनके पास से मैंने एक किताब ली थी उसका नाम है सोवियत कन्स्टिीट्यूशन। सितम्बर सन् 1923 के पहले ही मैंने इस प्रकार से सोवियत कन्स्टिट्यूशन को समझने की चेष्टा की थी। सन् 1923 में दिल्ली कांग्रेस के बाद मैंने कम्युनिज्म को समझने के लिए अच्छी तरह से चेष्टा की उसी समय सोवियत कन्स्टिट्यूशन से भी यथेष्ट लाभ उठाया। यह किस्सा बाद का है। दुबलिसजी के साथ मेरी गहरी मित्रता हो गई थी। दुबलिसजी का घर था मेरठ जिले के मवाना ग्राम में। मवाना से हस्तिनापुर बहुत करीब है। दुबलिसजी ने अपने घर ले जाने के लिए मुझसे विशेष आग्रह किया था और कहा था, कि मवाना से हस्तिनापुर बहुत करीब है और हस्तिनापुर देखने योग्य स्थान है। ऐसा कौन सा भारतवासी होगा जिसके हृदय में

हस्तिनापुर का नाम सुनकर चांचल्य पैदा न हो। इन्द्रप्रस्थ हस्तिनापुर और दिल्ली ये तीन नाम भारत के इतिहास में मानों एक सूत्र में ग्रथित हैं। लेकिन मुझमें एक बुरी आदत है कि जिस काम के लिए जहाँ जाता हूँ उसको छोड़कर एक तिलभर भी इधर-उधर जाना मुझसे नहीं होता। यह एक त्रुटि है। व्यापक रूप में किसी चीज़ को न देखना एक अपूर्णता है। मैं अपने कामों से ऐसा उलझा हुआ रहता था कि दो दिन की जगह तीन दिन एक स्थान पर रहना मेरे लिए कठिन हो जाता था। मैं आज तक भी हस्तिनापुर नहीं गया। सन् 1937 में छूटने के बाद मैं दो दफा मेरठ गया। मेरे कुछ साथी हस्तिनापुर हो आए हैं। लेकिन मुझे हस्तिनापुर जाने का अवकाश नहीं मिला।

मेरठ में मैं कई बार आया गया। दुबलिसजी की सहायता से मेरठ में दो-चार आदमी और मिलने लग गए थे। लेकिन मेरी गिरफ़्तारी के कारण मेरठ का संगठन कुछ अधिक अग्रसर नहीं हो पाया। एक आर्यसमाजी प्रचारक वैश्य अनाथालय में आया करते थे। उनसे मेरी बहुत बातचीत हुई थी। बातचीत के बाद वह आर्यसमाज के प्रचारक मेरे साथ काम करने का तैयार हो गए। वह सज्जन पंजाब तक जाते थे। लेकिन दुःख की बात है कि मेरी अनुपस्थिति में इस सज्जन से किसी ने कोई काम नहीं लिया।

मेरठ के बाद मुझे पंजाब जाना था। लेकिन जेब से रुपया निकल जाने के कारण फिलहाल पंजाब जाना स्थगित किया, किन्तु पंजाब जाना तो था ही, इसलिए बनारस और इलाहाबाद घूमकर मैं फिर पंजाब गया।

पंजाब में जाकर लाहौर के प्रोफेसर जयचन्द्रजी विद्यालंकर के यहाँ ठहरता था। अब की बार भी विद्यालंकारजी के ही यहाँ ठहरा। मुझे ठीक स्मरण नहीं कि अब की बार या इसके पहले ही मुझे पता लग गया था कि सरदार गुरुमुखसिंह इत्यादि जो अपना अलग संगठन कर रहे थे यह नहीं चाहते थे कि अबकी बार सिक्ख गैर सिक्ख संस्थाओ के साथ मिलकर भारतीय विप्लववादी आन्दोलन में भाग लें यहाँ तक कि सरदार गुरुमुखसिंहजी ने चाहा कि हमारे सच्चे साथी सरदार भगतसिंह को हम लोगों से तोड़कर अपनी संस्था में मिला लें। इस कारण गुरुमुखसिंहजी ने भगतसिंह को बहुतेरा समझाया कि तुम बंगालियों के फेर में मत पड़ो इनके फेर में पड़ोगे तो फाँसी पर लटक जाओगे काम कुछ भी नहीं कर पाओगे। इस प्रकार से गुरुमुखसिंहजी जितनी बातें भगतसिंहजी से कहते थे वे हम लोगों से सब कह देते थे। बहुत बहकाने पर भी भगतसिंहजी ने हम लोगों का साथ नहीं छोड़ा। मैं भी गुरुमुखसिंहजी से मिलता रहा। अपनी संस्था के छपे हुए कानून-कायदे गुरुमुखसिंहजी ने मुझे दिए थे। उन सबसे मुझे पता चला कि उनकी संस्था रूस की साम्यवादी नीति पर संगठित है। साम्यवाद की नीति पर गुरुमुखसिंह जी की बहुत बातचीत हुई। जहाँ तक मुझे आज याद है उस समय गुरुमुखसिंहजी पूर्ण रीति से मार्क्सिस्ट नहीं थे कारण कि भौतिकवाद में उनका पूरा विश्वास नहीं था। यदि मैं भूल नहीं कर रहा हूँ तो सम्भव है गुरुमुखसिंहजी ने

मुझसे यह भी कहा था कि रूस की पूरी नकल करने की कोई आवश्यकता नहीं है। सरदार सन्तोषसिंह नामक एक सज्जन रूस से वापस आये हुए थे। मैं जिस समय पंजाब गया था। उस समय सरदार सन्तोषसिंह जी एक गाँव में नजरबन्द थे। लेकिन मुझे ऐसा मालूम हुआ कि सरदार सन्तोषसिंह ही यथार्थ में गुरुमुखसिंह आदि के संस्था के संचालक, व्यवस्थापक या संस्थापक थे। उनकी सलाह से ही गुरुमुखसिंह इत्यादि काम करते थे। इसके बहुत पहले से ही मैं कम्युनिज्म का साहित्य पढ़ने लग गया था। लेकिन अभी भी कम्युनिज्म का पूरा स्वरूप् मेरी समझ में नहीं आया था। गुरुमुखसिंहजी से बातचीत करने के बाद एवं सोवियत कन्स्टिट्यूशन (शासन विधान) पढ़ने के कारण कम्युनिज्म के बारे में मेरी धारणा और भी स्पष्ट हो गई। सरदार गुरुमुखसिंह की संस्था के बारे में जयचन्द्रजी से मेरी बातचीत हुई और यह विचार किया गया कि कम्युनिज्म के सिद्धान्त का कितना अंश हम अपनी संस्था में ग्रहण कर सकते हैं। उस समय अध्यापक जयचन्द्रजी भी कुछ अधिक नहीं जानते थे। इस प्रकार हम लोग कम्युनिज्म के बारे में धीरे-धीरे सोचने लग गए। उस समय तक बंगाल के पुराने क्रान्तिकारी श्री नरेन्द्रनाथ भट्टाचार्य उर्फ मानवेन्द्र राय यूरोप के कम्युनिज्म के बारे में लेख इत्यादि भारत में भेजा करते थे। उनके प्रकाशित 'वेंङ्गार्ड आफ इंडियन इण्डिपेण्डेन्स' नामक साप्ताहिक पत्र हम लोगों के हाथ में आए। उन पत्रों एवं पर्चों से भी कम्युनिज्म के बारे में हम लोग कुछ-कुछ समझने लग गए।

अबकी बार पंजाब आकर जैसा एक तरफ रूस की साम्यवादी नीति के संस्पर्श में आए उसी प्रकार से दूसरी तरफ रावलपिंडी तक के नौजवानों से परिचित हुए। इस लोक संग्रह के कार्य में अध्यापक जयचन्द्रजी ही प्रधान रूप में सहायक थे। अंतिम दिन तक भाई जयचन्द्रजी हमारे इस विप्लव आन्दोलन में लगे रहते तो आज जिस प्रकार से आपने इतिहास गवेषणा के क्षेत्र में अपनी नवीन खोज एवं नवीन दृष्टिकोण के कारण ख्याति अर्जित की है उसी प्रकार से अथवा सम्भव है उससे भी अधिक व्यापक रूप में आप भारत के राजनीतिक आन्दोलन के संपर्क में अपनी प्रतिष्ठा स्थापित करते। हमारा दुर्भाग्य है कि श्री जयचन्द्रजी राष्ट्रीय निर्माण क्षेत्र से अलग होकर एक ऐतिहासिक गवेषक होकर ही रह गए। लेनिन के बारे में एक दिन पेरिस के एक प्रोफेसर महोदय ने लेनिन के एक लेख को पढ़कर ऐसा कहा था कि लेनिन एक अति उत्तम प्रोफेसर बन सकते थे।

संभव है आज ऐतिहासिक क्षेत्र में प्रसिद्धि लाभ करके जयचन्द्रजी संतुष्ट हों लेकिन मेरे हृदय में एक अत्यन्त गंभीर खेद बना हुआ है। कारण मैं समझता हूँ कि श्री जयचन्द्रजी के तुल्य उपयुक्त व्यक्ति यदि भारत के विप्लव आन्दोलन में ठीक प्रकार से भाग लिए होते तो आज हमारे इस आन्दोलन ने भारत की राजनीति में अपना अमोघ प्रभाव अवश्य ही डाला होता।

पंजाब में जो विप्लव आन्दोलन की नींव पड़ी थी उसका पूर्ण श्रेय श्री जयचन्द्र

को ही है कारण उनके बिना मैं अकेला पंजाब के क्षेत्र में अल्प समय के अन्दर इतना अधिक अग्रसर नहीं हो सकता था। तिलक स्कूल और पॉलिटिक्स के छात्र वृन्दों से जो मैं परिचित हुआ था वह भी जयचन्द्रजी की ही कृपा से। आपकी सहायता से ऐसे आदमी भी मुझे मिले थे जिन्हें मैं अत्यन्त कष्टसाध्य एवं विपद्-संकुल स्थानों में भेज पाया था। आज इस बात में मैं कोई दोष नहीं समझता हूँ कि उस समय की दो-एक महत्त्वपूर्ण चेष्टाओं की बात मैं यहाँ पर प्रकाशित कर दूँ। मुझे जहाँ तक पता है उससे मैं कह सकता हूँ कि भारत के और किसी भी विप्लव दल ने ऐसी चेष्टा नहीं की थी जैसी कि हमारे दल के द्वारा हुई थी। सरदार गुरुमुखसिंह के दल में अवश्य ऐसी चेष्टा सफलतापूर्वक हुई थीं।

उस व्यक्ति का नाम आज मैं भूल गया हूँ जिसे हम लोगों ने काश्मीर की प्रसिद्ध सरहद गिलगिट में एवं पेशावर की सरहद जमरूद इत्यादि की तरफ भेजा था। हम लोगों का उद्देश्य यह था कि इन सरहदों के जरिए से बाह्य जगत् से भारत के विप्लव आन्दोलन का योग सूत्र स्थापन किया जाय। इस व्यक्ति ने कई महीनों तक भीषण कष्ट सहन करते हुए गिलगिट के आसपास में मुसीबत के दिन बिताए थे। उनकी सहायता से हम लोगों को यह पता चला था कि भारत और चीन के लिए गिलगिट के रास्ते से व्यापारी आते-जाते हैं, लेकिन उनकी बड़ी सख्त निगरानी होती है। महीनों तक का रसद साथ लेकर इन रास्तों से गुजरना पड़ता था। धन और बुद्धि से काम लेने पर इस रास्ते से अस्त्र-शस्त्र मँगाना असंभव बात नहीं थी। आज अवश्य इन रास्तों से अस्त्र मंगाने की आवश्यकता नहीं है। लेकिन जिन दिनों की बात यहाँ लिख रहा हूँ उन दिनों में हम लोग विदेश से बड़े पैमाने में अस्त्र-शस्त्र मँगाने का रास्ता ढूँढ रहे थे। यदि मैं शीघ्र पकड़ा गया न होता तो संभव है, हमारा विप्लव आन्दोलन कुछ और ही रंग-रूप ग्रहण किए होता। गिलगिट के रास्ते के अलावा पेशावर के रास्ते का भी हम लोगों ने भली प्रकार निरीक्षण कर लिया था। अवश्य ही ब्रिटिश सरकार को यह पता है कि पेशावर के रास्ते से बाहर के विप्लवकारियों का गुजरना संभव एवं स्वाभाविक है।

सन् 1923 के सितम्बर मास में देहली में कांग्रेस का विशेष अधिवेशन हुआ था। ऐसे अवसरों पर भारत के प्रत्येक प्रांत से हर प्रकार के मनुष्य आया करते हैं। इस कारण कांग्रेस के पहले अधिवेशन के समय अन्तर प्रांतीय संगठन का कार्य बहुत आगे बढ़ जाता है। देहली के कांग्रेस के विशेष अधिवशन के समय मैंने कराची के अध्यापक गिडवानी साहब, श्री कुरेशीसाहब (जो कि एक समय महात्मा गांधी के 'यंग इंडिया' के सम्पादक भी रह चुके थे), महाराष्ट्र के हार्डीकर साहब मिर्जापुर के बैरिस्टर श्री यूसुफ इमाम साहब, बुन्देलखण्ड के दीवान शत्रुघ्नसिंहजी आदि से बातचीत की थी। अध्यापक गिडवानी साहब जानना चाहते थे कि क्रान्तिकारी

आन्दोलन के साथ देशबन्धु चितरंजनदास का कहाँ तक सम्बन्ध था। मैं भी जानना चाहता था कि क्रान्तिकारी आन्दोलन के बारे में गिडवानी साहब की क्या धारणा है। उनसे बातचीत करने पर मुझे यह निश्चय हो गया था कि गिडवानी साहब अहिंसा नीति को सिद्धान्त के तौर पर नहीं मानते थे। नीति के हिसाब से भी हिंसा और अहिंसा के रास्ते पर उनकी कोई निश्चयात्मक धारणा नहीं थी। जिस समय की बात मैं लिख रहा हूँ उस समय गिडवानी साहब राष्ट्रीय विद्यालय के अध्यापक थे। अपने प्रांत के नवयुवकों में उनकी काफी प्रतिष्ठा थी। वे देशबन्धुदास के अत्यन्त विरोधी थे। अकाली आन्दोलन के सिलसिले में एक बार पं० जवाहरलालजी के साथ गिडवानी साहब नाभा पधारे थे। गिरफ़्तारी के बाद थोड़े ही दिनों में वे दोनों सज्जन छोड़ दिये गए थे। पुनः नाभा के सत्याग्रह आन्दोलन में इन सज्जनों में से किसी ने कोई भाग नहीं लिया। सन् 1921 में आसाम बंगाल रेलवे कर्मचारियों ने एवं पूर्व बंगाल की स्टीम नेवीगेशन कम्पनियों के कर्मचारियों ने भी भारी हड़ताल कर दी थी। इन हड़तालों के कराने में देशबन्धुदासजी का विशेष हाथ नहीं था। लेकिन जब हड़ताल प्रारम्भ हो गई थी तो देशबन्धुजी ने हड़तालियों की जी-जान से सहायता की थी। उस समय चटगाँव इत्यादि स्थानों के कलेक्टरों को भी इन हड़तालों के कारण कोई सम्मान नहीं मिलता था हर प्रकार से हड़ताल सफल रही थी।

देहली की कांग्रेस में जाने के पहले ही पं० जवाहरलालजी से मेरी बातचीत हो चुकी थी। उसका उल्लेख मैंने पहले ही कर दिया है। देहली कांग्रेस के अवसर पर एक बार मुझे डाक्टर अंसारी के स्थान पर जाना पड़ा। वहाँ पर पं० जवाहरलालजी से मेरी भेंट हुई। पंडितजी बहुत आग्रह के साथ आनन्दित होकर मुझे एक विशेष कमरे में ले गए। वहाँ श्री कुरेशी से मेरी जान-पहचान करा दी। मैं यह देख रहा था कि इन नेताओं में गुप्त आन्दोलन की बातें जानने का तीव्र कुतूहल हो रहा था। कुरेशी साहब मुझे बहुत प्रशान्त मालूम पड़े। वे प्रफुल्लचित्त तो अवश्य दिखाई पड़ रहे थे किन्तु बातें उन्होंने बहुत कम कीं। जब आपसे मेरी फिर मुलाक़ात हुई तो मैं अभियुक्त की दशा में काकोरी केस के सिलसिले में अदालत के कटघरे के अन्दर बैठा था और कुरेशी साहब दर्शकों के स्थान पर बैठे थे।

हिन्दुस्तानी सेवा दल के संस्थापक डाक्टर हर्डीकर महोदय एक समय अमेरिका में थे। उस समय भारतीय क्रान्तिकारी आन्दोलन में कुछ व्यक्तियों से उनका परिचय हुआ था। उनके परिचित व्यक्तियों में से एक सज्जन का नाम पिंगले था। बन्दी जीवन के पाठकगण पिंगले के नाम से भली-भांति परिचित हैं। पंजाब का विप्लव आन्दोलन विफल हो जाने के पश्चात् जिस समय श्री रासबिहारी बोस बनारस में रहकर फिर नये सिरे से विप्लव आन्दोलन का कार्य कर रहे थे। उस समय श्री हर्डीकर का संवाद श्री रासबिहारी के पास आया था। इस बात को मैं जानता था।

इसलिए दिल्ली कांग्रेस के अवसर पर मैं हर्डीकरजी से बहुत मिलना चाहता था। परन्तु उनसे मिलकर मुझे तृप्ति नहीं हुई। मैंने अनुभव किया कि हर्डीकर साहब अब पुराने रास्ते को छोड़ना चाहते हैं। सन् 1916 से लेकर आज सन् 1929 तक श्री हर्डीकरजी अपने ढंग पर देश सेवा के काम में लगे हुए थे। हर्डीकरजी त्यागी समझदार तथा गंभीर प्रकृति के विचक्षण व्यक्ति हैं। लेकिन यदि हम ऐसे विचक्षण व्यक्ति के तेईस सालों के कामों की तुलना सरदार भगतसिंह अथवा श्री यतीन्द्रनाथ दास अथवा चटगाँव आर्मरी केस के श्री सूर्यकान्त सेन और बंगाल के दूसरे विप्लवी कार्यकर्ताओं के कार्यों से करें तो क्या हम यह कह सकेंगे कि भारत के राष्ट्रीय आन्दोलन पर हर्डीकरजी का उतना प्रभाव पड़ा है जितना की क्रान्तिकारी आन्दोलन का पड़ा है।

हर्डीकरजी गुप्त रीति से कोई दल नहीं बनाना चाहते थे। उनकी इच्छा थी कि कांग्रेस में रहते हुए और उसकी छत्रछाया में कांग्रेस की मर्यादा से लाभ उठाते हुए कांग्रेस नेतागणों के सहयोग से एक स्वयंसेवकों का विराट् दल बनाएँ। आज भी हर्डीकरजी जी उसी काम में लगे हैं। लेकिन अब तक उन्हें कोई सफलता नहीं प्राप्त हुई।

भारत का विप्लव आन्दोलन कांग्रेस के नेतृत्व पर कुछ भी निर्भर नहीं रहा। इसके विपरीत कांग्रेस आन्दोलन पर ही विप्लव आन्दोलन का यथेष्ट प्रभाव पड़ा दृष्टान्त रूप में यह कहा जा सकता है कि कांग्रेस के ध्येय में जो परिवर्तन हुआ इसका सबसे बड़ा श्रेय विप्लव आन्दोलन को ही है। जिस समय भारत के संतानगण विदेशों में जा-जाकर भारत को पूर्ण रूप से स्वतंत्र बनाने के लिए जान की बाजी लगा रहे थे, जिस समय विदेशों में एक तरफ श्री० एम० एन० चटर्जी, श्री अब्दुल्ला, श्री महेन्द्र प्रताप एवं दूसरी ओर रासबिहारी बोस इत्यादि भारतवर्ष को स्वतंत्र करने के लिए जी-जान से लगे हुए थे, उस समय भारत में कांग्रेस के नेतागण प्रांतीय स्वराज्य लाभ करने के लिए प्रयत्न कर रहे थे। भारत के उग्रपंथी व्यक्तियों ने बार-बार यह चेष्टा की कि भारत को पूर्ण रूप से स्वतन्त्र करना कांग्रेस का ध्येय बन जाय लेकिन हर बार वे इसमें असफल रहे। भारत को पूर्ण रूप से स्वतंत्र करने के लिए कितने ही युवकों ने फाँसी के तख्ते पर जीवन बलि चढ़ा दी। साल के बाद साल गुजरते गए। षड्यंत्र रचे गए। ऐसा कोई मास खाली नहीं गया। जिसमें भारत के किसी-न-किसी प्रांत में राजनैतिक षड्यंत्र के मामले न चले। दो-दो तीन-तीन हज़ार नवयुवकों को बिना उनपर किसी प्रकार का मुकदमा चलाए, पाँच-पाँच, दस-दस साल के लिए ब्रिटिश सरकार ने जेलों में बन्द रखा। क्या इन सब बातों का प्रभाव कांग्रेस के नेतागणों के मन पर कुछ भी नहीं पड़ा? सन् 1919 के दिसम्बर महीने में ब्रिटिश सरकार के घोषणा-पत्र द्वारा विद्रोहियों के लिए विशेष रूप से सन्देश भेजा गया। एक ओर जैसे भारत के शासन विधान में सुधार हुए दूसरी ओर भारत को ब्रिटिश पंजे के चंगुल में सुरक्षित रखने

के लिए रौलट कमेटी की सिडिशन रिपोर्ट के अनुसार काले कानून बनाये गए। भारत के विप्लव आन्दोलन को कुचलने के लिए मुख्य रूप से ये काले कानून बनाये गये थे। भारत के राष्ट्रीय आन्दोलन में महात्मा गाँधी ने सर्वप्रथम जब अपना क़दम रखा तो उन्होंने इस काले कानून के विरुद्ध ही अपना आन्दोलन प्रारम्भ किया था। विप्लव आन्दोलन कुचला नहीं गया। महात्माजी का चलाया हुआ आन्दोलन भी बढ़ता गया। विप्लव आन्दोलन को दबाने के लिए रौलट ऐक्ट बना। रौलट ऐक्ट के विरुद्ध महात्मा गांधी का सत्याग्रह आन्दोलन प्रारम्भ हुआ। पहले कांग्रेस का ध्येय प्रांतीय स्वराज्य लाभ करना था। अहमदाबाद कांग्रेस में उग्र पंथियों ने अपनी सारी शक्ति कांग्रेस के उक्त ध्येय को बदलने के लिए लगा दी। बहुत वोटों से महात्माजी इसके विरुद्ध जीत गए। लेकिन अन्त तक कम-से-कम कहने के लिए तो कांग्रेस के ध्येये में परिवर्तन हो ही गया, तो क्या यह कहना नितान्त भूल है कि कांग्रेस आन्दोलन पर विप्लव आन्दोलन का यथेष्ट प्रभाव पड़ा है?

मिर्जापुर के बैरिस्टर श्री युसुफ इमामजी तथा बुन्देलखंड के विशिष्ट व्यक्ति दीवान शत्रुघ्नसिंहजी से हम लोगों की बातें हुईं। हम लोगों ने एक-दूसरे को अच्छी तरह से समझ लिया। लेकिन विशेष दुःख की बात है कि मेरी अनुपस्थिति में इन लोगों से किसी ने कुछ काम नहीं लिया। आज भी सांप्रदायिकता की लहर में यूसुफ इमाम साहब पूर्ण राष्ट्रीयतावादी हैं। दीवान शत्रुघ्नसिंहजी एवं यूसुफ इमाम साहब दोनों ने ही कांग्रेस आन्दोलन में पूर्णरीति से भाग लिया। आज भी सच्चे देशभक्तों की भांति ये दोनों सज्जन राष्ट्रीय क्षेत्र में काम कर रहे हैं।

भारत के विप्लव आन्दोलन के लिए यह विशेष दुःख की बात थी कि विप्लव आन्दोलन के नेताओं को प्रकाश्य आन्दोलन में भाग लेने का अवसर नहीं प्राप्त हुआ। यह भी एक कारण है जिसके लिए भारत के राष्ट्रीय आन्दोलन पर विप्लव आन्दोलन का जितना प्रभाव पड़ना चाहिए था उतना नहीं पड़ा। इसलिए अण्डमान से मुक्त होने पर मेरी इच्छा थी कि मैं भी प्रकाश्य आन्दोलन में भाग लूँ। देहली में कांग्रेस के विशेष अधिवेशन के समय मैंने देश-वासियों के प्रति एक अपील निकाली थी। इस अपील में एक नया कार्यक्रम किया गया था—भारत को पूर्ण रूप से स्वतंत्र करना है इस ध्येय पर विशेष जोर देते हुए एशिया की विभिन्न पद-दलित जातियों का एक राष्ट्र संघ बनाने की कल्पना के अनुसार इस अपील में कार्यक्रम दिया गया था। इसके अतिरिक्त मज़दूर संगठन के बारे में भी इस कार्यक्रम में विशेष ध्यान दिया गया था। राष्ट्रीय समस्याओं को भली प्रकार समझने वाले चैतन्यवान त्यागी दृढ़ संकल्पयुक्त देशप्रेमियों को लेकर स्वयंसेवकों का देशव्यापी एक विराट् दल बनाने का संकल्प भी इस कार्यक्रम में था। इस प्रकार थोड़े शब्दों में ओजस्विनी अंग्रेज़ी भाषा में अपने कार्यक्रम का स्पष्ट चित्र खींचते हुए मैंने यह अपील निकाली थी। प्रोफेसर जितेन्द्रलाल बनर्जी

अंग्रेजी के प्रसिद्ध शक्तिशाली लेखक हैं। इस अपील को पढ़कर उन्होंने यह जानना चाहा था कि इस अपील की अंग्रेज़ी किसने लिखी है। मेरे साथ बंगाल के प्रसिद्ध क्रान्तिकारी नेता श्री विपिनचन्द्र गांगुली थे। उन्होंने बनर्जी साहब को मेरा नाम बताया। मैं श्री विपिन गांगुली को लेकर इस अपील पर जितेन्द्रलाल बनर्जी के हस्ताक्षर कराने गया था। डेलीगेट की हैसियत से मैं देहली कांग्रेस में आया था। मेरा नाम इस अपील के बिल्कुल अन्त में था। जहां तक मुझे स्मरण है सबसे पहले श्रीयुत विपिनचन्द्र गांगुली के हस्ताक्षर थे। इस अपील में आल इण्डिया कांग्रेस कमेटी के बहुत-से सदस्यों के हस्ताक्षर थे। इस अपील के निकालने के साथ-साथ हम एक प्रकाश्य आन्दोलन की सृष्टि करना चाहते थे। इस काम में विपिनी गांगुली की पूर्ण सहानुभूति थी। उन्होंने यह कहा था कि वे ऐसा आन्दोलन तो खूब चाहते हैं लेकिन कठिनाई तो पैसे की है। अर्थ के बिना कोई भी आन्दोलन चलाया नहीं जा सकता। मुझे कुछ अर्थ पाने की पूर्ण आशा थी। इसलिए मैं इस कार्य में पूर्ण उद्यम से लगना चाहता था। गांगुली साहब ने, मुझे यह वचन दिया था कि पैसे की बात छोड़कर अन्य सब बातों में वे मेरे साथ पूर्ण रूप से सहयोग करेंगे।

इस अपील को लेकर मैं सुभाष बाबू के पास भी गया था। उन्होंने इस अपील को बहुत गम्भीर तथा शान्त चित होकर पढ़ा। इस विषय पर मेरे साथ उनका कुछ वाद-विवाद भी हुआ। सुभाष बाबू का कहना था कि अभी वह समय नहीं आया है कि मैं कांग्रेस के कार्यक्रम से भिन्न किसी अन्य कार्यक्रम को लेकर चलूँ। उनका यह भी कहना था कि एक ही व्यक्ति के लिए गोपनीय एवं प्रकाश्य आन्दोलन में काम करना उचित नहीं है।

सुभाष बाबू के साथ क्रान्तिकारी आन्दोलन के बारे में बातचीत करने का मेरा यह प्रथम अवसर था। मैं चाहता था कि सुभाष बाबू हमारे आन्दोलन का नेतृत्व ग्रहण करें। नेतृत्व के बारे में मेरे दिल में कोई ऐसी भावना नहीं थी कि मैं दूसरे का नेतृत्व स्वीकार न करूँ। वरन् सुभाष बाबू को यदि मैं अपने नेता के पद पर बैठा सकता तो मेरे आनन्द की सीमा न रहती। यही सब बातें मैंने सुभाष बाबू को समझानी चाही। सुभाष बाबू ने एकाग्रचित होकर मेरी बातें तो सब सुन ली परन्तु उन्होंने अपना कोई स्थिर मत नहीं व्यक्त किया। उन्होंने बार-बार यही कहा कि अभी मेरा समय नहीं आया है। अन्त में यह निश्चय हुआ कि मैं उनसे कलकत्ते में फिर मिलूँ। इस निश्चय के अनुसार मैं उनसे कलकत्ते में फिर मिला। यथास्थान इसका वर्णन विस्तारपूर्वक आगे किया जाएगा। सुभाष बाबू ने मेरी लिखी हुई अपील पर अन्त तक हस्ताक्षर नहीं किए।

बंगाल के प्रसिद्ध क्रान्तिकारी दल अनुशीलन समिति के नेताओं के पास भी मैं गया था। अब तक इस समिति के साथ मेरा बिगड़ा हुआ सम्बन्ध सुलझा नहीं था। इसलिए मुझे इस बात का विशेष आग्रह न था कि अनुशीलन समिति के नेतागण मेरी

अपील पर अवश्य ही अपने हस्ताक्षर कर दें। थोड़े शब्दों में मैंने उन्हें अपना आशय समझाया। पहले तो उन्होंने अपने हस्ताक्षर देने में आनाकानी की।

मैंने भी उनसे अधिक अनुरोध नहीं किया। उनकी इस आनाकानी को देखकर मैं भी कुछ लापरवाही से यह कह दिया कि यदि आप इस अपील पर हस्ताक्षर करना उचित न समझें तो न कीजिए। मेरी उदासीनता को देखकर वे कुछ सोच में पड़ गए। न जाने क्या समझकर मुझसे उन्होंने कहा कुछ देर ठहर जाएँ हम आपस में परामर्श कर लें। कुछ देर के बाद उनमें से कुछ ने प्रतिनिधि की हैसियत से अपील पर हस्ताक्षर कर दिए। लेकिन उनका दृष्टिकोण कुछ और ही था। मैं यह चाहता था कि क्रान्तिकारी नेतागण अपने मौलिक कार्यक्रम को देखकर प्रकाश्य रूप से राजनैतिक क्षेत्र में अवतीर्ण हों। कलकत्ता क्रान्तिकारी दल के नेता श्री विपिनचन्द्र गांगुली ने तो इस बात के महत्त्व को अनुभव किया परन्तु अनुशीलन समिति के नेताओं ने इसे व्यर्थ समझा।

इस अपील को लेकर मैं देशबन्धुदास के पास भी गया था। अपील पढ़कर दासजी कुछ हँसे और बोले कि कौंसिल प्रवेश का कार्यक्रम इसमें क्यों नहीं रक्खा। मैंने भी हंसकर कहा कि कौंसिल प्रवेश के कार्यक्रम से तो हम सहमत हैं ही यदि इन सब बातों से आप सहमत हों तो इस कार्यक्रम को भी इस अपील में रखा जा सकता है। मैं जानता था कि दासजी इसमें अपना हस्ताक्षर न देंगे। दासजी उस समय एक ही बात पर अपनी पूरी शक्ति लगा रहे थे। कौंसिल प्रवेश को छोड़कर और किसी प्रश्न पर उनका ध्यान न था।

इस सिलसिले में एक विचित्र बात से मुझे बहुत लाभ हुआ। मुझे यह अपील छपवानी थी। (इसके लिए मेरे पास पैसे न थे।) देहली की जिस धर्मशाली मैं ठहरा था उसी में मेरे दल के कुछ साथी भी थे। यह अपील मैंने उनके परामर्श से उसी धर्मशाला में बैठकर लिखी थी। उसी समय मेरे एक साथी ने मुझे नोटों का एक बंडल दिया और कहा कि ये रुपए उसे अमुक कमरे में मिले थे। यदि उस व्यक्ति का पता चल जाय जिसका यह रुपया है तो उसे दे दिया जाएगा अन्यथा इसे अपने काम में लगाया जाय। मैं मन-ही-मन ऐसा सोचता था कि यदि कोई रुपया मांगनेवाला न आए तो अच्छा हो। मुझे हर घड़ी यह चिन्ता थी कि कोई मांगनेवाला तो नहीं आ रहा है। परन्तु सौभाग्य से न किसी ने रुपया मांगा न रुपया खोने की उस धर्मशाला भर में कोई चर्चा ही हुई। इस बंडल में पछत्तर रुपये के नोट थे। देहली के एक आर्यसमाजियों के प्रेस से यह अपील छपवाई थी। शीघ्रता के कारण प्रेस ने अपील की छपवाई के दाम अधिक ही लिए थे। इस बात की सुविधा मुझे अवश्य मिली कि इस प्रेस ने मेरी अपील छाप तो दी, सम्भव था कि दूसरे प्रेस इस काम को न करते।

इन छपे हुए अपीलपत्रों को कांग्रेस पंडाल के अन्दर हम लोगों ने बांटना चाहा लेकिन स्वयंसेवकों ने ऐसा करने से हम लोगों को रोका। तब प्रोफेसर जितेन्द्रलाल

बनर्जी की सहायता से हम स्वयंसेवकों के सरदार श्री आसफअली के पास पहुंचे। आसफअली साहब ने वादा किया कि वे अपने स्वयंसेवकों की सहायता से इस अपील को पंडाल के अन्दर बंटवा देंगे। हमने इस अपील की पाँच हज़ार प्रतियाँ छपवाई थीं। लगभग दो या तीन सौ प्रतियाँ अपने पास रखकर बाकी सब प्रतियां आसफअली को दे दीं। लेकिन बाद को हमें यह देखकर बड़ा आश्चर्य हुआ कि उनमें से एक प्रति भी किसी को नहीं दी गई थी।

इस अपील की प्रतियाँ मैंने भारत के भिन्न-भिन्न प्रान्तों के सम्वादपत्रों को भेज दीं लेकिन भारत के किसी पत्र ने इस अपील को नहीं छापा। इसकी कुछ प्रतियाँ जापान में श्री रासबिहारी एवं अमेरिका में श्री तारकनाथदास के पास भी भेज दीं। अमेरिका के एक प्रसिद्ध साप्ताहिक पत्र 'दि न्यू रिपब्लिक' में यह अपील ज्यों-की-त्यों छप गई और उसके साथ श्री तारकनाथदासजी ने भी इस अपील के महत्व के बारे में एक लेख लिखा। जापान से रासबिहारी बोस ने, उस पत्र की एक प्रति मेरे पास भेजी थी। सम्भवतः इस अपील की एक प्रति महात्माजी के यंग इण्डिया को भी भेजी गई थी। भारत में इस अपील के विषय में कोई चर्चा नहीं हुई।

बंगाल के उपन्यासकार श्री शरत्चन्द्र चटर्जी से एक सम्वाद सुनकर हम चकित हो गए। शरत् बाबू भी हम लोगों की भाँति महात्माजी के अन्ध भक्त नहीं थे। यों तो बंगाल के अधिकांश व्यक्ति महात्माजी के अन्ध भक्त नहीं हैं फिर भी जब शरत बाबू जैसे व्यक्ति की सम्मति हमारी सम्मति से मिल गई तो हमें बड़ी खुशी हुई। इस प्रकार महात्माजी के बारे में चर्चा करते समय बारदोली के सत्याग्रह को इसलिए स्थगित नहीं किया गया था कि चौरीचौरा में हिंसात्मक काण्ड हो गया बल्कि बारदोली के किसान पहले ही ये सालभर का लगान सरकार को दे चुके थे। केवल इतना ही नहीं यह भी खबर थी कि बारदोली के किसानों ने अपनी हटाने योग्य सारी वस्तुएँ अपने मकानों से अलग कर दी थीं। गुजरात के एक सब डिवीजनल अफसर ने यह संवाद महात्माजी को दिया था, इस पर महात्मा जी ने अपने विश्वस्त व्यक्ति को बारदोली भेजा था। उसने भी महात्माजी के पास एस० डी० ओ० की बातों को सही बताया। ऐसी अवस्था में बारदोली के सत्याग्रह आन्दोलन को स्थगित कर देने के अतिरिक्त महात्माजी के पास और रास्ता ही क्या रह गया था।

उत्तर भारत के विप्लववादी आन्दोलन के सम्बन्ध में देहली के कांग्रेस अधिवेशन के विशेष अवसर पर दो महत्वपूर्ण बातें हुई थीं जिनका उल्लेख इस स्थान पर करना विशेषतः आवश्यक है।

कांग्रेस के अधिवेशन के पहले ही मैं इलाहाबाद के श्री पुरुषोत्तमदास टंडन से भली प्रकार परिचित हो चुका था। टंडनजी अच्छी तरह से जानते थे कि हम लोग गुप्त रीति से क्रान्तिकारी आन्दोलन में लगे हुए हैं। हम लोगों के प्रति उनकी पूर्ण

सहानुभूति थी। परन्तु वास्तविक क्षेत्र में हम लोगों ने, उनकी सहानुभूति से कुछ लाभ नहीं उठा पाया। टंडनजी अपरिवर्तनवादी थे। देहली कांग्रेस में यह प्रस्ताव पास हो गया कि कांग्रेस जन लेजिस्लेटिव कौंसिल के सदस्य बनकर उसके कार्य में भाग ले सकते हैं। सत्याग्रह आन्दोलन एक बार व्यर्थ हो चुका था। अपना आन्दोलन समाप्त होने पर महात्माजी राजनीतिक क्षेत्र से कुछ दिनों के लिए अलग हो जाते हैं। किसी आन्दोलन के विफल हो जाने पर जनता में अवसाद छा जाता है। आशा भंग के आघात से सब जनता उत्साह और उद्यम हीन हो जाती है, ऐसी अवस्था में महात्माजी कार्यक्षेत्र से अलग हो जाते हैं। अवसाद के दिनों में अन्य नेतागण राष्ट्रीय आन्दोलन को चलाते हैं। फिर जब आन्दोलन उग्ररूप धारण करता है तो फिर महात्माजी कार्यक्षेत्र में अवतीर्ण होते हैं। सन् 1921 के सत्याग्रह आन्दोलन के समय महात्माजी कौंसिल प्रवेश के विरोधी थे और देशबन्धु दास, पण्डित मोतीलाल नेहरू और लाला लाजपतराय इत्यादि कुछ नेतागण कौंसिल प्रवेश के पक्ष में थे। पं० जवाहरलाल श्री पुरुषोत्तमदासजी टंडन इत्यादि नेतागण महात्माजी की तरह कौंसिल प्रवेश के विरोधी थे। देहली कांग्रेस में दास पक्ष की विजय हुई। ऐसी परिस्थिति में मैंने टंडनजी से यह आग्रह किया कि अब समय आया है कि कांग्रेस ध्येय में परिवर्तन करने की चेष्टा की जाय। अपनी विशेष मानसिक परिस्थिति के कारण टंडनजी ने अबकी बार मेरे परामर्श को स्वीकार कर लिया। जहाँ तक मुझे स्मरण है बाबू राजेन्द्रप्रसादजी ने भी खुले अधिवेशन में टंडनजी के प्रस्ताव का समर्थन किया था। टंडनजी ने, यह प्रस्ताव किया था कि कांग्रेस के ध्येय में अब परिवर्तन करने का समय आया है। इस प्रस्ताव के समर्थकों में मेरा नाम भी था। परन्तु मेरे बोलने का समय आने से पहले ही मौलाना अबुलकलाम आज़ाद जी सभापति के आसन से कुछ देर के लिए हट गए थे और उस समय श्री दास जी सभापति के आसन पर बैठे थे। मैंने तो मन ही मन समझा कि मुझे अच्छा अवसर मिला। परन्तु दुर्भाग्य से मौलाना मुहम्मदअली बोलने को खड़े हो गये, और लगभग डेढ़ या दो घण्टे तक बोलते ही रहे। दासजी उन्हें बोलने से रोकना नहीं चाहते थे। इसके बाद मुझे बोलने का अवसर नहीं मिला।

टंडनजी पूर्ण स्वाधीनता के ध्येय को तो पसन्द करते थे। परन्तु इस ध्येय को कार्यरूप में परिणत करने के लिए जीवन में उन्होंने क्या प्रयत्न किये यह मुझे ज्ञात नहीं है। देहली अधिवेशन के बाद कांग्रेस के दूसरे अधिवेशन में भी उन्होंने कांग्रेस के ध्येय को बदलने की कोई चेष्टा की या नहीं मुझे पता नहीं। हिंसा-अहिंसा के प्रश्न पर भी उनकी नीति क्रान्तिकारियों अथवा श्री अरविंद या लोकमान्य तिलक की नीति से भिन्न न थी। श्री तिलक ने गीता रहस्य लिखकर अपने दार्शनिक सिद्धान्त को युक्ति एवं भारतीय दर्शन के आधार पर सुप्रतिष्ठित करने की चेष्टा की। श्री अरविन्द ने सालों तक दैनिक एवं साप्ताहिक पत्रों में अपने राष्ट्रीय एवं दार्शनिक

सिद्धान्तों का प्रचार किया। उस समय भारत एवं विशेषकर बंगाल में सशस्त्र क्रान्ति की लहर उमड़ रही थी। अकाली सिक्खों की तरह उन्होंने भी कभी विप्लव आन्दोलन की निन्दा नहीं की। प्रकाश्य आन्दोलन के सम्पर्क में अथवा व्यक्तिगत जीवन में उन्होंने कभी भी हिंसा और अहिंसा के सिद्धान्त पर राज-पुरुषों के दृष्टिकोण से अपने पक्ष को दुर्बल नहीं किया। देशबन्धुदासजी ने भी अपने देहावासन के कुछ दिन पहले तक अपनी नीति तिलक और अरविन्द की भाँति स्थिर रखी। जब कलकत्ते के पुलिस कमिश्नर टेमार्ट की भूल में 'डे' साहब मारे गए, तो बंगाल प्रान्तीय कांग्रेस कमेटी में 'डे' साहब के मारने वाले श्री गोपी मोहन के प्रति सम्मान एवं प्रीतिसूचक प्रस्ताव पास किया गया था। इस प्रस्ताव के पास कराने में देशबन्धुदासजी की पूर्ण सहायता थी। महात्माजी इस बात से एकदम बिगड़ गए एवं महात्माजी ही के कारण अ० भा० कमेटी में बंगाल प्रान्तीय कांग्रेस कमेटी के प्रस्ताव के विरुद्ध दूसरा प्रस्ताव लाया गया। दासजी अपने प्रस्ताव पर डटे रहे। अवश्य महात्माजी को अधिक वोट मिले फिर भी गोपीमोहन शाह की प्रशंसा में जो प्रस्ताव पहले पास हो चुका था, उसके पक्ष में भी यथेष्ट वोट आये। महात्माजी अपने व्यक्तित्व के कारण जीत तो अवश्य गए परन्तु उन्होंने स्वयं ऐसा कहा था कि दासजी के पक्ष में भी इतने वोट आए इससे यह स्पष्ट प्रतीत होता है कि अहिंसा का पक्ष अभी प्रबल नहीं हुआ। महान् आश्चर्य की बात तो यह है कि सरदार भगतसिंह की प्रशंसा में कराची कांग्रेस में महात्माजी के ही परामर्श एवं सहायता से एक विशेष प्रस्ताव पास हुआ। इससे भी आश्चर्य की बात यह है कि विलायत में राउण्ड टेबुल कांफ्रेंस में जाने के पहले बम्बई में अ० भा० कांग्रेस कमेटी के बैठक में कराची के इस भगतसिंह के प्रशंसासूचक प्रस्ताव के विरुद्ध एक अन्य प्रस्ताव पास किया गया। और कराची वाले प्रस्ताव को वापस कर लिया गया। इस प्रकार हिंसा अहिंसा की नीति पर कांग्रेस आन्दोलन में जितनी बार प्रश्न उठ खड़े हुए टंडनजी ने कभी भी महात्माजी के विरुद्ध अपने पक्ष का समर्थन नहीं किया।

व्यक्तिगत जीवन में टंडनजी महान् त्यागी पुरुष है। जिस समय आप लाहौर के एक बैंक के मैनेजिंग डायरेक्टर थे, लाला लाजपतराय का देहान्त हो गया। लालजी लोक सेवक संघ के अध्यक्ष थे। महात्माजी के कहने पर टंडनजी ने मैनेजिंग डायरेक्टरी छोड़कर लोक सेवक संघ का कार्यभार अपने ऊपर ले लिया। सन् 21 के सत्याग्रह आन्दोलन के समय टंडनजी ने वकालत छोड़ दी, और उसके बाद उन्हें बहुत आर्थिक कष्ट सहने पड़े। फिर भी कभी उन्होंने किसी के सामने हाथ नहीं फैलाये। इसके अतिरिक्त महात्माजी के राष्ट्रीय आन्दोलन के आने के बहुत पहले से ही टंडन जी अपने व्यक्तिगत जीवन में अहिंसा नीति का पालन करते आए हैं। आप इलाहाबाद हाईकोर्ट में भी 'कीपसोल' वाले कैनबेस के जूते पहनकर वकालत करने आते थे।

राष्ट्रीय आन्दोलन के क्षेत्र में आप सदा ही क्रान्तिकारी आन्दोलन के प्रति हार्दिक सहानुभूति रखते थे। लेकिन ये सब बातें होते हुए भी भारतीय क्रान्तिकारी आन्दोलन का यह बड़ा दुर्भाग्य है कि टंडनजी जैसे महानुभाव ने, इस आन्दोलन में सक्रिय रूप से भाग नहीं लिया। बहुत कहने–सुनने पर कांग्रेस के देहली अधिवेशन में आपने स्वाधीनता का प्रश्न उठाया था।

राष्ट्रीय आन्दोलन के बड़े–बड़े नेताओं के विषय में मैं इसलिए इतनी बातें लिख रहा हूँ कि पाठकों के इन महानुभावों की मनोवृत्तियों से परिचित होने का अवसर मिले। यह कहना अत्यन्त कठिन है कि भविष्य में भारतीय क्रान्तिकारी आन्दोलन कैसा रूप ग्रहण करेगा। परन्तु इसमें सन्देह नहीं कि भारत के इतिहासकारों को भारतीय राष्ट्रीय आन्दोलन का विश्लेषण करना पड़ेगा। मुझे आशा और विश्वास है कि मेरे इतिहास से भविष्य के इतिहास लेखकों को सहायता मिलेगी। इसी अभिलाषा से मैंने इस इतिहास को लिखना प्रारम्भ किया है।

आज तो कांग्रेस ने अवश्य ही यह स्वीकार कर लिया है कि पूर्ण स्वाधीनता प्राप्त करना ही हमारा ध्येय है परन्तु इस स्थिति पर पहुँचने के लिए कांग्रेस में वर्षों तक मर्मान्तक द्वन्द्व हुए हैं और देहली के अधिवेशन में ही इसकी सर्वप्रथम चेष्टा हुई थी यह बात भी स्मरण रखने योग्य है।

12

क्रान्तिकारी दल और कम्युनिस्ट

अब एक दूसरी विशेष महत्वपूर्ण बात का उल्लेख कर रहा हूँ। देहली में एक और व्यक्ति से मेरी मुलाक़ात हुई। आपकी आयु अनुमान से तीस वर्ष की रही होगी। आपसे मेरा पूर्व परिचय न था, आपका नाम कुतुबुद्दीन अहमद था। अपना परिचय देते हुए आपने बताया कि वे श्री मानवेन्द्रनाथ राय के आदमी हैं। इस परिचय से मेरे मन में बड़ा हर्ष और कुतूहल हुआ। कुतुबुद्दीन साहब ने, बड़े प्रेम से कहा मैं बहुत दिनों से आपसे मिलना चाहता था। मानवेन्द्र राय ने, आपको मास्को बुलाया है। वहाँ कम्युनिस्ट इण्टर नेशनल कांग्रेस होने जा रही है। राय साहब की इच्छा है कि आप भी उस समय पर उपस्थित हों। विशेषकर आप ही से मिलने के लिए मैं देहली आया हूँ।" मैंने कहा, "कम्युनिज्म के बारे में मैं ठीक-ठीक सब बातें नहीं जानता।" कुतुबुद्दीन साहब ने उत्साहपूर्वक कहा, "आपको यह सब बातें समझाना मेरा काम है।"

मैं तो कम्युनिज्म के बारे में सब बातें पहले ही से अच्छी तरह जानना चाहता था। कुतुबुद्दीन साहब का प्रस्ताव तो मेरे लिए एक सौभाग्य की बात थी। उनके साथ बहुत देर तक मेरी बातचीत हुई। कुतुबुद्दीन साहब से ही मैंने जीवन में सर्व प्रथम कम्युनिज्म के मूल तत्व को यथार्थ रूप में समझा। मेरे जीवन की यह एक महान् ऐतिहासिक घटना है।

कुतुबुद्दीन साहब ने, मुझसे कहा कि कम्युनिज्म का ध्येय है समाज की ऐसी व्यवस्था करना जिससे समाज की कोई भी सम्पति किसी व्यक्ति के हाथ में न रहकर समाज के हाथ में रहे। यह सुनते ही मेरे मन में हिन्दुओं के सन्यास आश्रम की बात आई इसलिए उसी क्षण मैंने कहा कि यह तो मनुष्य जीवन की चरम उन्नित पर निर्भर है। मनुष्य जीवन की अन्तिम उन्नति हुए बिना कैसे यह सम्भव है कि समाज की

सम्पत्ति व्यक्ति के हाथ में न रहकर समाज के हाथ में चली जाय। यह सुनकर कुतुबुद्दीन साहब ने कहा कि नहीं क्रान्ति के मार्ग से भी समाज व्यवस्था ऐसी बनाई जा सकती है, जिसके परिणाम में सम्पत्ति व्यक्ति के हाथ में से समाज के हाथ में चली जाय एवं उसी अवस्था में शिक्षा-दीक्षा की सहायता से मनुष्य की चरम उन्नति संभव होगी। मेरे लिए यह एकदम नई कल्पना थी। मैं थोड़े समय के लिए चकित-सा रह गया। और मुझे ऐसा प्रतीत होने लगा कि बहुत संभव है कि कुतुबुद्दीन साहब की बात सत्य हो। क्षणभर में मेरे मानसिक चित्रपट में संन्यास आश्रम के बारे में मुहूर्त-भर के लिए यह प्रश्न उठा कि जीवनभर की तपस्या के परिणामत: जिस चरम और परम अवस्था को प्राप्त करने के लिए हिन्दू समाज में व्यवस्था है कम्युनिज्म की व्यवस्था में क्या उसी अवस्था को इतने सरल एवं सहज मार्ग से प्राप्त किया जा सकता है? परन्तु यह क्षण भर के लिए ही मन में उदय हुआ था। थोड़े ही समय के अन्तर में समझने लगा कि संभव है विप्लव के बाद हिन्दू समाज प्रदर्शित उत्कर्ष के मार्ग को मनुष्य ग्रहण कर सके। कम्युनिज्म को भली प्रकार समझने के लिए मन में उत्सुकता और बढ़ गई। एक समय नियत करके मैं फिर कुतुबुद्दीन साहब से मिला और कम्युनिज्म के सिद्धान्त के बारे में उनसे मेरी घण्टों तक बातचीत हुई।

क्वीन गार्डन में बैठकर घंटों तक कुतुबुद्दीन साहब से मेरी बातचीत हुई। कुतुबुद्दीन साहब ने प्राचीन काल से लेकर आज तक के इतिहास का एक खाका खींचकर दिखाने का प्रयत्न किया। उन्होंने एच० जी वेल्स के इतिहास से दृष्टान्त देकर यह दिखाना चाहा कि कैसे एक समय नारी राज्य का अस्तित्व था और उस समय स्त्री जाति के प्रभुत्व के कारण समाज की रीति व्यवस्था पद्धति अदि सब स्त्रियों की इच्छानुसार होती थीं। उस समय पुरुषों के अधिकार स्त्रियों के अनुवर्ती होते थे अर्थात् समाज में जो जाति शासन करती है, उसी के स्वार्थ के अनुकूल रीति-नीति भी बन जाती हैं। कुतुबुद्दीन साहब का कहना था कि रीति नीति समाज व्यवस्था इत्यादि सनातन नियमों की अनुवर्त्ती होकर नहीं बनती, प्रत्युत राज-शक्ति जिसके हाथ में रहेगी उसकी इच्छा एवं स्वार्थ के अनुसार ही समाज व्यवस्था बनेगी सामाजिक उन्नति भी राज-शक्ति पर निर्भर है। राज-शक्ति की सहायता से समाज में शिक्षा-दीक्षा उद्योग-धन्धों आदि की व्यवस्था अनायास ही एवं ठीक नीति पर हो सकती है। व्यक्ति के लिए उन्नति का मार्ग भी तभी प्रशस्त होगा जब राज-शक्ति की सहायता मिलेगी। व्यक्ति की उन्नति की प्रतीक्षा में यदि हम बैठे रहेंगे तो समाज का कोई काम नहीं चल सकेगा। आज समाज में जितने घोर अनर्थ हो रहे है उनके मूल में सबसे बड़ी बात यह है कि समाज के धन उत्पादन के जितने साधन हैं वे सब कुछ थोड़े ही मनुष्यों के हाथ में हैं। वे जैसा चाहते हैं उसी प्रकार समाज व्यवस्था बनाते हैं जिधर चाहते हैं उसी तरफ समाज को ले चलते हैं। राज-शक्ति भी इन्हीं

के हाथ में रहती है। एक ओर तो धन की समृद्धि होती है दूसरी ओर दरिद्रता के निष्ठुर दबाव से समाज के असंख्य व्यक्ति हाहाकार करते हैं। प्रजातन्त्रात्मक राज्य में भी पूंजीपति ही जो-जो चाहते हैं वही करते हैं। कहने के लिए तो प्रजा को सब राष्ट्रीय कर्णधार बराबर हैं, परन्तु धनी व्यक्ति गरीबों के वोट अपने धन की सहायता से प्राप्त कर लेते हैं। इसलिए यथार्थ प्रजातन्त्रात्मक राज्य तभी बन सकता है जब समाज से गरीब और अमीर का भेद मिट जाय। ग़रीब और अमीर का भेद तभी मिट सकता है जब धनोत्पादन के साधन व्यक्ति के हाथ में न रहकर समाज के हाथ में रहें। क्रान्ति के ही मार्ग से यह काम बन सकता है अन्यथा नहीं। यदि आर्थिक दृष्टि से समाज में साम्य नहीं रहता तो उस समाज की प्रत्येक व्यवस्था एवं राज्य की नीति दूषित एवं अकल्याणमयी हो जाती है।

मैंने शान्त एवं एकाग्र चित्त होकर उनकी सब बातें सुनीं। आज तक क्रान्तिकारी आन्दोलन के अनेकों इतिहास पढ़ें, राष्ट्रों के उत्थान-पतन की भी कितनी ही बातें पढ़ीं परन्तु कम्युनिज्म के आर्थिक दृष्टिकोण से ऐतिहासिक घटनावली को समझना नहीं सीखा। जीवन में कुतुबुद्दीनजी की सहायता से कम्युनिज्म का आर्थिक दृष्टिकोण के सिद्धान्त की मौलिकता देखकर मैं चकित एवं विस्मयाविष्ट हो गया। आज तक मैं इस सिद्धान्त से परिचित न था यह जानकर मुझे बड़ी लज्जा एवं क्षोभ हुआ। बातचीत होते-होते कभी इतिहास के गहन प्रश्नों में, कभी अर्थनीति की विचित्र गति में, एवं अर्थनीति से धर्मनीति में एवं धर्मनीति से अद्वैतवाद एवं भौतिकवाद इत्यादि की गहन दार्शनिक अरण्यानी में हम घण्टों विचरते रहे। कुतुबुद्दीन साहब से मिलकर उनसे बातचीत करके मुझे जैसे अत्यधिक प्रसन्नता हुई वैसे ही एक नवीन सिद्धान्त से परिचित होकर मैं आश्चर्यन्वित एवं चकित भी हुआ। जीवन में एक और नवीन समस्या पैदा हो गई। अभी तक वेदान्त के लपेटे में पड़कर ज्ञान और कर्म की विषम उलझन में पड़ा था। फिर हिंसा और अहिंसा के द्वन्द्व में पड़कर भी कुछ अशान्ति भुगती, गांधीवादी और सत्याग्रह-मार्ग से सशस्त्र क्रान्तिकारी मार्ग की भीषण प्रतिद्वन्द्विता के कारण जीवन में बड़ी कठिनाईयों का सामना करना पड़ा, अब अन्त में कम्युनिज्म के भौतिकवाद, इतिहास की आर्थिक व्याख्या एवं राज की नवीन परिकल्पना प्रसूत राजनैतिक एवं दार्शनिक उलझनों में पड़कर जीवन में एक नवीन एवं जटिल समस्या की उत्पत्ति हुई है।

सम्पत्ति व्यक्ति के हाथ में न रहकर समाज के हाथ में रहे इसके मूल में जो महान् आदर्श है उसे मैं अस्वीकार नहीं कर सका। परन्तु धन उत्पादन के साधन ही सम्पत्ति हैं यह मैं देहली में भली भांति नहीं समझ पाया था। इस सम्बन्ध में सर्वप्रथम मेरे मन में इस भावना की उन्नति हुई कि मैं इस महान् आदर्श का अनुयायी बनने योग्य न था। मेरे मन में वही संन्यासी का आदर्श दिखाई दिया और मैंने यह अनुभव

किया कि मैं इसके लिए उपयुक्त न था। इसके साथ-साथ मैं इस बात को भी स्वीकार नहीं कर पाया कि आर्थिक व्यवस्था के कारण ही समाज में हर प्रकार की उन्नति हो सकती है। जब मैंने कुतुबुद्दीन साहब को वेदान्त के मूलतत्व के विषय में कुछ समझाना प्रारम्भ किया तो आपने यह स्वीकार किया कि ये सब बातें दार्शनिक विचार-धारा में शोभा पा सकती हैं। एवं सम्भव है इनकी उपयोगिता भी हो लेकिन धर्म के प्रति कम्युनिज्म का जो आक्रमण है उससे इन दार्शनिक विचारों का विशेष सम्बन्ध नहीं है। आज ये सब बातें स्मरण करते समय मुझे ऐसा सन्देह होता है कि सम्भव है कुतुबुद्दीन साहब वेदान्त के विचारों से भली भाँति परिचित न रहे हों अथवा यह भी हो सकता है कि क्योंकि कुतुबुद्दीन साहब मुझे धीरे-धीरे अपनी ओर खींचना चाहते थे, इसलिए मेरे दृढ़ दार्शनिक विचारों के प्रति सहिष्णुता दिखाकर मुझे यह समझाना चाहते थे कि दार्शनिक विचारधारा एवं धार्मिक भावना ये दो एकदम भिन्न वस्तुएँ हैं। कुतुबुद्दीन साहब का यह कहना कि धर्म के कारण संसार में भीषण अनर्थ हुए हैं, मुझे बहुत सीमा तक स्वीकार करना पड़ा था। तथापि मैंने इस बात का किंचित् मात्र भी स्वीकार नहीं किया कि धर्म का सद्व्यवहार नहीं हुआ इसलिए यथार्थ में धर्म भी स्वयं सद्वस्तु नहीं है। इतिहास में बहुत-से अवसरों पर धर्म का दुरुपयोग हुआ है इसलिए धर्म का सदुपयोग भी नहीं हो सकता है यह बात न युक्तियुक्त है न ऐतिहासिक दृष्टि से ही सत्य है। फिर निरी आर्थिक दृष्टि से ही इतिहास को समझने की चेष्टा करना यह भी एक युक्तिसंगत बात नहीं है। इस प्रकार कम्युनिज्म के संस्पर्श में आकर जीवन में एक महान् नवीन आदर्श की प्रेरणा का मैंने अनुभव किया। परन्तु कम्युनिज्म के सिद्धान्त में एक महान् आदर्श के साथ कुछ ऐसी भी बातें जोड़ दी गई हैं, जिन्हें न मैंने उस दिन ही स्वीकार किया था और न इतने दिनों के मनन और अध्ययन के बाद आज भी कर सकता हूँ। मैं युक्ति, दार्शनिक दृष्टि अथवा मानव अभिज्ञता की दृष्टि से भौतिकवाद को आज भी सत्य नहीं समझता। किसी नवीन आदर्श की परिकल्पना केवल जड़वाद के दृष्टिकोण से उत्पन्न नहीं हो सकती।

विप्लव आन्दोलन की दृष्टि से देहली में कांग्रेस के विशेष अधिवेशन के अवसर पर बहुत महत्वपूर्ण बातें हुई। इसी अधिवेशन में कांग्रेस ध्येय को बदलने की सर्वप्रथम चेष्टा हुई। उत्तर भारत के विप्लव आन्दोलन पर कम्युनिज्म के आदर्श का अभूत प्रभाव पड़ा। भारतीय विप्लव आन्दोलन के इतिहास में यह एक विशेष महत्वपूर्ण घटना है। देहली में कांग्रेस के अधिवेशन के समय भारत में कम्युनिस्टों का कहने योग्य कोई संगठन नहीं था। सन् 1924 ई० में कानपुर के बोलशेविक षड्यन्त्र के मामले में इने-गिने मनुष्य अभियुक्त थे। हम लोगों के क्रान्तिकारी दल की तुलना में भारतवर्ष भर में दूसरा कोई व्यापक एवं सुसंगठित दल न था। पंजाब में सरदार गुरुमुखसिंह तथा सरदार संतोषसिंह के नेतृत्व में कम्युनिज्म के आदर्श पर एक दल

तैयार हो रहा था। लेकिन इस दल की तमाम कर्मचेष्टा पंजाब प्रान्त में ही सीमित थी। बंगाल के अन्य क्रान्तिकारी दलों में कम्युनिज्म के किसी भी प्रभाव का चिन्ह नहीं दिखाई दिया था। मैंने उत्तर भारत में जिस विप्लव दल का संगठन किया था, भारतीय विप्लव आन्दोलन के इतिहास में इसी दल ने सर्वप्रथम कम्युनिस्ट सिद्धान्त के बहुत अंशों को स्पष्ट शब्दों में ग्रहण कर लिया था। उस सिद्धान्त के जिन अंशों के हमने उस दिन नहीं ग्रहण किया था वह इसलिए नहीं कि वे हम लोगों की समझ में नहीं आए थे, वरन् हम लोगों ने जान-बूझकर सिद्धान्त के विचार से, युक्ति की कसौटी पर उनके निर्बल प्रमाणित होने के कारण ही उन्हें स्वीकार नहीं किया था। यूरोप के आधुनिक इतिहास का पर्यालोचना करने से यह प्रमाणित हो रहा है कि हमारा दृष्टिकोण सत्य है। परानुकरण वृत्ति के कारण जो लोग सौ वर्ष से पहले के सिद्धान्त को अपरिवर्तित रूप में ज्यों का त्यों आज भी देश-काल-पात्र-भेद का विचार न करके जैसे का तैसा ग्रहण करने को लालायित हैं वे भूल जाते हैं कि गत शत वर्ष की प्रबल चेष्टा के बाद भी आज यूरोप अथवा अमेरिका में कोरे मार्क्सवाद की विजय नहीं हुई बल्कि यूरोप के कम्युनिस्टों को अपनी नीति में बहुत परिवर्तन करना पड़ा है। संघर्ष के स्थान पर आज संयुक्त मोर्चा आदि के नारे बुलन्द हो रहे हैं। ध्यान देने योग्य एक और बात यह है कि इंग्लैंड, फ्रांस तथा अमेरिका में कम्युनिस्टों के साथ दूसरे प्रगतिशील दलों ने सहयोग करना स्वीकार नहीं किया। कम्युनिस्टों के संयुक्त मोर्चे के प्रयत्न विफल हो रहे हैं।

देहली से लौटकर में आगरा, मथुरा इत्यादि होकर कानपुर आया था। कानपुर आकर एक सज्जन के यहाँ ठहरा। इनका नाम श्री सत्यभक्तजी था। आप हिन्दी के एक परिचित लेखक हैं। मुझमें कम्युनिज्म के सिद्धान्त से भली प्रकार परिचित होने की प्रबल इच्छा उत्पन्न हुई थी।

सत्यभक्तजी कम्युनिज्म के सिद्धान्त के आधार पर युक्त प्रान्त में एक दल संगठित करना चाहते थे। कम्युनिज्म का एक मूल सिद्धान्त है कि विप्लव के ही मार्ग से सफलता प्राप्त की जा सकती है अन्यथा नहीं। हम लोग यथार्थ में विप्लवी थे। सत्यभक्तजी विप्लव के मार्ग पर नहीं चलना चाहते थे। लेकिन उनके पास कम्युनिज्म के विषय की कुछ अच्छी-अच्छी पुस्तकें थीं। उन्हें मैंने पढ़ डाला। कम्युनिज्म को समझने के लिए मुझे 'बुखारिन' लिखित 'ए० बी० सी० आफ कम्युनिज्म' नामक पुस्तक से बड़ी सहायता मिली। लेनिन लिखित तीन-चार पुस्तकें भी पढ़ डालीं। इन सब पुस्तकों में से तीन-चार पुस्तकें विशेष उल्लेख योग्य हैं यथा 'प्रालिटैरियन रेवल्यूशन', 'स्टेट ऐण्ड रेवल्यूशन', फ्राम युटोपिया टु साइन्स', 'फोर्थ एण्ड सिक्स्थ रिपोर्ट ऑफ दी कम्युनिस्ट इण्टर नेशन कांग्रेस' इत्यादि। इसके अतिरिक्त मानवेन्द्रराय द्वारा सम्पादित बहुत-से पर्चे पढ़ने का भी अवसर मिला। इस प्रकार सन् 1924 में

ही कम्युनिज्म के सिद्धान्त के बारे में मैंने बहुत कुछ समझ लिया था। सत्यभक्तजी से मेरा बहुत वार्तालाप भी हुआ, तर्क-विर्तक हुए, एवं भौतिकवाद और आत्मवाद, इतिहास की आर्थिक व्याख्या एवं श्रेणी संघर्ष इत्यादि प्रश्नों को लेकर दिन-दिनभर तक आलोचनाएँ हुई।

पंजाब के सरदार गुरुमुखसिंहजी से बातचीत होने के बाद मैंने अपने दल के लिए एक लिखित संगठन और कार्यक्रम की योजना तैयार करना आवश्यक समझा और कानपुर में आकर यह योजना तैयार की। इसके बारे में विशद रूप और विस्तार से लिखने की आवश्यकता है। कारण यह कि क्रान्तिकारी आन्दोलन के बारे में भारतवर्ष में बहुत-सी भ्रान्त धारणाएँ फैली हुई है। हमारे देश के बहुत से गण्यमान्य लब्ध-प्रतिष्ठ नेतागण भारतीय विप्लव आन्दोलन को बच्चों का खेल समझते आए हैं। भारतवासी प्रायः यह समझते आए हैं, कि भारतीय विप्लव आन्दोलन का केवल यही अर्थ है कि समय-समय पर कुछ अंग्रेज़ और पुलिस अफसरों को गोली से मारना अथवा धनी देशवासियों के घरों में डाका डालकर अर्थ संग्रह करना। हमारे देशवासी आज भी नहीं समझ पाए हैं, कि क्रान्ति के मार्ग से भारत को स्वाधीन करने की चेष्टा युक्तिसंगत एवं ऐतिहासिक परम्परा के आधार पर समर्थन योग्य है। इस नासमझी के मूल में यथार्थ बात तो यह है कि भारतवासी आज भी सच्चे हृदय से भारत को स्वाधीन करने के लिए कुछ नहीं करना चाहते हैं। भारत के किसी भी राष्ट्रनेता की मनोवृत्ति मेजिनी, गेरीवाल्डी, के बूर, डि वेलरा अथवा किसी इतिहास प्रसिद्ध विप्लवी नेता की तरह नहीं है। यही कारण है कि भारत के नेतागण यहाँ के विप्लव आन्दोलन को यथार्थ रूप में नहीं समझ पाए हैं और दूसरी बात यह भी है कि भारतीय विप्लवी गणों ने स्वयं अपने सिद्धान्तों का प्रचार कुछ नहीं किया। भारत के विप्लवियों ने प्रकाश्य आन्दोलन में भाग लेकर ज्वालामयी प्राण-स्पर्शी भाषा द्वारा एवं अलंध्य युक्ति के मार्ग से जन-साधारण को अपनी ओर आकर्षित करने की यथार्थ चेष्टा नहीं की।

अण्डमान में रहते समय ही मैंने यह अनुभव किया था कि भारत में क्रान्तिकारी आन्दोलन की ओर से ऐसे साहित्य की सृष्टि करने की परम आवश्यकता है। ऐसे साहित्य की सृष्टि तभी हो सकती है, जब उपयुक्त शिक्षित वर्ग क्रान्तिकारी आन्दोलन में भाग ले। परन्तु भारत के दुर्भाग्य से यहाँ के प्रतिभावान, विचारशील साहित्यिक रूचि सम्पन्न, मननशील और अध्ययनशील व्यक्तियों में से अधिकांश ने विप्लव आन्दोलन में भाग नहीं लिया। इसी कारण भारतीय क्रान्तिकारी आन्दोलनों की ओर से उपयुक्त साहित्य की सृष्टि नहीं हुई। किसी आन्दोलन की सफलता के लिए उसके दृष्टिकोण से उपयुक्त साहित्य की सृष्टि करना सर्वप्रथम एवं परम आवश्यक बात है। परन्तु यह परम दुःख की बात है कि इस देश में भारतीय विप्लव आन्दोलन के सम्बन्ध में किसी भी कहने योग्य साहित्य की सृष्टि नहीं हुई। सन् 1919 ई०

से सत्याग्रह आन्दोलन को बीस वर्ष हो गए पर, इस बीच में भी साहित्य की सृष्टि नहीं हुई। यूरोप अमेरिका अथवा चीन के किसी भी आन्दोलन को ले लीजिए उन देशों में जितने प्रकार के साहित्यों की सृष्टि हुई है, उनका शतांश भी हमारे देश में नहीं हुई। कम्युनिस्ट आन्दोलन के सम्बन्ध में इतनी पुस्तकें, पुस्तिकाएँ एवं सामयिक पत्रिकाएँ प्रकाशित हुई हैं कि उनसे संसार भर में विप्लव मचा हुआ है। साम्राज्यशाही राष्ट्रों के निकट कम्युनिस्टों की एक साधारण पुस्तिका मशीनगन से भी अधिक भीतिप्रद एवं आपत्तिजनक समझी जाती है। उन्नीसवीं शताब्दी के अन्तिम भाग में बंग भाषा में मेजिनी, गैरी वाल्डी इत्यादि प्रसिद्ध राष्ट्र विप्लवियों के जीवन चरित्र लिखे गए थे। बीसवीं शताब्दी के प्रारम्भ से ही बंकिम रवीन्द्रनाथ, नवीनचन्द्र, शरत्चन्द्र इत्यादि प्रतिभाशाली लेखकों ने जिस साहित्य की सृष्टि की है, उसकी तुलना आज भी भारत में नहीं मिल सकती। फिर ऐतिहासिक गवेषणा में, वैज्ञानिक अनुसंधान में, काव्य में, कला में, अर्थात् राष्ट्रीय चेतना की प्रत्येक दिशा में प्राणशक्ति का अपूर्व स्फुरण हुआ था। कलकत्ता हाईकोर्ट के न्यायालय में जब पहले पहल राजनीतिक षड्यन्त्र के मामले पर विचार प्रारम्भ हुआ तो युगान्तार पत्र के अनुवाद के सम्बन्ध में जजों के सामने यह कहा गया था कि कि युगान्तर की भाषा इतनी मौलिक है कि उसका भाषान्तर करना सम्भव नहीं। मिल्टन की भाषा में जो शक्ति है, बर्क की शैली में जो ओजस्विता है, मार्ले की भाषा में जो प्रांज्जलता और प्रसाद है, युगान्तर की भाषा में मानों इन सब गुणों की अद्‌भुत व्यंजना व्यक्त हुई है। युगान्तर की तुलना में हिन्दी भाषा में हमें कुछ भी नहीं मिल सकता। नेपोलियन के समय में जर्मन प्रदेश शतधा विभक्त था। सौ मील जाने में तीस टुकड़े-टुकड़े स्वतन्त्र प्रान्तों से होकर जाना पड़ता था। नेपोलियन द्वारा तीव्र रूप से आघात प्राप्त करके जर्मनी में राष्ट्रीय चेतना का नव-उन्मेष हुआ था। उस समय भी जर्मन साहित्य में अद्‌भुत जागृति दिखाई दी थी। जर्मन विश्वविद्यालय के एक प्रसिद्ध अध्यापक फान् ट्रिटश्के ने, नवीन शैली से अद्‌भुत प्रेरणा के वशीभूत होकर जो इतिहास लिखा था उसी के प्रभाव से जर्मनी में एक नवीन राष्ट्रीय चेतना का संचार हुआ। भारतवर्ष के राष्ट्रीय आन्दोलन की चर्चा करने पर हमें नितान्त निराश होना पड़ता है। महात्माजी एवं पं० जवाहरलालजी की आत्म-कथाओं तथा सुभाष बाबू की एक-दो पुस्तकों को छोड़कर पिछले बीस वर्षों में कुछ भी साहित्य की सृष्टि नहीं हुई है। यह कुछ आशा की बात नहीं है। अण्डमान में रहते समय मेरे मानस पटल में ये सब बातें स्थायी रूप से अंकित हो गई थीं। तथापि आज भी मेरे मन में परिताप की सीमा नहीं है, कि अपनी अभिलाषा के अनुसार मैं कुछ भी साहित्यिक प्रयत्न नहीं कर पाया। बात यह थी कि विप्लव कार्य में आन्तन्तिक रूप से लिप्त रहने के कारण मुझे साहित्य चर्चा करने का अवसर ही नहीं मिला।

मेरी एक यह इच्छा थी कि क्रान्तिकारी आन्दोलन की उपयोगिता एवं आवश्यकता के विषय में एक परिपूर्ण ग्रन्थ लिख डालूँ। क्रान्तिकारी आन्दोलनों के विपक्ष में आज तक जितने आक्षेप किये गए हैं, इसे तुच्छ एवं बुद्धिहीनों का व्यर्थ आस्फालन प्रतिपादित करने के लिए जितनी बातें कही गई हैं इन सबका प्रत्युत्तर देने की मन में प्रबल इच्छा थी। परन्तु परम दुर्भाग्यवश मैं कुछ भी न कर पाया। इस प्रकार के ग्रन्थ लिखने में यथेष्ट समय की आवश्यकता होती है, और मुझे यह समय प्राप्त नहीं है। यदि ग्रन्थ लिखने बैठ जाता हूँ तो इधर संगठन का कार्य पड़ा रहता है और संगठन के कार्य में लग जाता हूँ तो लिखने का समय नहीं मिलता। ऐसी परिस्थिति में ही मैंने अपने दल का एक कार्यक्रम तैयार किया था। मेरी समझ से भारतीय क्रान्तिकारी आन्दोलन के इतिहास में इस कार्यक्रम का एक विशेष महत्व है। यह कार्यक्रम आज पुलिस के अधिकार में है। लेकिन काकोरी षड्यन्त्र के मामले के फैसले में इस कार्यक्रम का बहुत-सा अंश उद्धृत हैं।

उन उद्धृत अंशों से उस कार्यक्रम का कुछ परिचय इस स्थान पर देने का प्रयत्न करूँगा। इस कार्यक्रम से पाठकों को विदित होगा कि उत्तर भारत का क्रान्तिकारी आन्दोलन कितने दृढ़ सिद्धान्तों के आधार पर प्रारम्भ हुआ था।

श्री रासबिहारी के समय उत्तर भारत में जो क्रान्तिकारी दल काम कर रहा था उसका कोई कार्यक्रम न था। यूनाइटेड स्टेट्स और कनाडा में जो विप्लव दल था वह गदर पार्टी के नाम से विख्यात था। बंगाल में जितनी पार्टियां थीं उन सबके अलग-अलग नाम थे। अब की बार मैंने जो दल संगठित किया उसका नाम 'दि हिन्दुस्तान रिपब्लिकन ऐसासिएशन' रक्खा। अवध चीफ कोर्ट के फैसले से इस दल के लक्ष्य तथा साधन एवं इसकी संगठन प्रणाली के नियम इत्यादि नीचे उद्धृत है।

नाम

इस दल का नाम 'दि हिन्दुस्तान रिपब्लिकन एसोसिएशन' रहेगा।

लक्ष्य

सुसंगठित एवं सशस्त्र क्रान्ति के द्वारा नियुक्त भारतीय प्रजातन्त्र संघ की स्थापना करना इस दल का ध्येय होगा। इस प्रजातन्त्र के विधान और उसके अन्तिम स्वरूप का निर्माण एवं उसकी घोषणा जनता के प्रतिनिधियों द्वारा ऐसे समय की जाएगी जब वे अपने निश्चयों को व्यावहारिक रूप देने में समर्थ होंगे। सार्वजनिक मताधिकार की नींव पर इस प्रजातन्त्र संघ का संगठन होगा। इस प्रजातन्त्र संघ में उन सब व्यवस्थाओं का अन्त कर दिया जाएगा जिनसे किसी एक मनुष्य द्वारा दूसरे का शोषण हो सकने का अवसर मिल सकता है।

विधान

संचालक समिति–इस दल के समस्त कार्य केन्द्रीय समिति द्वारा संचालित होंगे। इस केन्द्रीय समिति में भारत के प्रत्येक प्रान्त के प्रतिनिधि रहेंगे। केन्द्रीय समिति के सभी निश्चय सब सदस्यों की स्वीकृति से होंगे। केन्द्रीय समिति के हाथ में अखंड अधिकार रहेंगे। विभिन्न प्रान्तों के समस्त कार्यों की जानकारी इस समिति को रहेगी। विभिन्न प्रान्तों के कार्यों को समलक्षीभूत करके अपने उद्देश्य साधन में उन्हें परस्पर सम्बद्ध करना और उन पर नियन्त्रण रखना इस केन्द्रीय समिति का मुख्य कार्य होगा। भारत के बाहर विदेशों में जो कुछ किया जाएगा वह केन्द्रीय समिति के ही तत्वाधान में होगा।

प्रान्तीय संगठन

साधारणतया प्रत्येक प्रान्त में दल के पाँच विभागों के पाँच प्रतिनिधियों को लेकर एक कार्यकारिणी समिति बनेगी। प्रान्त के समस्त कार्य इस समिति के नियन्त्रण में होंगे। इस समिति के समस्त निर्णय सर्व सम्मति से निश्चय होंगे।

दल के पाँच विभाग

1. प्रचार कार्य, 2. लोक संग्रह, 3. अर्थ संग्रह एवं आतंकवाद, 4. अस्त्र-शस्त्र का संग्रह एवं उन्हें सुरक्षित रखने की व्यवस्था करना, 5. विदेशों से सम्बन्ध स्थापित करना।

1. प्रचार कार्य–(क) प्रकाश्य एवं गुप्त मुद्रित पत्रों की सहायता से, (ख) व्यक्तिगत वार्तालाप की सहायता से, (ग) सार्वजनिक सभा इत्यादि द्वारा, (घ) कथा वार्ता अर्थात् धर्म विषयक व्याख्यानों द्वारा सुनियन्त्रित रूप से अपने उद्देश्य का प्रचार करना, और (ङ) मैजिक लैण्टर्न द्वारा।

2. लोक संग्रह का काम जिलों के भार प्राप्त संचालकों द्वारा होगा।

3. साधारणतया स्वेच्छाकृत दान की सहायता से अर्थ-संग्रह किया जाएगा परन्तु समय-समय पर बल प्रयोग द्वारा भी। विदेशी सरकार से अत्यन्त उत्पीड़ित होने पर इस दल का कर्तव्य होगा कि वह उसका उचित रूप से प्रतिशोध ले।

4. इस दल के प्रत्येक सदस्य के पास शस्त्र पहुँचाने का भरसक प्रयत्न किया जाएगा परन्तु ये सब शस्त्र विभिन्न केन्द्रों में सुरक्षित रक्खे जाएँगे एवं प्रान्तीय कमेटी के नियन्त्रण में ही उनसे काम लिया जाएगा। इस विभाग के अधिनायक अथवा जिला संगठनकर्त्ता की बिना अनुमति एवं बिना जानकारी के कोई भी शस्त्र इधर से उधर नहीं किया जाएगा।

5. विदेशी विभाग–इस विभाग के समस्त कार्य केन्द्रीय समिति के ही नियन्त्रण एवं संचालन में होंगे।

जिलों के संचालक और उनका कर्तव्य

जिलों के सदस्यों का भार पूर्ण रूप से जिला आर्गेनाइजर पर रहेगा। अपने जिले के प्रत्येक अंश में जिला–संचालक इस दल की शाखाएँ स्थापित करने की यथाशक्ति चेष्टा करेगा। सफलतापूर्वक लोक–संग्रह के कार्य के लिए प्रत्येक संचालक अपने जिले के विभिन्न सार्वजनिक कामों एवं संस्थाओं के साथ घनिष्ठ रूप से सम्पर्क रखेगा। जिलों के संचालकगण सब प्रकार से प्रान्तीय कमेटी के अधीन रहकर काम करेंगे। प्रान्तीय कमेटी उनके सब कामों पर नियन्त्रण रखेगी एवं इस समिति के संचालन में ही जिलों के ये संचालकगण काम करेंगे। जिले के संचालक अपने सदस्यों को छोटी–छोटी टोलियों में विभाजित कर देंगे एवं इस बात पर ध्यान रखेंगे कि ये सब विभिन्न टोलियाँ एक–दूसरे से परिचित नहीं रहेंगी। जहाँ तक सम्भव हो सके एक प्रान्त के विभिन्न जिला संचालकगण भी आपस में एक–दूसरे के कामों से जानकारी नहीं रक्खेंगे। एवं यथासम्भव ये संचालकगण आपस में एक–दूसरे की शक्ल से भी परिचित न रहेंगे और न वे एक–दूसरे के नाम जानेंगे। अपने ऊपर वाले को बिना सूचना दिए किसी भी जिला संचालक को यह अधिकार न होगा कि वह अपने स्थान को छोड़कर कहीं और चला जाय।

जिला संचालक की योग्यता

1. विभिन्न स्वभाव एवं प्रकृति वाले मनुष्यों को साथ लेकर चलने और उनसे काम लेने की योग्यता प्रत्येक जिला संचालक में होनी चाहिए।

2. प्रत्येक जिला संचालक में यह योग्यता होनी चाहिए कि वह आधुनिक काल की राजनीतिक, सामाजिक एवं आर्थिक समस्याओं को पूर्ण रीति से समझ सके और उन समस्याओं के साथ अपनी मातृभूमि का क्या और कहाँ तक सम्बन्ध है इसका भी उसे ज्ञान होना परमावश्यक है।

3. प्रत्येक जिला संचालक में यह योग्यता होनी चाहिए कि भारतीय इतिहास की मर्मकथा को हृदयंगम करते हुए भारतीय सभ्यता की विशेषता को वह भली प्रकार समझ सके।

4. मानव सभ्यता को स्वाधीन भारत की भी कुछ देन है इस बात पर जिला संचालकों की परिपूर्ण श्रद्धा होनी चाहिए। प्राच्य और पाश्चात्य सभ्यताओं में मानव की अध्यात्मिक एवं पार्थिव आवश्यकताओं में संगति लाना यह सब स्वाधीन भारत ही कर सकता है। मानव सभ्यता को स्वाधीन भारत की यही देन है।

5. जिला संचालकों के लिए यह परमावश्यक है कि वे त्यागी एवं साहसी हों क्योंकि इन गुणों के बिना उनकी और सब प्रतिभाएँ व्यर्थ हो जाएँगी।

प्रान्तीय एवं केन्द्रीय कमेटी

इन कमेटियों के सदस्यों को उचित है कि वे इस बात पर विशेष ध्यान रखें कि अपनी संस्था के सदस्यों को इस बात में पूर्ण रीति से विकसित कर पाएँ एवं अपनी कार्य-कुशलता का पूर्ण परिचय दे सकें। अन्यथा संभव है कि यह संस्था क्रमशः अधोगति को प्राप्त हो जाय।

कार्यक्रम

इस संस्था के समस्त कार्य दो रीतियों से होंगे, एक प्रकाश्य दूसरी गुप्त।

प्रकाश्य कार्यक्रम

1. पुस्तकालय, व्यायामशाला, सेवा-समिति इत्यादि के रूप में विभिन्न संस्थाओं की प्रतिष्ठा करना।

2. किसान एवं मज़दूरों का संगठन करना। इस संस्था की ओर से योग्य व्यक्तियों को कारखानों, रेलों एवं कोयले की खानों में भेजा जाय जिससे वहाँ से मज़दूरों पर इनका प्रभाव जम जाय और वे मज़दूरों के मन में यह बात अच्छी तरह से बैठा सकें कि मज़दूर वर्ग क्रान्ति के साधन-मात्र नहीं हैं वरन् मज़दूर वर्ग के मंगल के लिए ही क्रान्ति होगी। मज़दूरों की तरह किसानों को भी संगठित करना है।

3. प्रत्येक प्रान्त से एक-एक साप्ताहिक निकाला जाय और उसकी सहायता से स्वाधीनता और प्रजातन्त्र की बातों का प्रचार किया जाय।

4. विदेशों में क्या-क्या हो रहा है और उन देशों में विचारधाराएँ किन दिशाओं की ओर प्रवाहित हो रही हैं इन सब बातों को समझाने के लिए छोटी-छोटी पुस्तकें और पुस्तिकाएँ प्रकाशित की जाएँ।

5. कांग्रेस तथा अन्य सार्वजनिक कामों पर यथाशक्ति अपनी संस्था का प्रभाव डाला जाय और उनसे यथासम्भव लाभ उठाया जाय।

गुप्त कार्यक्रम

1. गुप्त रीति से छापेखाने की प्रतिष्ठा की जाय और उसकी सहायता ऐसे साहित्य की सृष्टि की जाय जिसका प्रकाशन प्रकाश्य रूप से सम्भव नहीं है।

2. ऐसे साहित्य का प्रचार करना।

3. समस्त देश में जिलेवार इस संस्था की शाखाएँ स्थापित करना होगा।

4. जैसे भी सम्भव हो अर्थ-संग्रह किया जाय।

5. विप्लव के अवसर पर अस्त्र शस्त्रों के कारखानों एवं सेना परिचालन का कार्य भार ग्रहण करने के योग्य बनने के लिए उपयुक्त व्यक्तियों को विदेशों में सामरिक एवं वैज्ञानिक शिक्षा प्राप्त करने के उद्देश्य से भेजा जाय।

6. विदेशों से अस्त्र-शस्त्र मँगाना एवं इस देश में उनके निर्माण का प्रयत्न करना।

7. विदेशों में भारतीय विप्लवियों के साथ घनिष्ठ सम्बन्ध रखना एवं उनके साथ सम्पूर्ण सहयोग से काम करना।

8. ब्रिटिश सेना में अपनी संस्था के सदस्यों को भरती कराना।

9. समय-समय पर प्रतिशोध के उद्देश्य से ऐसा काम करना जिससे जनसाधारण की सहानुभूति अपने सिद्धान्त की ओर आकृष्ट हो सके। इस प्रकार देश में एक ऐसे दल की सृष्टि होगी जिसकी सहानुभूति से हम लाभ उठा सकेंगे।

सदस्यों के बारे में

1. सदस्यगण इस संस्था के काम में अपना पूरा समय लगाएँगे, और आवश्यकता पड़ने पर अपने जीवन को संकट में डालने के लिए सदा प्रस्तुत रहेंगे। प्रत्येक प्रान्त के जिला संचालकगण ऐसे सदस्यों की भरती करेंगे।

2. प्रत्येक सदस्य जिला संचालक की आज्ञाओं का निर्विरोध पालन करेंगे।

3. प्रत्येक सदस्य अपनी मौलिक कार्य-कुशलता को बढ़ाने का भरसक प्रयत्न करेगा। इस संस्था की सफलता एवं सार्थकता इस बात पर निर्भर है कि इसके सदस्यगण कितने उद्योगी, मौलिक रूप से कार्य-कुशल, एवं कर्तव्य-परायण हैं, प्रत्येक सदस्य इस बात को स्मरण रखेगा।

4. प्रत्येक सदस्य का आचरण ऐसा होना आवश्यक है, जिससे इस संस्था के ध्येय पर किसी प्रकार की कालिमा न लग सके एवं उनके कार्यों से साक्षात् अथवा परोक्ष रूप में इस संस्था को कोई हानि न पहुँच सके।

5. जिला संचालक की अनुमति बिना इस संस्था का कोई भी सदस्य दूसरी संस्था का सदस्य नहीं बन सकेगा।

6. जिला संचालक को बिना सूचित किए कोई सदस्य अपना स्थान नहीं छोड़ेगा।

7. प्रत्येक सदस्य इस बात की चेष्टा करेगा कि जनसाधारण अथवा पुलिस की दृष्टि में इस सन्देह की उत्पत्ति न हो कि उसका क्रान्तिकारियों से कुछ सम्बन्ध है।

8. प्रत्येक सदस्य को इस बात का स्मरण रखना परम आवश्यक है कि उसका व्यक्तिगत व्यवहार या उससे एक भी गलती होने पर समस्त संस्था नष्ट हो सकती है।

9. कोई भी सदस्य अपने सार्वजनिक कार्य के बारे में जिला संचालक से किसी बात को नहीं छिपाएगा।

10. विश्वासघात करने पर सदस्य को संस्था से निकाल दिया जाएगा या उसे मृत्युदण्ड दिया जाएगा। दण्ड देने का अधिकार पूर्णतया प्रान्तीय कमेटी को होगा।

हिन्दुस्तान रिपब्लिकन एसोसिएशन अथवा हिन्दुस्तान प्रजातन्त्र संघ की नियमावली एवं कार्यक्रम को यदि कोई विशेष ध्यानपूर्वक पढ़ेगा तो उसे अवश्य प्रतीत हो जाएगा कि उत्तर भारत का विप्लव आन्दोलन प्रजातन्त्र एवं समाजतन्त्र के सिद्धान्तों के आधार पर प्रतिष्ठित था। और यह केवल कल्पनामात्र ही न थी। अपने ध्येय को कार्य में परिणत करने के लिए भारत के चुने हुए युवकवृन्द घर गृहस्थी की सुख स्वच्छन्दता को, माता-पिता के स्नेह को, भाई-बहिनों के प्यार और मोह को, दुनियादारी के प्रलोभनों को तिलांजलि देकर अपने उद्देश्य-साधन के लिए फांसी के तख्ते पर चढ़ने से अथवा आजन्म कालेपानी की काल-कोठरी के डर से कभी पीछे नहीं हटे।

उस समय रूस में राज्य-क्रान्ति हो चुकी थी। कम्युनिज्म की रक्ताभ अग्निशिखा से समस्त संसार के उत्पीड़ितगण एवं बड़े-बड़े साम्राज्यों के संचालकगण त्रस्त और अस्त-व्यस्त हो चुके थें। तब से यूरोप और अमेरिका में कम्युनिज्म के सिद्धान्त के आधार पर तुमुल आन्दोलन हो चुका था, और उसका प्रचण्ड रूप दिन पर दिन उग्र से उग्र होता जा रहा था। इन सब परिस्थितियों के प्रति ध्यान रखते हुए यदि हम उत्तर भारत के विप्लव आन्दोलन की आलोचना करें तो यह निश्चित रूप से विदित हो जाएगा कि यह आन्दोलन मात्र नितान्त बाल सुलभ चपलता या अदूरदर्शी उद्दण्ड युवक-वृन्दों की विचारहीन धृष्टतामात्र न था अथवा हताशाग्रस्त कार्यकर्त्ताओं का व्यर्थ आस्फालन मात्र न था। यदि यह कहा जाय कि बड़े-बड़े शब्दों के व्यवहार से अथवा ऊँचे विचार के सिद्धान्त के उल्लेख मात्र से ही किसी आन्दोलन की सार्थकता का विचार हम नहीं कर सकते तो इसके उत्तर में केवल इतना ही कहना पर्याप्त होगा कि संसार में जब कभी भी किसी नूतन सिद्धान्त का प्रचार हुआ है तो उसका प्रारम्भ परिमित आकार में एवं प्रधान रूप से विचार के क्षेत्र में ही सर्वप्रथम हुआ है। यहाँ तो इन विप्लवियों ने भीषण प्रतिकूलता का सामना करते हुए संसार की सबसे बड़ी साम्राज्यशाही के प्रहार को सहते हुए भारतवासियों के शिथिल एवं अवसाद ग्रस्त मन को अपने जीवन के बलिदान से संजीवित किया। सन् 1921 सत्याग्रह आन्दोलन के अवसान होने के बाद से सन् 1930 तक भारत में जो आन्दोलन होता रहा महात्मा गांधी का उसमें कोई हाथ न था। उस समय यह क्रान्तिकारी आन्दोलन ही ऐसा आन्दोलन था जो संसार के सामने उच्च स्वर से यह घोषित कर रहा था कि भारत को स्वाधीन करने के लिए वहाँ के नवयुवकगण प्राणों की आहुति दे सकते है।। सन् 1929 की लाहौर कांग्रेस के सभापति पं० जवाहरलाल नेहरू के अभिभाषण को ध्यानपूर्वक पढ़ने से सबको यह स्पष्ट विदित हो जायगा कि भारतीय

क्रान्तिकारी आन्दोलन का प्रभाव भारत के राष्ट्र नायकों पर कितने प्रबल रूप से पड़ रहा था। यदि मैं भूल नहीं रहा हूँ तो पंडितजी ने अपने अभिभाषण में यह भी कहने का साहस किया था कि भारत के युवक-वृन्दों के क्रान्तिकारी कार्यों से ही भारत के राष्ट्रीय आन्दोलन को जीवित रक्खा है।

यह बात सत्य हो सकती है कि हमारी संस्था के इस कार्यक्रम की सब बातें सब सदस्यों की समझ में पूर्ण रूप से न आई हों। इस कार्यक्रम को पूर्ण रूप से समझने के लिए दो बातों को जान लेने की विशेष आवश्यकता है। जिसने भारतीय सभ्यता की मर्म-कथा को भली-भांति नहीं समझा उसके लिए यह सम्भव नहीं कि कम्युनिज्म के दोष को वह ठीक-ठीक समझ सके। इसलिए भारतीय सभ्यता के प्रति जिसका प्रेम नहीं है और इस बात पर कि मानव-सभ्यता की उन्नति के लिए भारतीय सभ्यता की विशेष उपयोगिता है जिसकी श्रद्धा नहीं है, वह इस कार्यक्रम को ठीक-ठीक नहीं समझ सकता तथा वह भी जिसने यह मान ही लिया है कि कम्युनिज्म का सिद्धान्त एक परिपूर्णांग अविभाज्य त्रुटिरहित समूचे तौर पर अभ्रांत है, वह भी हमारी संस्था के इस कार्यक्रम को पूर्ण रीति से नहीं ही समझ सकता। कारण यह है कि उसको ऐसा प्रतीत होगा कि कम्युनिज्म के पूरे सिद्धान्त को इस कार्यक्रम में ज्यों-का-त्यों नहीं लिया गया है, और इसलिए वह समझेगा कि इसके बनाने वाले कम्युनिज्म के सिद्धान्त को ठीक-ठीक नहीं समझे हैं। जिस प्रकार एक ओर पण्डित जवाहरलालजी जैसे व्यक्ति ने क्रांतिकारियों को फॉसिस्ट कहा है उसी प्रकार दूसरी ओर कुछ नवीन मार्क्सवादी इस कार्यक्रम की आलोचना करते हुए आज यह कहते हैं कि इस कार्यक्रम के निर्माता ने कम्युनिज्म के सिद्धान्त को पूर्ण रूप से नहीं समझा था इसलिए वर्ग संघर्ष के बारे में वह कुछ नहीं लिख रहा है। इस प्रकार की टिप्पणी करने वालों में से मेरे एक साथी श्री मन्मथनाथजी गुप्त भी हैं। आपने अपने कई लेखों में ऐसा लिखा है कि श्री सान्यालजी ने हिन्दुस्तान रिपब्लकन ऐसोसिएशन के कार्यक्रम को तैयार किया था और उसमें कुछ साम्यवादी सिद्धान्तों को भी रक्खा था। लेकिन सान्यालजी श्रेणी-संघर्ष के मर्म को समझ नहीं पाए थे। श्री मन्मथनाथजी अपने को कामरेड कहते हैं। इसलिए उचित है कि मैं भी उन्हें कामरेड ही लिखूँ। कामरेड मन्मथनाथजी समझते है कि हमारी संस्था के कार्यक्रम में श्रेणियों के स्वार्थ के विषय में कुछ नहीं कहा गया है। इसलिए वह समझते हैं कि इस कार्यक्रम के रचयिता के मन में श्रेणी-संघर्ष एवं श्रेणी-स्वार्थ के बारे में कोई धारणा ही न थी।

लोगों की गिरफ़्तारी के पहले मन्मथनाथजी ने, इस बात के प्रति कभी भी हमारी दृष्टि आकर्षित नहीं की। इसका कारण यह है कि इस समय मन्मथनाथजी इस कार्यक्रम को भलीभाँति समझे नहीं थे। कम्युनिज्म को बिना समझे इस कार्यक्रम की विशेषता को समझना किसी के लिए सम्भव भी नहीं है। मन्मथनाथजी उस समय

कम्युनिज्म के सिद्धान्त से विशेष परिचित न थे। आज कामरेड मन्मथनाथ कम्युनिज्म को जिस प्रकार समझते हैं सम्भव है भविष्य में ठीक ऐसा ही न समझें।

अपने पक्ष के समर्थन के लिए इस स्थान पर मैं दो-एक बातों के प्रति पाठकों का ध्यान दिलाना चाहता हूँ। कम्युनिज्म के सिद्धान्त में इतिहास की आर्थिक व्याख्या का एक विशेष महत्वपूर्ण स्थान है। और इतिहास की आर्थिक व्याख्या के मूल में वर्ग-संघर्ष की धारणा प्राणस्वरूप वर्तमान है। जो इन सिद्धान्तों को स्वीकार नहीं करता वह कट्टर पंथियों की दृष्टि में कम्युनिस्ट नहीं हो सकता। मैंने विशेष ध्यानपूर्वक इन सब सिद्धान्तों को पढ़ा और इन पर गम्भीर रूप से मनन किया लेकिन आज भी मैं इन सिद्धान्तों को ग्रहण नहीं कर पाया, तथापि इस बात को मैंने स्वीकार कर लिया था, कि स्वाधीन भारत के प्रजातन्त्र राज्य में मज़दूर एवं किसान वर्ग के स्वार्थ की उपयुक्त रीति से रक्षा होनी चाहिए। इतिहास में बार-बार यह देखा गया है कि मजदूर तथा किसान वर्ग की ही सहायता से राज्य क्रान्तियाँ हुईं अतः क्रान्ति के बाद राष्ट्रीय पुनर्निर्माण के समय बार-बार उनके स्वार्थ की रक्षा पूरे तौर पर करनी होगी। लेकिन इसके लिए यह आवश्यक नहीं है कि श्रेणी संघर्ष के मार्ग से ही हमें आगे बढ़ना पड़े अथवा इतिहास की आर्थिक व्याख्या को हमें स्वीकार करना पड़े।

गिरफ़्तारी के समय मेरे पास एक छोटा-सा परचा पाया गया था जिसमें इतिहास की आर्थिक व्याख्या की अपूर्णता को प्रमाणित करने के लिए मैंने कुछ बातें संग्रह करके लिख रखी थीं। यह परचा काकोरी षड्यन्त्र के मामले में एक्जिविट् है। इतिहास की आर्थिक व्याख्या का खंडन करते हुए मैं इस समय एक ग्रन्थ लिख रहा हूँ। विचारविनिमय नामक मेरी एक पुस्तक के 'व्यक्ति, समाज और मार्क्सवादी' शीर्षक लेख में 23 पृष्ठों में मैंने इतिहास की आर्थिक व्याख्या के कुछ अंशों का खंडन किया है। और कुछ परिचित कम्युनिस्टों से इस बात की भी प्रार्थना की है कि वे इसका प्रत्युत्तर दें। लेकिन अभी तक इसका किसी ने कुछ भी उत्तर नहीं दिया है। इसके अतिरिक्त अपनी संस्था के कार्यक्रम से भी कुछ अंश उद्धृत करके ही मैं यह दिखाने का प्रयत्न करूँगा कि वर्ग-ज्ञान की धारणा भी इस कार्यक्रम में विद्यमान है। देखिए इस कार्यक्रम के प्रकाश्य अंश का दूसरा नियम। इस नियम से सबको विदित हो जाएगा कि मज़दूर और किसान वर्ग के स्वार्थ के ही लिए क्रान्ति की आयोजना की गई थी। इस स्थान पर श्रेणी-संघर्ष की नीति पर विशद रूप से आलोचना करने की इच्छा नहीं है। इस विषय में मैंने कानपुर के साप्ताहिक प्रताप में एक काफी बड़ा निबन्ध लिखा है। इस निबन्ध का शीर्षक है 'कम्युनिस्ट दृष्टिकोण में परिवर्तन'। मैं समझता हूँ कि विप्लव आन्दोलन के इतिहास में कम्युनिस्ट सिद्धान्त पर आलोचनात्मक विचार करने का यहाँ उपयुक्त स्थान नहीं है, इसके लिए एक स्वतन्त्र ग्रन्थ ही लिखने की आवश्यक है कि हमारी संस्था के कार्यक्रम में कम्युनिज्म

के बहुत-से सिद्धान्त ग्रहण कर लिये गए थे, और जिन सिद्धान्तों को नहीं ग्रहण किया गया था वह इसलिए नहीं कि वे सब हमारी समझ में न आए थे बल्कि इसलिए कि उन्हें हमने जान-बूझकर अच्छी तरह से सोच-विचारकर ही नहीं ग्रहण किया था। एक विशेष बात इस कार्यक्रम में यह पाई जाएगी कि कम्युनिस्ट दृष्टिकोण से इस कार्यक्रम को बनाए जाने पर भी हमारी संस्था के नाम के साथ कम्युनिज्म अथवा सोशलिज्म का नाम नहीं जोड़ा गया था। इस बात से यदि कोई यह समझे कि हम लोग सोशलिज्म से परिचित न थे अथवा उसके सिद्धान्त को ग्रहण नहीं कर पाए थे तो वह भी उसकी भूल होगी। हमने यह सोचा था कि सोशलिज्म के नाम से सम्भव है बहुत-से धनी व्यक्ति जो उस समय हमारी सहायता कर रहे थे, हमसे विमुख हो जाएँ। केवल इसी विचार से हमने अपनी संस्था के नाम के साथ सोशलिज्म नाम नहीं लगाया था। पंजाब के सरदार गुरुमुखसिंह के दल को देखकर मैंने भी यह चाहा था कि अपनी संस्था का नाम सोशलिज्म से युक्त रखें। परन्तु मेरे परम मित्र अध्यापक जयचन्द्रजी के परामर्श से ऐसा नहीं किया गया। हम लोगों की गिरफ़्तारी के बाद सरदार भगतसिंह ने, इस संस्था के साथ सोशलिज्म का नाम भी लगा दिया था। लेकिन फिर भी लक्ष्य करने की बात यह है कि इस नाम के अतिरिक्त इस कार्यक्रम में और कोई परिवर्तन नहीं किया गया था। हमारी संस्था के ध्येय का वर्णन करते समय स्पष्ट शब्दों में कहा गया था कि हम भविष्य में भारत की समाज व्यवस्था ऐसी बनाने चाहते हैं, जिसमें मनुष्य द्वारा मनुष्य पर किसी प्रकार का भी शोषण सम्भव न हो सके। फिर इस संस्था की ओर से जो घोषणा-पत्र निकाला गया था उसमें यह भी कहा गया था कि भारत की भावी राष्ट्र व्यवस्था में बड़े-बड़े कारखाने और उद्योग-धन्धों के व्यापार व्यक्ति के अधीन न रहकर राष्ट्र के अधीन रहेंगे जैसे रेलवे, कोयले इत्यादि की खानें। जहाजों का बनाना अथवा चलाना इत्यादि की व्यवस्था समाज के हाथ में रहेगी। इस ध्येय के साथ यदि प्रकाश्य कार्यक्रम के दूसरे नियम को देखें, तो निष्पक्ष पाठकों को निसन्देह यह बात विदित हो जाएगी कि कम्युनिज्म के मूल सिद्धान्तों को हमने बहुत अंश में ग्रहण कर लिया था। प्रकाश्य आन्दोलन के दूसरे नियम को यदि ध्यानपूर्वक पढ़ा जाय तो किसी के मन में सन्देह का अवकाश नहीं रहेगा कि कम्युनिस्ट सिद्धान्त के अन्तर्गत वर्ग-बुद्धि की धारणा हमारी कल्पना एवं संकल्प में सक्रिय रूप से वर्तमान थी। वह नियम यह है: 'किसान एवं मज़दूरों का संगठन करना। इस संस्था की आरे से योग्य व्यक्तियों को कारखानों, रेलों एवं कोयले की खानों में भेजा जाय जिससे वहाँ के मज़दूरों पर इनका प्रभाव जम जाय और वे मज़दूरों के मन में यह बात अच्छी तरह से बैठा सकें कि मज़दूर वर्ग क्रान्ति के साधन मात्र नहीं हैं वरन् मज़दूर वर्ग के मंगल के लिए ही क्रान्ति होगी।' मज़दूरों की तरह किसानों को भी संगठित करना है। इस स्थान पर मैं पाठकों की दृष्टि दो

वाक्यों पर विशेष रूप से आकर्षित करना चाहता हूँ। "मज़दूर वर्ग क्रान्ति के साथ न मात्र नहीं है वरन् मज़दूर वर्ग के मंगल के लिए ही क्रान्ति होगी।" मेरी समझ में समग्र इतिहास की मर्म कथा जो कम्युनिस्ट सिद्धान्त की प्राण-स्वरूपा है इन दो वाक्यों में व्यक्त हो गई है। इसके अतिरिक्त हमारी संस्था की ओर से जो घोषणा-पत्र प्रकाशित किया गया था। उसमें दो-तीन ऐसे और वाक्य भी थे, जिनसे साम्यवादी दृष्टिकोण का स्पष्टीकरण होता है जैसे स्वाधीन भारत के भावी राज्य संविधान में विचारालयों (न्यायालयों) की व्यवस्था निःशुल्क की जाएगी। सार्वजनिक मताधिकार होगा। प्रतियोगिता के स्थान पर सहयोगिता के आदर्श को ग्रहण किया जाएगा क्योंकि इसीमें संसार का कल्याण है, प्रतियोगिता में नहीं। इस क्रान्तिकारी दल का ध्येय जितना राष्ट्रीय है उससे अधिक अन्तर्राष्ट्रीय होगा और इस हिसाब से यह दल अतीत काल के गौरवमय युग के भारतीय ऋषिवृन्दों एवं आधुनिक काल के वोलशेविक रूस के पदांक का अनुसरण करेगा। इस स्थान पर एक और बात का कहना अप्रासंगिक न होगा। हमारे आज के नवीन आलोक प्राप्त कुछ बन्धुगण प्राचीन गौरवमय युग के भारतीय ऋषिवृन्दों के उल्लेख से नाक-भौंह सिकोड़ते हैं और कहते हैं कि आधुनिक रूस के साथ प्राचीन ऋषियों का उल्लेख करना बुद्धिभ्रंश का परिचय देना है, मानो विश्व-प्रीति का आदर्श बोलशेविक रूस की ही देन है, मानों प्राचीन भारतीय आदर्श में विश्व प्रीति की कोई कल्पना ही न थी। पाठकगण स्वयं विचार करेंगे कि किसे बुद्धि-भ्रम हुआ है।

पं० जवाहरलालजी का यह कहना कि भारतीय क्रान्तिकारीगण फॉसिस्ट थे यह भी नितान्त भ्रमात्मक है। इस स्थान पर इस बात की भी आलोचना करना अनावश्यक समझता हूँ।

13

अनुशीलन समिति का सहयोग

देहली में कांग्रेस के विशेष अधिवेशन के बाद अनुशीलन समिति के नेतागणों के कहने के अनुसार श्री योगेश चटर्जी मेरे पास बार-बार आते थे और मेरे साथ मिलकर काम करने की प्रबल इच्छा प्रकट करते थे। अनुशीलन समिति के नेतागण यह नहीं चाहते थे कि मैं उनसे अलग होकर काम करूँ। लेकिन वे यह भी नहीं चाहते थे कि बंगाल के क्रांतिकारी आन्दोलन में मेरा वही स्थान हो जैसाकि पंजाब और युक्त प्रान्त में था। इधर जादूगोपाल बाबू चाहते थे कि मैं पूर्ण रूप से उन लोगो के साथ मिलकर काम करूँ। उस समय श्री यतीन्द्र मुकर्जी, श्री नरेन्द्र नाथ भट्टाचार्य (जो आजकल मानवेन्द्रनाथ राय के नाम से प्रसिद्ध हैं) श्री जादूगोपाल मुकर्जी इत्यादि सब एक साथ मिलकर काम कर रहे थे। इसी समय एक विख्यात पुस्तक विक्रेता के पास से एक प्रस्ताव आया था कि मैं उनकी कलकत्ते की दूकान का कार्य-भार ग्रहण करूँ। जादूगोपाल बाबू भी चाहते थे कि मैं कलकत्ते में रहूँ और मज़दूर वर्ग का काम अपने हाथ में ले लूं। मैंने इन सब प्रस्तावों को स्वीकार भी कर लिया था लेकिन वे किताबवाले अन्त में मुझे दूकान का कार्यभार देने से आनाकानी करने लगे। मैंने भी उनके मन की बात समझ ली। उन्हें सन्देह हो गया था कि मैं राजनैतिक मामलों के सम्पर्क में आकर उलझन में पड़ जाऊँगा। सम्भवतः इसीलिए उन्होंने अपनी कलकत्ते की दूकान का कार्यभार मेरे ऊपर नहीं छोड़ा।

मेरा कलकत्ता जाना तो रह गया। इसके थोड़े ही दिन बाद ढाका से मेरे एक परिचित बन्धु श्री गोविन्द चन्द्रकर मुझसे मिलने आए। इनके साथ मैं कालेपानी में रह चुका था। विप्लव के कार्य करते समय गोविन्द बाबू को फरार रहना पड़ा था। अन्त में पुलिस को गोविन्द बाबू और उनके एक साथी का पता चल गया। सशस्त्र

पुलिस ने इनका मकान घेर लिया। इनके लिए अब निकलने का कोई रास्ता नहीं रहा। इन्होंने भी अपने अस्त्र उठाए और पुलिस वालों पर गोली चलाते हुए निकल गए। पुलिस वालों ने भी पीछे से गोली चलाई गोविन्द बाबू और उनके साथी बुरी तरह से घायल होकर गिर पड़े। लेकिन ईश्वर की कृपा से आज भी गोविन्द बाबू जीवित हैं। आज भी उनके शरीर में सीसे की गोली वर्तमान है। और सम्भवतः इसके परिणाम में और कारागार की विशेष कठोरता के कारण उनकी देह में कोढ के चिन्ह दिखाई देने लगे हैं। ऐसे पुराने मित्र से मिलकर मुझे बहुत प्रसन्नता हुई। आप ही से मुझे विदित हुआ कि अनुशीलन के एक बड़े नेता श्री त्रैलौक्य नाथ चक्रवर्ती मुक्त हो गए हैं और वे मुझसे मिलने के लिए बहुत उत्सुक हैं। मुझे ढाका ले जाने के लिए ही गोविन्द बाबू इलाहाबाद आए थे। ढाका जाने-आने का खर्च भी मुझे नहीं उठाना पड़ा। मैं भी त्रैलोक्य बाबू से मिलने के लिए विशेष इच्छुक था। इसके पहले मैं ढाका कभी नहीं गया था। जहाँ तक मुझे स्मरण है मैं इलाहाबाद से कलकत्ता गया और वहाँ से ग्वालंद और ग्वालंद से स्टीमर द्वारा नारायण गंज पहुँचा, फिर नारायणगंज से रेल पर चढ़कर ढाका पहुँचा। कलकत्ता और ग्वालंद के बीच ट्रेन में एक घटना हुई जिसका उल्लेख करना यहाँ पर अप्रासंगिक न होगा। मैं बैंच की एक ओर लेटा था और दूसरी ओर एक अन्य व्यक्ति था। हम दोनों के बीच एक लम्बी-सी पटरी करीब डेढ़ हाथ ऊँची लगी हुई थी। इस पटरी के कारण उस बैंच के दो हिस्से हो गए। बैंच की एक ओर लेटा हुआ मनुष्य दूसरी ओर के व्यक्ति को नहीं देख सकता था। थोड़ी देर में देखता क्या हूँ कि पटरी के ऊपर से एक टाँग और एक हाथ लटक रहा है। यह बात मुझे कुछ अच्छी न लगी किसी का जूता किसी के शरीर पर लटके यह किसे अच्छा लग सकता है। फिर भी जब तक मेरे शरीर को न छू दे या छूने को न हो तब तक ट्रेन के सफर में मैं किसी को क्या कह सकता हूँ। थोड़ी देर में देखता हूँ कि वह टाँग और भी लटकी और हाथ मेरे सिर पर आ पहुँचा। मुझे बहुत क्रोध आया। पहले तो मैंने यह समझा कि यह सब निद्रित अवस्था की बेहोशी है और मैंने अपनी टाँग से उसकी टाँग और हाथ से उसका हाथ हटा दिया। लेकिन बार-बार वही हरकतें होती रहीं। अबकी बार मैं उठ बैठा तो देखा कि एक ठिगना-सा जापानी जान-बूझकर यह हरकते कर रहा था। इस जापानी को देखकर मुझे कुछ कौतुक अनुभव हुआ और कुछ बुरा भी लगा। मैंने सोचा यह विदेशी है और फिर एशियावासी। इसके साथ मेरा व्यवहार अच्छा होना चाहिए। आस-पास के दूसरे बंगाली यात्री मेरी ही तरह हँस रहे थे और कौतुक अनुभव कर रहे थे। अब मुझे याद नहीं कि वह जापानी अंग्रेजी जानता था या नहीं। बहरहाल मैंने उसे समझाया कि रात्रि का समय है तुम भी सो जाओ और मुझे भी सोने दो। तुम विदेशी हो इसलिए तुम्हारा लिहाज कर रहा हूँ। जापानी हँसता रहा। लेट जाने के बाद फिर वही बात। जापानी जान-बूझकर मुझे छेड़ रहा था। मेरे

शरीर पर जूता सहित टाँग फैला रहा था और हाथ से मेरा मत्था छू रहा था। मैंने बंगाली सहयात्रियों से कहा कि देखिए यह विदेशी होते हुए भी हम से छेड़छाड़ करने में कुछ भी संकुचित नहीं होता। क्या हम भी विदेश जाकर ऐसा साहस कर सकते हैं। जब भलमन्साहत के साथ उसे न समझा पाया तो मैंने भी जैसे के साथ तैसे का व्यवहार किया। मैंने भी अपनी टाँग उसकी टाँग पर और हाथ उसके ऊपर हाथ पर चढ़ा दिया। मैंने भी वहीं हरकतें करनी शुरू कीं जैसी कि वह कर रहा था। मैंने भी जब उसका सिर नोंचना शुरू किया तब वह शान्त हो गया। सम्भवत: वह जापानी देखना चाहता था कि हम भारतवासी कितने गिरे हुए हैं। मेरे दिल में भावना बनी रही कि कहीं उसे जापान जाकर हम लोगों की बुराई करने का मौका न मिले।

भोर होते हो ग्वालंद पहुंचे। इसके पहले मैं ग्वालंद कभी नहीं आया था। वहाँ जो दृश्य मैंने देखा ऐसा दृश्य इसके पहले कभी नहीं देखा था। रेलवे लाइन के लिए जितनी भूमि की आवश्यकता थी उसे छोड़कर चारों दिशाओं में पानी ही पानी दिखाई दिया मानो एक समुद्र के बीच में आकर गाड़ी ठहर गई हो। जहाँ पर गाड़ी आकर ठहरी उसके आसपास पानी में दो-चार झोपड़ियाँ इधर-उधर दिखाई दीं। एक टिकटघर है तो दूसरा मालगोदाम का दफ्तर, कहीं पानी अधिक है कहीं कम। पछाँह की ओर जैसे प्रत्येक बड़े स्टेशन पर गर्म पूड़ियाँ मिल सकती हैं वैसे बंगाल में दो स्टेशनों को छोड़कर और कहीं नहीं मिल सकतीं। लेकिन यहाँ के स्टेशनों पर बंगाली मिठाईयाँ मिल जाती हैं। ग्वालंद में हम लोग स्टीमर पर सवार हुए।

ढाका पहुँचकर जिस मकान में आकर ठहरे वहाँ पर क्रान्तिकारीगण छिपे हुए रहते थे एवं जाली नोट बनाने के लिए नाना प्रकार के प्रयत्न कर रहे थे। मुझे इस बात का पता था क्योंकि अनुशीन समिति के नेताओं के साथ इसके पहले अर्थ-संग्रह के बारे में मेरा बहुत कुछ वाद-विवाद हो चुका था मेरा कहना था कि इस देश में रहकर जाली नोट बनाने में हम लोग सफल नहीं हो सकते। यदि नोट बनाना ही है तो विदेश में जाकर आधुनिकतम वैज्ञानिक प्रणालियों द्वारा बनाने की चेष्टा होनी चाहिए। मैं किसी और उग्र कार्यक्रम का पक्षपाती था। इस मकान में नोट बनाने के काम को देखकर कुछ आशा तो अवश्य उत्पन्न हुईं और उसके साथ मन में कुछ ईर्ष्या का भी उद्रेक हुआ कि कहीं ये लोग बाजी न मार ले जाएं परन्तु नोट के एक-आध नमूने को देखकर मुझे यह भरोसा न हुआ कि ये लोग नोट बनाने में कृतकार्य हो सकेंगे और अन्ततः यही बात हुई भी। नोट बने लेकिन काम के नहीं थे।

अनुशीलन समिति के एक विशिष्ट नेता श्री त्रैलोक्य नाथ चक्रवर्ती से मेरी खूब बातचीत हुई। मेरी शिकायतों का औचित्य उन्होंने स्वीकार किया एवं यह वादा किया कि भविष्य में ऐसी शिकायतों का अवसर आपको नहीं मिलेगा। उनकी बातचीत से मुझे पूर्ण सन्तोष हुआ। ये बहुत सरल एवं सहज स्वभाव के व्यक्ति हैं और जैसा कहते

है। वैसा ही करते हैं। अण्डमान में रहते समय जिस वीरता के साथ इन्होंने मेरा साथ दिया था अनुशीलन के और किसी व्यक्ति ने ऐसा नहीं किया। अब मैं अनुशीलन समिति के साथ मिलकर काम करने को तैयार हो गया।

अब यह तय हो गया कि मैं अनुशीलन समिति के साथ मिलकर काम करूँगा और हमारे दोनों दलों के मिलने के बाद इसके नियन्त्रण में मुझसे कुछ छिपाया न जाएगा। त्रैलोक्य बाबू ने योगेशबाबू के लिए मेरे हाथ एक पत्र भेजा था और उसमें यह लिखा गया था कि अब आगे तुम शचीन्द्रबाबू के नियन्त्रण में काम करोगे। मैं चिट्ठी लेकर युक्तप्रान्त वापस चला आया। योगेशबाबू को जब मैंने चिट्ठी दी तो वे बहुत प्रसन्न हुए। मैं भी एक अनुभवी कार्यकर्ता चाहता था। इनको पाकर मैं भी बहुत प्रसन्न हुआ। इसके बाद उनके व्यवहार में मैंने कभी कोई दोष नहीं पाया। सदा प्रफुल्लचित होकर वे मेरे कथनानुसार काम करने में तत्पर रहते थे। उनके आचरण से मैंने यह कभी नहीं समझा कि वे अपने को किसी भिन्न दल का समझते हों। अनुशीलन के दूसरे नेताओं से मतभेद होने पर भी योगेशबाबू मेरे ही मत के अनुसार काम करते रहे। मैंने श्री योगेशबाबू पर विश्वास करके युक्तप्रान्त का कार्यभार उन पर ही छोड़ दिया था। स्वर्गीय राजेन्द्रनाथ लाहिड़ी योगेशबाबू से कहीं अधिक शिक्षित थे। योगेशबाबू से मिलने के बहुत पहले से ही राजेन्द्रनाथ मेरे साथ काम कर रहे थे। वह मेरे विशेष मित्र भी थे। तथापि पूर्ण रीति से अनुभवी न होने के कारण मैंने राजेन्द्रनाथ पर कार्य-भार न्यस्त न करके योगेशबाबू पर न्यस्त करना ही उचित समझा। पंजाब का कार्यभार अध्यापक जयचन्द्रजी पर न्यस्त था। योगेशबाबू से जयचन्द्रजी का अथवा किसी अन्य व्यक्ति का परिचय मैंने नहीं कराया था। काम करने के सिलसिले में जो-जो व्यक्ति पंजाब से युक्तप्रान्त में आए थे। उन्हींसे योगेशबाबू का परिचय हुआ था। अनुशीलन के साथ सम्बन्ध स्थापित होने के बहुत पहले से ही सरदार भगतसिंह युक्तप्रान्त में आ गए थे। त्रैलोक्यनाथ बाबू से चिट्ठी लाने के बाद मैंने यह निर्णय किया कि योगेशबाबू बनारस छोड़कर कानपुर आकर ठहरें क्योंकि मैं यह समझता था कि बनारस में राजेन्द्र लाहिड़ी है, परन्तु कानपुर में मेरी अभिरूचि के अनुसार कोई व्यक्ति न था। इसके पहले ही सरदार भगतसिंह को कानपुर में ठहराया गया था। भगतसिंह भी बड़े योग्य व्यक्ति थे, परन्तु अनुभवी न थे। इस प्रकार जब योगेशबाबू एवं सरदार भगतसिंह दोनों व्यक्ति कानपुर में रहने लगे तो ये एक-दूसरे से परिचित हो गए। अभी तक कानपुर में श्री राजकुमार, श्री विजयकुमार तथा श्री बटुकेश्वर हमारे दल में सम्मिलित नहीं हुए थे। श्री सुरेशचन्द्र भट्टाचार्य भी कानपुर में थे लेकिन सुरेशबाबू अनमने होकर हमारे दल का काम कर रहे थे। योगेशबाबू के कानपुर आने पर ढंग से काम होने लगा। मैं था इलाहाबाद में, राजेन्द्र लाहिड़ी थे बनारस में, और योगेशबाबू कानपुर में आ गए। लखनऊ में हमारा कोई विश्वस्त और कार्यकुशल

व्यक्ति न था। इलाहाबाद और कानपुरवाले ही लखनऊ का काम भी संभाल रहे थे। धीरे-धीरे मैंने योगेशबाबू से युक्तप्रान्त के विभिन्न कार्यकर्ताओं का परिचय करा दिया। बनारस में योगेशबाबू के दो-तीन मित्र थे यथा श्री मन्मथनाथ गुप्त, श्री शचीन्द्रनाथ बख्शी, श्री प्रणवेश चटर्जी और स्वर्गीय चन्द्र शेखर आजाद।

योगेशबाबू के कानपुर चले जाने पर उनके बनारस के मित्रगण राजेन्द्रबाबू के नियन्त्रण में काम करने लगे। मेरी गिरफ़्तारी के पूर्व तक योगेशबाबू सरल हृदय से मेरे साथ काम कर रहे थे। मेरे दिल में कभी भी यह सन्देह नहीं हुआ कि योगेशबाबू ने मुझसे कुछ भी छिपाया हो या हमारे दल में किसी प्रकार के भेदभाव की सृष्टि की हो। लेकिन उनके बनारस के अनुयायीगणों ने स्वर्गीय राजेन्द्रनाथ से सरल एवं उचित व्यवहार नहीं किया। इसका पता मुझे बहुत बाद को चला था। इसमें कोई सन्देह नहीं कि जब तक हम दोनों गिरफ़्तार नहीं हुए थे हम लोग एक-दूसरे पर पूर्णतया निर्भर रहते थे। यह भी सत्य है कि आये दिन के कार्यक्रम से योगेशबाबू को यह प्रतीत हो रहा था कि उत्तर भारत से हमारा कार्यक्रम बंगाल के कार्यक्रम से अधिक उपयोगी एवं अधिक फलप्रसू था। इतिहास के पृष्ठों में यह बात आज प्रमाणित भी हो चुकी है कि क्रान्तिकारी आन्दोलन के सम्पर्क में उत्तर भारत के दल की जितनी देन है उसकी तुलना में बंगाल की अनुशीलन समिति की कुछ भी नहीं है। उत्तर भारत के कार्यक्रम से योगेशबाबू इतने प्रभावित हुए थे कि वे बंगाल में जाकर अपने उद्योग से अर्थसंग्रह करके युक्तप्रान्त में लाते थे। जहाँ तक मुझे स्मरण है बंगाल के नेताओं को इसका पता न था। यदि पता होता तो वे भी अवश्य इसके हिस्सेदार बन जाते। योगेशबाबू के आचरण से मैं कभी यह सन्देह नहीं कर पाया कि वे मुझे किसी अन्य दल का नेता समझते थे और अपने को किसी दूसरे दल का अनुयायी। बात तो यह थी कि बंगाल में भी अनुशीलन समिति के नेतागण सदा यही बताते थे कि सान्याल भी अपने ही दल का आदमी है। उत्तर भारत के कार्यक्रम की बहुत-सी बातें मैं योगेशबाबू को बता दिया करता था जो कि मैंने बंगाल के नेताओं को नहीं बताई थीं। इसका एक कारण था कि मैं योगेशबाबू से दिन-रात काम ले रहा था इसलिए उन्हें बहुत-सी बातों का बताना आवश्यक हो जाता था। दूसरा कारण यह था कि बंगाल के नेताओं के साथ मिलने का अवसर मुझे कम प्राप्त होता था। तीसरी बात यह थी कि हम लोगों में एक प्रतियोगिता की भावना रहती थी। चौथी बात यह थी कि अनुशीलन के नेतागण अपनी सब बातें मुझे नहीं बताते थे। लेकिन धीरे-धीरे हम एक-दूसरे को समझने लगे थे, और क्रमशः हम लोगों में सहयोग की भावना प्रबल हो रही थी।

मैं चाहता था कि पंजाब शाखा की सहायता से काश्मीर और काबुल के रास्ते से हम रूस और पश्चिमी यूरोप तक पहुंचें, इन रास्तों से अस्त्र आदि के मंगाने की

व्यवस्था करें और विदेशस्थ भारतीय विप्लववादियों के साथ इन्हीं रास्तों से अपना योगसूत्र स्थापित करें। इस विषय की कोई बात न मैंने योगेशबाबू को बतलाई और न बंगाल के नेताओं को। इसी प्रकार युक्तप्रान्त के कार्यक्रम के बारे में भी सब बातें मैंने बंगाल के नेताओं को नहीं बताई थीं। आज भी वे कार्यक्रम अपूर्ण रह गए हैं। इसलिए इन सब बातों का उल्लेख करना आज उचित न होगा। इस स्थान पर तो मैं केवल इतना ही बताना चाहता हूँ कि उन पिछले दिनों में योगेशबाबू के साथ मेरा क्या सम्बन्ध था।

मैं यह पहले ही बता चुका हूँ कि दिल्ली से लौटने के बाद मैं कानपुर गया। कानपुर में पहला वोलशेविक कान्सप्रेसी (षड्यन्त्र) केस चल रहा था। इस षड्यन्त्र के मामले में मैं भी गिरफ़्तार होनेवाला था यह भी मैं बता चुका हूँ। कानपुर में वोलशेविक केस चलने के पहले ही युक्तप्रान्त के एक मॉडरेट नेता ने मुझे यह सूचना दे दी थी, कि सम्भव है मैं भी इस मामले में गिरफ़्तार हो जाऊँ। उस समय मैं बड़ी सावधानी से घूमता-फिरता था। अब तक मैं युक्तप्रान्त और पंजाब में क्राान्तिकारी आन्दोलन की नींव डाल चुका था। युक्तप्रान्त के प्रायः सभी बड़े शहरों में हम लोगों का संगठन हो चुका था। पंजाब में अच्छे कार्यकर्ता मिल चुके थे। युक्तप्रान्त और पंजाब में भी मुझे करीब-करीब फरार हालत में ही घूमना पड़ता था। मैं यह बहुत चाहता था कि मुझे एक अनुभवी कार्यकर्ता मिल जाय तो मैं अपना घूमना-फिरना बन्द कर दूँ। योगेशबाबू के मिलने पर मुझे यह सन्तोष हो गया कि अब मैं एक स्थान पर निश्चित होकर जम सकता हूँ और उस स्थान से बैठे-बैठे समस्त क्रान्तिकारी आन्दोलन का नियन्त्रण कर सकता हूँ।

देहली में कांग्रेस के विशेष अधिवेशन के बाद बंगाल में रेगूलेशन 3 के अन्तर्गत बहुत-से क्रान्तिकारी नेता बेकार होने लगे थे। इनमें पूर्वोक्त श्री सत्येन्द्रचन्द्र मित्र एवं श्री सुभाषचन्द्र बोस भी थे। मैं इसके पहले से ही कुछ सावधान-सा हो गया था। बंगाल की गिरफ्तारियों के बाद मैंने यह निश्चय कर लिया कि अब मुझे बाकायदा फरार होना पड़ेगा वर्ना बच न सकूँगा।

14

गृह-त्याग

अण्डमान से लौटने के बाद मैंने विवाह कर लिया था। यथा-रीति फरार होने के पहले मेरे दो संतानें हो चुकी थीं। मेरे सामने यह विकट प्रश्न था कि मैं अपनी स्त्री और इन दो बच्चों को किसके पास छोड़कर फरार होऊँ। हम चार भाई थे और मैं ही सबसे बड़ा था। मेरे दूसरे भाई भी ब्याह कर चुके थे और गोरखपुर में सेण्टऐण्ड्रूज् कालेज में अध्यापक का काम कर रहे थे। बनारस षड्यन्त्र केस के मामले में ये भी मेरे साथ गिरफ़्तार हुए थे। न्यायालय से मुक्त होने पर भी इन्हें गोरखपुर में नजरबन्द रक्खा गया था। मेरे तीसरे भाई ने, उस समय तक शादी नहीं की थी। वह इण्डियन प्रेस में काम कर रहे थे। मेरी माता उस समय जीवित थीं। मेरी मौसी भी माताजी के पास रहती थीं। मेरे सर्व कनिष्ठ भ्राता कालेज में पढ़ रहे थे। मेरे मंझले भाई जो प्रोफेसर थे मुझसे अत्यन्त असंतुष्ट थे। वे बिल्कुल भी नहीं चाहते थे कि मैं राजनैतिक उलझनों में व्यर्थ के लिए फंसा रहूँ, और फिर मेरी राजनीति भी साधारण राजनीति न थी। बुद्धिमान व्यक्ति ऐसी राजनीति में फंसा नहीं करते थे। मेरे मंझले भाई श्री रवीन्द्रनाथ संत क्रोध के साथ कहा करते थे कि "तुम्हारी वजह से मेरी भी नौकरी जाएगी। तुम मानते नहीं हो। क्या हम लोगों की कोई ज़मींदारी है? आज हमारी और जितेन्द्र की नौकरी चली जाय तो कल मकान का किराया भी न दे सकेंगे। तुम तो अपनी धुन में मस्त हो। शादी कर ली, बाल बच्चे हो चुके हैं। तुम्हें तनिक भी परवाह नहीं है कि इन सबका क्या होगा। समय-समय पर माताजी भी मेरे ऊपर बहुत नाराज होती थीं। माताजी का भी अधिक दोष न था, बेचारी तीस-बत्तीस वर्ष की अवस्था में ही विधवा हो गई थीं। सांसारिक सुख शान्ति उन्हें कुछ भी न मिली थी। अपनी बाईस वर्ष की अवस्था में मुझे कालेपानी जाना पड़ा था। लौट आने

के बाद भी मैंने साधारण गृहस्थ जीवन व्यतीत करना नहीं चाहा। माताजी ने आशा की थी कि शादी कर लेने से मैं गृहस्थ बन जाऊँगा। माताजी की यह आशा भी पूरी नहीं हुई। आशा-भंग की पीड़ा से एवं भविष्य की आशंका से मेरी माता सदा दुःखी रहती थीं। एक दिन की बात हो, दो दिन की बात हो, तीन दिन की बात हो, तो निबाह भी लें। लेकिन बारहों माह, तीसों दिन इस पारिवारिक अशान्ति के बीच जीवन व्यतीत करना कितना दुःखदायी है भुक्तभोगी को छोड़ यह बात दूसरे नहीं समझ सकते। ऐसी परिस्थिति में यदि मैं बच्चों को अपनी माता और भाईयों के पास छोड़कर फरार हो जाता हूँ तो इन पर मैं एक भारी बोझा डाले जाता हूँ। और इस प्रकार फरार होने से यह बात भी थी कि मुझे सदा के लिए अपनी स्त्री तथा बाल बच्चों से विच्छिन्न होना पड़ता। विभिन्न देशों के क्रान्तिकारी आन्दोलन के इतिहास में यह प्रायः देखा गया है कि फरार व्यक्ति लौट-फिर कर अपने परिवार में आकर पकड़े गए हैं। जब मैंने विवाह किया था तो मैंने अपने भाईयों से यह आग्रह किया था कि मैं क्रान्तिकारी आन्दोलन में जीवन बिता दूँगा और आवश्यकता पड़ने पर मेरे परिवार का भार आप लोग ग्रहण करेंगे। उनके लिए मानो यही देश सेवा है। मैं अपने जीवन को खतरे में डालने के लिए प्रस्तुत हूँ तो क्या मेरे भाई मेरे परिवार का प्रतिपालन भी न करेंगे। मेरे तीसरे भाई श्री जितेन्द्रनाथ सहर्ष यह कर्तव्य भार ग्रहण करने के लिए प्रस्तुत हुए थे।

जब मुझे योगेशबाबू जैसे कार्यकर्ता मिल गए तो मैंने भी यथारीति फरार होने का संकल्प कर लिया। युक्त प्रदेश में मुझे पुलिस वाले अच्छी तरह से पहचानते थे। पंजाब की पुलिस उतना नहीं पहचानती थी। अपनी स्त्री का मुँह देखकर मेरे दिल में यह भावना उत्पन्न होती थी कि पराई लड़की को मैं कहाँ घसीट लाया। इसे छोड़कर यदि मैं सदा के लिए फरार हो जाता हूँ तो क्या इसका जीवन व्यर्थ-सा नहीं हो जाएगा। अपने लड़के का मुँह देखता था तो यह सोचने लगता कि वह बेचारा भी अपने पितृस्नेह से सदा के लिए वंचित रह जाएगा। मैं इस 'सदा के लिए' की भावना में नितान्त विचलित हो जाता था। माता और भाइयों के स्नेह, स्त्री और सन्तानों की प्रीति के बन्धन से सदा के लिए विच्छिन हो जाना मेरे लिए असहनीय था। और यह बात भी कि युक्त प्रदेश अथवा पंजाब में मेरे लिए बाल-बच्चों को साथ लेकर फरार होना न संभव था न उचित। इसका एक कारण तो यह था कि इन प्रदेशों में मुझे पुलिस के काफी आदमी अच्छी तरह पहचानते थे, और यदि मैं बड़े-बड़े शहरों को छोड़कर किसी छोटे नगर में जाकर बाल-बच्चों सहित रहता तो भी बंगाली होने के नाते मैं बहुत शीघ्र ही सबकी दृष्टि को आकर्षित कर लेता। ऐसी दशा में मेरे लिए यह संभव न था कि मैं अपने बाल-बच्चों को साथ लेकर पंजाब अथवा युक्त प्रदेश में फरार हालत में रह सकता। मैंने यह भी निश्चय कर लिया था कि फरार हालत

में मैं अपने बाल-बच्चों को साथ ही रखूँगा। इन सब कारणों से मैंने बंगाल में ही फरार होकर रहने का निश्चय कर लिया। लेकिन फरार होकर जान बचाना ही तो मेरा उद्देश्य न था और यदि फरार हालत में रहकर क्रान्तिकारी आन्दोलन का कार्य करता तो यथारीति संगठन शक्ति की सहायता के बिना ऐसा संभव न था यदि मैं फरार हालत में रहकर क्रान्तिकारी अथवा राजनैतिक आन्दोलनों से अलग रहता और किसी प्रकार से अपनी जीविका उपर्जान कर लेता तो विशेष चिन्ता की कोई बात न थी। लेकिन एक तरफ ब्रिटिश साम्राज्य की शक्ति के समस्त साधन मुझे खोज निकालने में लगे हों दूसरी तरफ मैं संकटपूर्ण क्रान्तिकारी कार्य में लगा रहूँ तो परिस्थिति कुछ और ही हो जाती है।

इन सब कारणों से मेरे लिए यह आवश्यक था कि बाल-बच्चों को लेकर फरार होने से पहले मैं अपने रहने का स्थान एवं आवश्यकतानुसर सहायता पाने की सब व्यवस्था कर लेता। इसके लिए मैंने बंगाल में जाकर सब प्रकार की विधि-व्यवस्था का आयोजन किया। मैंने सोचा कि यदि कलकत्ता के पास फ्रांसीसी राज्य के अर्न्तगत चन्द्रनगर में बस जाता हूँ तो संभव है मेरे लिए कुछ सहूलियत हो जाय। चन्द्रनगर के एक कार्यकर्ता से मैंने बातचीत कर ली ये सज्जन अनुशीलन समिति के नहीं थे। आप बंगाल के एक साप्ताहिक पत्र 'आत्मशक्ति' के दफ्तर में काम करते थे। क्रान्तिकारी आन्दोलन के साथ भी इनका सम्पर्क था। यह तो सभी को मालूम है कि बंगाल में विभिन्न दल क्रान्तिकारी आन्दोलन में काम करते थे। इन सब विभिन्न दलों को एकत्रित करने के लिए मैंने बहुत प्रयत्न किए थे। इसी सिलसिले में इन सज्जन से मेरा परिचय हुआ था। इनका नाम था श्री नरेन्द्रनाथ बनर्जी। इन्होंने बड़े उत्साह के साथ मेरे चन्द्रनगर में रहने के प्रस्ताव का समर्थन किया। और अपने मकान में रहने के लिए मुझसे विशेष आग्रह किया था। इधर माताजी से मैंने कहा कि पिताजी के छोड़े हुए धन से मुझे एक या दो हज़ार रुपया दे दें ताकि कुछ दिनों के लिए मैं निश्चिन्त हो जाऊँ। माताजी ने कहा कि यह रुपये लेकर तुम बरबाद कर दोगे मैं तुम्हें माहवार कुछ देती रहूँगी। मैंने इस प्रस्ताव को स्वीकार कर लिया और कहा कि उन्हें मुझको कम से कम पच्चीस रुपया प्रति मास भेजना पड़ेगा। माताजी ने इस प्रस्ताव को स्वीकार कर लिया। लेकिन केवल पच्चीस रुपये में बाल-बच्चों को साथ लेकर फरार हालत में रहना बहुत कठिन बात थी। और क्रान्तिकारी दल की आर्थिक सहायता पर पूर्ण रूप से निर्भर करना भी बहुत कठिन बात थी। ऐसी अनिश्चयात्मक स्थिति में मैं अपने परिवार को लेकर अथाह समुद्र में कूद पड़ा।

मैं अच्छी तरह जानता था कि आज हो, या कल हो मुझे घरबार छोड़ना ही पड़ेगा। फरार होने का अर्थ होता है कि आत्मीयजनों से एक अनिर्दिष्ट समय के लिए विच्छिन्न हो जाना एवं अन्ततः पुलिस के पंजे में पड़कर न जाने किस अनजान

पातालपुरी में जाकर खो जाना। इस आसन्न विच्छेद की भावना से मैं दिन प्रतिदिन अधिक से अधिक विचलित होता गया। हम सब भाइयों में अत्यन्त प्रीति का सम्बन्ध था। मुझे स्मरण है जब मैं लगभग चार या पाँच वर्ष का था तो मेरे मँझले भाई के गाल में एक फोड़ा हुआ था जिसके चीरे जाने की बात सुनकर में एकदम चंचल हो उठा था और अपने माता-पिता से मैंने कहा था कि मैं इसे कभी नहीं चीरने दूँगा। मुझे यह भी स्मरण है कि मेरी माता ने मुझे यह कहकर बहुत समझाया कि तुम्हारे एक और भाई कलकत्ता में पढ़ते हैं जिन्हें चीर-फाड़ का काम करना पड़ता है यह तो एक साधारण बात है इसके लिए तुम्हें इतना व्याकुल होने की आवश्यकता नहीं। एक दिन की बात है कि मेरे पिता के एक मित्र ने मेरे कनिष्ठ भ्राता को गोद में उठा लिया था। इनसे हम लोग परिचित न थे इसलिए मेरे मँझले भ्राता ने चिल्लाना शुरू कर दिया और अपने नन्हे-नन्हे हाथ फैलाकर अपने कनिष्ठ भ्राता को उनकी गोद से उतारने की व्यर्थ चेष्टा करने लगे। बाल्यावस्था की वह प्रीति आज चालीस वर्ष के बाद भी वैसी भी बनी है। घोर दुर्दिनों के समय जब मैं असहाय दशा में ब्रिटिश सरकार के कारागार में निर्जन कोठरी में अनिर्दिष्ट काल के लिए बन्द पड़ा रहा तब मेरे इन परम स्नेहास्पदों ने ही मेरे बाल बच्चों का विषाद-युक्त हर्ष के साथ लालन-पोषण किया था। एक-दो दिन के लिए तो सभी दुःख झेल सकते हैं लेकिन लगातार बारह-तेरह वर्ष तक अपने असहाय भ्राता के दुःख दैन्य अपने कंधे पर उठाने के दृष्टान्त आजकल संसार में विरले ही हैं। ऐसे भाइयों से सदा के लिए बिछुड़ने की दुश्चिन्ता से मैं विचलित क्यों न होता। और अपनी स्नेह-मयी जननी की बात का क्या कहना। किसकी जननी स्नेहमयी नहीं होती? और किस संतान को अपनी जननी से प्रेम नहीं होता? सदा के लिए ऐसी माँ और भाइयों से अलग होने की संभावना से मैं सदा दुखी रहता था। अंत में घर से अलग होना ही पड़ेगा यह मैं जानता था तथापि स्नेहबन्धन के कारण मैं उस अलग होने के दिन को सदा टालता रहता था। मैं नित्य यह सोचता था कि अब अलग होना पड़ेगा और फिर अलग होने के दिन को मैं टाल देता था। अपने बाल-बच्चों को तो मैंने साथ लेने का संकल्प कर ही लिया था, लेकिन अपनी दुखिनी विधवा जननी को मैं किस प्रकार छोड़ जाता। यदि मैं इन स्नेह बंधनों को नहीं तोड़ सकता हूँ तो मुझे राजनीति से अलग होना पड़ता है।

माताजी के चार पुत्र थे। उनमें से एक चला जाएगा। तीन तो माताजी के पास रह जाएँगे। मुझे इतना ही संतोष रह गया था। एक दिन की बात है माताजी प्रयाग में अर्धकुंभी के अवसर पर कल्पवास कर रही थीं। गंगा के तट पर साधु-सन्तों का जमघट था। नग्न, अर्धनग्न, चन्दन, सुशोभित तरह-तरह के वस्त्र पहने, गौर, श्याम आदि सभी वर्ण के, उच्च कोटि, मध्य कोटि, अथवा निम्नस्तर के नाना प्रकार के सहस्त्रों साधुओं के दर्शन के लिए जिज्ञासु अथवा कौतूहली सैकड़ों व्यक्ति प्रातःकाल

से संध्या तक वहाँ घूमा करते थे। मैं भी इन भटकते हुए व्यक्तियों में से एक था। मेरी माताजी भी स्वतंत्र रूप से अपनी टोली के साथ साधु-सन्तों का दर्शन करती थीं। एक गौरवर्ण सौम्य मूर्ति संन्यासी के पास मैं प्रायः जाया करता था। कुछ न कहने पर भी मेरे मन के प्रश्न को योंही समझकर इन महात्माजी ने मुझे बहुत-सी बातें बताईं। उनका उल्लेख करने की यहाँ आवश्यकता नहीं है। योग की शक्ति पर जिनका विश्वास नहीं है इन संन्यासीजी के पास जाने से उनके संदेह का भंजन हो सकता है। क्योंकि यह साधु अभी भी जीवित हैं। इनका नाम है परमहंस श्रीमान्स्वामी जयेन्द्रपुरीजी। आजकल आप बनारस के पास शिवपुर में अपने आश्रम में रहते हैं। मेरी माताजी भी मेरे पहले ही इन महात्माजी के पास पहुँची थीं और उनसे उन्होंने अपना दुखड़ा सुनाया था कि मेरा लड़का निषिद्ध मार्ग पर चलकर देश सेवा करना चाहता था, हज़ार मना करती हूँ वह मानता ही नहीं। जाने क्या धुन सवार है। एक बार आजन्म कालेपानी की सजा हो गई थी लेकिन परमात्मा की कृपा से चार-पाँच साल में ही छुटकारा मिल गया था। फिर वही काम करना चाहता है। मैंने उसे किसी तरह भी समझा नहीं पाया। आप महात्मा हैं यदि आप दो शब्द कह देंगे तो लड़का अवश्य ही मान जाएगा। मैं बहुत दुःखी हूँ एक घड़ी के लिए भी मेरे मन में शान्ति नहीं है। मैं विधवा हूँ मेरा लड़का ही मेरा सहारा है।" यह सब बातें सुनकर संन्यासीजी ने माताजी से कहा कि तुम अपने लड़के को मेरे पास लेती आना। माताजी जानती थीं कि मैं भी साधु-सन्तों के पास आया-जाया करता हूँ। साधु-सन्तों से मेरी अत्यन्त प्रीति है। एक दिन माताजी ने मुझसे कहा कि चलो तुम्हें एक पहुँचे हुए महात्मा के पास ले चलती हूँ। मैं भी बड़ी उत्सुकता के साथ साधु-दर्शन के लिए चल पड़ा तो देखता हूँ कि जिस महात्मा के पास मैं जाया करता था, उसी के पास माताजी भी मुझे ले आई। इनके पास आकर मुझे बड़ी प्रसन्नता हुई। मेरे साथ मेरी माता, मेरी पत्नी और मेरा डेढ़ साल का लड़का था। माता ने मेरी तरफ इशारा करने के बाद कहा कि "यही मेरा पुत्र हैं जिनके सम्बन्ध में आपसे पहले कह चुकी हूँ।" महात्माजी ने माताजी को बताया कि यह तो मेरे पास पहले ही से आता है। और मुझसे कहा आओ पास बैठो। कुछ बातचीत होने पर संन्यासीजी ने माताजी से कहा कि "बेटी! तुम्हारे जब चार लड़के हैं, तब तो तुम्हें एक लड़के को धर्मार्थ देना ही पड़ेगा। चार में से जब तीन तुम्हारे पास रहते हैं और एक धर्मार्थ जीवन व्यतीत करना चाहता है तो उस पर तुम्हारा कोई अधिकार नहीं रह सकता।" माताजी के दोनों नयन आँसुओं से भर आए लेकिन माताजी फिर भी हँस रही थी क्योंकि वे अच्छी तरह जानती थीं कि मेरा मार्ग धर्म का मार्ग था। मैं कोई बुरा काम करने नहीं जा रहा था। माताजी तो स्नेह की पीड़ा से जर्जरित हो रही थीं, फिर भी उनकी धर्म की बुद्धि जागृत थी। एक विशिष्ट साधु के मुख से उपर्युक्त वचनों को सुनकर मेरी माताजी को युगपद दुःख, स्नेह, गौरव

इत्यादि की भावनाओं के संमिश्रण ने एक साथ हर्ष और विषाद की अनुभूति हुई। अश्रुपूर्ण नयनों से मेरी तरफ देखकर जब माताजी हंसने लगीं तो मैं हर्षोत्फुल्ल नयनों से विजयोल्लास को क्षणिक अनुभूति की दीप्ति से व्यक्त कर रहा था। और सौम्य मूर्ति गौरवर्ण उक्त महापुरुष की तरफ देखकर विस्मय पूर्ण चकित दृष्टि से कृतज्ञता एवं आत्मसमर्पण की भावना को दीनता के साथ व्यक्त कर रहा था। इतने में संन्यासीजी मुझसे यह कहने लगे कि "देखो बेटा! हिन्दू शास्त्र के अनुसार तुम्हारा यह परम कर्तव्य है कि जब तुमने विवाह कर लिया है तो अपनी पत्नी की अनुमति की उपेक्षा करके तुम कोई धर्म कार्य नहीं कर सकते।" यह बात मैं पहले ही से जानता था। मैं यह जानता था कि आर्य धर्म के अनुसार यदि कोई संन्यासी भी होना चाहता है तो उसे न केवल अपने माता-पिता की वरन् अपनी सहधर्मिणी और दूसरे आत्मीय जनों तथा प्रतिवेशियों से भी अनुमति लेने की आवश्यकता है। इस पर मैंने महात्मा जी से कहा है कि "जिस दिन सर्वप्रथम मुझे अपनी पत्नी से बातचीत करने का अवसर प्राप्त हुआ था, मैंने उसी दिन अपनी सहधर्मिणी से अपना अभीष्ट कार्य करने की अनुमति ले ली थी। मैं आज भी इस बात के लिए प्रस्तुत हूँ कि यदि मेरी पत्नी मेरे अभीष्ट कार्य के लिए मुझे अनुमति नहीं देती है तो मैं उस काम को नहीं करूँगा। आप भी पूछ सकते है।" स्वामीजी ने मेरी पत्नी से पूछा "क्यों बेटी, तुम अपने पति को इस काम के लिए अनुमति देती हो!" उस बेचारी तरूणी ने कम्पायमान देहावयव के इंगित से विकसित कुसुम की नाई हँसते हुए मुख को हिलाकर अपनी अनुमति प्रकट की लेकिन नयन पल्लवों के द्रुत संचालन के साथ आँखों से दो-चार आँसुओं की बूंदे टपक ही पड़ीं। बालब्रह्मचारी परमहंस परिब्राजक संन्यासी भी एक बार विचलित हो गए, और बार-बार सिर हिलाकर हँसते हुए मुझसे कहने लगे "नहीं बेटा! यह लड़की अभी बहुत छोटी है। रोते हुए जो अनुमति इसने दी है यह स्वीकार्य नहीं है।" मैंने कहा कि मैं फिर पूछ लूँगा और यह वचन देता हूँ कि यदि इसने यथार्थ में अनुमति नहीं दी तो मैं इस काम को नहीं करूँगा।"

अतीत काल की ये सब बातें लिखते हुए आज भी मेरा हृदय हर्ष, अभिमान और गुमान से भर आता है। आज भी हमारे देश में साधु-सन्त हैं जिन्हे मेरे जैसे विद्रोही के अग्निमय कर्म-पथ से आन्तरिक प्रीति है। और हम अपनी सामाजिक व्यवस्था की निगूढ़ बातों के प्रति ध्यान देने से आज भी फूले नहीं समाते। कर्तव्य कर्म चाहे कितना ही संकटपूर्ण और अग्निगर्भ क्यों न हो हमारे समाज के शीर्षस्थानीय संन्यासी आज भी उससे विचलित नहीं होते और मेरे ऐसे विद्रोहियों के कठोर कार्यों का वे हृदय से समर्थन करते थे। फिर पत्नी का स्थान हमारे समाज में कितना ऊँचा है। पत्नी की अनुमति बिना कोई काम करना उचित नहीं है। पत्नी हमारे भोग की सामग्री नहीं है सहधर्मिणी है, सहधर्मिणी को छोड़कर हिन्दू समाज में, आर्य संस्कृति में, मनुष्य अपूर्ण

रह जाता है। पत्नी को पाकर ही समाज में मनुष्य स्वधर्मानुष्ठान के अधिकार को प्राप्त करता है अन्यथा नहीं। हिन्दू समाज में पत्नी को छोड़कर कोई शुभ कार्य सम्पन्न नहीं हो सकता। जिस समाज में बिना पत्नी की अनुमति पति को संन्यास लेने का भी अधिकार नहीं उस समाज में स्त्री का स्थान कितना ऊँचा होना आवश्यक है इसे आज हम भूल रहे हैं। आज पाश्चात्य समाज में स्त्री-अधिकार के प्रश्न पर कितना शोरगुल मचा हुआ है मानो स्त्री के अधिकार पुरुष से एवं पुरुष के अधिकार स्त्री से स्वतन्त्र हैं। हमारे सामाजिक आदर्श में पुरुष और स्त्री के मिलने से ही पति-पत्नी के रूप में एक परिवार के रूप में एक परिपूर्ण स्वतन्त्र अस्तित्व बनता है। इसीलिए हमारे समाज में पुरुष और स्त्री के अधिकार अलग-अलग नहीं होते। कामरेड शब्द से भी सहधर्मिणी शब्द अधिक व्यापक एवं अर्थगर्भित है। सहधर्मिणी शब्द के अनुसार बुरे कार्य में स्त्री पति की सार्थिन नहीं हो सकती, कामरेड शब्द के अनुसार हो सकती है। हिन्दू समाज में माता-पुत्र के सम्बन्ध पाश्चात्य समाज से अधिक घनिष्ठ हैं। पाश्चात्य समाज में विवाह के बाद लड़का अलग रहने लगता है। हिन्दू समाज में माता, पिता, भाई, भगिनी, पत्नी और सन्तान एक साथ ही मिलकर रहते हैं और इस प्रकार से जो परिवार बनता है हिन्दू समाज में वही इकाई का स्थान ग्रहण करता है। हिन्दू समाज में पुरुष और स्त्री के लिए अलग-अलग रूप से उनके स्वतन्त्र अस्तित्व को स्वीकार नहीं किया गया है। इस स्थान पर समाज विज्ञान की चर्चा करने की न तो इच्छा ही है, और न स्थान ही। अतीत काल की एक मधुमय स्मृति का उल्लेख करते समय जो बातें अनिवार्य रूप से उमड़ पड़ीं उन्हें व्यक्त किए बिना मैं रह नहीं सका। इस बात के लिए पाठकगण मुझे क्षमा करेंगे।

सन् 1924 के फरवरी माह में प्रयाग में कुम्भ का मेला हुआ था। मैं जून महीने में इलाहाबाद से फरार हुआ था। इस समय मेरे मकान में मेरे सब निकट आत्मीय उपस्थित थे। मेरे मामा थे, मेरी, मौसी, मौसी की एक पालित कन्या, मेरे तीनों भाई, मेरे मंझले भाई की पत्नी तथा मेरी पत्नी। कालेज में छुट्टी रहने के कारण मेरे मंझले भाई श्री रवीन्द्रनाथ सपरिवार इलाहाबाद आये हुए थे। जब हम सब भाई एकत्र होते थे तो पहला सप्ताह घोर वाद-विवाद में व्यतीत होता था। भोजन के लिए माताजी चिल्लाया करती थीं और हम वाद-विवाद में मस्त रहते थे। सामाजिक और राजनीतिक समस्याओं की मीमांसा किए बिना खाने कौन जाय। मेरे मंझले भाई रवीन्द्रनाथ सामाजिक विषयों में घोर परिवर्तन के पक्षपाती थे और मैं प्राचीन प्रथाओं का समर्थक था। रवीन्द्रनाथ चाहते थे कि पुरुष और स्त्रियों के अबाध मिलन में कोई बाधा न रहे। मैं ऐसे अबाध मिलन का घोर विरोधी था और अब भी हूँ। रवीन्द्रनाथ पुरुष-स्त्री के एक साथ शिक्षा पाने के पक्ष में थे और मैं इसे कभी भी पसन्द नहीं करता। परन्तु मजे की बात यह थी कि राजनीतिक क्षेत्र में मैं घोर विप्लव का पक्षपाती

था और रवीन्द्रनाथ सुधार के। ऐसी दशा में आपस में घोर द्वन्द्व क्यों न हो? एक सप्ताह के घोर द्वन्द्व के बाद हम एक-दूसरे की उपेक्षा करने लगते, समझ लेते थे कि इसके आगे बढ़ने से वाद-विवाद आरम्भ हो जाएगा। लेकिन दूसरे वर्ष जब हम लोग फिर मिलते तो वाद-विवाद पुनः आरम्भ हो जाता और एक सप्ताह के पूर्व शान्ति स्थापित नहीं होती थी। वाद-विवाद के समय पड़ोस के आदमी समझते थे कि हम आपस में लड़ रहे हैं।

रवीन्द्रनाथ जानते थे कि मैं निषिद्ध मार्ग पर, संकटपूर्ण रास्ते से, राजनीतिक क्षेत्र में अग्रसर हो रहा था। एक दिन रवीन्द्रनाथ से फिर वही पुरानी बहस शुरू हो गई। एक बड़े कमरे में हम पाँच व्यक्ति उपस्थित थे। रवीन्द्रनाथ को छोड़कर मेरे मामा और मेरी माताजी भी बहस में भाग ले रही थीं। मेरी पत्नी कुछ दूरी पर बैठी हुई हम लोगों की बातें बड़े ध्यान से सुन रही थी। जैसा हुआ करता है बातचीत यों ही शुरू हुई और धीरे-धीरे उसने गम्भीर रूप धारण कर लिया। मेरी माताजी एक पढ़ी-लिखी और समझदार स्त्री थीं। राजनीतिक और सामाजिक बातों में भी उनके विचार बहुत स्वच्छ एवं निर्भीक थे। माताजी से स्नेहावरण के कारण सत्यता नहीं छिपती थी। रवीन्द्रनाथ ने यद्यपि इतिहास में एम० ए० पास किया था तथापि राजनीतिक मामलों में उनके विचार माताजी की नाई स्वच्छ एवं निष्पक्ष नहीं थे। रवीन्द्रनाथ स्नेहावेश में आकर सत्य की मर्यादा का उल्लंघन करते थे। मेरे मामाजी भी परम स्नेहवश रवीन्द्रनाथ के ही पक्ष का समर्थन कर रहे थे। मेरी माताजी मामाजी एवं रवीन्द्रनाथ मुझे विद्रोही के कठोर अग्निमय विनाशकारी मार्ग में जाने से रोकते थे। लेकिन विचार की क्षुरधार के सामने रवीन्द्रनाथ आदि नहीं टिक पाते थे। तथापि विचार-बुद्धि ही तो मनुष्य का सबकुछ नहीं है। संसार में विचारपूर्वक ही सब काम नहीं होते। मनुष्यों की भावना, उनके पूर्व संस्कार उनकी शिक्षा-दीक्षा उनके परिवेष्टन इत्यादि इन सबके मिलने से मनुष्यों की कर्म प्रेरणा बनती है। मैंने जो विद्रोही का मार्ग ग्रहण किया था वह भी तो केवल विचार बुद्धि ही की प्रेरणा से नहीं किया था। अपनी प्रवृत्ति के अनुसार अभिरूचि या अभिलाषा बनती है और तब विचार बुद्धि की सहायता से उस अभिरूचि, उस अभिलाषा का हम समर्थन करते हैं। विचार बुद्धि हमारा यन्त्रमात्र है। यह यन्त्र किस काम में लाया जाएगा इसका निर्णय युक्ति मार्ग से नहीं हो सकता। अपनी-अपनी प्रवृत्ति के अनुसार हम अपने कर्तव्य का निश्चय करते हैं। यह प्रवृत्ति कहाँ से आती है और क्योंकर आती है, इसका निश्चयात्मक निर्णय आज तक नहीं हो पाया है। यदि वातावरण के ही कारण प्रवृत्ति की उत्पत्ति होती है तो वातावरण की सृष्टि और उसमें परिवर्तन कैसे और क्यों होता है इसका निर्णय कौन करेगा? वातावरण के विरुद्ध आकर भी तो शक्तिशाली व्यक्तियों ने परिस्थितियों को बदल दिया है। टालस्टाय के दृष्टान्त का अनुसरण करके महात्माजी

ने भारत के राजनीतिक वातावरण को बहुत कुछ बदल दिया है। महात्माजी ने रूस के निहिलस्ट अनारकिस्ट अथवा वोलशेविकों के दृष्टान्तों का अनुसरण न करके टालस्टाय के ही दृष्टान्त का अनुसरण क्यों किया? भारत के तथा संसार के क्रान्तिकारियों के दृष्टान्त रहते हुए भी पं० जवाहरलालजी ने उनका अनुसरण न करके महात्माजी का ही अनुसरण क्यों किया? इसका उत्तर कौन देगा? क्या इसके मूल में व्यक्तिगत रूचि-अभिरूचि, राग-द्वेष, परिणाम की भावना और दुर्भावना इत्यादि के संस्कार प्रबल रूप में सक्रिय नहीं हैं? एक ही वातावरण में रहते हुए भारत के कम्युनिस्ट, सोशलिस्ट, गांधीवादीगण, मुस्लिम लीग, हिन्दू महासभा वाले और क्रान्तिकारी कांग्रेसी तथा अन्य भारतवासी इतने विभिन्न मार्गों पर क्यों चलना चाहते हैं। इन सब गूढ़ ऐतिहासिक प्रश्नों की मीमांसा सहज नहीं है।

क्या मेरे भाई रवीन्द्रनाथ नहीं जानते थे कि मैंने युग युगान्तर से आचरित सर्वमान्य विद्रोहियों के ऐतिहासिक मार्ग को ग्रहण किया था? लेकिन जिस आत्यन्तिक आग्रह के साथ रवीन्द्रनाथ मेरे साथ तर्क-विर्तक कर रहे थे, उससे यह संदेह होता था कि सचमुच रवीन्द्रनाथ जी मेरे रास्ते को ठीक नहीं समझ रहे थे। इस वाद-विवाद में ऐसा भी समय आया जब प्रश्न खड़ा हो गया कि मैं जो करने जा रहा हूँ वह उचित है या अनुचित। रवीन्द्रनाथ के बताने पर कि मैं अनुचित मार्ग पर जा रहा हूँ मैंने माताजी से पूछा, "क्यों माताजी क्या तुम भी ऐसा ही समझती हो।" माताजी ने मृदु-मृदु हँसते हुए यह कहा कि "नहीं मैं ऐसी नहीं समझती हूँ। मैं यह नहीं कह सकती कि तुम गलत रास्ते पर जा रहे हो। मैं केवल इतना ही कहना जानती हूँ कि अब मुझसे सहा नहीं जाता। आज भी मेरे सामने वह दृश्य भयानक आतंक की सृष्टि करता है जो कि मज़दूरिन ने आकर तुम्हारी पहली गिरफ़्तारी के दिन कहा था। कपड़े का खूँट तुम्हारे गले में लिपटा है, हथकड़ी से दोनों हाथ बँधे हुए हैं, एक वस्त्र लेकर थाने की हवालात को तुम जा रहे हो।" यह सन् 1915 की बात थी। राजनैतिक षड्यन्त्र के मामले में यह मेरी पहली गिरफ़्तारी थी। उस दृश्य का वर्णन करते-करते माताजी का सुन्दर मुखावयव ऐसा गम्भीर और कोमल हो गया जैसे वर्षणोन्मुख धन-विन्यस्त बादल होते हैं। अभी तक हमारी बातचीत में कुछ उष्मा थी, कुछ हास-उपहास, कुछ व्यंग्य, कुछ छेड़-छाड़ थी। अब सबके चेहरों पर कुछ गम्भीरता आ गई। माताजी ने मेरा नाम लेकर फिर पूछा, "क्या तुम्हें डर नहीं मालूम होता? क्या वे कालेपानी के दृश्य तुम्हें याद नहीं आते?" मैंने सरलतापूर्वक कहा, "माताजी! मुझे आज भी वे दृश्य स्पष्ट और मर्मान्तिक रूप से याद हैं, उनसे मैं विचलित भी हो जाता हूँ; डर भी मालूम होता है। जेल का भोजन, जेल अधिकारियों के तिक्त और निष्ठुर व्यवहार ये सब बातें स्मरण आते ही रोम खड़े हो जाते हैं। और जिस मार्ग पर मैं चल रहा हूँ उसका अन्तिम परिणाम मेरे लिए कुछ अच्छा नहीं है यह भी सत्य है। परन्तु यह सब जानते हुए भी मैं कर्तव्य-पथ से कैसे हट जाऊँ?

यदि भारत को स्वाधीन होना है तो मेरे ऐसे शत-सहस्त्र युवकों को ऐसे निर्मम निर्यातन सहने ही पड़ेंगें जिस रास्ते पर मैं जा रहा हूँ केवल इसी रास्ते से ही भारत स्वाधीन हो सकता है और दूसरा रास्ता नहीं है।"

मेरी इस बात ने और माताजी के हार्दिक व्यर्थपूर्ण मौन समर्थन ने विवाद का अन्त कर दिया। माताजी की बात ने मानों हम सब भाइयों के मन को झकझोर डाला। वृष्टि से जो पहले ही भलिभाँति आर्द्र हो चुका हो ऐसे वृक्ष को झकझोरने से जैसे उसके पत्तों से एकदम बूँदों की बौछार होने लगती है वैसे ही हम चारों के नयनों से नीर की बौछार होने लगी। रोते-रोते अपूर्ण उच्चारण से मैंने कह दिया कि मेरे निकल जाने की सब तैयारी हो चुकी है। मैं अब वृथाकाल-क्षेप न करके निकल पड़ूँगा। उस समय यह नहीं मालूम पड़ता था कि कौन किसे सान्त्वना दे। घंटेभर की ऊष्मता वाष्पाकार में परिणत हो गई। अव्यक्त एवं अवर्णनीय स्नेह ने आंसुओं का रूप ग्रहणकर लिया। मानों हम परस्पर के और निकटवर्ती हो गए। पता नहीं मेरी तरूणी भार्या पर क्या बीत रही थी। गोद में बच्चों को लिये हुए बेचारी सर्वक्षण एकाग्र चित्त होकर बैठी हमारी बातें सुन रही थी। पता नहीं अपने भाग्य को कोसती थी या सराहती थी। अथवा अनिश्चित विपद् की आशंका से भय-विह्वल हो रही थी। ज्ञात-अज्ञात, निश्चित-अनिश्चित मार्ग पर अनन्त दिशा की ओर पुत्र-कलत्रादि को साथ लेते हुए असहाय, संपदहीन होकर चल पड़ने का दिन आ गया। न जाने किस देश में किस स्थिति में रहना पड़ेगा। कहावत है 'पथे नारी विवर्जिता' और मैंने दो नन्हे-नन्हे बच्चों और तरुणी भार्या को साथ लेकर ब्रिटिश शासन के विरुद्ध विद्रोह करने के लिए फरार होने का साहस किया। अज्ञात दिशा में जाना था, इसलिए मौसी की पालित कन्या से प्रार्थना की कि थोड़े दिनों के लिए तो आप मेरे साथ हो लीजिए। घर के सब लोगों ने इस बात को स्वीकार कर लिया। नूटू दीदी मेरे साथ चलने को तैयार हो गई।

पुलिस की दृष्टि से बचना था। बाल-बच्चे असबाब बिस्तरे लेकर पुलिस की निगाह बचाकर रेलवे स्टेशन से चलना है। स्टेशन पर पुलिस की सख्त निगरानी है। इलाहाबाद में पुलिस मुझसे ज़्यादा और किसे पहचानती थी?

मेरे भाई मेरे बच्चों को लेकर स्टेशन के लिए रवाना होने लगे। मैं उस समय घर में था। माताजी की सहन-शक्ति अन्तिम सीमा तक आ पहुँची थी। जितना रोती थीं उससे कहीं अधिक उनकी देह दुःखावेश में हिल रही थी। ओंठ काँप रहे थे, ठोड़ी संकुचित विकुचित हो रही थी। भौहें कुंचित थीं, आँसू अविराम टपक रहे थे। द्वार तक आकर जब माताजी मेरे बच्चे को लेकर गाड़ी पर चढ़ने लगीं तो वह बहुत रोने लगीं। मेरा दो साल का बच्चा झुक-झुककर बार-बार माता जी का मुँह देख रहा था। बुद्धदेव को महाभिनिष्क्रमण के समय ऐसा दृश्य देखना नहीं पड़ा था।

मैं सीधा स्टेशन नहीं गया। मेरे मामाजी और भ्राताओं ने मेरे बाल-बच्चों को

गाड़ी पर सवार करा दिया। गाड़ी छूटने के समय से एक-आध मिनट पहले किसी दूसरे रास्ते से मैं अपने बाल-बच्चों में आकर सम्मिलित हो गया। जहाँ तक याद है यह दिन के करीब दस बजे का समय था।

प्रियजन के विच्छेद के दुःख के अतिरिक्त मेरे मन में और कोई ग्लानि नहीं थी। फरार जीवन मेरे लिए दुस्सहनीय न था। बहुतों ने मुझसे कहा है कि फरार जीवन की अनिश्चयता ने उन पर इतना अधिक बोझा डाला था कि उससे पिसकर उन्होंने सेंत में पुलिस के हाथों में आत्मसमर्पण कर दिया था। मैंने कभी भी ऐसे बोझ का अनुभव नहीं किया। जब गाड़ी पर सवार हो गया तो मैंने एक अपूर्व स्फूर्ति का अनुभव किया। पुलिस के सब प्रयत्नों को विफल करते हुए जब उनकी आँखों में धूल झोंक दी तो मैंने एक छोटी-सी विजय की आत्म-पुष्टि का अनुभव किया। पाठक यह न समझें कि पुलिसवालों के साथ हम लोगों का यह निरा आँखमिचौनी का खेल था। पकड़े जाने पर हम लोगों को जीवन से हाथ धोना पड़ता था। देशवासी आज भी क्रान्तिकारियों के कार्यों को खिलवाड़ समझते हैं। लेकिन ब्रिटिश सरकार की दृष्टि से हम लोगों के कार्यों का इतना गुरुत्व था कि हम लोगों के पीछे सरकार ने लाखों रुपए खर्च कर दिए। केवल संदेहमात्र से ही किसी अज्ञात कुलशील युवक का पीछा करने में सरकार ने हज़ार रुपए खर्च कर दिए ऐसे दृष्टान्त बहुत हैं। क्रान्तिकारियों की सबसे बड़ी कमी यह थी कि वे अपने प्रयत्नों में असफल रहे, नहीं तो आज उनके छिद्रान्वेषीगण लज्जावन्त मुख होकर नीरव बैठे रहते। आज भी हमारे देशवासी स्वतन्त्रता के प्रेमी नहीं बने हैं। आज भी उनमें वह तीव्र अभिलाषा उत्पन्न नहीं हुई है जिसके कारण भारत की स्वाधीनता प्राप्ति के लिए वे अधीर हो जाते। अस्तु, मैं प्रसन्नचित्त होकर दुर्दमनीय अभिलाषा के साथ द्विधाहीन होकर, विप्लव कार्य में आगे बढ़ चला।

फिर बंगाल में

मिर्जापुर पहुँचकर मैंने चन्द्रनगर में श्री नरेन्द्रनाथ बनर्जी के पास एक तार भेज दिया। मेरे आने की सूचना उनको थी। केवल इतना ही वे नहीं जानते थे कि कब और किस दिन मैं उनके पास पहुँचूँगा। यदि मैं इलाहाबाद से तार भेजता तो संभव था कि पुलिस की दृष्टि आकर्षित हो जाती। मिर्जापुर स्टेशन से यदि कोई पथिक तार करे तो पुलिस की दृष्टि आकर्षित होने की सबसे कम संभावना थी। लेकिन 'जहाँ कबीर माठा का जाएँ, पड़िया भैंस दोनों मर जाएँ' मैंने सोचा था कुछ, हो गया कुछ और लोग भाग्य को मानते नहीं। परन्तु यह बहुधा देखा गया है कि हज़ारों प्रयत्न करने पर भी किसी मनुष्य के लिए कभी भी सरल रूप में शुभ परिणाम नहीं निकलते। मैं उन अभागों में से एक था, और अब भी मेरे अदृष्ट में कुछ अन्तर हुआ है ऐसा नहीं मालूम पड़ता। रास्ते में तो कोई विपत्ति नहीं आई। लेकिन चन्द्रनगर पहुँचकर मेरी विडम्बना की सीमा न थी। मेरा टिकट तो कलकत्ते का था। इसका भी कुछ रहस्य था। चन्द्रनगर में हमारी गाड़ी बहुत थोड़ी देर रुकी। मेरे पास सामान यथेष्ठ था। चन्द्रनगर के स्टेशन पर मैं बहुत उदग्रीव होकर देख रहा था कि नरेन्द्रनाथ आए हैं या नहीं। नरेन्द्रनाथ को स्टेशन पर न देखकर मेरी उत्कंठा की सीमा न रही। परन्तु मुझे उतरना तो था ही। सहयात्रियों की सहायता से मैंने अपना समान उतार लिया और प्लेटफार्म पर असहाय की तरह इधर-उधर देखता और सोचता रहा कि किसका सहारा लूँ। घर-बार छोड़कर आया हूँ रहने का ठिकाना नहीं। नरेन्द्रनाथजी का पता नहीं। इन्हीं के यहाँ ठहरने की बात थी। पहले से तय था इन्हीं के मकान पर ठहरूँगा और सहायता के रूप में मासिक कुछ दे दिया करूँगा। इनका मकान मैंने पहले से देख लिया था। कुलियों से समान उठवा रहा था और संदेहाकुल नयनों से इधर-उधर ताक

रहा था। मन में भय था कहीं पुलिसवालों की दृष्टि मेरी और आकर्षित न हो जाय। इतने में स्टेशन से सब यात्री चले गए थे, केवल दो-तीन व्यक्ति किसी के इन्तजार में प्लेटफार्म पर ठहर गए थे। यह मेरी तरफ आए। मैं भी उनकी तरफ आगे बढ़ा। उन्होंने पूछा आप कहाँ से आ रहे हैं, कहाँ जाएँगे। मैंने उन्हें बताया कि मैं अपने एक मित्र श्री नरेन्द्रनाथ बनर्जी के यहाँ जा रहा हूँ। उनके मुहल्ले का नाम बताया, पूछे जाने पर मैंने अपना नाम भी बताया। सब बातें सुनकर उन्होंने बहुत कौतुक अनुभव किया और हंसकर बताया कि "आपका तार हम लोगों को मिला था। हमारे भी एक आदमी का नाम शचीन्द्रनाथ है। वे भी मिर्जापुर में ही रहते हैं और नरेन्द्रनाथ भी हम लोगों में से इनका नाम है। चन्द्रनगर में एक ही मुहल्ले में दो नरेन्द्रनाथ हैं। हम लोग समझ रहे थे कि हमारे आत्मीय शचीन्द्रनाथ आ रहे हैं। इसीलिए स्टेशन पर आए थे। आपके मित्र को तो पता भी नहीं कि आप आ रहे हैं। अच्छा हम अभी जाते हैं और उन्हें सूचित करते हैं कि आप आ गए हैं। आप लोग गाड़ी पर आइए हम लोग सायकिल से चलते हैं।" कुछ तसल्ली हुई। आशा का उदय हुआ। फिर हिम्मत बांधी। नरेन्द्र नाथ का मुहल्ला बहुत दूर था। करीब घंटेभर चलने के बाद रास्ते में देखता हूँ कि नरेन्द्रनाथ अपने मकान से काफी दूर पर रास्ते में हम लोगों का इन्तजार कर रहे थे। हमें देखकर उन्हें कुछ प्रसन्नता नहीं हुई। मैं मन-ही-मन विचलित हो उठा। मेरा भय सच्चा साबित हुआ। अत्यन्त घबड़ाहट के साथ नरेन्द्रनाथ जी ने कहा कि "आप लोगों का मेरे मकान में रहना संभव नहीं है। ब्रिटिश सरकार के एजेण्टों ने चन्द्रनगर के अधिकारी पुरुषों से कुछ समझौता कर लिया है। अब फरार व्यक्ति का चन्द्रनगर में रहना आसान नहीं है। बाहर से किसी आगन्तुक के आने पर हमें पुलिस को इत्तला देनी पड़ेगी। ऐसी अवस्था में मेरे घरवाले आप को अपने यहाँ ठहराने के लिए प्रस्तुत नहीं है।" मेरा मुँह सूख गया। मुझमें इतना भी साहस बाकी नहीं रह गया कि मैं अपने स्त्री और बच्चों की तरफ देखूँ। तथापि अपने मन की व्यथा और विक्षोभ को मैंने नहीं व्यक्त होने दिया। मैंने अपने मित्र से कुछ अनुनय-विनय की और कहा कि कम-से-कम दो-चार दिन तो ठहरने की व्यवस्था कर दो। उनके भय विह्वल हृदय ने मेरी एक न मानी। मेरे पास अधिक देर तक ठहरना भी उनके लिए दुःसह हो गया। उनकी इस मानसिक स्थिति और आचरण को देखकर मेरे मन में अत्यंत क्रोध, घृणा एवं वितृष्णा की उत्पत्ति हुई। नरेन्द्रनाथ की तरफ लौटकर देखने को दिल नहीं चाहा। गाडीवाले से कहा दिया लौटो। अब किधर जाता। मेरी पत्नी मुझ पर अत्यनत अप्रसन्न हो गई और कहने लगीं, "इन्हीं आदमियों के सहारे तुम इतना बड़ा काम करने जा रहे हो?" मैं इसका क्या उत्तर देता! मैं उनके चेहरे को एकाग्र दृष्टि से देख रहा था और अनुमान कर रहा था कि उनके क्रोध और अप्रसन्नता की सीमा कहाँ तक पहुँची है। एक अपराधी व्यक्ति की नाई अपनी स्त्री की तरफ देखते हुए

मैंने कहा, "कोई परवाह नहीं है अभी दूसरा बन्दोबस्त हुआ जाता है।" मुँह से तो कह दिया लेकिन मन में डरता रहा। सन् 1914 के क्रान्तिकारीगण चन्द्रनगर में उपस्थित थे। पुलिस की दृष्टि से बचने के लिए उन लोगों के यहाँ मैं नहीं गया था। चन्द्रनगर की राजनीतिक स्थिति से मैं सुपरिचित था। नरेन्द्रनाथ जी ने मुझे कोई नई बात नहीं बताई थी। उनके यहाँ मेरे रहने के प्रस्ताव स्वीकार करने के पहले ही उन्हें सब बातें सोच लेनी उचित थीं। इस प्रकार अकस्मात् मुझे विपत्ति के सागर में डाल देना उनका कितना बड़ा अपराध था पाठकगण स्वयं सोच सकते हैं।

नरेन्द्र के मुहल्ले से मेरे पुराने क्रान्तिकारी साथियों का मुहल्ला बहूत दूर था। स्टेशन से नरेन्द्रनाथ के पास आने में घंटाभर लग गया था। अब फिर दूसरे मुहल्ले में जाने में एक घंटा लगा। साथ में तीन महीने की एक शिशु कन्या और दो साल का एक शिशु बालक भूख से व्याकुल हो रहे थे। पास दूध नहीं था। माता के पयोधर से शिशु कन्या का निर्वाह हो चुका था। केवल दो-साल का बालक क्षुधा से व्याकुल होकर अविरत रो रहा था। मेरी स्त्री ने फिर कहा, "तुम्हारे काम में साथिन होने से और कोई आपत्ति थोड़े ही है, इन बच्चों के मुँह की तरफ देखकर मुझसे सहा नहीं जाता। देखो अब इन बच्चों को क्या दूँ, दो घंटे हो गए अभी ठहरने का ठिकाना नहीं। तुम्हारे ऐसे साथी हैं कि तुम्हारे बाल-बच्चों को संकट में डालने में उन्हें तनिक भी संकोच नहीं होता। ऐसे-ऐसे साथियों को लेकर तुम काम करने चले हो। तुम्हें तजुर्वा तो कुछ है नहीं। हम लोगों को साथ घसीटकर जाने कहाँ ले चले हो।" एक ओर ब्रिटिश सरकार से दुर्भावना की सीमा नहीं हैं, दूसरी ओर नरेन्द्रनाथ जैसे साथियों के विश्वास घात से पीड़ित हो रहे हैं, तिस पर अपनी प्रिय के मुख से यह सब अति मधुर वचन सुनकर मेरी अन्तरात्मा पर क्या बीत रही होगी पाठकगण इसका अनुमान कर सकते हैं। कितना धैर्य, आत्म-विश्वास, आदर्श निष्ठा कितना अदम्य उत्साह एवं आशावादी होने से इतनी प्रतिकूलता के होते हुए भी क्रान्तिकारी अपना काम कर सकते हैं इसका अनुमान पाठकगण स्वयं कर लेंगे।

मैं एक बड़े पुराने लोक प्रसिद्ध क्रान्तिकारी रासबिहारी बोस के एक आत्मीय श्री श्रीशचन्द्र घोष के मकान को चलने लगा। रास्ते में बच्चा बहुत रो रहा था। और कोई उपाय न देखकर माताजी के दिए रसगुल्ले लड़के को खाने को दिए। क्षुधा की यन्त्रणा से बालक के मुँह से इस समय एक या दो शब्द निकलते थे 'दूध दाओ', बंगला में 'दो' को 'दाओ' कहते हैं। जीवन में सर्वप्रथम मेरे बालक ने इन्हीं दो शब्दों का उच्चारण किया था। बेचारे के मुँह से 'दूध दाओ', 'दूध दाओ' के शब्द सुनकर अन्त में हम लोगों ने उसे खाने को रसगुल्ले दिए। पूरा रसगुल्ला खा जाने में उसे कुछ भी समय न लगा। हमें डर था कि रसगुल्ला खाने से कहीं बच्चे के पेट में फोड़ा न हो जाए। एक रसगुल्ला और थोड़ा-सा रस खा-पीकर बच्चा कुछ शान्त हुआ। हम

लोगों को भी थोड़ी देर के लिए तसल्ली हो गई। श्रीशबाबू को देखकर और भी तसल्ली हुई। बड़ी प्रसन्नता एवं उत्सुकता के साथ उन्होंने मेरा स्वागत किया। मरूभूमि के बीच जलाशय को देखकर जैसे पथिक सुखी होता है वैसे ही श्रीशबाबू को देखकर मुझे बेहद खुशी हुई।

बाबू श्रीशचन्द घोष के बारे में दो-चार बातें यहाँ कह देना उचित होगा। भारतवर्ष में सबसे पहला जो बम षड्यन्त्र केस हुआ था। जिसमें सर्वश्री अरविन्द घोष, वारीन्द्र कुमार घोष, उपेन्द्रनाथ बनर्जी, हेमचन्द्रदास इत्यादि पकड़े गए थे और भारत के इतिहास में जिसने अलीपुर बम षड्यन्त्र केस के नाम से प्रसिद्धि लाभ की है बाबू श्रीशचन्द्र घोष इसी से सम्बन्धित दल के बचे-बचाए क्रान्तिकारी थे। अलीपुर बम षड्यन्त्र केस सन् 1908 में चला था। इसके बाद श्री मोतीलाल राय और श्री श्रीशचन्द्र घोष ने इस दल के काम को जारी रक्खा था। श्री रासबिहारी बोस, जो आजकल जापान में बस गए हैं, और भारत में आने से जिन्हें आज भी फाँसी के तख्ते पर लटकना पड़ेगा, श्री श्रीशचन्द्र घोष के आत्मीय है। गत महायुद्ध के समय श्रीशबाबू को लगातार कई वर्षों तक जेल में नज़रबन्द रहना पड़ा था। लड़ाई के अन्त में जब दूसरे सब नज़रबन्द छोड़ दिये गए थे उसी अवसर पर श्रीशबाबू ने भी मुक्ति पाई थी। मुक्ति पाने के पहले श्रीशबाबू ने पुलिस वालों की कुछ शर्तों को स्वीकार कर लिया था। श्रीशबाबू ने यह स्वीकार कर लिया था कि भविष्य में वे फिर किसी क्रांतिकारी आन्दोलन में भाग नहीं लेंगे।

अण्डमान से लौटने के बाद श्रीशबाबू से मेरी बातचीत हो चुकी थी इसका उल्लेख मैं पहले ही कर चुका हूँ। मेरे मन में यह डर था कि शायद मुझे सहायता देने में उन्हें कुछ हिचकिचाहट हो। लेकिन फरार हालत में चन्द्रनगर में भेंट होने पर मुझे सहायता देने में वे सहर्ष आगे बढ़े।

श्रीशबाबू अविवाहित थे। परन्तु उनके घर में उनकी भावज, उनकी मौसी इत्यादि स्त्रियाँ थीं। अपने बाल-बच्चों को साथ लेकर मैं फरार हुआ था, यह देखकर श्रीशबाबू घबड़ाए नहीं। बड़ी प्रसन्नता एवं संयमपूर्ण आवेश के साथ मेरे बाल-बच्चों को उन्होंने स्त्रियों के पास भिजवा दिया। दरिया में तैरते-तैरते जब थके हुए मनुष्य का पैर किसी ठोस वस्तु को स्पर्श करता है उस समय उसकी जो अनुभूति होती है अपने बाल-बच्चों को श्रीशबाबू के घर की स्त्रियों के पास भेजकर मुझे भी वैसी ही तसल्ली हुई। बच्चों को दूध और गुड़ो साँरा लेने का रागय मिला।

चन्द्रनगर कहने के लिए फ्रांसीसी है परन्तु यहाँ के गवर्नर को ब्रिटिश सरकार अपने वश में रखती है। तथापि क्रान्तिकारियों के लिए यहाँ कुछ सुविधा अवश्य मिल जाती है। ब्रिटिश पुलिस सीधे आकर यहाँ पर धर पकड़ नहीं कर सकती। फ्रांसीसी पुलिस की सहायता लिए बिना वह कुछ नहीं कर सकती। ब्रिटिश सरकार

के गुप्तचर चन्द्रनगर में भी धड़ल्ले से घूमते हैं लेकिन किसी को गिरफ़्तार करने के लिए उन्हें फ्रांसीसी कोतवाली में जाना पड़ता है। इतने में क्रान्तिकारियों को अवसर मिल जाता है। ब्रिटिश सरकार के दबाव से चन्द्रनगर में भी ये नियम बन गए हैं कि किसी भी परिवार में आगन्तुक के आने पर उन्हें थाने पर सूचना देनी पड़ेगी। इसी प्रकार मकानदारों को भी नवागत के बारे में पुलिस को सूचित करना पड़ेगा। ये सब बातें मुझे मालूम थीं। श्रीशबाबू ने मुझसे ये सब बातें दोहराई। अभी तक ब्रिटिश सरकार की तरफ से मुझ पर कोई अभियोग नहीं लगा था। इसलिए सब बातें सोचकर मैंने निश्चय किया कि पुलिस को यदि सूचना मिल भी जाय तो कोई हानि नहीं। मैं चन्द्रनगर में ही रहूँगा। पुलिस को पता मिलने पर मेरे लिए चन्द्रनगर के बाहर जाना प्रायः असम्भव हो जाएगा यह मैं जानता था, तथापि यह तो था कि एक भौगोलिक सीमा के अन्दर तो मैं निरापद एवं निश्चित रूप से रह सकता हूँ। श्रीशबाबू के साथ मकान ढूँढने के लिए निकल पड़े। पहले एक होटल में गए। इस होटल की मालकिन एक ऐंग्लो इण्डियन बुड्ढी थी। उस स्थान का वातावरण और होटल का चार्ज सुनकर वहाँ रहना उचित न समझा। उस स्थान का दृश्य तो मनोहर था। होटल के सामने से एक चौड़ा रास्ता गंगाजी के किनारे-किनारे निकल गया था। फ्रांसीसियों ने चन्द्रनगर एवं पाण्डीचेरी में समुद्र एवं नदी के किनारे बड़े सुदृश्य और चौड़े रास्ते बनाए थे। ऐसे दृश्य भारत के अन्य स्थानों में विरले हैं। गंगा एवं समुद्र के तटस्थल की भूमि पर ईंट की पक्की दीवारें खड़ी कर दी गई हैं एवं उनके ऊपर से रास्ते निकाले गए हैं पानी में जाने के लिए जगह-जगह सीढ़ियाँ निकाली गई हैं। काशीजी में भी गंगा का किनारा बहुत सुदृश्य है लेकिन पता नहीं क्यों वहाँ इतनी अव्यवस्था है। किसी सुनिर्दिष्ट प्रणाली के अनुसार वहाँ पर न मकान बनाए गए हैं और न कोई सड़क ही निकाली गई है। वहाँ की सीढ़ियों की दुर्दशा की भी आज सीमा नहीं है। काशीजी के गंगा तट-सा सुन्दर स्थान सम्भव है। भारतवर्ष में कोई दूसरा न हो तथापि ऐसे सौन्दर्य के निकेतन को भी आज अवहेलना की तुच्छता ने अशोभनीय बना रक्खा है।

उपर्युक्त होटल में शनीचर और इतवार को कलकत्ता से शौकीन एवं धनी व्यक्तियों का आगमन होता है। सुरादेवी की आराधना यहाँ पर खूब आसानी से एवं आडम्बर के साथ होती है कारण यह कि दक्षिणा यहाँ पर कलकत्ता से बहुत कम देनी पड़ती हैं। परिवार सहित ऐसे स्थान पर रहना कैसे संभव हो सकता था। जब हम लोगों ने होटल की मालकिन से कहा कि कल-परसों तक अपना निश्चय बता देंगे तो मालकिन ने आग्रह किया कि जब आप लोग होटल में पधारें हैं तो कुछ दक्षिणा तो अवश्य चढ़ानी पढ़ेगी कुछ नहीं तो एक-एक गिलास लेमनेड तो अव्श्य ही पी लीजिए। लज्जावश एक बोतल लेमनेड तो पीना ही पड़ा लेकिन जब बिल देखा तो

प्राण सूख गए, आँखें उलट गईं। एक बोतल पानी का दाम आठ आने लगाये गए थे। क्या करता देना ही पड़ा। जिस स्थान पर कदम रखते ही यूँ आठ आने देने पड़े उस स्थान को मैंने फिर लौटकर न देखा।

भोजन-स्नान आदि के बाद मकान की तलाश में फिर निकले। चन्द्रनगर नितान्त छोटी जगह नहीं है। दूर-दूर तक पहुँचे, मकानात भी मिले, लेकिन पसन्द न आए। विभिन्न स्थानों को देखकर पहले का भय और दृढ़ हो गया कि इस स्थान पर रहने से मलेरिया से हम लोगों को जर्जरित होना पड़ेगा। श्री श्रीशबाबू के यहाँ रहना उचित नहीं समझा और उनके यहाँ स्थान भी न था। चित्त व्याकुल हो उठा क्या करें और क्या न करें कुछ ठीक न कर पाए।

चन्द्रनगर के पास एक छोटी-सी लेकिन मशहूर जगह श्रीरामपुर के नाम से प्रसिद्ध है। यहाँ पर बंगाल के कुछ बड़े-बड़े ज़मींदार बसे हैं। मेरे मामा की शादी श्रीरामपुर के एक जमींदार के घर में हुई थी। जिस समय का मैं उल्लेख कर रहा हूँ मेरे मामा के लड़के श्रीरामपुर में अपनी नानी के यहाँ रहते थे। मेरे मामा के लड़के श्री भवानीशंकर राय से मेरी यथेष्ठ मित्रता थी। यह मैं अवश्य जानता था कि भवानीशंकर की नानी अपने यहाँ मेरा आना-जाना अधिक पसन्द नहीं करती थीं तथापि अपनी स्थिति को देखते हुए दो-चार-दस दिन के लिए भवानीशंकर के यहाँ ठहरना ही मैंने उचित समझा। मेरा अभिप्राय यह था कि श्रीरामपुर में अपने बाल-बच्चों को रखकर फिर कहीं रहने के उपयुक्त स्थान की खोज कर लूँ। जहाँ तक मुझे स्मरण है मैंने पहले अकेले श्रीरामपुर जाकर भवानी भैया से सब बातचीत कर ली। बाद को बाल-बच्चों सहित श्रीरामपुर पहुँचा। भवानी भैया की नानी के व्यवहार से यह नहीं मालूम पड़ता था कि वे लोग हमसे किसी प्रकार से भी असन्तुष्ट रहे हों। इसी बात के लिए मेरे मन में अत्यन्त दुर्भावना थी। अब एक दुर्भावना का तो अन्त हुआ।

भवानी भैया और मैंने मिलकर चन्द्रनगर से लेकर हावड़ा तक गंगाजी के किनारे-किनारे जितनी बस्तियाँ और कस्बे थे सब पैदल छान डाले। श्रीरामपुर से हावड़ा रेलवे लाइन बारह-तेरह मील है। इसके अतिरिक्त प्रत्येक कस्बे में, मोहल्ले-मोहल्ले में कहाँ पर मकान खाली हैं, पड़ोसी कैसे हैं, कलकत्ता से आने-जाने के लिए क्या-क्या सुविधाएँ एवं असुविधाएँ हैं, कहाँ पर क्या खर्च पड़ेगा, इन सबके प्रति दृष्टि रखते हुए सुबह से शाम तक चक्कर काटते रहे। आज मैं बहुत कृतज्ञता के साथ भवानी भैया की सहायता का स्मरण कर रहा हूँ। अनुशीलन समिति के किसी सदस्य को मैंने अपने बंगाल आने की बात इसलिए नहीं बताई थी कि ऐसा करने से बात फैल जाने की संभावना थी। और यह भी मैं चाहता था कि उन लोगों की सहायता बिना लिये ही मैं, अपनी सब व्यवस्था स्वतंत्र रूप से कर लूँ। एक तरफ पुलिस मुझे गिरफ़्तार करना चाहती है, दूसरी तरफ मैं निवास-स्थान के लिए भटकता

फिर रहा हूँ। कहीं पर रहने का ठिकाना नहीं है। बाल-बच्चे भी मेरे साथ मेरी तरह भटकते फिर रहे हैं। इन सब घटनाओं के बहुत दिन बाद जब सन् 1930 ई० में मैंने नैनी सेण्ट्रल जेल में ट्राट्स्की की आत्मकहानी पढ़ी एवं सन् 1934 में लखनऊ सेण्ट्रल जेल में रहते समय साईबेरिया स्थित रूस के क्रान्तिकारी पुरुष और स्त्रियों की जीवन-कथा पढ़ी थी तब मैंने अनुभव किया कि मेरा भटकना उन लोगों की तुलना में कुछ भी नहीं था। इन सब निदारूण दुःखों का सामना करना पड़ता है इसीलिए ही तो क्रान्तिकारियों के मार्ग पर चलने के लिए कोई सहज में तैयार नहीं होता है। यह बात केवल भारतवर्ष ही के लिए ही सत्य हो ऐसा नहीं है, संसारभर के क्रान्तिकारियों का इतिहास पढ़ने से सभी को इस बात की सत्यता पर विश्वास हो जाएगा। समग्र इतिहास में यह बात पाई गई है कि सफलता प्राप्त करने के पूर्व प्रत्येक देश के क्रान्तिकारियों को बुद्धिमान व्यक्तियों ने अदूरदर्शी, अव्यावहारिक, पथभ्रान्त भावुक बताया है। संसार के अधिकांश तथाकथित बुद्धिमान व्यक्तियों ने क्रान्तिकारी मार्ग को ग्रहण नहीं किया। आज भी हमारे देश के लब्धप्रतिष्ठ गण्यमान बुद्धिमान नेतागण क्रान्तिकारी मार्ग को बालकोचित समझते हैं। जो हो, भवानीशंकर और मैंने मिलकर बाली नामक एक कस्बे में काम चलाने लायक एक मकान ढूंढ निकाला। किस ग्वाले से दूध लेंगे, कौन बर्तन मिलेगा, बाज़ार कितनी दूर है, स्टेशन कितनी दूर है, रेलवे स्टेशन तथा स्टीमर घाट कितनी दूर है इन सब बातों को दृष्टि में रखते हुए और सब बातों की उपयुक्त व्यवस्था करके तीन-चार दिन के कठोर परिश्रम के बाद वह मकान ले लिया गया। रहने की सुव्यवस्था हो जाने के बाद विप्लव कार्य में ध्यान देने का अवसर मिला।

एक तो बरसात के दिनों में यों ही बीमारियाँ हुआ करती है। फिर पश्चिम में रहते-रहते ऐसा हो गया था कि अब बंगाल की जलवायु हम लोग बर्दाश्त नहीं कर पाते थे। बाली के जलवायु के कारण लड़के को ब्रांगकाइटिस हो गया। इस अपरिचित ग्राम में असहाय, स्पंदहीन अवस्था में मैं अत्यन्त चिन्तित हो गया। और कोई अच्छा उपाय न रहने के कारण अन्त में मैंने कलकत्ता जाने का ही निश्चय किया। लेकिन रहने लायक एक उपयुक्त स्थान खोज निकालने के पहले बाल-बच्चों को कलकत्ता में अपने चचेरे भाई के मकान में लाकर रक्खा। वहीं पर रहकर लड़के का इलाज हुआ। इसके बाद कलकत्ता में ही एक-दूसरे मकान में हम लोग रहने लगे। मेरे आत्मीय स्वजनों को यह पता नहीं था कि मैं कहाँ रहता हूँ। बहुतों से मैंने कह दिया कि मैं फ्रांसीसी चन्द्रनगर में रहता हूँ। अपने दो-एक विशेष मित्रों को छोड़कर क्रान्तिकारी दल के भी किसी को पता न था कि मैं कहाँ रहता हूँ।

मैंने सदा इस बात के प्रति ध्यान रक्खा कि देश के गण्यमान्य प्रकाश्य नेताओं से अवश्य मिलूँ एवं उन्हें क्रान्तिकारी आन्दोलन के प्रति सहानुभूति सम्पन्न एवं सहायक बनाने के लिए यथासाध्य प्रयत्न करूँ।

इस नीति के अनुसार देशबन्धु चित्तरंजनदास के साथ मिलना मैंने अपना प्रथम कर्त्तव्य समझा। इनका कुछ परिचय मैंने पहले ही दे दिया है। देशबन्धु सी० आर० दास के साले के साथ हम लोगों का बहुत पुराना और घनिष्ठ सम्बन्ध था। इनकी सहायता से मैंने महात्मा गांधी से भी मिलने का प्रयत्न किया था। महात्माजी जानते थे कि मैं फरार हालत में हूँ। देशबन्धु के साले श्री एस० एन० हालदार महात्माजी के पास मेरा सन्देश लेकर गए थे। महात्माजी कांग्रेस के कार्य से देशबन्धुदास के यहाँ आये हुए थे। पता नहीं कांग्रेस कार्य समिति की बैठक थी अथवा अखिल भारतीय कांग्रेस कमेटी की। इसी अवसर पर श्री हेमंतकुमार सरकार की मार्फत मुझे यह संदेशा मिला कि मौलाना मुहम्मदअली साहब मुझसे मिलना चाहते हैं। बनारस षड्यन्त्र के मामले में कालेपानी के जाने के पहले मौलाना मुहम्मदअली के साथ हम लोगों का सम्बन्ध हुआ था। कालेपानी से लौटने के बाद उनसे मेरी मुलाक़ात नहीं हुई थी। इसलिए मैं भी इनसे मिलने के लिए उत्सुक था। देशबन्धु के मकान में ही उनसे मुलाक़ात हुई। मौलाना शौकतअली की तरह इन्होंने भी मुझसे गुप्त तरीके छोड़कर प्रकाश्य आन्दोलन में काम करने का अनुरोध किया। मैंने अपनी नीति इनसे व्यक्त नहीं की।

श्री एस० एन० हालदार से विदित हुआ कि महात्माजी मुझसे अमुक दिन रात को आठ बजे श्री सी० आर० दास के मकान पर मिलेंगे। उस समय देशबन्धु का मकान खुफिया पुलिसवाले घेरे रहते थे। लेकिन मैं जानता था कि मुझे ये पहचानते नहीं हैं। इनके रहते हुए भी मैं देशबन्धु के मकान पर ठीक समय पर पहुँचा। हालदारजी से भेंट हुई। उन्होंने मुझे एक कमरे में बैठा दिया और कहा कि जब तक मैं नहीं लौटता हूँ तुम यहीं पर ठहरो। यह एक मुनीम का कमरा था। सम्भव है पुलिस वाले समझे हों कि मैं भी देशबन्धु के मुनीमों में से एक हूँ। ठीक आठ बजे महात्माजी से मिलने की बात थी। कमरे में एक बड़ी घड़ी लगी थी। इन्तजार करते-करते आठ से नौ, नौ से दस और दस से ग्यारह बजे लेकिन हालदार साहेब वापस नहीं आए। एक तो वह स्थान पुलिसवालों से घिरा था तिस पर मैं फरार हालत में घूम रहा था। इन्तजार करते-करते मेरे मन में नाना प्रकार की दुश्चिन्ताएं पैदा होने लगीं। मेरे मन में सन्देह होने लगा कि शायद महात्माजी मेरे प्रस्ताव को उपेक्षा की दृष्टि से देख रहे हों, सम्भव है वह मुझसे मिलना नहीं चाहते हों। मैंने अपने दिल में कुछ अपमान-सा अनुभव किया। सम्भव है यह मेरे चरित्र की दुर्बलता हो, इसलिए जहाँ अपमान बोध नहीं होना चाहिए था तहाँ भी अपमान बोध कर रहा था। मुझे ऐसा अनुभव हुआ कि मानो महात्माजी मेरी परवाह नहीं कर रहे हैं। यह मेरे परम दुर्भाग्य की बात है कि आज भी बहुतेरे प्रयत्न करने के बाद भी मैं महात्माजी से नहीं मिल पाया। हरीपुरा में भी मैंने महात्माजी से मिलने की बार-बार चेष्टा की और हर बार मुझसे यही कहा

गया कि आज महात्माजी की तबियत स्वस्थ नहीं है, आज महात्माजी को अवकाश नहीं है, आज महात्माजी केवल दो-तीन मिनट ही दे सकते हैं इत्यादि। एक दिन हरिपुरा में मैं सीधे महात्माजी के पास पहुँच गया तो देखा कि महात्माजी श्री मंजरअली सोख्ता के साथ टहलते हुए बातचीत कर रहे हैं। कुछ दूरी पर एक तरूणी खड़ी थी। उस तरूणी से संकोच के साथ मैंने पूछा क्या मैं महात्माजी के पास पहुँच सकता हूँ। उसने कहा कि हाँ चाहें तो आप जा सकते हैं। मैं निःसंकोच महात्माजी के पास पहुँच गया। उनके पांव छूकर प्रणाम किया और उनसे बातचीत करने के लिए कुछ समय की प्रार्थना की। महात्माजी ने मेरे मुंह की तरफ कुछ एकाग्रता के साथ देखा। मैंने अपना नाम बताया लेकिन इतने पर भी महात्माजी ने मुझे कोई समय नहीं दिया। यद्यपि वे श्री मंजरअली सोख्ता के साथ बहुत देर तक टहलते हुए बातचीत करते रहे। सोख्ताजी से मुझे बाद को मालूम हुआ कि उनसे उस समय महात्माजी की कोई विशेष आवश्यकीय बातचीत नहीं हो रही थी। अब की जेल से छूटने के बाद मैंने महात्माजी को एक पत्र भेजा था। उसके उत्तर में उनके सेक्रेटरी ने मुझे यह लिखा था कि आप वर्धा के पास से गाँव आइए, एक सप्ताह हम लोगों के पास रहिए और महात्माजी के पास शान्ति से बातचीत भी हो सकेगी। हरिपुरा में पुनः श्री महावीर देसाई ने मुझसे वही बातें फिर कहीं लेकिन मेरे पास इतना पैसा न था कि मैं से गाँव जाकर महात्माजी से मिलता। देहली में जब अखिल भारतीय कांग्रेस कमेटी की बैठक हुई थी उस समय भी मैंने महात्माजी से मिलने का प्रयत्न किया था। लेकिन इस बार भी विफल रहा।

मैं रात के ग्यारह बजे देशबन्धु के मकान से चल पड़ा। कुछ अपमान और कुछ रोष से मैं मन-ही-मन चंचल हो रहा था। मुझे ऐसा प्रतीत हो रहा था कि मैंने अपने व्यक्तित्व को ऐसे ऊँचे स्थान पर नहीं पहुँचाया है जिसके कारण महात्माजी जैसे व्यक्ति मुझसे मिलने के लिए उत्सुक होते। ऐसी मनोवृत्ति को पाश्चात्य मनोविज्ञान के अनुसार Inferiority Complex (छोटेपन का भाव) कह सकते हैं। मैं इस हीनता के बोध को लेकर देशबन्धु के मकान से लौटा। इस हीनता बोध से आज भी मैं मुक्त नहीं हूँ।

इस घटना के बाद जब पुनः हालदारजी से मेरी मुलाक़ात हुई तो पता चला कि महात्माजी मुझसे मिलने के लिए यथार्थ में उत्सुक थे। उनकी इच्छा थी कि कांग्रेस के अन्य व्यक्तियों के इधर-उधर चले जाने पर महात्माजी मुझे साथ लेकर मोटर में कहीं दूर निकल जाते और कार में ही बैठे-बैठे सब बातें होतीं। लेकिन दुःख का विषय है कि हालदार साहब ने आकर मुझे सब बातें नहीं बताई।

आदर्शों का संघर्ष

कामरेड एम० एन० राय के जो व्यक्ति देहली में मुझसे मिले थे उनसे मैं कलकत्ते में फिर मिला। श्री कुतुबुद्दीन अहमद का नाम मैं पहले ही बता चुका हूँ। कलकत्ता में उनके मकानात थे। मैं यह आशा करता था कि उनसे मुझसे पैसे की सहायता मिलेगी। इनकी सहायता से मैं चाहता था कि विदेश में मैं अपना आदमी और अपना सन्देश भेजूँ। सन् 1914 के क्रान्तिकारी आन्दोलन की अभिज्ञता से मुझे मालूम था कि बड़े पैमाने में अस्त्र-शस्त्र आदि के मंगाने की व्यवस्था किए बिना क्रान्तिकारी आन्दोलन सफल नहीं हो सकता। एवं यह भी मैंने देखा था कि पिछले आन्दोलन में हम लोगों ने विदेश में स्थित क्रान्तिकारी दलों के साथ कोई सम्बन्ध स्थापित न करने से बहुत धोखा खाया। इन सब पिछली त्रुटियों को दृष्टिकोण में रखते हुए अबकी बार विदेश में आदमी भेजने की मैंने यथेष्ट चेष्टा की, लेकिन कुतुबुद्दीनजी की सहायता से कोई सफलता प्राप्त नहीं हुई।

जिस रीति से क्रान्तिकारी दल के आदमी विदेश आया-जाया करते थे वह आज पुलिस को मालूम हो गई है। उस रीति का अवलम्बन करके विदेश आना-जाना बहुत कठिन हो गया है। जो बात पुलिस को मालूम है उसे जनता के सामने रखने में कोई हानि नही है।

श्री कुतुबुद्दीन से पता चला कि वे अपने आदमी खलासी अथवा जहाज के अन्य कर्मचारियों के रूप में भर्ती कराते थे, और विदेश आकर ये व्यक्ति जहाज से उतरकर लापता हो जाते थे। मैंने भी सन् 1911 में एक बार अमेरिका भाग जाने की निष्फल चेष्टा की थी।

सन् 1924 ई० के प्रारम्भ में थोड़े-से व्यक्ति रेगुलेशन 3 में नज़र बन्द कर दिये

गए थे। लेकिन मेरे कलकत्ता पहुँचने के बाद सरकार ने एक नये कानून के अनुसार बड़ी संख्या में नौजवानों को गिरफ़्तार कर लिया और अदालत में बिना पेश किये ही उन्हें जेल में बन्द कर दिया। इसी सिलसिले में सुभाषबाबू भी गिरफ़्तार हो गए।

इसके पहले ही मैं देशबन्धुजी से मिल चुका था। उन्होंने हम लोगों को नियमित रूप में सहायता देने का वचन भी दिया था, लेकिन अत्यन्त दुर्भाग्यवश यह सहायता मिलने के पहले ही दासजी मुझसे अत्यन्त असन्तुष्ट हो गए थे। देशवासियों से निवेदन नामक मेरे नाम से प्रकाशित एक पर्चे में देशबन्धुदास के क्रान्तिकारी विरोधी सिद्धान्त का मैंने स्पष्ट शब्दों में युक्तिपूर्ण रीति से खंडन किया था। इसी बात से वे मुझसे अत्यन्त रूष्ट हो गए थे। इस पर्चे के प्रकाशित होने के बाद जब मैं उनसे मिलने के लिए उनके मकान पर गया तो उन्होंने मुझसे मिलने से इंकार कर दिया। मैं समझ गया कि राजनीतिक–चालों से मैं नितान्त अनभिज्ञ हूँ। कांग्रेसी नेतागण जब जी चाहे प्रकाश्य रूप से वक्तृता–मंच पर अथवा संवाद–पत्रों में क्रान्तिकारी आन्दोलन की यथेष्ट निन्दा करते हैं। उन्हें यह भलीभांति मालूम है कि क्रान्तिकारियों के लिए प्रकाश्य रूप में अपने पक्ष का समर्थन करने का कांग्रेस नेताओं की तरह अवसर अथवा सुयोग प्राप्त नहीं है।

देशबन्धु सी० आर० दासजी ने गया कांग्रेस के सभापति के आसन से क्रान्तिकारी आन्दोलन के प्रति कुछ कटाक्ष किए थे। उन्होंने यह कहा था कि क्रान्तिकारी आन्दोलन सफल नहीं हो सकता। इसलिए मैं क्रान्तिकारी आन्दोलन में योगदान नहीं करता हूँ। उन्होंने यह भी कहा था कि यदि मेरी समझ में यह बात आ जाय कि क्रान्तिकारी आन्दोलन सफल होगा तो मैं उसी क्षण इस आन्दोलन में शामिल हो जाऊँगा। लेकिन उन्होंने अहिंसा नीति के आधार पर क्रान्तिकारी आन्दोलन का विरोध नहीं किया। इसके प्रत्युत्तर में मैंने लिखा था कि जिस दिन सबको यह प्रतीत हो जाएगा कि क्रान्तिकारी आन्दोलन सफल होने जा रहा है उस दिन तो लाखों की संख्या में मनुष्य इस आन्दोलन में भाग लेने लगेंगे। उस दिन देशबन्धु जैसे व्यक्ति इस आन्दोलन में भाग लेंगे या नहीं इसका विशेष महत्व नहीं रह जाएगा। जिस देश में विदेशी सरकार जब जैसा चाहे वैसा ही कानून बना सकती है उस देश में कानूनी लड़ाई लड़ना अथवा जिस देश में विदेशी सरकार पाशविक बल से शासन करती है उस देश में बल का प्रयोग न करके स्वाधीनता के लिए लड़ाई करना बातुलमात्र है ऐसा मैंने उस पर्चे में लिखा था। मैंने यह भी बताने की चेष्टा की थी कि क्रान्तिकारी आन्दोलन आतंकवाद नहीं है कारण यह कि भारत में किसी भी क्रान्तिकारी का यह विश्वास नहीं है कि केवल आतंकवाद से ही स्वधीनता प्राप्त हो सकती है। यदि सरकारी अत्याचारों के विरुद्ध इक्का–दुक्का व्यक्ति भरी हुई पिस्तौल का प्रयोग भी करते हैं। तो इसका अर्थ नहीं हुआ कि क्रान्तिकारीगण निरे आतंकवाद से ही स्वाधीनता की लड़ाई लड़ना चाहते हैं। इसी प्रकार क्रान्तिकारी आन्दोलन के विरुद्ध

आक्षेपों का उत्तर इस लेख में था। मैंने अपने नाम से इस 'देशवासी के प्रति निवेदन' शीर्षक के पर्चे को छपवाया था। कलकत्ता में प्रकाश्य सभाओं के अवसरों पर ये पर्चे बंटवाए थे। इस पर्चे ने कलकत्ता में बड़ी खलबली मचा दी थी। यह पहला अवसर था कि भारतवर्ष में किसी क्रान्तिकारी ने अपने नाम से प्रकाश्य गण्यमान्य नेता के विरुद्ध आन्दोलन के समर्थन में आवाज़ उठाई थी।

इस पर्चे के कारण अनुशीलन समिति के दूसरे नेतागण मुझसे असन्तुष्ट हो गए थे। मेरा अपना यह विश्वास था और अब भी है कि यदि क्रान्तिकारीगण जनसाधारण के सामने अपने मनोभावों को व्यक्त करते रहें, और देश की विभिन्न परिस्थितियों में अपने स्वतन्त्र विचारों को दृढ़तापूर्वक जनता के सामने रखें तो यह सम्भव हो सकता है कि क्रान्तिकारीगण भी जनता के हृदय पर अधिकार स्थापन कर लें। अनुशीलन समिति के नेताओं में यह प्रवृत्ति नहीं थी।

मैं अनुशीलन समिति के जितने नेताओं के संस्पर्श में आया उससे मेरे मन में यह धारणा हो गई थी कि उनके मानसिक उत्कर्ष इस प्रकार के न थे जिस प्रकार यूरोप के क्रान्तिकारी नेताओं में पाये जाते हैं। लेकिन उनके अनुयायियों में से ऐसे बहुत-से प्रतिभाशाली युवक थे जिनमें उपर्युक्त नेतृत्व गुणों का उन्मेष था, किन्तु अनुशीलन समिति की कार्य-प्रणाली के कारण इन प्रतिभाशाली युवकों को अपनी प्रतिभा के प्रयोग का अवसर नहीं मिल रहा है। क्रान्तिकारी आन्दोलन की प्रथम अवस्था में थोड़ी आयु के बहुत-से नवयुवकों ने स्कूल कॉलेजों से पढ़ना छोड़कर योगदान किया था। रूस, आयरलैण्ड अथवा इटली में भी ऐसा ही हुआ था। लेकिन उन देशों में एवं विशेष रूप से रूस देश में क्रान्तिकारियों ने अपनी कार्य-प्रणाली, उद्यम एवं अध्यवसाय से अद्भुत मानसिक उत्कर्ष को प्राप्त कर लिया था। रूस के क्रान्तिकारीगण जब तक पकड़े नहीं जाते थे तब तक राजनीतिक कार्यों में प्रचंड रूप से लगे रहते थे। उस समय उन्हे अपना मानसिक उत्कर्ष प्राप्त करने का अवसर नहीं मिलता था। लेकिन पकड़े जाने पर जेलों में उन्होंने अपने समय का अपने मानसिक उत्कर्ष साधन में अच्छा सदुपयोग किया। हमारे देश में भी ऐसा ही हुआ है।

अनुशीलन समिति की कार्य-प्रणाली से बहुत-से उग्रमत वाले सदस्य असन्तुष्ट थे। ये सदस्यगण ऐसे कार्यक्रम के पक्षपाती थे जिससे जनता पर क्रान्तिकारी आन्दोलन का यथेष्ट प्रभाव पड़े। इन लोगों ने अनुशीलन समिति के पुराने नेतृत्व के विरुद्ध विद्रोह करके एक अलग कार्यक्रम बना लिया था। ये केवल गुप्त रीति से षड्यन्त्र करके ही तृप्त नहीं होते थे। वे ऐसा काम करना चाहते थे जिससे जनता में क्रान्तिकारी भावना तीव्ररूप में फैल जाए और उसे प्रतीत हो जाय कि क्रान्तिकारी मार्ग से भारत को स्वतन्त्र करना सम्भव है। चिटागाँव के स्वर्गीय सूर्यकान्त सेन इस दल के अग्रणी

थे। चिटागाँव अथवा चटगाँव में इनका पूरा अधिकार था। परन्तु दूसरे बहुत-से जिलों में भी इनके पक्ष के आदमी कई थे।

मैं भी अनुशीलन समिति के नेताओं की नीति से सन्तुष्ट नहीं था। पिछले क्रान्तिकारी आन्दोलन के अनुभव से मैं यह समझ गया कि किसी आन्दोलन की सहायता के लिए पर्याप्त रूप से उसके पक्ष में उपयुक्त साहित्य की सृष्टि करना अत्यन्त आवश्यक है। हम लोगों ने क्रान्तिकारी आन्दोलन के पक्ष में साहित्य की सृष्टि कहने योग्य कुछ भी नहीं की थी। इसके अतिरिक्त हमारी कार्य-प्रणाली ऐसी नहीं होती थी कि जिससे जनसाधारण को हम क्रान्तिकारी मार्ग पर चलने के लिए प्रोत्साहित कर सकते। गुप्त रीति से दो-चार पिस्तौल इकट्ठे किये या कुछ बम बना लिए तो केवल इसीसे देश को कैसे स्वाधीन किया जा सकता है। इटली के प्रसिद्ध क्रान्तिकारी नेता जोसेफ मेजिनी ने एक स्थान पर ऐसा भी कहा है कि सैकड़ों सभाएँ अथवा पर्चे बाँटने की अपेक्षा एक क्रान्तिकारी बलवे से हज़ारों गुना अधिक काम होता है। सम्भव है अंग्रेजी शब्दों के आधार पर जो उद्धरण ऊपर दिया गया है, उसमें मूल से कुछ थोड़ा-बहुत अन्तर हो, लेकिन उसके तात्पर्य में कोई अन्तर नहीं है। इसके साथ-साथ यह भी निश्चित है कि मेजिनी 'यंग-इटली' नामक जो पर्चा निकाला करते थे उसका साहित्यिक एवं क्रान्तिकारी प्रभाव इटली के इतिहास में स्वर्णाक्षरों में लिखा है। दूसरे देशों से ये पर्चे इटली में आते थे। विदेशों में रहकर ही मेजिनी 'यंग इटली' का सम्पादन कार्य करते थे। इटली में किसी व्यक्ति के पास इस पर्चे के निकलने पर उसे फाँसी का दण्ड दिया जाता था। 'यंग इटली' के लेखों का संग्रह करके ग्रथित आज भी अंग्रेज़ीं में एक ग्रन्थ उपलब्ध है और उसे प्रत्येक शिक्षित व्यक्ति बड़े उत्साह के साथ पढ़ता है और उससे लाभ उठाता है। उसकी नैतिक एवं साहित्यिक मर्यादा आज भी पूर्ववत अक्षुण्ण है। इसकी तुलना में भारतवर्ष में राष्ट्रीय आन्दोलन या क्रान्तिकारी आन्दोलन के सम्पर्क में हम कुछ भी नहीं दिखला सकते। रूस के क्रान्तिकारी आन्दोलन के प्रति दृष्टिपात करने पर भी हमें विदित हो जाएगा कि उपयुक्त साहित्य की सृष्टि की दृष्टि से हमारा आन्दोलन कितना पिछड़ा हुआ था और अब भी है। चीन में भी राष्ट्रीय क्रान्तिकारी आन्दोलन के सम्पर्क में लाखों की संख्या में पर्चे एवं पुस्तिकाएं बांटी गई हैं। उस देश में भी नवीन आन्दोलन के सम्पर्क में एक नवीन साहित्य की सृष्टि हुई है। केवल इतना ही नहीं, अपितु डाक्टर सनयातसेन आदि प्रमुख नेताओं ने चीन के दार्शनिक विचारों में भी महान् परिवर्तन लाने की चेष्टा की थी। इसी प्रकार रूस के विप्लवी नेताओं ने भी विचार जगत् में विप्लव मचा दिया था। भारत में भी श्री अरविन्द एवं स्वर्गीय स्वामी विवेकानन्द, रामतीर्थ, दयानन्द, लोकमान्य तिलक जैसे महानुभाव नेताओं ने दार्शनिक दृष्टिकोण से तीव्र जागृति पैदा की थी, एक नवीन दार्शनिक आन्दोलन प्रबल रूप से प्रारंभ कर दिया था।

इस स्थान पर मेरे कहने का इतना ही तात्पर्य है कि अनुशीलन समिति के नेताओं में मैंने आधुनिक युगोपयोगी मानसिक उत्कर्षता को नहीं पाया था। और उनकी कार्य-प्रणाली मुझे पसन्द न थी, इसलिए उनके साथ मेरी पटती नहीं थी।

उत्तर भारत में मैंने जो अपना कार्यक्रम और नियमावली छपवाई थी अनुशीलन समिति के नेताओं ने उसको कोई महत्व नहीं दिया। वे सब ऐसे कागजी नियम कानून को देखकर हँसा करते थे। उन नेताओ में से अधिकांश आधुनिक विचारधारा से नितान्त अनभिज्ञ थे। मैंने उन्हें बहुत समझाना चाहा कि मान लीजिए पण्डित जवाहरलाल जैसे विचारवान व्यक्ति के पास हमें अपना कार्यक्रम लेकर जाना पड़े तो हमारे पास युक्ति एवं शृंखलाबद्ध ऐसा कौन-सा कार्यक्रम है जिसको लेकर हम उनके सामने सगौरव खड़े हो सकते हैं। 'हिन्दुस्तान रिपब्लिकन एसोसिएशन' ऐसा ही एक युक्तियुक्त प्रोग्राम है जिसे हम किसी भी चिन्तनशील व्यक्ति के सामने सगौरव रख सकते हैं। लेकिन अनुशीलन समिति के नेताओं ने उपेक्षा ही हँसी-हँसकर हिन्दुस्तान रिपब्लिकन एसोसिएशन की नियमावली एवं कार्यक्रम को एक तरफ उठाकर रख दिया। मैंने समझ लिया कि उनकी समझ उक्त एसोसिएशन के आदर्श तक नहीं पहुँच पाई है।

इसके अतिरिक्त उन नेताओं के पास जनता के सामने रखने योग्य कोई कार्यक्रम नहीं था। मैं चाहता था कि अब की बार इस प्रकार से कार्य किया जाय जिससे जन-साधारण पर क्रान्तिकारी आन्दोलन के अमोघ प्रभाव परिलक्षित हो। अनुशीलन समिति के नेतागण विरोधी थे। वे ऐसा कोई काम नहीं करना चाहते थे जिससे जनता की दृष्टि क्रान्तिकारी आन्दोलन के प्रति आकृष्ट होती। इसका कारण यह था कि वे पुलिस की दृष्टि को बचाना चाहते थे। वे ऐसा समझते थे कि अभी ऐसा कोई काम करना उचित नहीं है जिससे पुलिस की दृष्टि क्रान्तिकारी आन्दोलन के प्रति आकृष्ट हो जाय। वे चाहते थे कि तैरना भी सीख जाएँ और पानी भी न छूना पड़े। वे भूल गए थे कि राजनीतिक क्षेत्र में ऐसा सम्भव नहीं है।

जैसाकि मैं पहले उल्लेख कर चुका हूँ देशबन्धुदासजी से मेरी बातचीत के परिणामतः उन्हें यह प्रतीत हो गया था कि क्रान्तिकारी आन्दोलन समग्र उत्तर भारत में प्रबल और विस्तृत रूप से बढ़ रहा है। और उसी समय एक भाषण में दासजी ने सरकार को यह चेतावनी दी थी कि भारतवासियों की माँग को अविलम्ब पूरा न करने से भारत में एक भीषण परिस्थिति उत्पन्न होगी क्योंकि कांग्रेस के अतिरिक्त भारत के क्रान्तिकारीगण भी भीषण रूप से काम कर रहे हैं। यदि गवर्नमेंट यह सोचती है कि क्रान्तिकारी आन्दोलन दब गया है तो यह उसकी भारी भूल है। भारत में क्रान्तिकारी आन्दोलन दबा नहीं है। सरकार को पता नहीं है कि यह आन्दोलन कितना उग्र रूप धारण करने जा रहा है। यह भी मैं पहले ही बतला चुका हूँ कि इस व्याख्यान के बाद सरकार

की ओर से खुफिया विभाग के सुपरिटेण्डेण्ट श्री भूपेन्द्र चटर्जी को दासजी के पास भेजा गया था। इस घटना के बाद दासजी से मेरी बातचीत हुई थी। दासजी के व्याख्यान से सरकार को यह शंका हो गई थी कि कहीं महायुद्ध के समय की तरह फिर क्रान्तिकारी आन्दोलन उग्र रूप धारण न कर ले। भूपेन्द्र चटर्जी दासजी से यह जानना चाहते थे कि क्या उनकी धारणा में भारत में शीघ्र ही विप्लव मच सकता है। दासजी क्यों ऐसा समझते हैं कि भारत में क्रान्तिकारी आन्दोलन उग्र रूप धारण कर रहा है? क्रान्तिकारियों के साथ दासजी का क्या और कहाँ तक सम्बन्ध है?

दासजी के इस व्याख्यान से अनुशीलन समिति के नेतागण मुझसे असन्तुष्ट हो गए थे। उनकी धारणा थी कि इस व्याख्यान से क्रान्तिकारी आन्दोलन को विशेष धक्का पहुँचेगा। मैं समझता था कि इस व्याख्यान से क्रान्तिकारी भावनाओं का खूब प्रचार होगा, इससे क्रान्तिकारी मार्ग पर कार्य करने के लिए विशेष सुविधा हो जाएगी।

इस व्याख्यान के बहुत पहले ही देहली में कांग्रेस के विशेष अधिवेशन के ठीक बाद ही कुछ व्यक्तियों को बंगाल में रेगुलेशन 3 के अनुसार गिरफ़्तार कर लिया गया था। मैं अपने साथियों से, अर्थात् अनुशीलन समिति के नेताओं से, यही कहा करता था कि आप लोग सब यों ही विशेष कानून के अनुसार गिरफ़्तार हो जाएँगे काम कुछ होगा नहीं, मुफ्त में जेल काटेंगे और क्रान्तिकारी आन्दोलन कम-से-कम कुछ दिनों के लिए तो दब ही जाएगा। इससे बेहतर है कि कुछ ऐसा काम किया जाय जिससे जनता के सामने यह सिद्ध हो जाय कि अंग्रेज़ों की सामरिक शक्ति के मुकाबले में जनता में भी शक्ति-संचय करने की योग्यता है, और इससे भी बढ़कर एक और काम यह करना है कि जिससे भारतवासियों की विचारधारा में घोर क्रान्ति मच जाय। कांग्रेस के नेतागण दिन-रात यही प्रचार किया करते थे कि क्रान्ति के मार्ग से भारत को स्वाधीन करना सम्भव नहीं है। भारत की जनता भी समझती है कि ब्रिटिश सरकार की सामरिक शक्ति के सामने उसके पास कोई शक्ति नहीं है। यदि यह भावना सत्य है तो इसका अर्थ होता है कि भारतवर्ष कभी भी अंग्रेजों की अधीनता से मुक्त नहीं हो सकता। इस मानसिक अवस्था के रहते हुए क्रान्ति कैसे सम्भव है? इस मानसिक दुर्बलता को मिटाने के लिए हम लोगों को सर्वप्रथम आन्तरिक प्रयत्न करना पड़ेगा। ये सब काम हम लोग करते नहीं। केवल गुप्त रीति से षड्यन्त्र करने से क्या बनेगा। लेकिन अनुशीलन समिति के नेतागणों को यह बात पसन्द नहीं थी। वे चाहते थे संगठन फैल जाय, गुप्त रीति से बाहर से अस्त्र-शस्त्र मंगाये जाएँ तब जाकर दूसरे कामों में हाथ लगाया जाय। परन्तु संगठन का काम जारी रखना सरल काम न था। स्थूल दृष्टि से किसी काम का सहारा न लेकर संगठन का कार्य चलाना सम्भव नहीं है। संस्था के प्रत्येक व्यक्ति के लिए कुछ-न-कुछ काम होना आवश्यक है। यदि किसी संस्था की ओर से प्रत्येक सदस्य के लिए उपयुक्त काम नहीं दिया

जा सकता तो वह संस्था उन्नति नहीं कर सकती। प्रत्येक संस्था के यथारीति संचालन के लिए धन की विशेष आवश्यकता होती है। भारत में क्रान्तिकारी संस्थाओं के लिए धन-संग्रह करना एक अत्यन्त कठिन समस्या थी और बिना धन के कोई काम होना सम्भव न था। क्रान्ति के कार्य में पूर्ण समय देनेवाले गृह-त्यागी सब प्रकार से निस्वार्थी एवं साहसी कार्यकर्ताओं के अलावा दूसरों से विप्लव-कार्य चलाना सम्भव नहीं है। लेकिन प्रश्न यह है कि ऐसे कार्यकर्ताओं का निर्वाह कैसे हो। फिर समग्र भारतवर्ष में प्रत्येक प्रान्त में ऐसे कार्यकर्ताओं के सदा घूमते रहने का भी तो खर्च है। क्रान्तिकारी साहित्य का प्रचार करना, पर्चे बाँटना, सामयिक पत्रादि को चलाना इस सब कामों के लिए भी तो पैसे की आवश्यकता है। इसके अतिरिक्त भारत के बाहर भी आना-जाना है, विदेश से बड़े पैमाने में अस्त्र-शस्त्र भी तो मँगाना है। इतना पैसा कहाँ से आए?

कांग्रेस अथवा अन्य संस्थाओं के लिए तो रास्ता खुला है, उनके लिए प्रकाश्य रूप से अर्थ माँगा जा सकता है। उन सस्थाओं के लिए पैसा देने में भी भय की बात नहीं है। क्रान्तिकारी आन्दोलन के लिए तो एक पैसा देना भी खतरे की बात है। इस संकट में पड़ने के लिए भारतवासी आज भी प्रस्तुत नहीं हैं। ऐसी परिस्थिति में क्रान्तिकारी आन्दोलन को कैसे सफल किया जाए।

दूसरे देश के क्रान्तिकारी आन्दोलन के विस्तृत इतिहास को पढ़ने पर भी ठीक प्रकार से यह पता नहीं चला कि उन देशों में उक्त समस्या का समाधान वहाँ के क्रान्तिकारी कैसे करते थे। मैट्सिनी के जीवन में ऐसा भी समय आया था कि प्रत्येक इटैलियन से एक-एक रुपया माँगने पर भी मैट्सिनी को कुछ भी नहीं मिला था। रूस की बोलशेविक पार्टी की नीति के अनुसार डाका डालकर अर्थ संग्रह करना उचित नहीं समझा गया था तथापि लेनिन की अनुमति एवं अनुमोदन से स्टालिन के दल को डकैती द्वारा अर्थ-संग्रह करना पड़ा था। लेकिन यह भी बात सत्य है कि आयरलैंड में शीनफीन पार्टी के लिए प्रत्येक सदस्य चन्दा दिया करता था। प्रधानतया इसी चन्दे से दल का काम चलता था।

यदि हम लोग किसान और मज़दूर आन्दोलन में यथारीति भाग लिए होते तो सम्भव था कि कुछ सीमा तक हमारा आर्थिक संकट निवारित हो जाता लेकिन मज़दूर अथवा किसान आन्दोलन के लिए जैसे व्यक्तियों की आवश्यकता होती है वैसे हमारे पास अधिक संख्या में न थे। मामूली कार्यकर्ता तो हमारे पास बहुत थे परन्तु जिनमें उपयुक्त संगठन शक्ति हो जिनमें कुछ नियन्त्रण शक्ति हो ऐसे व्यक्ति हमारे पास अधिक न थे। जितने व्यक्ति थे भी उन्हें हम लोगों ने क्रान्तिकारी संगठन के कार्य में लगा रक्खा था। यदि मैं फरार हालत में न होता तो मैं यथा-रीति मज़दूर आन्दोलन में काम कर सकता था जैसाकि मैंने जमशेदपुर में प्रारम्भ किया था। लेकिन फरार

हालत में ऐसा करना सम्भव न था। इन सब बातों के होते हुए भी मज़दूरों में काम करने के लिए मैंने अपने आदमी भेजना प्रारम्भ कर दिया था। श्री एम॰ एन॰ राय के दल के आदमी उन व्यक्ति-विशेष की सहायता से जिनसे देहली में मेरा परिचय हुआ था। मैंने अपने आदमी कलकत्ते के आस-पास के मिलों में भेजना प्रारम्भ कर दिया था। यदि मैं कुछ दिन और न पकड़ा जाता तो सम्भव था थोड़े ही दिनों में हमारे आदमी मज़दूर-आन्दोलन में भी भली प्रकार से काम करने लगते और क्रान्तिकारी आन्दोलन के साथ-साथ मज़दूर आन्दोलन में भी हमारा दल निपुण और योग्य हो जाता। कलकत्ते से काँचड़ा पाड़ा इत्यादि स्थानों में आने-जाने का खर्च श्री एम॰ एन॰ राय के साथी श्री कुतुबुद्दीन अहमद दिया करते थे। उन लोगों ने मज़दूरों में जागृति फैलाने के लिए एक साप्ताहिक पत्र भी निकाला था। हमारे आदमी इन पत्रों को मज़दूरों में बेचने के लिए मिलों और कारखानों में ले जाते थे। लेकिन क्रान्तिकारी आन्दोलन के कार्य में सहायता देने के लिए कुतुबुद्दीन साहब तैयार न थे।

क्रान्तिकारी आन्दोलन के लिए अर्थ-संग्रह करना एक अत्यन्त कठिन समस्या थी। अनुशीलन समिति के नेतागण इस बार डाका डालकर अर्थ-संग्रह करने के अत्यन्त विरोधी थे। कारण यह कि ऐसा करने से वे समझते थे कि क्रान्तिकारी आन्दोलन को धक्का लगेगा, पुलिस सचेत हो जाएगी, और इस प्रकार संगठन-कार्य पूरा होने के पहले ही इतनी बाधाएँ उपस्थित होंगी कि शान्ति से काम करना कठिन हो जाएगा। उस समय मैं इन लोगों की राय से सहमत नहीं हो सका। मैं यह समझता था कि बलपूर्वक अर्थ-संग्रह करने की नीति के कारण हम लोगों में छापामार युद्ध (गोरीलावार) चलाने की शक्ति उत्पन्न होती जाएगी और अर्थ का संग्रह भी होगा तथा संगठित रूप से संकटपूर्ण कार्य में हाथ बटाने का अभ्यास भी होता जाएगा। अपने आदमियों में कौन साहसी है, किसमें कितनी त्याग की भावना है, संकट का सामना करने के लिए कितने व्यक्ति प्रस्तुत है इन सब बातों का ठीक-ठीक पता चलता रहेगा। परन्तु मैं ग्रामीणों के घर में डाका डालने का पक्षपाती न था। अनुशीलन समिति के नेतागणों की नीति को न मानकर मैं कलकत्ता के निकटस्थ बड़े-बड़े अंग्रेज मिल मालिकों के रुपयों पर हाथ डालने का प्रबन्ध करने लगा था। उनको भी यह बात मालूम थी। इसी समय मैं बम्बई और पंजाब मेल ट्रेन के डाक के डिब्बे पर छापा मारने की तैयारी कर रहा था। इसके अतिरिक्त क्रान्तिकारी नीति पर भी मैं एक लेख लिख रहा था। मैं चाहता था कि अपने दल की ओर से जनता की जानकारी के लिए क्रान्तिकारी आन्दोलन के कार्यक्रम को स्पष्ट शब्दों मे खोलकर रख दिया जाय। यदि प्रकाश्य रूप से कोई सामयिक पत्र चलाने का अवसर हमें प्राप्त नहीं है तो कम-से-कम गुप्त रीति से पर्चे बँटवाने की व्यवस्था तो हमें अवश्य ही करनी चाहिए। अनुशीलन समिति के नेतागण मेरी इन नीतियों के घोर विरोधी थे।

कलकत्ता में आकर अनुशीलन समिति की सहायता न लेते हुए स्वतन्त्र रूप से मैं लोकसंग्रह के कार्य में जुट गया था। इसी प्रकार मैंने कुछ लोग इकट्ठे किए जो कि यूनिवर्सिटी ट्रेनिंगकोर में सामरिक शिक्षा पा रहे थे। ये सब कालिजों के लड़के थे। इनमें दो-एक इंजीनियरिंग कालेज के लड़के भी थे। इन लोगों की सहायता से श्री सुशीलकुमार बैनर्जी नामक एक अच्छे कार्यकर्ता से मेरा परिचय हो गया। ये पहले ही अनुशीलन समिति के सदस्य बन चुके थे। एक दिन मैंने श्री सुशीलकुमार के साथ रास्ते पर चलते हुए कुछ नौजवानों को कांग्रेस कार्य करने में तत्पर देखा। इनमें से एक के प्रति मेरी दृष्टि विशेष रूप आकृष्ट हुई। ये साँवले रंग के थे। आयु लगभग बीस वर्ष की होगी। मैंने सुशील बाबू से कहा कि मैं इस युवक से परिचित होना चाहता हूँ। सुशील बाबू ने कहा कि मेरी भी निगाह इस पर लगी हुई है परन्तु इसके कुछ ऐसे मित्र हैं जो हमारी समिति में नहीं हैं। मैंने कहा कि अब देर करने की आवश्यकता नहीं है। सुशील बाबू कुछ देर करना चाहते थे लेकिन मैंने कहा कि मैं आज ही उनसे मिलना चाहता हूँ। उस दिन तो नहीं, परन्तु दो-एक दिन के अन्दर ही उनसे मेरा परिचय हो गया। इनका नाम था श्री यतीन्द्रनाथ दास। यह ही युवक बाद को सरदार भगतसिंह के साथ लाहौर षड्यन्त्र के मामले में गिरफ़्तार हुआ था और यही भारतवर्ष का सबसे पहला व्यक्ति था जिसने भूख हड़ताल करके राजनीतिक बन्दियों की माँग पूरी कराने में अपने प्राणों की आहुति दे दी थी। प्रधान रूप से इन्हीं बलिदान के परिणामस्वरूप भारतवर्ष में राजनैतिक बन्दियों के साथ विशेष करके क्रान्तिकारी आन्दोलन के सम्पर्क में कैद किये गए व्यक्तियों के साथ ब्रिटिश भारत के जेलों में अच्छा बर्ताव होने लगा था। आज इस पुरानी बात का स्मरण करते समय मुझे ऐसी श्लाघा का अनुभव होता है कि मैंने उस दिन किसी आदमी को ठीक-ठीक पहचाना था। राह चलते हुए जिस युवक के प्रति कोई एकाएक आकृष्ट हो गया हो और वही युवक बाद को यतीन्द्रनाथदास हुआ हो इस बात से किसे श्लाघा का अनुभव न होगा?

अर्थ-संग्रह करने के काम के लिए मुझे कुछ अस्त्रों की आवश्यकता थी। युक्तप्रान्त और पंजाब में मेरे पास कुछ अस्त्र थे लेकिन मैं उन्हें बंगाल में नहीं मँगाना चाहता था। इधर अनुशीलन समिति के नेतागण मुझे अस्त्र-शस्त्र की सहायता देने के इच्छुक न थे। मैंने देखा कि अनुशीलन समिति के नेताओं से मेरी पट नहीं रही है। अनुशीलन समिति के नेताओं ने भी देखा कि मैं अपनी नीति से हटने वाला व्यक्ति नहीं हूँ। अन्ततः ऐसा ठहरा कि मैं दो-एक महीने तक और ठहर जाऊँ और अपनी नीति को कार्यरूप में परिणत न करूँ। इस बीच में वे लोग जाली नोट बनाने का काम करेंगे क्योंकि उन्हें आशा है कि उन्हें इस काम में सफलता प्राप्त होगी। इस प्रस्ताव के अनुसार थोड़े दिनों के लिए शान्त रहना मैंने स्वीकार कर लिया। लेकिन मैं यह

अच्छी तरह से जानता था कि नोट बनाने के कार्य में वे सफल नहीं होंगे। अब तक दो-तीन नोट मेरे पास आए परन्तु वे बहुत ही खराब थे, वे नोट बाजार में चल नहीं सकते थे। मैंने शान्त रहना तो स्वीकार कर लिया लेकिन अपने कार्य की तैयारी स्थगित नहीं की। जिस मिल में डाका डालना था वहाँ की स्थिति को पूर्णरूप से समझने के लिए मैंने अपने आदमी भेजे एवं उनकी रिपोर्टों की जाँच करने के लिए मैं स्वयम् उन स्थानों पर गया। किस रास्ते से जाना है, कैसे लौटना है, किन मौकों पर किराए के मकान लेना है, डकैती के बाद किस मौके पर अपने अस्त्र-शस्त्रादि को छोड़ देना है, कहाँ पर मोटरकार जा सकती है, और कहाँ पर रुपयों को लाकर रखना है, इन सब कामों के लिए कितने व्यक्तियों की आवश्यकता है, किस मिल में कितना रुपया मिल सकता है, पंजाब अथवा बम्बई मेल को किस स्थान पर रोका जाएगा, फिर वहाँ से कैसे हम लोग छापा मारने के बाद भागेंगे, इन सब बातों की जाँच हुई और प्रबन्ध होने लगा।

इधर मुझे सन्तुष्ट करने के लिए एवं मेरी नीति और अनुशीलन समिति के दूसरे नेताओं की नीतियों में समझौता कराने के लिए एक मीटिंग हुई। बहरमपुर बंगाल का एक प्रसिद्ध ज़िला है। मुसलमानों के समय में यह जिला मुर्शिदाबाद के नाम प्रसिद्ध था। मुर्शिदाबाद और बहरमपुर पास-पास हैं जैसे कि पटना और बाँकीपुर। मुझे कलकत्ते से बहरमपुर जाना था। हावड़ा और सियालदह के स्टेशनों पर पुलिस की कड़ी निगरानी थी। लेकिन मेरा जाना तो आवश्यक था ही। इसलिए कलकत्ते से बारह-चौदह मील दूर एक छोटे से स्टेशन से ट्रेन पर सवार हुआ और बहरमपुर न उतरकर उसके पहले ही एक अन्य स्टेशन पर उतर गया। ऐसे आने-जाने के अवसरों पर थोड़ी-सी भूल के कारण गिरफ़्तार हो जाना सम्भव था। मेरे कई साथी इसी प्रकार गिरफ़्तार हो चुके थे। एक सुप्रतिष्ठित साम्राज्य के विरुद्ध लड़ाई लड़ने की तैयारी करना असाधारण कठिनाई और संकट से पूर्ण है। इन्हीं सब बातों को देखते हुए हमारे देशवासी राष्ट्रीय षड्यन्त्रों के मामलों में लिप्त होने में इतने हिचकिचाते हैं। इतिहास के दृष्टान्तों से उन्हें कोई संकेत नहीं मिलता। कैसर के सुप्रतिष्ठित सुदृढ़ साम्राज्य के विरुद्ध जर्मनी के क्रान्तिकारियों ने सफलतापूर्वक विद्रोह किया इस बात से उन्हें कोई प्रोत्साहन नहीं मिलता, आयरलैंड ने ब्रिटेन के नितांत समीपवर्ती होने पर भी उसके विरुद्ध विद्रोह किया, इससे भी हमारे देशवासियों को कोई शिक्षा नहीं मिलती। रूस में भी राज्यक्रान्ति हो गई लेकिन फिर भी हमारे देशवासी समझते हैं कि ब्रिटिश साम्राज्यवादी के विरुद्ध विद्रोह करने की कल्पना भी वाचालतामात्र है। पता नहीं हम लोगों को यह सनक कैसे सवार हुई।

बहरमपुर की मीटिंग में हम लोगों का कोई समझौता नहीं हो पाया। बहुत वितण्डावाद के बाद मेंने अनुशीलन समिति के नेताओं को साफ-साफ बतला दिया कि यदि वे लोग उग्र कार्यक्रम की नीति को स्वीकार नहीं कर सकते हैं तो मैं उत्तर भारत

में अर्थात् संयुक्त प्रांत और पंजाब में अपनी नीति के अनुसार कार्य करना प्रारम्भ कर दूँगा। यदि उन लोगों को यह नीति स्वीकृत नहीं है तो मैं विवश हूँ। आर्डिनेंस तो जारी होने ही वाला है। जेलों में हम लोगों को सड़ना ही है। कुछ काम करके क्यों न जाएँ। देशबन्धुदासजी की वक्तृता के पहले से ही कलकत्ते में ज़ोरों की अफ़वाह फैली हुई थी कि डिफेंस आफ इण्डिया ऐक्ट की तरह एक नया काला कानून आर्डिनेंस के रूप में जारी होनेवाला है। दासजी की वक्तृता के थोड़े ही दिन बाद आर्डिनेंस जारी हो गया था। दासजी वक्तृता न भी हुई होती तो भी यह क़ानून जारी अवश्य होता इसमें कोई सन्देह नहीं। इसकी तैयारी पूरी तरह से हो रही थी। यह सब बात सबकों मालूम थी। मेरी दृढ़ता को देखकर अनुशीलन के नेतागण कुछ विचलित हुए और उन्होंने यह कहा कि पर्चे बाँटने व छपवाने का काम अभी आरम्भ कीजिए नोट बनाने की परीक्षा समाप्त होने तक डकैती का काम स्थगित रखिए। पर्चे बाँटते समय केवल इस बात पर ध्यान रखना है कि जिन स्थानों में उनके नेताओं के केन्द्र हैं उन स्थानों में ऐसा कोई काम न होना चाहिए जिससे पुलिस की दृष्टि उन स्थानों पर आकृष्ट हो सके। मैंने इसे भी स्वीकार कर लिया।

इसके बाद मैमनसिंह ज़िले के एक गाँव में हमारे दल के सब नेताओं की एक बैठक हुई। बहरमपुर के दो-तीन नेताओं के अतिरिक्त और कोई उपस्थित न था। मैमनसिंह की बैठक में लगभग आठ नेता उपस्थित थे। इस सभा में मैंने हिन्दुस्तान रिपब्लिकन ऐसोसिएशन की नियमावली सबको दिखलाई इसे देखकर उन नेताओं के मन में परस्पर कुछ विरोधी भावनाओं की उत्पत्ति हुई। यह मेरा अनुमान है क्योंकि उन सबों ने इस नियमावली की प्रशंसा भी की थी और साथ ही यह भी कहा था कि इस प्रकार कि लिखित नियमावली की कोई आवश्यकता नहीं है! जिन सिद्धान्तों के आधार पर नियमावली बनाई गई थी मेरी समझ में उन तक इन लोगों में से किसी की पहुँच न थी। कम्युनिज्म की नीति से ये लोग बहुत कुछ अपरिचित थे। बड़े पैमाने में विप्लव की आयोजना के स्थान पर इन लोगों ने अभी तक केवल आतंकवाद को ही सबसे अधिक महत्त्व दिया था। आज सन् 1939 ई॰ में बंगाल की अनुशीलन समिती की यह नीति निर्धारित हुई है कि अपने दल के स्वतन्त्र अस्तित्व को स्थिर रखते हुए वह दल कांग्रेस समाजवादी दल में पूर्ण रूप से सम्मिलित हो जाए। अर्थात् कम्युनिज्म की नीति को वह दल आज अपनाना चाहता है तथा कम्युनिस्ट पार्टी में सम्मिलित होना वह उचित नहीं समझता। इससे यह अनुमान करना स्वाभाविक है कि या तो अनुशीलन समिति कम्युनिज्म के सिद्धान्त को ठीक-ठीक ग्रहण नहीं कर पाया अथवा यह बात है कि उसने कम्युनिज्म के सिद्धान्त को जान-बूझकर ग्रहण नहीं किया। कम्युनिस्ट सिद्धान्त को यथार्थ रूप से ग्रहण कर लेने पर कम्युनिस्ट पार्टी में सम्मिलित हो जाना स्वाभाविक है। इसमें और भी बहुत-सी बातें हैं जिनकी आलोचना

इस स्थान पर करने की आवश्यकता नहीं है। यहाँ पर मैं केवल इतना ही बतलाना चाहता हूँ कि आज जैसे अनुशीलन समिति के नेतागण समाजवाद के सिद्धान्तों को कुछ सीमा तक ग्रहण कर रहे हैं। मैमनसिंह की मीटिंग के अवसर पर हिन्दुस्तान रिपब्लिकन एसोसिएशन की नीति में समाजवाद के जितने सिद्धान्त ग्रहण किये गए थे उन्हें वे उस समय नहीं ग्रहण कर पाए थे।

मैमनसिंह की मीटिंग रात-भर होती रही लेकिन मेरी समझ में उस मीटिंग में किसी विशेष महत्वपूर्ण बात का निर्णय नहीं हो पाया था। कुछ समय तक मैंने उन लोगों की बातचीत में सहर्ष भाग लिया परन्तु जब मैंने देखा कि बात में बात बढ़ जाती है और काम की बात कुछ नहीं हो पाती तो मैंने और अधिक बातचीत करना उचित नहीं समझा। ऐसा मालूम पड़ता था कि राजनैतिक परिस्थितियों से कैसे लाभ उठाया जा सकता है, उन परिस्थितियों के अन्तराल में कौन-कौन-सी शक्तियाँ प्रबल रूप से कार्य कर रही हैं, भविष्य में इन परिस्थितियों के रूप कैसे पल्टा खाएंगे, जनसाधारण के सामने किस प्रकार अपने सिद्धान्तों को रखना आवश्यक है जिससे भारतीय राष्ट्रीय आन्दोलन का रूख बदल जाय एवं जनसाधारण पर प्रकाश्य नेताओं के नेतृत्व की अपेक्षा क्रान्तिकारियों के निर्देशों का प्रभाव अधिक-से-अधिक परिलक्षित हो सके, इन सब बातों का मर्म अनुशीलन समिति के नेतागण उपलब्ध नहीं कर पाए थे। क्रान्तिकारी आन्दोलन में ऐसे व्यक्तियों का नितान्त अभाव होने के कारण भारतीय राजनीति पर उस आन्दोलन का उतना प्रभाव नहीं दिखाई पड़ा जितना कि उचित रूप से पड़ना चाहिए था।

मैमनसिंह की मीटिंग में बंगाल, युक्त प्रान्त एवं पंजाब के संगठन का समस्त कार्यभार मेरे ऊपर छोड़ दिया गया।

वर्षा ऋतु का अभी अवसान नहीं हुआ था। वायुमंडल वाष्प-भार से क्लान्त हो रहा था। प्रकृति में तरी के आधिक्य के कारण मनुष्यों के मन नीरस हो रहे थे। ग्रीष्म ऋतु के अन्त में वैसे ही नव-नीरद दल को देखने के लिए मनुष्य तरस जाते हैं वर्षा ऋतु में वैसे ही वे नीरद जल से ऊबकर निर्मल आकाश में सूर्य का प्रकाश देखने के लिए चंचल हो उठते हैं। उत्तर भारत के निवासियों के लिए तो यह एक साधारण बात है। परन्तु वर्षा ऋतु के अन्त में बंगाल एवं विशेष करके पूर्व बंगाल सदा स्नेहार्द्र सजल तटभूमि और जलाशयों के ऊपर असमान आवास-स्थानों को देखकर उत्तर भारत के निवासी विस्मय पुलकित हो जाते हैं और व्याकुल भी हो उठते हैं।

पूर्व बंगाल में जितनी नदियाँ हैं भारतवर्ष-भर में इतनी और कहीं नहीं मिलेंगी। मानो उस देश की नदियों का जाल बिछा हुआ है पूर्व बंगाल में जितने स्टीमर चलते हैं उतने भारतवर्ष-भर में और कहीं नहीं। वर्षा ऋतु में तो स्टीमर और नावों की सहायता के बिना कहीं भी आना-जाना सम्भव ही नहीं।

नौका पर यात्रा की शोभा एवं उसके संकटों का कुछ भी आभास इन लेखों से नहीं मिल सकता। भाषा की परिपाटी से कल्पना का उद्रेक हो सकता है। परन्तु कल्पना और वास्तविकता में आकाश-पाताल का अन्तर है। नदी के किनारे-किनारे नौका चल रही है। इतने में पास से स्टीमर निकल गया। स्टीमर के अधिक समीप रहने में नौका को अत्यन्त खतरा रहता है। और अधिक दूरी पर रहने से भी स्टीमर के निकलने से जो उत्ताल तरंगें उत्पन्न होती हैं। उनका सामना करना पड़ता है। पूर्व बंगाल के नाविकों को इस बात का बहुत ध्यान रहता है। नौका के पार्श्व में तरंगों का आघात होने से उसके पलट जाने की विशेष सम्भावना रहती है। इसलिए खेवैये तरंगों को आते हुए देखकर अपनी नावों के सम्मुख भागों को उन तरंगों की ओर मोड़ देते हैं एवं इस प्रकार से नावों को चलाते हैं कि दोलायमान होने पर भी उनके उलटने की संभावना बहुत कम रह जाती है।

बैशाख के महीने में तो इतनी आँधियाँ आती हैं कि नौका पर यात्रा करना भयप्रद होता है। नावें अक्सर पाल लगाकर चलती हैं और जरासी भूल के कारण एक झोंके से ही वे उलट सकती हैं। पालों का उपयोग करने में पूर्व बंगाल के नाविक बहुत ही अनुभवी होते हैं। शहर की सड़कों पर जिस प्रक़ार इक्के-तांगे तथा मोटरों के आपस में लड़ जाने की सदा आशंका बनी रहती है उसी प्रकार पूर्व बंगाल में नदियों पर नावों के आपस में लड़ जाने की सदा आशंका बनी रहती है। जैसे शहरों में सड़कों के चौराहे होते हैं उसी प्रकार पूर्व बंगाल में नदियो के भी चौराहे होते हैं। बंगाल में इन्हें मोहाना कहते हैं। ऐसे मोहानों पर नावों के लिए खतरा रहता है। किसी-किसी मोहाने के लिए नाविकों में ऐसी किंवदन्तियाँ प्रचलित है कि अमुक स्थान पर प्रायः नावें डूब जाती हैं। उन स्थानों से गुजरते समय पूर्व बंगाल के मुसलमान नाविकगण भी नदियों की देवियों की प्रार्थना करने लगते हैं। पूर्व बंगाल के प्रायः सभी मल्लाह मुसलमान होते हैं। परन्तु संकट के समय देव, देवी, जिन्द आदि के भी वे पुजारी बन जाते हैं। इंग्लैंड के प्रसिद्ध ऐतिहासिक वक्ल साहब का कहना है कि समुद्र और नदियों में प्रकृति के निष्ठुर एवं अनियमित आचरणों के कारण नाविक में कुसंस्कार की मात्रा अत्यन्त अधिक होती है। संभव है इस सिद्धान्त में कुछ सत्यता हो।

मैं वर्षा ऋतु के अन्त में नाव पर मैमनसिंह आया था एवं इसके पहले भी मुझे पूर्व बंगाल एक आध दफे आना पड़ा था। इन अवसरों पर पूर्व बंगाल के नौका-रोहण के रहस्य से कुछ-कुछ परिचित हुआ था। नौका पर चलते हुए किसी-किसी मोहाने पर नाविकों की मानसिक उत्कंठा को देखकर हमारे मन में भी एक मानसिक उद्वेग उत्पन्न हो जाता था कभी-कभी ऐसे अवसरों पर यह शंका उत्पन्न हो जाती थी कि ब्रिटिश पुलिस के निर्यातन से तो छुटकारा पा गए परन्तु अब इन नदी-देवियों के हाथ

से निष्कृति पाना दुष्कर है। मल्लाहों एवं यात्रियों में बातचीत होने लगती है कि कब-कब इन स्थानों पर कौन-कौन मल्लाह किन-किन यात्रियों को लेकर नदी गर्भ में विलुप्त हो गए थे। ऐसी परिस्थिति में कुसंस्कार विमुक्त साहसी पुरुषों के हृदयों में भी मुहुर्त भर के लिए तो एक अव्यक्त शंका उपस्थित हो ही जाती है। मुंह से तो हंसते रहते हैं और मूढ़ जनता के कुसंस्कारों पर अवज्ञा, उपहास, एवं अवहेलना की कृपा दृष्टि डालते हैं और अपने को उनसे श्रेष्ठ समझते हैं परन्तु हृदय के गुप्त कन्दर में एक अनिर्देश्य भय बना रहता है कि कहीं डूब न जाएँ। कभी-कभी आकाश-मण्डल में जब काले-काले घने बादल दिखाई देने लगते हैं तो भी मन में कुछ कम शंका पैदा नहीं होती। इन बातों से मल्लाह उतना नहीं डरते थे जितना मैं डरता था।

पश्चिम देश के निवासी इसकी कल्पना भी नहीं कर सकते हैं कि वर्षा ऋतु में पूर्व बंगाल के गाँव और कस्बे कैसे समुद्रवत पानी के बीच में टापू से तैरते रहते हैं, हज़ारों बीघा भूमि पानी में डूब जाती है। परन्तु उस भूमि का धान पुरछाभर पानी से दो-ढाई हाथ ऊपर निकला रहता है। इन धान के खेतों के बीच से नावें चला करती हैं। न जाने मल्लाह इन पानी से भरे हुए खेतों के बीच से अपने रास्ते का निर्णय कैसे करते हैं। बंगाल की नावों पर छप्पर लगे रहते हैं इन छप्परों के नीचे आराम से बैठने और लेटने का स्थान रहता है। हम नदी में चलते हुए छप्पर के नीचे आराम से लेटे हुए थे। न जाने कब नदी को छोड़कर किसी गाँव की ओर चलने लगे धान के खेतों के बीच से रास्ता बनाते हुए नाव चलने लगी धान के पौधों के साथ नाव के पार्श्वदेव और उसके छप्पर के लगने से सर-सर सी आवाज सुनकर जब मैंने छप्पर के नीचे के नाव के आगे की ओर बढ़कर सामने देखा तो देखता हूँ धान के खेतों के बीच न जाने कहाँ छिप गए हैं। एक लम्बे से बांस की सहायता से मल्लाह पानी के नीचे की भूमि को ढकेलते हुए अपनी नाव को आगे बढ़ा रहा है। मैं छप्पर के नीचे से निकलर नाव के बाहरी भाग पर खड़ा हो गया तो क्या देखता हूँ कि चारों तरफ अनन्त की ओर धान के पौधे विस्तृत हैं। और बीच-बीच में कुछ बड़े-बड़े वृक्ष भी दिखाई देते हैं। संभव है मल्लाह इन्हीं वृक्ष तथा बगीचों को देखकर अपने रास्ते का निर्णय करता हो। कभी-कभी दूसरी ओर से अन्य नावों को भी आते-जाते देखते थे। इसी प्रकार खेतों के बीच से नावों पर चलते-चलते एक खाड़ी के अन्दर आ गए। यह स्थान स्वप्न-लोक सा मालूम पड़ता था। खाड़ी दोनों ओर से वृक्षों से घिरी हुई थी। दोपहर के समय भी चारों दिशाओं में सूर्य की दीप्ति रहते हुए भी वृक्षों से घिरी हुई इस खाड़ी के अन्दर अंधेरा-सा लग रहा था। औपन्यासिकों की सृष्टि नितान्त काल्पनिक नहीं होती। हम षड्यन्त्रकारी गण ब्रिटिश साम्राज्य के विरुद्ध अंग्रेज़ों की पलटनों और पुलिस की दृष्टि बचाते हुए इस प्रकार नद-नदी और खाड़ियों के बीच स्वप्नवत घूमते-घूमते मैमनसिंह के एक गाँव को गए और लौट आए।

मैमनसिंह के गाँव में जिस मकान में हम लोग ठहरे थे उसके कितने ही कमरे बाँसों के मचानों के ऊपर बने हुए थे। इस समय पानी तो हट गया था परन्तु समस्त स्थान सेंवार से भरे हुए थे। इस दृश्य से मनुष्य व्याकुल हो उठता है। गुप्त मीटिंग होने के बाद इस मकान में हम लोगों को एक रात और रहना पड़ा था। अनुशीलन समिति के एक नेता श्री प्रतुल गांगुली और मैंने एक ही कमरे में रात्रि व्यतीत की थी। एक रात जगने के बाद दूसरी रात हम लोग खूब सोये। पुलिस हम लोगों की खोज में थी। बंगाल के आर्डिनेंस के अनुसार हम लोग गिरफ़्तार किये जा सकते थे। हम लोगों के वारंट नाम से निकले हुए थे। सोते समय प्रतुल बाबू ने दो मनुष्यों को बारी-बारी से पहरे में रख दिया था।

मीटिंग का सब काम समाप्त होने पर मैं और प्रतुल बाबू कलकत्ता वापस लौटे। मेरे साथ वंगवाणी नामक प्रसिद्ध बंगला मासिक पत्र के कुछ अंक थे। इनमें मेरे लिखे हुए बन्दी जीवन के द्वितीय भाग के कुछ अंश छपे थे। रास्ते में मैंने प्रतुल बाबू को अपने लिखे हुए इन अंशों को पढ़कर सुनाया।

प्रतुल बाबू चाहते थे कि मैं उनके साथ कलकत्ता को वापस जाते हुए बंगाल के कुछ जिलों में जाऊँ। मैं जानता था कि प्रतुल बाबू को बंगाल की खुफिया पुलिस अच्छी तरह से पहचानती है। और मैं यह भी जानता था कि बंगाल की अधिकांश पुलिस मुझे नहीं पहचानती। इसीलिए मैं प्रतुल बाबू के साथ नहीं जाना चाहता था। प्रतुल बाबू ने मुझे अपने साथ ले जाने के लिए बहुत अनुरोध किया परन्तु मैंने स्वीकार नहीं किया। आखिर में हुआ वही। मैं तो अपने स्थान पर सकुशल पहुँच गया लेकिन प्रतुल बाबू घूमते-घूमते एक स्थान पर गिरफ़्तार हो गए।

कलकत्ता पहुंचकर मैंने अनुशीलन समिति के दूसरे साथियों को फिर नये सिरे से समझाना चाहा कि हम सब प्रतुल गांगुली की तरह एक-एक करके गिरफ़्तार हो जाएंगे और काम कुछ भी न कर पाएंगे। इसीलिए हमारे कार्यक्रम में शीघ्र ही ऐसा परिवर्तन आवश्यक है जिससे गिरफ़्तार होने के पहले हम लोग कुछ कर सकें और भारतवर्ष के स्वतन्त्रता-संग्राम को आगे बढ़ा सकें।

मैमनसिंह से लौटते समय रास्ते में प्रतुल बाबू से मेरी जो कुछ बातचीत हुई उससे मैंने अनुभव किया था कि प्रतुल बाबू उस समय तक कम्युनिज्म आदि सिद्धान्तों से परिचित नहीं थे। भारतीय समाज के नवजागरण से राजनीतिक क्षेत्र में नवीन चेतना का जैसे संचार होगा वैसे ही साहित्य, कला, ऐतिहासिक गवेषणा, दार्शनिक सिद्धान्तों तथा धार्मिक भावनाओं में भी युगान्तकारी परिवर्तन होंगे। इस बात से अनभिज्ञ रहने के कारण प्रतुल बाबू और उनके साथी राजनीतिक क्षेत्र के एक तंग दायरे के अन्दर ही अपने विशिष्ट कार्यक्रम में लिप्त रहते थे। मैमनसिंह से वापस लौटते समय मैंने प्रतुल बाबू को अपने कुछ लेख पढ़कर सुनाए थे। इन लेखों में कुछ दार्शनिक बातों

की भी चर्चा थीं। प्रतुल बाबू इन सब बातों को उपेक्षा की दृष्टि से देखते थे। कम्युनिस्ट नेतागण इस बात को भली प्रकार समझ गए हैं कि दार्शनिक विचार भूमि पर जिस सिद्धान्त की प्रतिष्ठा नहीं हुई है उसकी उपयोगिता तथा उसका स्थायित्व सन्देह-युक्त है। समाज का सर्वांगीण विकास तभी सम्भव है जब एक सुचिन्तित एवं सुविन्यस्त विचारधारा के आधार पर उसकी अभिव्यक्ति होती हो। कम्युनिज्म के इस दृष्टिकोण से भारतीय नवयुवकगण आज भी अच्छी तरह परिचित नहीं है।

कलकत्ता वापस आकर मैंने सब जिलों से अपने दल के कार्यकर्ताओं को बुलाना प्रारम्भ कर दिया। अधिकांश कार्यकर्त्ता उग्र कार्यक्रम के पक्ष में थे। हमारे सामने प्रश्न यह था कि एक ओर तो सरकार ने बिना मुकदमा चलाए हम लोगो को पकड़-पकड़कर जेलों में बन्द करना प्रारम्भ कर दिया था, और दूसरी ओर अनुशीलन समिति के पुराने नेतागण ऐसा कोई काम करना नहीं चाहते थे जिससे जनता में क्रान्तिकारी भावनाओं का यथेष्ट प्रचार होता। मैं यह समझता था कि संगठित रूप से विस्तारपूर्वक युक्तिपूर्ण ओजस्वी लेखों के द्वारा क्रान्तिकारी सिद्धान्तों का प्रचार होना परम आवश्यक है एवं इसके साथ-साथ अर्थ-संग्रह के लिए देशी धनी व्यक्तियों पर डकैती न डालकर सरकारी सम्पति को लूटने का प्रबन्ध करना पड़ेगा। अनुशीलन के अन्य नेतागण इस बात से सहमत नहीं हो रहे थे। परन्तु मैंने स्वतन्त्र रूप से इन सब बातों का प्रबन्ध करना प्रारम्भ कर दिया।

मैमनसिंह सभा के निर्णय के अनुसार अनुशीलन समिति के पुराने कार्यकर्ताओं ने अपने-अपने अधीन सब सदस्यों का मेरे साथ परिचय कराना प्रारम्भ कर दिया। इसके अतिरिक्त बंगाल के दूसरे क्रान्तिकारी दलों के नेताओं से मैंने स्वतन्त्र रूप से मिलना प्रारम्भ किया। इस सम्बन्ध में चटगाँव के एक दल के मुख्य व्यक्तियों के साथ मेरा परिचय हुआ। सूर्यकान्त सेन इस दल के प्रमुख नेता थे। इनके दो-तीन विश्वस्त साथियों से मेरी बातचीत हुई थी। यह दल अनुशीलन समिति की ही एक शाखा थी। अनुशीलन समिति की नीति से ऊबकर इस दल ने उस समिति से अपने को अलग कर लिया था। यह दल भी मेरी ही तरह उस नीति का पक्षपाती था। इन लोगों से बातचीत करके मैंने ऐसा अनुभव किया कि इनसे मेरी पट जाएगी। श्री सूर्यसेन के विश्वस्त आदमियों से मेरी बहुत कुछ बातचीत हो गई। कलकत्ता के अन्य दल के भी कुछ व्यक्ति चटगाँव के दल के साथ काम करने लगे थे। इनसे भी मेरी बातचीत हुई। इन सब बातचीतों के परिणाम में उत्तर-भारत के दल के साथ इनका सम्पर्क हो गया और जब दक्षिणेश्वर में एक बम का कारखाना पकड़ा गया तो उसमें हमारे दल के प्रमुख कार्यकर्ता अमरशहीद राजेन्द्रनाथ लाहिड़ी भी गिरफ़्तार हुए थे। मैं चाहता था कि हम कलकत्ता के दूसरे क्रान्तिकारी दलों को भी अपने साथ मिलाकर एक विराट दल बना लें। इस कार्य के सम्बन्ध में बहुत-से दलों के

कार्यकर्ताओं से मिला दूसरी ओर मैंने यह निश्चय कर लिया कि क्रान्तिकारी दल की ओर से परचे बाँटे जाएंगे। मैं चाहता था कि पहले पर्चे में क्रान्तिकारी आन्दोलन के कार्यक्रम की एक रूप-रेखा अंकित हो जाय। मेरे प्रति घड़ी के कार्य के अन्तराल में यह भावना सदा बनी रहती थी कि अपने पर्चे में किस ढंग से अपने वक्तव्य को प्रभावोत्पादक ढंग से कहूँ। एक दिन मैं अपने एक साथी के मकान में बैठा था। उनके बड़े भाई भी उस कमरे में बैठे थे जो कलकत्ता के एक कॉलेज के इतिहास के प्रोफेसर थे। उन्हें यह पता था कि मैं क्रान्तिकारी हूँ। योंही बातचीत होते-होते हिंसा-अहिंसा पर बातचीत चल पड़ी। इस सिलसिले में उक्त प्रोफेसर महोदय ने आयरलैंड के इतिहास की एक महत्व पूर्ण बात मुझे बताई। ग्रैण्ट राबर्टसन लिखित एक अंग्रेजी इतिहास ग्रन्थ से उन्होंने ये वाक्य मुझे दिखाए-"English statemen have taught the Irish politeians that England can be bullied but not argued into justice and generosity".

(अंग्रेज़ी राजनीतिज्ञों ने आयरलैंड के नेताओं को यह सिखाया है कि इंग्लैंड के इशारे से ही नीति के रास्ते पर लाया जा सकता है न कि युक्ति और तर्क की सहायता से) इस किताब का नाम था "England under Hatanoverians", इसे मैंने अपने नोटबुक में नोट कर लिया। इटली के स्वाधीनता संग्राम के इतिहास को भी मैंने अच्छी तरह से पढ़ लिया था। इटली के इतिहास की बहुत-सी बातें रह-रहकर मेरी चेतना पर बार-बार आघात करती थीं। एक दिन मैंने स्वर्गीय लाला हरदयाल लिखित एक लेख पढ़ा। उसमें बाइबिल से कुछ वचन उद्धृत हुए थे। मुझे वे पसन्द आए। उन वाक्यों को भी मैंने नोट कर लिया। उन दिनों मैं नीत्से को भी पढ़ा करता था। उनके ग्रन्थ की एक बात मुझे बहुत पसन्द आयी: 'Chaos is necessary to the birth of new star. (नवीन तारे के जन्म के लिए भीषण बवंडर और उथल-पुथल अत्यावश्यक है) इसे भी मैंने नोट कर लिया। इस प्रकार पढ़ते समय, घूमते समय, किसी से बात करते समय, किसी के पास आते-जाते समय, प्रतिक्षण मैं उक्त क्रान्तिकारी पर्चे में लिखने के विषय में सोचता रहता था।

एक ओर जैसे मैं विभिन्न क्रान्तिकारी दलों के कार्यकर्ताओं से बातचीत चला रहा था और इसके साथ-साथ पर्चे छपवाने का भी प्रबन्ध कर रहा था दूसरी ओर वैसे ही मैं जापान, फ्रांस एवं अमेरिका (United States) में उपर्युक्त कार्यकर्ताओं को गुप्त रीति से भेजने का भी प्रबंध कर रहा था। इसके दो उद्देश्य थे। हम चाहते थे कि हमारे कुछ कार्यकुशल आदमी विदेश में जाकर वैज्ञानिक रीति से सामरिक विभाग की विभिन्न शिक्षाएँ प्राप्त कर लें। हम चाहते थे कि सामरिक शिक्षा प्राप्त करने के साथ-साथ दूसरे आदमी गोला-बारूद तोप आदि बनाने के कारखानों का काम चलाना भी सीख लें। कारण विप्लव के समय अस्त्र-शस्त्र बनाने का काम

आदि हमारे हाथ में नहीं रहता है तो आधुनिक युग में खुले विद्रोह को अधिक दिन तक चलाना सम्भव नहीं है। दूसरी बात यह थी कि विदेशों में जहाँ-जहाँ भारतीय विप्लव का संगठन किया जा रहा था उन स्थानों में हमारे आदमी पहुँच जाएँ और विदेशस्थ विप्लवियों के साथ हमारा नियमित सम्बन्ध स्थापित हो जाय। इसके अतिरिक्त मैं कलकत्ता की तरफ दो-तीन स्थानों में अंग्रेज़ी एवं सरकारी माल लूटने का भी प्रबन्ध कर रहा था।

कलकत्ता के पास कई एक अंग्रेज़-परिचाालित जूट के कारखाने थे। इनमें प्रति सप्ताह आठ-आठ दस-दस हज़ार रुपये कुलियों को वेतन देने के लिए आते थे। इन रुपयों की रक्षा के लिए कोई अधिक व्यवस्था नहीं रहती थी। इन कारखानों में आने-जाने के रास्ते की जाँच करना हम लोगों ने प्रारम्भ किया कि ट्रेन के रास्ते से सुविधा होगी अथवा मोटर के रास्ते से; रास्ते के बीच किन स्थानों में ठहरने का प्रबन्ध हो सकता है, किस स्थान से अस्त्र-शस्त्र एवं किस स्थान से रुपयों को अलग-अलग भेज दिया जा सकता है, इन सब ठहरने एवं अस्त्रादि को अलग-अलग भेजने के स्थानों पर आस-पास के निवासी तथा पुलिसवालों को कोई सन्देह हो सकता है अथवा नहीं; दल के आदमी कितने की टोली में विभिन्न दिशाओं की ओर चले जाएँगे और उनके इस प्रकार जाने से किसी को सन्देह तो नहीं होगा आदि इन सब बातों को हम अच्छी तरह जाँच-पड़ताल करने लगे। मैंने अपने दो तीन विश्वस्त साथियों को लेकर उन सब रास्तों व स्थानों का परिवेक्षण किया।

इन कारखानों के अतिरिक्त एक और सहज एवं अत्यन्त साहस का काम हमारी दृष्टि में आया था। हमारे दल का एक व्यक्ति रेलवे मेल वैन में काम करता था। हम लोगों ने निश्चय किया कि बम्बई मेल को रोककर बीमा किए रुपयों को लूट लें। हमारे आदमी की सहायता से सहज ही में हमें यह पता लग जाएगा कि बीमा के रुपये किस स्थान पर हैं। एक बनावटी प्रतिरोध का अभिनय करके हमारा आदमी आवश्यकीय सब संकेत कर देगा। इस सम्बन्ध में भी हम रास्ते आदि की जाँच-पड़ताल करने लगे। इधर अनुशीलन समिति के अन्य पुराने नेतागण हमारे कार्यक्रम का तीव्र विरोध करने लगे। मैं भी धीरे-धीरे अत्यन्त हट करने लगा। इस खींचा-तानी के परिणाम में प्रतुल बाबू की गिरफ़्तारी के बाद बहरमपुर में एक और गुप्त सभा हुई। बहरमपुर मुर्शिदाबाद के पास ही का एक आधुनिक नगर है। यहाँ पर एक बड़ा कालेज भी है। इस सभा में सर्वश्री नरेन्द्र नाथ सेन, रमेशचन्द्र आचार्य आदि अनुशीलन के पुराने नेता उपस्थित थे।

सियालदह एवं हवड़ा कलकत्ता के इन दो स्टेशनों पर एवं उनके निकटवर्ती छोटे-छोटे स्टेशनो पर पुलिस की खूब निगरानी रहती थी। इन लोगों की आँखें बचाकर मुझे बहरमपुर जाना था। मुझे ऐसा भी सन्देह होने लगा कि पुलिसवाले मुझे कलकत्ता

में जोरों से ढूंढने लगे हैं। ऐसी अवस्था में कैसे मैं कलकत्ता के बाहर निकल गया और सकुशल वापस आ गया इसका आनुपर्विक वर्णन करना मैं आज भी उचित नहीं समझता हूँ।

बहरमपुर की गुप्त बैठक में भाग लेकर लौट आने के बाद मैं अपने संगठन और उसके कार्यों को आगे बढ़ाने में लग गया। बनारस के अपने पुराने साथी श्री जितेन्द्र मुखर्जी के छोटे भाई श्री धीरेन्द्र मुखर्जी की बात मैं पहले भी कर चुका हूँ। उनको अपने दल में सम्मिलित करने का मेरा प्रयत्न निरन्तर चला हुआ था।

इतने आदमियों के रहते हुए भी मैं क्यों धीरेन्द्र के पीछे इतना समय नष्ट कर रहा था। इसका एक कारण तो यह था कि धीरेन्द्र विज्ञान के बहुत अच्छे छात्र थे। हम लोगों में ऐसे व्यक्ति बहुत कम थे जिनमें त्याग हो, दुर्दमनीय साहस हो, बुद्धिमता हो एवं जो विद्या-बुद्धि सम्पन्न हो और विज्ञान का ज्ञाता हो। यदि मैं धीरेन्द्र को क्रान्तिकारी बना लेता तो उनमें उन सब गुणों का समावेश हम पा सकते थे। दूसरी बात यह थी कि वे हमारे परिचित मित्रों में से थे। इलाहाबाद में उन्होंने मुझसे राजनीति में आने की प्रबल इच्छा प्रकट की थी। इधर प्रबल ब्रिटिश साम्राज्य की समस्त पुलिस शक्ति मेरा पीछा कर रही थी। ऐसी अवस्था में मेरे साथ सम्बन्ध रखने में धीरेन्द्र अनिच्छुक नहीं थे। उनके जैसा व्यक्ति जिस किसी काम में जुट जाएगा उसी में सफलता प्राप्त करेगा ऐसी मेरी धारणा थी। इसलिए मैं उनको अपने दल में लाने की आशा से बार-बार उनके पास जाया करता था।

जन-साधारण की तरह धीरेन्द्र भी यही समझते थे कि क्रान्तिकारियों में विचारवान अभिज्ञ समझदार व्यक्ति नहीं होते हैं। कुछ अर्द्धशिक्षित उत्तेजना-प्रवण, अविवेचक किन्तु साहसी देशप्राण युवकवृन्द असहिष्णु होकर अव्यवस्थित रूप से आतंकवादी बन गए हैं। यथार्थ में विराट् रूप से ब्रिटिश साम्राज्य के विरुद्ध विद्रोह करने के लिए न कोई संगठन ही है और न कोई ऐसी भावना ही है। मेरी लिखी 'बन्दी जीवन' पुस्तक जैसी कुछ पुस्तकों के प्रकाशित होने के बाद ही जनसाधारण को थोड़ा-बहुत पता लगा कि भारत में भी एक व्यापक विद्रोह की प्रचेष्टा चल रही थी। मेरे संस्पर्श में आकर धीरेन्द्र को भी अपना भ्रम मालूम पड़ा कि भारतीय क्रान्तिकारी आन्दोलन निरा बच्चों का खिलवाड़ नहीं है। परंतु उनकी गांधी-प्रीति उन्हें हमारे दल में आने से रोक रही थी। यदि किसी दिन तुमुल तर्क के बाद मैं उन्हें कुछ झुकता हुआ पाता था तो किसी दूसरे दिन पुनः नही पुराना तर्क खड़ा हो जाता था। धीरेन्द्र बार-बार इस बात पर जोर देते कि अहिंसा नीति पर ही विराट् जन-आन्दोलन की सृष्टि हो सकती है जैसी महात्मा जी ने की है। उनके समझाने पर भी मैं यह नहीं समझ पाता था कि विराट्रूप से जन-आन्दोलन करने के लिए अहिंसा के सिद्धान्त पर इतना अधिक जोर डालने की क्या आवश्यकता है। महात्माजी के कथनानुसार यह

बात सत्य नहीं है कि व्यक्तिगत जीवन में जैसा हम तपस्या के परिणाम में अहिंसा के द्वारा हिंसा को जीत सकते हैं उसी तरह से तपस्या न करके ही असंख्य जनसाधारण स्थूल दृष्टि से अहिंसक रहने पर कैसे हिंसा पर विजय प्राप्त कर सकते हैं। ममत्व बोध का पूर्ण रीति से बिना त्याग किए कोई भी मनुष्य यथार्थ में अहिंसक नहीं हो सकता है। ममत्व बोध का त्यागना जीवनभर की तपस्या का परिणाम होता है। जनसाधारण से ऐसी तपस्या की आशा हम कैसे कर सकते हैं फिर परिपूर्ण तपस्या के बाद जो कुछ प्राप्त की जाती है उस सिद्धि को पहले ही आधे रास्ते में ही हम कैसे प्राप्त कर सकते हैं। इन सब कारणों से सैद्धान्तिक रूप से हम अहिंसा नीति का प्रयोग राजनीति के क्षेत्र में नहीं कर सकते। इसका अर्थ यह नहीं है कि हिंसा के मार्ग पर ही हम जन-आन्दोलन को चला सकते हैं, हमारे पास अस्त्र नहीं हैं इसलिए हम बाध्य होकर जन-आन्दोलन को ऐसे मार्ग पर चला देंगे जिसमें अस्त्र की आवश्यकता नहीं होगी। महात्माजी की मनोकामना तो यह है कि संसार को अहिंसारूपी नवीन धर्म देकर अपने जीवन को सार्थक बनाएँ। इस नवीन धर्म प्रचार के सामने भारत की स्वतन्त्रता का प्रश्न नितान्त तुच्छ बन गया है, परन्तु पिछले महायुद्ध के अवसर पर ब्रिटिश सरकार को अर्थ एवं जन की सहायता देकर महात्माजी ने कैसे अहिंसानीति का पालन किया यह बहुतों के लिए नितान्त दुर्बोध्य है। मेरे ऐसे क्रान्तिकारी के निकट अहिंसा के प्रश्न की मीमांसा इस प्रकार है कि जैसे एक प्रवीण चिकित्सक रोगी की मंगल-कामना से प्रेरित होकर उसकी देह पर बल-प्रयोग अथवा शल्योपचार करता है तो इस आचरण को कोई भी सुधी जन हिंसात्मक नहीं कह सकता। उसी तरह यदि कोई क्रान्तिकारी सरलतापूर्वक शुद्ध हृदय से निरहंकार होने की प्रबल चेष्टा करते हुए समाज की कल्याण कामना से प्रेरित होकर सशस्त्र विद्रोह के लिए षड्यन्त्र करता है तो वह भी हिंसा नहीं है। सशस्त्र क्रान्ति का आन्दोलन उचित है या नहीं, हिंसा-अहिंसा के प्रश्न के साथ इसका कोई सम्बन्ध नहीं है। भारतीय दार्शनिक दृष्टि से हम यह कह सकते हैं कि जो व्यक्ति ममता बोध का अतिक्रम कर चुका है उसके निकट हिंसा अथवा द्वन्द्व ममत्व बोध तक ही सीमित है। जिस साधक का ममत्व बोध लुप्त हो गया है और उसका जीवन लक्ष्य मानव-समाज की सेवा करना है उसका व्यक्तित्व मानव-समाज से भिन्न नहीं है। कौन-सा लक्ष्य मानव-कल्याण के अनुकूल है यह भी एक स्वतन्त्र प्रश्न है और इसके साथ भी हिंसा-अहिंसा का कोई सम्बन्ध नहीं है। कल्याण-अकल्याण की धारणा भी हिंसा और अहिंसा नीति पर अवलम्बित नहीं है। अर्थात् समाज की कल्याण-कामना से यदि हम ऐसे मार्ग का अवलम्बन करते हैं जिसमें दण्ड का प्रयोग हो तो उसको हम हिंसात्मक आचरण नहीं कह सकते। समाज अथवा राष्ट्र का परिचालन तभी सुचारू रूप से सम्पन्न हो सकता है जब आवश्यकता पड़ने पर हम

उपयुक्त रीति से दण्ड का प्रयोग कर सकें। इससे यह तात्पर्य निकालना उचित न होगा कि संसार में शान्ति की आवश्यकता नहीं है अथवा शान्ति से संघर्ष अधिक श्रेयस्कर है। संसार में शान्ति की इच्छा सभी करते हैं। परन्तु यह शान्ति तभी संभव है जब मनुष्यों के आचरण एक-दूसरे के प्रति न्याययुक्त हों। स्वार्थ बुद्धि ही संसार में सब अनर्थों का मूल है। जब तक संसार के समस्त मनुष्य स्वार्थ लेश शून्य न हो जाएँ तब तक संसार में शान्ति संभव नहीं है। इस प्रकार मनुष्य चरित्र में संशोधन किए बिना केवल अहिंसा नीति के प्रचार से हम संसार में शान्ति नहीं ला सकते। आध्यात्मिक दृष्टि से जब तक हम एक परिपूर्णांग जीवनादर्श का विकास नहीं करते तब तक संसार में शान्ति संभव नहीं है।

कोरिया में, चीन में, मिश्र में, आयरलैंड में तथा रूस के अन्याय प्रदेशों में भी तो विराट् रूप से आन्दोलन हुए हैं। वहाँ तो हिंसा-अहिंसा नीति पर भारतवर्ष की तरह व्यर्थ की चर्चा नहीं होती थी। जनान्दोलन को सफल बनाने के लिए अहिंसा नीति को इतना अधिक महत्व देना कायरता का लक्षण मालूम पड़ता है। अस्तु धीरेन्द्र से मेरा वाद-विवाद चलता रहा और अन्त में वे हमारे दल में सम्मिलित होने के लिए प्रस्तुत हो गए। उनकी अमेरिका जाने की तैयारी होने लगी। मैं ऐसा अनुमान कर रहा था कि भारतवर्ष में रहते हुए क्रान्तिकारी आन्दोलन में भाग लेने से धीरेन्द्र कुछ हिचक रहे थे। सम्भव है वह ऐसा सोच रहे हों कि भारत में क्रान्तिकारी आन्दोलन में भाग लेने से वे कुछ कर भी नहीं पाएंगे और व्यर्थ के लिए उन्हें कठिन दण्ड भोगना पड़ेगा। और विदेश जाने में एक रोमांचकारी जीवनयापन की आशा बनती है। यह सन्तोष उत्पन्न होता है कि इस प्रकार से अपना जीवन किसी न किसी प्रकार सफल होगा। मैं आशा कर रहा था कि इस लालच से धीरेन्द्र हमारे दल में सम्मिलित हो जाएँगे। मेरी आशा सफल हो गई।

आज हमारे वही पुराने साथी श्री धीरेन्द्रनाथ मुकर्जी कट्टर नास्तिकवादी हो गए हैं, कम्युनिस्ट सिद्धान्त के आधार पर काम करना चाहते हैं। इस दिन वह कट्टर गांधी भक्त बन गए थे। आज उसी तरह वे कट्टर कम्युनिस्ट पन्थी बन गए। मैंने एक व्यक्ति विशेष को लेकर इतनी आलोचना एक विशेष कारणवश की है।

धीरेन्द्र के लिए जहाज में बॉय (Boy) के काम की व्यवस्था हो गई। अमेरिका की तरफ जाने वाले एक जहाज में धीरेन्द्र काम करने वाले थे। जहाज के रवाना होने का दिन भी निश्चित हो गया। मैंने उन्हें बड़ी कठिनता से पाँच सौ रुपये जमा करके दिए। जाने का दिन ज्यों-ज्यों निकट आने लगा त्यों त्यों धीरेन्द्र उदास से होने लगे। एक दिन एकाएक भयभीत हुए धीरेन्द्र मेरे पास आ खड़े हुए। धीरेन्द्र ने बताया कि वह पाँच सौ रुपये जेब में लेकर एक्सचेंज के दफ्तर को यहाँ के रुपयों को अमेरिका के डालरों में बदलवाने जा रहे थे कि ट्राम से उतरकर धीरेन्द्र ने देखा कि उनकी

जेब कट गई है। निराशा, क्रोध एवं एक प्रकार की अव्यक्त घृणा भीतर ही भीतर मुझे एकदम बेचैन करने लगी। मैं क्या कहूँ और क्या न कहूँ। गाली दूं अथवा मारपीट करने लगूँ या उन्हें पकड़कर बलपूर्वक खूब हिला डालूँ। मैं विह्वल होकर बार-बार उनके आपाद मस्तक का असहाय के रूप में निरीक्षण कर रहा था। ख़ैर, ईश्वर की इच्छा से मैंने अपने को संभाल लिया। शान्त और दृढ़-चित्त होकर मैंने धीरेन्द्र से फिर कहा, "कोई परवाह नहीं है यदि तुम अब भी जाने के लिए प्रस्तुत हो तो मैं फिर रुपयों का भी प्रबन्ध अभी कर डालूँगा। जो गया है जाने दो। परन्तु इतना रुपया तुम्हें इस लापरवाही से कमीज की जेब में न ले जाना चाहिए था।" मनोविज्ञान की आधुनिकतम शाखा में ऐसा कहा गया है कि मन के अन्तस्तल में अचेतन मन में शंका एवं द्विधा रहने के कारण मनुष्यों के आचरण बहुत विचित्र होने लगते हैं। यदि धीरेन्द्र परिपूर्ण हृदय से हमारे काम में आकर सम्मिलित हुए होते तो इस लापरवाही से वे कभी इस रुपये को न ले जाते।

उपसंहार

इस पुस्तक के लेखक श्री शचीन्द्रनाथ सान्याल का जन्म 1893 में बनारस में हुआ था। उनके पिता श्री हरिनाथ सान्याल राष्ट्रीय विचारधारा के व्यक्ति थे। शचीन्द्रनाथ सान्याल के तीन भाई और थे। श्री जितेन्द्रनाथ सान्याल, भूपेन्द्रनाथ सान्याल व रवीन्द्रनाथ सान्याल। वे तीनों भी स्वतन्त्रता-संघर्ष में सम्मिलित रहने के कारण कारागार में रहे।

शचीन दा जैसे विप्लवी सदियों में कभी जन्म लेते हैं। इनके लिये कहा जा सकता है–

"हज़ारों बरस नर्गिस अपनी बे-नूरी पे रोती है
कहीं फिर जाके होता है, चमन में दीदावर पैदा"

शचीन दा सन् 1909 में कलकत्ता दल में सम्मिलित हो कर सशस्त्र स्वतंत्रता संग्राम में सक्रिय हुए। सन् 1915 में जब पूरे भारत में सेना में छावनी-दर छावनी क्रांति का शंखनाद गुंजाने की योजना बनी, उस समय शचीन दा ही रासबिहारी बोस के दायें हाथ थे। शचीन दा लाहौर षड्यंत्र तथा बनारस षड्यंत्र दोनों में ही अभियुक्त बनाये गये। 1915 में वह सर्वप्रथम बन्दी बना लिए गये, और आजीवन कालेपानी की सजा देकर अंडमान भेज दिये गये।

पांच वर्ष बाद सन् 1920 में, अंग्रेज सरकार ने प्रथम विश्व युद्ध में विजयी होने की खुशी में राजनैतिक कैदियों को माफी दी। उस प्रक्रिया में शचीन दा भी कालेपानी से छूट गये। कालेपानी से लौटने के बाद उन्होंने, अपनी माता की इच्छा अनुसार सुश्री प्रतिमा देवी से विवाह किया।

भारत लौटने पर वह पुनः क्रांतिकारी गतिविधियों में लग गये, इसी कारण पुनः बन्दी बनाये गये। इस बार उन्हें 2 वर्ष का कठोर कारावास मिला। 1925 में काकोरी काण्ड में संलिप्त होने के कारण उन्हें पुनः काले पानी की सजा दे कर अंडमान भेज दिया गया।

भारतीय स्वतंत्रता के इतिहास में वह पहले क्रांतिकारी थे जिन्हें दो बार कालेपानी की सजा काटनी पड़ी। सन् 1939 में लगभग 14 वर्ष कालेपानी की सजा भोग कर शचीन दा फिर भारत आये।

सन् 1941 में जब दूसरा विश्व युद्ध चल रहा था उस समय शचीन दा को यह आरोप लगा कर बन्दी बना लिया गया कि वह जापान देश (विदेशी शक्ति) से सांठ गांठ कर के अंग्रेजी सरकार को भारत से उखाड़ने का प्रयास कर रहे थे।

इसी अभियोग में शचीन दा को चौथी बार बन्दी के रूप में राजस्थान में अजमेर के पास देवली कैम्प जेल भेज दिया गया। जहां उन्हें भयंकर क्षय रोग (टी. बी.) हो गया। जब उनकी स्थिति बहुत गम्भीर हो गई तो इन्हें गोरखपुर में नज़रबन्दी की स्थिति में रखा गया। दो वर्ष की घोर यातनाएं सहकर 7 फरवरी 1942 को उनका देहावसान हो गया। शचीन दा पक्के राष्ट्रवादी क्रांतिकारी थे, उनका चिन्तन आज भी प्रासंगिक है।

पुस्तक के पठन के बाद हम इस निश्चय पर पहुंचते है कि देश की आज़ादी के लिए लाखों लोगों ने अपने प्राणों का बलिदान कर दिया। हज़ारों लोग अंग्रेज़ी सत्ता को सशस्त्र क्रांति के द्वारा देश से समाप्त करना चाहते थे। जो भी लोग शचीन दा के सम्पर्क में आये थे वे देश, जाति, प्रान्तीयता, भाषा से ऊपर उठकर अपने प्राणों को देश पर न्यौछावर करने के लिए आये थे। शचीन दा ने भगतसिंह, चन्द्रशेखर आजाद, त्रैलोक्य चक्रवर्ती, भगवती चरण वोहरा, गोविन्द चरण कर, बाबा पृथ्वी सिंह, रामकृष्ण खत्री, शचीन्द्रनाथ बक्शी, नलिनी किशोर गुह और सैकड़ों ज्ञात और अज्ञात लोगों को देश पर कुर्बान होने के लिए प्रेरित किया।

आने वाली पीढ़ियों के समक्ष यह सवाल शायद हमेशा ही अनुतरित रहेंगे कि भारत की आजादी के लिए अपना सर्वस्व लुटा देने वाले जाबाजो को आजाद भारत के शासकों ने अहिंसावाद के मुकाबले अप्रचारित क्यों रखा, शौर्य को दोयम क्यों माना, शहादत के अर्थ क्यों बदल गये।

15 अगस्त 1947 को भारत आजाद हुआ। महान लेखक प्रेमचन्द जी के द्वारा परिकल्पित (आहुति कहानी में) कथनानुसार जॉन की जगह गोविन्द ने सत्ता ले ली। देश की बागडोर कांग्रेस के नेताओं के हाथ में आई। सन् 1885 से लेकर 15 अगस्त

1947 तक कांग्रेस का वैचारिक दर्शन अंग्रेज़ सरकार से भिक्षा प्रकृति का रहा। 62 वर्ष तक कांग्रेस भिक्षा पात्र लेकर अंग्रेज़ सत्ता से टुकड़ों में आजादी की भीख मांगती रही थी।

जब सन् 1947 में सत्ता इसके हाथ में आई, तब से लेकर आज तक वह स्वतंत्र भारत की जनता को अंग्रेज़ों की नीतियों की भांति देश की जनता को जातियों, बिरादरियों, भाषाओं, प्रान्तीयता, वर्गों तथा धर्मों में विभाजित करती आई है और इसी कारण, इसकी सत्ता पर बार-बार पकड़ बनी रही है।

एक दो बार अन्य दलों की सरकारें बनीं हैं। उनका सत्ताकाल कांग्रेस से भी गया गुजरा साबित हुआ। वे विपक्ष में ही जागरूक व चरित्रवान थे सत्ता में आते ही चाल-चरित्र चेहरा पूरी तरह से कांग्रेस की कार्बन कापी बन गया।

यह इस देश के लोकतंत्र की हास्यास्पद खूबी ही है कि दस या पन्द्रह प्रतिशत वोटों से जनता का प्रतिनिधि चुन जाता है। जिसका प्रतिनिधित्व संसद में या विधान सभा में पिच्चासी प्रतिशत होता है। पिच्चासी प्रतिशत वोट विभिन्न हिस्सों में बट जाता है और वे विपक्ष में भी नहीं बैठ पाते।

यह है कांग्रेस का स्वतंत्रता के बाद देश को दिया हुआ संविधान। क्योंकि संविधान बनाने वाले कांग्रेसी मनोवृत्ति के सदस्य जानते थे कि देश की जनता को कांग्रेस में विश्वास नहीं है और जल्दी ही जनता कांग्रेस को गंगा में प्रवाहित कर देगी। अतः इस प्रकार का हास्यास्पद संविधान देश को दिया जो 20-25 प्रतिशत उन वोटर द्वारा निर्वाचित है जो सत्ता का आनंद भोग रहे हैं, उसकी सत्ता में भ्रष्टाचार कर रहे हैं, काला धन विदेशों में जमा कर रहे हैं। अरबों रुपये के घोटाले कर रहे हैं। यह सब लोकतंत्र की आड़ में हो रहा है।

ऐसे लोकतंत्र और संविधान को क्या ओढ़ा या बिछाया जाये? जिससे 80 करोड़ लोग, 65 वर्ष की आज़ादी के बाद भी रात को भूखा सो जाते हैं। सरकार ने पिछले दिनों स्वयं संसद में स्वीकारा है कि 70 करोड़ लोगों की तीस रुपये रोज की आमदनी है (तीस रुपये रोज में पांच व्यक्तियों का परिवार अपने को जिन्दा रखता है) दूसरी ओर हर दाल और सब्जी 100 रुपये किलो है। बढ़ता हुआ सेनसैक्स भूखे लोगों की भूख नहीं मिटा सकता। सत्ता की नीतियाँ अमीरों को और अमीर तथा गरीबों को और गरीब करती जा रही हैं। असमानता की खाई बढ़ती जा रही है। अमीर वर्ग इन्डिया का प्रतिनिधि है। 95% गरीब लोग 'भारत' हैं।

इससे बड़ा मजाक इस देश की जनता के साथ और क्या हो सकता है कि लोक सभा के 543 सदस्यों में अधिकतर 10-10 करोड़ की हैसियत से कम नहीं हैं। कुछ तो अरबपति हैं। (श्रोतः- सदस्यों द्वारा इलेक्शन कमीशन को जमा किये गये

एफीडिफिट) 33 रुपये रोज पर जिन्दा रहने वाले 80 करोड़ देश वासियों के भाग्य का फैसला करें। राज्य सभा के 245 सदस्यों का भी यही हाल है। संसद के दोनों सदनों के कुछ-एक सदस्यों पर डकैती, बलात्कार तथा हत्या के आरोप हैं। आरोप इसलिए न्यायालय में सिद्ध नहीं हो पाते क्योंकि कहीं न्यायालय असहाय है कहीं गवाह, (वह मृत्यु के भय से सच्ची गवाही नहीं दे पाते) जब हम अनपढ़ थे तो बाबू राजेन्द्र प्रसाद को चुनते थे, राज गोपालाचार्य को चुनते थे, पं. जवाहरलाल नेहरू को चुनते थे। आज हम पढ़े-लिखे हैं। कोई पार्टी डकैत रही फूलन देवी को टिकट देती है। हम उसे चुन कर संसद में भेजते हैं। जय ललिता के लिये कहा जाता है कि वह अरबों रुपये डकार गई फिर भी हम उन्हें मुख्यमंत्री बनाते हैं। हम ऐसी पढ़ाई पढ़ रहे हैं जिसने नैतिक मूल्यों को इस स्तर पर ला दिया। यह सब इस संविधान और सत्ता की देन है। न्याय व्यवस्था में खामियों की आड़ में अपराधी आनंद भोग रहे हैं।

शिक्षा भी दो प्रकार की है। दोनों के स्तर अलग-अलग, एक वर्ग वो जो शासन करेगा वह अलग स्तर की शिक्षा प्राप्त करता है, एक वर्ग वो जिस पर शासन किया जायेगा, वह सरकारी स्कूल में अलग स्तर पर पढ़ रहा है। जो राष्ट्र एक जैसी शिक्षा नहीं दे सकता उसका और क्या भविष्य होगा?

पिछले 65 वर्षों में विभिन्न सरकारें आकंठ भ्रष्टाचार में डूबी हैं। जवाहरलाल जी के समय में मूदंडा काण्ड, राजीव गांधी के समय में बोफोर्स काण्ड, नरसिंहा राव के जमाने में यूरियाखाद काण्ड। चौधरी चरणसिंह सिंह ने तो प्रधानमंत्री के रूप में संसद का एक दिन भी मुंह नहीं देखा राजनैतिक नैतिकता के पतन की घोर पराकाष्ठा है। एक प्रधानमंत्री विश्वनाथ प्रतापसिंह थे उन्होंने देश में 'मंडल कमीशन' की राजनीति करके जातिवाद को उभार कर पराकाष्ठा पर पहुँचा दिया। राष्ट्र और राष्ट्रवाद समाप्त हो गया है देश जातियों, भाषाओं तथा प्रान्तों का समूह हो गया है। आज देश कहीं नहीं है, राष्ट्रीयता नहीं है, राष्ट्रवाद नहीं है। व्यक्ति के समक्ष निजी स्वार्थ ही प्रमुख है। नेता लोग निजी स्वार्थों के लिए देश की अस्मिता को बेच रहे हैं।

व्यवसाय में वैश्वीकरण इसका जीता-जागता सबूत है। स्वदेशी का नारा समाप्त हो गया है। विदेशी पूंजी का साम्राज्य फैलता जा रहा है। कई नेता तथा उद्योगपति घराने काला धन विदेशों में जमा कर रहे हैं। जहां देश के प्रबुद्ध बुद्धिजिवी चिन्तित है देश का उच्चतम न्यायालय भी इससे चिन्तित है और आज ही (दिनांक 4.7.2011) सुप्रीम कोर्ट के जस्टिस एस.एस. निज्जर तथा जस्टिस बी. सुदर्शन रेड्डी की बेंच ने एस.आई.टी. में स्पेशल इन्वैस्टीगेटिंग टीम (विशेष जांच टीम) में रिटायर्ड जस्टिस बी. पी. जीवन रेड्डी को अध्यक्ष तथा रिटायर्ड जस्टिस एम.बी. शाह को उपाध्यक्ष बना कर शासन द्वारा काला धन को छिपाने की कार्यवाही पर लगाम लगाने की कोशिश की है। अंदाजा है 27 लाख करोड़ से 63 लाख करोड़ तक का 'ब्लैक मनी' भारत

की विभिन्न सरकारों के सहयोग से विदेशों में जमा है। यह काला धन कार्यपालिका और विधायिका के लोगों तथा उद्योगिक घरानों का है।

वस्तुत: इस देश में आम आदमी की अस्मिता और लोकतंत्र केवल न्यायपालिका ही जिन्दा रखे हैं। वरना विधायिका और कार्यपालिका तो कभी का लोकतंत्र को चाट गई होती। अधिकतर राजनीतिज्ञ करोड़ों-अरबों रुपयों के स्वामी हैं। अधिकतर आई. ए.एस.,पी.सी.एस., आई.पी.एस. करोड़ों-अरबों रुपयों की सम्पति के मालिक हैं।

देश की गरीब जनता केवल न्यायालय से ही आशान्वित है। छोटी अदालतों पर भी छींटे लगने लगे हैं परन्तु उच्चतम न्यायालय की शुचिता पर अभी लोगों की आस्था है।

वर्तमान सरकार के काल में 2जी स्पैक्ट्रम मामले में पूर्व दूर संचार मंत्री ए.राजा पर अरबों रुपये डकारने का केस चल रहा है। मुम्बई में सेना के शहीदों के लिए बनाये गये फ्लैट्स को 'आदर्श सोसाईटी घोटाले' में फ्लैट्स को राजनीतिज्ञों ने ही आपस में बांट लिए। पिछले वर्ष अक्टूबर (सन् 2010) में हुए 'राष्ट्रमंडल खेलों' के घोटालों में सुरेश कलमाडी पर अरबों रुपये डकारने का मामला चल रहा है। इस देश को संविधान द्वारा प्रदत्त विशेषाधिकार की आड़ में यह सब चल रहा है।

इस पुस्तक का प्रकाशन इस समय इसलिए किया जा रहा है जिससे वर्तमान नौजवान पीढ़ी और आगे आने वाली पीढ़ीयां यह जान सकें कि इस आजादी के लिए शहीदों ने कितने कष्ट सहे हैं और जान की कुर्बानिया दीं हैं। कितनी कुर्बानियों के बाद हमें यह आज़ादी प्राप्त हुई हैं।

हम उनकी कुर्बानियों को व्यर्थ नहीं जाने देंगे और ना ही देश के भ्रष्ट सत्ताधारियों को कार्यपालिका के साथ मिलकर देश की आज़ादी को खतरे में डालने देंगे।

हमें जातियों, भाषा, बोली, प्रान्तीयता में बंटना नहीं है। पूरा भारत एक है समस्त भारत हमारा है और हम भारत के हैं। हम एकता के सूत्र में बंध कर भ्रष्ट व्यवस्था को समाप्त करेंगे। देश में खुशहाली लाएंगे और देश द्रोही ताकतों को लोकतांत्रिक पद्धति से पराजित करके देश को सुदृढ़ करके शहीदों के लहू से प्राप्त स्वतंत्रता को अक्षुण्ण रखेंगे...

शहीदाने वतन कब्र से आवाज़ आई है
वही हमसे मिले आ कर, जो अपनी जान से खेले
उधर दुनिया की उलफत है, इधर लुत्फे-शहादत है
ये सौदा है तेरे आगे, तू जो चाहे उसे ले ले

❑❑❑

परिचय

नाम : पं. सत्यनारायण शर्मा (एस.एन. शर्मा)
पिता : स्व. श्री रामेश्वर दत्त शर्मा (श्री आर.डी. शर्मा)
माता : श्रीमति रजनी शर्मा
जन्मतिथि : 2 जनवरी 1947
जन्म स्थान : गांव 'पपनावा' (सारसा) जिला 'कुरुक्षेत्र' (हरियाणा)
शिक्षा : एम.ए. (आगरा व मेरठ विश्वविद्यालय)
ए.आई.सी.टी.ई. (डिप्लोमा) दिल्ली
व्यवसाय : 32 वर्ष दिल्ली में, लेक्चरर पद पर अध्यापन (अब सेवा निवृत)
लेखन कार्य : पिछले चालीस वर्षों से विभिन्न पत्र-पत्रिकाओं में 'शहीदों को श्रद्धांजलि' लेख प्रकाशित
'राष्ट्र संगठन' पाक्षिक का लगभग 10 वर्ष सम्पादन
प्रकाशित पुस्तकें : 1. खुदी राम बोस : एक अद्भुत प्रेरक व्यक्तिव
2. चन्द्र शेखर आजाद और उनके दो गद्दार साथी
3. मीरा : परिचय, पद एवं व्याख्या।
4. ब्रिटेन में भारतीय क्रांतिकारी मदनलाल ढींगरा एवं शहीद ऊधम सिंह
सम्पर्क सूत्र : II C—187 नेहरू नगर, गाजियाबाद (उ. प्र.)
फोन : 0120-2792742, मोबाईल : 09811057257